地狱变

大唐封诊录

九滴水 著

湖南文艺出版社
HUNAN LITERATURE AND ART PUBLISHING HOUSE
博集天卷
CS-BOOKY

·长沙·

目录

"死人了，死人了——"

"都烧死了——有鬼，屋子里都是鬼——"

一个人活生生被烧死，不做任何挣扎？

谁能经得起这样的痛苦？他是怎么办到的？

又为什么要这么做？

第一回

分尸熬油　香膏疑云

大唐封诊录·地狱变

"死人了，死人了——"

"都烧死了——有鬼，屋子里都是鬼——"

大唐永淳二年三月，春末。

掠过东都大街小巷的风，已有了热气蒸起的草木味道，初夏悄然而至。夕阳偏低，街鼓即将敲响，铺设白色碎石的道路上，百姓们正快步朝家中赶去，以免错过坊门关闭的时间。

在外的人们无不行色匆匆，人人都着急赶路无暇他顾，唯独大小十字街的武侯铺里准备值夜的人们，脸上才有几分闲适。

这些小吏享有夜晚巡视的特权，虽说只比普通百姓多一点点特权，也足够他们得意的了。

不久后，街鼓次第响起，武侯铺的卒子头领伍拾玖靠在坊墙上，嘴里叼了根马草，朝鼓声传来的方向看去。东都城中的闭门鼓，自宫门那边敲起，之后渐渐传到各坊。

天皇、天后早已启程回了西京长安，并带走了一大帮能臣干将，不知是不是天子不在的缘故，一段时间以来，整个洛阳城都变得有些懒怠。

伍拾玖从墙上支棱起来，瞧着准备关上坊门的坊正，伸出小指掏了掏耳朵。

思顺坊什么都好，就是最近坊中那位大理寺少卿家里不安生，夫妻俩吵吵得厉害，尤其是他们总在吃飧食①时吵，听得他耳朵眼直冒油，总觉得里边痒痒得很。

吹掉粘在指甲上的一小片耳屎，他毫无意外地听见坊墙里开始传出女子的叱骂声。

"你厉害，你如此厉害，怎的陛下返京不把你带去？"

---

① 下午饭。

鸟头大门的门楣上刻有"徐府"字样，五间五架的宅邸里，一身鲜嫩葱绿搭配的何氏双手叉腰，化身茶壶，朝着自家夫君——大理寺少卿徐天指指点点，一脸恨铁不成钢的神情。

"一天到晚像个罗刹一样吼来吼去，怎么，没去西京你还要吃了我不成？"徐天将手里瓷碗一搁，撩翻桌上的醋芹，"难怪都说商户女不能娶，我不去也是大理寺少卿，是俸禄少了你一个通宝，还是我被降职，妨碍你当少卿娘子了？"

"我像个罗刹？当初你不贪恋我的美色，会娶我过门？"何氏冷笑道，"好啊——就算你这些年看厌了我的脸，有本事把我的嫁妆吐出来。"

她手指房梁："若非我娘家有钱，你可住得起这样的房子？靠你那点俸禄，顶多住个三间的宅子，和六七品的下属过得一样，你有什么好得意的？"

"那又如何？莫非以你的身份还能嫁豪族不成？"徐天忍无可忍拍桌而起，一面穿靴一面怒气冲冲地道，"我当年求亲时，你说不嫁不就完了？关陇那么多士族豪门，任凭你挑拣，何必要来惹我？"

"你……"何氏气得涨红了脸，眨眨眼道，"你当我是计较你没钱吗？我嫁给你时，你就是少卿吗？还不是看在你上进的分上？"

听到这话，徐天穿靴的动作慢了下来。

"你这人，惯会说话扎得人心口疼。我阿耶①只生了我一个，自然要挑个好女婿，他就没看上你，是我自己非得嫁给你的。这不是天皇天后回了西京，却不肯带你回去，我担心你的仕途前程吗？你摸着心口说，过去我可曾这样叨念过你？"

何氏说着说着，抹起眼泪来。她已三十过半，年轻时颇有姿色，现在也不显老，虽说眼角多了些皱纹，哭起来风韵犹存。

徐天本是良人出身，既非豪富，祖上也不是官宦士族，全靠自己肯干，又因狄仁杰在大理寺时对他青眼有加，多番举荐，这才入了今上法眼。

先前御驾迁来东都时，大理寺那位陈少卿年岁大，不愿一同前往，自己主动卸了职，这才轮到他坐上此位。

可就像何氏担忧的，把他带来洛阳，回长安却没有叫上他，这或许与他圣眷衰减有关。

---

① 古北方方言，意思是父亲。

徐天尴尬地看着自家娘子，一时不知如何劝解。为这事两人平时没少吵吵，但个中缘由，他也无法坦言相告。

他心里头门儿清，这就是跟狩案司，或者说跟武媚娘作对的后果。一想到这儿，他就气闷。按狄仁杰的意思，是让他暗里帮那李家小子一把，反正太子瞧起来也不像杀了明崇俨的样子，一旦捉拿了凶手，东宫也就清白了。考虑到那方的势力，他又不得不表面上继续保持反对态度，这让他在天后那里不落好，所以二圣回西京没他的事，也是无可厚非。

这也就罢了，关键狄公和他都没料到，明崇俨还真就是太子李贤的人杀的。案子结果一出来，徐天就傻了眼，这下是既被武媚娘嫌弃，又被反武一派怀疑窝里反，阴了太子一局。搞得他这段时间像个风箱里的老鼠——两头受气。

在女人嘤嘤哭泣声里，徐天低下头瞥了眼胸口，他怀里还揣着狄仁杰的信。

据狄公推测，武媚娘因曾做过先皇的才人，对西京长安有些排斥，近期颇有让天皇回东都的想法。

他也不知，这是不是狄公为了安抚他故意这么说的，但徐天还记得信中交代，尽量找机会接近李凌云，说这个小子性格直，颇得武媚娘信任，多加亲近，将来或许能起重要作用。

想到这儿，徐天真是哭笑不得。他被留在了东都，而李凌云这个没啥品级的狩案司一员，却跟着御辇去了长安，如今分隔两地，他要怎么亲近？

狄公真是天下最会为难我的人啊……

徐天边这样想，边犯愁怎么安抚哭个不停的何氏。此时，外面突然响起杂乱的锣鼓声，其中有人高喊："走水了——走水了——"

徐天夫妻忙至院中极目远眺，果见不远处黑压压的天空上，有一片泛起了橙红火光。

"火势不小，且距离咱家不远……"徐天推测，"至多一坊之地。"

他撩起衣袍朝外走去，回头吩咐何氏："把家里人都叫起来，备上水桶水盆，严防死守着。京中房子多是木头所建，风吹火散，就怕有火星飘过来把房子点了。"

何氏不是没经过事的小娘子，她可是见过城中走水连烧几条街的惨状的，她忙点头道："这就筹备。"又问："你去哪里？"

"三月的气候可算不得天干物燥，"徐天皱眉，"就算生火做饭，也不该轻易走水，既然事发东都城中，大理寺理当过问。"说罢徐天健步而去，何氏正想叮嘱他小心，却只瞧见男人飘走的衣角。

说来也巧，徐天一出门，就瞧见了伍拾玖。他身上扛着许多水囊，拽着灰毛骡子从他家门前经过，那头骡子身上也背满了贮水的大号皮囊，看来像个长满肿包的怪物。

兴许是扛得太多，骡子不愿走路，它身后的两个武侯只好不停地推。

徐天大步赶上，卸下好几个水囊背起，骡子背上一轻，终于肯朝前走去。伍拾玖见状大喜，拱手道："多谢徐少卿！"

徐天边走边问："可知何处着火？"

武侯铺除了维持治安，缉捕盗贼，本就有贮水防灾的职责，伍拾玖等人拉着骡子去救灾，肯定了解情况。

伍拾玖答道："着火的是修善坊的贾宅。"

"贾宅？"徐天闻言一愣，"做木头营生的贾家？"

"正是。"伍拾玖道，"修善坊不就在南市旁吗？贾家在那里置业，又建了库房，他家木头极多，修善坊的武侯铺打了锣语，说是火势极大，让咱们过去援助。"

武侯铺之间守望相助是常态，徐天沉吟："做木材生意的，势必对火万分小心，绝不容易走水。就算走水，以其家中筹备，也不至于火势大到要别坊援助……"

徐天想到这里，招呼骡子后面的武侯："烦请去大理寺，就说徐少卿吩咐，手上无事的人都赶紧到修善坊失火的地方来。"

大理寺不是武侯铺的上司，正经能够调用武侯铺人力的，其实是左右金吾卫，但大理寺和金吾卫向来共同负责京都治安，日常配合十分频繁。此时见徐天下令，其中一人便把水囊扔到骡子背上，转身朝大理寺方向跑去。

伍拾玖的骡子刚到贾宅门外，就有人前来接应。徐天也没闲着，拿了水囊跟着扑火，伍拾玖却拽着他，不许他去贾宅深处。

"少卿身份贵重，可不敢让你出事……"伍拾玖颇有经验地指着宅院内冒出的滚滚黑烟，"浓烟大于火焰，可见火势已受控，然而此时尤其危险，别小瞧这些烟雾，很有毒性，每遇到走水，大多数人不是被烧死的，而是被烟熏死的，所以进入火场之人，需用湿布裹着口鼻才能呼吸，还要牢记出入路线，这事，少卿你做不来。"

徐天深知自己不可能比这些武侯更了解火灾，他也不勉强，只顾递水，就算如此，还是不免烟熏火燎，大理寺的人赶到时，差点没认出大花脸的徐天来。

下属好容易认得，上前叉手一礼，急问："少卿让我们赶来，是觉得贾家这场火有蹊跷？"

"正是，"徐天朝火场张望，发现已不见火光，这才掏出汗巾擦了把脸，"还未到容易走水的季节，着火的又是木材商的家，他们做木材生意，对走水自有应对，火势烧得如此起劲，恐不简单。"

那下属也是机敏："少卿的意思是，有人纵火？"

徐天扔掉一团漆黑的汗巾。"或许有人跟贾家有仇，故意点了他家仓库。"

"可着火的地方，并不是仓库。"在一旁支棱着耳朵的伍拾玖突然出声，打断了徐天的猜测。

"不是仓库？"徐天惊讶道，"那是什么地方？"

"是一处废屋。"

"废屋？"

"听贾家大郎娘子花氏的奶娘所言，是废屋最先走水，其他地方是被飞出的火星引燃的……"伍拾玖手指一旁，有几个奴婢坐在地上，个个灰头土脸，其中有一个头发斑白的老妇人，显然就是伍拾玖说的那个奶娘了。

"废屋无人居住，却突然着火，"徐天思索道，"看来是有人纵火。只是烧一个没人住的废屋是何意思？难道是为争抢生意，威慑贾家？"

"其实……"伍拾玖吞吞吐吐地道，"里面好像有人。"

"有人？"徐天大惊，一把抓住伍拾玖，"你怎知里面有人？"

伍拾玖忙道："来的路上徐少卿说过蹊跷，某就记在了心里，方才救火时某多问了几句，那奶娘说起火之后，听见有人在里面大喊救命，只是火势太大，无法进去施救，等到后面，也就没人叫了……"

"那人肯定被烧死了。"徐天放开了伍拾玖。

"那奶娘还说……"伍拾玖靠近徐天耳语，"听那叫声，像是贾家当家的贾成。"

徐天闻言，厉声大喝："什么？"见把伍拾玖吓了一跳，他按着性子，放低声音："一家之主烧死在废宅里，怎么可能？"

"我也是刚听说……"伍拾玖面露无奈，正待继续解释，突地一阵惊叫声从贾家内院传来，不一会儿，几个熏得黢黑的武侯从里面连滚带爬地跑了出来。

其中一下属见这般情境，突然道："少卿，这情形……咱们好似在哪儿见过？"徐天闻言，仿佛瞧见了焚尸院里那具焦香腥脆、肠肚崩出的尸首，不由得下意识反胃起来。

徐天干呕，跌倒在地的武侯们已语无伦次地号叫着。

"死人了，死人了——"

"都烧死了——有鬼，屋子里都是鬼——"

"地狱——是火山地狱啊——"

徐天拿起水囊，灌了一大口带着牛皮味的凉水，大手一挥："大理寺的，都跟我进去瞧瞧——"

经历火灾的贾府，虽没遭什么巨大损坏，可灰黑水渍布满墙面，四处都留下了祝融之灾的痕迹。奴婢们惊慌地凑在一起，朝冒着浓烟的方向张望。

天色虽已完全暗下来，可徐天仍是很轻松地找到了着火的废宅，那宅子烧得颇为严重，但并未完全垮塌，尚能立于院中。屋墙熏得黢黑，房顶也被彻底烧穿，只剩下一个架子，看得出火势极为凶猛。

大门向内洞开，门板垮在一旁，里边黑洞洞的看不分明。徐天深吸一口气，闻到了熟悉的气味——肉香。

伸手接过下属手中的灯笼，他朝废宅大门走去。从贾府搞来的灯笼有些斑驳肮脏，但徐天等人还是看清了里面的情况：

一具焦尸被粗铁链悬挂于房梁之上，他浑身漆黑，皮肤崩裂，露出鲜红血肉，嘴巴大张，嘴唇已彻底炭化，森白的牙齿像在无声地嘲笑着众人。在他身后，同样被粗大铁链悬起的还有一尊古怪塑像，那是一个背有巨大翅膀，双头四手的赤裸的神明像。

徐天举起灯笼，照亮神明的脸，它神情悲悯地望向下方，双脚却踩进了一个肋生蝙蝠翅膀的鬼怪肚内。

"下面……下面还有个人！"在下属颤抖的声音中，徐天把视线向下挪了挪。

在塑像和悬尸的脚下，另一具尸体背对众人盘膝而坐，他同样被烧成了黑炭，背部肌肤裂开，有些地方甚至已彻底烤熟，剥脱在地。

在他身边，放置了一些较小的怪物塑像，它们狗头人身，手持刀戈，张开嘴角，露出獠牙，神情警觉地左顾右盼；而他身前，立的是一个笑容满面的有翅女童塑像，女童打着赤足，身穿口袋一样的麻衣，腰上缠绕一根绳索，手向前方伸出，尸体的手则紧紧与其相握。

徐天蹲下身，仔细观瞧女童面貌，发现其双眼奇大无比，足足占据脸面的一半，无论怎么看都不像人。另外，在死者身下，以死者为中心，还有一幅古怪的圆形图案。

图案呈轮形，四周遍布一些月牙形的沟槽，内部是绽放的九朵莲花，莲花中央，则是一团正在熊熊燃烧的火焰。

"果然如地狱一般……"徐天摸了一把揣着狄仁杰书信的胸口，拿定了主意。

"传信西京狩案司！这桩案子的奏报，由我亲自来写——"

西京长安。

大明宫的寝殿内，天后武媚娘盘膝坐在骆驼纹地毯上，她双手做拈花状，闭着双眼，缓慢地呼吸着。

在她身边放着一张小毯，着红白间裙①的上官婉儿，舒适地坐在毯上。她娇软地屈着腿，腿侧搁着一沓奏疏，樱桃小口中轻轻地说着：

"陛下身边人送了消息过来，韦氏前日又入宫了，听说仍是陛下的意思，让把皇太孙抱来看看。这段日子，陛下似乎除了修道，就是见皇太孙了，餐食进得都少了，徐婕妤她们变着法子做吃食，可谓花样百出，陛下却没什么兴致，还说打扰他辟谷……"

"稚奴他喜欢见重润，那就见好了，一个没开府的皇太孙，也就只是个名头，翻不起什么浪。倒是那个韦氏，我看这些士族如今仗着东宫嫡子受宠，颇有些不安分，至于修道这事……"武媚娘睁开眼睛，放下膝上的手，叹道，"打坐修行到底有什么用处？我这两日打坐，也不觉得有何功效，稚奴就是喜欢听那些术士的，他近日……没吃什么古怪丹药吧？"

---

① 间裙为古代裙的一种，又称间色裙，是将两种或两种以上不同颜色的面料相拼接制成的色彩相间的裙子。

"那倒没有，"上官婉儿摇头道，"前些日子您以先帝当年吃丹药反致病重的事，劝过陛下一回，之后陛下就只是燥热时吃点清凉丸子，里头添的都是薄荷龙脑蜂蜜之类，有尚药奉御张文仲张公看着，不会有事。"

"那就好。"想起二月东宫嫡子降生后，天皇李治把褓褓中的李重润立为皇太孙的情形，武媚娘微微皱了眉。

她和李治互相陪伴了一生，作为夫妻也好，权力伙伴也罢，双方都对彼此的心思相当了解。

什么样的太子需要有个皇太孙来给他撑腰呢？他们的第三个儿子，取代李贤成为太子的李显，不但治国才能不如李贤，心性也更浮浪幼稚，李重润这皇太孙的名头，还不是为了让李显坐稳东宫之位而赐下的，作为父亲的稚奴，应该不想看到本朝出现第四个太子吧！

然而，不合适的终究不合适……所以稚奴能高兴一天算一天吧！她对他，始终无法太过无情，虽没允许让李重润以皇太孙的名义开府建衙，但她也没拦着稚奴，想必他能明白自己的用心……

她瞥了一眼旁边放茶的平脱双鹿几案，案上放着一卷已打开的密信。

"徐天怎么说的？东都那个案子，他认为不简单吧？"

"是，他说木材商家发生如此大的火灾很是古怪，加之当家的烧死在废屋中，死状诡异……"上官婉儿坐直，从奏疏中挑出一本，边看边道，"案发在南市，周边极其热闹，居住的人里有很多碎嘴的商贾，当晚救火人多，商贾们把案发时的恐怖景象口耳相传，徐少卿上奏时，这案子在民间传出了好几个名字，什么地狱案、火焚案，有修士还说要叫'火魔案'，影响甚是恶劣。他恳请派狩案司的人过去，早早破了此案才好。"

"当初把徐天扔在东都的意思，他应该明白了……你说，早知如此，又何必当初呢？"武媚娘用染着蔻丹的手指揉了揉红唇，微笑道，"叫谢三娘跑一趟吧！这一回，我可不许那李家小子说半个'不'字——"

三月的曲江，正值水暖花开，江边常见豪门的绸缎围子，偶尔还从里面传出些欢声笑语。

岸边不时有年轻男女红着脸相望，姿态青春可爱，白衣举子要是看见了，少不得在旁边念一些"关关雎鸠""月出皎兮"的情诗。沿河都是踏青的人们，春光温暖，弄得人都疏懒得很，甚至有人直接躺在江边蒙头大睡。

一阵急促的马蹄声，惊扰了曲江旁休憩的百姓，红衣骑士领着数十骑卒，沿河向上狂奔而去，惹得人人回头。马蹄踏起布满青草的泥土，空气中弥散着酸臭的土腥味。

马队来到敦化坊和曲江之间，红衣骑士在极速飞奔中半站起来，猛拨一下马头，让胯下的白色骏马绕向一片高大密林。骑士身姿尽显，不承想，竟是一位窈窕女郎。

到了密林前，女郎勒住骏马，燕子一样轻巧地翻身落地，皱着英气勃勃的脸，领着下属往深处走去。

这片密林粗看寻常，进入其中才会发现怪异之处。林中按高、中、低种植着不同种类的树木，似按品种刻意做了排列，不同色泽的绿叶将林子遮得严严实实，没走多远便到了伸手不见五指的地步，女郎试着绕了绕，却发现自己被灌木堵了道。

眼前没了路，她只好停下脚步，抬手拍出一段快慢不等的节拍，不久后，林中突然出现一点光亮，慢慢地飘到跟前，众人这才看出提着白灯笼的是个矮人。

矮人脸色雪白，嘴上挂着一条猩红湿润的舌头，粗糙的舌面上闪闪发光，眼下滴着鲜血，朝众人大翻白眼："首领有令，不见外客，谢娘子不是外客，但也不见。"只有在他说话时，众人才看出，那舌头原来是粘在他嘴唇上的。

谢阮健步上前，用手揪住矮人头顶的朝天辫，把他从地上提溜起来，怒火中烧道："距上次我来不过三日，李大郎他又改了奇门遁甲？我说怎么找不到路呢！"

矮人哎哎地叫道："防的就是三娘子，总来，太烦——这不是我说的，是首领的原话。"

谢阮把矮人扔得摔了个屁墩儿，手扶着黑鲨皮直刀的水晶刀把，狞笑道："少说废话，前头带路，否则我削了你的辫子，叫你吊死鬼变蓬头鬼。"

矮人苦着脸站起身，一面往前走一面用肥短的小手揉着屁股："又不关我事，我多冤枉？此间本不是寻常人该来的地方，三天两头改阵法，娘子当我不累吗？本来只要防着那些误入其中的百姓，谁要天天防着你啊？"

灯笼光中，谢阮笑得更狰狞了："没事，今日之后，我保准李大郎不会再折腾你。"

"哪里是首领折腾我？"矮人吐出他自己的舌头，小声道，"你不来就屁事没有。"

说话间，众人随着矮人七弯八扭走了一段路，不知如何就穿过了黑暗密林，前方豁然开朗，春末暖阳和萋萋芳草再度出现在眼前。

只是，除美景之外，还有几具腐尸被绑在木棍上，头上绕着黑压压的一群大苍蝇，尸体龇牙咧嘴地迎接着他们。

仿佛看到他们很开心的样子，其中一具双手烂脱的尸首，左眼珠子恰好从眼眶里掉了出来，吧唧一下滚在地上。

就像会传染一样，由谢阮开始，每个人都打了个干呕。谢阮定神道："知道为何让你们来之前别吃东西了吧！"

说完也不管身后众人如何回答，她抬手捏住鼻子，闷头朝前冲去。

"小心一点，看路啊——"矮人在后面跟着跑，"别走出泥路，那边有个埋了三个月的，哎，那个半年了，手指骨被你踹飞了！别急，捡回来行不行？"

瞥着路边缺了半个头和一双脚的老头尸体，谢阮道："上次来还没有这个……"

"他上山打柴烧炭，被老虎咬掉半个头，家里人穷得要卖孩子，大郎就让我把尸体收了，说是回来看一下被猛兽咬坏的尸体会不会加速腐坏。"

"这也行？"

"穷苦人家，尸首能换钱，让家里人活下去，有什么行不行的，反正表面上，人是葬下了，咱们半夜起出来就是。"

矮人身体虽矮，却是个练家子，倒腾着小短腿居然能撵上谢阮。

"那边又是什么？是人？还是……"谢阮伸手指着一株"树"，远远看去，旺盛的藤萝缠出一个人的形状来。

"是人没错，挑开了皮，埋了不同的草种，就变成这样了。大郎说要看看以人肉为底料，草种萌发生长和埋在土里有何不同之处。"

"有时候某觉得你们真是令人毛骨悚然，难怪封诊道要与天后要这块地，好藏在此处鼓捣这些可怕的事。"谢阮继续往前，余光扫过一处围起来的栅栏，几只黑黄的东西在里面欢快地跑来跑去。

"野猪？"谢阮停下脚步，难以置信道，"你不会打算告诉我，这是拿死人喂野猪，好看看成群的野猪多久能吃完一个人吧？"

"这是昨天闯进来的一窝野猪，被弟子抓了，大郎说养大了给大家做熏腊肉吃。"矮人谄媚地搓着手，眼巴巴地看着谢阮，"还真没这么想过，谢娘子好提议，不然咱们跟大郎说来试试？"

"还是不是人？"谢阮摇摇头，赶紧往前走。来了兴致的矮人一路相随，跟她介绍这几天又多了哪些尸首，各是什么死法，等介绍到一具被蛊虫破体杀死的尸首时，谢阮瞥见从肚皮里往外爬的粉色蠕虫，终于动手把矮人的"舌头"拔下来，堵住了他那张说个不停的嘴。

在与洛阳李家剖尸间极为相似的地下室内，李凌云站在两张剖尸台中央，将空心铜棍小心地插入一具膨胀得分不出男女的尸体上，他的动作轻柔，像在抚摸美人的肌肤。

谢阮站在一众封诊道弟子面前，双手叉腰，对李凌云道："方才那堆虫子太恶心了，简直不堪入目，你得赔我的眼睛。"

"怎么赔？要不把他的眼珠子挖出来，给你换上？"

谢阮看看尸首脑袋上鼓凸的眼珠，捏着鼻子道："算了，当某没说过。"

李凌云叫了两个弟子过来按压尸体腹部，听到排气的声音，他才转过身，在已开胸骨的另一具男尸腹中掏挖起来。

"记下来，若尸首膨胀，不可直接下刀，否则肚腹会瞬时炸裂，导致尸首毁坏，要先排尽腹气，才能安然剖开。"

谢阮在一旁要了个薄荷脑麻布口鼻罩，熟门熟路地套上："你可知我来做什么？"

"面色挺好，没吃食忍着饿来的？"李凌云掏出肺叶放在桌面的铜盘上，示意弟子过来称重。

谢阮闻言冷笑："呵呵，吃过了，只是现在已过了两个时辰，你曾说过，两个时辰后，胃囊里就没东西可吐了，某是掐着滴漏来的。"

"要不在这儿吃吧！"李凌云举着染满乌血的肝脏提议。

"别打马虎眼。"谢阮沉声道，"我知道你厌烦我，只是今时不同往日，马上随我入宫。"

李凌云放下肝脏，凝视谢阮："你明知我没有厌烦你，也清楚我不愿入宫的缘由。"

"我知道，"谢阮目光柔和了一些，"但你今日真的不能不去，她的耐性是有限的，也放纵你很久了，打从你来了长安城，就一直藏在这里，你终究是要走出去的。"

"要是我偏偏不想出去呢？"李凌云问，"你待如何？"

谢阮闻言叹了口气，摇了摇头，忽然呵道："给某把他抓起来。"

话音未落，齐刷刷上来一群面色苍白的劲卒，叮叮咣咣地给李凌云套上了铁链木枷。

李凌云低头看看卡着自己的油亮木枷："拿人总该有个罪名吧？"

"长安百姓报案称，有人半夜在城南郊乱坟岗盗尸，经查，皆属你李家弟子所为，现金吾卫拘你这个家主去问话，李凌云，你还有什么话要说？"说到这里，谢阮似乎自觉这罪名太过无聊，干脆随手拽下李凌云脸上的口鼻罩，一把塞进他的嘴里。

"敬酒不吃吃罚酒，某说话你不听，那你说的我也不听。抬着他，咱们走——"说罢，谢阮也不管那群被吓傻了的封诊道弟子，拍着双手走出了石室。

"为何是金吾卫而不是大理寺？大理寺更好，管京都盗尸合情合理，况且就算狩案司到了西京，也一样应该归属大理寺管辖。"看着眼前如碧的蓝天和慵懒飘荡的白云，被人平平扛在肩上的李凌云吐掉口鼻罩，平静地问道。

谢阮走在他身边，没好气地说："百姓报案又不会直接报到大理寺，都是先找长安、万年两县，两县依事上报，你自己说，京都治安该谁负责？"说完她让人把李凌云放下地来。

"那倒是左右金吾卫的事。"李凌云抖了一下木枷，"能打开吗？我们封诊道长年累月在乱坟岗捡无名尸首，以前不管，现在拿来当罪名，岂非过于刻意了？"

"天后让你戴着，戴着好，戴着显沉痛。"谢阮放缓脚步，让李凌云拖着铁链跟上自己，"还有，你们哪里是捡，还长年累月，不怕被鬼索命吗？"

"不是我杀的人，为何找我索命？再说尸首被丢弃，无名无姓，又无人收殓入土，最后还不是喂野狗。我们弄完，都会好生安葬，年年中元祭祀不绝，也算有了归路。"李凌云抬手整了一下乱发，"你又不是没见过那种吃人肉的狗。"

"我当然见过，那时明子璋还找出了食人野狗的来由……"察觉提到了某个失踪已久的人，谢阮忙转移话题，"总而言之，天后不许你再继续躲下去了。"

"躲？"李凌云面色木然，"我不是在逃吗？她要用我，却不许我追查明崇俨案的蹊跷之处，可我做这些就是求个真相，既然如此，将来狩案司的案子，还不是她想查就查，不想查就搁置，我不喜欢，所以才逃。"

此言一出，谢阮只好又换了个话题："偷尸也要有些技法，你和杜公到底有什么嫌隙？怎么？他不肯帮你找尸首，你就光明正大地用牛车去拖？你可知道有百姓夜半出来寻医，正好看见牛车里掉出个死人手，差点吓出癔症来，万年县令都不知该拿你如何是好。李大郎，你就不懂服软这两个字怎么写？"

"杜公骗我。"李凌云闷声道，"问他他也不肯说，阿耶说，说谎的人不可交，我才不靠他。"

"……喀，你这人……"谢阮一时不知说什么，却听见李凌云问："你是要直接带我入宫吗？"

"那是当然。"谢阮刚说完，从他的话里听出些东西来，斜斜瞥向他，道，"我方才说的不是大唐官话？还是你这双耳朵不好使了？"

"若是要问罪，送去官府也就罢了，要是入宫却不妥。"

"哪里不妥？"谢阮闻言心生好奇。

"有桩案子发了，入宫之前得先解决此事。"

"你别是被人下了蛊吧！"谢阮鼻孔喷气，嘲讽地道，"天下何事能比天后要你查的案子要紧？"

说罢又赶紧补上一句："哪怕真的有，遇见天后所需，也必须自行退让。"

"你真这么想？"李凌云继续看天。

"那是自然。"谢阮道。

李凌云难得地叹了口气："唉！我怕这案子当下不破，将来会补救不及。"

"呵呵，笑话！"谢阮小手一挥，"大唐还有天后补救不得的事？"

"我只知，这个案子就算由我来破，尚需要一些时日。而天后此番让你寻我，必定也有要事……"

"你这不废话吗？"谢阮说着，心中却已警铃大作。

李凌云："既然此番有要事，倘若这案子发作，我必然不便抽身回来。而眼下这桩案子如再度案发，被人揭开，只怕天皇、天后会有麻烦。"

"再度案发……"谢阮早就不是什么断案的新手，一咂摸这四个字，品出点味，"死人了？不止一个？"

李凌云点头。

"这案子……和天皇天后还有关系？"她用狐疑的眼神打量李凌云，"那你之前为何还有心情教弟子？又为何不上报宫中？"

"案子需要前期调查，中间有些空当，自然应当利用起来……"

"行吧！"谢阮打断李凌云，"你且说说看，究竟是何案情？倘若只是胡说八道，我少不得在天后面前参你一本。"

"你自己随我去办案就好，一看便知。"

谢阮想打人，谁知李凌云此时补充道："案发之所，就在天后此前赏的那块地里。"

她把到喉咙口的话硬吞回去，讶然道："什么？天后赏的地？"

李凌云点头："就是那块。"

"你在开玩笑？"谢阮忍不住追问。她会如此诧异，只因这块赐地的来头不简单。

因宫城在北，长安城诸城坊向来北贵南贱，位于西南角的永阳坊便人烟寥寥，其中除去占了右面半坊之地的庄严寺，余下的便是大量野林和一点田土。

这片无人野林，天后武媚娘已经赏给了封诊道。这事说来，还是李凌云找谢阮帮的忙。封诊道虽说随着朝廷东移去了洛阳，但长安却是有唐以来封诊道的本营，诸多家族都有产业，有人口留居，密林之类更是常年经营。

这回朝廷迁西京长安，李凌云被拎回老家，一看密林已满满当当，四处都是尸首，地盘不敷使用，便提了增地的需求。

武媚娘本想晾着这不听话的小子，可又一想，封诊道终归要为她所用，于是也没如何为难，把永阳坊的野林赏了下来。

别人不清楚，谢阮却心里有数，虽说这永阳坊地处偏僻，紧贴城墙，但好歹是在寸土寸金的长安城内，如此大片的野林，并未修筑田庄，自然是有缘故的。

　　原因就是，这块地乃是天后娘家的私产。它是武媚娘成为昭仪时，有眼力见的人送给天后那几个同父异母兄长的地块，只是谁也没料到，新皇后和自己的兄长颇为不睦，那几个白痴在家族聚宴时，当面惹怒了武媚娘的母亲杨氏，便被她"大义灭亲"，贬到天遥地远的犄角旮旯去了。

　　此举给武媚娘赚来不少好名声，而这块地也就这么荒了下来。它虽算在武氏产业之内，但不管是杨氏还是武媚娘，对这里都兴致缺缺。等武媚娘成了皇后，就更看不上此处了，如此一来，它竟多年来维持原貌，成了一处天然密林。

　　李凌云讨地牧尸，最方便的自然就是长安城附近，想到那几个不争气的亲戚，武媚娘便大手一挥，把此处赏给了封诊道。

　　可天后再怎么不待见，那也是武家家产，在这么一处禁地之内，竟发生了连环凶案，谢阮也知其中利害，她正想再确认一二，李凌云却打断道："并非玩笑，我若入宫，这边定然耽搁，横竖案子的前期调查也差不多了，倒不如你随我来，尽快破案，再带我入宫觐见。"

　　谢阮寻思片刻，龇牙道："那就先查此案，之后一同上报便是……只是，你何时变得这般懂事了？"她眯眼审视着，上去给他解了枷锁。

　　"什么懂事，我只是想早些破案……"李凌云活动着手腕，"那些尸首在林子里，我们用来观察的死者就放不进去啊！这不是耽误事吗？"

　　谢阮无语："……你说得好有道理，我竟无法反驳。"

　　长安永阳坊，西北。

　　李凌云和谢阮沿着木梯上了坊墙。坐在墙上放眼望去，在永阳坊东，隐约可见佛塔掩映于绿林之内，而西面是大片浓密的树林，林中树木葱郁，随风掀起林浪。

　　张望片刻，谢阮回头问："要查案走进去便是，为何爬墙？"

　　"你之后不是要对天后上报吗？"李凌云接过弟子爬墙送来的封诊箱，解释道，"此前的案情，须得结合实际跟你讲解一遍，所以让你先看看此地形貌。"

　　"哼，一到此时就心细如发，怕不是个查案狂魔……"

　　李凌云对谢阮的细碎叨咕充耳不闻，手指林中深处："此处地块，虽也是为牧尸之用，但和之前的密林比，还有些区别。我本打算用它来埋葬不同死因的尸首，而非像此前一样露天放置。"

"为何？"谢阮有些迷惑。

"因地制宜，此处荒无人烟，尸首受外来影响较小，若把死者掩埋于此处，便可观察到尸首葬在土壤不同深度时的腐败销蚀情状，得出的结论，可弥补我道专研之空白。"

李凌云说完，转而指向林地最茂盛的中心地带："做这种事，林子深处自然最适合，所以需要站在高处观察整个林子的布局，而边缘还得开垦种植，布下奇门遁甲和机关，避免外人不慎进入。"

"那是自然。"这段时日以来，谢阮可没少领教封诊道密林的厉害。

"布阵也有其道，此间毕竟是在长安城内，如果有人误入也很寻常。所以在林地边缘，适当布下一些迷魂阵，让人迷迷糊糊走进来，又自己走出去便可。"

"我懂，"谢阮笑道，"那些人会以为自己遇到了鬼打墙，一旦传出去，就更没人敢来了。"

"外围的奇门遁甲不会伤人，但靠里的要害部位却不然，"李凌云道，"倘若一心深入，或者说有能力深入者，只怕动机不纯，要用更复杂的阵势对付。因此越靠近牧尸地中央，越要做好准备。"

见谢阮颔首，李凌云转身，爬下坊内设置的梯子，前者也跟着一跃而下。

二人朝林中走去，李凌云边走边道："要布阵，自然就要先勘察地形。此事我派了几个弟子过去做，本是让他们画好地形图再回来，但没料到他们很快折返，说是林中有些意外。"

"什么意外？"

"你看这个。"李凌云停下脚步，在随身的封诊箱上用古怪手法轻敲了几下，箱子便自己分开，繁花一般层层"绽放"开，有一层从中徐徐升起，托出一个一掌宽高的透明小瓶，瓶内绿意莹莹。

他拿起小瓶递给谢阮，后者见此物透明可爱，便拿在手中把玩，只见瓶底有一层泥土，土上覆盖苔藓，又种着极为纤巧的花草，瓶壁上有淡淡一层水珠，瓶盖也颇为透明，边缘以蜡封口，看着丝毫不透气。

李凌云在一旁介绍："此乃'界瓶'，即一瓶一世界之意。"

"水晶制的？"谢阮好奇地放到眼前细看，不经意间发现一串蚂蚁在苔藓上爬动，前面两只爪子捧着亮晶晶的东西，旋即发现它们是从里面开着的小花上爬下来的，竟是在摘食花蜜。

"不是，是从西方胡人那里来的透明琉璃，不过尺寸倒是我封诊道定制的。"李凌云道，"瓶盖封死之后，绝无透气可能，但这些蚂蚁却能生存，可见苔藓、花草以及蚂蚁之间形成了一方小世界，不去触碰，只要照射阳光，这些东西就能生存下去。只是突然遭遇冷热交替时，这个小世界就可能失衡，蚁死草枯。"

"有趣的东西，不妨弄一个送到宫里……"谢阮把瓶子还给他，"只是此物与案情又有何关？"

"这处密林，其实也可以看作一个小世界，"李凌云捧着瓶子，和谢阮走进林地深处，"密林深处鲜有人迹，所以树木茂盛。你看，这些树叶彼此遮挡，通常草籽、花粉很难随风进入林中腹地。所以此处草木种类分布均匀，通常都是一些常见的喜阴草木，长得也都比较矮小。"

此时，一只灰色松鼠从谢阮身边的树梢上突然跳下地去，旋即快速奔入灌木丛中，不见踪影。

"还有这些小兽，"李凌云顺势说道，"草木恒常，它们能够养活的虫兽也必然固定，譬如方才的松鼠，因其喜吃松果，如某处林中松树密集，松鼠必定常在此采食、藏果，其粪便、藏粮处也可有所发现，长期下来，松树便会繁茂，以此为食的松鼠也会增多。所以，无人前来的密林，草木结构固定，便很容易使得鸟兽的种类变得较为固定。我封诊道为验证此种推论，制作过无数'界瓶'，有大有小，无一不证明此种推测有效。"

谢阮知道，按李凌云的脾性，与案子无关的事，他绝不会如此浪费口舌，又因林中并未开拓，满地都是枯枝败叶，寸步难行，于是只能任他带路，同时静静听他叙述。

不久后，二人来到林中更深处，李凌云在一处丰茂的草丛前突然站定。谢阮顺着他的目光看去，发现草丛后有一极高大的灌木，足有七尺之高，在这片林中可算独一无二。

这丛灌木的老枝为圆柱形，暗灰色皮上有不规整的纵裂，有些地方整片剥落，幼枝带着四棱，上覆白色星状细绒毛。叶短柄，叶片为线形，朝向背面卷曲。

李凌云摘下一片叶交给谢阮，她翻看叶片，发现其为革质，正面稍具光泽，接近无毛。

"这是……"

"迷香草，"李凌云道，"你看，它长得如此高大，并不符合此间环境。"

谢阮挑眉："大郎你的意思是，此物为外来？"

"不错。"李凌云点头示意，"你把叶片搓烂，闻一闻。"

谢阮依言照做，很快嗅到一股怡人的清香："咦？好香啊——"

"对，此物本就是一种香料。自曹魏时起，由胡人引入中原种植，是不折不扣的外来草木。"

"曹魏？那也很早了……此间有也不足为奇啊！"

"并非如此，此物喜温，所以常在南方或齐鲁一带种植，长安却非常少见。"

谢阮不解："虽不常见，但是有人种也不奇怪。"

"可此间是密林，更是武氏产业。"李凌云道，"就算有人种，谁会来这里种？"

"会不会是鸟带来的？鸟兽吃了果实，然后便溺于此处？"

"不会，我已查过，这迷香草在密林深处生长得十分迅速，且在叶子上没有发现兽类的牙印，说明林中没有兽类以此物为食，周围也没有动物粪便，甚至连虫打的洞都很少见，此物绝不是林中原生的。再看这迷香草，因是喜阴植物，所以多生长在高大树木下方，林中这些生长得恰到好处，可见是有人刻意来此种植的。"

"这很要紧？"谢阮道，"毕竟是野林，有人进来种点东西，好像也说得过去。"

李凌云颔首道："当是如此，听过来的弟子说，这些迷香草，平日好像的确无人照看……"

为了不生疏漏，李凌云又把迷香草丛内外查看了一遍，确定仍无牙印、粪便痕迹，便带着谢阮朝西面走去。

没走多远，林中出现了一处草屋——草屋是民间常见的建筑，用竹子、木头和草编在一起，形成草排，以竹、藤条、草绳等穿编成墙状，搭在屋架上，再就地取土，混为湿泥，在草墙内外覆上泥土，这样就形成了不太稳固的屋舍。

此种屋舍一遇风雨，就很容易垮塌，除非是极为穷苦之人，否则一般不敢久居。

封诊道不至于连房子都修不起，这幢草屋显然是暂建之所。谢阮在距离草屋甚远之地，嗅到了一股浓烈的炖肉香，再瞧草屋上炊烟袅袅，分明有人正在造饭。

她腹中饥渴，见状大喜："什么东西这么香？"旋即大步赶去，进屋一看，屋正中挖了个火塘，一口大锅正吊在梁上，锅中肉汤雪白，几段大骨和炖得稀烂的肉块在汤中沸腾不已。大锅旁，还有一名封诊道弟子正在添柴。

她大步走到桌边拿个碗，打了一碗肉汤，再加一小撮盐巴，小口吹着喝下，顿觉胃滚烫，浑身舒畅不已，笑道："竟躲在这里做好吃的，此汤味道异常鲜美，好喝！"

李凌云拿勺捞起骨头看一看，也给自己打了半碗汤，慢慢喝着，从汤里挑出一根草叶："加了迷香草。"

"咦！"谢阮看一看，"还真是，回宫我便告知那几个厨子，拿此物做汤试试！"

"胡人烤肉时也喜欢放这个，你把这个味道记下。"

"放心，忘不了，"谢阮又啜一口，摇头晃脑地道，"这等好东西，过去也没尝过……偏偏长在这里。"

她正说着，戛然而止——她似乎忘了，李凌云叫她来这里是为了查案，而他如此看重这外来的草本，莫非此物与案情有关？

谢阮想到这里，嘴里的肉汤顿时不香了。

李凌云对她的想法一无所知，面无表情地问："吃饱了吗？要是饱了，就跟我来。"

他起身走向外面，谢阮抬脚跟上，发现这草屋原来别有一番不同，方才进入的只是其中一间，到院中才发现，另一面还有一间，只是从方才那间无法通往，要从外面绕行。

进入另一间房后，谢阮发现屋内摆放了五个陶罐，有半人高。其中四个旧的堆在一起，另外一个稍新的单独放置。

在陶罐旁的木桌上，还有一些大号的册子。她来到桌边翻阅，发现册子是帛布所制，里面夹着一些草叶、花瓣之类的物品，还有整枝的草棵。

李凌云道："这是密林中的各种草木样本。"说着，他翻到写有"迷香草"字样的一页，指着一段茎叶中段的须状物道："此乃它的增根。"

"增根？何解？"

"有的草木如果将茎、叶覆于土壤之上，就会在此处长出根系。因为有这些根，就算截断其茎，将来也可以重新长出一株新的草木，由于这段茎是从根系增加出来的，我们封诊道便将其命名为'增根'。迷香草成长较为缓慢，但具有增根属性，它可以通过这样的方式来增加其存活可能，如此根落地，会慢慢长成新的草株，可掘起移栽他处。"

"你的意思是，那人是用这种方式种下迷香草的？"

"恰恰相反，我掘起看过，下方根系中并未见断痕。"

"也就是说，这里的迷香草，全部是从种子开始长成的？"

"不错。"

谢阮不解起来："可如此一来，迷香草生长周期便会拉长，有快速根植的方法，那人为何不用呢？"

"我与你说过，这是一种香料。"李凌云从怀中摸出火石，点亮桌面上带铜镜的封诊油灯。

"我当然知道。"谢阮有些不满。

李凌云调整几下镜子的角度："来此之前，我把林中的迷香草与市面上的做过比较，我发现，林中的迷香草香味更浓厚，外间售卖的与其根本无法相提并论。"

"莫非，原因就出在这种植方法上？"谢阮一点就透。

"对，我问过商户，他们说，迷香草从种子开始培育极为不易，若土地环境稍有差池，收成便会大打折扣，为了保险，自然是截下增种划算，只是会因此折损香气。"

"那么……种在密林中，是想得到品质更优的迷香草吧！"

"不错。"李凌云打开封诊箱，取出封诊衣及口鼻罩，二人穿戴整齐，朝几个陶罐走去。

谢阮虽有防护，可突如其来的一股异臭，还是弄得她呛咳了好几下。

李凌云将油灯反射的光引入罐内，只见里面装着森森骸骨，谢阮眼皮一跳，又发现骸骨上方有丝状的反光物，仔细端瞧，察觉是一片蛛网："这些尸骨怕是有些年份了。"

"不错。"李凌云应声后，又打开旁边三个陶罐，里面均有骸骨存留。随后，他在地上铺开一卷油绢布，用戴着封诊手套的手，小心取出骸骨，交给谢阮。"不要重叠，依次排列放好，每个罐子隔开一定距离放置，避免不同罐内的骸骨混杂。"

谢阮看看骨头，发现还算干净，有些迟疑地接了过去。将四个陶罐中的骨骼一一取出之后，李凌云着手将那些散落的碎骨排列组合起来。没过多久，四具人形骷髅便被拼了出来。

李凌云观察片刻，起身拿了一卷封诊录交给谢阮："你且记下：四具骨骼完好，没有缺骨，从骨盆之形状看，死者为女，如其有孕产，胎儿会撑开骨盆，可见四人均未有孕。因这些骸骨有些特殊，要用些手段，方能判断年龄。"

"特殊？"谢阮敏锐地捕捉到李凌云话语中的异常，"你不是一贯观察骸骨便能判断出死者的年龄吗？"

"不错，可这几具骸骨，却是例外。"李凌云并不继续解释，而是拿起一个颅骨。只见颅骨上有凹痕，痕迹周边有蛛网一般的裂痕，并不严重。他又拿起另外三个颅骨，均呈现此种情状。

"四具尸骸，头颅均有凹陷状伤口，此乃钝物所伤，可见死者曾被人击打过后脑，击打时凶手下力颇大。人骨中，颅骨十分坚硬，能击伤到如此地步，凶物至少是铜铁一般的硬物，然而据伤势来看，哪怕出现了凹陷状的骨裂，也不足以致死。这些颅骨完好，没有毁坏，就算有人发现死者形貌，也无须担心因此查到凶手，至少说明，凶手与死者，并不相熟。"

"只有这些线索，恐怕查不出凶手！"谢阮略有担心。

"放心，线索不只有这点。"李凌云拿起一根骨头缓缓旋转，谢阮在关节处发现了一道内狭外阔的楔形砍口。

"咦，这种骨伤我在宫中见过，刀剑可以造成……"

"不错，这是刀、斧等锐器造成的砍切伤。"李凌云道，"你看骨头底部……"

谢阮顺着李凌云指尖方向凝神细看，她发现骨内嵌入了些微灰色的碎粒。

"这是？"

"岩粒，"李凌云用手比画砍切姿势，"你可知晓庖丁解牛？骨与骨之间有白色的筋络牵连，若用最锋利的刀子切开这些筋络，完全可以不伤骨骼，就能让牛的肢体从关节处裂开。而本案死者的关节骨上有半圆状剁砍痕迹，这是将尸体垫在某物上，用斧子砍切后造成的。市上有人买大骨炖汤，为取骨头之鲜，就会将骨头垫在树木砧板上剁开再行炖煮，其伤与之相同，只是那样的话，骨内嵌入的就不是崩下的岩粒，而是一些木渣。"

他又依次拾起好几根骨头给谢阮看，全部都有灰色岩粒。

"凶手分尸手法不熟练，只是把尸首放在岩石上粗暴地砍切。可见他没有耐心去研究更省力的分尸方式，必存急切之心。"

"他也有可能是……没的选？"谢阮停下记录，思索道，"有岩石，有很大概率是在屋外，若担心被人发现，自然要动作迅速些。"

"有这个可能，但我还是坚持我的观点。"李凌云道，"分尸这样大的动静，就算是在外面，也不会是人来人往之处，必然要选一个僻静的地方，倘若凶手不赶时间，完全可以伐个树桩作为砧板。毕竟，在树桩上砍切可比在岩石上安静多了。"

"大多凶犯肢解尸首，都是为了不被人察觉。可这个人好生奇怪，他未损毁死者相貌，这般大肆分尸，又为何故？"

说着，谢阮又瞥一眼陶罐，狐疑地补充道："倘若为了塞进罐子，就更离谱了。把尸首直接埋了岂不省去麻烦？"

"你说得对，凶手此番操作，确有特别的缘由。"

李凌云说着，把谢阮带到了另外一个陶罐旁，从这个罐子粗劣的做工看，与之前几个如出一辙，分析是出自同一人之手，只是这个看起来要新一些。

李凌云掀开盖子，仍是一股子尸臭味，比方才的还要浓烈，在谢阮的干呕声中，李凌云面不改色地捞出一根带有黑色液体的骨头来。

谢阮有些不解："嗯？下方还有尸水，骨上却无皮肉？"

李凌云并不着急回答，把所有骨头都捞出排列在油绢上，才道："尸首已全然白骨化，算来已有一年以上。之所以还有黏液，是因为罐子密封极好，皮肉腐烂化水后无法排出。但要是用平常罐子装尸，这么长时间怕是早就成了干白骨。"

谢阮越听越糊涂："杀了五个人，分尸塞进密封罐内，凶手究竟要干什么？"

此时李凌云取出一根骨头，用手轻轻一掰，啪的一声，竟然应声而断。

"这……这……人骨头这样脆？"谢阮目瞪口呆。

李凌云敲开封诊箱，从中取出一根被锯开的骨头样本，并将锯口和断骨头并列："你来看，二者有何不同？"

"罐中的人骨要白一些？"

"不仅如此，你细瞧这断面，"李凌云把骨头拿到她眼前，"喝汤时啃过大骨头吗？"

"那是自然，喝汤不啃骨头有什么意思？"

"那就对了，你掰开骨头的话，就会看到骨中有许多空隙。这根人骨，是我们封诊道作为骨样留下的，骨主是壮年遭遇意外死去的。仔细观察可见此骨内部发黑，骨孔较小，这是因为，人的骨头中也有纤细如毫毛的血脉探入，人死后，这些血脉不再流动。随着时间的发酵，骨头会略微发黑，这与血液中含有之物有关。而罐中骨头很白，断面骨孔很大，所以它才会一掰就碎。之所以会出现这种情况，是因为此骨经过了特殊处置。"

"特殊处置？"

李凌云手指罐底，谢阮弯腰一看，发现罐底发黑，有大量的烟熏痕迹。

"火烧？"

"还需验看。"李凌云刮了一些烟灰，放在手中细细搓揉，"没有油腻之感，是木炭燃烧留下的烟痕，这些人骨，曾放在罐子里煮过。"

"难道……这家伙是把人煮……煮着吃了？"

"那倒不是。"李凌云摇头，"骨头上并未发现齿印，也无刀具切割痕。另外，若想使骨头酥脆，必须经小火长时间熬制，只有这样，才会使小骨孔渐渐融化，连成大骨孔。在这个过程中，骨孔内的血液，也会随着高温慢煮，融入汤汁，使骨雪白如瓷。城中不乏卖馄饨、汤饼的摊子，因不甚富裕，汤中骨头店家不舍得扔，经反复熬制，就会出现这种情形。不过，这只是猜测，尚需证实。于是我让人买了骨头来熬。"

谢阮想起方才喝的那碗大骨汤，顿觉嘴里发苦，克制着反胃问道："刚才在屋中……"

李凌云人畜无害地点头："正是我在验证，经长时间慢火烹煮，猪骨不仅变白，骨孔也大了许多。"

"你……"谢阮顿觉无语，只能接受现实，道，"那……他把尸块煮了到底所为何事？"

李凌云转移话题："你仔细看陶罐，上面是不是有些凹陷？"

谢阮点了点头。

李凌云将手放置于其上，刚好嵌入凹陷中。

"这是……"

"陶器虽大多是手工制作，可哪怕是民间粗使的物件，也不至于做得这般粗糙，连手指痕迹都没有加水抹除。"

"对啊！谁会买痕迹如此明显的罐子？"

"所以，这罐子或许就是凶手自己制的，"李凌云道，"还有一点可为佐证。制陶，需先和泥，再捏胎，然后烧制。此陶罐足有半人之高，陶泥固然有一定可塑性，然而如此巨大的罐子，除非有特殊工具，否则很难一次性拉成坯。就算勉强制成，在烧制时，因冷热交织，也很容易炸开，所以要想避免意外，只能一点点来。过程是：先烧罐底，成型后，加黏土烧底坯，轮廓出来，再加土，再烧，如此反复烧制，方可最终完成。这种陶罐，虽外观不佳，但因坯体在煅烧过程中反复修补，质地十分坚硬。我询问过专精制陶的艺人，他们说，这种土陶罐更加耐火，不会轻易碎裂。罐体完成后，只要再烧一个严丝合缝的盖子，就可做到密不透风。"

"他为了烹尸，竟还特意做了陶罐！"谢阮踱了两步，"这事可急不来，他有时间做准备，又为何如此着急分尸？"

"乍看不合理之事，往往必有缘故。"李凌云拿出一个酒提子状的东西，弯腰从罐子中捞出一勺黑乎乎的液体，"罐子封得很好，或许能从中找出些东西。"

那股臭味一出罐，就变得愈加浓烈，熏得谢阮跑到门口，远远道："从这尸水中还能找出东西来？"

李凌云取了个透明小杯，倒入浅浅一层液体，接着又从水囊内倾入清水，随后以长柄小勺搅拌。

浓稠尸水经清水调和，竟渐渐显出些微绿色。李凌云将勺子拿出，在手上滴了两滴尸水，用力搓揉，又放在鼻端轻嗅。

"咦？"

"怎么了？"谢阮见他惊讶，禁不住走过来询问。

"你闻闻看？"

"这不就是尸臭吗？还能有什么……"谢阮不以为意，不料却在一股臭味中闻到了熟悉的清香。

"怎么会？"她满脸迷茫，"这不是迷香草的味道吗？"

"不同气味，被肌肤吸入，所耗时长不同。如调和的香粉、香膏，一旦上身，其散发的味道就会随着时间推移而发生变化。尸臭从腐尸而来，味源本就是人，因此会较快地被肌肤吸收，这时，剩下的气味就会散发。"李凌云肯定地道，"罐子中，曾被加入了大量的迷香草汁液。"

"是为了煮尸块时增香？"谢阮话刚出口，就否定了猜想，"不会，他煮了又不吃，为何要费那么大周折？"

李凌云指着罐口："陶罐由泥巴烧制，除非是大窑，否则罐口位置很难完全成型。如果按照凶手这种烧制方法，罐口是最后一道工序，相比其他部位而言，罐口必定要松软一些。我方才发现，罐口有很多半圆形的痕迹，这是铜铁之类的硬物摩擦后形成的。"说着，二人检查那四个老旧罐子，发现罐口内侧多少都有些坑洼。

"是有人用铜铁勺或是酒提子，反复捞取、摩擦所形成的痕迹。"

"他把尸体煮烂，又加入迷香草，到底要捞什么？"

"我怀疑……"李凌云顿了顿，"他在烹制尸油。"

"尸油？"谢阮大惑不解，"谁要尸体上炼出的油？这东西如此阴森邪门！"

"古人言'欲壑难填'，很多人为了利益，什么事情都做得出来。"李凌云解释道，"关于尸油用途，我们封诊道有所记载。西南多蛊，有的炼蛊之人，会以尸油炮制异蛊，又或者豢养小鬼，据说灵验非凡。而且，那些盗墓之人也会暗中购买。"

"盗墓者接触的尸首可不少，他们要尸油从坟地里弄不行吗？为何还要购买？"

"世人将盗墓视为大恶，自三国时期，曹操为筹集军费，设'摸金校尉''发丘中郎将'以来，地下墓葬便不得安宁。为了对付盗墓贼，许多墓葬中会设计机关、毒物。其中有一种防盗手段，叫作'兽镇'，它是从坟茔大门前的镇墓兽演化而来的。'兽镇'在墓地开始营建时就要准备。所用兽类通常为巨蛇、毒虫、猛鼠之类。方法是选择适合的墓兽，日常以鲜活、热血的禽兽为食，并不断繁养其族裔。我们封诊道发现，无论是有毒蛇虫还是鼠类，只要有热血动物可食，就不愿尝试冷血的鱼、蛙之类。而且这些墓兽要么长得巨大，要么成群结队，要么有毒，繁养到一定地步，无论是人，还是猪、牛等大型牲畜，饥渴的它们都会扑上去袭杀。"

谢阮听得入神，李凌云继续道："等到这个时候，'兽镇'的根基也就做好了，之后便是制造坟墓，一般墓主未死时，就会把这些墓兽放入墓地豢养，让它们以此为家，其间按时投喂，墓兽便不会攻击他人。可等到墓主葬入，墓穴封闭，情况就不一样了。因这些被豢养的墓兽不喜冰冷死物，它们不会去侵害棺椁中的死者，只能按照事先留下的兽道猎食。倘若此时有人盗墓，或有其他兽类入侵，就会招来墓兽的疯狂攻击，'兽镇'也就做成了。从我们封诊道的记录看，曾有以古墓为穴，甚至繁衍上百年生生不息的墓兽群。"

谢阮听完这些，好像找到了一点门道："这么说来，尸油的作用，莫不是遮蔽生人气息？"

"不错，这些蛇虫、老鼠之类的墓兽，生活在地下，通常视力不佳，只能根据猎物的气味和热度进行追踪，尤其是气味。所以盗墓者会涂抹尸油，盖住自己的活人气息。当然，类似的用途还有许多……"

"那凶手熬制尸油，是为了制蛊，还是为了贩给盗墓人？"

"都不是，"李凌云直接否定，"制蛊不会用迷香草。此物的草叶可以驱虫，方才我们在草丛附近也没发现什么虫子，可见尸油中添加此物，和蛊性不合。"

"可以驱虫……那盗墓呢？"谢阮又问。

"虽可驱虫，但其性无法与雄黄媲美，民间认为雄黄辟邪，可驱百害，盗墓贼必定随身携带，与尸油一起使用，再加迷香草岂非多此一举？"

"这也不是那也不是，"谢阮挠头道，"从何查起？"

"未必没有办法查，"李凌云端详那一小杯发绿的尸水，神情专注的模样让谢阮莫名心生寒意，很显然，对案情刨根问底，是很令他兴奋的事。

"我们可以从尸油炮制的方法入手——"李凌云兴致勃勃地绕着地上的骸骨转起圈，"常见的取油法子有两种。第一种为熏烤法。将人体黄色脂肪直接割下，经篝火熏制，让尸油慢慢滴下，用这种法子炼制尸油，速度较快，但油中含有烟火气，杂质多，色泽发黑，属劣等货，可用来制药或者炼蛊。此油如果用来涂抹，会有一种怪味，而且难以洗净，除了蛊家深居简出不介意，那些盗墓贼是不敢用的，不然容易因此暴露。"

"那第二种呢？"谢阮好奇起来。

"第二种为泡煮法。把尸体的血水、内脏全部去除，洗净，然后切块，放入盛器中用清水温煮，在煮的时候，水面会逐渐浮出一些清亮的油渍，然后用勺子捞取即可，这种尸油比较纯净，但是炼制时间相对较长，需要慢慢温煮，不停地加水，直到尸油全部熬出方能算完成。从目前看，凶手使用的，应当是第二种法子。"

不等谢阮发问，李凌云便提起一个小锤，朝陶罐走去："不问死者是谁，先从这些陶罐开始追踪源头。"

他边说，边抬手将陶罐敲碎，又从封诊箱中取出个巴掌大的碾子，接着将陶片碾成粉末，混入水中。二人观察泥浆，有些发黑。

随后他又拿出许多陶片，依样而为。"这是我命弟子在林中挖土，直接烧制而成的。"

他同样将这些陶片的粉末依次混入水中后，有一份水样引起了谢阮的注意，她挑眉道："这片与凶手所用陶片没太大区别。"

"嗯，因树林长期无人进入，落叶腐败后，使得泥土呈黑色，这种黑土较为肥沃，用于种植大有好处。只是，还得再确定一下……"

说罢，李凌云摸出幽微镜，在桌上点燃油灯，接着他小心地取了两份水样置于镜下，不久之后，他抬头道："水样一模一样。凶手是从林中挖土，再经筛子筛成细土，然后烧成陶罐的。"

"然而陶、瓷之类的物件，只能粗略看出新旧，极难确认其制成时日。

"而且这些骸骨还被封在罐子中深埋，无法判断凶手的作案时间。不过，我道自有善于研究草木、泥土之人，我将他们带来了，或许有所帮助。"

"草木？还能从草木中得知作案时日？"谢阮心中嘀咕着。李凌云出去和封诊道弟子商量了片刻，又让他们进来查看幽微镜和那片陶片。

只见那些弟子迅速离去，很快就有人回转，对李凌云说了些什么，没过多久，他进来叫上谢阮："走吧！我此前已让弟子将这片野林划为多块，分别取土做样烧陶，方才他们查对记录，便知是哪一块野林。"

当下二人并不多话，和众弟子一同前往。谢阮小心留意，发现一些树木上系有红绳，看来这便是封诊道划分地块之法。

那块野林并不远，众人很快赶到，弟子们四处查看，不久远处传来喊声。二人到了跟前，见一处凹坑，上面已被草皮覆盖。

那擅长研究泥土的弟子跃下凹坑，丈量长宽和深度，抬头道："坑中泥土之量，够做五六个陶罐。"

李凌云看向身边一名其貌不扬的绿衣弟子："周陆，可有判断时日的法子？"

周陆叉手行礼道："法子是有，我方才已经寻到了。"

"寻到了？"谢阮惊讶道，"我们刚到此地，也没见你做什么，是怎么寻的？"

周陆手一指："坑旁有棵枯树。"

众人看去，周陆从背囊中取出一把小锯，走向枯树，边走边道："死树仅此一棵，其他树都生长良好，我推测应是凶手在取土时，不慎挖断了根系，导致树木枯死。而树木生长多赖雨水多寡、气候转变，在无人问津的密林中，环境稳定，树木会规律性生长。"周陆环视一周。"此片林木，粗细一致，多为同年生。我们在枯树附近选取一棵锯开，观察年轮，再将枯树锯开，两者一减，便可得出取土的大约年份。"

说罢，周陆和另一弟子忙活起来，不多久，周陆道："首领，这些罐子制成至少两年了。"

得了结果，众人便回转草屋。那擅长研究泥土的弟子依次敲打罐体，而后道："陶器陈旧后，会越发脆，第一个罐子，敲起来尚有回声，不发闷，说明有一定的韧性，剩下的那些，只怕时间会更久。另外，装尸水的那个，看似较新，实则也至少埋了一年了。"

两路时间大致合上，谢阮捏着下巴推测："烧陶很费功夫，在此过程中，凶手不可能将尸体放在一边不管，否则会很快腐臭。所以，被害人被肢解前，一定还活着。"说罢，她迷惑地问李凌云："有一点我想不明白，凶手为何不找人定个罐子，非要自己做？"

"陶罐巨大，非常用尺寸，倘若定制，制陶之人必会记得。尸首若被发现，就能顺藤摸瓜，找到凶手。显然，自己做更加安全。"

"如此细节竟然都被考虑到了？"

李凌云微微皱眉。"我怀疑此人曾犯过案，又或是对官府查案之法颇为熟悉。"

"也是，虽然此林鲜有人来，可毕竟是天后家产，时不时还会有人前来巡查，加之周边都是寺院，人迹不绝，如果一人空手而来，可能不会引起注意，但带个大陶罐进去，难免会被人盯上。所以他才就地取材。"

谢阮又道："野林杳无人烟，把人击晕带进去杀死，分尸，烧制陶罐，并将之烹煮，至少也得耗去好些天……我看，此人应该擅长野地生存，只怕还会武。"

"不错，从骨骼发育程度分析，被害的五人均是妙龄少女。人越是年少，血脉运转越是迅速，神志也因此更加清醒，这个年岁的人，颅脑被击中昏迷之后醒得更快。从密林深处到边缘，皆为树林，并无便利道路，这里不能行车、骑马，只能缓慢拨开草木步行，此人体力必定极好，且对林子相当熟悉。"

谢阮不解地问："他为何不在自己的住处熬制尸油，而要大费周章来林中处置？"

李凌云很快给出解释："凶手需要在尸油中添加迷香草，如果把草种植在别处，一来没有那么大的地方，二来，若是暴露，就很容易被人盯上。"

"也对，密林深处很难被人发现……确实比较适合。"谢阮想了想，又问，"你说过，迷香草生长缓慢，那凶手岂不是很长时间才会来一次？"

"从罐体痕迹看，他的确隔比较久才会来一趟，但原因并非如你所言。迷香草不管生长多缓慢，密林那么大一片地方，只要种得多一些，并不耽误他制尸油。其实……问题出在死者身上。"

"死者？"

"不错，死去的五人都是妙龄少女，凶手应该对死者的选择存在某种严苛的要求。"

谢阮思索道："长安为京城，妙龄少女接连失踪，大理寺或许有案卷，我可以去查问一番。"

"封诊结束，再一并去问。"李凌云简单地决定，又问谢阮："你可知，凶手会在一天之内的何时开始熬制尸油？"

"一天之内？"谢阮一愣，"你不是说，需要文火慢慢熬制吗？难道中间还有停顿？不应该是整天不停吗？"

"生火时烟气最大，火势起来反而较小，附近有寺庙，庙内有塔，如果白天塔内有人，很容易察觉生火时的烟痕。"

"那就是从晚上开始……"谢阮猜测。

"没错。"李凌云道，"另外，熬制尸油需要不停加水，水不好携带，所以，还得有一处水源。"

"你让弟子查过了吧！"

李凌云眨眨眼："你怎么知道？"

"既然把野林都分块了，这种举手之劳的事你会不做？"

"也对，"他点点头，"密林深处只有一条小溪。可惜因时间太过久远，加之雨水冲刷，已无法找到点火痕迹。"

李凌云又解释道："贩售尸油者并不少见，我们封诊道也有相关记载。一具尸体若完全熬出尸油，至少要十二个时辰，其中出油最多的是前六个时辰，为皮下脂油，后六个时辰，出油量虽低，但系五脏脂油，其油质黏稠，质地上等，不能抛弃。熬制过程中需要大量木炭。我在林中未发现伐木痕迹，也就是说，熬油的木炭，是凶手自己带来的。"

"如此巨量的木炭，只怕不好携带。难怪你会说凶手在夜里作案。"

"不错。此过程可分三种情形：第一种，先带被害人，再运木炭；第二种，运木炭在先，运被害人在后；第三种，两样一起运来。我们做了尝试，十二个时辰不断用小火烧煮这么大的罐子，需要一百斤以上的木炭。凶手熬制尸油，不会选择太瘦的少女，算一百斤，这样加起来就有两百多斤。考虑到成人的背负极限，如果是第三种，行动必然缓慢，难保被害人不会在中途醒来。若是第一种，被害人在林中醒来呼救，也麻烦。所以最稳妥的方法就是第二种。把被害人控制在某处，将木炭提前运到林中，再把被害人击晕带走。这么一来，凶手就需要在附近有个住所，且该地在他的脚程范围内。"

"此过程，最好是在被害人神志不清时完成，那么昏迷时间就是他到此间的路程消耗时间？"

"不错，我查了封诊手册，其中'击晕篇'内，录有道中所办案件里，各年龄、各性别，以及使用各物体击晕某人直至其醒来的时间。据我推算，十四岁左右的妙龄少女如被击晕，最长昏迷半个时辰。"

"为何不用迷药？这样可以控制昏迷时间，也会更加安全。"

"他或许会用别的手段，但一定不会用迷药。"

谢阮大惑不解："为什么？"

"迷香草是香料，加入尸油中别有他用。若混进迷药，多半会影响尸油气味，他要保证纯度，就只能采用击晕的方式。"

李凌云说到这里，就见外面来了个浑身漆黑的高大男子，谢阮定睛一看，不是阿奴又是谁？

只见阿奴浑身大汗，如刚从蒸笼里出来一样，他来到李凌云跟前，忙不迭地打了几个手势。

"他怎么了？"谢阮好奇地问。

"方才我让他从泥坑处开始，背着装满等同一个少女重量的泥土口袋往外走。就算是阿奴，半个时辰内也只能勉强离开密林。"

"跑或走得快慢与否，一看身高，二看体力，阿奴这种昆仑奴持久力强，别说京中，就连诸节度使府上也经常养昆仑奴用来跑腿传信。据说他们光脚飞奔，甚至比别人骑劣马还快。"谢阮皱眉道，"如此好的体力，他也难以在半个时辰内离开树木密集的树林，依你看，凶手会不会就住在密林内？"

"密林之中没有山洞……"李凌云从怀中拿出一片羊皮地图。谢阮看到羊皮边缘那些闪烁的金丝封，便一眼认出，这是宫中密图。"天后家产与皇产无异，此间不允许百姓进入，更别提建房……"

李凌云在地图上用封诊硬笔圈了二十几所住处，接过话去："所以凶手的住处，只能在密林边缘。这些都有可能。"

说罢，他取出一个晶莹剔透的水晶瓶，打开盖子，用小勺挖出一些膏状物，示意谢阮伸手过来。

她迟疑片刻，终于把素手交给他，李凌云涂抹那物，又用手指在谢阮手背上反复揉搓，很快，她闻到了一股奇特的香味，很清淡，但是许久无法散去。

"这是什么？"

"按此方法熬制的尸油膏。"见谢阮面色大变，他才意识到说错了话，忙改口道，"是猪油。"

"……别吓人好吗？"谢阮龇牙，轻抚涂抹过的地方，觉得肌肤嫩滑芬芳，忍不住问，"怎么做的？"

"具体做法是将迷香草挤出汁液，没过尸体浸泡。接着将罐子密封。浸尸时间不能短，也不能长。时间长了，尸首会被染成绿色，提炼出的尸油也会随之呈现墨绿色，不光观感不佳，涂抹在身上，还会让肌肤染色。若浸泡时辰短了，尸油香味不浓，与动物油膏无异，经多次试制之后发现，浸泡两日效用最佳。"

"人也如此？"

"没错，而且如果用人炼制的话……"李凌云偷眼看一下谢阮，见她并无异样，才继续道，"以人炼制的尸油膏最容易被人的肌肤吸收。罐里的尸水中残留尸油膏，之前我在揉搓尸水时，肌肤先吸收尸臭，再者才是迷香草的味道。倘若是以人制成的尸油膏，不光会使肌肤润泽，还能持久锁住香味。"

谢阮嗅了嗅，感觉头脑随清香舒适了许多："尸油中加入迷香草，应该是有缘故的，如只为了芬芳，完全可以用一些常见的香料。"

"不错，迷香草既为香料，同样可以药用。此物曹魏时便已引种，诸多药书有所记录。具有安神、镇静之效，可用于治疗失眠、头疼、兼治手足冰冷、发麻。作为药用，常内服。倘若外用，最大的功效，却在催情。嗅闻时间长了，会让人浑身发热，欲望缠身。"

"……原来如此，我就说，凶手耗费这般功夫，不可能做出无用之物。此物制作不易，且一次出量不少，如此说来，有很大概率是用来售卖的，且价值不菲。"

"不错，"李凌云表示赞同，又补充道，"另外，在制作尸油膏前，要对尸体进行腌制，这个过程，凶手要寸步不离，这期间，他指定生活在林子里。"

"如此说来，倒是可以从这几个方面同时入手。"谢阮负手来回走动，边走边整理思绪，"其一，找大理寺，要他们手中和少女失踪相关的案卷；其二，命人带着你制作的猪尸油膏，询问市面上有没有类似商品售卖；其三，暗中查清密林边缘那二十几所人家的信息。"

说到这里，她突然盯住李凌云："这些法子都得有我参与，以你自己只怕很难做到不打草惊蛇，可你之前并没想过让我帮忙，所以，你是不是还有别的手段？"

"也就是守株待兔罢了。"李凌云道，"凶手这些年都在此处熬制尸油，况且迷香草就种在这里，下次作案，必定还会来。"

"你这样，岂不是放纵他再次为害？"谢阮嫌弃地横他一眼，"就知道等！这事发生在天后的地盘，天后和我可等不了。再说了，你们封诊道弟子中没有武将，凶手人高马大，就算发现踪迹，又如何能够制服？"

"奇门遁甲之术还是有用的，"李凌云摸摸鼻子，"不行就先把他困住，再通知官府。"

"屁话！"谢阮粗鲁地打断，旁边的封诊道弟子知道这位的来头，不敢笑她，只好纷纷转头去看别处，"杀五人已是大案，此案必须上奏，这个人在皇家密林中搞这种东西，如果抓不到，传出去会影响天后声誉。"

说罢，她朝李凌云伸出手。

"做什么？"

"这尸油膏给我，凤九在长安呢，让他查去。"

"只怕没用，"李凌云摇头道，"凶手作案时间间隔较长，说明这种东西只在少数人手中流转，就算让凤九去查，也不一定能查到。"

"这也不行那也不行，你要怎么查？"

"我们养狗，"李凌云道，"你见过的。"

"封诊犬？"谢阮想起李凌云曾经拉出来的细犬，顿时有些羡慕，她还记得那是难得的好品种，"也对，犬对味道极为敏感。"

"是，尸油膏若密封起来，可以长时间保存，加之价格昂贵，未必就轻易卖光，凶手家中或许还有一些存货。可以让封诊犬先去那二十几所人家附近闻一闻有没有迷香草的味道。"

不久后，十多条腿脚细长、俊逸非凡的封诊犬便汇聚在草屋外。

"人嗅不到，狗鼻子却不是好骗的。"谢阮眼红地看着那群狗，碰了一下李凌云，"下了小狗给我一条如何？"

"可以！"李凌云点点头，"不过你要好好养，这狗能活十年八年的，若被丢弃，会很伤心的。"

"那是自然。"谢阮正说着，那些闻过尸油膏的封诊犬已飞奔而去。此时天色已黑，犬很快没入密林深处，最多半炷香的工夫，犬一一回归，其中一条兴奋地在地上转圈，不断追逐自己的尾巴，同时汪汪大叫不止。

"是你了！"李凌云走到它跟前，从犬脖颈上解下一条带子，上面有一个闪闪发光的铜制小盒，盒上面有手指大的开口。

打开小盒，他从中倒出一些混有茅草的泥土。

"这是犬闻到味道，站起身从墙上扒下的泥土，从外观看，就是普通的泥巴加了些茅草。也就是说，凶手的住处是一座自己盖的土坯房。"

说罢，李凌云对那犬道："屋内有人否？"

那犬乖乖坐下，抬起右前爪晃了晃。

"看来没人。"李凌云让弟子拿来火把，对那犬道："带路。"

那犬立刻起身跑向林子，只是这次它跑得慢了许多。

众人尾随它半个多时辰，来到了那座房子前。

谢阮回身看看："这里比阿奴去的距离还要远，看来此人多半有武学功底，否则不可能比阿奴还快。"

"不错，"李凌云看看房顶，"屋子建得很高，一个人做到如此地步，凶手必定精力过人。"

屋门上挂着锁头，李凌云和谢阮穿好封诊衣，让弟子用巨钳钳开锁，推门溜边而入。

一进门，借着火把光，二人就注意到墙上悬挂的几束迷香草。

谢阮搓了一下迷香草，发现很干爽："嗯？看来，凶手曾想在屋内熬尸油，或许怕暴露，所以就放弃了，毕竟这里难免有胥吏进来查验。"

李凌云让人递来火把，蹲下小心地观察地面："有多种足迹……确实有不少人来过这里。"

谢阮看着地上那密密麻麻的鞋印，直皱眉头："这么乱，这要怎么判断？"

李凌云并不着急，缓缓蹲下细看："论体力，很少有人能与阿奴相提并论，凶手比阿奴跑得还快，那么只能在身形上占据优势，通常，鞋子大小与身形成比例。"说罢，李凌云挪到了一枚被踩得只剩下半个鞋底花纹的鞋印旁，他命六娘绘下后，又在屋内杂乱的足迹中寻找起来，直到发现另外几枚残缺鞋印，他才彻底舒了口气，见六娘尚在绘制，谢阮问道："你在干吗？"

李凌云指屋外大门："篱笆门上虽挂着锁，但门间隙太大，只要稍微一推，就可以挤进来。"他又指地面："多数都是泥渍鞋印，说明这些足迹均是躲雨者所留。它们对现场的破坏程度很大。可考虑到就算门完全推开，缝隙也只能让普通身形者进入，所以，哪怕是毁灭性的破坏，我也有办法从中找出嫌疑鞋印。"

"竟如此神奇？"

"还是如方才所言，身形与鞋子大小成比例，就算是残缺的鞋印，那也比普通人的要大很多，我只要在杂乱足迹中，找出那些明显较大的残缺印迹，接着拼凑一番，大抵就能得出完整的鞋印痕迹，这在我封诊道中称为'空间相接法'。"

谢阮眨巴着眼："听你说得轻巧，但我感觉，这种法子对寻常人而言，可能难于登天。"

"确实。"李凌云点点头，"除非对鞋底花纹极为敏感，否则漏掉任何一个细节，都无法为破案所用。"说罢，他看向正在绘制的六娘。"熟练运用此法，需要精确测量鞋底每一个细小的纹路，包括磨损痕迹，如六娘这样心细的女子，没个十载光景，都无法做到，对普通人来说，确实难了些。"

刚刚言罢，六娘已把绘制好的完整鞋印递给了李凌云。谢阮伸头观望，发现图形旁还用娟秀字体标注了丈量数据。

李凌云接过，很快推测起来："据足迹长度，计算凶手身高六尺一寸七分左右，身体壮硕，落脚有力。"

谢阮皱眉凝视那足迹："能否看出他穿的是什么鞋？"

"因案发现场时常可发现足迹，所以我封诊道从古至今，对鞋履极有研究，屦、履、屣、屐等都是指鞋，说到底，这些鞋类主要的区别在于使用的材料和样式上。

"我大唐的鞋子，粗分有三种：布帛类、草葛类，还有皮革类。第一种：布帛类。它是以麻、丝、绞、绸、缎、锦等织物制成的鞋履。鞋面以上述织物为原料，鞋底则根据不同的功用来区分。布帛类鞋，由于鞋面比较松垮，不适合长途奔跑，且穿时间长了鞋面会松，走路易打滑。百姓穿着，以麻、丝履及锦鞋为多。

"第二种：草葛履。它是以蒲草、葛藤为基本原料，经过搓捻编织而成的鞋子。常见有葛及蒲鞋之类。这种鞋子，价格低廉，也不适合奔跑。

"第三种，皮履。它分两种，一种以生皮为原料，另一种以熟皮制成。生皮磨脚，大家伙穿的一般都是熟皮。熟皮靴又分为长靴和短靴。因皮靴耐磨，所以在道路平坦的城市中行走，穿短靴的居多。只有那些长时间在丛林里穿梭的人才惯穿长靴，如武官、士兵及马夫等。"

说完这些，李凌云手指足迹："从鞋底花纹来看，此人穿的是士兵才会穿的皮靴。能看到清晰的纳底纹路，手工极好，是官制的乌皮六合靴。"

"这花纹就能证明是官靴？"谢阮摆明不信。

"乌皮六合靴简称乌靴，是大唐最具代表性的一种靴子，一般用染成黑色的皮革制作，故称为'乌皮'。制作前需先将皮革染黑，然后根据靴子的造型，将皮料裁剪为大小不等的皮块，一双皮靴通常以六块皮缝合而成，寓意东、西、南、北、天、地，故称'六合靴'或'六缝靴'。

"这种靴子，因需六块皮缝合，所以在纳底的过程中，会有一定的规律可循。六合短靴，所需皮革较少，在纳底时，无须多费针线。但长靴则不同，需将更多的皮子缝在鞋底，这样才能保证鞋底牢固。

"你看，这花纹密结，从鞋底的缝制手艺看，做工极为精细。凶手穿的必是一双六合长靴。这种鞋子多用在军中，因考虑到士兵需要长途跋涉，所以鞋底纳得更紧，针线更有一番讲究，这些从花纹上都能观出。"

"此人擅长负重奔跑，若说是军中人，倒也合情合理。"谢阮道，"军中发放的用度都是定制而成的，此人在长安城内作案，此物不太可能来自地方。看足迹大小，至少有九寸长，这样大的脚，也不好买鞋。我只要询问京中军务相关，或许就能有线索。"

"没错。靴子底部磨损不是太严重，比较新，凶手来此屋时，应是刚领了用度。"李凌云蹲下身子，"多枚残缺足迹边缘规整，仅有少量虫蚁爬痕，距离他上次来此间的时间也不长。"

"大概多久？"

李凌云环视一周："最近少有阴雨，加之房屋保护，我推测不会超过两个月。"

谢阮默默记下结果，只听李凌云道："如果凶手还在军中，他可能是利用休沐之日来干这件事的，这也能解释他的作案间隔为何会这么长。若凶手不在军中，那么他也有拿到官靴的途径，毕竟，官家的靴子，穿上还是非常合脚的，非一般百姓所制可以媲美。"

"明白了，"谢阮邪魅一笑，"尸油膏难得，此物售价必定昂贵，若有人光顾，定然大部分都是长安城的人。所以只需在城内查询有哪些人会定制九寸长靴即可，放心，我会让他们打听到了也不要声张，避免打草惊蛇。"

说罢，她似乎有些累了，打个呵欠，对李凌云道："看来今日是没办法把你带入宫了，你叫几个识得足印的弟子跟着我，我回宫知会天后，明日再把她的意思和通过这鞋印查出的结果一并带来。"

次日午后，李凌云接到传话，立即拿起封诊箱，跑出密林去见谢阮。

刚见面，谢阮就递来一沓布帛。李凌云翻看着，听她道："天后允许你先查此案。至于其他，等尘埃落定，你自己去同她交代。我命人借故调查军中，发现整个长安城内，领取军中制物，留下姓名，又有九寸大脚的人只有十三个，这些足印是我命人找到他们的下落后，让你那几个封诊道弟子取回来的。经他们复绘，痕迹尺寸可以保证一般无二。"

"他们都在军中服役？"李凌云一张张细看起来。

"不是，还有一些达官贵人的部曲①。我大唐允许拥有部曲，他们也有路子获取军中用物，只是需要个由头。"

正说着，李凌云挑出一张足迹图来："就是此人——"

谢阮把那足迹和其他的拿来对比观瞧，不解道："咦？类似足迹不少，你如何能肯定就是此人？"

"人在走路的过程中，鞋底接触地面，他们的鞋底磨损要比普通人严重许多。尤其在奔跑时，脚趾会收紧抓地，保持平衡，如果这人长时间穿鞋奔跑，则会在鞋底上出现不一样的磨损。据观察，此人足趾、脚掌处磨损得都不轻，他是这些人中最擅长奔走的。"

谢阮再无疑问，对随行而来的甲士轻声吩咐，那人立即转身打马而去。

"这些人都已被盯紧了，你放心，用不了多久就能拿住他。"谢阮抬起鞭梢，指向曲江池方向，那里有家店面，"过去吃些东西？"

李凌云知道谢阮并不乐意进那密林，便随了她的意思。二人找了个地方坐下，刚吃了几个汤中牢丸②，就见有人找了过来。

"人带到了，走吧！"谢阮一抹嘴，起身就走。

李凌云连忙起身，却被店家捉住衣袖："哟！吃白食吗？赶紧给钱——"

---

① 家兵、私兵。
② 带汤饺子。

万年县衙，偏厅之内，李凌云正黑着脸，回忆那牢丸店家的评价——

"生得比小娘子都好看，怎么还想浑水摸鱼不付账呢？"店家拿了钱，却还揶揄了他一句。

钱不是事，前面那句话才是他不痛快的缘由……好看就好看，非得和小娘子比较是什么意思？

不快之下，眼前被捆成粽子的军汉他瞧起来就更不顺眼了。

虽说眼下在县衙中，但此案却是由李凌云最先发现的，加上事发在天后地盘，自然由狩案司先行审理最为合适。

当然，大理寺还是来了个司直，蹲在一旁陪着，不然于理不合。

那军汉身强体壮，筋骨隆起，俨然符合李凌云此前的推断。此时他铁索缠身，被押在地上跪着，貌似面目憨厚，可那双眼珠子却骨碌直转，精光四射。

虽被拿住，却不见他害怕。他先盯了李凌云片刻，又扭头去窥视谢阮，见她举手投足的气势，方才目光一缩，额边落下一滴冷汗。

"被官府拿下都不怕，此时却怕了？"谢阮冷冷一笑，"说说缘故？兴许某心情好了，让你得个好死。"

"你不是寻常官员，"那军汉龇牙呵呵笑道，"我的好日子到头了，落在你手里，不冤。"

谢阮端着水碗，送到他眼前："看来你是清楚自己做过什么，老实交代，我便允你痛快！"

"好——"那军汉低头就着水碗咕嘟灌了几口，喊道，"难得畅快，反正也活够本了——"

喊罢，他便如竹筒倒豆子，一股脑地说将起来。

"我叫辛五，没别的名字。阿耶是个来长安城经商的胡人，阿娘是纺绢帛的良家。我那胡人阿耶收了一批大货，因在长安没有房产，便和阿娘家人说好，把货物堆在她家院中。那日夜里他醉了酒，轻薄了还在纺织的阿娘。"

辛五说着，面露嘲讽："他是胡人，不是不能和大唐女子成婚，但他违法在先，我外祖父一发现便当即报了官。从年岁上说，他都够做我阿娘的爹了，所以我阿娘也不愿嫁他，结果可想而知，他进了大牢，很快便被斩了头，当了死鬼。"

"可我阿娘怎么都没想到，自己已怀上了我。"辛五木然地说下去，"于是我一出生，他们便想撇清关系，将我的身份记在了相熟的辛家人名下。那辛家人并非良人，而是大族王家的部曲，我作为辛家子，从此之后，便只能任凭主家差遣，实质上，也就是王家的奴仆。"

"若是我没本事也就罢了，可你们看我这身条，这力气，还有这身功夫……"辛五哗啦举起沉重铁链，冷笑连连，"我在王家跟了这一辈的杰出之人，主人在折冲府当果毅都尉，后来又调入右武卫做事。虽然我作为亲兵，看似身份非凡，但让我这辈子永远当别人的私兵，我能甘心？要摆脱这部曲的身份，那也不易，虽然主人欣赏我，但要做良人脱离王家，按照规矩，就得缴纳一笔赎身钱。"

"连我自己都寄养在辛家，手中哪儿来这么一大笔钱财？"

说到这里，辛五面露苦笑："打主人自折冲府调归京城，我便不需备战，倒是经常随主家狩猎。通常，京中狩猎去近郊连带游玩，自会携上女眷。女人东西多，我气力大，就常常帮她们搬运东西。

"有一次，我见主人的爱妾在马车上小心翼翼地涂抹一个瓷瓶中的东西，又和身边的婢女说要用光了，得省着用，否则断了用度，不知如何是好。我便起了好奇心，多问了几句。

"她平素有事，大多要烦劳我，已和我极为相熟，便也没有隐瞒，只说此物为催情圣药，她也是在大户妾室相聚时辗转得来的，效果极好，全靠这个得主人专宠，便长期找那制药人购入，她又强调此物很难购买。我当时已感觉到，她就是故意在我面前用这玩意的。想来是因为这种催情药本上不了台面，她不便自己购买，若是被人发现，在当家主母那里难免落下口实，看我可靠，打算让我代劳。

"她愿意出跑腿钱，我又有什么不乐意的呢？于是便顺水推舟，应了下来。谁知她给我的药金，当真是好大一笔钱，而给我的佣金，只有那么一点点。

"由此可见，此物极为金贵，于是我就上了心，准备在交易之时，仔细观瞧那卖药的到底是何人。

"你们是否觉得怪异，都要交易了，我却不知对象是谁。可别说我，那妾室也不知其人相貌，只因交易方式极为隐秘。需夜间来到一破屋门口，把钱从门缝中塞进去，然后敲响门铃，要一瓶，就敲三长一短，要两瓶，就敲三长两短。

每次售卖同一人从不超过三瓶，敲完后，放下药钱离开，第二天推门来取。"

辛五回忆着，目光幽幽，下意识地用猩红的舌头舔舔嘴角："此物如此值钱，赚那点辛苦费，岂不亏得慌？于是我便假装离去，实则悄然埋伏，等那制药人到来，我就绑了他，用刀架在他脖子上，逼问此人来头——他原来是个巫人，专制此物，说到底，无非就是用死尸再加上点迷香草熬的。换个人，怕是听到这些也就怕了，可我不怕。我在辽东打过仗，有一回被逼入绝境，还吃过人肉。因行军打仗随时需要就地取材做饭食，所以我也会制作陶罐。迷香草我虽没见过，但是巫人说他手中有草籽。于是我将那巫人绑到了密林深处，强迫他说出熬制的过程。在我的威逼下，巫人从院中地窖里取出冰冻尸块，亲自教我熬了一次，从此之后，我便狸猫换太子，伪装是他，把这迷香草尸油膏卖给那些大户的后宅之人。由于本就是不见面的交易，所以她们并未发现换了人。

"一开始我还需那巫人指点，等我做熟了，就把他给杀了，彻底接了这个生意。每次，我都拿着那小妾的钱，假装去巫人那里买尸油膏，其实，这些尸油膏都是我自己做的。"

辛五交代完毕，谢阮又问："死者都是十四岁左右的少女，这也是那巫人的方子？"

"不错，"辛五点头道，"他说他试过不少人，这个年岁的少女，油脂最为纯粹，尤其是处子。兴许正是因为这样，那油膏中才有某种特殊气味，加之混合了迷香草，才对男人有极大的吸引力。"

"这些女子从何而来？少女失踪，如何不引起他人瞩目？"

"这个说来简单，"辛五冷笑道，"诸多大户大族，谁不豢养仆婢？暗中买卖人口，更是常见之举。我在王家长大，自然清楚他们权势滔天，哪怕打杀仆婢，也能买通关节，只需银钱就能买命。又或改写成仆婢私逃，官府只当仆婢抓不着，谁知道他们已经死在什么犄角旮旯儿了呢？"

"所以？你下手的，都是家奴身份的少女？"

"对，我蒙着脸，用巨款收买这些家族中管事之人，让他们找借口，把那些本就不受待见的适龄少女偷着送给我，对族中则上报，其不堪惩罚，被打死之类。之后族内自然有一套和官府打交道隐瞒的手段，如此一来，外面的人根本查不到。而那些族中的人，对于仆婢之死，早就习以为常，置若罔闻，不会追查。"

　　辛五交代的全程中，李凌云都不曾说话，直到此时，他才问道："辛五，听你所言，你主人对你很是信任，才会让你护卫女眷，你也有许多办法可以额外得到钱帛。据我所知，部曲亲兵，待遇比奴仆要高许多，倘若主人地位不凡，寻常良民遇上部曲，还得为你们让道。如今观你身高体壮，在王家也没遭虐待，你为何一定要做良人呢？"

　　"良人能做的，部曲可不能做，"辛五呵呵冷笑，"部曲说到底还是奴仆，主人一时兴起，随意赠送他人也很寻常，我不过是因为有一身功夫，待遇略好一些，要是认真起来，还不是和那些仆婢一样，杀了也就杀了。总而言之，不过是有价值的物件，并不算人。"

　　"我明白了，"李凌云微微点头，却又道："可你杀那些婢女的时候，不也将她们当作物件吗？你这算不算助纣为虐？又有何颜面去指责你的主人呢？"

　　李凌云话音未落，就见那辛五双目变得猩红，死死地盯住他，似乎准备暴起伤人。谢阮当即抽刀出鞘，防备在他身前，谁知那辛五盯了许久，却长叹一声，低下桀骜的头颅。

　　"你说得对……"

　　辛五幽幽地道。

　　"不知不觉之中，我也和那些人没有差别了……"

　　…………

第二回

火山地狱　幽冥之咒

大唐封诊录·地狱变

一个人活生生被烧死，不做任何挣扎？

谁能经得起这样的痛苦？他是怎么办到的？又为什么要这么做？

尸油膏案既破，那些助纣为虐的人自然交给县府处理，再无后顾之忧，谢阮眼下第一要务，就是把李凌云拎进宫去。到宫门前，谢阮命人又给李凌云套上木枷，由几个甲士扛起，迅速朝着前方奔去。

进了寝殿，谢阮突然伸手把李凌云拽到一旁的牡丹屏风后："陛下在，勿出声。"

李凌云张望了一下，发现寝殿极大，帷子层叠，看不清里头情形，却能听见传来的交谈声。

只听有些疲惫的男声说道："显儿、轮儿这几日入宫问候，朕瞧着显儿眉眼里有些郁躁之气，却不知是何缘故。"

李凌云从未见过天皇，就算在被武媚娘从东都拎来长安的路上，也只是远远一瞥，但听这个"朕"字，他便知开口的人是李治无疑了。

只听武媚娘答道："显儿如今是东宫太子，怎能像过去一样清闲，应是有些劳碌所致。"

"他劳碌？"李治不以为然，"又没有让他担着什么事，大事仍是你我操劳，他劳碌什么？"

"话虽如此……"武媚娘顿了顿，似在思索如何解释，片刻之后才继续道，"薛元超、苏良嗣两个尽心尽力辅佐显儿，或许拘束得太多了些，你知道这孩子，他过去哪儿用得着遵守这样多的规矩。"

"他如今是太子，自然要做天下表率，"李治叹道，"还是历练太少，看来要让他早一些担当起国事来才行。"

"我也觉着应当如此，"武媚娘笑起来，"不过，稚奴，眼下倒有个好机会。"

"眼下？"李治迟疑地问，"莫非媚娘是指……"

"把朝廷迁去洛阳如何？"武媚娘有些兴致勃勃，"今春粮荒又来，原本咱们也应该启程到东都就食①了，不如把显儿留在长安，也好锻炼他的治国之能。"

打武媚娘说完，天皇李治就没再开口。李凌云瞥了一眼谢阮，后者摇摇头，伸出手指嘘了一声，不让他现在提问。

华美寝殿内，消瘦得双颊微凹的李治抬起手，搓揉胀痛的眉心。见他不语，武媚娘主动打破沉默："关中一带自古久旱，前隋虽开了广通渠，从外面运粮到长安，可这并不能免了旱灾。去年到今年又是冬春连旱，突厥二月里又在闹事，多少粮草调往边关？裴炎已准关中百姓逃荒，又从东南调了粮赈济灾民，为了节约民力，朝廷都会在这个时候迁往东都，今年应该也不会例外吧！"

"话虽如此，但让显儿留在长安……"李治眉头扭成一团。"朕不放心"四个字已经到了嘴边。

武媚娘牵起李治的手，拍拍冰凉手背，说："稚奴还记得那些吐火罗人进贡时说的故事吗？"

"记得，老鹰会将雏鹰踹下悬崖，逼迫它们学会使用自己的翅膀。"李治看向武媚娘，"可是显儿原本就对治国知之甚少，且他本性贪玩，突然把整个西京都扔给他，万一他……"

"稚奴——"武媚娘语重心长，"就是因为他贪玩，兴许会做错事，才要趁着我们都还在，放手让他多多尝试，哪怕做出些不好的事来，你我还可以挽回他捅出来的娄子，人不吃吃教训，怎么能成长呢？"

武媚娘目光真诚，理由充分，让李治挑不出什么毛病来。然而，他就是下意识地觉得，妻子这番安排，似乎背后酝酿着一场风云变化。

他试着思索武媚娘的企图，可是头风恰到好处地发作，他的头脑顿时陷入暴风般的痛楚。

李治抚着额头，表情痛苦地摆摆手："也是，媚娘考量得对，这些就由你来安排吧……只是不要对显儿太苛责了，他此前并没做太子的准备……"

说到这里，他又不可避免地想起次子李贤，也不知他这个聪慧的儿子被逐出京城之后，正在何处凄凉着，思及此，李治愈发感到头痛欲裂。

见他痛不可抑，武媚娘忙叫道："婉儿，婉儿，唤张公来，带陛下去偏殿避

---

① 隋唐时期，天子因关中地区饥荒、物资供应不足而屡赴洛阳就食。

风。"又回头问李治："稚奴，觉得如何？"

"歇歇就好……歇歇就好……"李治艰难地挤出个笑容，扶着上官婉儿的手起身缓行，来到门口时，他突然停下了脚步："谁在屏风后？"

见躲不过去，谢阮暗拽李凌云一把，二人一同称臣行礼。李治端详李凌云，道："你就是李大郎，李公的儿子？"

得到肯定回答，李治无力地道："朕有病在身，媚娘日日为国操劳，你且为朕劝劝媚娘，万事不可太过操心，需以身体为重。"

说罢，也不等李凌云回答，李治便在上官婉儿的侍奉之下离开了。

等皇帝走远，谢阮才带他来到天后跟前。武媚娘饮着桂酿冰露，不抬眼地道："木枷沉吗？"

李凌云抬起胳膊道："沉。"

"既知道沉，在林子里头藏了那么久，你可想明白了吗？"武媚娘放下碗，擦拭一下猩红唇角。

"臣不明白，"李凌云抬起头，直愣愣地瞧着天后，"臣就是想知道，他到底是什么人，为何要冒明崇俨之子明珪的名义活动？陆合道人杀人案结案后，他又去了哪里？明崇俨的案子，与他有何干系……以及，东宫太子，当真就是马奴赵道生杀死明崇俨的幕后主使吗？"

"你的问题太多了，"武媚娘瞥向李凌云。后者无畏地望着她，神情决然。她冷冷一笑："不要以为刚破了一个尸油膏案，就又有了底气要这要那，李大郎，你还记得，你为何会躲进林子里吗？"

"记得。"李凌云快速道，"在谏议大夫明崇俨的丧礼上，我察觉到他的儿子明珪竟然不是我认识的那个人，而是一个陌生人，外表相似，但易容成了前者模样，并且，这个陌生人才是真正的明珪。"

"而我认识的那个人，却是个假货，他与我共同调查明崇俨一案，到头来，我竟根本不知他是谁。"李凌云忆起在丧礼上，明珪送他的香囊中藏匿的那颗阿芙蓉丸，呼吸微微急促，"此人装扮成大理寺官员，又能在结案之后全身而退，说明，他这样做，至少经过了天后您的许可。"

见武媚娘挑眉，李凌云又道："明崇俨案颇有蹊跷之处，譬如东宫马奴赵道生，他曾经提过，有一个人告诉他，只有太子死了，她才可以永远平安无事……那个人到底是谁？我手中也有一些证据，可以说明有人故意拖延此案。

在我向您提出重查明崇俨案，并想调查明子璋真实身份后，您就停了我一切职司，非但不许我查我阿耶李绍的死因，还强行将我带来长安。您要我答应，不再追查这些案子，继续为您所驱策……可没有答案，我不想继续查下去，就是因为这样，我才会躲进那个林子里……"

"破案的事，我既听不懂，也无法给你答案，"武媚娘和颜悦色地道，"不过此刻有一个案子很是紧迫，案发之所在东都，只要你愿意查它，我就允许你同时调查你阿耶的事。"

"……可我一定要弄清楚明子璋的身份和由来……"

"无妨，若你现在仍有执念，大不了把你扔回地牢就是。只是这次，我会把所有的石头都清理干净，让你不能在墙上画你们封诊道的剖尸图，而且，我会将你们李家从封诊道内彻底抹除。如今可不是明崇俨案久悬未决的时候，以杜衡的能耐，对朝廷而言，应该也够用。"武媚娘刚冷酷无情地威胁完，便对他扬起明媚的笑容。

李凌云并不害怕，他已习惯了武媚娘的变脸，而且，他还从这些话中，隐约觉察到了一些关键信息，只是有些模糊。皱眉思索片刻，他终于找到了那个异样之处。

"现在？"他问道，"这意思是，将来我有机会搞明白？"

"告诉你也无妨，明子璋被我派出去做事了，至于他的实际身份，你终究会知道的，说起来，他很快就会再见到你……只是，李大郎，你希望明子璋是怎样的人呢？是你认识的大理寺少卿，你的知交好友，还是……"说到这里，武媚娘的笑容变得深不可测。

她端详着李凌云的脸，笑盈盈道："你也怀疑过吧！他，或许才是那个杀明崇俨的凶手。"

"自我掌握的诸多线索和迹象看，他确有此嫌疑。"李凌云点头道，"既然这样，我便接了这桩案子。"

"无情的小子，他不是你的友人吗？你竟然疑心他杀人……罢了。"武媚娘摆摆手，吩咐谢阮："你带人与李大郎同去，我再派个人顶明子璋的缺，你们记着，朝廷很快就要迁去东都，在那之前，这桩案子务必了结，还百姓和陛下一个安静祥和的洛阳城。"

"诺！"谢阮在一旁早就觉得心惊胆战，此时连忙点头称是，抓着李凌云的胳膊，把还想多问的他硬拽了出去。

天蒙蒙亮，大唐西京长安城东面的延兴门已经敞开，无数百姓出出入入，有不少人在道旁送亲友远行，那依依不舍的情态，伴着送别酒的气息，平添许多离愁别绪。

骑在豁牙花马背上，李凌云看向那些在道旁饮酒的人，很是不解："自此门离开的人，多是经商洛前往东都，长安至洛阳的官道，是大唐修筑得最平整的一条，快马往返所需时日极短，为何这些人看来都很忧愁？"

"因为他们只是草民。"在他身边，领着一众骑卒的谢阮，用马鞭指前方，"官道宽阔，却不是没有贼盗。如今冬春连旱，四处都缺粮，山贼强盗必然趁机作乱，豪富官员还可以请人护卫，这些做生意的百姓并无多余银钱，便只能结伴而行来壮壮胆子。"

谢阮瞥一眼李凌云，面色怜悯："然而这也没用，不过是想靠人多势众来吓退山贼，遇到狠角色，一样白刀子进红刀子出。人多又如何，哪怕手里有刀，也未必打得过刀口饮血的贼人。我大唐百姓除了死于天灾饥馑，也有许多是离乡外出，遇到危险死于道中的。别看只是一次数百里的远行，可对这些无力保护自己的人而言，可能就与亲友从此永别，他们当然会依依不舍。"

说完，谢阮朝李凌云挤挤眼："你当真不等那个李嗣真一起去东都？"

"不等。"李凌云决然地道。

"他可是天后亲自选进狩案司的人。"谢阮又问，"此番应徐少卿之邀前往东都查案，你先是拒绝与杜公同行，而今又避开李嗣真，李大郎，你到底在想什么？"

不等李凌云回答，二人身后传来急切的马蹄声，着一身蓝衫的清瘦男子骑着褐马赶来，身后背着个长条状的唐草纹银缎琴囊。

"李大郎、谢三娘，"来人面相文雅，蓄了一口美髯，脸上微红带汗，他弯着天生的一双笑眼，拱手道，"着实抱歉，家中老母一定要我吃过朝食再来，所幸没晚太久，可以启程了吧！"

"是你叫他来的？"李凌云眯起眼，转头去看谢阮。后者叹气道："人家是太常丞，又是天后钦点，你再不喜欢，也不要做得太昭彰吧！"

谢阮话音未落，李凌云从马屁股上的皮袋中抽出一根木杆，木杆前端打孔，穿了根麻绳，绳上系着一只苹婆果。只见他手持木杆，将苹婆果吊在花马脑袋前面，花马滴起口水，欢快地追着苹婆果一溜烟地向前小跑而去。

在他身后，被抛下的众人目瞪口呆，看着花马扭动的屁股，李嗣真忍不住道："李大郎……就这般讨厌我？"

"那天在紫宸殿，你不就已经知道了吗？"谢阮打了一下马屁股，让胯下白色骏马朝前方追去。

谢阮的话，让李嗣真想起二人见第一面时的情形：就在天后武媚娘的眼皮子底下，李凌云也敢对他不理不睬，还斩钉截铁地说出"狩案司用不着添人"这样的话来，思及此，他也就觉得方才那一出，着实算不上什么了。

李嗣真无奈跟上，来到谢阮身边，瞥着李凌云的背影，小意问道："谢三娘，可知李大郎为何不愿我加入狩案司？"

她睨了李嗣真一眼，他连忙改口道："谢将军，谢将军……"

谢阮这才愿意答他："因为李大郎跟你不熟。"

"不熟？这算理由？"李嗣真一愣，"谁刚认识就能熟悉？难道不应当试着相处？慢慢熟了不就好了？"

"哼哼。"谢阮冷笑，"李寺丞，你以为谁都像你一样见面熟？李大郎这人，面冷心也冷，可不是谁都有资格做他的熟人的——"

"啊这……"李嗣真茫然语塞，有些不知所措。

谢阮见他模样，想起临行时武媚娘有"务必让李大郎与李嗣真好好相处，敦促早日破案"的命令，这才不情不愿地开口提点："你便当作李大郎很难与人亲近起来就行了。"

李嗣真迟疑道："话虽如此……若是他一直不认同我，不当我是狩案司的人，等到了东都，案子又怎么查？"

"怎么？李寺丞莫非认为，天后调你进狩案司，是指望你帮着李大郎破案？"谢阮哈哈大笑，"李寺丞还有这等本领，之前怎么在太常寺干上了？不应该直接去大理寺走马上任吗？"

"这……"李嗣真无辜地眨眨眼，冷不丁道："谢将军，我看，你好像也不愿我加入，是吗？"

"嗯？"谢阮收去笑意，"何出此言？"

"察言观色，"李嗣真微笑道，"再加上官场中的一些常理罢了，谢将军话语里透出些意思，我就大胆猜了猜。"

谢阮从头到脚打量了一下李嗣真，却不说他猜对与否。见她不言语，李嗣真又道："天后提及，曾经在狩案司做事那位，也颇擅长这些，不知是否如此。"

"我劝你最好少提他。"谢阮唰地黑了脸，"也莫说我没帮你，李大郎这人不难伺候，但凡你有真本事，你说的话他是会听的。只是不必硬要亲近，公事公办即可。"

"原来如此，我记下了。"李嗣真拱手道，"多谢将军……"

"哎！不必如此热络。"谢阮连忙叫停。她指了指李嗣真，又用拇指指着自己："你与我，也公事公办即可。"

说罢，谢阮懒得再理这位太常丞，双腿夹了一下马腹，白马咻地朝前蹿了出去，一溜小跑赶上了李凌云。

"你就会把麻烦扔给某，"谢阮伸手在李凌云眼前晃晃，"说来，天后不会无缘无故派一个太常寺的人过来掺和，这李嗣真应该不简单。"

"如何解释？"李凌云总算抬起眼来。

"他方才问我，你要是一直不认同他，到了东都，案子要怎么查。"谢阮用鞭梢绕着手指，思索着，"他好像笃定自己能在查案时露一手似的。"

"天后的确不是寻常人，选人自有她的缘故。"

听出李凌云在敷衍自己，谢阮有些不满："他可是说了，明子璋擅长察言观色，他也一样。"

"他这么说？"李凌云终于抬起头来，"那我们查案时带上他，看看究竟。"

"我想说的不是这个，"谢阮没好气地夺走李凌云手中案卷，"你既然怀疑明子璋与明崇俨案有关，甚至疑心他杀人作案，又为何对李嗣真加入如此不满？不觉得自相矛盾吗？"

"明崇俨一案中，赵道生认罪后，所说的证词经再三审理核对，其作案手段及过程同现场所查证据一一对应，也就是说，赵道生的确杀了谏议大夫明崇俨，此事并不存疑。"李凌云耐着性子朝谢阮伸出手，后者把案卷递回，他才继续道，"但是其中令人迷惑的部分，在赵道生杀明崇俨的时辰上。"

"时辰？"

"最初我们排除东宫的嫌疑，是因为据明崇俨胃囊中发现的食糜看，东宫的人没有一个合得上凶手的作案时间，即案发时，他们都不在现场。"

谢阮回忆道："这件事嘛……我记得赵道生说过，他故意在砍下明崇俨的头颅之后，将其腹中食糜吸出，再将提前准备好的食糜从颈部食道灌入，使你阿耶和杜公弄错明崇俨被害的时辰，这是他脱罪的手段，他自己也认了！"

"问题就出在这里，"李凌云认真道，"你与我这个封诊道的人熟识，也很清楚案情始末，因此，当你说出利用食糜来误导查案时，心中自然会觉得合情合理。"

"然而，赵道生可不是封诊道的人，"李凌云语似连珠，"一个东宫马奴，怎会知晓用食糜推算死亡时辰的技巧？要知道，就连大部分仵作行人①，也不清楚这一手段。他曾提起，有人鼓励他弄垮太子。子婴也一样，有人告诉他，应该杀师复仇……"

"所以，你怀疑，明子璋就是怂恿他们的人？"

"不错。"

"既然如此，那由李嗣真来取代明子璋，又有何不妥？"谢阮面露不解，"如你所言，你我认识的明子璋，就是那个操控六合连环杀人案的幕后人，你这般厌恶有人取代他，又有什么原因？"

"我没证据。"李凌云徐徐展开膝上案卷，"只是由于明子璋冒名顶替，所以我把他的失踪和幕后怂恿者联系到了一起而已。"

"所以说，这只是你的猜想？"

"是。"李凌云有些别扭地抓紧案卷边缘，"我阿耶教我，如没有实证，就不能把有嫌疑之人当作罪人看待。"

"说来说去，你还把明子璋当朋友呗！"

"嗯……"李凌云肯定道，"只是，我在想……明珏不是他的真名，子璋又到底是不是他自己的字呢？"

二人并骑缓缓向前，谢阮的声音在风中飘忽："这个问题，我也很想知道……不然下次再见，咱俩要怎么称呼他才好？"

东都洛阳，宁人坊中的安静气氛被打破，李氏宅院里，仆佣们忙碌地在院

---

① 仵作是旧时官署中检验死伤的吏役。仵作行人指从事仵作这一行业的人。实际上，"仵作"之名始于宋代（也有说始于五代），文中内容仅为虚构。

落中洒扫着，四处都是迎接一家之主归来的气象。

李凌云来到李氏家祠前，身旁是一直留守在东都的胡氏。后者轻声道："大郎终于回来了，我和二郎想念得很，只是你写信说定会归来，又不让我们回信，难免有些担忧，所幸后来你没事，我们才放下心来。"

"朝廷前往西京长安那天，天后突然让谢三娘把我抓了去，也不知她到底什么想法，怕牵连你们，所以不让你们回信。西京本也有我们封诊道的经营，自有人照料，姨母和凌雨不必太担忧。"

"大郎是真的长大成人了，"胡氏欣慰道，"你一切都好就行。"

李凌云看向门上褪色的封条："姨母，天后已应允我，由我查清阿耶死亡的真相。"

胡氏吃惊道："真相？可杜公早就查过，你阿耶是被人用弩弓所杀，他还说，朝廷已然在追查凶嫌了……"

说到这里，胡氏顿了顿，有些难以置信："大郎，莫非你……不相信杜公吗？"

"我并非不相信杜公，"李凌云撕去门扉上的封条，"而是不相信，阿耶会如此轻易地被人杀死。"

"什么意思？"胡氏并非寻常后宅女子，瞬间察觉李凌云话中有话。

"西京祖祠大门机关遍布，可东都祠堂门颇为老旧，有人在里边，也只是从内用门闩闩起，不曾设置什么机关，更没有人特意看守，有人想进祠堂埋伏阿耶，可谓轻而易举。"

胡氏点头道："前几年修葺这边的祠堂时，你阿耶说只修内部，毕竟只是供奉祖宗牌位和俞跗祖师而已，没什么钱财珍品，贼也懒得光顾，大门他只让添了一道漆，就再没管过。"

"只是……"胡氏疑惑道，"这同你阿耶的死有什么干系？杜公也说，是有人提前埋伏在祠堂里，暗杀了你阿耶。"

"不合情理，"李凌云神情冷硬如石，"明崇俨死于守备森严之所，凶手根本抓不到，大理寺刑部联合追查，都查不出个所以然来，这案子才会落到阿耶手里。可见，这个凶手绝不简单，况且事涉东宫，情况只会更加复杂。后来我调查此案时，谢三娘和凤九郎都明白告诉过我，但凡对天后来说重要的人，身边必定少不了有高手护卫，我为她查案，就有人暗中保护我。同理可证，阿耶当时为天后所差遣，身边也不会少了高手保护。"

见胡氏面露思索，李凌云继续道："既知道这是个烫手山芋，身边又有高人，阿耶为何不加强祠堂守卫？如果是我，这大门肯定是要修的，我绝不会给那凶手留下漏洞。"

"话虽如此……"胡氏迟疑道，"或许就是因为宫中派人在周边保护，你阿耶才会放松警惕。"

"我做事如有十分仔细，阿耶便有二十分。"李凌云否定胡氏的想法，"我是阿耶亲自调教出来的，他不会连如此简单的事都想不到，至少也应让人随时守住祠堂，毕竟这里是他每天都要进出的地方，行动规律极易被人察觉利用。"

"也是，"胡氏见李凌云开始撕扯第二张封条，又道，"不过，我也有事情要告诉你，或许你知道了，便能明白你阿耶忘记防备的缘故了。"

"哦？是什么？"李凌云停手，转而看向胡氏。

"这桩案子太难，你阿耶每日归家都十分疲惫，他素来爱干净，那几日却懒得洗脸洗脚便上床睡死，甚至穿着木屐忘了换靴就打算出门，类似的忘东忘西的事情，发生过好几次，都有婢女可以做证。"

"姨母是说，阿耶查案过于疲惫，才致如此疏漏？"

"不只是疲惫，他曾对我说，这案子弄不好，整个封诊道都会随之覆灭，或许是因为这样，他才神思飘忽，让凶手寻到了下手的机会。"

"……的确，"李凌云想到自己调查明崇俨案时来自大理寺的刻意针对，不免对胡氏的说法认真考量起来，但他还是摇头道，"不论当时阿耶怎么想，我都要亲自验看现场。我还是难以相信，阿耶会轻易被人杀死。"

"也罢，毕竟所见未必就是真相，况且亲查自己阿耶的案子，也是你做儿子的一片孝心，"胡氏见状也不再劝，"只是天后让你重返东都，也有别的案子要处置，你自己安排好。今日晚间有空，去见见凌雨，他对你颇为想念。"

"好。"李凌云应允着，叫住准备转身而去的胡氏，"姨母，你方才说所见未必就是真相，这些年来，你可有什么事情瞒着我吗？"

"你怎么会这么想？"胡氏有些嗔怪地反问。

"我总觉得，阿耶似乎有很多事情不曾告诉我，但姨母你有可能是知情的。"

看向李凌云漆黑的双眸，胡氏微微笑道："原来是这样，你也不必考量太多，总之你只需相信，你阿耶为了你们兄弟，一切都做了最好的安排。"

"是吗？"李凌云不动声色地道，"包括隐瞒阿娘的死？她不是病死的，对吗？"

胡氏一愣，脸上露出痛苦的表情："是的，包括她的死。"说完，她便低下头，快步离开了祠堂。

李凌云并未继续追问，在他看来，胡氏应该明白，以他的脾性，迟早是要弄清楚真相的。

回过头，李凌云推开祠堂门，随着双开木门无声洞开，一股尘封的味道扑面而来。

面对阴影中若隐若现的俞跰造像，李凌云沉声道："阿耶，大郎来了，是谁害你，我一定会查个水落石出。"

与此同时，李家客厅内，李嗣真、杜衡相向正坐，气氛有些微妙。

"不知谢三娘她……"杜衡首先开了口，李嗣真不等他说完，连忙接上："她不愿住在李家，说是把她的东西拿去狩案司。"

"哦哦，是这样啊！了解，了解。"杜衡客气地点点头，二人互看一眼，又陷入无声僵持。

李嗣真想了想，调整了一下坐姿，正色道："我观杜公没有行色匆匆之意，你可是先我们一步到达洛阳？"

"是，我提前两日出发，已经安顿好了。"杜衡答完，不想气氛再度冷凝，便主动问道："听闻……李郎君是太常寺的人？"

"是，在下粗通音律，如今是西京太常寺丞。"

杜衡故作惊讶："太常寺掌管朝廷雅乐，怎可能粗通音律，李郎君必是万中选一之人，何必过谦呢？"

"只是……"杜衡若有所思，"郎君所擅长的与侦缉凶手、破获疑案之间，怕是没有什么关联吧！"

"谁说不是呢？"李嗣真苦笑起来，"天后或许是觉得我四处研习大唐乡乐，擅长和人往来，所以顺手把我扔到这里了吧！"

"原来如此，倒也合情合理。自明子璋离开之后，狩案司便缺了一个像他那样的角色，既然郎君有这样的长处，天后的安排也并无不妥，只是……"

"只是李大郎好像很讨厌我，是吗？"李嗣真笑容变得更加苦涩。

"委屈郎君了，大郎脾性倔强，那明子璋是他好友，竟然假冒身份，还突然离开，想来他心头憋着气，便对郎君不太客气。"杜衡停住片刻，叹道："其实莫说你，就连我也一样。你别看我是他的长辈，他性子发作，一样不给我好脸色。"

"这又是何故？"

"一点小事，还是与之前的案子有关。"杜衡转过话头："对了，其实老夫今日过来，也是天后的意思——让我见见你。"

"天后？"李嗣真顿时肃然。

"是，天后召见我时，说要派人补那明子璋的缺，也预料到大郎不会轻易接纳，故而让我找机会缓和一下，劝你不要太在意。"

"我并非不理解李大郎。只是我有些好奇，那明子璋究竟何许人也，却叫李大郎和谢三娘念念不忘。"

"哈哈，"杜衡朗笑了几声，"那明子璋上通天文，下知地理，尤其擅长为人处世、调和关系。最初谢三娘和李大郎也不对盘，若非有他在，也没有如今的狩案司。他们三人，查案时无往不利。谢三娘武功高强，说一不二，能差遣宫中高手，也能压制地方官员；李大郎擅长封诊技，胆大心细，过手的案件绝无疏漏，这方面老夫也要输他两分；至于那明子璋，尤会揣摩人心，可以旁敲侧击，描摹罪犯心中所想，实际查案时，遇到诸般人等，三言两语就能从他们嘴里掏出线索来。"

"如此说来，那明子璋的确是个人物。"

"谁说不是？他们三个人各当一面，破获了明崇俨案，扳倒一任东宫……"杜衡压低嗓音，"三个人还曾共同面对制造连环凶案的恶徒，可谓是经历生死的患难之交。"

李嗣真闻言叹息："看来，要得到李大郎的认可，并不容易啊……他若是归来，我理当让贤才是。"

"倒也无妨，公事公办即可。大郎并不会因为个人好恶而误事，只要郎君在查案时展现自己的能耐，他还是很好说话的。"

"谢三娘也说公事公办就好，只是……李大郎真的很好说话吗？"李嗣真正要继续追问，就见丫鬟引了个青衣小奴过来，来人见礼之后，对李嗣真道："大理寺徐少卿差我来问，狩案司今日是否有人去大理寺，既从西京回来，终归要做个交接的。"

李嗣真闻言，连忙起身穿靴："李大郎有事，谢三娘不在，狩案司的签章在我这里，我去就是。"说完他有些抱歉地看向杜衡："谢三娘之前就吩咐了，让我去大理寺走这一趟，我就不陪杜公了。"

杜衡点点头，见李嗣真随那人离开，这才叫来丫鬟，吩咐道："前面带路，去祠堂。"

李氏祠堂前，一口漆黑的怪异大箱放在门外，箱上遍布各种古朴纹样，已穿上油绢罩衣的李凌云系好脚踝收口。在他身后，突然有人出声："里边的痕迹老夫都查尽了，箱子上那卷封诊录中就有详细记载，为何还要再查？"

杜衡来到李凌云跟前，皱眉质问："大郎，你不相信老夫吗？"

"并非如此，只是阿耶教我，任何事情都要用自己的眼睛去看，用自己的手去查。我想亲自过一遍，弄明白我阿耶是怎么死的。"李凌云手指箱中物件，"杜公一起来吗？"

杜衡迟疑片刻，还是拿起一套油绢衣穿戴起来："自己阿耶被害，怎会愿意再看一次案发情形？你一定要亲自来吗？"

"明子璋也看了，还不止一次。"李凌云突然想起"明珪"为"父亲"查案是冒名顶替的，便不动声色地转了话锋："再说了，别人怎样，与我何干。"

"罢了，老夫陪你再过一遍就是。"杜衡手持封诊录，一马当先，从门右侧走了进去。

祠堂外在老旧，内里格外空旷。除了数根阻挡视线的木桩，其他地方几乎一眼就能看尽构造。

祠堂正面朝南，进门正北是一排祖宗灵位，灵位下有三枚金黄蒲团，后面则是俞跗祖师的巨大木像。

杜衡轻声道："你阿耶从不让外人进来收拾，此间都是他一人整理的，地板不上蜡，看着倒也不觉得颓败。两扇门的门轴是我封诊道特制的消声门轴，推拉无声，可你阿耶偏又不肯用好的门锁，否则，那帮人怎能轻易得逞？"

李凌云丝毫不在意杜衡对父亲的埋怨，他蹲下身，歪头盯着地板上的痕迹："有足迹，已取样，依照尺寸推算，杜公觉得是什么人留下的？"

"这道足迹我有记录，来人鞋印较大，推算其身高约为六尺一寸七分，比你阿耶高大。从其步态上看，落足有力，为一青壮年男子。那房梁之下，还有一组小号足迹，也是从大门进入的……同样依照尺寸得出，那人身高在五尺八寸一分左右。"

杜衡翻阅封诊录，手指足迹："高个子，鞋印上带有泥土，利用封诊幽微镜察看后，发现泥土来自你家花园，我也在花园内发现了几枚残缺鞋印。"

"花园……他去那里做什么？"李凌云走到房梁下，抬头往上看去。

"有假山，"杜衡道，"前往花园，可以爬上假山，然后借力翻过高墙逃窜。我早就看出这是个隐患，也提醒过你阿耶，可他偏不以为意，结果真出了事。"

杜衡抬手指向进门的两根圆木："我在上面发现了踩踏痕迹，房梁上也有类似踩踏痕迹，说明凶手曾在屋内蹲守过一段时间。"

"既是蹲守，就笃定我阿耶会来。"

"你阿耶每晚都会进入祠堂给祖宗燃香祭祀，这是我们天干封诊传下的规矩，凶手要摸清这个规律，绝非难事。"杜衡顿足，面色不快地道，"你阿耶的尸首是我亲自剖的，他胃囊中的食糜，存有来自宫中的单笼金乳酥。这是用畜乳加酸醋过滤压实再蒸出的点心。天后爱吃这个，且只吃牛乳所制，制法也与外间不同，宫内用的是苹婆果酿的甜醋，寻常人也无法购得。我问了天后，说你阿耶那日在宫中饥渴，便赐了他好几块，可见你阿耶是在宫内吃完糕点，刚回到家中便遇害的。凶嫌必是知道他出宫的时辰，先他一步赶到家中埋伏，将他杀死的。"

"清楚我阿耶日常习惯，又知道防守最薄弱的便是祠堂……看来凶手当是有备而来。"

杜衡回道："你阿耶身中两箭，第一箭，来自他身后，不是一般的箭。"

"封诊录我看过了，杜公说那是暴雨墨石箭。"

"是，在你阿耶遇害前，我甚至没见过此箭实物，只是耳闻而已。"杜衡将封诊录翻到箭镞记录，递给李凌云，"传闻此箭乃是专门用来暗杀的，只要被射中，人便没的救，所以价格极为昂贵，一箭值千金。"

"既然如此，杜公又是如何知道，我阿耶中的就是暴雨墨石箭呢？"

"中箭后，箭头会在体内爆裂开来，你阿耶内脏中全是黑色的磁石针头，除了暴雨墨石箭，没有哪一种箭会出现这种情况。"杜衡长叹一声，"说来我还是从你阿耶那里得知此箭由来的，他是封诊道首领，故而收集了许多奇门暗器的内容，此箭也涵盖在内，他感慨此物设计极为精妙，故而与我分享，我才晓得世上还有这等毒辣的兵器。"

李凌云急切地问："毒辣？如何毒辣？我阿耶是怎么说的？"

"此物全名'暴雨梨花墨石弩箭'，制作工艺极为复杂，绝非一般人可以打造，可谓是传说一般的暗器，多在偷袭重要人物时使用。此箭以血为引，胸腹、背部为最佳射击点，只要沾染人血，便会触发箭头上的精巧机关，使得箭头四散爆开，从中喷出暴雨墨石针。因针头是由某种强磁的磁石打磨而成的，彼此相斥，又细如牛毛，刺入内脏后很难清除。中箭者只能眼睁睁看着自己缓缓失血，却又无可奈何。你阿耶说，制作这种弩箭的人，内心极为渴望置人于死地。"

说到这里，杜衡有些慨叹："谁会料得到，你阿耶竟死于此物之下。"

"杜公既然说此物昂贵至极，那么凶手背后，必定是巨富权贵了。"

"不错！寻常刺杀何须用这东西？你阿耶所查的明崇俨案牵扯东宫，有权贵想要对你阿耶动手，也不奇怪。"杜衡继续往下说，"从暴雨墨石箭刺入身体的深度来看，这一箭距你阿耶极近。我顺着箭弩的射入方向，确定了射击位置是在灵位前，而在那里，我又发现了小个子的鞋印，可见，这一箭是小个子所为，只是我不懂，他们既然用了这种必杀凶器，为何还要再补上一箭。"

李凌云迅速捕捉到了重点："杜公此言是什么意思？"

"你阿耶中了两箭，第二箭射中了你阿耶的喉咙，然而，现场并无喷溅血迹，也就是说，弩箭射入你阿耶体内时，他的血脉早已停止。"

李凌云皱起剑眉："死后补箭？"

"没错，既是暗杀，那肯定要把目标彻底杀死。所以……这种补刀的做法，倒也常见。"

李凌云追问："补刀所用弩弓，也是奇门暗器吗？"

"非也，就是市面上普通的弩弓，仅是造型奇特了一些。"杜衡手持封诊录，念道："弩弓为木质，木柄脱漆厉害，可见是一把废旧弩弓，上面并未发现指印；此弩不具独有特征，也查不出来路。据我推测，凶手将其遗留在现场，可能是怕翻越院墙时，携带起来不方便，加之没有特别价值，干脆一扔了事。"

杜衡说罢，又补了一句："本案物证事后会有人给你，届时大郎就能看到那神秘的暴雨墨石箭了。"

"这些推测，也算有诸多物证以资证明。只是据我所知，天后参照杜公所言，笃定杀死我阿耶的人就是东宫之人，不知是否有实证可看？"

杜衡盯着李凌云，并未在后者脸上看到情绪波动，他轻叹一声，领着李凌云来到一根木柱旁："你看此处。"

李凌云垂下眼眸，看见地上写着两个形状古朴的文字，只是笔画颤抖，收尾扭曲，显然是书写之人难以自控所致。

"这是封诊密语……"李凌云蹲下细看，察觉文字呈现出深赭色，微微反光，"是血。"

"不错，当时，你阿耶便是靠在这根木柱上死去的，他临死时，勉力写下这两个符号，暗暗覆在身下，你也认识这两个符号，翻译过来，便是'反武'二字。"

"反武，反对……武媚娘吗？"李凌云嘴中喃喃。

"不错，这是你阿耶亲手所写，杀你阿耶的，必定是憎恨天后之人。你阿耶忍受如此痛苦，还能留下暗号，可见他对天后的忠心。此案已把他自己搭了进去，他不能眼睁睁地看着自己的后代子孙也因此断送性命，所以，我便按你阿耶吩咐，把你陷在牢中，避免你牵扯进来。"

"那暴雨墨石箭如此奇特，天后可查出什么？"

"大理寺当晚便开始搜索可疑之人，并追查暴雨墨石箭的下落，可至今仍没有回音。接着，天后便让我停手，掉头去调查明崇俨案了。天后说，既然知道是反武派所为，便已足够。"

言至此，杜衡下意识地看向李凌云。

"祠堂虽一直封着，可案发时因取证需要，大多痕迹均已损坏，今日就姑且到此吧！我们封诊道也没有那些俗世忌讳，你阿耶的尸首，就存放在大理寺那座殓房里，等解决了眼下这桩火灾奇案，你便可以亲自验看。"

杜衡说罢，朝门外走去，不料李凌云快步跟了上来："杜公，今日就在我家用晚饭可好？"

因李凌云认为杜衡在明崇俨案中有隐瞒证据之嫌，二人互不往来也有一些时日了。对他的刻意挽留，杜衡难免感到讶异，但同时又觉得，这或许是胡氏的吩咐，于是便应允下来。

东都，大理寺。

自从朝廷西迁回了长安，东都各衙署随之冷落起来，连大理寺的门楣都显得灰扑扑的，门口悬挂的灯笼上不知何时开了细小的破洞，似乎也无人在意。

夜色已降，守门卒懒懒地坐在灯笼下打着盹，大理寺深处的值房中，仍有一间屋内点着灯，在街巷黑暗沉寂之时，徐天跟李嗣真仍没有休息，二人正就着小几上的一碟野猪肉，饮着小酒，有一句没一句地聊着。

"来来来，李寺丞，再满饮一杯。某愿你将来一切顺意！"说罢徐天自己先一饮而尽。

"徐少卿的好意在下心领了，"李嗣真举杯道，"只是你也看到了，我只懂音律，哪里是查案的料？我看狩案司根本就用不着我，也只有徐少卿你愿意多看我一眼。"

"李寺丞这是什么话？"徐天讶然道，"你别瞧这个狩案司似乎挂在我大理寺之下，实则不过表面功夫，今日李大郎和谢三娘一个都不来，只有你李寺丞肯大驾光临，你不会察觉不到缘故吧！"

"……是什么缘故呢？"李嗣真求教。

"你来东都之前，莫非无人提点？"徐天有些吃惊。

"没有。"后者恳切道。

"那就随便说上两句好了。"徐天又满饮一杯，"狩案司众人，根本就是天后武媚娘的人，他们要想在东都横着走，我们大理寺可不敢多管闲事。"

"是吗？"李嗣真眯眼，"若是如此，那徐少卿为何在'地狱案'案发后，主动上书，让狩案司回东都严查此案呢？"

"那就不得不提及之前那桩六合连环杀人案了，"徐天龇牙，"那案子可是震惊了整个大唐，要不是狩案司，只怕现在还没破案。"

"也是，这案子我还真听说过，"李嗣真顿了顿，"或者说，朝中几乎无人不知，毕竟……"

徐天接过话头："毕竟此案，可让大唐太子都换了人呢！"

"确实如此！"李嗣真也感慨不已。

"那陆合道杀人手段凶残奇诡，作案时间更是横跨多年，而且每桩的手法都大为不同，若不是因为李大郎，那废太子可能此时还在东宫好端端地住着。所以……"

李嗣真配合地追问："所以什么？"

"所以一旦遇到疑难案子，我们大理寺找不出头绪，自然就得请狩案司出马，东都可是我大唐京城，怎么能放纵流言甚嚣尘上？还是早日破案才好。"

"有道理，"李嗣真举起酒杯，对徐天行一礼，"只是，徐少卿你……当真只有这一个目的而已吗？"

说罢二人便相视而笑。

徐天手持一根猪骨，有节奏地轻敲桌面："李寺丞，我知道是谁举荐你加入狩案司的，也知道你绝不只是粗通音律那样简单，你我既然都被狩案司排斥，那就干脆打开天窗说亮话，将来咱们还得多多配合，赶紧把这案子解决了，这对彼此而言，都是最要紧的。"

李嗣真了然点头，却又道："既然如此，徐少卿不妨先回答一下在下方才的问题，否则如何算得上打开了天窗呢？"

"说给你知道也无妨，陛下此番回归西京，没带上我，家中老妻天天闹腾，觉得我前途堪忧。只是在我看来，天后一直在东都大兴土木，迟早是要回归东都的。因此，我上奏此案，也是想试探一下天后对东都的态度，没想到，天后如此重视……"说着，徐天抬眼看向正在饮酒的李嗣真，"看来，天后对东都，还是极为在乎的。"

"既然说到这儿，朝中倒是也有一些琐细传闻，或许能与徐少卿说上一说，"李嗣真放下酒杯，"虽然太常寺掌管的不过是音律之事，也谈不上如何深入时局，但要说朝廷的动向，往往会提前知会我们。"

"这不奇怪，宫中一切正式礼仪，无不需要太常音声人演奏乐曲，你们要有所准备。"

"不错，在我启程前，太常寺便得了吩咐，多多练习移驾时所需的礼仪奏乐。"

"哦？"徐天停下手中动作，挑起浓眉，"移驾，陛下要来东都吗？自去年冬起，陇西就旱得厉害，春季少雨，粮荒已起。按我大唐惯例，朝廷东都就食并不稀奇。"

"的确如此，不过惯例而已，只是今年需要练习的，不只是移驾的礼乐，还有封禅用的国乐。"

徐天猛地起身，双手青筋暴起，眼睛瞪成一双铜铃，大声道："什么？封禅？"

门外打瞌睡的卒子被这一声惊到，脑袋忽地磕在墙上，疼得醒了过来，他揉着后脑勺，支棱着脖子四处张望。

"徐少卿，噤声！"李嗣真抓住徐天的衣袖，后者也察觉不妥，连忙坐回原位，那守门卒子起身查看，竖起耳朵，却没有再听见什么，于是看了看恢宏却空落的宫城，就又回到门前，小心翼翼地靠在墙上，再度沉沉睡去。

屋内，徐天压低了声音："虽说远在东都，可长安的情形我绝非一无所知。天皇的身子骨向来不佳，去年冬季，废太子少保郝处俊没了，李贤固然不肖，但郝处俊乃是本朝老臣，对天皇更是忠心耿耿，只因反对天后而不为她所喜，天皇很是看重他。他死后，天皇甚受打击，之后天皇的姐姐临川公主也薨了，尚书左丞崔知悌病故，佛门窥基大师、善导大师接连圆寂，天皇收到这些人的死讯后，病情就变得更加重了……说句大不敬的话，朝野上下，无不心中有数，都觉得天皇已有下世征兆……"

知道自己讨论的是何等危险的话题，徐天的声音更小，犹如蚊蝇振翅："就天皇如今的模样，还能封禅泰山？"

"不是泰山，是嵩山。"

"嵩山？"徐天大皱其眉，"虽说嵩山低矮一些，可封禅是何等大典，漫说一个被病魔缠身之人，就是平日养尊处优的皇室尊亲，因扛不住典仪消耗，在封禅时晕死过去的也不在少数！"

"是啊！"李嗣真叹息，"封禅是极重的典仪，有严格的要求，其他姑且不论，光是为表示对天地神祇的虔诚，天皇要进入斋宫沐浴斋戒，整个过程需持续数日，极消耗体力。另外，还要身着沉重的专用服饰，天皇的身体自然撑不住。所以，徐少卿还不明白吗？届时在嵩山封禅的，究竟会是谁呢？"

徐天闻言，浑身从上到下打了个激灵，惊道："武媚娘她竟打的是这个主意——"

李嗣真长叹："显庆二年二月，武媚娘成为皇后的第三年，陛下便升洛阳为东都……自此之后，她和陛下在洛阳盘桓的时日，便远远多于西京长安，其中虽有一些合情合理的缘故，譬如西京有一些太宗时期的老臣，陛下觉得处处掣肘……然而，武媚娘却未必没有别的意思在……"

"升洛阳为东都，长居洛阳，如今又撺掇陛下封禅嵩山，"徐天有些难以置信地看向文质彬彬的李嗣真，"她打的，莫不是迁都的主意？"

后者并未回答，只是轻轻地点了点头。

"她疯了吗？长安乃我大唐龙兴之地，岂可轻易迁徙……等等，莫非她……"徐天说到这里，忽然想起了狄仁杰对他的叮嘱。他心中顿时大乱起来，他能察觉到，狄仁杰的这番安排，不但预料到了武媚娘对权力的欲望，其中还夹杂了某种更加可怕的揣测。

徐天到底也没敢把那个揣测说出口，他只是喃喃自语起来："她，到底在想什么？又到底要做什么……"

他的疑问并没有得到李嗣真的回答，后者不停往杯中倾注着混浊的酒水，一杯接一杯地饮下肚去，似乎这位太常丞已笃定，此问题的答案，对他们二人而言，是一个就算心知肚明，也必须闭口不提的大麻烦——

宁人坊中，留下来的杜衡在床上坐下，一面脱靴，一面回味着方才那顿味同嚼蜡的饭食。他本以为，自己主动和李凌云探查祠堂后，李凌云应当对自己态度有些变化。没承想，这顿饭吃得仍是极不舒坦，虽是好酒好菜，但席间李凌云却全然对他不理不睬，全靠胡氏这个妇人家打圆场，令人食不下咽。

正此时，婢女端来热水给杜衡清洗，谁知刚放下铜盆，李凌云就走了进来，把婢女赶了出去。只见李凌云拖了把绳椅在他跟前坐下，神色严肃地问："杜公想明白如何解释了吗？"

"解释什么？"

"明崇俨案过去不足两年，杜公已然忘了吗？"李凌云语气冰冷，"不如我给杜公一些提示：天师宫外，悬崖上，我在乌鸦巢中发现的赤黄贡绸，绸上有人为折叠的痕迹。"

杜衡放下手中乌靴，沉声道："那又如何？"

"既然是贡绸，穿它的人非富即贵，这种人的衣物，在穿着之前，必然经过熨烫整理。衣服是赵道生的，他虽只是个马奴，但杜公你也清楚，他与太子关系非凡，所用所食无不受到优待，因此被刮破的绸布上，本不应存有折痕，只可能是在撕下后，被人故意折揉造成的。"

"兴许是乌鸦叼走塞入巢中，被其他东西压的呢？"杜衡说，"大郎有何证据可以证明你的猜测？"

"我找到这片贡绸时，它被整齐地折了一道，平铺在鸟巢底部，上面还覆着许多乌鸦偷来的东西，其中就有类似的黄色物件，甚至还有黄金制的纽扣。"李凌云缓缓说着，凝视杜衡，不肯放过他脸上任何细微变动，"杜公知道，乌鸦最喜欢色泽明丽之物，所以我检视了鸟巢里所有的东西，但凡亮色和发光的物件，都沾有乌鸦的口水痕，唯独这片绸布崭新异常，别说口水，就连细微的爪痕和叼痕，我都没有发现，那这片布是如何自己到了乌鸦巢内，甚至还折叠平铺在巢底细枝上的，杜公能帮我解释一下吗？"

杜衡听到这里，悄然垂下眼帘。李凌云继续道："如果杜公解释不好，那我就大胆猜测一下，我认为，是有人在山崖上发现了这片贡绸，随后故意将之藏在乌鸦巢底部的。

"我查过案卷，刑部和大理寺的人都没有法子查探这垂直的山崖，而我阿耶还没来得及上天师宫，便被人所杀，所以，第一个搜索悬崖的人，就是杜公你。"

见杜衡不语，李凌云疑惑道："我不明白，杜公早就发现了罪证，却故意隐瞒，拖延办案，到底意欲何为？"

"在当时的状况下，我不敢说出实情。"杜衡抬起头，满眼无奈，"你阿耶只是检验了尸首，便遭杀身之祸。大郎你可知，我封诊道天干首领死于眼前，于我而言是何等惊恐之事？"

李凌云迷惑不解："我阿耶既然因明崇俨案而死，杜公，你接手此案，难道不应该尽力破案，擒拿凶手吗？惊恐怕是无法成为你隐瞒证据的理由吧！"

"是，老夫是不应该隐瞒证据，这与封诊道求真的祖训全然相悖，可是大郎，你阿耶正是因此案而死的，我当时也极为愤怒，想要尽快破案捉拿凶嫌，可当老夫在山崖上发现这片绸布时，我当即做出决定，藏起这份证据。"

"杜公，你这是何必……"

"你先听我说完，"杜衡堵住李凌云的话，"反武派既然能杀死你阿耶，就表示他们非常清楚封诊道是做什么的。他们明白以你阿耶的能力，绝对能够破获明崇俨案。我猜测，他们可能就是因为察觉到凶手留下了这份证据，才将你阿耶杀害。倘若我直接交出去，兴许东西还没到天后手中，我就步了你阿耶的后尘。"

杜衡说到这儿，内疚地闭上了双眼："我并非贪生怕死之辈，只是封诊道已失去了一位首领，若我也死了，封诊道的将来不知会变成什么样子。"

李凌云沉默地听着。杜衡恳切地道："大郎，你在封诊技上天纵奇才，可若要与朝廷打交道，你绝对做不来。在封诊道的生死存亡之际，我也顾不得你阿耶的嘱托。既然我破不了明崇俨案，那么天后能用的人中，就只有你了，我逼不得已将你拉进来。以你的能力，迟早能发现被我藏起的证据，而且我知道，你还会找到更多的证据，最终定案时，你所有的推测，都将是无懈可击的。"

杜衡抓住李凌云的双手："我的确是故意的，然而一切正如我所料，你确实查清了来龙去脉，抓住了陆合道人，为枉死者昭雪冤情，这是我办不到的。老夫愧为你的长辈，可倘若当时我不曾藏起这片页绸，以我的能耐，也不可能查到陆合道人头上，而那时，他可能还会继续犯案，杀死更多的人。所以，只有让你参与到案件中，方可找出隐匿痕迹，将一切彻底查清！"

"……藏匿证据，终究不是封诊道所为之事。"李凌云感觉杜衡的手有些冰冷，"杜公，我的确不擅长和朝廷打交道，不过你也违背了祖训。恕我直言，以杜公你的所作所为，现在就该卸下天干乙字家族首领之职，只是我也清楚，你的选择有颇多无奈，但你最好从现在起着力培养弟子，将来择机送入朝廷任职，也好继承你在封诊道中的位置。"

杜衡张了张嘴，似乎想要辩解，但片刻后，他便放弃地苦笑起来："大郎说得对，我老了，除了过去你阿耶说的毛病，我还变得更优柔寡断起来。或许是时候培养后继之人了……"

杜衡抬起头来，只是短短一瞬，他便显得苍老了许多："此事，天后那边……"

"我不会告诉任何人，"李凌云起身，对杜衡一揖，"当时事出紧急，那赵道生虽杀了明崇俨，却未伤害他人，就算缉捕了他，因缺乏证据，他未必就会承认。杜公所为固然造成干扰，却也并非大过，倘若仔细追究，此举误打误撞，倒是让我追踪到了陆合道人犯下的凶案。再说，杜公是为封诊道着想，若天地鬼神有灵，也应责备我这个首领，而非杜公。"

"大郎……"杜衡闻言，激动得浑身轻颤，老眼含泪，正抬手擦拭，却又听见李凌云闷声咕哝："杜公千万不要以为这次过关，下次就可以又来！须知你是长辈，我不好严厉处置你，次数多了，这罪责我可背负不起。"

杜衡点头道："不会再有了，放心吧。这么说来，你的气已经消了？"

"嗯，气消了。"得到了杜衡的保证，李凌云摸摸鼻子，总算露出了轻松的表情。

杜衡见状哭笑不得："你呀你……李大郎啊……"

兴许是心头疑惑终于得到了解答，李凌云离了客房便一头倒在床上，这一觉睡得格外香甜，直到谢阮上门，李凌云还沉浸在梦乡中。

谢阮一进房就瞥见李凌云埋在被子下，睡得像一只弓背虾米，吃了他不少闭门羹，此时见他毫无防备，谢阮就起了报复心，一把捏住他的鼻子。等李凌云张嘴呼吸，她便从旁边桌上捏了个白乳酥，塞进他嘴里。李凌云下意识地咀嚼起来，嚼了几口，觉得气闷，这才迷迷糊糊地醒过来。

谢阮松了手，笑他："这你也吃得下。"

"为何你会塞给我……"李凌云品品滋味，"羊奶乳酥？"

"方才堵你鼻子，你就张了嘴，看着好像想吃东西，就顺手塞了一块。"谢阮抱臂端坐在床上，"司里已收拾好，宫中太远，天皇天后又不在，我懒得跑，便占了明子璋那屋来住。"

察觉自己又提起明珪，谢阮正想说点别的，却冷不丁看见李凌云枕边露出一枚紫色香囊。

"这不是他给你的吗？还留着？"她伸手拿起香囊，放到鼻端嗅了嗅，"香味都散透了。"

说罢，谢阮探进一根手指，在里面拨到一颗丸药，刚一拿出，她便嗅到一股甜腻惊人的气味："是阿芙蓉丸，你还留着这东西作甚？"

"蜜蜡，"李凌云从香囊中拿出一些不透明的肤色碎块，"不是普通蜜蜡，你看看。"谢阮捏了捏，发现这些蜜蜡异常柔软，很轻易就能塑造形状。

"这么软？里面加了东西？为何要造得如此柔软？"

"不错，里面是加了东西，这是用来易容的。"

"用蜜蜡易容？"谢阮费解，"易容术我在宫中也见识过，多以草木汁浸泡改变发色；以姜黄、炭灰、铅粉等混合物改变肌肤；还有一些东西，涂上后可让面部松弛，但没听过用蜜蜡的，这是什么手段？"

"你看，"李凌云手指颧骨，"人的面相不同，乃是骨骼根本的差异。蜜蜡可粘在人的脸上，额外塑造一些凸起，或是修饰凹陷，能达到一眼看去，人面骨骼发生变化的效果，进而改变脸形。在实际使用中，并不需要整张脸都变，只用少量蜜蜡加以修饰，就能让人脱胎换骨，变为他人。"

"小小蜜蜡，竟有此奇效？为何我从未听过？"

"因为此种易容术极为少见，"李凌云拿回蜜蜡，在面前端详，又放回香囊中，"我只在我们封诊道中见过，所以才一直留着，等搞清楚明子璋为何将这些留给我，就不必一直放在身边了。"

谢阮越发不解。"你们封诊道为何会用易容术？剖尸还给人易容，莫不是在乱坟岗偷尸的手段不成？啊，我知道了。"她重重拍了一下床板，"你们怕被人认出尸首，故而给尸体易容。"

"你莫不是病了？"李凌云伸手去摸谢阮的额头，"未曾发热，没招寒邪入体吧！难道是因为热气伤了风？"

"胡说什么？我真是这么想的。"谢阮拨开李凌云的手。

"尸首若有人乐意认领，又怎会丢进乱坟岗？"李凌云道，"百姓大多无法接纳剖尸之举，我们检验尸首，有时会招惹一些性情鲁莽之人，若是死者亲人态度不妙，我们便会用蜜蜡改头换面，溜之大吉。"

谢阮恍然大悟："如此说来，这是你们封诊道的保命之策？"

"正是如此，既是用来保命的，也就不欲他人知晓，所以，此技不可外传。原本蜜蜡是由蜜蜂分泌的一种蜡质物，触感和石蜡近似，脆而不软，需加热才能塑形，只有混入我们封诊道的密药，方能随时塑形，而此药方子，是我们封诊道独门的秘术。"

"可现在这种蜜蜡出现在明子璋给你的香囊中，还裹着阿芙蓉丸……我记得你和天后说，这颗粗制的阿芙蓉丸是子婴所炼制的，明子璋不应该弄到手，所以你才会怀疑，教唆子婴杀死自己父亲的人，就是明子璋。"

"没错！"

"可你为何不早些告诉我蜜蜡的事？"

"你每次见我，都是代天后来问话，没说两句就生气，这事才耽搁了下来。"李凌云下床穿上衣袍，把香囊塞进怀中。

谢阮转头回避，却又皱眉："我怎觉得未必如此，子婴的父亲就是医道中人，会炼制阿芙蓉丸，还给东宫送过。所以，你如何确定，明子璋的这一颗，不是从太子那儿搞到的呢？"

"……你说得对，兴许真是我错怪了明子璋。"李凌云思索一番，"可也不能否认，这颗药丸就是子婴炼制后送给他的。他化身明珏，与我一同查案，又算好我会在明崇俨的丧礼上遇到真正的明珏，从而引导我打开香囊，发现蜜蜡和药丸。他这样做，肯定是希望我从中发现什么，若不是他怂恿子婴，又为何做这些多余的事呢？"

"确实，"谢阮抓抓脑袋，"还真是令人头疼，下次遇到明子璋，我们一定要抓住他，让他老实交代。只是眼下，更要紧的还是那桩'地狱案'。"

说到这儿，谢阮面露焦急："大理寺那个徐天一早就差人过来，说此案必须尽快了结，否则东都人心惶惶。我本以为他夸大其词，可方才只是在路边吃个羊杂汤的工夫，我便听见许多百姓在议论此案，若不及时把案子破了，只怕又是一桩传得沸沸扬扬的'狐妖案'，倘若被那些对头拿去添油加醋，还不知他们会如何编派天后的不是。"

六娘送来洗脸水，李凌云一面洗脸一面问："已被叫作'地狱案'了吗？"

"全名为'火山地狱案'。"谢阮补充，"我听百姓谈论，说那人死状，活脱就是火山地狱的景象。"

"火山地狱？"李凌云挑眉，"火灾而已，何来如此名目？"

"民间传说，罪人死后会被打进幽冥十八层地狱[1]，经痛苦折磨，才能重入轮回托生，这个火山地狱，是十八层地狱中的第十六层。有损公肥私、行贿受贿、偷鸡摸狗、抢劫钱财、放火等罪行之人，死后尽数打入其中，活烧而不死。对了，还有那些犯戒的修行之人，也在其中备受折磨，没有赎清罪孽，不能逃出生天。"

谢阮已然没了耐心，索性钩住李凌云腰间皮带，只见她猎犬般露齿一笑："光说有什么用，大理寺送来的案卷记录粗疏，百闻不如一见，既然徐天催得紧，你又如此好奇那火山地狱，不如，我们马上去那贾家一探究竟，不就什么都清楚了吗？"

---

① 十八层地狱分别是：拔舌地狱、剪刀地狱、铁树地狱、孽镜地狱、蒸笼地狱、铜柱地狱、刀山地狱、冰山地狱、油锅地狱、牛坑地狱、石压地狱、舂臼地狱、血池地狱、枉死地狱、磔刑地狱、火山地狱、石磨地狱、刀锯地狱。

一白一花两匹马，沿青石覆盖的水道缓缓前行，六娘和昆仑奴驾着封诊车紧随其后。

李凌云啃着蒸饼①，遥遥望向南市，那发案的贾家就在南市旁边，估摸着还有一会儿才能赶到，谢阮提起一件令她颇为不快的事来："昨日徐天派人去了咱们狩案司，见司内长久无人打扫，他硬是安排几个人进来，说什么供咱们差遣，也不知是何居心。"

李凌云用力吞咽，开口道："我再七情迟钝，也能看出徐少卿不喜欢我们，有句俗话说，无事献殷勤……"

"非奸即盗！"谢阮接过话头，"某看，他一定在打什么鬼主意。"

"嗯。"李凌云点头，"你能否猜到他的企图？"

"神仙撸袖子，必有妖邪作乱。"谢阮大翻白眼，"可是某又不是明子璋，没生七窍玲珑心，猜不到。"

"也是，揣摩人心之事，你我都不擅长。"李凌云喃喃说，"姑且走一步看一步吧！"

提起不知下落的"明珪"，谢阮暴躁地收紧了手中缰绳，很显然，不仅是李凌云，她对明珪之事也是很介怀的。

二人沉默前行，很快进了修善坊，那被焚的贾家就在其中。

说起南市，原本是东都最繁华的集市，周边向来是车水马龙，可此时的修善坊却显得异常冷清，仔细观瞧，便会发现往来行人好像都在刻意绕此而行。

他们在贾宅前下马，一名不良人前来引路。那人自称胡二，高鼻深目，长着一脸微卷的络腮胡，一看就有胡族血统。谢阮问他："百姓为何绕过修善坊？"

"将军您竟不知？"胡二惊道，"那贾府当家人贾成烧死在废屋中，本就是怪事一桩，现场还遍布诡异之物，一传十，十传百，如今东都百姓都说，贾成是被人咒杀的，这修善坊乃大凶之地，别说路人，坊中商贾也有打算搬迁的，只是没找好去处，不得不提心吊胆地将就在此。"

说着，谢阮瞥一眼街角，发现好几户人家的大门都虚掩着，有仆婢扒着门，朝

---

① 馒头。

他们探头探脑地窥视。见如此情形，她朝胡二勾勾手指："去叫几个卒子，一家门前站一个，大理寺办案期间鬼头鬼脑者，就以妨碍官府办案为名，给某全抓了。"

李凌云与谢阮并肩而走："百姓好奇是自然，何须如此严厉？"

谢阮叹道："百姓固然无碍，可小民也确实奸猾，这些人，事不关己，最乐得拿案子来当谈资，倘若真的不管，你今日说了什么话、办了什么事，明天就会传遍街头巷尾，不信咱们可以打个赌。"

"这种事情才不跟你赌，听你的就是了。"

"大郎今日竟如此机敏。"

"世俗人事，你和明子璋都比我强，而且三娘你最讨厌的就是一个'输'字，和我打赌，必是十拿九稳。我才不犯这个傻。"

言罢，二人前后进了贾家，刚行至前堂，徐天伴着李嗣真就朝他们迎了过来。

虽说彼此不对付，但捉拿陆合道人时，大理寺倒也配合狩案司出了力，众人假模假式地见了一礼，谢阮故作熟稔地拍拍徐天的胳膊："徐少卿怎么有空过来？这里有某和李大郎就好，要不你还是回大理寺忙活吧！"

徐天被谢阮猛戳心口，嘴里呵呵两声："某久居东都，天皇天后不在，事少得很，不比西京忙碌，所以过来看看，要是二位需要协助，某定会帮上一把。"

"可某怎么觉得，徐少卿话里有话。二位至尊不在，东都就安宁了，莫非百姓家宅不宁，都是天皇天后惹的祸，是这个意思吗？"

徐天面色一变，额头冒汗。"谢三娘，你可别曲解某的意思。"他朝天拱手，"某可以对天发誓，我对陛下忠心耿耿，绝无你话中之意。"

李凌云拽一下谢阮："不必如此，将来还需他们配合。"

谢阮原本也就是想挫一挫徐天的锐气，见对方气势已下，于是开口回道："没有就好，不过我劝你说话仔细些，最好别让某不高兴，除非你自觉每一句话都无懈可击。"说完，她又回了一句："查案子算你一份，可别再像过去那样下绊子使心眼，否则……"

李嗣真见徐天脸色难看，忙出来打圆场："大家都是为了查案，谢将军不必如此吧！"

谁知谢阮分毫不给面子，朝他掉转枪头："李寺丞明知狩案司在何处，昨日怎么去了大理寺？莫非，徐少卿招待殷勤，让你乐不思蜀了吗？"

李嗣真哪儿敢跟谢阮针锋相对，连忙解释："哪儿有哪儿有，着实是天色已晚，坊门关了，这才在大理寺留了一晚。"

他话音刚落，一旁的李凌云突然开口："既然李寺丞和徐少卿相处得宜，干脆就别回来了，狩案司没多余的值房，往后李寺丞住大理寺就好。"

李嗣真听言，朝着徐天苦笑，后者亦是一脸无语。李凌云则不以为意，让胡二继续带着自己往案发处走去，谢阮赶紧追上："大郎平时不说话，冷不丁倒是语出惊人，格外狠绝。我虽不喜欢那李嗣真，可怎么说也是天后指派的人，你居然直接把他赶去大理寺？"

"赶？"李凌云摇头，"三娘你看不出吗？徐少卿和李寺丞确实关系不错。"

"啊？这怎么看得出来？"

"因我不太懂与人交际，所以我阿耶教过我一些看人的小手段。"李凌云回想方才一幕，说道，"他们两人站得很近，身体侧向对方，眼神不时交会。"

"所以，他们做出这样的体势，意味着他们关系很好？"

"他们不但关系好，而且互相信任。"李凌云道，"把李寺丞留在大理寺，一来，我们之间本就有些陌生，二来，狩案司屋舍确实不足，三来，就是你方才提到的，天皇天后不在东都，如有李寺丞居中沟通大理寺，也能省不少麻烦。"

"也对，说到底，不管李嗣真是否乐意，他都是我们狩案司的人，得为我们谋求便利。"谢阮瞅着李凌云，饶有兴致地笑起来，"大郎越发厉害了。"

"狩案司与大理寺存有嫌隙，你我都不乐意与徐少卿沟通，倒不如交给别人。"

二人正说话，胡二在前面道："前方就是案发之所了。"

李凌云抬眼望去，只见贾家后院角落里，一处烧得黢黑的废屋矗立在荒草中，门向内敞开着，那被烧的房顶，早已片瓦不存，只留下黑漆漆的梁木架子，时隔多日，还能闻到一股刺鼻的炭烧气味。

"独屋能烧到如此地步，恐怕里面存着不少易燃之物。"

谢阮也张望了一下："烧成这样，房梁居然没垮。"

李凌云问胡二："这屋子是做什么用的？"

胡二看向徐天，见后者点头，这才答道："是原本贾府奴婢的居所，后来有人在里面上吊死了，因担心此屋有怨气未散，就把屋子给封了。"

"封了，也就是说平日没人进去？"谢阮追问，"那两名死者为何会来此不吉之处？"

"这就不知道了，反正贾府的人说，打那以后此屋都上着锁，谁都怕惹冤孽，平日也绕着走。"

"有古怪……"谢阮摩挲着下巴，看向李凌云，"你怎么看？"

"别着急。"李凌云抬手，朝远处扛着封诊箱的昆仑奴打了个手势，"没有证据，怎么猜都做不得准，先封诊再说！"

阿奴听令来到跟前，把沉重的黑色箱子放在地上。李凌云手指指节在箱子不同位置轻轻敲打，机关声响起，浑然一体的黑箱盖子此时缓缓上升。他从箱中取出油绢罩衣、手足套等物分别交给在场众人。

徐天曾见过封诊道这套物件，他一面教李嗣真穿戴，一面为他解释："这是封诊道封诊前必须做的打扮，据闻是为了不把一些痕迹带入案发之所，扰乱视听所用。"

"精致，真是精致……"李嗣真拿着轻柔的油绢，放在鼻翼上嗅嗅，"这是桐油？是否可以防水？"

"可以。"李凌云问，"你用过？"

李嗣真笑道："雨伞上用的不就是这东西吗？只是材质不同，伞面用的是厚纸。"

"确实如此。"李凌云又问徐天，"从送至长安的奏章和案卷看，此屋大理寺已查验过，不知可有破坏……"

徐天连忙摆手："既然已决定通报给你们狩案司，规矩我们还是懂的，我们只观察了一下屋里情形，除一事之外，没有过多动作！"

李凌云、谢阮异口同声问："何事？"

"把挂在房梁上的，还有盘坐在下面的尸首送进了第三处殓房，"见二人看贼一样看自己，徐天双手抱胸，吹着胡子道，"天气热了，尸首又烧得焦熟，我怕蚊蝇侵扰，腐坏尸身，才这么做的。别这样瞪我，我可是在司徒老丈那里要了一套油绢衣，又按他指引去取尸的。"

"司徒老头？殓房的那位？"谢阮想起那位深藏不露的干巴老头，松了口气，"是他的话，证据应当没有被破坏。"

李凌云回忆起大理寺殓房那位神秘掌匙人也曾习过一些封诊技，这才放下心来："徐少卿费心了。"

"倒也不必夸我。"徐天难得地面露心虚，"尸首太熟了，搬的时候掉了好些肉……呃，还是进去看看案发之所吧。"

说着，四个人一同走到屋前，只见李凌云在门外并足而立，严肃地念诵起封诊口诀："先下后上，由地而空，秩序不乱，殊痕不漏。"

"李大郎这是在做什么？"李嗣真小声问徐天。

谢阮瞥他一眼："这是封诊道查探现场的程序要点，被他们编为口诀，每次都会念一遍，避免查探时丢三落四。"

"甚为周密啊……"在李嗣真的感叹中，李凌云已抬腿进了大门。

虽说房顶烧穿，遍地碎瓦，好在框架仍存。李凌云朝里张望，一眼看到尽头，回头对捧着封诊册的六娘道："至此开始记录，此屋是一单间，观之东西较长、南北狭窄，门开朝北，坐落于贾府最南面后院拐角处。"

"只看了一眼，李大郎竟观察得如此仔细，此屋境况信手拈来……"李嗣真看向徐天，后者表情复杂地道："所以我才上书天后调他过来，寻常人我找他作甚？李大郎有真本事。"

李嗣真会意，回头见李凌云蹲在地上伸手拿起数个炭块端详，又伸手触摸、丈量。

"地上有水迹，是救火之人所泼，木炭来自屋内被燃之物，此块残留物上有榫头，"他起身环视，"六娘记下，屋内的木质家具燃烧殆尽，可见屋内火势极大，据大理寺案卷记录，察觉此屋走水，贾家人便立即开始救火，却无法控制火势，看来，屋内定有易燃之物。"

李凌云在地上发现了几组足迹："鞋印在灰烬之上，应是灭火者所留，只是这两组形状比较奇怪，在鞋印外围存有模糊褶皱，似是布料挤压后所留。"李凌云看向徐天，"大理寺的人？都穿了油绢足套？"

见徐天点头，李凌云起身，来到屋内圆形图案旁，观察道："轮形，轮周挖掘出了沟槽，内部也有。"

他拿出一根石膏圆柱，绕开地上的古怪塑像，开始小心沿着沟槽边缘绘出形状，在他画完第一个外沟槽后，众人隐约看出了点什么。

"是月亮？"谢阮猜测。

"是，但是……"徐天有些费解地望着李凌云画出的第二个图案，"这个月亮看起来，要比之前那个粗些。"

"我明白了。"李凌云绘出第三个图案之后，李嗣真道，"此乃月相图。"

"月相图？"

"对，月有阴晴圆缺，自宛若金钩渐变为犹如银盘，需十五日，所以每个月的十五便是月圆之日，度过十五，月相自满而亏，重新变为钩状。"

在李嗣真解释的当口，李凌云已绘完剩下的外圈图案，他肯定了李嗣真的看法："这的确是月相图无误，六娘，把此图绘出来。"

言罢，他又快速勾勒起内沟槽的形状。

"是莲花……一、二、三、四、五……九朵莲花？"谢阮迷惑，"月亮与莲花，此乃何意？"

"不只莲花。"李凌云继续描摹莲花中间的沟槽，他刚绘完一半，徐天便伸手捅捅李嗣真腰侧："李寺丞，你觉得这是什么？"

后者眯眼看着逐渐完整的白线："一团气息？不对……这是火！是一团火焰！"

"确切地说，是正在燃烧的火焰。"李凌云起身端瞧地上的怪异图案，又抬头看看房梁上方飘着的白云，"沟槽如火焰，房屋被烧毁，人被烧死……此中定有关联。"

"对了——"徐天大叫，"第二个被烧死的人，就坐在此纹中央。"

"坐在上面？"李凌云蹲下，六娘提一个小号封诊箱到他身边。他再度用那种诡异的手法敲开箱体，从中取出一把长柄小勺，勺为黄铜所制，金光闪闪的头部呈铲形。

李凌云用此物在沟槽中挖出一些灰烬，先端详了一下，又放在手中搓揉片刻，抬手嗅了嗅。

谢阮凑到他身边问："可有发现？"

"混了水，还有烧过的炭灰，很难分辨，先收起来。"李凌云拿出油绢口袋，从火焰、莲花、月亮沟槽中分别取出灰烬，各存在一小袋之中。

之后他把视线对准了地上的塑像，问徐天："有人动过吗？"

"这些塑像看着异常诡异，灭火的武侯进来也不敢碰。李大郎，我知道你们封诊道忌讳案发处人来人往，弄乱痕迹，所以一直让人看着，除救火和取尸的几人外，此屋无人进入。"

"徐少卿做得极好，辛苦你了。"李凌云的感激令徐天难以置信，谢阮在一旁挖苦道："徐少卿倒也不必自得，李大郎向来只说实话，下回要是做错了，他一样有什么说什么。"

"你……"徐天正想说什么，李凌云已叫六娘记下塑像位置，自己则拿起一个狗头裸体塑像，放在耳边用手敲了敲。塑像发出当当声，他把塑像翻过来，端瞧下方。

"有个洞，"他伸手向洞内探去，没摸到什么，他又把塑像翻回端详，"陶土制作，做工粗糙，但线条却颇具灵性。"

他让六娘把灯笼打过来，照亮那个有翅女童："从衣物上的纹路看，塑像穿的是粗麻衣……不过这衣物有些古怪，无领无袖，四边随意缝上，只留出手脚穿过的洞。"

他的视线又落在女童腰间系带上："此乃麻绳，绕身三圈，未穿鞋，手中空无一物，伸向前方，掌心向上，似乎托着什么……"

"托着死者的手。"徐天在一旁说，"那坐在地上的死者，曾紧紧握着她这只手。"

见众人齐刷刷地朝自己看来，徐天瓮声瓮气道："运尸体的两个人，其中一个就是某，所以知道当时的情形。"

李凌云取出一根缠着棉絮的木棒，在塑像掌心上擦了擦，随后他将沾满黑灰的木棒在清水中不停搅动，直到炭灰在水流的带动下和木棒剥离开来，他才将其抽出，当看到雪白的棉絮上出现一层鸡油黄时，他点头道："确实沾有人脂！"

待六娘记录完毕，李凌云将塑像双手举起，依刚才的方法又查探一番："内部也是空的。而它背后的羽翼，是一种鸟翅，羽毛形状近似于鹰隼……嗯？眼睛如此之大，看起来好熟悉。"

谢阮皱眉道："你这么一说，我还真想起一种鸟。"

"什么鸟？"

"猴面枭。"谢阮用手指女童塑像的面部，"你看，它的脸很短，头发从额中分开，弯曲向下，脸蛋呈桃形，双眼巨大，像极了猴面枭。"

李凌云回忆片刻，点头道："的确很像。"

"这些古怪造像到底有何寓意？"徐天问。

"暂且不知，案卷上不是说还有一座塑像吗？"李凌云问，"它在何处？"

"此塑像颇大，且被铁链悬起，因和梁上悬尸挨得很近，为了不损尸首，我们把它给放下来了，我这就弄过来。"说完，徐天踩着来时的足迹走向门外。只听他不知对谁喊："快，把塑像弄来。"

谢阮奇怪道："他说大理寺只进来了两个人，可据案卷所载，那塑像很大，还有铁链捆绑，两个人就能搬走？"

正说着，外面传来巨大的嘎吱声，李凌云等人互看一眼，走出屋去。只见徐天手指废屋呼喝："过去一些，再过去一些，向右挪——"

在废屋左侧，不知何时来了一辆大车，车上装着一木制悬臂，悬臂坐落在一个可以转动的基座上，由三节组成，单单下面一节已比废屋要高，上面还有一小臂，能灵活屈伸，末端接一横臂，可以横向移动。臂上有悬轮，轮轴绑着铜丝绳，此时绳上正挂着一座黑漆漆的塑像。

在徐天的指挥下，那被悬臂吊着的塑像正缓缓接近废屋屋顶。

差不多已到位，徐天转身进屋，命令工匠缓缓将塑像放了下来。

谢阮看得目瞪口呆："……此乃何物？"

"此物由战场上的投石机演化而来，装配轮轴后结合两根小臂，由牵动绳操控，可上下左右自由移动，在修建城池、宫殿时，用来吊取砖石、木料。"

谢阮没想到，开口的竟是她认为只会吹拉弹唱的李嗣真。"你怎么知道？"她问。

"修缮宫室也会用到此物，因太常寺经常入宫奏乐，有幸见过一次，由于好奇，就问了当时操控的工匠，他们管这东西叫'巨人臂'。"

"名字倒也恰当，可不就是一只巨人胳膊吗？"

见塑像已到指定位置，徐天回头问："李大郎，此屋还有什么痕迹要查？没有的话，我叫几个人进来，把此处彻底复原。"

"复原？"李凌云闻言，饶有兴致地道，"你准备怎么做？"

徐天嘿嘿一笑："把尸首挂回去。"

谢阮冷笑："不都烧焦掉肉了吗？怎么挂得回去？从殓房里拖出来不成？"

不理谢阮的嘲讽，徐天打个呼哨，三名身穿黑袍的大理寺卒子进了屋，他们各有分工，站在最前面的那人抱着两个木人，中间那个手扛木梯，末尾那个身上盘着漆黑铁链。在徐天的命令下，他们来到塑像前，三下五除二地把现场重新布置了一番。

徐天骄傲地叉腰挺胸，手指空中："木人均按尸首身高、体态打造，铁链位置，也在房梁上做了记号，现在你们看到的，除了没有真正的尸首，其他情形都与案发时一模一样。"

"不愧是大理寺。"谢阮啪啪鼓掌。徐天面露得意，正要多说两句，却听谢阮又道："果然财大气粗，有人有钱，只是徐少卿既然有这些物件可用，怎么当初在办明崇俨案时，大理寺却没人敢探查那绝壁？"

徐天喉咙咯咯有声，憋红了脸，半天才挤出声："其实……这是因为结案后，我觉得李大郎那些封诊道的东西对破案有用，才特意去工部要了巨人臂。"

言至此，徐天一脸不是滋味地看看李凌云："总而言之——能派上用场就好！喀！喀！"随后他又故意咳嗽了几声，暗示李凌云应当对大理寺的努力加以肯定。

可后者正站在悬起的木人面前，细细端详着上方塑像，压根没留意徐天的暗示。他凝视着那尊背生巨翅、双头四手的赤身神明，喃喃道："封诊道千年来汇聚无数民俗，我却从未见过此种塑像，塑像关节还可拆分成块……这究竟是什么东西？"

他视线下移，看到那神明的足部踏进生有蝙蝠翅膀的鬼怪肚内。

"……咦？"李凌云眯起眼睛。

"塑像有问题？"谢阮迅速接上了话。

李凌云手指鬼怪肚腹中被挤出的部分内脏："胃囊、小肠、大肠，还有肝和肾……"

"这有什么好稀奇？谁腹中没有这些东西？"辛苦了一遭，却没得到赞许，徐天说话很冲。

"虽说制作粗糙，但脏腑形状与真的无异。"李凌云提起灯笼，走到塑像前，又仔细查看了一番，"制像工匠，应该亲眼见过人腹内。"

李凌云站在房梁的阴影里，他昂起的脸在灯笼的光芒中，染上了一层诡秘色彩。在场众人心中寒意大起，只听李凌云幽幽地道："他，一定剖过真人。"

待六娘记录好封诊情况，李凌云踩着大理寺的木梯攀上了房梁。

谢阮在下方昂头问："大郎可有发现吗？"

"没有，就算原本有，也都被烧毁了……"李凌云抽出随身小刀，在房梁上切削，也不知小刀是何种金属制成的，轻易就切下拇指大小的一块木头。

"不出所料。"李凌云爬下，把那块木头递给谢阮，"你看这个。"

谢阮翻来翻去地看，不解道："这不就是块被烧焦的木头？"

"并非寻常木头，"李凌云从地上捡起一块木炭，轻巧地掰断，再拿过谢阮手中的房梁碎块放在一起对比，"方才进到这屋子时，你说了一句话，还记得是什么吗？"

"我说过什么……啊，对了！"谢阮双眼一亮，"我说屋顶都烧没了，房梁却一点都没塌。"

"是木头特殊的缘故。"李凌云道，"屋中家具烧得酥脆透彻，证明火势极大，而燃烧时，火焰会向上卷舔，论温度，其实上方远比地面更加滚烫，房顶的瓦片都因高热全部爆裂，可房梁上却只有薄薄一层炭灰，说明贾家对房梁做了防火处理。"

谢阮有些迷惑："木头最易烧毁，要如何处置才能防火？"

"用石灰水反复浸泡、阴干，这样处置过的木料不易燃烧，因此法对木材规格、粗细要求极高，又耗时耗力，所以只有大户人家才用得起。用这种木头制造屋梁，屋顶不易塌倒，可以给屋内的人争取逃生的机会。"

"原来如此，不过贾家自己就是做木材生意的，用特质木料制成房梁，对贾家而言，不是理所当然？你特意提出，莫非这与本案有关联？"

"的确有关。"李凌云道，"在此布局杀人者，对贾家定是了如指掌。安置造像、挖掘沟壑都需要时间，而此废屋平日上锁，无人进入，哪怕有动静，也不太可能有人听见，就算听得见，由于害怕鬼怪，也不会有人过来查看。凶手选在这里作案，是经过深思熟虑的。

"屋内火势极大，武侯铺扑了很久才得以扑灭，说明此人用了助火之物，具体所用为何，还有待进一步查实。不过凶手非常清楚，在废屋中用此法杀人，哪怕火烧得再大，房梁也很难垮塌。这也就保证了，前来救火者能够看到他所设计的恐怖情形。"

李凌云望着门外出神的徐天："据大理寺案卷所载，悬在上面的死者是家主贾成，尸体已烧焦，你们大理寺是如何确定他身份的？还有，盘坐在圆轮上的死者又是何人，可有查清？"

"查清了！"徐天道，"挂在上面烧死的是贾成没错。有人证、物证。"

"人证……"李嗣真道，"是那些听见呼喊声的仆佣？"

"不只如此，还有贾成的妻子及父母。"徐天补充道，"物证则是贾成足上的布鞋。"

"哦？怎么说？"谢阮好奇地凑过来，"布鞋有何特别之处，可以辨识死者身份？"

徐天道："贾成与别人不同，他足底无弓，完全扁平，他的鞋底要比别人的更厚实柔软，因有这个毛病，他在家中无论何时都要穿这种厚底布鞋。可能是他脚下那双曾踩过水，由于鞋底潮湿，大火并未将之彻底烧毁，一看便能认出，再加之府中两个不见的人里就有他，于是基本可以确定。"

"两个？另一个是谁？"

"他叫严木，平日大家都喊他小严子，是和贾成自小一起长大的家奴。"

"他是不是盘膝坐在地上被烧死的那个？"

"应该就是！"

谢阮若有所思："对了，方才大郎说，杀人者对贾家的情况非常清楚，尤其废屋死过人这件事，若不是贾家之人，恐怕不可能知情。现在家中仅失踪两人，若排除第三人作案的话，那小严子岂非嫌疑最大？"

李嗣真觉得匪夷所思："那小严子为何要与贾成同归于尽？从现场摆设不难看出，那贾成已任他摆布，他完全可以杀人后脱逃……而且火势这么大，证据也在火中灭失，未必有谁能指认是他所为！"

"虽说同归于尽不少见，但只要还有条活路，人就不会轻易赴死。"徐天不自在地看向李凌云，"李大郎，你有什么见解？"

后者盯着盘膝于地的木人："你们发现小严子时，他身上可有铁链之类的物件捆绑？"

"不曾。"徐天迅速否定。

"被烧死是极痛苦的。烈火灼烧肉体是一种痛，因烟雾窒息是另一种痛，他做如此盘膝之姿，又无绑缚之物……"李凌云眉头大皱，"除非他在大火焚起前已经死了，抑或中了极强的迷药，否则难以解释，一个人为何活生生被烧死，还能保持如此平静的姿态。"

"你的意思是，有第三人作案？方才谁说小严子是凶手的？"谢阮挠了挠头，瞥见李嗣真和徐天同时朝她看来。

"……呃，好像是我。"谢阮尴尬地眨眨眼。

徐天逮机会嘲笑："我说了，贾成和小严子从小一起长大，关系密切，结果谢三娘你一竿子就把人家打成了凶手！"

谢阮吃了个瘪，心中不忿，却也不得不承认自己有所疏漏，正郁闷着，却听一旁李凌云道："小严子未必就不是凶手。"

"咦？"在场众人一起发问。

"无论有没有第三人作案，均是猜测，我们要找出实证才行！"李凌云望向徐天，"徐少卿，尸首可在大理寺第三处殓房？"

"正是……"徐天话音未落，李凌云便大步流星朝外走去，徐天连忙追到门口，冲他喊："听人说话要听完啊！"

李凌云不解："此屋封诊已基本完毕，时辰尚早，今日剖尸还来得及。"

见他马不停蹄，徐天只得双手叉腰，运气高喊："尸首已在来的路上了——"这一声果然见效，李凌云立时停步回过身来。

徐天没好气道："某也是大理寺的老刑名了，当然能算到你查探现场后，必会剖尸。"

"只为这个，就将尸首运来此处？"李凌云歪着脑袋，质疑道，"冰冻尸首若经解冻，腐败必定加速，徐少卿莫非不知？"

"我怎能不知？"徐天冷笑，"当初你们冒名查那陆合道人五行水案时，好像也没替我们大理寺着想，还不是把冰冻尸首就地剖了？"

李凌云回想此事，也觉徐天与他算旧账并非全然无理，却还想劝："此一时彼一时……"

不等他说完，徐天大手一挥，呵呵一声："李大郎尽可放一百个心，我大理寺可不像狩案司那样做事偷偷摸摸，等尸首运到，你自然就明白了。"

说罢，徐天得意扬扬地朝谢阮看个不停，后者见状气笑："今日见徐少卿如此尽心尽力，某还以为是对这火山地狱案上了心，谁知还是小肚鸡肠得厉害。"

徐天分毫不动气，一把抓住李嗣真："不怕说给你谢将军知晓，今日我大理寺如此勤力，也是看李寺丞的面子。"

李嗣真头疼苦笑："徐少卿说笑呢？"

"李寺丞何必过谦？这狩案司分明不把你当作自己人，某就是要让他们知道，若非你答应指点我家四娘音律，我又怎会这般尽心尽力？只可惜有的人未必领情。"

谢阮闻言，顿时来气："我倒是不知，什么时候大理寺办案子竟然要讲人情，三法司就是这般做事的？"

这边两人斗鸡一样交锋不断，那边李凌云却跟没事人一般，徐天继续挑衅："怎么尽让女子出头，李大郎对我大理寺的做派有何见教？"

"见教？"李凌云一愣，想了想，点头道，"倒是有一点。"

"啊？"徐天本来只是看他不吭声，所以故意挑刺，谁知李凌云居然承认，一时反应不及，愣愣地问，"是什么？"

"你们制作的木人重量不对，"李凌云手指屋内，"木大多比人轻，如要用木人还原案发场景，需把木人内部挖空，塞入石膏，如此才足够真实。"

徐天狐疑地打量着李凌云，在他脸上只读出"认真"二字。李凌云继续道："而且木人也分男女，哪怕体重相同，体态也有区别，如果想学，大理寺可以派人去封诊道，我帮你写封荐信。"

"李大郎，你是认真的？"徐天终于忍不住问，"封诊技不是不外传吗？"

李凌云不以为然："木人制作而已，谈不上外传不外传，倘若大理寺有人愿意钻研，也一样能制出，只是从我们这里学，要省些功夫而已。"

"……"徐天上下打量李凌云，若有所思，一旁沉默的李嗣真却露出了丝丝笑意。

正当此时，仆佣们忽地纷纷朝后院奔去，不一会儿，就驶来两架大车，车由六匹棕马牵引，车型简洁，与货车相似，安有巨型车斗，那黑红相交的巨箱置于斗内，在箱体两侧可见仰天咆哮的独角獬豸，其足下踩着罪人，给人极强的威慑力。

等车在众人眼前停下，箱上纹饰更加分明，众人这才看出，箱上花纹竟不是用漆绘成，而是用了一种极为繁复的手工技艺。

"云雕？大理寺好大的手笔……"

谢阮正望箱惊叹，一道苍老的声音传进耳中："大理寺可没钱，这玩意是当年太宗皇帝所赐，出自宫中大匠之手，所以才用得起如此繁复无比的剔犀之技。"

说话间，从当头那辆大车车辕上，缓缓走下一位佝偻着身子的白发老者，只见他着一身不起眼的灰色麻衣，袖管卷起，裤角只到小腿肚，粗看与下田的老农无异，唯独一双眼睛精光闪烁，如同鹰眼，细瞧即知此人必非同寻常。

"司徒先生？"李凌云瞧着熟人，有些惊讶。

比他更加惊讶的谢阮已迎了上去，她把着老头的臂膀，道："您怎么会亲自前来？"

"殓房里死人作堆，跟住在阴间一样，我心中有些厌烦，正好徐少卿说要用车，便干脆自己走上一趟，来透透气，吸点阳间味。"老司徒一张嘴就阴风阵阵，徐天闻言，苦笑辩解："某平日让您与其他人换换班，您却是休沐也不肯出来，还说下面凉爽，现在怎么却这样讲？"

"老夫这把年纪，想说什么就说什么，怎么，徐少卿不满意？"老司徒两眼一翻，江湖气息呼之欲出。

徐天缩头缩脑，连忙摆手："不敢，不敢！"

老司徒见他识相，也不计较，伸手拍拍车厢："剔犀，亦称'云雕'，不拘器胎均可使用，然大多木制，也有用麻作胎的，做法和剔彩近似，在胎上用两到三种色漆逐层髹涂，厚度足够之后，以刀刃斜剔出卷草、勾纹等不同纹线，随剔出的纹路，可显出不同颜色的漆层，完成后的雕纹色层交错，如行云流水，美不胜收。如此巨大的剔犀木箱，极耗费人工、时日，要不是大匠出手，凭我们大理寺那点家底，怎么可能完成？"

众人频频点头，谢阮却疑窦丛生："咦？司徒老丈，我听天后提及，说是太宗时期，宫中厉行节约，就连后宫嫔妃的裙子都不曾拖到地上，此物若是太宗时所制，怎会如此奢华？而且听您所言，它只用来装载尸首，犯得着下如此工本吗？"

"你这小娘子，只知其一，不知其二。"老司徒眯起眼睛，细细讲述，"如今的三法司自然颇有威仪，但太宗皇帝刚刚登基那会儿，我大唐疆土并未完全平定，可谓内有忧，外生患。隋炀帝杨广盘剥百姓，导致各处烽烟四起，李氏皇族虽定鼎天下，但当时一同反隋的，又何止一家？这些人未必就认同大唐。与此同时，突厥可汗颉利屡屡威逼，这便使得大唐固然俭省，可一旦需要展示威压时，也同样不惜靡费。"

想起过去，老司徒褶皱的脸上有了别样光芒："当年老夫行走江湖，是大唐出了名的野盗。某深知太宗皇帝是真正的明君，遂决定投案自首。某投案后，更带动一群反对大唐的绿林投诚，太宗皇帝非但没有计较老夫的罪过，还让我有机会赎得过去的罪孽，因我刚好懂得一些仵作之道，就留在了大理寺。

"彼时的大唐江山刚刚稳固，大理寺的威名也不过如此，有时遇到疑难杂案，需要保存尸首，那些死者亲属认为要入土为安，难免会闹闹事。有一回，老夫去收殓尸体时被人打破了头，血流如注，陛下得知后，便派大匠到大理寺，制成了这两个箱子。"

谢阮听得神思荡漾："所以说，用如此奢靡的做工，其实是为了彰显大理寺的权威？"

"不错，这种有皇家气势的东西，才足以震慑刁民。"老司徒抬手抚摸着冰冷的箱壁，朝正在操作的大理寺众喝道："孩儿们，用上力气，把寒棺拉出来！"

众人大声称诺，只见两人来到拉开的黑洞前，卷袖探手，嗨的一声大喊，从中拽出一具银光闪烁的光亮棺材，此棺并无棺盖，两个长边被打磨得极为光滑，仔细一看，竟是严丝合缝地卡在洞中，形成一个棺状抽屉。

"是用金属制成的抽屉。"李凌云走到巨箱前伸头张望，见棺中用黑色油绢裹着一具尸首。

"不错，此箱专为运尸所制，为层套结构，类似棺椁，外为硬木，剔犀装饰，夹层中镀有薄银，内棺为青铜材质，外镀一层银皮，有数条铜链固定于箱体之上，使用时开启箱盖，往里灌入冰块，便可迅速冷冻尸体，为防腐之利器。"

李凌云观察片刻，问道："我们封诊道的封诊车，亦用了类似保存尸首的方式。司徒老丈，此箱做工，也是你从那位封诊道故友处学来的？"

"并非如此。"老司徒摇头，"此物实从秦代开始就有。"

"那么早？"谢阮颇为惊讶。

"秦始皇死于巡视东海途中，尸首难于保存，据说千里迢迢运回国都时，已腐败不堪，只得用臭鱼掩味。自此之后，历朝历代的帝王无不为自己的身后事操心，有了前车之鉴，他们便命人研究了这种存尸的箱子，一直流传至今。由于不怎么派上用场，便被宫中用来储存肉类和瓜果，只有这两个巨箱，才派上了正经用途。"

老司徒说得胡子一翘一翘的，谢阮这位宫里人却听得脸色都变了好几轮。道清由来，老司徒命众人用黑色油绢在贾家后院搭起棚子。正所谓人多力大，足有房高的棚子瞬间搭成。在老司徒的指挥之下，两架大车一左一右驶入其中。随后，他差人将马卸掉牵出，又将巨箱内整齐码放的冰块倒入棚内，此时四周气温随之骤降。

徐天打了个冷战，看着属下将棚顶的梅花灯点燃："如此，等于将第三处殓房暂时搬迁到了这里，就地检验，尸首也不会轻易腐坏。"

"好法子。"李凌云赞了一声，"看来今日用不上封诊屏了。"

布置完成，无关人等迅速离去，李凌云换了一双手套，让阿奴取出封诊几，把需要的剖尸工具整齐码放在上面。

老司徒悄无声息地走到李凌云身边，不知何时他已经换上一身黑色油绢制的罩衣，李凌云瞥向他时，目露惊讶："这衣物……"

"和你身上穿的剪裁相同，是吗？"老司徒哈哈一笑，"没事，你知道我这点本事是从哪里来的。"

"只是有些意外，之前老丈说用油绢裹尸的法子是封诊道弟子所教，我以为只是有人冒名，然而……"李凌云手持长柄封诊刀，指了指上面的梅花灯，"方才看到此灯，发现用它来照亮可使影子变得浅淡，能让人最大限度地看清尸首，不至于漏掉线索。加上老丈这身和我一模一样的罩衣……"

"小郎君，你有什么见教？"老司徒笑嘻嘻地问。

"我封诊道流传千百年，其中究竟发生过什么，有多少弟子，以我的年纪不可能完全清楚，老丈你所认识的那个人，或许真是我封诊道中人，而且还不是普通弟子！"

"哈哈，你这么说就行喽，"老司徒将捋胡须，"其实不用追根溯源，这些技能只要对查案有帮助，不就得了吗？来，李大郎，赶紧剖尸吧！"

和第三处殓房的所有尸首一样，裹尸袋上挂着木牌，牌上还写有数字，老司徒拿来文书对比："核对无误，此乃悬挂在房梁上的贾成。"

验明正身后，李凌云动手打开裹尸布，此时他才注意到，原来还有玄机。看似密不透风的口袋，实则只要揭开油绢，便能轻松铺成一整块，这样既能最大限度地方便人抬尸，又不会轻易碰触到尸首，造成额外损伤。

"此种剪裁，倒是比我封诊道更加高明。"李凌云心中暗暗记下，准备回去问问杜衡。紧接着，他轻按了一下尸体的小臂，感到微有弹性，便小心托起其胳膊，轻轻掰开烧焦的表面，观察露出的猩红血肉。

"六娘记下，"李凌云道，"此尸在案中顺序为一号，以臀骨形态看，系男子，身份为主人贾成。虽说尸体被烧焦，但并未完全成炭，腹内器官有所留存。"

李凌云俯下身，观察了一下尸体全貌："烧毁严重，但依旧有少量衣服碎片贴于皮肤……不知何种缘故，与皮肤粘连极紧。"

他用黄铜夹小心翼翼地从焦尸上剥离一块，放进阿奴递过来的平盘中，随后，他拿起幽微镜看了看，摇头道："此衣为棉制，纹理整齐密集，是上等白棉布，通常作里衣用，可以穿着入睡。"

他接着用手掰开尸体已烧焦的口唇："牙齿洁净，有漱口的习惯。即便如此，牙尖也已出现磨蚀迹象，一、二、三……三枚牙齿的瓷质已完全磨损，有微黄内质露出，呈片状，据此推断，此人年龄应在四十岁上下。"

他来到尸体足部，小心取下鞋子，查看死者双脚："足底平板无弓，结合贾家人的说法，可以确定此人正是贾成。鞋子虽已烧去多半，但仍可看出为麻制。此鞋，麻面柔软，极为透气，鞋底用厚布叠加制成，并无隔水之物，因外观不美，通常只在家宅之内使用……这鞋底纳得极其厚实，没有燃毕，是因鞋底吸水严重，这与徐少卿所说一致！咦？鞋底沾有泥土？"

他取了一个巴掌大的铜盘，自鞋底拨下许多焦泥递给阿奴："土中似有他物，加点水，将土清洗一番。"

昆仑奴无声地取一小杯水倒在其中，以铜制细杆搅散，静置，待泥水分层后，又交还给了李凌云，后者用幽微镜在泥水中很快发现了异常："泥中混有草籽。"

谢阮上前观瞧，果见泥水上浮着一层极小的黑黄颗粒："脚穿宅内鞋，鞋底还沾着泥土，贾成莫不是自己走到后院的？"

"正是如此！"李凌云肯定道，"六娘记录。鞋泥中，多见狗尾巴草的草籽，此草籽呈圆形，一头微尖，上生一根毫毛，成熟后散落于地，贾家后院这种草有很多。从贾府前门至各间屋舍，均有长廊连通，唯独案发之所因长期无人问津、杂草横长、露水聚集，导致土质松软，只有贾成步行至后院，鞋底才会出现这番境况。"

"明知废屋闹鬼，半夜三更，仍仅穿着单衣从卧房离开，径直走向后院……"谢阮顿觉诡异,"难道真是鬼怪作祟,把贾成给魇住了不成?"

一直保持沉默的李嗣真终于插话:"未必就是鬼怪,要想知道缘由,最便利的法子,就是找其家人前来问话。"

"贾成睡后又起,自然要问问他的枕边人。"徐天打个呼哨,便有大理寺卒子伸头进来。他吩咐道:"把贾成娘子带来,我们有话要问。"

那卒子去后,徐天忍不住自夸:"嘿嘿,所以某才说,必须在这里剖尸!你瞧,这效率多高!"

谢阮见不得他这般模样,正想损他几句,谁知李凌云点头道:"徐少卿此举甚是恰当。"

徐天朝她甩来一道目光,越发得意扬扬。谢阮咬牙自语:"哼,未必就能称了你的心。"

正说着,卒子赶来传话,贾成娘子已到。众人出了棚子,见来者三十余岁,是一名姿色丑陋的黄面妇人,她身边还跟了个白衣小婢,神色微慌地站在院中。

徐天见妇人似乎有些畏惧之意,连忙安抚道:"花娘子,某是大理寺徐少卿,曾与你见过面,你可记得?"

那妇人忙对徐天施礼,连道"记得",见她神色安稳了一些,徐天又道:"这些都是我大理寺的人,来查你夫君的案子,有话要问你,你尽管照实说便是。"

妇人朝棚子张望了一下,目露担忧:"辛苦各位,奴知无不言。"

得到花娘子的保证,徐天对李凌云使个眼色,后者上前一步:"事发夜里,你夫君宽衣上床后,又起身去了后院,你可知他为何夜起?又为何要来此处?"

"啊?我夫君他……睡下又起身了吗?"花娘子闻言,面露惊讶地回头看着身边小婢,"阿郎那天晚上到底什么情形?还不快快说来!"

见花娘子这般做派,谢阮忍不住打断:"等等,这位娘子,死掉的不是你家夫君吗?怎么他夜里起床你都不知情,还要询问婢女?"

"对啊,这是何故?"这回,徐天难得地站在了谢阮一边。

妇人面露难色,支支吾吾:"其实……其实奴与夫君二人分床而眠,已有很长一段时日了。既然说他是睡下之后才跑来后院的,那奴就真的不知情了!倘若诸位不信,可以找伺候我们的下人,一问便知。"

徐天狐疑地打量了一眼花娘子,让人带仆佣过来一问,果然和妇人所言相同。

证实妇人所言非虚，徐天忍不住问："你们既是夫妻，却不同榻而眠，是何缘故？"

"说来倒也简单，"花娘子跷起兰花指，指一指自己，"还不就是因为这张脸？"

众人瞧着花娘子那丑陋的相貌，顿时会意。花娘子叹道："贾家虽有钱，可身份低微，而我们花氏一族在附近做官的极多，我家阿耶就是东都官员，他娶我，不过就是给他们贾家找个靠山罢了。"

花娘子有些不忿："我自知相貌不佳，使得父母长年担忧，就我这长相，别说高嫁，平嫁都难，我也是逼不得已才选了贾成做郎君，他不敢与我比出身，哪怕不喜欢我，也不敢亏待我。只是爹娘却不知道，我嫁给贾成，是见不得他们为我操劳，希望二老往后少担心我罢了。"

谢阮最喜欢有脾气的女子，见花娘子做人取舍果决，颇有欣赏之意："你是个性情中人，且有孝心，某挺喜欢你这性子。"

"这位女郎，我不知你是什么官家身份，既然你说话好听，我无妨多讲一点他的情形。"兴许是谢阮的话让她彻底放下了心，妇人竟浅浅一笑，继续道，"我生得丑，早知他不情愿，婚前到家中，只要我在场，他那眼珠子都朝着别处，仿佛看我一眼，就要马上瞎掉一般。我见他这般态度，心中也是不喜，所以新婚之夜，我便同他把话说开，二人都不情愿，也不必非得睡在一张床上，往后他要找什么女子都行，只是别弄进家里来，家中有我在，便不能再有别的小娘子，就算妾室也不成，否则我花家在这洛阳城中岂非没脸？至于奴……我与什么人厮混他也别管，不和外人生儿育女就成了。"

李嗣真听得入神，撵着问了一句："那……你们这样，难道贾家不要个孩子继承吗？"

"那还不简单？"花娘子嗤笑，"寻常人家外室生子，很难弄回家里养，那是因为当家娘子不允许。我又没打算给贾成生子，他外头的人有了，大可以跟我说一声，我肚子上垫个垫，等孩子生下来了，抱给我养不就行了，只要外室不入门，我管他怎样呢？"

"那你们平日怎么相处？"徐天不由得好奇，"某是指，你们总不能连个样子也不装，否则万一有了孩子，怎么说得过去？"

花娘子对答如流："做戏自然是做全套，夜里我们还是睡同一间屋，只是这屋是改过的，进了内堂，就有两张床，一张是贾成的，另一张自然是我的。"

"既是如此，那天晚上贾成的踪迹，你当真不知？"李凌云问出关键一句。

"当真不知，不怕告诉各位，案发那日，奴和小情郎私会去了，全程都有这个婢子和奶娘做证。我回来时，贾成根本就不在屋内，我以为他也偷欢去了，谁晓得走了水后，有人来报，说是听见郎君在废屋喊救命……当时火势太大，我也命人努力扑救，奈何他还是……"花娘子说到这里，摇头道，"不过虽说不知道他当晚做了什么，可我却晓得一件隐情。"

"什么隐情？"众人异口同声。

"贾成不能往家里带女人，他自己又极为小心，不管什么事，都怕留下首尾，故而我知道，他哪怕是在外面有了人，也不敢轻易收作外室，所以他现在都四十多岁了，还没找可靠女子给他生儿育女。我有时甚至还会催促他，毕竟别人可不知道我们的秘密，时间长了，还有人觉得是我下不出蛋来呢！

"话说回来，他虽没让人为他生孩子，可有我的默许，他若不搞七捻三，岂非亏大了？所以，他会借着做生意的由头，外出寻欢作乐，而在他身边跟着一个他极其信任的跟班，每次这些私密之事都由这个跟班来安排，依我看来，他的行踪，这个人最是清楚。"

"那这个人是？"谢阮忙问。

"府中人都叫他小严子，只是奇怪，自那天后，我就再没见过他……"花娘子皱眉道，"府中的人都揣测，那日废屋之中，烧死了两个人，除我夫君外，另一个倒霉鬼可能就是小严子。"

谢阮气得把油绢手套一揪："你这娘子好没意思，知情人已死，你说出来又有何用处？"

花娘子不知为何，似乎觉得谢阮好玩，扑哧一笑："女子为官不容易，怎的您还这般容易生气呢！"

说完她却凑到谢阮耳边，小声道："不只在外头，那小严子在府里也和贾成形影不离，夜间贾成要去何处，也会带着他，所以二人死在一起，奴并不觉得奇怪。贾成这人心机深重，寻常人绝得不到他的信任，就连出门做生意，身边也必带打手，不许别人太过亲近。唯独小严子，不管在家里家外，除了睡觉，贾成随时随地都要他待在身边，不许他离开半步，要不是我知道贾成那些眠花宿柳之事，只怕要以为，他对小严子别有用心呢。"

谢阮看看花娘子，咋舌道："看来你当真对你郎君并无情感，难道你们平日对眼相望，不觉得难受吗？"

"你情我愿，早就说得清楚明白，为何要难受？"花娘子直起身来，"因你年岁尚小，才会相信什么只羡鸳鸯不羡仙，却不知世间我们这样的表面夫妻，比你想象中要多得多。小严子自小在府里长大，我毕竟是后嫁入贾家的，有些事了解得并非那么清楚，我那公婆或许对此事知情，不妨把他们寻来问问。"

"如此也好。"

花娘子朝众人施礼，转身而去。徐天瞥着花娘子婷婷袅袅的背影，嘴里嘀咕："身段倒也高挑好看，奈何是个无盐女，秉性更是无情冷漠，那贾成也算倒霉，娶了这么个无心的娘子。"

"某倒不这么认为，"谢阮猛顶一记，"贾家要不是贪图花家的官运护持，又怎会明知花娘子容貌不佳，还要上门求亲？正所谓求仁得仁，郎君贪图富贵，为何要责备听从父母之命的妻子呢？"

徐天不服："谢三娘，不要因为你是女子就为女人说话，我大唐向来民风质朴，少见强迫而成的婚事，就算那贾成图谋官家庇佑，花家娘子也可以不嫁给他嘛！又何必勉强，非得弄成如今一双怨偶的模样不可？"

"你也听到了，人家可是说得明明白白，'你情我愿'四个字，你徐少卿难道不识得？哪里就是怨偶了？你便是看不惯有人各自寻欢作乐，恨不得家家户户都似你徐少卿一样夫唱妇随，可说起来，你家娘子不也是三天两头在家扰攘吗？说到底，人家夫妻如何，干卿何事？"

谢阮连珠炮一样轰得徐天晕头转向，过了半天，他才意识到谢阮贬损了自己家，急道："谢三娘，我家的事，你怎么知道？"

"你家的事洛阳城里有几个不知道的？怪就怪你家娘子声量太大。"

"胡扯！你才回东都几日？难道不是你故意打探某的家事？"徐天脸红脖子粗地质问，谢阮但笑不语，拽一下李凌云，抬起下巴朝前示意："来了。"

贾成父母已到跟前，李凌云定睛一看，发现二位年岁差别很大。据徐天介绍，贾成父亲贾一，七十多岁，曾是东都知名的木材商，这些年觉得精力不济，便退了下来，让儿子贾成做了家主。

这贾一打扮得貌似质朴，仔细瞧，身上布料竟是大唐越州的名产宝花绫。其人有些三角眼，又长一双吊梢眉，颇有鹰视狼顾之感，只是年岁已大，蓄了一把胡子，他的眼皮也耷拉下来，显得慈眉善目了些。

贾成母亲卢氏瞧着只有五十岁出头，然而她自己却说已接近六十。她身上有浓厚的脂粉味，喜穿鲜色衣衫，此时身上就穿了条鹅黄罗裙，虽举止落落大方，却莫名地有一抹不和谐的轻佻之意。

　　见徐天开始询问那小严子的情况，谢阮转身踱到李凌云身旁，小声道："贾成这个阿耶绝非善类，那卢氏只怕也不是他的原配。"

　　李凌云有几分惊讶："这你也看得出？"

　　"哼，你看多了也一样瞧得出。"谢阮抽起唇角，"世人以为，皇亲国戚、豪门士族间的婚姻大多喜新厌旧不安稳，实则并非如此。越是身份尊贵，婚姻中要考量的事情就越多，极少有下堂之妻。这样的家族，正室不仅来头大，随身嫁妆更是贵重。所以，豪贵之家很少有宠妾灭妻之事。倒是小富小贵之家，反而容易出抛弃糟糠的破事，毕竟正妻要么没钱，要么无势，换了也就换了……我瞧着这卢氏的模样，不像个正头娘子，恐怕是从良妾扶上去的。"

　　"这怎么说？"李嗣真突然在二人身后开口，谢阮被吓了一跳，回头瞪他一眼。后者觍脸笑笑："听了一半，着急后话……"

　　谢阮也懒得跟他计较，继续和李凌云咬耳朵："你看她姿色非凡，到了这把年岁，打扮还格外精心，颇有余韵，显然是曾经以色事人的表现。但凡正头娘子，谁会这样处心积虑，都是规规矩矩的，什么年岁着什么服色，头上用什么钗簪，均有一番讲究，不遵守这些的，大多来路不正。"

　　"会不会是夺了正室的位置？"李嗣真又叽叽咕咕地掺和。

　　"那倒不会。卢氏在贾一身边始终落一个身位，看起来一副乖巧听话的样子。贾一此人眉眼颇为狠戾，哪怕年岁大了，眼里也还是精光不断，可见不是个会讲情面的人，倒是符合商贾身份。他儿子贾成和花娘子能把婚嫁当生意做，正所谓老鼠生儿会打洞，那老鼠的阿耶岂不是个大老鼠？宠妾灭妻这种让人戳脊梁骨、落人口实的事，他才不会做呢。我猜多半是原配死了，尚无子嗣，所以才把卢氏给扶成了正房。"

　　三人正在嘀咕揣测，徐天那边问话也告一段落："那小严子的事，贾一与卢氏果然清楚。"

　　"是怎样？"李嗣真第一个开口，弄得谢阮忍不住横他一眼。

　　"小严子只大贾成四岁，是幼年他父母逃荒时卖到府中的。据说当时要不卖了他，一家人都得饿死，贾一决定买他进来，就是为了给儿子找个玩伴。"

"如此说来，他们感情很好？"

徐天虽和谢阮不对付，但查案之际，却也不会隐瞒："据贾府老奴说，贾成五六岁时颇喜欢打骂仆婢，那小严子被欺负得尤其厉害。贾成年岁渐大后才懂事起来，可能良心发现，贾成便对小严子信任有加，主仆关系也变得十分亲密。"

李凌云问："那贾一和卢氏还说了什么？"

"只说贾成和小严子向来极好，仿佛一起长大的兄弟。怎么，有问题？"

"小严子死状怪异，假设他俩都被纵火者所杀，凶手没必要对一个下人的尸首如此精心摆设。"

李凌云的说法引起一阵沉默，谢阮和徐天正各自思索，李嗣真偷眼瞄向李凌云："不然，让我试试看？"

"你？试什么？"谢阮不客气地道。

"我这不是粗通音律吗？"李嗣真干巴巴地笑笑，"其实不知各位有没有察觉，自古以来，文章诗歌讲究词句组合，与曲乐是相通的，都存在一种韵律之感……"

谢阮抬手打断："哎——不必解释太多，没吃过猪肉也看过猪跑，谁没听过吹拉弹唱，说重点。"

"好，好，说重点，说重点。一般而言，人在说话时，也有通用之'韵'。举例为证，当人说正经事时，为求吐字清晰，让听者正视，说话语速就会变慢，音调自然放低，如猛犬威慑的汪汪声；而当人心中着急时，则说话连续不断，吐字模糊，速度变快，声音更高，近似幼犬啾啾声。"李嗣真指自己耳朵，"我别的本事没有，唯独这耳朵，兴许是听多了乐曲，所以人说话时，用的是什么韵律，心中是什么情绪，我还是可以弄对十之八九的。"

见李凌云挑眉，以为他不相信，李嗣真连忙改了词："夸大了，夸大了，十……十之七八，七八总该是有的。"

李凌云终于开口："李寺丞这样说，是不是方才徐少卿和贾家夫妻对话时，你听出了什么？"

"正是，"李嗣真认真点头，"虽隔得远，但我耳朵好使，能听出是贾一和卢氏两人轮流回话的。"

"确是如此。"徐天证明。

"贾一说话时，语气格外和缓，声音稳沉，每个字的节奏都没太大变化，似乎非常笃定。而他回答的这段内容，正是小严子如何来到贾家的。"

谢阮不解："这有什么？你方才不是说，这样讲话，是谈论正经事所用的吗？"

李嗣真轻轻摇头："谢将军，长安城中公卿遍地，在下虽微不足道，却因修习雅乐，没少在富贵人家走动。据我所见，也有感情深厚、如同手足的主仆，可小严子不过是个自小卖身的家奴，就算论感情，也是和贾成关系好，而非与贾一与卢氏。然而贾一谈论小严子时，却使用了过于认真的语调和语速，其实他用这种语气，是在加深严肃感，希望我们会相信他所说的话。"

谢阮仍有些迷惑："在小严子的来历上，贾一有必要说谎？这事，贾府的老奴婢也都知道。"

"他不是在说谎，而是在隐瞒。"或许是到了擅长处，李嗣真理直气壮起来，"他说话这么缓慢，是为了不让自己说出多余的话。"

谢阮好奇："那他在隐瞒什么？"

"这就要说到卢氏了。方才是她主动提起，小严子曾被贾成欺负，后又解释，小严子与贾成关系已经修好。可我注意到，她提及二人幼年情况时，语调、语气都还算正常，但到了后面，她的语调开始拔高，吐字也变快了许多，这种着急把话说完的状态，通常表示她对自己的话没有什么信心，才会下意识地越说越快。"

"也就是说，贾成与小严子间，绝非毫无芥蒂。"徐天大皱眉头，有些恼火，"这奸猾商贾，在大理寺的人面前也敢说谎，某必要给他们好看。"

见徐天想找麻烦，李嗣真连忙拽住他："徐少卿不可如此，他们是死者亲属，现在只是猜测他们可能隐瞒事实，并无实证，倘若大理寺威逼，传出去难免让百姓侧目。"

谢阮赞同道："李寺丞的顾虑颇有道理。狩案司回归东都第一案，某可不想被人传出什么欺压百姓的小话。"

"那你们说，到底该怎么办？"徐天两手一摊，没了章法。

李嗣真瞥着李凌云，见后者听得认真，并无反对之意，便大胆建议："贾一是在商场摸爬滚打之人，若他拿定主意，怕是再怎么敲打，也问不出更多东西。那卢氏一看就依附丈夫，贾一若真心隐瞒，也不会让卢氏单独面对我们，这二人又非罪犯，不可严刑逼供，我看，我们还是另找相关之人旁敲侧击。"

"既如此，就把与小严子亲近的人，一并叫来问话，我就不信，那贾一还能只手遮天。"

徐天与身边的大理寺卒子吩咐几句，领着众人来到贾家夫妻跟前，冷声道："二位可以走了，或许之后还会问话，你们要保证随喊随到。"

贾一微微一愣，似没想到徐天这么快便放人，但此人老谋深算，面色并未有异，倒是卢氏脸上表情顿时轻松很多。

打发走他们二人，卒子随后又带了几个仆婢来到跟前："他们便是在贾成跟前伺候的老人，与那小严子十分相熟，花娘子让都带过来给徐少卿问话。"

谢阮拊掌笑道："却不知那花家父母是何等样人，竟养出花娘子这般聪慧独立的女子，哪怕容貌不佳又有什么关系？那贾成不懂欣赏，将来说给天后知晓，另给她寻一桩婚事，不可耽搁了青春。"

"谢三娘莫激动，万一凶手就是这花娘子呢？"徐天照例在一旁泼冷水。谢阮不理，对面前几个仆婢道："你们可都识得小严子？他和贾成关系如何，知道他些什么，赶紧一一道来，千万不要隐瞒。"

几个仆婢面面相觑，就是不肯开口，谢阮一看便知，这是贾氏夫妻威压很重，致其不敢说话。她拨弄腰间直刀，拔出、收回了好几次，这才露牙一笑："大理寺狩案司问话也敢不答？怎么，想去县狱大牢走一遭才招不成？"

贾府仆婢虽身份低微，但久居京城，谁还没见过红袍大官的架势？此时见谢阮手持凶器，骨头自然硬不起来，一个老婆子最先服软，随后的男男女女都依次交代起来。

一番言语，李凌云等人总算从仆婢们嘴中拼凑出前因后果。

小严子的确打小便被卖进贾府。当时贾一的正妻并非卢氏，而是与他年龄相当，同是出自商户的赵氏。赵氏品貌一般，家中也只是寻常商家，贾一当初看中赵氏是家中独女，图谋赵氏的丰厚嫁妆。赵氏父母去世早，她又体弱多病，加之擅长钻营的贾一没几年竟今非昔比，暗中嫌弃赵氏拖累，便借口赵氏无法与自己行房，纳了卢氏为良妾。

卢氏也出自商户之家，母亲是个舞姬，身份低微，却天生丽质、美艳惊人。因在家被亲人嫌弃，她嫁给贾一时便已心有成算，图谋的就是赵氏短命，有成为正妻的机会。

那卢氏入门不久便有身孕。贾成作为长子，贾一自然极为宠爱，贾成前脚刚刚诞下，他后脚便买了小严子，给其当跟班。

然而赵氏病入膏肓却迟迟不死，贾成当不了嫡子，卢氏因此性子变得阴晴不定，常殴打下人泄愤。贾成兴许受母亲影响，五岁起性情便极为暴戾，也常以折磨小严子为乐。

后来原配赵氏终于死去，卢氏作为长子之母，理所当然扶了正，大概是卢氏心情大悦，又或是碍于已是正头娘子，不得不收敛暴躁脾性，连带贾成也略微转性，总之大家都觉得，贾成之前对小严子的折磨，并未给二人留下阴霾。

自贾成十五岁之后，与小严子几乎形影不离，独这两年，不知怎的，小严子竟拜起了菩萨。贾成是商人，除了财神谁都不信。然而大唐百姓信佛者不在少数，贾成见他如此，也不好说什么，只是小严子至寺庙上香祈福，不在他身边时，他会牢骚几句。

问来问去，这些仆佣所言，与贾一、卢氏也没太大不同，但有一点，却引起了众人的注意：小严子是个哑巴，并非出生后就是这样，而是在某年突遭抢劫，被人割去了舌头。

众人围在冷气森森的棚子旁，徐天摸着硬得扎手的胡子，狐疑道："东都城中抢劫杀人不少见，可若要斩草除根……"他的手做了个向下劈砍的姿势，"为何不直接杀掉小严子？朝洛河里一推，出不了一日就漂出洛阳城了，也查不到什么古怪。"

说罢，徐天发现身边一片静默，众人齐刷刷地朝他看来，满眼写着"你怕不是这样干过"。徐天忙咳嗽两声："总之，某觉得此事有些怪异，劫财未必要杀人，杀人未必要割舌，倒好像这次抢劫，本就是冲着他的舌头去的。"

李嗣真也有建言："他们中有个老仆，说是从小就带着他俩四处玩耍的，此人应当清楚当时究竟发生了什么。"

徐天差人将老仆单独带到："小严子的舌头到底是什么时候没的，此事经过，你尽管细细说来。"

老仆见这么多官，哪儿敢隐瞒，忙道："那是我家小郎君十四岁的事。彼时乃是春季，小郎君和他一同出去采买，谁知去南市时，被歹人发现孩子身上有财物，歹人见小严子拿着钱袋，便把他掳去郊外，劫取钱财后，本来是要杀了他的，结果小严子哭诉自己只是个贫苦奴婢，歹人这才留他一命，割了他的舌头，放走了他。"

谢阮听出其中蹊跷，冷嘲热讽起来："如此看来，这个小严子倒是为贾成挡了一劫？"

那老仆知道谢阮起了疑心，连忙分辩："歹人看小郎君身上没钱，故而对小严子下手，我们小郎君很担忧小严子安危的，他被人割了舌头扔在荒郊，若非小郎君坚持让家人寻觅，只怕他早就失血而死了。小郎君也知道他是因自己遭殃的，这些年来，对小严子加倍补偿，好吃好用从未亏待，府里下人都看在眼里，只是小严子成了哑巴，性情也变得颇为阴郁，至今也没成婚，倒是这两年信了佛，才见他疏朗了些。"

老仆说的话似有道理，可谢阮脸上的冷笑却越来越大，只见她一把揪起老仆领口，龇牙道："要说这贼也是有趣，两个十几岁的毛头小子出门采办，断不可能是买什么贵重之物，那钱袋子里能有几个钱？只怕还不如贾成身上的衣裳值钱吧！再说了，东都南市是什么地方，那是洛阳城里热闹非凡之所，仅胡商，就有数千人在此营生，更别提我大唐百姓了，选这种地方掳人，岂不是明目张胆给自己惹麻烦？最让人想不通的是，大费周章后只弄得一个干瘪钱袋，这歹人的脑壳里，莫非塞的都是稗草不成？"

见那老仆满脸失魂落魄，谢阮哼笑："换我做那歹人，直接把你家小郎君拎走岂非更好？好歹是你贾府的贵人，哪怕贾一是个铁公鸡，自己的长子被绑了，总能给些赎金，退一万步，没弄到赎金，杀人灭口，再把衣裳扒了卖了，也比弄走一个贱奴值钱吧！"

谢阮话音未落，其余人已被她如此熟稔地说出绑架手段给惊呆了，尤其是李嗣真，左手捞起袖子，右手朝谢阮比了个拇指。

谢阮也不在乎，拽着老仆抖一抖，恶狠狠道："说，当时贾府之中有什么异状，不想吃武侯铺的水火棍，就给某老实交代。"

"老奴说，老奴这就说……"老仆额上冷汗成溪，声音虚弱地道，"老奴是真的不太清楚具体如何，小郎君自十岁之后，便不喜欢我再跟着他，去哪里都爱带着小严子，娘子说，小孩子到了年岁，自然不愿意大人随时看着，这些事都是我后来才听说的。"

谢阮眯眼不语，一脸不满，看她如此神情，老仆几乎崩溃，带着哭腔道："我还有事要交代，当天跟着小郎君出门寻人的那些仆佣，后来卖的卖，送的送，一个不留地都打发出去了，我就知道这么多，我都说了——"

"哼，算你识相。"谢阮把那老仆甩给徐天，吩咐道："把他嘴给堵严实了，大理寺查实之前，不要让他漏了话。"

徐天乃老刑名，心知谢阮如此逼问，必定事出有因。他叫来手下处置老仆，自己则追着谢阮问："谢三娘，你到底在疑心什么？"

谢阮看看那苦兮兮的老仆，双手抱臂，挑眉道："我疑心根本没有什么歹人，小严子的舌头，怕是被贾家人给割掉的。"

"贾家为何要这样做？"一直旁听的李凌云也加入追问行列。

"自然是为了掩盖什么事……"谢阮摸着柔软的下巴，仿佛那里能长出一撮胡须，"宫中类似的事情多得很，不知何时就冷不丁地死了个人，又或者谁在御花园里走得好好的，突然被人套麻袋打成了残废……就连某些平日里高高在上的皇族贵人，一旦不小心进了冷宫，说不定就被人弄死在里面。每在出事之后，就有一群宫里人不是被打发走，就是变成聋子、哑巴。所以贾家这点把戏，某可谓看得多了。"

听到这里，李凌云顿悟："三娘的意思是，小严子定是知晓了某些事情，才会被人割了舌头，为的就是不让他说出去？"

"大有可能。"谢阮点点头，"只是假借歹人行凶的名头而已，我看，这就是那贾家夫妇在刻意隐瞒的事了。"

"如此说来，那贾一和卢氏岂不是知晓前因后果？要不要再找他们前来问话？"

徐天冲李嗣真大摇其头："不妥不妥，方才我亲自过去问话，而不是让李大郎直接开口，就是对贾一的身份有些忌讳。南市乃是东都三市中最大的市场，能在此做生意，还能在附近置业定居的，哪一个背后没有官府的人撑腰？"

谢阮语气嘲讽："徐少卿也会缩头？你不是连我都敢得罪，还怕一个商贾之人？"

"某不是看在你谢三娘还算讲理，某才不会提醒。贾一背后的人，可未必像你一样好说话。"谢阮心知，徐天宁可服软也不愿招惹的，绝非什么好相处之辈，于是肃然道："徐少卿，还请实话实说，别让人踩在坑里，才知是个粪坑。"

"这贾一所攀的商道绝非寻常，要说起来，还真和你有干系，"徐天苦笑，"天后的母亲荣国夫人前些年去世，她在东都的居所，被天后下令改成了寺庙，此寺现交由武氏族人经营。而贾一的营生，很早就挂在此寺名下，因其与天后父亲荣国公做同样的生意，故而以荣国公为师门长辈，每卖出一批木材，那寺庙便有一份分红。虽说贾一一把年纪，算下来却是天后的小辈，你让我怎敢轻易招惹？"

"那就先找证据。"李凌云在一旁说，"贾家发生劫案，势必会去官府报案。虽说时日良久，但东都不是寻常之地，卷宗留存不至于翻不出来才是。"

"也对，"徐天点点头，又连忙摇头，"可若是如谢三娘推测的那样，割小严子舌头的根本就是贾家人，他们怎么可能去报案呢？那岂不是和自己过不去？"

"所以要查的其实是两件事，一件是，小严子舌头被割之后到底有没有报官；另一件是，查查劫案发生前，在东都有没有发生过与贾家有关的事。商贾之家刻意掩饰的事，要么与背后权势有关，要么就与生意有关，无论哪样，此事绝对关系到要害，否则完全可以将小严子送人或是发卖，没必要非得用切舌的方式。"

李嗣真顺势推敲："这些年来，贾成和小严子形影不离，除了关系极好，亦有可能，是为了盯住小严子，免得他泄露机密。"

"可我还是不懂，"谢阮抬手在脖子上比画了一下，"如果不想被人泄露秘密，最好的办法还是灭口，放小严子一条生路，岂非留下隐患？"

"这你就不知道了，"徐天摸摸翘起的胡子，"老仆说，当时是贾成带人去找的小严子，倘若我们没有猜错，那么贾成恐怕不是去救他，而是去杀他的。或许事到临头，贾成顾虑二人情感，所以无法对小严子痛下杀手！总之，还是按李大郎的意思，先查案卷，等咱们手中有了证据，到时候再传讯贾一，天后本家那边也说不出什么不妥来。"

问话告一段落，众人连忙回转棚中。再次瞧见李凌云，躺在绳椅上休憩的司徒仵作乐道："总算回来了，封诊道剖尸当真百看不厌，李大郎，赶紧赶紧，不要耽搁。"

见老头兴奋得招呼众人戴上口鼻罩，谢阮在旁嘟囔道："这尸首有什么好看的，不就是冷透了的烤肉？"

谁知道那司徒老头听了去，露出漏风的门牙洞，嘿嘿一笑："好歹还是新鲜的，我殓房中的冻肉日久天长，全都柴了，头几次看你们验尸，那才叫一个无趣。”

谢阮一阵反胃，站到一边，只见李凌云拿起长柄封诊刀，对着贾成烧焦的尸首狠狠地切了下去，棚内顿时响起酥脆的切割声，李嗣真还在摸索如何戴那麻布口鼻罩，毫无防备地瞧见剖人，顿时面无血色，几度欲呕。

谢阮、徐天在一旁道："无妨无妨，李寺丞，多吐吐，吐啊吐啊的，就习惯了。"李嗣真抱着木桶呕了一阵，擦擦嘴角："为何……为何二位都这么说？"

谢阮、徐天指向李凌云，后者正用黄铜夹撑开死人胸腔："此乃封诊道俗语是也。"

李嗣真苦笑，见李凌云将两坨鲜红肺叶暂时放在尸首表面，然后顺着肺叶捋出白生生的气道，小心划开。

谢阮在旁张望："气道里面是黑的？"

"是火燃烧时吸入的烟。"李凌云捏开死者的嘴，拿过阿奴递来的棉棒往咽喉深处搅了一下，沾了些黑灰出来。

"救火时还听见有人呼喊，小严子是个哑巴，那么，能呼喊之人，只有贾成，目前剖检结果，也证实了此事，说明起火时，贾成确实还活着。"

谢阮道："也就是说，贾成是被火烧死的？"

"与其说烧死，倒不如说是因毒烟窒息而死的。"李凌云手指尸首胸腔，"和一般人认为的不同，走水时称被烧死的人，大多都是因毒烟自肺进入血中死亡的。你看，他的肌肉、内脏，尤其是心脏，都呈现极鲜艳的玫红色，这种艳色，正是烟毒融于血液后产生的反应。带有烟毒的血，流至全身各处，对应器官也会有所变化。不只内脏，倘若尸首未曾被大火烧焦，我们在尸首表面也会发现片状的玫红色痕迹。"

"贾成当时没死，那么小严子会不会也没有死？"谢阮灵光一闪，"小严子手脚灵活，却不救自己的主人，这又为何？"

"谢三娘，你急什么呢？"司徒老头正听得津津有味，不满谢阮打断，"这是李大郎的绝活，姑且看之，他们封诊道向来认为，尸首会告诉他们自己是如何死去的，你就不能安静一点，细听尸语吗？"

"啧，什么尸语，说得像死人要蹦起来讲话一样，毛骨悚然。"谢阮主动退开了些，让给李凌云更多施展空间。

二人如何拌嘴，李凌云并不在意，只见他从贾成胸腹中一一摘下脏器，阿奴在一边快速称量，六娘从旁放置足金制秤砣，并记录重量。

司徒老头见三人操作流畅，目露欣赏，口中碎碎念叨："足金制秤砣，好，很好。"

谢阮好奇："金子有什么特别？为何说制秤砣很好？"

"不是金子，是足金，"司徒作作解释，"金自沙中来，淘来的金沙熔成金块，其中含有大量杂质。因杂质成分不同，日久天长吸入水分，影响准度，这样的金不可做秤砣使用。只有把金沙多次熔炼，不断提高纯度，方能得到足金。足金柔软，可拉成细丝，甚至编入丝线，织成花纹，千百年不腐不锈，故而用足金做秤砣，只要不被磨蚀，可保数十年乃至上百年，都不会出现太大偏差。"

"原来如此。"谢阮了然，瞥见李凌云捏了捏死者的胃囊，便问："怎么，有东西？"

"若有若无……打开看看。"李凌云命阿奴端盘过来，他就着盘子剖开胃囊，果然没找到大块食糜。

"贾成死时胃囊内的食物已进入肠中，当晚他的行踪，大理寺可有查过？他最后一顿饭是在几时用的？"

徐天拿来卷宗翻阅："我们已核对过贾成当日行踪，他习惯在南市闭市后盘点账本，再安排第二日的生意，故而他夜里容易饥渴，通常戌时（晚七点到九点）会吃些点心甜羹。"

李凌云拿起胃囊下面的小肠，剖开之后，挤出一些食糜放在巴掌大的铜盘内。

"食物从胃囊完全进入肠内，约需两个时辰，也就是说，贾成在子时（深夜十一点到次日一点）与丑时（深夜一点到三点）之交被害。"

李嗣真在一旁道："会不会，有人在吃食中下了迷药？"

谢阮嘲弄地看看他："方才查看尸首鞋底时，大郎说的判断，李寺丞需要某复述一遍不成？那鞋底有院中泥土和草籽，分明是他自己走来此处，然后才被害的，若是吃了迷药，难道还能步行自如？"

谢阮逮着机会正想再损他两句，谁知李凌云却道："李寺丞未必就是错的，有些迷药会让人浑浑噩噩，受人差遣，状若民间传闻里的行尸。"

"还有这样的药？"谢阮大惊。

"大唐境内尚未发现。可据闻，某遥远海岛上有一国，国内巫医横行，岛上百姓不为国主缴税，却要给巫医供奉钱粮，如有人不尊重巫医，他们就对这些人下药。中了迷药的人，会变得浑浑噩噩，如同死人，整日无知无觉、不吃不喝，只会按照巫医的话为他们耕田劳作，最后脱力而死。"

李凌云命六娘取出一个盖着白布的竹笼，他随手一抓，揪住一只封诊鼠，接着将食糜塞进它嘴中："此迷药配方不详，但主药是蟾酥，也就是蟾蜍身上分泌出的毒液。此物大唐并不少见，如有人研制出近似的迷药，也不是完全不可能，为求严谨，还是验证一下为妙。"

说着，李凌云把喂食后的小鼠丢在另一空笼中，自己则来到死者头颅处。

谢阮见他在烧得黢黑的头上按，便问："你在做什么？"

"不管是清醒还是吃了迷药，凶手不太可能在他尚有行动力的情况下，就用铁链把他吊在房梁上。"

"……也对，就算下药，也难保贾成不会中途醒来，他若是挣扎喊叫起来，凶手如何能安心做那些神神道道的安排？"

谢阮正推演着，却见李凌云手下突然一震，他眉头微皱："果然，后脑发软，有伤。"

他双手捧住尸首头部，侧转过来，随后用封诊刀小心切开已炭化的头皮，将之从头骨上剥离。

头骨虽被灼烧发黑，可暴露出来，众人还是发现了一处圆形蛛网裂痕，裂痕向外放出，纹色殷红。

"头骨裂开，现出骨洇血片，说明贾成死前，曾被某种钝器所伤。"李凌云命阿奴拿来黄铜卡尺，测量了头骨裂伤的几个位点，"此钝器为圆柱形，棍状，骨裂不深，推测可能是木棍。据伤痕倾斜方向，可见此人多用右手，袭击时，站在贾成身后。"

"也就是说，贾成来到后院，便遭到木棍击打，如此重击，足以致贾成深度昏迷，凶手布置好一切，放火后，贾成因被炙烤，醒来呼救……"推到此处，谢阮有些迷惑，"只是后院空荡，又是深夜，人的脚步声绝不可能完全掩盖，如果说贾成走路声音小，尚可用鞋底较厚解释，那袭击之人的脚步声，是怎么逃过他的耳朵的呢？"

李嗣真道："若是迷药影响，让他无法注意到呢？"

李凌云闻言，放开尸首头部，转身从笼里抓出小鼠看了看，见小鼠吱吱大叫，他确信，道："没有中毒。"说罢，他又把小鼠放回笼里，用手指驱赶，见小鼠四处跑动，动作迅速敏捷，他又对众人道："亦没有中什么使人行动迟缓，听命于人的怪药。"

徐天从李嗣真身后走了出来，接过话头："贾成性情多疑，要说他听见身后有人接近而不防备，这绝对说不过去。"

"所以……"李嗣真道，"能够站在贾成身后，却不被他防备的，只可能是极为信任之人。"

这个结论让谢阮顿时兴奋起来："莫非，我还猜对了不成？凶手就是小严子？"

"不一定。"李凌云道，"小严子也可以是从犯，就像子婴与陆合道人。"

"大郎就爱泼冷水。"谢阮嘟囔了一句，但想起子婴，也只能承认李凌云说得有理。

李嗣真不知子婴是何许人也，粗听起来和明崇俨案有关，作为外人，他也不便多问，只得保持沉默。

此时谢阮似乎想起什么："若小严子是从犯，那不如现在就检验他的尸首，或许能寻到关键线索。"

"老夫看来，小严子啊，至少是个从犯！"说话者，正是在一旁看得津津有味的司徒老爷子。

谢阮忙道："老丈不要卖关子，何以见得，还请教我。"

老司徒和谢阮打过许多交道，和她颇有爷孙情谊，闻言，老头咧开缺牙的瘪嘴呵呵笑道："你们找人问东问西时，老夫已查过案卷，凶手把现场布置得极为怪异，捆绑贾成尸体用的还是运货的铁链，异常笨重，此为其一。其二，在地面画出法轮图案，需要时日。其三，屋内那些陶制造像，尤其是那个硕大可拆解的神像，需多次往返才能带入府中。这些准备，不论哪一项，都不是一朝一夕可以完成的，尤其是地上的月相九莲火焰轮，那个形状……"

老司徒眯起老眼，饶有兴致地盯住李凌云："你们封诊道绘证，求的不是工整，而是最大限度保持原貌，所以封诊录上的绘文，应与屋中现场一模一样。我看凶手绘图如此规整，除非是专门的工匠，否则必须经过相当时日的练习，可见凶手图谋已久。提前做出诸般安排，贾府内定有人接应，那小严子要么是凶手，要么是从犯，无有例外。"

李凌云并不言语，只是点点头，算是肯定了老司徒的说法。

谢阮忙道："那更要加紧验尸了……"

"我感觉有些不妥。"

"不妥？"

徐天见谢阮柳眉倒竖，显然是曲解了自己的意思，忙解释说："并非验尸不妥，而是如此轻易下结论，我心中不免疑惑。我在思忖，若小严子是内应，那他为何被害？难不成是凶手逼其为从犯，接着灭口封锁消息？又或者他是被人掌控，不得已而为之？不如大郎在此验尸，我与李寺丞去府中查探一番？"

李凌云没有拒绝："也好，贾成的尸首还有一些蹊跷，方才那衣物残片还未仔细验看，或许能找到一些新线索。"

司徒仵作过来拍拍李凌云："李大郎，我与徐少卿一同前去，要有一个会收集痕迹的人才行。"

"老丈去自然没有问题，"李凌云看看封诊箱，"要不要拿些东西？"

"老夫自从金盆洗手后，也正经做了许多年的仵作，自有一套讲究，就在这车上装着。"老司徒哈哈两声，"你们封诊道的门道，我还是懂得一些的，只要你不嫌弃我这个旁门左道来抢你的活就好。"

"那就劳烦了。"李凌云拱拱手，见老司徒去车辕上提了个貌不惊人的牛皮木箱下来，与徐天、李嗣真这二人一道离开了。

谢阮叉腰望去："他俩感情倒是好，认识没有几日，便同进同出。"

"徐少卿说得对，严谨一些总是好的。还有……"李凌云一面从尸首身上揭下衣物碎片，一面继续道，"那个李寺丞似乎有些真本事。"

谢阮不以为然："察言观色明子璋不比他强？就算他一双耳朵比常人灵光些，可谁能保证次次派上用场？"

"天后用人，你心里最清楚，"李凌云也不驳斥，却说起武媚娘来，"凡有才之人，不拘一格用之，这还是明子璋告诉我的，你日日在御前侍奉，还会不晓得？"

"反正我看他不顺眼，便是真有本事，我也一样不喜欢。"谢阮冷冷道，"倒是你，李大郎，这才几日，就忘记明子璋对你的好了吗？"

"明子璋或许是陆合道人连环案、明崇俨案的幕后真凶，再说，我若不在意他，又何必因天后不许追查，就一直隐居在牧尸之地？还不是介意他对我欺瞒哄骗，不拿我当朋友看？至于李嗣真，有能力就是有能力，没有就是没有，横竖我只说真话。"

李凌云让六娘拿了个盛水的罐子，接着把揭下的碎布放入其中，用铜棒搅动。

"牧尸之地？就是你们封诊道那块用奇门遁甲藏起来，放满了各种尸首的地方？为何叫这么个怪名？"

"百姓牧羊，往草地上一放，任其跑动吃草。"李凌云注视着水面上逐渐泛起的细腻油点，"封诊道要收集不同高矮、胖瘦、轻重、性别乃至不同死因的尸首，像牧羊一样放在那块地方，观察其如何逐渐腐朽消灭，这些过程都会被记录下来，作为将来查案时推测死亡时辰与情形之用。"

"原来如此。"谢阮刚想再说，见李凌云招手，连忙大步来到他面前。李凌云将罐子递去："看水面。"

谢阮见罐中浮着一层微黄油花，她嗅了嗅，觉得气味熟悉，问道："此乃何物？"

"有些像桐油，你身上的油绢罩衣就是用它做的。"李凌云取出布片，手从罐底拔去一个软塞，放掉罐中多余水分，只剩下那层油花。

把塞子塞回去，李凌云拿起小勺，舀一点油花在指尖搓揉："涩滞得很，是熟桐油。"

"桐油还有生熟之分？"

"不错，"李凌云答道，"桐油乃是摘取油桐的果子，经晾晒后压榨出的油，直接压榨未经处置的油，便是生桐油。生桐油颜色亮黄，含水量较多，不浓稠，做木工时，榫卯弯头处的木头，就必须泡在生桐油中，以增加韧性。"

"那熟桐油便是经炮制后的桐油了？"谢阮好奇道，"要如何炮制？"

"倒也简单，生桐油中水分重，制熟桐油的过程，便等于去水。将生桐油以匀火熬制，水分渐渐蒸干，便可得到熟桐油。熟桐油黏度大，不易着火，容易在涂抹之后形成油膜，故而可以给木质器具防水防蛀，多刷在亭台廊柱之上。另外，还可以加在纸张、布匹上，增加韧性。封诊道的油绢，就是使用熟桐油制作的。只是，此物为何会浸在贾成的里衣上？而且依残片析出的桐油看，他的衣物完全浸透了熟桐油……"

"你不是说，废屋火势大是因用了引火之物吗？莫不就是这个？"谢阮刚说完，便自己质疑起来，"不对啊！熟桐油不易着火，在贾成身上涂这么多，又有何意义？"

"还是能用来引火的，"李凌云嗅着手指，"熟桐油在常温下不易燃烧，倘若在极高的温度下，也可以被彻底点燃。在此期间若添加一些松香、硫黄等易燃之物，这种燃烧便会持续下去。"

"那……里面加了这两种东西吗？"谢阮将信将疑。

"松香、硫黄等物燃烧后会产生浓烟及刺鼻气味，待我验证一下。"李凌云打开封诊箱内的小格，从中取出一扎捆好的布条。谢阮注意到，每根布条的材质均与其他的布条相异，李凌云在里面翻了翻，拽出一根白色布条，剪下拇指大的一块，放进罐中浸泡。

"此布从纹理和厚度上看，与贾成所穿衣物近似……"李凌云用黄铜夹夹起已浸透油花的碎布，用火铜点燃，那块布轰然烧起。此时六娘适时地将一张白色纸片置于火苗之上，橘色火焰掺杂着浓烟在夹子尖端，不一会儿便烧成一团灰烬，李凌云举起幽微镜仔细观察着白纸上的烟熏颗粒。"果然添了东西，使熟桐油成了引火物。"

"贾家做木材生意，他们对木料的各种处置必然十分熟知，"谢阮思忖片刻，"你说，这熟桐油会不会是贾家的？"

李凌云摇头："通常来说，木材砍下后不久便要刷上熟桐油缓慢晒干，用来防止木材腐朽。因此，做木材生意必定储存熟桐油。然而此物在市面上随处可以买到，无法判定凶手的获得渠道。"

"不知渠道，那这条线索对破案又有何帮助？"她听得有些丧气。

"桐油是液状，需装入罐、钵等盛具中，方可带入废屋，因屋内火势极大，盛具兴许已经爆裂，我们在废屋中仔细查看，可能还会找到一些残片。"

说完李凌云拿着灯具走向废屋，谢阮紧随其后。二人在屋内细找了一番，果然在一堆木炭、碎瓦之下发现有个碎裂的大陶罐。

清理掉燃烧杂物，谢阮见罐子还剩下个浅浅的罐底，顿时喜道："好像还有桐油。"

李凌云接过六娘递来的白布，在罐底处仔细擦了一圈，取出后发现，白布上果真浸有油状物，那油中，还掺杂着黄褐状的碎末，他闻了闻气味，点头道："结合方才的烟熏痕迹，可以断定，桐油中确实混入了硫黄、松香。"他取出封诊尺，测量了罐底直径，接着他又用手大致比画了一个高度。"从罐底直径推测，罐子约半人高，若是装满桐油，就算体力极好者，也很难将其带入屋内，显然，凶手需提前把陶罐放在屋中，若贾府没有内应，一定无法准备周全。"

"那么小严子到底是帮凶，还是凶手本人呢……"

提出问题的谢阮，下意识地看向了贾成所居的方向……

与此同时，贾成的卧房里，花娘子和她的婢女正站在门外窥瞧着徐天。后者弯腰盯住门上的门闩，他身体太过壮硕，使原本宽阔的卧房看起来都有些狭小。

徐天直起身来问花娘子："这卧房门闩，是不是太厚重了些？"

"我郎君疑心病极重，在外经商难免与人有一些龃龉，比谁都怕死，小心谨慎得很，所以门闩用的都是厚重木料，而且他每晚都会亲自锁门，几乎不可能用刀从外面挑开。"

徐天让到旁边，老司徒打开一个白色瓷罐，用粗毛笔蘸着里面的黑色细粉，轻轻扫在门闩上，不久后，几枚指印呈现出来，依指印位置和形状看，曾有人用拇指和食指捏住过门闩。

徐天问："能确定是贾成留下的吗？"

老司徒有些不耐烦："急什么？还没取对照指印，等我把屋中物品处理完，方能有定论。"

李嗣真见老司徒情绪不佳，忙在一旁打岔："老丈，此粉是何物，为何扫过门闩之后，便有了指印？"

"不是扫过才有，是指印本就在此处。能用墨粉扫出来，是因指尖有汗液、油脂，你若在太阳下晒一会儿，脸上很快就会出油，指尖也是一样。与脸相比，手指触摸的东西较多，油脂不易聚集，所以平日不会注意。当研磨极细的墨粉遇到手指上的油时，便会被黏附住……"

"封诊道果真玄妙，竟能用此奇法寻到指印。"

"此言差矣，此法最早可不是他们独创的。"老司徒将了将胡须，"听我那封诊道故友所言，此法源自制墨，最早可追溯至西周。"

"制墨？"李嗣真露出一副百思不得其解的表情。

"正是。"老司徒瞥了他一眼，发现他求知若渴，便解释说，"自古制墨匠人，以碗为顶，下置油灯，待烟熏过碗底，便用毛刷扫出细粉，倘若匠人手上有汗，毛刷便会在碗内扫出肉眼难以分辨的指印，此法在制墨匠人之间广为使用，后被封诊道人知悉，经多方验证改良，成了他们发现指印的奇技。"

"原来如此，真是妙哉……妙哉……"李嗣真手捻须髯，露出钦佩之色。

老司徒见他不再发问，小心地拿出一块巴掌大的物体，此物上下两面均覆盖有油纸，形似膏药，触感发硬，将此物置于火上微微烘烤，撕掉一层油纸，便露出了乳白色的膏状物，在高温的作用下，膏状物稍稍变得柔软起来。老司徒在掌心握了握，确定软硬适中后，他将此物小心地覆盖在指印上，再拿下来时，墨色指印便被粘了下来。

"喏，这不就取到指印了。"老司徒让李嗣真捧着那块东西，随后在花娘子的指引下，找到了贾成的夜壶。"夜壶这东西，本就私密，贾成独守空房，夜间小解也不会有人伺候，所以肯定亲力亲为。"老司徒摇头晃脑，如法炮制，将壶上的指印取来与门闩上的比对：

"……嗯，你们看，两枚拇指指印均成圈状，图案完全相同，可以确定，门闩只有贾成自己碰过。"

徐天询问花娘子："那天你夫君当真是独自上床安眠？没有其他人进过此屋？"

"应当是吧！"花娘子无奈道，"反正自他出事，此屋就被你们大理寺给封了，并没人进来过。"

"别急，让老夫再看下足印……"老司徒从箱中取出一铜锅，又自顾自地介绍说："此乃封诊道常用器物，用法甚妙，我便命匠人仿制了一个。只要将此锅置于室内，封闭门窗，根据室内大小，在锅内加入等量清水。"他手指锅中刻度，接着环顾四周，"按此间地契上记录的面积算，清水只需加至第五刻度即可，待锅中水熬干，热力会促使锅顶机关铜铃发出声响，到时我们就能看到一些痕迹了。"

"当真这么神奇？"徐天仍持怀疑态度。

司徒老丈并未理会，而是自顾自地忙活起来，不久，室内果真传出了清脆的响铃声。司徒老丈推开房门，方才并不清晰的足印，竟然清晰许多。

徐天用求知的眼神看着司徒老丈："这是怎么回事？"

"原理其实很简单。"司徒老丈手指地面，"瞧见没，屋中使用的是木质地板，并涂有漆面，这种光滑面最易积生细灰，下人清扫，无外乎用清水擦拭，因漆面沾水后会有反光，所以，在擦拭的过程中，根本瞧不清是否清理干净。另外，擦地时布巾反复使用，难免会有污垢，在水分晾干后，会有一层肉眼无法识别的灰浆。当人行走在地板上时，灰浆会被黏附在鞋底之上，只要增加屋内水分，吸水的灰浆，颜色深重，被鞋底黏附走的那块，因无法吸水而现出原色，这样一对比，鞋印也就显现了出来。"

"此物甚妙，此物甚妙啊！"徐天不免惊叹连连。

司徒老丈手捋胡须："不过，此锅中清水分量要拿捏极准，否则根本无法显出痕迹。我与封诊道虽有交往，但也只是略懂皮毛，至于他们当初如何算出屋内大小与加水多少的关系，这点我就无从知晓了。"

徐天点头称是，老司徒抬头道："屋内有两人走动过，花娘子，此屋好像格外干净，纤尘不染一般，你或你郎君，是不是喜欢洁净？每日让人打扫？"

"的确如此，是我喜洁，所以每日都要求仆婢打扫擦拭。"

"我就说嘛，不过此举倒也好，几乎瞧不见干扰痕迹……咝，从这足印大小看来，属于一男一女。容老夫再细细核对。"他圈出两枚足印，等水雾干燥，抖上墨粉，轻轻扫去，显出印迹后，他又取了一块大号的乳白色膏状物将鞋印粘去，接着，他让花娘子脱了鞋，又让仆婢取来贾成的一双布鞋前来比较。

"对得上，看来室内只有你们二人来过。"老司徒转而又道，"花娘子那晚不在屋内，人证嘛……你方才也带给我们瞧过了。"

刚叫情夫过来给自己做证，此时听老司徒提起，花娘子面上微微发烫起来。

老司徒似乎并未注意，依旧在说："贾成疑心病重，不是谁都可以来这间屋子的……"

花娘子也接上了话："没错，贾成思虑太多，入眠不易，最恨有人扰他清梦。过去他阿耶还能叫他，自他成为家主后，他阿耶也不敢轻易叨扰，否则免不了一顿埋怨。唯独小严子除外。"

"所以当晚，是小严子叫门，贾成自己开门随他去的后院……"徐天推演到这里，突然意识到一个问题，"小严子不是哑巴吗？他要怎么叫门？"

"这个嘛，他们主仆之间……有自己的法子，只有发生急事时才会用。"花娘子抬起玉手，鼓掌三次，"就这样，门外连续三击掌，贾成便知是小严子有事叫他。"

徐天不解："三击掌而已，别人也可以办到，又如何确定那晚叫他开门的是小严子？"

"你们有所不知，击掌是小严子叫醒主子的暗号，为和他人区分，全府只有小严子可以连续拍三次巴掌，其他人绝不允许这么做。方才奴也说了，我那郎君思虑太多，若只靠击掌，定不会使他相信，他与小严子相处多年，就算不见面，他俩必定也还有些别的隐秘法子，能确定对方身份。"

"如此……倒也说得过去。"徐天了然，正打算就此结束，李嗣真却开口了。

"且慢，方才李大郎说，贾成是午夜时分遇害的，夜深人静，隔门连击三次掌，就算贾成睡眠再浅，也应该有别的人听到动静吧！"李嗣真盯住花娘子，"小严子叫醒贾成，没人听见声音吗？"

"这个……"花娘子神色尴尬，"我是没听见。"说着她问婢女："小玉，你呢？"

"我……我……"那婢女支吾两声，偷眼看花娘子，"我也没……没有。"

"哦？"李嗣真见状缓缓点头，"既然没有听见，不知是否可以领我们去你娘子夜宿的房间看看？"

花娘子见婢女满脸害怕，便道："随我来，横竖不过隔院而已。"说罢转身就走，徐天要跟，李嗣真却道："徐少卿且停步，我去就行。"

徐天没搞懂李嗣真是何用意，正寻思呢，没过一会儿便听见远方传来三声巴掌响。

这下徐天明白过来，没过一会儿，面色难看的花娘子带着脸色苍白的婢女，以及李嗣真归来。

徐天迎上前呵斥婢女："方才为何说谎？"

徐天生得雄壮，满嘴钢针一样的胡须，看着着实凶恶。那婢女吓得直躲，一个劲地摇头，不敢说话。在大唐，就算主人犯罪，仆人若检举揭发，也一样要被判刑。徐天知晓，奴婢如此表现，多半是受了主人的指使。

徐天冷冷看向花娘子："事已至此，还要继续隐瞒吗？"

"不要为难婢子，都是我教的，"花娘子叹道，"贾成和我不过名义上的夫妻，小严子叫他离开，婢子当晚就告诉了我。原本我也不想隐瞒，只是听闻小严子也死在废屋后，我便改了主意……"

徐天迷惑道："为何改主意？"

"那就说来话长了……"花娘子眼皮微微一垂，"诸位要听，得让我慢慢说来……"

这边花娘子正从头说起，那边棚中的李凌云，已正式开验小严子的尸首。

因焚烧严重，尸首已无法用封诊尺直接丈量，李凌云只得根据其脊骨尺寸推出身高。得出结论与贾府中人所述一致。观察牙齿磨耗，李凌云又推出小严子的年龄接近五十岁，比贾成大出四五岁，这也与寻访所得情况无异。

查看大理寺案卷，李凌云得知，在小严子遇害时，仍保持盘腿打坐的姿势，李凌云观察了好一会儿，才道："这种姿势，是极为规整的单盘腿……不管是佛家，还是道门，修行最佳的姿势，都是两脚掌朝天，卡在膝盖内侧，名为双盘腿。但这种动作要做到位，无疑会让他的腿骨疼痛不堪，故而他只能退而求其次，将其中一个脚掌压在另一条大腿根下。"

"都是盘腿而坐，你如此介意他是单盘腿还是双盘腿，难道与案情有关？"谢阮不忍看，视线从小严子被烧得一塌糊涂的脸上移开。

"凶手作案时布置精致，按他一丝不苟的作风，若是故意而为之，应当把小严子摆成双盘腿，因为只有那样，一切看起来才完美无缺。他没有这么做，一种可能是，他顾及小严子的感受，可见他们二人关系非同寻常，才会手下留情……"

谢阮恍然大悟："我明白了，宫女受罚时，有一种便是马步蹲，不能靠住任何东西，此时若直着腰身，腿便格外疼痛难忍。要是撅着屁股，倒是好受许多。天后宫中与我相熟的宫女受罚，我就允许她们用好受的姿势，和李大郎所说的凶手心思，是不是一样？"

"对，凶手与死者间倘若互存感情，便会做出一些特别举动。"李凌云进一步解释，"我曾经手过某个案子，死者是个小娘子，死前被人奸污，旋即遭绞杀。查看现场时，令我感到古怪的是，她所有的衣物都被剥除，浑身赤裸，脸上却用她自己的帔子蒙着双眼，露出口鼻。后来我发现，从她脖颈上的勒痕可以看出，遮眼的帔子，就是勒杀她的凶器。"

"把杀人凶器特意解下来，盖住死者的双眼？凶手是不想看见死者的脸吗？"

"不错，凶手认识死者，自然害怕死者的目光。民间传闻，死人的双眼中会留下凶手的身影，因此在人死后，凶手刻意对其双目进行了遮掩。我们封诊道多少年来，不断从各种案子中，对'相熟者杀人'的特点进行了验证。据此发现，哪怕受害人并未被杀死，也一样存在很多疑凶特意蒙眼的案例。通常来讲，一旦出现这种情形，疑凶多是受害者的熟人，且二者间的居所不会距离太远。方才那个奸污杀人的凶手，便是小娘子的邻居，她平日见了，还要叫凶手一声伯父。"

"真是无耻之徒——"谢阮怒得朝地上吐了一口唾沫，"渣滓一个，死不足惜。"

"三娘不必动气，那人早就给砍了头，"李凌云道，"我此时告诉你，也只是想说，之后若证明小严子并非凶手，那么凶嫌也多半是他的亲友，关系匪浅，从这里查起，抓获凶手的概率会大得多。"

"你放心，哪怕去威逼户部那些郎君，某也定要将小严子祖宗十八代盘得清清楚楚。"谢阮正答应着，却见李凌云拽了拽小严子压在臀下的脚，一次拽不动，他便用力了一些。

谢阮有种不好的预感，忙劝道："李大郎，你小心一些，小严子的尸首，看起来要比那贾成的烧得焦脆，他的腿你掰不动，怕是……"

话音未落，只听得咔嚓一声，李凌云已把小严子的整个脚掌自脚踝处掰了下来。

一时间棚里鸦雀无声，连六娘和阿奴这等"久经沙场"的人，眼睛都瞪得圆圆的，无语地望向手拿人脚的李凌云。

谢阮尴尬地摸摸鼻子："怎么轻轻一掰就掉下来了？"

"奇怪……"李凌云把那只脚举到面前，来回端详。

"哪儿怪？"

"小严子用单盘腿姿势席地而坐，脚面向下、脚底向上，抵住大腿根和臀部，也就是说，火焰燃烧时，这只脚本不至于被烧到如此地步。"

经提醒，谢阮也看出了异样，这只脚的脚背烧得极重，骨骼焦脆，皮肉几乎成了炭块，奇怪的是，却有大片鞋底被保留了下来。

"脚面所碰触的，应是那有火焰纹路的沟槽。"李凌云眉头紧皱，回想着废屋地面上的古怪图形，"除非，火是从地上烧起来的，否则不会将他这条腿烧成这样。"

李凌云放下那只脚，叫阿奴从封诊箱中取出几个封诊袋，谢阮仔细一看，里面装的正是之前在沟槽内取来的灰烬。

李凌云将一份灰烬倒入铜罐内，接着加些清水，以铜棒快速搅动，不一会儿，清水上就浮起了几点油星。

排掉多余的水，李凌云沾了一点，在手指上搓揉后嗅了嗅："是熟桐油，和之前的一模一样。"他又拿起那只脚，把残留的鞋底小心地揭下，在上面找到了他想要的东西———一些油迹。

验看油质，李凌云点头道："异状成因已有答案，小严子尸首之所以从外表上看比那贾成烧得严重，是因为他浑身上下及地面沟槽都浇了桐油。"

"这有问题吧，李大郎，"谢阮费解地指着已被阿奴放回棺中的贾成尸首，"你方才说，凶手与小严子熟识，那他为何又要把小严子的尸首烧得如此惨烈？这凶手的所作所为，岂非自相矛盾？"

李凌云不由得一愣："好像是有问题……六娘记下来，尸首上有矛盾表现，兴许依此会有所突破。"

"能有什么突破？"谢阮兴致勃勃地问。

"尚未可知。"李凌云目光回到小严子的尸首上，"有时封诊中出现某些线索，一时无法解答，就要格外细致地封诊，真相向来是越查越明的。"

说罢，他将小严子的那只保留完整的鞋底拿起，用尖头夹子小心剥掉上面粘连的血肉。

总算等到李凌云彻底剥出鞋底，谢阮忙问："有何发现？"

"有倒是有，"李凌云让阿奴拿来铜盘，从鞋底上刮下一些泥土，"你看，他鞋底有很多的泥。"

"我以为是什么，贾成鞋底不也有泥吗？"谢阮不以为意。

"不一样，你看这泥，夹在软熟皮肉之间，竟还有硬块出现。"

"泥沾在鞋上，日久天长就会干掉，有什么好奇怪的？"

李凌云若有所思："小严子的鞋底有泥并不奇怪，可……我方才察觉，这些泥中，似乎没有什么草籽。"

"没有草籽？"谢阮一脸蒙，"这说明什么？"

"说明泥不是在贾府的后院里沾上的。"李凌云把泥土扫拢，倒进一个罐子，用清水浸泡、搅洗后，水面上除了几根头发，并未看到草籽的踪影。

"果真如此，"他点点头，"这鞋底上的泥，可能是某间屋内的陈土。"

"陈土？也不能那么绝对吧？"谢阮提出另一个猜想，"洛阳城中大道上虽铺设了碎石，可一旦大雨倾盆，谁脚上不是沾满泥水？"

李凌云反驳道："首先，小严子是家主的跟班，随时可能出入主人房，需时时清理，平时所穿的鞋上不可能有陈土。其次，这土太干净了。"

"太干净？"

"可以看到，水上漂浮的只有一些灰尘、毛发，沉底的也只有细土，你再回忆回忆，街上的泥中会有何物？"

谢阮思忖片刻，脸蛋皱了起来："呃……以洛阳城而言，首先会有不少碎石，其次……说不定有不少草根，毕竟牛马驴骡太多了，就算有人打扫，也还是有很多牲畜粪便。"

"不错，没有碎石，也没有牲口粪便中的草叶根茎，又没有草籽之类的东西，可见小严子脚底的泥土不但是陈土，而且来自某个封闭的屋内。"

"我还是想不出，什么屋子里会有湿润得足以沾在鞋底上的陈土……"谢阮说到这里，突然蹦了起来，"我知道了！"

她兴奋地抓住李凌云的衣袖："那个圆——圆——"

"你是说，凶手挖掘出来的火焰图案？"李凌云话音刚落，就见谢阮用力点头，竟一时激动得说不出话。

顺着谢阮的想法，李凌云快速推测："贾府中，只有地窖及下人房内未铺设地板，以小严子在贾府的地位，还轮不到他去地窖干活，因此，这些土只可能来自下人房中。

"又因屋内有人长时间走动，所以土被压得很实，要想挖动，只能用水打湿，此时若有人穿鞋走动，自然会沾上湿土。也就是说……废屋中那个图案，可能是小严子挖的？他来此屋，穿的不是外出的鞋，所以鞋底并不干净。"

"什么叫可能？压根没有什么别人，就是小严子自己干的——"谢阮喊道。

"未必，"李凌云摇头，"当日火势冲天，现场已破坏，无法复原全貌。就算小严子挖过房中陈土，如何证明，他挖的就是废屋的地面？"

"好像也对——"谢阮有些气馁，"那我们研究鞋底之泥又有何用？岂非白白浪费功夫？"

"也不是白费功夫。"

"说话不要大喘气，莫非你看我这样一惊一乍很有趣？"

"是挺有趣的，"李凌云见她投来杀人目光，淡淡地说下去，"三娘应当也记得，屋内那个圆纹十分规整，不论是谁挖的地，此人都对那纹路了然于胸。"

"没错，"谢阮双手抱胸，思索道，"那图案复杂，沟槽粗细一致，必是熟能生巧的结果。"

"废屋日常上锁，经常溜进去，必定会引人注目，他应该会有一个练习的地方才对。"

谢阮了悟："奴仆之中，小严子地位极高，他有一间单独的居所，大郎你说，他会不会是在自己屋内挖的地呢？"

"是有这个可能。可我记得，贾府查对人口，发现小严子失踪，便上报给大理寺，而徐少卿也带人查过小严子的房间，"李凌云拿起大理寺案卷翻阅起来，"有了，当天大理寺只在他房间内找到了一些金银细软，以及佛经、串珠等礼佛之物，除此之外，并没有什么特别发现。"

"土可以挖，也可以埋啊！过会儿去他屋内看看，不就知道了？"

"说得对。"李凌云忽然发现谢阮死死盯着自己，不由得抛过去一个疑问的眼神。

谢阮眯眼，恶狠狠道："李大郎，我感觉你好像是在故意看我笑话？"

"有吗？"李凌云打个哈哈，拿起封诊刀，快速地划向小严子的胸口，接着撑开胸骨，割开咽喉气道。

"……内脏艳红，可见烟毒入体，且气道中有黑色烟尘，说明其被焚烧时尚有呼吸。"李凌云将棉棒探进小严子的口中，小心地在咽喉处擦拭，取出变黑的棉棒，"没错了，桐油点燃时，他还活着。"

待六娘记下，他又道："因火焰灼烧，导致表面皮肉炭化收缩，从而撕裂肉体，出现爆裂伤，有些看起来仿似利器切割，其实不然。我在他身上没有发现捆绑痕迹，也就是说……"

"也就是说，小严子是在意识清醒的状态下，被活生生烧死的……"谢阮转过头，看向棺中贾成的尸体，"贾成被打晕，用铁链绑缚挂在空中，火烧起来之后，有人听见他大声呼救。而小严子却没有挣扎，这也太奇怪了。"

言至此，谢阮又补充道："宫中被切了舌头的人不少，话虽说不了，但只要没伤到喉咙，发出嗯嗯啊啊的声响却是不难。可当夜走水，没人听见小严子呼救。难道他中了迷药不成？"

"看看胃囊中有什么。"李凌云将其脏腑一一摘出，当摘到胃囊时，他奇怪道，"嗯？胃囊很鼓，莫非他在临死时吃了什么……"

说罢他便下刀在胃囊上切开一小口，此时，一股液体自刀口流出："松香、硫黄……熟桐油？"

李凌云用手指捏住刀口，对谢阮道："三娘过来，捏住胃囊入肠的那一头。"

谢阮虽已看惯剖尸，可亲自动手却是头一遭，不由得叫苦："你让六娘帮你不成吗？不然阿奴也行啊！"

"六娘在记封诊册，阿奴要看手势，我腾不出手，快些过来捏住它，事到临头，你还闪边，就不怕耽搁案子，天后问责？"

"……"谢阮面露绝望，咬牙捏住胃囊与肠子对接的一段，李凌云手起刀落，擦着她指边切断，"捏紧！"

二人合力将胃囊放入铜盘，李凌云道："可以松手了。"谢阮连忙甩手，蹦到一旁。

六娘忍不住笑："谢将军也是剖过尸的人了。"

谢阮脸色发黑地瞅着李凌云，后者正聚精会神地剖开胃囊："除了混入松香、硫黄和熟桐油，别无他物。"李凌云让阿奴取了一只封诊鼠，喂下胃囊中的熟桐油。

众人都不言语，死死盯着笼中那只小鼠，半刻后，小鼠仍然活泼地跑来跑去，嗅闻不止。

谢阮晃晃脑袋："你是不是已经猜到，小严子是在全然清醒的状态下被烈火灼身而死的？"

李凌云沉默地点点头。谢阮见此，暴躁地抓了抓自己的胳膊，仿佛想驱走身上的寒意："一个人活生生被烧死，不做任何挣扎？谁能经得起这样的痛苦？他是怎么办到的？又为什么要这么做？"

就在谢阮喊出心中疑惑时，有人掀开黑帘，走了进来："若一个人内心的痛苦太强，那他的根意所需的忍耐，就会压住烈火焚身带来的痛苦。"

说话的是李嗣真，从进入棚中开始，他的目光就一直停在小严子的尸首上。

"什么意思？"谢阮问。

李嗣真长叹一声："废屋中根本没有第三个人，凶手就是他，小严子。"

李凌云看向李嗣真，其身边的徐天朝他点头示意，老司徒则走到自己的绳床旁，一屁股坐了下来，嘴里念叨着："不要急，不要急，李寺丞，你慢慢同他们讲。"

说完他又自言自语起来："哎呀，老喽！这么一会儿就累得很。你们说完了，再喊我老头子起来。"说着，他竟歪头睡了过去。

李凌云有些好奇："你们是如何判定凶手是小严子的？"

李嗣真缓声道："先说一下我们前往贾成卧房查实的情况：我们自后院门口，到贾成住处，一路上经过二三十丈远的距离，自贾成卧房出来，要经过好几个下人房。回来的路上，我与徐少卿试了试，我正常途经，徐少卿在下人房中能清晰地听见脚步声。"

徐天接过话头："不错，下人房靠近主人卧房，其中居住的仆婢众多，我也问过他们，因他们要随时听从差遣，所以即便是入梦，也普遍睡得不太深，若听到脚步声，应该会惊醒过来。"

李嗣真神色严肃："然而那天晚上，房间中的仆婢竟没有一人在子丑相交那段时间醒来，也就是说，在被人唤醒，到从卧房行至后院的过程中，贾成刻意压低了自己的脚步声。"

谢阮却提出不一样的猜测："贾成的鞋底较厚，脚步声自然不会太大。"

"我们也有如此考量，所以李寺丞不光是自己尝试，还找了一个身长、体重与贾成非常相似的家奴，让他穿上厚底鞋，经过走廊，看是否能听到脚步声。"徐天浓眉在额上一顿乱拱，"结果，仆婢们都说，倘若家主当晚正常行走，几个耳朵灵敏之人定然可以听出来，他应该是不想扰动下人。所以，贾成并不是被迫来到后院的，不然这么长的路，他有无数次机会可以加重脚步，惊醒仆婢。"

李嗣真道："不错。花娘子还说，贾成疑心病重，房中并不留人。当晚花娘子外出私会情郎，也在卧房内留下暗记。"

谢阮不解："暗记？好端端做什么暗记？"

"他们二人商定，若贾成出去寻花问柳，就把笔洗里的水加满，表示自己要外出'布施雨露'，而花娘子则插一枝杏花，喻为家花出墙去也。有了暗号，贾成则不必留门，睡觉时尽可拉下门闩。经司徒老丈验过屋内手足印，也证明当晚屋内只有贾成一人。"

谢阮托着下巴："也就是说，走水时花娘子根本不在卧房，她对此事压根就不知情？"

"她的确不知贾成为何去后院，却知是谁叫醒的他。"李嗣真道，"花娘子和贾成的婚姻虽名存实亡，可表面上还得遮掩。她每次都是在白天把小情郎带进府邸，等到大家都入睡后，才能放肆私会。子丑相交时，二人正浓情蜜意。不过终究是背德之事，不想被人察觉，因此身边的婢女在外望风。"

"那晚，她的婢女发现了什么？"李凌云顺势问。

"听到了三声巴掌响，"李嗣真抬起手，拍了几下掌心，"贾府之中，有许多不成文的严苛规则，其中一条，就是在贾成入睡后，轻易不得叫醒他，花娘子说，这是因为贾成思虑太重，很难入睡。若无要紧有人过去打扰，往往不由分说，就会被打个皮开肉绽。日久天长，无人敢去惊扰。若有重要之事，也只有一人可以前往，就是小严子，因其不会说话，就以三击掌唤醒贾成，在贾府，此法只有小严子一人可以使用。"

"……小严子嫌疑的确极大，可就算如此，他也未必就是凶手，或许只是从犯。"谢阮故意挑刺，"我记得贾府的老人说过，贾成对小严子极好，刚才翻看案卷，李大郎还说，大理寺的人在小严子屋内，发现许多贾成赏赐的金银细软，可见所言非虚。如果他有谋害贾成的意图，贾成又怎会对他如此信任？不觉得自相矛盾吗？"

"不错，乍一听，确实匪夷所思。"李嗣真却接着道，"可……说小严子杀人的，并非我和徐少卿。"

"啊？那是谁？"谢阮讶然。

徐天摸摸胡子："是花娘子说的。"

这回轮到李凌云不解了。"她为何如此笃定？小严子又为何要与贾成同归于尽？"

徐天叹道："确实，起初花娘子的话，连我和徐少卿也不信。毕竟经大理寺多方调查验证，贾成对小严子极为优待，二者间没半点不合的迹象。据说，有一次新来的仆婢在背地里议论小严子没有舌头，立刻被贾成杖责，逐出了贾府。而且小严子孤寡一人，无依无靠，完全把贾府当家看待。无论怎么想，小严子都没有动机。"

"然而，花娘子告诉我们一个秘密，"李嗣真面露感慨，"在贾成和花娘子的配合之下，他们夫妻的情况，除了房中伺候的人，府中其余人等并不知情。虽说两人时常偷腥，但也有共处一室的时候。这时，就需要有人伺候，小严子是男人，无法伺候花娘子起居，所以只把贴身婢女留在房里。贾成有说梦话的习惯。日子一长，被这个婢女听去不少，转告给花娘子后，她在贾府多方打听，居然拼凑出了一个可怕的真相。"

"那就是……"李嗣真看着众人，沉声道，"贾成亲手割掉了小严子的舌头。"

谢阮有些难以置信。"小严子侍奉他从无二心，他为何如此残忍？"

"因为他让小严子做了一件伤天害理且绝不能见天日的事情……"徐天说着，从怀中取出一卷案卷，"按花娘子所说，我让人从东都县衙内调出了此案。二十余年前，东都曾发过一桩极大的祝融之灾，据在场的百姓说，大火足足吞噬了两条街，死伤百姓无数……而这桩案子，与当时只有十来岁的贾成，有着莫大的关系……"

听得此言，众人皆屏住呼吸，就连绳床上貌似已睡去的老司徒，也微微睁开了布满赘皮的双眼……

…………

四十余年前，洛阳周边，贾村。

这年夏季，在木材商人贾一的殷切期盼下，他的长子呱呱坠地。此时贾一已年近三十岁，在普遍十五六岁就要定亲的大唐，到了这个年龄才拥有长子，算是极为少见的。

贾一有自己的烦恼，他的正妻虽说温柔善良，可身体却十分虚弱，尤其在生下长女后，更是长期卧病在床，别说生养孩子，就连夫妻生活都无法保障。

经商者，最看重的就是信誉与人品。为了防人之口，贾一虽对病妻满肚子意见，却并不敢表现，只是在征得妻子同意后，娶了两名良妾，算是代替妻子侍奉。

良妾中，卢氏身份低微，但相貌姝丽，说话做事都很会讨男人欢心，深得贾一宠爱。不久后，卢氏便理所当然地抢先一步，怀了身孕。

为了名声，贾一还是头回纳妾，对卢氏逐渐隆起的肚腹，贾一可谓充满期待，甚至早早为其买来一双童男童女，作为此子将来的玩伴。而其中那个童男，便是年仅四岁的小严子。

小严子原是大唐陇西人，那年春夏之交，正是青黄不接的灾时，小严子的父母逃荒乞食路过此处，将小严子卖给贾府，换取一家老小活下去的口粮。小严子出身低微，又被卖为家奴，虽说年纪小，但对被奴役的人生，也已认命。

卢氏不久后生产，贾一喜得贵子，起名贾成。都说商人善于算计，贾成在这一点上继承了父亲的衣钵。

与此同时，因产子立功的卢氏，身份也水涨船高，加之相貌美丽，贾一不仅携妾见客，还让她承担了一部分正妻的职责。

卢氏是富人家歌姬所生，虽是良人身份，但在姊妹中向来被人轻视，就连同样庶出、相貌不如她的妹妹，也会欺到她头上。她选择嫁给贾一，就是因为正妻体弱多病，她有上位的机会。

卢氏生下贾成前，还知道表现得谦恭些，有了儿子，卢氏就有了依仗，逐渐爬到正妻母女头上。没几年，在贾府之内，卢氏声势等同当家主母，正妻和长女的待遇反低卢氏母子一头。

然而即便如此，正妻也没有任何要死的意思。这导致卢氏觉得扶正无望，心情日益恶劣，经常拿侍奉自己的仆婢出气。

贾成那时只有五六岁，跟着卢氏也变得脾性暴戾，哪怕是向来和他亲密无间的小严子，他也经常对其非打即骂。

就这样，贾成一面被贾一教得自私自利，狡猾如狐，另一面则在母亲卢氏的诅咒声中，变得冷酷无情，性格扭曲，由此埋下做人不择手段的伏笔。

这时，在东都洛阳之内，贾一经多年打拼，已将木材生意做得极大，并逐渐斗垮或兼并了许多小木材商。然而仍有一王姓木材商，生意规模与之旗鼓相当。

但凡做生意，最期望的就是一家独大，无人竞争，贾一自然也存有此种心思，所以跟王家明争暗斗不知多少次。因贾、王两家非但在财力上相当，就连在官府背景上，也有着差不多的人脉关系，所以要斗垮王家，对贾一来说，几乎是不可能完成的。

卧榻之旁岂容他人酣睡，贾一因此烦扰，而卢氏看到了上位的希望。她知道，如果为贾一解决了王家这个大麻烦，那么接下来她对正妻做点什么，丈夫也多半睁只眼闭只眼，毕竟正妻没有生下嫡子，勉强够得上七出之罪，夫妻感情也因无法同床而淡漠，再推波助澜一下，自己就能成为贾家女主人。

于是在王家的事上，卢氏一直帮着出谋划策。可讨论来讨论去，两人也没更好的办法。卢氏眼看又要所图无望，便对病而不死的正妻辱骂不休，和儿子相处时，她随口把贾王之争说了出来。

谁知少年贾成听完之后，竟直接问道："既然明的不行，为何不做暗事？正房病了这么久，众人皆知，就算哪天突然死了，也不会让人觉得意外！至于王家……也简单，木材库对木材商最是要紧，那也是最容易着火的地方，不妨一把火烧了王家木材库！"

卢氏听言，心中悚然不已，她没想到，年少的儿子竟如此心狠手辣，可听了这两条釜底抽薪之计后，她又觉得无比心动。斩草不除根，春风吹又生，正妻不死，她永无出头之日。然而卢氏终究只是个妇人，难免有些犹豫，她告诉儿子，后宅之事有很多办法掩盖，可火烧木材库一旦败露，那牵扯的是一家人的性命，风险极大。

贾成对母亲的担忧却不以为然，他告诉卢氏，父亲贾一在家中虽摆出慈父的模样，可在外经商时，所用手段相当狠辣。他从小就受父亲耳濡目染，知道做生意，就是要冒高风险才有高回报。

说完，贾成便去找自己的密友兼仆人小严子，没多久，他们共同设计出了一个极为狠毒的放火手法。

木材库是买家上门选购木料之所，库房多在郊外，且不会藏匿得很深。又因库房易燃，平时有专人严密看管，要想溜进去放火，几近不可能。

但由于自家干的也是同种生意，所以贾成心中门儿清，只要到了阴雨天气，就很少有人在库房周围巡逻，故而就有空子可钻。

贾成自小就被母亲教育，以后要当贾家的接班人，所以他打小就对各种木材性状十分熟悉。他知道有一种树，含油量很高，名为油桐子，此树果实提炼出的生桐油，在混入硫黄后可充当燃料。另外，他又选中了一种在大唐街头巷尾极为常见的动物——老鼠。

鼠患，在大唐百姓人家十分常见，贾家木材库自然也不例外。为了寻鼠灭迹，贾成曾让小严子在木材库里住了一段时间，什么都不干，只观察库中老鼠喜欢在哪里打洞，喜欢啃食何种木料。

小严子蹲了一些时日后，发现了一件趣事：老鼠的门牙，在其一生中会不断生长，要保持门牙不至于过长，就必须时常磨牙。对老鼠来说，磨牙佳品无疑是各种硬木，而且磨下来的木花，又是老鼠垫窝的最佳用料，因此，库房中的老鼠并不是喜欢吃木头，而是挖洞进来磨牙的。所以只要在库房外找到鼠穴，就能知道进入库房的路径。

外行或许一头雾水，可对小严子来说，寻找鼠穴并非难事，只要在库房外的杂草堆里发现木屑，那么在此附近必然能找到通往库房的鼠洞。有了这个，就等于发现了通火路径。

贾成的计划很阴险，他将活鼠浸泡在配置好的桐油中，待其毛发浸透，再将鼠腹灌满桐油点燃，此时老鼠因高温必然沿鼠道向库房内迅速逃窜。加之老鼠打洞多在隐蔽之处，等到外围值守发现起火，为时已晚。

听到儿子的计划如此条理分明，卢氏甚为心动，她告诉儿子，倘若事情败露，可把事情往小严子身上推，千万不能牵扯贾府中的任何人，否则会有牢狱之灾。

母子二人商定后，便铤而走险，各自执行计划去了。卢氏负责调动后宅，根据正妻病情，让后厨做一些看似无毒，但会与其药物相冲的食物，借此戕害她的身体。

而少年贾成，则假借外出游玩的机会，来到王家木材库附近，命小严子找到库房外的鼠穴，并做下记号。找到鼠穴所在，他又让小严子在自家库中捉拿老鼠，养在笼中。

贾成虽年少，但做事极为周密，他先让小严子连续观察了好几个阴雨天，确定王家木材库在阴雨天不会有人出库巡视后，这才确定执行时间。

到了时候，按照计划，小严子就将第一批"桐油老鼠"放入鼠道，由于这些老鼠原本就经常进出木材库，循着味道便会直接钻入库中躲雨，它们肆意跑动，就把易燃的桐油涂抹得到处都是。

接连放了一二十只，小严子在最后一只老鼠尾巴上缠上了桐油布袋，并且点燃。只要这只引火鼠能够顺利入库，便能起燎原之势。

放火计划很成功，由于王家人没看到有人进库，慌忙救火中，又毁坏了现场，所以小严子毫发无损，顺利回贾府复命。

然而忠心耿耿的小严子没有料到，贾成心中早有了另一番毒计。他对小严子谎称，担心事情暴露，所以在城中找了个隐蔽之所，让其先躲几天。小严子没有怀疑，满口答应。可实际上，贾成已有了灭口的打算，毕竟这是一个威胁到贾家生死存亡的秘密，杀掉小严子，对贾家来说是最没有后患的选择。

踏进那间屋舍，小严子发现面前站着一个以黑布裹脸，手持匕首的人。此时，他就算再愚钝，也猜到了自己的处境。他跪倒在地，苦苦对贾成求饶，希望看在他无父无母、跟贾成从小玩到大的情面上，可以饶他一命。

人非草木，孰能无情，贾成心中有一些动摇，可事已至此，他也担心，若饶了小严子，后者必定会记恨自己。于是他对小严子谎称，这一切都是他父亲贾一的安排，就算他愿意饶了小严子，其父也不可能为一个家奴，甘冒如此大的风险。

哀求中，小严子彻底绝望，为保全性命，不会写字的他，干脆让贾成割掉他的舌头，如此一来，就不用担心他会把这件事透露给别人。

再三斟酌，贾成认可了这个法子，他亲自动手割掉了小严子的舌头。虽因疼痛一度昏厥，但保住一命的小严子，对贾成依旧感恩戴德。

…………

说来也邪门，王家木材库烧个七七八八后，天空突降暴雨，将所有证据冲了个一干二净。事后官府前来调查，也没查出个所以然。老鼠也好，桐油也罢，都是木材库里常见的东西，至于怎么神不知鬼不觉地点火，作为外行的官差，自然无法想到。

虽说王家也曾经怀疑此事是贾家所为，可没有证据，根本拿贾家没有办法。时日一长，此案最终不了了之。经历此事，王家不光要承受火灾损失，还要额外赔偿附近百姓一大笔银钱，更有甚者，竟抬着被烧死的家人，来王家哭丧索债。

正所谓，好事不出门，恶事行千里，王家因这一把火，彻底一蹶不振，贾家就此蹿升，成为东都第一大木材商。

一桩事情了结，卢氏取代正室的计划也进行得很顺利，经过一段时间的"食疗"，正室终于油尽灯枯，在某个雨夜驾鹤西游。

母亲病情突然恶化致死，已出嫁的贾大小姐第一个怀疑的就是卢氏，赶回府邸后，大小姐不依不饶，要求大夫检查母亲所食之物。大夫在残渣中检出血鹿茸，此物与正室所服药性相冲，长期服用，足以致死。

大小姐一口咬定卢氏杀人，卢氏则反驳说自己根本不懂药理，只因大娘子身体抱恙，故而让厨房准备了些贵重补品，谁知会出现这种情况。

卢氏为贾一产下一子，他私下里答应过卢氏，正室若死，便扶她为正，但前提是正室寿终正寝，眼下闹出个"妾杀妻"的苗头，贾一也不敢过分护着她。

见此情状，卢氏知道必须给贾一下狠药。毕竟，大小姐已出嫁，如泼出之水，只要贾一认定自己并无杀人之心，任凭她如何吵闹，也掀不起大风浪。

打定主意后，卢氏当晚就带着儿子贾成去了贾一书房。后者本以为，卢氏是来为自己开脱的，谁知对方一张口便是："若非我与你儿共谋计划，你如何能做得东都第一木材商？"

贾成本就觉得王家大火有蹊跷，此时一听卢氏所言，心中顿时有了计较。

于是，在贾一的逼问下，贾成把事情的前因后果娓娓道来。令他没想到的是，父亲在听完经过后，非但没有处罚他，反而大加赞赏，认定他是可造之才。此时卢氏终于看出，贾一也是一个不择手段之人。

都说精明不过商贾，贾一得知王家起火的真正缘由后，便用不容拒绝的口吻质问卢氏，其正妻到底因何而死。卢氏心中早就有所考量，贾一从商多年，不可能看不出其中猫腻，若是矢口否认，反倒会落个不忠的印象，于是卢氏以退为进，坦承了自己的所作所为。果不其然，贾一只是沉吟片刻，便用一种安慰的口吻告诉卢氏，此事他不会让女儿再追究下去。

得到贾一的保证，卢氏总算松了口气。然而在贾一心中，正妻的死本就不要紧，他最关心的还是那场大火。他有些担心地问贾成，为何不把小严子灭口，以绝后患。

贾成告诉父亲，自己也不全然是顾念旧情。杀人倒简单，可王家大火刚起，贾家肯定会被列为第一怀疑对象，若是此刻将小严子灭口，必然会引起更大的麻烦。府中奴才众多，小严子与他从小玩到大，不少人都看在眼里，若小严子离奇失踪或死于非命，贾府又不报官，必定会引起风言风语。

一旦报官，官府就一定会联想到王家库房起火的事，所以必须留小严子一命。虽说到头来，他没了舌头，但总比丢掉小命好。自己给了他生的机会，他必会感恩戴德，只要再对这个奴才好一些，他绝对不会把事情说出去。

贾一听完连连称赞，只是他们并不知道，隔墙有耳……

原本，门外站的是协助卢氏扳倒正妻的一个心腹老婆子，谁知天意使然，那老婆子不知为何腹中受凉，焦急出恭，于是便喊来了站在远处的小严子。

由于刚从鬼门关里走了一遭，此刻的小严子已不像之前那么单纯。他见贾成母子鬼鬼祟祟地去见家主，心都提到了嗓子眼，生怕家主会要了他的小命。见四下无人，在恐惧的驱使下，他将耳朵贴在了门上。

真相令人过度震惊，直到老婆子返回，小严子仍在偷听，老婆子见状挥手将其赶走，又因担心自己擅离职守会被责罚，便将小严子偷听之事掩藏了下来……不过，后来由于小严子在府中极受器重，老婆子心生嫉妒，便把此事告知了几个交心的仆人，不料最后被花娘子想方设法地打听了去。

…………

听到这里，徐天道："花娘子说，起初婢女听见贾成梦呓，她没往心里去，可后来婢女不断告诉她，她才发现，这些梦呓之间彼此有所关联，互为因果。"

李嗣真也侃侃补充："那花娘子貌比无盐女，却颇有才气，自她年幼时，家中便请有西席，指导她研读各种诗书。其悟性极高，往往通过只言片语，便能推出整篇诗文的真谛。

"花娘子将此歪才用在了丈夫身上，她暗中将贾成的梦呓记在本册上，随后将事件进行排列组合，并从中推断出关联，再差遣下人不断探听。日久天长，在收集了大量信息后，此事的因果也就基本清晰了。

"因关系重大，花娘子一面暗中调查自己的公婆，另一面则去找贾大小姐亲自询问。"

正听得津津有味的谢阮大惊道："什么？她亲自去问，难道不怕卢氏察觉吗？"

"这倒不用担心……"老司徒的声音忽忽悠悠地飘了过来，他跷起一条腿，一摇一摆地道，"那花娘子与贾成这么个心思狠毒的人都能做夫妻，还能暗中把这个多疑的郎君查了个底掉，如今大理寺都查到头上了，换作一般人早就乱了阵脚，她依旧能冷静应对，胆敢有所隐瞒。这么厉害的女人，怎可能轻易被卢氏抓到痛脚？"

李嗣真点头道："不错，花娘子说，得知府中无人敢谈及此事，她就晓得，只有去找贾家大小姐，才能问出真相。为不暴露意图，她极有耐心，一直在等一个合适的机会。这一等，就等到了贾大小姐产子。"

徐天在一旁露出佩服的神情："贾大小姐喜得贵子，贾府自然要上门恭贺，按照规矩，带队者便是继母卢氏。只是卢氏与贾大小姐有杀母之仇，卢氏不愿出面。花娘子知道来了机会，便告知婆婆她愿意代为前往，卢氏巴不得有人替自己跑一趟，哪儿还有空质疑花娘子的意图？"

"按我说啊，这花娘子就是生错了皮囊，"老司徒起来伸个懒腰，笑道，"单凭她这一番稳、准、狠的手段，还有那缜密的心思，倘若她是个男子，我一定收她进大理寺。可惜，偏偏是个女娃。"

"女子又如何？我不也在查案？"谢阮闻言不满道。

老司徒连忙改口："倒不是因为她是女子，而是因为她嫁了人，嫁了人的娘子，就很难在外边抛头露面了。不过既然她身为商人妇，或许将来做做生意也是可以的……"说罢，他目光炯炯地盯住李凌云："李大郎，你有何见解？"

"缺乏证据。"李凌云淡淡答道，"据花娘子所言，小严子的确可能是凶手，但仅凭花娘子在府中查到的这些过往，只能说小严子有作案的理由。"

李凌云说到这里，眉头皱起，提醒众人："而且，各位不觉得这奴婢复仇的假设，存在一些令人不解之处吗？"

不等众人表态，李凌云继续道："按花娘子所说，王家纵火案后没多久，小严子就已知晓策划者是贾成。他既然清楚真相，为何不当时复仇，而要等到二十余年后才决定动手？"

"言之有理。"谢阮想了想，"本案中，小严子分明是抱着必死的决心，如果他想行凶，在年轻力壮时其实更好下手，确实没有必要等到现在。"

徐天喃喃道："若只是复仇，也全然没有必要把废屋布置成那等模样……"

"单凭此说，并不能验证真相，我们还要先寻实证，"见大家都察觉到了问题所在，李凌云续上之前的建议，"方才我和谢三娘查出，小严子鞋底上有块状陈土。我们怀疑，这是他用水将废屋地面浸湿，接着绘制月相莲花纹时所沾上的软土，再经高温烘烤后，形成此状。"

"废屋地面高低不平，但图案绘制得极为规整，可见此人不是首次尝试，必然反复练习过。"李凌云手指远处一木屋，"那是小严子的单独居所，倘若凶手真是他，兴许在那里会发现什么。"

"多说无益，既然有所怀疑，那就去看看！"徐天大手一挥，众人朝那间木屋走去。

来到门前，徐天提着灯笼："封条是我命人贴上去的，除了大理寺的人，无人动过这里的东西。"

李凌云撕掉封条，借着明亮灯光，环视屋舍。房屋不大，除一扇方格状的小窗外，再无其他窗可通风透气。再看屋舍朝向，也未遵从什么风水设计，室内的装饰和家具，乍一看有些陈旧，可仔细瞧来，发现用料堪称上等。

"这不是一般仆婢能用的……"李凌云提起桌上的水壶，"此乃邢窑白瓷，我大唐皇家也纳为贡品。"

"咦？我来瞅瞅，"谢阮带上油绢手套，弯下腰拿起那水壶，"邢窑始烧于前隋，因窑址属邢州管辖，故有此名。白瓷胎质细腻，釉色洁白，出产瓷器，纹饰极少，唯重造型，拿这个壶来说，釉色和形状倒是互相衬托。不过邢窑名声在外，白瓷又有贵贱之分，难免有奸商冒名制假……"说着，她用指节敲了敲，瓷壶发出铿锵的金石声。"好声音！胎质细腻，釉色如银，乃邢窑中的精瓷。"

她把壶倒过来，观察底部："邢窑白瓷落款，都是在器物烧前，刻画于外底部，分有翰林款、盈字款等，后者最是出名，此壶落的正是盈字款。你们看，字体清晰，笔画遒劲，李大郎好眼力，这壶够得上贡品品质。"

谢阮放下壶："就算在宫中，此壶也不是一般宫人可以使的。此物竟然出现在小严子房中，可见贾成对小严子的好，并非一句空话。"

"恐怕半是补偿，半是邀买人心罢了，"徐天冷哼，"不过是怕他把旧事给抖搂出去。"

二人正说着，李凌云蹲下身，歪着脑袋，斜斜看着地面。

"你在瞅什么？"谢阮好奇地问。

"地面有泥痕，纷乱不清，应是被大理寺进来的人给破坏了。"

徐天脸色陡然难看几分，李凌云也不在意，起身朝卧房走去，小心地跨过门槛之后，李凌云的脚步变得很轻，他先提起脚，保证鞋底平平踏上地面之后，这才闭上眼睛，彻底落足。

他用这种小心翼翼的姿势朝前走了几步，喉中发出古怪的声音："嗯……"

谢阮站在卧房门口探头道："嗯嗯啊啊的，到底怎么了？"

"此处感觉和外面不同，但凡修屋，就算不铺设地板，泥土也一定会夯实，此间踩上去，有轻微的绵软之感。"李凌云睁开眼，看向谢阮，"找人拿铲子来，把这里挖一下。"说完他迷惑地问徐天："徐少卿此前进来过吧？你们莫非没发现，这卧室之中的土要松软一些？"

徐天面露赧色："粗疏了，当时只觉得这个小严子是死者，确实没朝凶手方向考量，故而只是进来查看有无丢失金银细软而已。"

李凌云点点头，算是接受了徐天的解释。大理寺的卒子在李凌云的指点下，手持铲子开始了挖掘。和平日挖坑不同，他让卒子用铲尖平平铲去表面一层，露出稀松浮土，再用同样方式拨开浮土后，果然出现了圆形浅坑，坑中隐约还能瞧见一些图案。

李凌云让六娘拿来一把精致的鸡毛笤帚，就着一个黄铜手铲，小心地扫起余下浮土，不久后，纵横交错的图案越发清晰起来。

"月相图，九莲花……火焰纹，凶手果然是他。"李嗣真轻叹。

"纹路反复交叠，可见他在此练习过不止一次……"说着，谢阮用胳膊肘顶了一下额头见汗的李凌云，"李大郎，现在花娘子讲的故事，算有实证了吧！"

李凌云点点头，又在屋内、屋外仔细核对了一番，和案卷记载一样，除了金银细软、佛家信物之类，再无其他发现。

李凌云对徐天道："虽说此案仍存疑惑，不过可以确定，凶手应该就是这个小严子。理由有四：一、小严子一人独居，在贾府身份超然，不论是提前布置，还是在房中练习纹样，抑或搬运古怪塑像，都能分次完成；二、小严子在贾府多年，无亲无故，因受贾成抬爱，府中人多存嫉妒，无人与之亲近，如此看来，本案无合谋之人；三、他主动饮下桐油，与当初在王家库房使用老鼠纵火，方式如出一辙；四、他有杀死贾成的动机。综合而看，大理寺可以据此结案了。"

徐天闻言松了口气，又想起狄仁杰的叮咛，便耐着性子道："李大郎，我自知你对大理寺心有隔阂，不过既然大家一起破案，不妨开诚布公。我观你似乎心有郁结，你到底有何疑惑，可以说出来大家一起参谋。所谓三个臭皮匠，赛过诸葛亮不是？"

"就是，年轻人，就不要计较那些小节了，说说无妨啊！"老司徒在一旁帮腔。李凌云想了想，回头看向黑洞洞的屋内："小严子信佛，常去寺院，是吗？"

徐天道："不错，贾府下人说，早些年贾成和小严子几乎形影不离，唯独这两年，小严子有时会单独去寺院礼佛。"

"你们不觉得古怪吗？他的屋内并没佛像，就连最常见的木制、陶制佛像或者挂画都没有。"

"咦？好像真是如此，"谢阮回忆着方才屋内所见，突然也意识到问题所在，"我在宫中常见到大和尚与道长们在天皇天后面前争头筹，对佛道两家均有几分熟悉。道门传道，常教的是打坐吐纳之技，可以强身健体，让人愿意跟着学一学。佛门求的是修心，但凡信佛之人，家中往往都有佛像，再不济也得请张图回去日夜焚香，所谓'心香一瓣'敬献佛祖……这小严子既然常去寺院礼佛，屋内为何连一尊佛像都没有？确实奇怪。"

"他信的，只怕并不是佛，"李嗣真思索着提醒道，"废屋中的古怪造像，恐怕才是他真正所信之物！"

"李寺丞是说，小严子信的是某种古怪教派？"徐天并不赞同，"我觉得这想法有些轻忽。某在大理寺任职多年，不能说见多识广，涉及邪教的案子，还是亲历过不少。这样的造像却从未见过，我倒是觉得，可能是小严子对贾成恨意太深，自己幻想出来的。他仇恨贾成二十余年，脑子或许早就不正常了。他把案发现场设计成火山地狱的模样，兴许是他认为，两人都曾作过恶，都应下火山地狱受苦！所以我想，这造像可能是他根据构想找人定制的。"

"不可能，"李凌云摇头，"造像虽粗陋，但线条简洁有力，腹中肠脏真实，寻常制陶工匠绝做不成这样。关于此，我和李寺丞看法一致。"

"那好！"徐天以退为进，"即便小严子信了这教，恐怕也与案件没有多大关联。某倒是觉得，那小严子此番绝对有人在背后怂恿。"他不等别人反驳，继续推测道："据说，当年王家木材库被烧，本钱赔光，没了生路。贾一害怕王家东山再起，对其反复打压，后来导致王家几乎灭门，谁知是不是他们说服小严子作的案呢？"

"他们怎么说服？"谢阮说话，压根不给徐天留面子，"小严子向来为人和善，当初贾成割了他舌头，他能隐忍二十多年，绝非果敢坚决之人，否则贾成坟头草只怕都三尺高了，还能等到现在才动手？"

见徐天被气了个倒仰，她继续道："小严子并不缺钱，至今房中还存着金银细软。你们大理寺案卷上也清楚地写着，他与人没有恩怨，更无情感纠葛，仇家如何收买他？"

"其实……"李嗣真顿了顿，小声回应了句，"他的确有可能被这个不知名的邪教挑唆了。"

李凌云凝视李嗣真："你为何如此笃定？"

"小严子虽知道被割舌的真相，可王家火灾一案过后，贾成有一百个理由结果他的性命，不过，贾成并未这样做，反而对其关怀有加。正所谓，精诚所至，金石为开，二十多年均是如此，只因一条舌头，小严子不可能产生太大的仇恨。另外，按我大唐法度，卖身家奴，若检举主人不法之事，自己也要遭受罪罚。而主人杀奴，却可以缴金赎罪。以当时之境况，就算贾成动了恻隐之心，保他一命，他那心狠手辣的父亲也未必答应。所以，这是小严子的宿命，作为家奴，于情于理他都不应该记恨主人！"

李嗣真正要继续解释，却见李凌云脸上有了一丝怒意，便停下话头。

后者沉声问："李寺丞是认为，一个好端端的人，只因他身份低贱，所以就算被割了舌头，也得对那主子感恩戴德？"

李嗣真没有反驳："大唐律中写的便是如此，天下百姓无论贫富贵贱，皆遵照律例，正所谓良贱有别……"

"我是问，你认为这是理所当然的吗？"李凌云向来平静无波的眸中掠过一丝寒光，在场众人无不觉得脊背发凉。

李嗣真就算再迟钝，也能察觉到对方正在发怒，于是他停下来，迷惑地望着李凌云。

"都是人，为何分三六九等？倘若天生就应如此，李寺丞你今日生在奴婢腹中，一辈子注定为人当牛做马，难道你心中也丝毫没有恨意吗？"

李嗣真想了想，真诚地回道："我想，既然世有法度，便应依法而行……"

李凌云面如霜雪："那上古蛮荒时，只有女娲造人，何来大唐律例？"

李嗣真见势头不对，沉默不语，李凌云见他不再接话，也就换了话题。

"按大家所言，现下案子有两个方向。第一，小严子为了复仇，所以做出了此等行为。只是这一点，无论是从时间、情感，还是作案动机上，都说不通。我个人觉得，他没有复仇的理由。"

谢阮心急追问："既然此路不通，那另一个方向又是什么？"

"第二，小严子受人蛊惑，出于某种原因，故意如此作为，至于怎么蛊惑的，或许在他常去的佛堂会有一些线索。"

见李凌云目光朝自己投来，徐天道："贾成生性多疑，小严子作为他的贴身仆人，不可能与外界有太多接触。据调查，也只有小严子前往佛堂时，二者才会暂时分开，如此看来，佛堂或许真有古怪，我这就让人去查。"

"甚好，"李凌云又补了句，"当年王家纵火案……"

"放心，我大理寺最擅长的就是翻旧账，"徐天抬手捋捋胡须，瘆人地咧开嘴，"贾一这人平日狐假虎威，在东都城中横行多时，既被某抓到机会，必定追根究底，也敲打敲打他身后那位，不要以为有天后撑腰，就可以肆无忌惮。"

刚说罢，徐天就感觉有目光扎在自己身上，抬眼发现是谢阮，连忙打个哈哈朝外走去，边走边拱了拱手，道："狩案司的各位同僚辛苦了，司徒老丈也先回去吧！某这就去质问那贾一和卢氏，等案情审结，某再去狩案司官廨。"

徐天一走，李嗣真顿时如芒在背，忙找个理由，称自己仍在大理寺歇脚，最好和徐天一同行事，赶紧跟了出去。

"溜得倒快，"谢阮有些不忿，转头去问李凌云，"要不要跟上，看看如何审那贾一和卢氏，那两个人都是奸狡之辈，说不定故意让徐少卿难办。"

"没什么好看的，他们不敢。"李凌云朝后院走去，谢阮却不依不饶："为何不敢？他们隐瞒了二十余年，如今可以推到死了的贾成身上，只要咬死自己不知道，不就完事了吗？"

"他们的后台不是天后吗？"

"什么意思？"

"如今天后在朝中是众矢之的吧？"李凌云道，"徐少卿也好，大理寺也好，和天后都不对付。贾家夫妻抵死不认，这件事难免一路牵连到他身后的武家人身上，和天后搭上关系。"

"也对，我方才也担心这个……"谢阮说到这里，恍然道，"我明白了，就算他们不认，武家那位也会让他们尽快认罪，以免影响更大。贾一是商人，对这种事情定然心中有数……"

"小娘子啊，你可算回过味喽！"老司徒溜溜达达走在一旁，笑道，"贾一做了一辈子生意，心里哪儿会算不过账来？他招得快，兴许武家那位看他知好歹，晓得不乱牵连，还会给贾家留条活路。若等事情闹大，说不定引起贵人怨恨之心，到时贾家会怎么样就难说喽！"

心知老司徒的看法多半就是此案结局，谢阮没了兴致，回到后院收拾完行头，与李凌云一起回了狩案司。

谢阮奇怪李凌云为何路过家门而不入，后者则回，之所以来狩案司，一是因为他心算了徐天的审案时间，觉得对方今日必会过来做个交代；二是因为他着急弄清楚大理寺去佛堂查实的结果。

这一等，就到了天黑，谢阮侧耳倾听，发现街鼓声已然停了，啃着香脆的伴锣，往李凌云碗里夹了一块野猪肉："看来今儿没指望了，留下睡吧，让老程拿符印，骑我的马去你家中送个信。"

六娘和阿奴因送封诊车回府，没有跟来，以免胡氏担心，他便点了头，决定今日在下人房中将就一晚。

那老程虽只是个官奴，但手持狩案司的符印，犯夜也不会被拦，加之谢阮的马在御马中也是上等，脚程奇快无比，二人刚吃罢饭，就见老程已经折了回来。

老程下马不着急拴绳，大步流星冲李凌云而来，到了跟前，从肩上取下一个大号褡裢给他。上面有一古朴字符，李凌云立马识出那个字符正是封诊密语中的"杜"字，忙问："是何人所给，可是杜公？"

"不是杜公，而是胡氏娘子给的，"老程道，"胡氏娘子说，今早大郎出门后，杜公将此物送至家中，说是李郎君那案的证物，她本想等您回家，谁知您今日留宿官衙，恐大郎得知挂怀，便让我捎过来了。"

李凌云想起杜衡和他提过，杀死父亲李绍的工具会送至家中，便拿起褡裢进了屋，边走边道："看来，多半是杜公先前封诊时收集来的凶器。"

谢阮跟了进去，快速清出桌面，李凌云把褡裢里的东西取出一看，是两件用封诊袋装好的证物。

封诊车被送回了家，李凌云的封诊箱还带在身边，当下取了块干净白绢铺在桌上，这才戴上油绢手套，将东西自封诊袋取出，一左一右放在桌面上。

只见左边的是一支其貌不扬的弩箭，箭头染了一点血，血迹早已干涸，呈赭色。另一旁放着一把其貌不扬的手弩。李凌云拿起弩试了试，皱眉道："好沉。"

谢阮熟门熟路地摸了个油绢手套戴上，接过手弩一掂，嫌弃道："如此笨重，必非良匠所制。"说着抬起查看弩机，表情越发嫌弃起来："你阿耶是被人用此物所杀？凶手竟用这种接近废品的手弩，不似专业杀手所为……"

此话一出口，李凌云脑中灵光忽闪，猛地抓住谢阮手腕，呵问道："你说什么？"

谢阮被他惊吓，愣愣地看着他，李凌云忙道："你方才说，那凶手怎么了？"

"我说……那凶手暗杀你阿耶，居然用这废品，杀手杀人讲究快、准、狠，正所谓工欲善其事，必先利其器，身为杀手，怎么会用这种粗笨的工具？"

说到这里，谢阮拍了一下李凌云："你不觉得，这不合情理吗？"

"……不合情理，的确不合情理……"李凌云嘴中喃喃，"可杜公说，我阿耶并非死于此箭。"

"啊？不是死于此箭？"谢阮傻了眼。

"对……"李凌云点点头，同谢阮粗略解释了一下，在谢阮知道后面这箭为杀人后的补箭后，这才露出"懂了"的神情。

"如果是这样，用破旧的手弩倒也不奇怪……可还是不对！"谢阮提高了语调，"受命来杀天后身边的重臣，就算只为验证生死，也不可能用如此粗陋之物啊！"

"说得对，这东西必有蹊跷，"李凌云仔细看了一遍手弩，如杜衡所言，他未在上面找到什么特别标志。谢阮自称对武器极为了解，经她检查，此把手弩是市面上最常见的样式。

虽说百姓弄到手不容易，但在东都鬼河市这样的地方，此手弩就是大路货，随便从哪个摊位都能买来一把。

从手弩上寻不到线索，李凌云只得拿起了弩箭，这一看，他竟瞧出了不同寻常之处。弩箭用的是普通木杆，可箭头却有些特别，李凌云把它递给了谢阮。

"咦……"谢阮看着弩箭，一根根数起手指，"不是常见的锥形箭头，也不是头比较狭窄的破甲箭，没倒刺，可见不是追魂剑，箭头较轻，亦非重箭，更不是前端扁平的月牙箭……"

谢阮将弩箭还给李凌云，摇头道："我看不懂，通常箭头也就三棱，此箭头却有六棱，且棱角颇粗厚，棱与棱之间厚度不一，不像是军器监所产，倒像是民间制品。"

李凌云再度拿起弩箭端详，喃喃道："民间所制吗？"

"不错，我甚至觉得，都不是来自民间的铁器作坊，棱角间厚度差别如此之大，倒像是有人故意做来玩的。"

"……玩的？"弩箭在李凌云手中颠来倒去，当箭尖直指李凌云眉心时，他停下了动作。

"怎么了？"

"给我笔！"李凌云的目光仿佛凝固在箭尖一般，不肯挪开，谢阮连忙准备好纸笔，他立刻描画起来。

"六芒星？"谢阮隐约看出了雏形。

"形状古怪，并不规整，"李凌云抬手，弩箭尖部对准谢阮眉心，从这个角度看去，六个棱果然构成一个有些怪异的六芒星，"不过……我倒是觉得很眼熟。"

"眼熟？你见过？"

李凌云丧气地摇摇头："想不起来。"

"那说之何益？"谢阮叹口气，把纸扔回桌上。

李凌云把视线挪到另一把弩弓之上。那上面是支小巧笔直的黑色弩杆，杆头上虽只有半个箭尖，但仍能看出，箭尖为十字开刃状，这种器形能深入甲胄，名为破甲箭，在弩机足够强力的情况下，一箭能轻松洞穿三人。不过与常见的破甲箭相比，这支却要细小得多。

"箭头呢？为何只有半个？什么情况下能把箭头射碎？咦？这箭头中间……似乎是空的？"谢阮接连发问。

李凌云拿起弩箭，在灯光下查看片刻，他手指箭杆三分之二处，光线照出一些流体干涸痕迹："像是血迹。"

"箭杆如此之黑，根本看不清楚，你能确定是血？"

李凌云从封诊箱中取出一个小瓷瓶，从中倒出一些紫色的液体。

"石濡汁？"

"对，"李凌云用棉棒蘸取一些紫色液体，滴在了那些痕迹上，很快出现了变色反应，"是人血。"

谢阮咋舌不已："我刚才还有些疑问，这破甲箭为何如此秀气，看来此箭极可能是仿制的，真正功用并非破甲，而是为了深入人身体，才故意做成如此长短。"

"对，杜公说我阿耶死于此箭，"李凌云道，"此箭箭头并非偶然破碎，而是以血为引，触发机关，使得箭头在人体内爆裂开所致。"

说着，他打开封诊袋，拿出一束裹起的白绢。随着白绢徐徐展开，谢阮骇然发现，上面密密麻麻地别着许多细若毫毛的黑色细针，针身泛着诡异的深灰色微光。

谢阮似已察觉到此箭的恶毒之处，手背上肉眼可见地冒出一层鸡皮疙瘩："什么东西？"

"此乃暴雨梨花墨石弩箭，一种传说中的暗器，专用来偷袭重要人物，以胸腹部、背部为最佳射击位。此箭箭头看似寻常破甲箭，其实深藏某种神秘机关，据说机关的开启要以人血为引。"

"人血？"谢阮五官挤作一团，"我只知道有见血封喉的剧毒，居然还有用人血开启的机关？"

"是的，人血可开启箭头，导致箭头四散爆开，从中喷出暴雨墨石针。因针头很细，刺入内脏便无法拔出，人就会缓慢失血。最歹毒的是，此箭不知是何原理，竟能让血液短时间内无法凝固，缓缓从箭杆中空处流出，直到被害者失血过多而死，过程极为痛苦。"

"你们封诊道精通各种古怪方法，竟然还有你们不清楚的事情？"

"这种弩箭极为少见，这么多年，我们封诊道也仅得一支，不足以完全解密。"

"……此物只怕很贵吧！"

"一箭值千金，有价无市，而且至今无人清楚是由谁制作的，只知这个制箭人是一个极可怕的机关师。我们封诊道研究了这些细针后，发现针头有古怪……"

李凌云用尖头夹小心地夹起一根细针放在白绢上，接着他又夹起另一根，靠着之前那根放下。

"你看。"顺着李凌云指尖，谢阮发现，两根针竟在毫无外力作用的情况下，朝着彼此缓缓移动。针黑绢白，巨大的反差下，这种移动变得格外明显，渐渐地，两根针越靠越近，最后紧紧地挨在了一起。

"这……这是怎么回事？"谢阮惊讶之余，李凌云又挑出两根，这回他小心地将其中一根针的两头颠倒。

此时，两根针居然缓慢地推开了彼此，随后停了下来。

"磁石？"谢阮眼睛一亮，"我在司天监玩过司南，司南的勺就是天然磁石，色泽和这些针的一样，黑中带灰。"

"不错，针头正是由磁石打磨而成，须知磁石很脆，要打磨成纤细的针头，工艺必定极为复杂，加之箭头机关的组装，这绝非一般人可以制作。"

谢阮惊叹："下了如此血本，耗费绝品暗器，只为杀死你阿耶，杀手不是针对天后，只怕我也不信。"

她又看向那支六芒星弩箭，面露费解："只是如此一来，那支弩箭就更不可思议了。杀你阿耶用如此昂贵的东西，却拿破烂货来验证他是否死去，我总觉得哪里有些不对。"

"不论如何，这支六芒星弩箭我觉得熟悉，看来，得再多想想……"李凌云拿出封诊尺，精准测量后，描摹下了暴雨梨花墨石弩箭的形状。

画好图，他又问："凤九郎回东都了吗？"

"早回来了，"谢阮哼笑，"东都才是他的老巢，他不喜欢长安，尤其是太平公主嫁给了薛绍之后，他就越发不愿待在那儿了。"

谢阮说到这里，有了同情之意："薛绍是城阳公主的次子，也是天皇嫡亲的外甥，从身份上说，这是最适合不过的婚事……只是凤九不可能喜欢这桩婚事，他讨厌被安排，也讨厌自己喜欢的人被安排。"

"他喜欢太平公主？"李凌云道，"我有些后知后觉了。"

"喜欢啊，不过是阿兄对阿妹的喜欢……"谢阮惆怅地道，"虽然年岁差得多了些，但他们始终是兄妹。你知道吗？太平在嫁人之前，从未被人逼着做过她不愿意做的事。她是大唐最尊贵的公主，连天后也舍不得让她不高兴，毕竟天后只有这么一个亲女儿。"

"我不懂。"李凌云困惑地看着她，"如果公主自己没反对，凤九又在不高兴什么？"

"他喜欢自由自在嘛！"谢阮似乎不想正面回答李凌云，反而问："你知道凤九这家伙比我们先回东都吗？窥着天后有那么一点要移驾的意思，他就赶紧跑了回来。"

李凌云摇摇头，谢阮笑得像狐狸："我们需要人打听消息，所以我早就知会过他，不过你猜猜看，咱们的凤九郎在干吗？"谢阮未等他作答，自言自语道："这个家伙，自打回到东都，就马不停蹄地忙着帮别人休夫呢——"

不等说完，谢阮就大笑起来，在她爽朗的笑声中，李凌云瞥见两人策马进了院子，正是如约而来的徐天和李嗣真。

二人满头大汗，一看就是狂奔而来的。徐天拿了块汗巾擦脸："小严子平日去的佛堂我们已经查过了，并未察觉有何异常。"

"没有异常？"李凌云诧异道。

"怎么可能？"谢阮伸头过来，"那些古怪造像哪里来的？"

"里里外外都找过，除了许多穷苦百姓在拜佛祷告，半个怪像都没找见。"

李凌云不死心："那佛寺的僧众呢？可有问话？"

"问过了，"李嗣真抬袖擦拭脖颈上的汗，"佛寺极小，本就是开给寻常百姓的，不但辛苦，也毫无油水可刮，向来由一些不计较的僧人轮换着看管。庙里那五位僧人都是近两个月才去的，之前的僧众均来自东都各寺，我们调了文牒来看，也没发现奇怪的地方。"

说到这里，李嗣真有些疑虑："唯独有一点……"

"什么？"李凌云挑眉。

"嗯……仔细一想也没什么，或许是我多虑了。"李嗣真打个哈哈便不肯再提。李凌云打量了一下这位后来的加入者，虽有意再问，但想到对方擅长的不过是音律之类，便觉得李嗣真隐瞒的未必是要紧事，就随他去了。

"只是，既然如此，到底是什么人在暗中蛊惑小严子呢？"谢阮抓抓鼻子。

"为何小严子就不能只是仇恨贾成？有些事情，当下未必觉得不可接受，而日后因此遇到阻碍，越发仇恨的也不是没有。比如小严子不曾婚配，或许就因失去了舌头，随年岁渐大，难免心急，恨意加深，导致他对贾成复仇，也不是说不过去。"

对徐天的故意抬杠，谢阮一概白眼以对："徐少卿，做事时要站在他人立场之上思考。你这番推测，实在是不够周全。"

说罢，谢阮用腿别一下李凌云，抬起下巴示意："李大郎，告诉他们，为何觉得不只是仇杀。"

"哦……"李凌云得了提醒，道，"诸位有所不知，烧死是多种死法中最为痛苦的。封诊道曾以还未长出厚皮的小猪崽做过尝试，身体遭遇火焰烧灼时，需耗费大约三分之一刻，才能烧焦肌肤和下方脂层水分，等表皮的水没了，则会烤出一层油。油遇火产生高热，再次炸烤肉，过程持续长达三分之一至三分之二刻，等体内血液被高温烧得凝化，堵塞血脉，就彻底死了。整个过程约一刻之久。你们想，烧饭时，哪怕一滴油溅在身上，都会疼痛万分，人被烧死要比这疼上万倍，甚至超过了千刀万剐的凌迟之痛。另外，我还发现一件事。"

"何事？"徐天、李嗣真异口同声。

"那小严子的胃囊中充满桐油，可气道之内却异常干净。倘若桐油是被人强行灌入的，势必会刺激呼吸气道，咳嗽、发喘，这样一来，桐油定会充满气管。由此可见，他不是被人灌服，而是自愿喝下的。熟桐油中，除易燃的松香、硫黄之外，并没发现迷药，他既然没失去意识，那是何种毅力支撑他保持打坐的姿势，直到自己被烧死呢？"

徐天和李嗣真均陷入沉思，显然，他们对活人被烧死的痛苦并无清晰认知，如今听李凌云所言，才发现大大低估了小严子赴死时的决心。

"只是……"沉默许久，李嗣真才再度开口，"如果不是仇恨，还有什么能支撑一个人，以如此强大的毅力，承受烈焰灼身之痛呢？"

"信仰……抑或应该说成，是信仰所赋予的信念。"李凌云答道。

"信仰？是佛陀还是天尊？"徐天问，"当真有如此效用？尘世中人，无不汲汲营营于名利，不都是图活得更快活？随便什么人，你问他们是否愿意为财而死，绝保无人乐意，金银尚如此，虚无缥缈的神仙又怎能办到？"

"神仙固然虚无缥缈，可一旦有人笃信它真实存在，就会迸发出想象不到的力量。"李凌云说，"以佛门为例，佛教发祥于天竺，通过西域逐渐东来，传入大唐后，才成了我们熟知的模样。在它的原生地天竺，我相信你们都曾听闻过，有一群苦行僧……"

"苦行僧，我好像听过……对了！"谢阮猛一拍手，"在陆合道人连环案中，于东都外古林里发现尸首的，就是这么一个苦行僧。当时大郎还说，他能在大雨中奔跑，赶在雷击木被大雨熄灭前，光脚从东都城门跑到树林里，就是因为在特殊情况下爆发出的巨大力量。"

"不错，大唐也有苦行僧，不过他们一般是风餐露宿，靠双脚四处游历。曾有来自天竺的商人，他家中失窃后，请我阿耶前去封诊，抓到嫌犯后，他们也就熟络起来。我阿耶最喜欢听他说那些关于天竺的奇闻，他曾把苦行僧的修行景象描摹出，以奇谈的形式告诉过我阿耶。据说，那些天竺苦行僧更加严苛，他们会将铁钎插入面颊，好让自己不说话，更有甚者，为了乞得修筑庙宇的钱财，不惜将手指点燃……"

"燃指？"谢阮感慨，"这已经和小严子的举动很相似了啊！"

"不错，他们会眼睁睁地看着自己的手指被焚焦，彻底脆断。还有人把自己埋进土中，断食断水，多日后才挖掘出来，很多人会在这个过程中死去。就此可见，笃信之念，能使人忍寻常人之不能忍。我觉得小严子多半就是这样，只是暂时还无法查出，到底是什么人给他灌输的信念，能让他如此慨然赴死。"

"如果当真存在这种信念，信仰之人浑然不畏死亡，岂不是什么事都做得出来？"徐天有些焦心地道，"此种信念极为可怖，绝不能听之任之。"

"不错！"李嗣真严肃地点头，"我看应当对那神秘造像的来头追查到底，倘若真有人暗中信仰这些歪门邪道，恐酿成祸患。"

"如果小严子是受邪教影响，那么，这种事绝不止发生过一次。"李凌云来到徐天跟前，后者眼中映出李凌云那张冷漠俊朗的脸。

"我阿耶去世前，向来不许我插手东都和西京的案子，所以对东都附近类似案子的追查，就要拜托徐少卿了。"

说着，李凌云俯身对徐天行一礼，纵然二人向来不对付，徐天此时见他这般态度，知道事关重大，遂端正回礼道："东都的太平，本就是三法司职责所在，大郎放心，我一定敦促大家细查，有消息必定第一时间知会你。"

说罢徐天和李嗣真便打算回转大理寺，此时，谢阮想起贾府当年犯下的大案，便又询问一二。

徐天提到贾氏夫妻，不由得冷笑："已搞清楚了，事情和花娘子推测的一般无二，卢氏本还欲狡辩，不承想那贾一如竹筒倒豆子，能招的都招了。他虽没了贾成这个嫡长子，却还有另外一个妾室给他生的两个庶子，不算后继无人。早些招了，免得贵人发脾气，叫他贾家彻底完蛋，虽要赔偿王家损失，但也不过按当年的火灾损害来定额，贾府现在的资财，比之当年何止翻了百倍？哪怕贾一、卢氏都死了，余下的钱财也够贾家好好生活了。"

谢阮听了，却不满足，追问道："那花娘子怎么办？"

徐天笑道："贾成已死，她成了寡妇，按大唐律例，她本该为亲夫服丧，可贾成是当年大案主谋，需另当别论。我看，对贾成之死，她横竖也不伤心，只要愿意，明日寻人嫁了都行。"

李凌云在一旁冷不丁道："我看也没必要再嫁，除了长得不好看，她着实是个人才。"

"咦，大郎不是一心修炼封诊技吗？莫非对花娘子动了凡心？"谢阮不知为何有些酸意，李凌云懵然不知，老实地道："她这样的女子，心思细腻，条理分明，还会想方设法为自己的猜想搜罗线索，加以验证……嫁人陷在后宅，反倒不美，浪费了她的才能。"

"实则……我也有此感觉，"见李凌云说的是正经话，谢阮正色道，"花娘子做了寡妇，按大唐律例，她可以选择守寡或再嫁他人。本是官宦人家出身，嫁妆丰厚，她就算再嫁，也不会太难，为了面子，娘家人多半还会让她嫁人。只是这样一来，难免像大郎所说，埋没了她……我现在想问问她自己的意思，要是不想留在后宅，不妨在天后跟前请个恩典，看看什么地方用得着，差遣她去就是。"

"女子不在家中相夫教子，偏要抛头露面，又不是什么正途……"徐天正小声嘀咕，发现谢阮眼睛竖起来，忙闭上了嘴，招呼李嗣真一起回了大理寺。

送走二人，谢阮回头问李凌云："大郎，你对那小严子的事为何如此恼怒？"

见他投来不解的眼神，谢阮补充说："李寺丞说仆婢应当对主人留他一命感恩戴德时，你不是发脾气了？"

"我也不知……其实我明白，大唐律例的确就是这么写的，然而却止不住想，不论是贫贱还是富贵，剖开来都是五脏六腑，并没有差别，大唐律又以何判断人的贵贱呢？"

"不是自古就有三皇五帝吗？后来又有了周天子……总而言之，确实存在血脉高贵之人。"

"汉高祖刘邦不也只是个浪荡子吗？"

"也对……"谢阮想了想，"可他不是有个什么斩杀白蛇的传闻？"

"神鬼之事怎可当真？大多是功成名就后，为表身份贵重，理所当然为天下之王，才会穿凿附会。你信不信，便是天皇陛下也一样会病痛缠身，若有一日他不在人世，剖开尸身一看，恐怕也和寻常奴婢没有区别……"

"大郎住口——"谢阮惊叫一声，捂住李凌云的嘴。掌心之下传来男子身体的热度，谢阮仿佛被烫伤一般收回了手，深吸一口气，严厉训斥："往后千万别让我再从你嘴里听到这样的话，你如今在外人眼中，就是天后心腹，这样大不敬的话落在他人耳中，你自己被剥皮拆骨不算，必定牵连天后，你给我小心一些。"

李凌云看着她紧皱的眉头，注意到她唇角不同寻常的下弯弧度，不由得回忆起幼年时父亲李绍教诲他的场景——

…………

在李绍的书房内，小小的自己规规矩矩地坐在绳床上，面前摆着高大木架，架上从上到下整齐地贴着许多人脸，每张脸上的五官都有不同变化。

"此乃'笑'中'大笑'，人笑时，双目眯起，颧部微提，挤压眼角生成皱纹，唇角提拉。记住了吗？将来看到别人做这个表情，就要知道，对方此时的心情应当是欣喜的……"父亲用手指着中间的一张，对他细细讲解。

"记住了！"幼年的李凌云点点头。

"然而，你要牢记，"李绍略疲惫地搓揉眉心，"笑也分真假，真笑时，人的整张脸都会随之而动，阿耶教你剖尸后，你会发现，人脸之下，有许多块肉，这些肉被牵动着一起动弹起来，方能大笑。此过程极为迅速，倘若造假，面上肌肉的运动便时间不一，笑容看起来也就不怎么和谐，这样的笑，就是假笑。"

"知道了！"李凌云又点点头。

李绍继续教他："嗯，还有，无论上面的哪一种表情，都只发生在眨眼之间，如果一个表情缓缓呈现出来，通常来说便是刻意所为，这时候你就要思索，对方或许是希望迷惑你的感受……记住了吗？"

"记住了！"

"好，再看下一个，此表情名为'怒'，人们做此表情时，双眉下压，眼睛睁大，嘴唇紧闭，鼻孔外翻……"

…………

过往闪现稍纵即逝，李凌云盯着谢阮紧绷的唇线："你生气了？"

"我自然是生气了，"谢阮恼火地倒了杯水喝下，"我气你对自己的死活都不在乎，什么话该说，什么话不该说，难道你心中没数？"

说着她又咕嘟咕嘟灌下一杯水，抬袖猛地擦一下嘴角："那个李嗣真不知打哪儿冒出来的，天后偏要把他塞进来，徐天也和我们貌合神离，难道你不知我们的处境？但凡做错，还不是算在天后头上，你我和那贾一的处境有何分别？说起来我又窝火，明子璋那小子也不知跑到哪里去了，把不晓事的人留给我们，自己跑得倒快，下回见了，某定要打爆他狗头。"

"我往后注意些，你不必如此残暴……"李凌云垂下眼眸，他面貌生得好，在灯光下看来，就是个俊俏小生，谢阮不由得看得一呆，心道好一个美男，胸口里正小鹿乱跳，却听李凌云静静补道，"我亲自动手就好。"

谢阮愣了一下神，旋即哈哈大笑起来。

兴许是这个插曲冲淡了火山地狱案带来的困惑，放松下来后，谢阮和李凌云很快感觉到困意，便各自回房安顿下来。狩案司小小的衙署，此刻渐渐被一片黑暗笼罩。

东城大理寺内，徐天却仍未歇息，他挑眉看着眼前的李嗣真，神色渐渐变得严肃。

"李寺丞是说……今日在佛堂调查时，有人在后头跟着我们？"

"不错，的确有人，而且此人是从贾府院外开始，一路跟随我们到了佛堂。"

徐天眯起眼："方才在狩案司，李寺丞想说的就是这个吧！李大郎问你时，你为何不讲？"

"李大郎和谢三娘对我排斥，徐少卿你心知肚明。"李嗣真无奈苦笑，"当时贾一和卢氏已认罪，徐少卿也让人将他们夫妻二人缉拿，送去县狱。除此之外，我们并未查到贾府有其他人参与纵火。贾一还有两个成年的儿子，尚未分家，谁知是不是他们找了个家仆跟着。我怕若为这等小事折腾，那二位对我更加心怀不满了。"

徐天感慨道："你也是为难。"

"谁说不是？"李嗣真手指自己，"不怕徐少卿说我自夸，这双耳朵听声辨人，向来十分精准。所以在佛堂时我就暗中四处看过，却不曾发现有熟脸。"

"也就是说，跟在后头的，至少不是贾成亲近的那群仆婢。"徐天思索着，问道："可有更多信息？"

"此人脚步急促，落地很实，听声辨重，当是个中年男子，而且下盘极稳，恐怕还是练家子。"

"这些富贵人家，豢养打手也不少见，只是这样的线索，相合的人太多。"

"我也这么觉得，"李嗣真点头，"所以当大郎问时，我并未告知，正是因为打算再等一等，倘若此人再度出现，就未必是为贾家的事了。我想等到那个时候再告诉李大郎也不迟。"

"也好，不过此事……你可以再问问举荐你的那位。"听徐天说完，李嗣真神色轻松了许多，起身行礼道："我亦如此打算，这就回房修书一封，送往那位所在之处。"

说罢李嗣真告辞而去，徐天吸了口气，低头看着手上的案卷，浓眉纠结成一坨，久久之后，他不由得长叹起来。

"徐少卿可是睡不着啊？可要老夫与你作陪？"

徐天猛地抬头，只见一道瘦削伛偻的身影。老司徒双手笼在袖里，拖着踩扁了鞋跟的布鞋，缓缓地踱进门来。

"司徒老丈还未歇下吗？"徐天见老司徒在椅子上坐下，有些惊讶地问道。

"人老喽，每天睡得少，兴许就是身子知道这日子长不了了，不肯睡咧！"老司徒半眯着眼，平日没精打采的眼珠，此时犀利无比地扫视徐天，"徐少卿，案子不是告破了吗？凶手和死者都嘎屁了，还破了个陈年老案，给那王家人昭雪申冤了，你一个人还在这里烦个什么劲哩？"

"并未全破，仍有疑惑难解。"徐天把案卷展开，转向老司徒面前，手指上面画着的造像。老司徒用力眯眼，才看清是空中吊着的那个邪神塑像，哂笑起来："我以为是什么，这些鬼蜮伎俩，终究是要被驱散的，除非这些家伙不作案，但凡做下，就能追踪到蛛丝马迹。你手头有个李大郎，又何须担心此事？"

"李大郎是天后的人，怎能算到我的账上？"徐天闷闷地摸摸鼻子。

"哟！徐少卿也敢做不敢当了？"老司徒靠在椅子凉爽的靠背上，龇着漏风的牙冲徐天直乐，"我是老了，却还没糊涂。今日若只是送个尸首，你又何必让小的们专门把我抬过去？不就是让我替你好好看看那李大郎吗？怎么，人都让老夫仔细瞧了，自个儿却未拿定主意要不要当他是自己人？徐少卿，你心里是个什么打算？说来听听？"

徐天咬牙道："也不怕您老见笑，李大郎说到底……还是那武媚娘一党。他阿耶李绍就为武媚娘做事，又是死在反武之人手中，不论他是怎样的性子，光凭他的出身，还有他那阿耶一直助纣为虐，我都觉着不可用。正所谓父子相承，我就是看不懂，狄公为何对他如此信任。"

"哦？狄怀英对他也很信任吗？"老司徒闻言，瞬间坐直了身子。

他口中叨念的，正是大唐名臣狄仁杰的表字。狄仁杰曾在大理寺彻底清理了上万桩陈案，虽然他早已调走，但大理寺的人无不尊称他一声"狄公"，唯独身份低微的司徒仵作提起他时，像是在叫自己的子侄。

只见老头眸中精光毕露，除了脸上的皱纹，哪里还有垂垂老矣的味道，浑身的皮肉关节都蓄势待发，仿佛他下一秒就要大鹏展翅，飞檐走壁一般。

"狄公信中再三叮嘱，要我与他和睦相处，最好……得到他的信任。"徐天起身来到老司徒身边，抽出怀中信笺，递到老人眼前。

老司徒已是眼花耳顺的年纪，不知为何，他看字却十分清晰。片刻之后，老司徒让徐天收起信件，道："我明白他为何如此吩咐，你可知道，这世上什么是不破之物吗？"

"不破之物？"徐天思考片刻，答道，"万事如抢占先机，便尽在掌握……所以，是唯快不破吗？"

"你错了，"老司徒凝视徐天粗犷的面容，缓缓摇了摇头，竖起一根皱巴巴的手指，"这世上，万古不破的只有一个字——'真'。"

"真？"徐天看向老司徒的指头。

"对，就是真，它是真心之真，是真意之真，也是真人之真……但，最重要的，它乃是'真实'之真。"

老司徒的话，徐天听在耳中，却有些不以为然："真实……当真有如此强大的力量吗？不过，那李大郎好像也说过，封诊道所寻的，就是'真相'。"

老司徒眯缝着眼睛，打怀中掏出一个干核桃，用皱巴巴的两根手指捏住一搓，核桃壳就像纸糊的一样破碎开来。

徐天太阳穴突突直跳，光听那破壳脆响，就知道这核桃是一种叫作铁核桃的品种，壳又厚又硬，堪比陶瓷，寻常人要吃它的果仁，必要以锤、钳伺候，老司徒只用两根手指就能轻易捏碎，其武学功底深不可测。

只见老司徒边拣掌心的核桃仁，边问："徐少卿可知，我老头子为什么来大理寺干啊？"

徐天舔舔干热的嘴唇："司徒老丈的来头，大理寺有人不知道吗？"

"哈哈哈哈——"老司徒大笑着把果仁扔进嘴里，"不错，谁都知道我当年乃是被通缉的大盗，后来才被朝廷招安了，只是，你恐怕也不清楚其中细节吧！"

徐天摇了摇头，老司徒又坐回椅子之上，优哉游哉地跷起一只脚："前隋大业年间，炀帝杨广为满足自己的贪欲，发动万万民夫修筑大运河，又在洛阳建起美轮美奂的宫室，导致百姓穷苦，民怨沸腾，四面八方都有人扯起反旗，乃至高祖皇帝也被他逼反。后来李唐初立，可反对大隋的势力何止一支？许多人都不服气，我也是其中之一，以为可以靠着一身本领，劫富济贫，于是游走于山水之间，闯荡出偌大名声，心中却越发迷茫……"

"您老人家当年可是纵横四海，不少百姓被您半夜扔进的金银珠宝救过命，至今仍有人家中供着您的生祠，"徐天难以置信地干笑道，"您当年作的案，大理寺可还留着档，那厚厚的一沓……"

徐天张开手指一比画，见老司徒笑而不语，便大胆道："就您这般英雄，独自一人和朝廷周旋多年，也会觉得迷茫吗？"

"当然会，"老司徒扔掉手中的核桃壳，微微一笑，"老夫当时并不相信，换了一个人坐在龙椅上，就能让民不聊生的现状有所改善，说实话，我可是等着看大唐的笑话哩！然而我大唐的太宗皇帝，却狠狠地打了老夫的脸啊——"

回忆过去，老司徒衰老的脸顿时有了光亮："武德九年，正是李唐大局初定之时，太宗还是秦王，带领军队四处征战，然而他用兵如神，百姓把他当作天神一般，只是老夫却不以为然。李氏皇族兄弟阋墙，生成玄武门之变，不怕你笑话，那时我对大唐真是失去了信心！"

徐天苦笑："这不奇怪，朝廷初立，朝野尚在动荡，要面对不少麻烦，那玄武门前……骨肉相残，怎会不令天下人震惊呢？然而当时的秦王，也是不得已而为之，毕竟他不动手，死的人恐怕就是他了。"

"是啊，时过境迁，这些皇家秘密也渐渐为人所知，我自然心中有数，然而那个时候，老夫难免认为，先帝也是个热衷争权夺利之人……"

老司徒猛咳几声，徐天连忙倒了一碗水送去，老头润润喉，继续说道："尤其是，正当太宗皇帝这番'不得已而为之'时，突厥人伺机南下，颉利可汗发兵十余万进攻泾州，而后一路挺进到武功，西京长安近在突厥人铁蹄之前，全城戒备……虽说尉迟敬德在泾阳之役中取得小胜，生擒敌军将领阿史德乌没啜，斩首突厥骑兵一千余人，却也拦不住他们。那些突厥人心意已决，主力进抵渭水河畔，直逼长安城而来……"

以徐天的年岁，这场贞观元年的战争发生时，他还未出生，此时听老司徒说起当时的危情，他也不由得感到紧张和窒息——那可是西京长安，大唐的帝都，被草原突厥兵临城下，可谓天大的耻辱。

"彼时突厥雄兵足足有二十万人，就在渭水北岸列阵，老夫仗着胆大，亲自前往刺探，见其军队的旌旗飘荡在数十里河畔之上。最令人害怕的是当时长安之中，根本没有足以和突厥人抗衡的兵力……"

回忆着当时的危险情境，老司徒眼中泪光闪烁："徐少卿，你可知，即便前隋亡后，大唐仍然混乱不堪，各处反叛战乱争斗不断，但说到底，仍没有中原颠覆之危，唯独这次，若大唐被突厥覆灭，老夫也完全无法预料将来会是怎样的一番光景。所幸，太宗皇帝挺身而出，亲率高士廉、房玄龄等六骑，仅带一百骑兵，离开西京来到渭水边，隔着渭水与那颉利可汗对话，指责其违背约定，突袭我大唐。不久后，我大唐军队才赶至太宗皇帝背后，那颉利见到我军军容大盛，又得知臂膀执失思力被擒，大惧不已，遂于两日之后，在长安城西郊的渭水便桥上斩杀白马，结渭水之盟。此后颉利可汗率突厥全体骑兵返回，一场大战才终于就此偃旗息鼓。"

"若非先皇，岂有今日之大唐……"徐天面上亦有些激动神色，"所以，我更是想不明白，那武媚娘到底何德何能，一个女子，近乎从李氏手中夺取了所有权力，就连天皇也对她忌惮不已。长此以往，后宫弄权，大唐，还会是那个太宗皇帝冒性命之危也要保护的大唐吗？"

"怎么？你莫非以为，我是为了李唐天下，才会投身官府认罪的吗？"老司徒冷笑一声，"徐少卿，老夫之所以认罪服法，只有一个缘故——"

"什么缘故？"

"百姓真正安居乐业。"老司徒挺身正坐，斩钉截铁地道，"老夫毕生所愿，不过如此。"

老司徒面露嘲弄："面对突厥南下，太宗皇帝已是天子身份，何其贵重，他却愿意以一己之力，挡在万民之前。这，就是我从此不再劫掠的缘由，我相信的，并不是李唐皇族，而是先帝这个人。因此在我认罪之后，先帝召我进大明宫，赦免我，问我想去哪里，我就选择了大理寺。"

老司徒慨然道："正所谓天下如何，便看都城，京都不稳，天下又怎么会平安？大唐没有比大理寺更适合的地方，可以让我置身其间，观察出大唐百姓活得是好还是歹。"

"您看中的，并非李唐王朝，而是太宗皇帝吗？"徐天面色漆黑，声音微颤，在他身边，几案上的油灯摇曳着，灯光变得有些暗淡，"您的想法，哪怕是对您自己而言，也着实太过危险，天下江山向来不只是当朝天子的，您应当清楚，这个天下，属于李氏。"

"李氏？"老司徒面色古怪地反问，"天皇的身体不好有多少年了，你还记得吗？"

徐天被老司徒的问题噎了一下，不知如何作答，只好含糊道："许多年了。"

"哼！你也知道有许多年了，"老司徒道，"你难道不明白，就天皇的身体，倘若他身边没有武媚娘，会发生什么事吗？"

老司徒的语气平平，但徐天额上的汗珠霎时间滚落了下来。

"怎么？你是想不到，还是不敢想？没关系，老夫可以替你想。"老司徒淡淡道，"如果没有武媚娘，王皇后一族乃是士族豪门，可想而知，天皇身体不济，首先，便是外戚专权。其次，若非陛下身边有李绩和武媚娘的支持，以他的精力，如何能筹谋击败权臣长孙无忌？你难道没有听说过，当时这位国舅是如何嚣张？他气焰最旺之时，天皇在其面前，也只能唯唯诺诺，听之任之而已。"

"……这……这个……"徐天憋得满面通红，却无法反驳。

"最后，"老司徒眼神变得深邃，"徐少卿，你可知，为了从关陇贵族还有那些士族豪门手中夺权，武媚娘为天皇操持，起用多少寒门中人？繁荣多少生产？支持我大唐军队在边疆打过多少恶仗？老夫讲句难听话，若不是武媚娘和天皇力图修改科举之制，为寒门取士铺平道路，以徐少卿的寻常良人出身，能有机会坐到这个位置上吗？"

闻得此言，徐天犹如五雷轰顶，喃喃道："可是……可是李唐方为皇族正统啊！"

"你不会不知，李唐祖上有胡族的血脉吧！胡人、唐人都是人，爱恨情仇，向来不以血脉不同而有所不同。朱门寒门都能做官，端看有没有本事造福百姓。武媚娘固然只是一女子，却可谓一个真人，女人掌权是朝臣心中之痛，对百姓而言，却如这盏灯的灯芯，哪怕剪短了会有所损失，终究恢复光明，比权柄掌握在心存鬼蜮伎俩的人手中要好得多。"

老司徒走到几旁，拿起一把黄铜小剪，剪去燃得过长的灯芯，只是一个动作，屋内顿时亮了起来。他又道："你嘴里的狄公和老夫一样，心中装的是大唐，而非某些人在乎的李唐，若只重皇族血缘，不管是否能让百姓吃饱穿暖，是否能使有才之人发挥才能，是否能强振军心抵御外敌，只要流着李家的血，就算痴儿也能做皇帝？难道你就不怕，再出一个炀帝，造就一个祸害万民的疯子吗？"

徐天怅然若失，一屁股颓坐在席上，久久不能言语。

老司徒见他受了极大的冲击，心中有些怜悯，缓缓道："你让老夫替你看李凌云，又何止是看一个李凌云而已。徐少卿谨记，你当初来大理寺时，怀抱着何种抱负。难道你不是想要维护法度，为民申冤，让京都百姓可以安乐生活吗？你不妨将对错放在一旁，学那李凌云，一心只求一个真相，做个真人，至于其他，交给上天判断，也未尝不可。"

"上天？"徐天喃喃道，"可是上天，又会如何选择呢？"

老司徒起身，拖着踩扁了后跟的鞋缓缓离开。

"天地不仁，以万物为刍狗。太宗皇帝曾说，百姓如水，可以载舟，亦可覆舟，得百姓者，得天下……你我其实都明白，大唐，终究是百姓的大唐……"

在他苍老的声音中，徐天抬起头，仿佛看到了那片漆黑无限却也熠熠生辉的星空，轻轻地笼罩在大唐广阔的土地上。

第三回

寒尸封冰　冥途冰狱

大唐封诊录·地狱变

人从出生直至死亡，
其指印纹理终生不变，唯一变的只是大小。

东都洛阳南郊，伊河之岸。

深夜的土路上，一辆马车悬着两枚防风灯笼，摇摇晃晃地沿着河边行驶。车夫疲惫地打了个呵欠，扭头看看身后的车厢，无奈地吧唧吧唧嘴。

在河岸斜对面的远处，伊河自两山之间流过，仿佛推开了阙门，那边有一小片灯火通明之地，不时传来叮叮当当的声响，似乎有人在那处做着开山凿石的大工程。

"开凿佛窟都多少年了，也不知要修到什么时候算完……"车厢里传来年轻的声音。

"嘿，谁说不是呢？"车夫打个哈哈，"不过有人搞出来点动静也是好事，郎君前几年来此处，不是嫌弃太清静，瘆得慌吗？"

"是啊！"那郎君的声音听来，颇有些兴致勃勃，"家中每到初夏，就得有人经常来此查看，记得我头回来时，对面就挖了不少洞口，日常也就几个秃驴在，点点灯、添添香油，冷冷清清的，哪儿像如今这般热闹？"

车夫听他说起这些，打消了一点倦意，他手持马鞭，指向发出叮当声处："那可不是？多亏此间正对着东都大门，所以天皇天后才会一心在这里建寺、修大佛嘛！这龙门啊，说来还是隋炀帝时起的名字，早年称伊阙，据说是炀帝爬邙山时，见一水自二阙之间来，认为此地形胜，便说：'此非龙门耶？自古何因不建都于此？'这才建起了如今的东都。从那时起，宫城的南门，就正对着这龙门而修喽！"

"咦！原来是这样吗？"车内的郎君终于忍不住伸手打起车帘，朝车夫所指的方向看去。月夜之下，波光粼粼的伊河卧在两边黝黑的山阙之中，的确像是撞开山峰而来的银龙，"倒是形象……不过老马，你一个赶车的，怎么懂得这么多？"

"赶车人就是喜欢到一处聊一处，咱又不干别的，光给你们老邵家赶车，搬货、运货、点货有别人操心，他们干活的时候，老马我可不就忙着和人侃天嘛。这天南海北，咱都知道一些，不奇怪，不奇怪！"

车夫老马干脆回身把车帷掀起，顺手挂在铜鎏金的蛇形钩上，望向车里那名男子，目光在他俊美风流的脸上扫过，笑道："郎君啊！这都到什么地方了，你还怕夫人瞧见不成？车厢里闷得很，吹吹风吧！"

"唉，我这不是……真的怕她吗？"男子摸了摸自己下巴上的胡须，苦笑道，"要不是她爱吃醋，我何至于要借口查库，跑到这偏远之处来啊。"

"哈哈哈，谁让夫人还待字闺中时，就看中了咱们家的郎君呢？怪就怪您生得太俊，夫人踏青时见了一面，就被您迷得神魂颠倒。那可是正经的官家小姐，哭着闹着要嫁进门来，如今成了亲，可不得把您看得死死的？"

听车夫这么说，男子面有得色，但终究是自家娘子的事，不宜与一个车夫多谈，于是他轻咳两声，问道："翠娘……已经到了吗？"

"到了到了，她只说去水塘收菰米，那菰米是野生之物，得有人一颗颗地采，所以夜里就在那边的工房睡下了，夫人再精明也察觉不了。"

"也是多亏老马你带话了。"他客气了一句。

"一点小事罢了，那翠娘是个痴情人，再说了，郎君血气方刚的年纪，一般屋里怎么会只有夫人……啊！到了到了。"老马说着停了车，那男子迅速跳下马车来。

"郎君自去，我就停在此处，要是有人来了，老马也好为郎君望个风，打个响。"老马说着，摘下一个灯笼递过去。

男子收了灯笼，冲他点点头，大步流星地向前走去。老马看着那一点暖光越去越远，最后在一片森然石壁前消失无踪，脸上露出了一抹诡秘的笑容，旋即便靠在车壁上，优哉游哉地跷起腿，闭上眼，打起瞌睡来……

…………

东都洛阳，履道坊，竹木森森的园林之内，不断传来悦耳的丝竹声。

雕梁画栋的后堂里，凤九郎光着脚掌，懒靠着巨大的缎枕，半躺在方格纹的地毯上，身上的雪白内衫和绛红道袍衬得他气色极佳。

他今天坐的是客位，此间的主人并不是他，而是主位上那名衣着华贵、面白有须的男子。

男子身着紫色的翻领胡服，打扮甚是矫健，像个武官，如果仔细看的话，会发现他眉眼间和凤九郎有微微相似。

在男子的命令下，妖娆的舞姬们为凤九斟着佳酿，从烤好的羊腿上片肉，又或是用银制小刀削果子，总之忙得不亦乐乎。

凤九完全不需要动弹，自有食物美酒送到眼前。与之相对，作为主人的男子，面上堆满笑容，自斟自饮，也不搭理其他参与宴会的客人，似乎此间值得他上心的，只有凤九一人而已。

后堂正中摆着一座晶莹剔透的冰山，足足一人高，正散发着丝丝寒气，哪怕外间已有热气，席间那些怕冷的客人也为避寒披上了薄薄的丝绵被。

隔着池塘，瞥着后堂里的奢靡宴会，谢阮冷笑道："原来凤九是在这里吃请。这个武三思，就会把献媚当能耐使，也不怕马屁拍在马腿上，亲近凤九，迟早被天后当手撕鸡拆了吃……"

"武三思？那不就是武家的人？"李凌云在谢阮身边探头，"既是武氏血脉，他就应该是天后的拥趸，亲近凤九又有什么好奇怪的。"

"哼！"谢阮鼻孔喷气，手指那男主人，"他啊！他是天后同父异母的哥哥——武元庆的儿子，也就是天后的侄儿，按说血脉的确亲近，只是你不知道，他阿耶亲生母亲相里氏死了之后，天后的父亲，也就是常国公武士彟，在高祖皇帝的撮合之下，才娶了高祖的表妹荣国夫人，便是天后之母。荣国夫人出身弘农杨氏，岂是区区相里氏可比。国公在世时管着几个儿子，宠着荣国夫人所生的三个女儿，可她们终究没有嫡亲的兄弟，国公去世后，那几个儿子让天后母女吃了不少苦头，天后的一姐一妹，都因此早早出嫁，天后自己也入了宫。等到天后做了皇后，荣国夫人心里记仇，便让天后把武元庆贬去龙州当刺史。就龙州那种鸟不拉屎的地方，一家人刚到，武元庆就病死了，要不是天后想用武三思，你当他还回得来？"

李凌云纳闷道："既然他父亲是因为天后而死，他为何还要乖乖回来？"

"龙州的日子难过呗！"谢阮嗤笑，瞧着那边的武三思，此人这时已跑到了凤九身边，正亲自为他斟酒，"龙州在汉时属交趾郡，是个漫山遍野瘴气密布、四处跑野人的鬼地方。虽然常国公当初起家时，也不过是个木材商，但好歹也是大唐开国的功臣，位列公卿，这群人在京里养得细皮嫩肉的，到那地方怎么待得住，天后给他一个右卫将军当，他不屁滚尿流地爬回来，就真有鬼了。"

"杀父之仇……岂可轻易消解？"

"你以为人人都是你李大郎，骨头特别硬啊？你阿耶的案子，都那么清楚明白了，你还非得亲自折腾一遍？"谢阮白他一眼，拉着他的胳膊朝后堂走去，"来来，找他去，我们又不是来看他们宴饮的，办正经事要紧。"

凤九正就着舞姬柔弱无骨的小手喝酒，瞥见谢阮和李凌云来了，忙推开了白玉杯，用手里的如意朝谢阮一指，笑道："讨债鬼来了！怎么躲在承愿①的别院里，还能被你找到？"

"很难找吗？你又不是藏在地下，和鬼河的鬼在一起，这里好歹也是人间，某要晓得你的去处很容易。"谢阮拽着李凌云在凤九身边随意坐下，婢女连忙送上几案餐食。

见此情状，握着酒壶的武三思微微一愣，片刻之后，他脸上的笑堆得更大了，热络地问："三娘怎么有空来？"

"又不是找你，某是来寻凤九的。"谢阮捏着杯子凑到他跟前，"不过，今日也顺道跟承愿讨杯酒喝喝。"

武三思身居高位，却毫不介意被一个宫中女子命令，他给谢阮斟满了酒，笑道："也好，来得早不如来得巧，今日这一坛乾和葡萄酒，可是难得的上品。"

谢阮摆摆手："行了行了，放下酒壶，后头的某自己倒就是了。"

"她这是要说正经事了！"凤九在手心敲着白玉祥云如意，对武三思笑道，"嫌你碍事。"

"原来如此，不过之前九郎不是说，今日有一桩和离案要办吗？"武三思依言放下酒壶，提醒道，"我不就是为了看热闹，才把九郎请过来的？要我走，也得让我这个做东的看个爽快吧！"

"倒也是，"凤九吩咐道，"小狼，吃得差不多了，你去把人请来吧！"

这时，李凌云才注意到，凤九身边总跟着的小少年，正在席上另一桌后坐

———————

① 武三思的表字。

着。他发现小狼今日不知为何没戴狼面。他虽还没长开，但相貌风情已极度肖似凤九。小狼见李凌云看来，起身瞥他一眼，便出后堂去了，李凌云道："他长高了些。"

"小孩子长得快，小鬼也是。"凤九语气调侃，似乎别有所指。不等李凌云问，就听谢阮抢先一步说道："怎么，往后你要让小狼来管鬼河市吗？"

"还早，还早，"凤九打个哈哈，朝李凌云摊开掌心，"这回又要替你们找什么？"

"弩箭。"谢阮朝李凌云努努嘴，他连忙拿出封诊袋，交给凤九。

"弩箭也要找我看，东都军器监的人都死绝了不成？"凤九从里面取出那卷白绢，刚展开一点，就看见里面漆黑如墨的细针，面色瞬间黑了下来，他抬眼望向武三思："军器监那个已退隐的大匠杨朴初，承愿你可记得？用你这个右卫将军的名义，即刻让人请他过来一趟。"

"什么弩箭，要请动那个快入土的老头？"武三思说归说，倒也不敢怠慢，立即让仆婢驾车去请人。

见武三思有所行动，凤九方让人收拾了几案，把东西摊在上面，武三思凑过去，听凤九问道："此乃大凶之器，从何而来？"

"这是杀我阿耶的凶器，"李凌云见凤九明显识得此物，微微激动，"你认识这暴雨梨花墨石弩箭？可知何人所做，从何处售出？"

"……李公竟是死于此物，"凤九喃喃道，"难怪……难怪杜衡认为，李公是死在反天后的人手里，毕竟这种东西有钱也弄不到，是那些人动手的话，倒也说得过去……"

见凤九有些出神，谢阮拍拍桌，提醒道："你还没回答大郎的问题。"

"我是认得，此物曾杀过一个人，而绝杀此人的命令，正是由我所下——"凤九说着，面露回忆之色。

"此种暴雨梨花墨石弩箭，乃是这几年才出现在市面上的，因做工极为精细，世上罕有。我费尽心机才弄到一支，当时军器监这位杨大匠要拿去研制参考，我也只是让他看了看罢了。"凤九敲敲桌，众人一同看向那支箭头破碎的漆黑弩箭。

"杨大匠说，这东西内藏绝妙机关，机关一旦开启，便是破坏性的，无法恢复其原貌，"凤九皱眉道，"当时朝廷有一个必杀之人，我便没给他研究，让人拿去执行绝杀令了。"

"要杀何人？"谢阮好奇地问。

"一个高丽人口贩子，"凤九冷笑道，"此人时常贩卖女子来大唐，但凡有点底蕴的人家，都有几个乖巧的高丽婢使唤。他生意做得火热，便又打起我朝人的主意，可这人实际上并非高丽人，而是唐人。"

"……唐人？"谢阮思索着，试探地问，"他莫不是大唐安插在高丽的细作？"

"正是如此，大唐在与高丽的战斗中，大多有他传回的消息。只是此人觉得自己重要，竟然偷偷从鬼河市内绑人售去他国。"凤九面色冷凝，沉声道，"就算是地底下的鬼，那也是我大唐的百姓，还没有被自己人出卖的道理。或许是知道我准备缉拿他，此人连夜逃去高丽，他清楚我大唐北面军队各方部署，怎可留他性命？只是这人奸猾如狐，追杀他时动手的机会绝少，故而我让人用了这种弩箭，务求让他必死无疑。"

凤九又道："此人被射杀后，尸首由我和杨大匠看过，所以我能认出是此种弩箭，只是还需要杨大匠过一过眼。"

正说着，有人以竹制肩舆抬了个须发雪白的老头进门。那老头满面褐斑，身体蜷缩无法行走，仆婢直接把他抬到凤九跟前，凤九起身，拿着桌上的东西在老头眼前打开。

"杨大匠，你可能看出这是什么东西？"

"这……这不是暴雨梨花墨石箭吗？"杨大匠一看那东西，竟连老腰都挺直了，伸出颤抖的手摸了摸箭杆，点头道，"是了，就是此箭，你看箭头破处，其实被制作之人刻意雕琢过，一旦里面的机关因血触发，就会破开，散出里面的细针来。"

杨大匠对凤九道："你打开仔细看看，里面是否有一些碎片，并非细针状？"

凤九轻轻打开那绢帛，在里面果真发现一些微小的碎片，于是冲杨大匠点了点头。老头抖着胡须道："此前老夫以为，那是箭头的碎片，最近我才想到，它恐怕是一种磁石机关。此种机关，安置之后和那细针磁性相斥，且力量极强，故而在启动之后，可以将细针射出，插入中箭者的脏器之内，造成必死的后果。"

"只是……"杨大匠突然顿住，昏黄的双眼里有深深的迷惑，"这机关，且不说用什么工具制作，单凭肉眼，无法组装，制作这种东西的人，除非长着一双鹰的眼睛，可以从百丈之外看见一只小老鼠，否则怎能做出这种奇巧的机关呢？"

杨大匠百思不解，在场的凤九、谢阮却齐刷刷地看向了李凌云，他们一个见过可以让东西变大的封诊镜，一个见过能把牛毛当成筷子看的幽微镜，此时二人产生了无尽联想。

然而李凌云迅速摇头道："如今的封诊道不会做这个……"他犹豫片刻，又补充道："而且我们天干所制的机关，还未精细到这等地步。"

"也就是说，过去可以？"凤九给武三思使一个眼色，后者谄媚惯了，立即心领神会，让人将沉浸在思索中的杨大匠抬去前堂回避。

"封诊道有天干、地支两大派系，后来分道扬镳。地支那边倒是有一些家族，很是精通各种机关暗器。只是如今，他们早已不知去向。"

听李凌云这样说，凤九摇头道："这弩箭的由来，我之前就追查过，所以现在就能告诉你，根本找不到来路。李大郎，你还是打消这个念头吧！"

见李凌云怅然起来，凤九安抚地拍拍他肩头："这一桩忙我帮不上，别的你倒可以想一想，就当我对不住李公，其他事我会尽力而为。"

"既然如此，我们也不跟你客气了！"谢阮横插一棒，将之前的火山地狱案说了个大略，尤其强调发现的古怪塑像。李凌云画好的塑像绘画，此时也都交给凤九。

凤九翻看了一下，挑眉道："有些眼熟。"说罢又问道："那火山地狱案，竟这么轻易就破获，说不定会让天后觉得我在东都无所事事，这次我便负责追查这个吧！李大郎，你觉得此案会不会只发一桩？"

"搞出这么大的阵仗，又有专门的人制作塑像，而且此种信仰，若要对小严子起作用，也需经历一段时日。我想，怂恿他的这些人，如此大费周章，多半还会作案。"

凤九哗啦哗啦地抖着那沓画纸："大理寺清查的同时，我也帮你查一查，看看有没有类似的案子。还有，这些邪门玩意，在我那鬼河市里向来不少，我也替你去问。"

李凌云向来不懂什么叫作客气，微微点头道："那就有劳九郎了。"说着起身要走。

凤九笑着把他按回席上："既然来了，不如一起看看我今日安排的乐子。"

话音未落，就见小狼领着一男一女到来。那男子年近四十岁，形容消瘦，白衣秀才打扮，眼神苦兮兮的；女子相貌倒端正，只是眉眼间稍显刻薄。二人身上都有补丁，来到这豪门别院，颇有一些局促不安。

"这是杨秀才，"凤九用如意指那男子，又指了指女人，"这是他娘子代氏，要与他和离，他不愿，两个人便天天在家里吵架。"

舞姬喂到谢阮嘴边一块苹婆果，她斜着眼看那舞姬一眼，自己拿过来塞进口中，咯吱咯吱地嚼着："你凤九郎何时管起这种贫户闲事了？"

"秀才只是白身，将来未必不会有出息，我就是结一善缘而已。"凤九摇头道，"主要还是因为他家就在我鬼河水道的一个出口旁，我的人听着吵架嫌烦，所以想让这事早些了结。"

说着凤九对那女子道："代氏，你为何非得与你家郎君和离呢？我问过你的邻人，他们都说郎君对你体贴入微，日常在家不让你做什么重活，与你说话也都轻言细语。"

"可那有什么用呢？"代氏愤愤地瞅着杨秀才，"他给家里的家用一直不足，全靠我做绣活补贴。"

"杨秀才是个好学之人，他只是沉迷读书，年少时不曾求取功名而已，"凤九郎劝道，"他知道你辛苦多年很不容易，明年就去考官，如此也能改善家境。"

"考官？我可不相信他能考官，"代氏伶牙俐齿地说，"我虽只是百姓，也知做官之事，要么出身极好，要么得有后台，他两样都没有，怎么可能做得了官？我看还是别害我了，趁着我如今还有几分姿色，放我回家另嫁他人吧！"

那杨秀才闻得此言，也不管是不是在贵人家中，更不论席间有什么人，哀求道："娘子——娘子看在我们多年夫妻的分上……既然都熬了这么些年，再容我争上一争，倘若不行，便与你和离可好？娘子啊，如果今日真的和离，将来便要形同陌路了啊……"

那杨秀才的哀求不可谓不恳切，谢阮面露不忍地劝道："代氏，一日夫妻百日恩，你不妨再给他个机会。"

"各位非富即贵，自然说得轻巧，你们可曾过过数着米瓮里头的米煮饭的日子？你们也不必劝，我意已决，不想再这样过活了。"代氏说完，扭头不看杨秀才。

那杨秀才哭了一会儿，见妻子无动于衷，慢慢收拾了心情，面露狠色道："取纸笔来，我写《放妻书》便是了。"

那武三思何等机敏，早就让人备好了文房四宝，此时连桌端上，连墨都是磨好了的。杨秀才拭着眼泪，席地而坐，执笔写《放妻书》。

谢阮起身到他身后看了看，见那杨秀才写道："盖说夫妻之缘，恩深义重。论谈共被之因，结誓幽远。

"凡为夫妻之因，前世三年结缘，始配今生夫妇。

"若结缘不合，比是怨家，故来相对。妻则一言十口，夫则反目生嫌。似猫鼠相憎，如狼犬一处。

"既以二心不同，难归一意，快会及诸亲，各迁本道……"

杨秀才一边写一边落泪，中途数次拭泪抽泣，待他写完，谢阮拿起《放妻书》看了看，念道："愿妻娘子相离之后，重梳蝉鬓，美扫蛾眉，巧逞窈窕之姿，选聘高官之主。解怨释结，更莫相憎；一别两宽，各生欢喜。三年衣粮，便献柔仪。伏愿娘子千秋万岁。"

谢阮念完，又问代氏："代氏娘子，你夫君穷苦如此，却愿供给你三年衣粮，可见对你的真心，你当真一点情面都不留吗？"

武三思见谢阮动了怜悯之心，眼珠一转，帮腔道："可不是嘛，方才你说，要有出身或背景才能考官，可自天皇天后改了科举，便是看才能了。你郎君可是才名在外的，万一他将来做了官……"

"他这性子，如何做官？才名又不能换钱，贫贱夫妻百事哀，柴米油盐，各位贵人看不上，却是贫家躲不过的忧心事。别看他要大方，说是要给我三年衣粮，我看他根本拿不出来，只怕还得跟族老亲戚去借款。"

代氏一把夺了《放妻书》，对低头伤心的杨秀才道："你莫怪我，我也侍奉你多年，但凡你能比如今好那么一点，我也不想走这条路。奈何你没用到如此地步，往后一别两宽，路上遇见了，也当不认识。"

见杨秀才不说话，代氏转身欲走，却听凤九道："且慢。"

代氏停步，凤九缓缓踱到杨秀才身边，伸手把他拉了起来，看看他这身衣裳，对小狼使了个眼色。小狼拍拍巴掌，便有两个美人捧着新的衣袍进来。

凤九拿起一件精致的白袍，披在杨秀才肩上："我大唐自立国以来，秀才们虽说穿的只是白衣白袍，和平民百姓所穿一样，却向来很受敬重，甚至有白衣公卿的说法，你可知道为何？这便是指，读书人就算出身只是良人，经过我大唐的科举考试，也有机会可以位列公卿。代氏，我如今也不想追究你诋毁科举靠门荫、走门路的说法，只当你是山野粗妇，喜欢胡说八道。不过今日，你夫君将来的官运，我便当着你的面，给了他——"

凤九抬手招了武三思来跟前，对那杨秀才道："来，拜见右卫大将军，而今往后，直到你科考之时，他会保障你吃穿住行，一切不用你来忧心，只管好好考试。"

凤九说着，看向代氏，此时她握着《放妻书》的手已瑟瑟发抖。"既然有人觉得，做官一定要有门路，那杨秀才将来的门路，便是我凤九郎了。"

凤九笑得和蔼，手指两个美人："对了，这两个婢子不愿一直为奴，我同她们讲了杨秀才的情状，她们愿意在放为良人之后，负责照顾杨秀才的生活起居，以此在我这里换一份工钱。若杨秀才有意，彼此有心，亦可以谈婚论嫁。"

代氏听到这里，哪里还站得住脚。凤九插手他们夫妻和离之事，早就暗示他们其身份不凡，这些话摆明便是说，凤九郎和武三思这样的贵人，将要为她的前夫保一个官运前程，代氏再蠢，现在也明白，自己错过了怎样的一份权势和富贵。

杨秀才听闻这些，先是吃惊，随后便醒悟过来，偷眼看了看代氏摇摇欲坠的身影，似乎有些不忍。

凤九见他有意怜悯，便对小狼道："找人把这个女人带出去，看着她回家收拾细软，往后我不想在杨秀才附近看见她。"

"是，阿耶。"小狼应承着，招呼了两个大汉过来，把那代氏给架了出去。过了好一会儿，才从远处传来女人高亢的哭喊声。

让那两个美婢领着杨秀才下去换衣，凤九回头笑盈盈地问李凌云："好看吗，李大郎？"

"你指我大唐女子可以休夫？这不是一直都由官府调解，不成便主持和离的吗？"

李凌云的蒙头蒙脑让凤九顿觉无语，他只好苦笑道："怎么明子璋不在，你变得越发迟钝了，明明是多么爽气的一场好戏，你偏偏，唉……"

说着他换了个话题："说来大郎早就过了婚龄，打算何时娶妻呢？"

"胡说什么呢？少来作弄他。"谢阮抢上前冲他瞪眼。

"怎么就是作弄了，男大当婚女大当嫁，问问又如何？莫非……你不愿意李大郎娶妻不成？"凤九似乎抓住了谢阮的痛脚，调侃道，"别着急否认，且让我闻闻，哪里来的一股醋酸味……"

谢阮面色微红，正色道："关我何事？只不过婚姻大事是李大郎的家事，你我皆外人，干吗横加干涉？说不定他家中早就有安排了。"

"我家？我家没安排婚事，"李凌云道，"阿耶连我的加冠礼都忘了。"

"呃……"凤九和谢阮一同扭头去看李凌云，目露同情，后者却不以为意："不过倒不是忘了谈婚事，而是因为阿耶说，我这样的人，对七情六欲过于迟钝，怕娘子过门委屈了人家，所以并不着急。"

"原来如此。"提起死去的李绍，凤九又吃了谢阮好几通眼神威胁，连忙招呼道，"既然来了，就品品冰冻的乳酪，也只有承愿这般豪阔，五月里就吃起冰山来了，不吃上两碗，岂不白来一趟？"

说着他叫来两个婢女，在那后堂正中的大冰山上凿起冰来，美人挽袖握银凿，拿个小锤子敲敲打打，别有一番趣致。

李凌云瞪着冰山看了一会儿，回头问凤九："何来如此大的冰块，要用多少硝石来制？"

"不是硝石制的冰，而是冬季在伊水河面上取的。"武三思先一步回答。

婢女凿好了冰，又在碗里用小戳刨细，随后在上面浇上乳酪、蜂蜜，以及果干和切好的水果，这才端到客人面前。李凌云接过一碗搅了搅，问道："冬冰可以储至夏季？"

"可以，"武三思笃定道，"当年我阿耶，也就是常国公，做木材生意。家中往来之人里，就有一个专门给富贵之家送冰的匠商，此人精通地窖制作，有时也为他人挖掘冰窖。"

"可否细细说来？"李凌云颇感好奇，"我听闻过，尚未亲眼见过贵人家中的冰窖。"

"也没有什么好稀奇的，每到冬季，那人就找佣客或家奴，去长安北郊的渭水凿冰，用牛、马车运回城中，放进家中特别挖制的冰窖里。冰窖比储菜的地窖要更加深广，挖掘时需用皮袋连着管子，使人在地上压风送气，方可以顺利挖掘。地窖挖成之后，要铺设各种防水的混土，通常是以敲碎的砖粉混上糯米汁，等夯实抹平之后，为不让冰块沾染脏污，还要在地上铺上厚厚一层柴草，四周立上木桩，避免冰块堆叠时滑动。"

武三思滔滔不绝："这些准备做好，便把取来的冰块堆叠起来，层层码放，最后以极厚的柴草和泥土彻底封闭冰窖，务必不能透进一丝风。一切妥当后，到了盛夏时节，打开窖口，取出的冰块一点也不会融化。"

说到这里，武三思似乎察觉自己谈论起商事太过投入，清了一下喉咙，解释道："我幼年好奇，就让那人带我去看过一次，故而特别了解。不过东都城不比长安，地底水道太多，容易漏气，所以豪门也不愿意挖太深的冰窖，大多直接找售冰的商人购买。这座冰山，就是给我府邸送冰的商人运来的。"

"右卫将军说得极为全面，多谢了。"李凌云朝他颔首，算是感谢。

武三思虽被武媚娘折磨过，但也深知，他们武家的富贵权势，一切都要靠这个姑母。他此番回洛阳，就是被武媚娘特意派回，预先给朝廷东来开道的。

既有这样一层关系，他自然早就打听过，狩案司的李凌云是何许人也，所以才特意迎合。此时武三思觉得跟李凌云亲近了些，目的达成，忙热情地道："区区小事而已，多吃些多吃些，既然来了我这别院，便要吃饱吃好。"

李凌云喝着冰乳酪，只听谢阮的声音在他耳边响起："那六芒星弩箭，为何不拿给凤九看看？"

"那弩箭我眼熟，想先翻翻阿耶的手记，兴许还能找出别的线索。"

谢阮得了答案，也不啰唆，退回自己座上片了块羊腿，手捏着蘸酱吃，这番做派，又惹得凤九不住调侃她没女子气质。

正此时，有个仆从满脸大汗地跑进门来，在武三思耳边说了几句，武三思大皱其眉，朝李凌云看来，奇怪道："此事怎么会求到我的门上？"

李凌云与他对视，满脸疑问。武三思考虑了一下，这才开口："李家大郎，你们狩案司，可接有人委托的案子吗？"

"委托？何人委托？"谢阮喝了口冰乳酪，把冰碴嚼得嚓嚓响。

武三思手指谢阮手中青色的瓷碗："卖冰的商人，邵老舅。"

武三思的别院在履道坊最西，院墙和坊墙相接，这位来头不凡，便干脆直接把坊墙当院墙用，只是上下砖体颜色不同，李凌云一眼就认出这是在不高的坊墙上，额外加了砖瓦补成的。一行人沿着坊墙缓缓走着，他摸了摸墙，问道：

"那卖冰的商人，难道和右卫将军是亲戚关系？"

领路的武三思摇头道："不是不是，他叫邵仁，邵老舅是个别称。此人幼年家徒四壁，做生意最擅长低进高出，什么赚钱便倒手什么，一来二去赚了许多，也就成了东都巨商。因他眼光极准，但凡得他一句指点而跟着囤货的，必定可以赚得盆满钵满，遂有许多小商人尊以'舅'称，这是商人的习惯而已，后来喊多了，也就叫出了名。某和他可没什么关系，他就是给我们送送冰罢了，方才大家吃的冰山，就是他家的。"

"区区一个商人，也敢来找狩案司？他不知是大理寺所属吗？"谢阮哼道，"若是什么鸡毛蒜皮的案子，某便送他去见阎王爷的老舅。"

"鸡毛蒜皮倒不至于，他说是个怪案，而你们狩案司正好擅长，遂等不及和县衙报案，径直跑去了狩案司，又追着你们的踪迹，找来了这里。"

"怪案？"谢阮杏眼一亮，"什么怪案？"

李凌云同时开口问："他如何得知我们擅长怪案？"

"不太清楚，以他的身份，别院还轮不到他进来，所以只是传了几句话，说你们若是不见他，只怕对天后影响不佳。对了，他说……和前一段东都的火山地狱案怪得不相上下。"

谢阮闻言大感兴趣，连连催促着前行。众人来到门厅，远远地就看见一个身体圆滚滚的黄衣小老头，正坐在门厅的凳子上，双眼直愣愣地看着前方。在他身边，站着个身材瘦削的精悍下仆，从打扮上看，应当是个车夫。

那小老头长得极为有趣，身上无一处不圆，连鼻尖都是圆的，只是他此时表情木然，脸上疯狂冒汗，瞧着既滑稽又恐怖。

"邵老舅……喀，邵仁，你到底有何事情？这两位便是狩案司的谢将军和李大郎，你有什么话，但说无妨。"武三思何其精明，说完套话便闪到一旁。

那邵仁茫茫然转过头，过了好一会儿，眼神才聚焦在谢阮身上，嘴里喃喃道："一个女将军……"又看看李凌云，"一个黑衣仵作……是了，花娘子就是这么同我说的。"

"哎，你这人，说谁是仵作呢？"李凌云还没生气，谢阮先恼火起来，撸着袖子就要拽他，李凌云拉住她胳膊，小声道："你看他面色发白，眼下发青，印堂漆黑，气息短促，目光涣散，此人只怕遭遇了巨大惊吓，不要逼他，一会儿他会好起来的。"

谢阮闻言，又去看那邵仁，果然和李凌云说的一样，他眼里渐渐有了光彩，突然起身，扑通跪在地上，朝二人叩首道："救苦救难的二位阿耶，还请驱妖除魔，救小老儿全家啊——"

谢阮和李凌云对视一眼，上前问话："你说有怪案发生，若不接下案子，就会对天后不利，是也不是？"

"是是是……"那邵仁点头如捣蒜，"前些年有个案子，民间叫作狐妖案的，也是怪案，说是狐妖作祟，好些年没破案，于是百姓传闻是因天后掌权，神明不满，让狐妖降下灾祸。前几天……前几天又有那个火山地狱案，也有类似的说法，所以小老儿家发作了这样的怪案，也不敢声张，先来寻二位。"

"京都案发，通常直接报给大理寺处置，为何偏来找我们？"谢阮逼问道，"说，谁告诉你，是我们解决的火山地狱案？"

邵仁见她凶狠，连忙抱头哆嗦道："是……是花娘子，她是我的内侄媳妇。"

"花娘子？"

"是，就是花娘子。"邵仁如竹筒倒豆子，说道，"火山地狱案那怪案，死了人的贾家，不是有个老当家叫贾一嘛，他娘子卢氏，是我娘子小卢氏的庶姐。所以贾成便是我的内侄。火山地狱案破后，花娘子并未回娘家，而是留在贾府。卢氏那女人心狠手辣，贾一虽还有两个儿子，却都被她放纵成了败家子，没一个会做生意的。如今贾一还有卢氏坐了牢，怕是要赔上性命，那两个庶子就求着花娘子接手生意。我家里出了事，想到贾府的案子，就上门打听是谁破的案，花娘子便将你们的事说给我，再让人到大理寺一问，也就晓得是狩案司了。"

邵仁说完，表情又有些疯癫，膝行到李凌云跟前，抱住他大腿号哭起来："请二位为我儿主持公道，他定是被邪魔外道所杀，连他心仪的婢女都没放过啊——呜呜呜呜——"

"你慢点说，这位……邵老舅……"李凌云尴尬又费力地把邵仁拽起来，"你儿子现在身在何处？"

"在我家冰窖里。"

邵仁抓着李凌云的胳膊，声嘶力竭道："狗头怪——定是狗头怪杀了他——"

听到"狗头怪"三个字，李凌云猛地抬头，和同样惊诧莫名的谢阮看了个对眼。即便是对情感极不敏感的李凌云，也从谢阮的眼神中，读到了清晰的悚然之意。

他知道，她必定和他想的，是同样的东西：

火灾废屋中，那些狗头人身的怪像——

伊水河畔，马蹄翻飞，徐天一马当先，领着李嗣真等人匆忙而来，瞧见漆黑的封诊车，他便勒停了马，等不得烟尘散去便飞身而下。

徐天气喘吁吁地来到谢阮跟前："劳烦谢三娘差人前来知会，所幸我没来得太晚，只是案发不报东都县衙，不问大理寺，竟然先找你们狩案司，是何道理？"

"咱可不敢和徐少卿争出头，"谢阮嗤笑，"说来也巧，案主是贾一的亲戚，古古怪怪地死了儿子，一时不知如何是好，知道贾家的案子破了，去问自家内侄媳妇，也就是花娘子，某也不知案主会直接找来。"

徐天压着火气。"须知破案是要走个流程的，哪怕大理寺，也要等县衙收了案子，处置不了再呈交上来。"

"所以我让案主去县衙也报了一次，只是此案必会落在狩案司手中，手续后补就是了。"

"这怎么讲？"徐天不解，"就算是怪案，我大理寺也不一定麻烦你们。"

"不想麻烦也得麻烦，等李大郎封诊之后你就知道了。"谢阮手指前方河岸，山崖下，一块区域已被白色屏风严密地围起，旁边或坐或站着一些人，均是仆人打扮，此时，这些人都朝屏风内张望着。

"这李大郎，不等我们来就动手了？"徐天恼火地大步走去。李嗣真擦拭着满头大汗到了跟前，还没来得及说句话，就忙不迭地去追徐天。

到了封诊屏前，徐天发现六娘笑盈盈地拿着油绢封诊衣在此等候，这才略微消火。

四人刚进去，便看到屏风后那半圆形的山洞，进洞约一丈远处，修了两道木栅栏门，门上有铁链锁，此时解开挂在左边。栅栏门向内开着，从洞里吹来阵阵寒风。

徐天未发现李凌云的身影，正要往里进，却见洞中黑乎乎的，他对李嗣真道："一会儿进去了，走路小心些。"

谁知李嗣真却回头看向屏风外，不知想些什么。徐天拍他肩膀，他才恍然醒来，点头道："记住了。"

一进洞，他就打了个哆嗦。"怎么这么冷？"

"冰窖哪儿有不冷的？"谢阮哈哈一乐，"这案主邵仁很会做生意，他夏日在东都售冰，早卖出了名头，客户日益增长，便干脆在这龙门伊水旁修筑了冰窖，冬季取冰块就容易许多。须知上好的地窖，最好用砖石砌筑，官家地窖，都是先挖土坑，在坑洞墙壁上铺上砖石，再把砖石砸成粉，用糯米汁等黏稠物混合，制成黏土，填在砖石缝隙里，这才能确保冷气不会外漏。此间本就有一个山洞，那邵仁干脆就此硬掏了一个地窖，省下了偌大一笔砖石费。"

徐天道："如此用心，结果却出了事？"

"运气不好吧！"谢阮道，"贩卖冰块，是邵家重要的钱财来源，这个冰窖修得尤为气派，据说是东都冰商中最大的，谁知……却成了自家独子的葬身之所。"

"这窖里的冰，往后只怕是卖不出去了……"李嗣真有些感慨，"此处偏僻，邵仁的儿子为何来此？他死之后，又是什么人发现的呢？"

"来的路上，邵仁倒是都交代了，我同你们说一遍，"谢阮介绍道，"邵仁白手起家，在商场摸爬滚打，吃了不少苦头，所以希望儿子邵俊德少走弯路，自小教导他经商之道，在儿子很小的时候，便让他冬天去洛河边，守着工人取冰。因为这桩生意并不辛苦，只要把冰窖保护好，不让冰化掉，几乎是包赚不赔。他让儿子最先接手这个生意，可谓用心良苦。"

李嗣真小心翼翼地走着，有些疑惑地问："冰窖而已，还要特别保护？"

"每次取冰后都要把石门的缝隙封住，填补缝隙的石粉中混有糯米汁，容易招蚂蚁，时间长不去修补，缝隙就会松动漏气，因此十天半个月就要复查一遍。每到售冰季，邵俊德就住到城外的邵家庄园，方便过来监督取冰和日常检看，这种时候，他不会是一个人来。这次邵俊德死在冰窖里，就是和他一起来的车夫老马发现的。"

"车夫？他没和邵俊德一起进去？"徐天问。

"没，这个老马说自己只会驾车，查看石门是否漏气这种精细活，向来都是邵俊德自己完成的，他就在车上打了个盹……对了，他们天黑了才去的。"

徐天皱眉道："天黑才去查看？这种精细活，白天做更恰当吧！"

"那倒没什么区别，石门在洞窟深处……喏，"此时众人已在灯笼照亮下，往里进了约八九丈，顺着谢阮手指的方向，他们看到山洞前方出现了一个弯，"石门要转过这个弯，如果不点灯，根本什么都看不见，所以不论白天晚上都一样。邵俊德夜里来，可能是别院白天有事要处理，只有晚上才有时间。"

他们继续往前走，谢阮道："那老马睡醒，一看东方发白，这才发觉不妙，于是就跑进冰窟查看，发现冰窟大门紧锁。倘若自家郎君在里头，怎么可能锁门？他便起了疑，四处喊邵俊德的名字，没人回应，他心里发慌，也不敢声张，就跑回东都邵府，告知了老爷。"

"这车夫不合常理，"李嗣真道，"发现主人不见，又是从庄子来的，为何不回庄找人来四处找寻？他有什么不敢声张的？"

"嘿嘿！"谢阮回头看李嗣真，笑得有些阴险，"我还在想，二位什么时候会发现不对呢，李寺丞倒是机敏，察觉了。如此看来，天后让你来狩案司，也不算是胡乱安插。"

"你……谢将军，你原来是在试探我？"李嗣真哭笑不得。

"不然呢？"谢阮咧咧嘴，"老马不敢回庄，是因为老马以为，自家的小郎邵俊德终于忍不住，和他曾经的贴身丫头翠娘私奔了。"

"私奔？为何是私奔？"

"有私奔的就有碍事的。邵俊德生得俊，娶的娘子苏氏是个官家嫡女。据闻苏氏对他一见钟情，死活要嫁进门，可邵俊德爱的是那个与他青梅竹马、伺候他的翠娘。苏氏进门后，就跟蜜糖一样黏在邵俊德身边，对女色之事管得极严，只有他来冰窖，苏氏怕寒气影响自己受孕，不会跟来，两人才能找机会偷个情。"

"原来如此，车夫老马不愿声张，便是怕邵俊德不堪苏氏醋意，和翠娘一起跑了？"

"不错，而且案主邵仁也怕儿媳妇知道，得罪了当官的亲家不好收场，就和车夫悄悄前去查看。谁知举着火把走到冰窖的石门前，邵仁才发现，那石门的门缝根本没有用糯米汁给封死，由此大惊失色。最近四处粮荒，粮食很难收到，只有豪门巨富家中尚有不少存粮，邵家用冰块和他们换的不是钱，而是粮食。哪怕邵俊德真的私奔了，也不至于连门缝都不封，断了一家人的生路。所以他觉得儿子出了事，当机立断开门进去，果然发现邵俊德死在了里面……"

谢阮一边说，一边绕过弯角，前方骤然大亮，几个熊熊燃烧的火把插在洞壁上。李凌云站在一扇半开的石门前，戴着厚厚的牛皮手套，双手似拉着什么看不见的东西，正左右移动。

此时，阿奴正握着一把黄铜锁，从那锁上传来轻微的摩擦声，声音节奏与李凌云双手的动作不谋而合。

"你们来了？"李凌云头也没抬，"简易石门，门下带滑轮，可以很容易地推开。门上装有门锁，据车夫老马所言，他们来时，锁就是打开的。我方才观察锁芯，没有被毁痕迹。"

"那你在做什么？"谢阮到他面前微微蹲下，这才看清李凌云手上并非空无一物，而是拽着银丝，随着他的左右拉扯，此物缓慢地切削铜锁，已在上面留下一道极深的痕迹。

"锯锁。"李凌云言简意赅地回答。

谢阮伸手去摸那根银丝："这是什么？既然没有被毁，为何锯锁？"

"小心。"李凌云停下动作。谢阮手疾眼快，手指一触即撤，但手上的油绢手套还是被划破了。

谢阮挑眉看向李凌云，要他给个答案。

"这是封诊道的银丝锯，百炼精钢所制，柔韧不易断。在钢丝上制出细小锋利的锯角，磨出锋刃后，可以用来锯断铜铁。"

李凌云继续动作，黄铜锁很快被锯成两半，他拿起铜锁，递到谢阮面前："用得久了，锁上指印重叠，已取不出指印，现在锯开，也没有发现锁芯内侧有撬别的痕迹。"

"这怎么看？"徐天凑过来。

李凌云不紧不慢地道："锁具用的时间长了，容易生锈，需要经常上油，而油会黏附灰尘。因此，在油干燥后，便在锁芯内部形成一个完整的黑灰色油膜，若平时是用严丝合缝的原配钥匙开，除了锁舌的油膜会遭破坏，锁芯其他地方的油膜仍会保持原状。但若用工具撬开，油膜一定会被刮坏，只要把锁给锯开，观察锁芯，这样就可判断，门是不是用原配钥匙开的。"

"原来如此，"见李凌云收起银丝锯，徐天眼馋得直舔嘴唇，"这倒是好东西，一点也不起眼，若是藏在鞋底，可以用作不时之需，要是拿它勒人脖颈，力气与巧劲结合，估计脑袋都能给锯下来。"

谢阮嘲讽："想什么呢徐少卿，封诊道的东西就算不救命，也不能用来杀人！"

李凌云听得一愣，手上动作都慢了一些。李嗣真注意到他的举动，陡然想起当初陆合道人连环案中，杀死道人的，正是眼前这有些憨乎乎的李大郎。

李嗣真由己及人，揣摩了一下，觉得李凌云愣神大概是杀人的后遗症，便过去轻拍他，问道："此前大郎在贾府看了足印，我们从外面进来，为何没发现被圈出的鞋印痕迹？"

李凌云醒过神，让阿奴背上封诊箱，这才答道："因洞口距洛河不远，一旦下雨，定有人过来避雨，洞内泥泞，灰尘较多，邵仁每月都派人前来打扫，依旧治标不治本。另外，从洞口至此道石门，为坑洼不平的砖石地，根本留不下脚印，所以没什么好封诊的。"

说着他转身进了门，众人旋即跟上，进去之后，却见此处不再是山洞，而是人力开凿的长方形隧道。隧道旁同样点着两个火把，一眼望见，隧道尽头还有一道石门。

谢阮好奇地问："咦？两道门？"

"不奇怪，为了不让外面的风直接吹进去而已，大理寺第三处殓房也是如此。"

在李凌云的提示下，谢阮想起了那些地底冰尸："没错，殓房确实如此。"

"有块毯子，"李凌云此时蹲在地上，伸手拎起一块方正的毛毯，把它翻过来，"表皮较薄，毛较密，针毛多以三根为一组，呈品字形或一字排列，粒纹如覆瓦，是羊皮。"

"干吗放块羊皮在这儿？"徐天也蹲下来，看着那块灰扑扑的羊毛毯。

"用来蹭掉脚上泥泞，富贵人家喜欢用布缝的，但遇到比较严重的脏污就不合适了。方才不是说了，有人来避雨，这里是郊外，泥灰较大，所以邵家直接用了羊皮。"

李凌云用手搓了一下。"毯子不太脏。这里下人一个月来打扫一次，毯子应该也是一月一换，案发前，正是邵仁说的打扫日，这个毯子刚刚被换过。"

说完，他让六娘取了个黄铜盆，又从阿奴的水囊中倒了半盆水，把羊毛毯靠近入口的那一块给剪开，然后将毯子在水中揉搓洗涤。

搓洗片刻后，他取走毯子，等混浊的水逐渐清澈，他又将水倒在白布上，滤出一把灰扑扑的玩意。

随后，他让阿奴从封诊箱中取出封诊镜，点上镜前灯，将这些东西放在镜下看了看。

"碎石、贝壳、砂石……都是河滩常见之物，量比较少，最近一个月，并没有多少人来过冰窖。"李凌云抬头说道。

徐天和李嗣真没见过这玩意，连忙凑过去看个究竟，谢阮得意道："如何，封诊道的东西，就是不同寻常吧！"

徐天本想赞叹，冷不防被谢阮噎个正着，不肯再长他人志气，便干咳两声："现在还没入夏，不到卖冰的最佳时刻，没什么人来也正常。"

谢阮却不理他，已然发现了这个地方的有趣之处，她四处看看，又朝身后打开的石门外瞧瞧，抓着李凌云的衣袖："大郎，这里只有两个火把，为何要比外面亮得多？"

李凌云手指墙壁。"墙面上安装有大量铜镜，而且它们安得恰到好处，火把不必多，刚好可以通过互相映射增加亮度，自然可以把此间照亮。"

"布置这里的人是个行家啊！"谢阮摇头晃脑地感慨。

"这里也留不下脚印，"李凌云皱眉看着脚底的石板，"去别的地方看看。"

"嗯？你看这个，"谢阮手指左右洞壁，"有趣，邵仁为何在这里雕琢石制坐榻？还铺设了羊皮，难道有人会来静心打坐不成？"

"不会，应该是供工人歇脚之用。毕竟是冰窖，坐在石头上太冷，况且，这些也不是什么好皮子，纯粹是为了御寒而已。"

李凌云走到坐榻旁，两边瞧瞧。

"左边很规整，没人动过。"说着，他又走向右侧，"这边的羊皮就比较凌乱了，"他蹲下，用手指捏起地上的几撮白毛，放在手心里，"有被拽下来的羊毛，集中在坐榻附近，我怀疑有人坐在上面，衣物反复摩擦，由于不是什么好皮子，遂使得羊毛脱落。"

"只是……"李凌云抬眼看向众人，"你们替我想一想，何种情况之下，才会在这个地方，不断摩擦衣物呢？"

此问话一出，包括谢阮在内，几人表情都无比精彩，尤其是徐天，一脸不知怎么说才好的样子。李嗣真勉强笑道："老马不是说，那邵俊德是来这里见他的贴身丫头翠娘的吗？"

"见翠娘需要在此摩擦衣物？"李凌云这才反应过来，"明白了，他与翠娘约在此处会面，孤男寡女，想来……或许干柴烈火了一番！"

三人齐齐点头，谢阮见李凌云把羊皮拿起来闻来闻去，费解道："大郎，你又在做什么？"

"既然在这里云雨，多半会留下精水……"李凌云手指羊皮上一小撮不平整的毛发，"有发硬斑块，色泽发黄，闻起来有难闻的异味。"

"行男女之事，有此物不是理所当然？"谢阮皱眉。

"需再仔细检验……别的东西也可能生成这种状况。"李凌云将其剪掉，让阿奴支起小炉，点燃银丝炭，待水迅速烧沸后，他把剪下的毛丢入水中。

徐天、李嗣真好奇地蹲下，随着水汽蒸发，怪味越发浓郁，羊毛上那发黄的地方逐渐变白。

"变色了，"徐天问，"当真是精水吗？"

李凌云把沾着精水的羊毛从锅中捞起，放进封诊袋。"不错，精水出体时，为白色黏稠状，一个时辰后就会发黄，再过一段时间，精水变干，则会发硬，时间再长的话，便会发黑，直至肉眼无法分辨。若是加水煮沸，则可重新变白，并伴有刺鼻气味。"

"所以，这是邵俊德弄的？"谢阮问。

"这些精水只是发黄、发硬，未超过七天，也就是说，在七天内，有一男一女，在这个地方，发生了不可言说之事。至于是不是邵俊德和翠娘，还要再问问邵仁，确定有什么人来过，方能确定下来。"

本就是明摆着的事，李凌云却还要验证，于是李嗣真好奇道："你们封诊道，向来这样仔细吗？"

李凌云点头："犯罪之人要付出沉痛代价，倘若封诊道所得并非真相，岂非在制造冤案？"

说罢，众人随李凌云朝第二道石门走去。来到跟前，众人齐齐咦了一声，那石门平整如镜，别说把手了，甚至连沟槽都没有。

"连个钥匙孔都没有。这要怎么打开？"谢阮用手推门，石门岿然不动。

"虽没有钥匙孔，却未必不能开。"徐天有几分得意地指着门外墙角，在那里，有一根不起眼的圆柱。圆柱只到成人腰际高，其上有一个石雕蟾蜍，蟾蜍口中含着四枚光亮的石刻铜钱，足下前方有四个狭孔，正好可以把铜钱插入其中。

"这种用来开启密道的机关柱，在我大理寺可不少见，要打开这道机关，必须把蟾蜍口中的四枚铜钱拔掉，分别插入相应的孔中，然后左右数次旋转石柱才行。"

徐天得意扬扬地介绍着，李凌云已用尖头铜夹将四枚石刻铜钱取了下来。这回他让阿奴拿了一个极小的莲花灯，点燃油灯后，他在凹陷的莲花盘上加入水，等水冒蒸汽，他便夹起一枚铜钱在上面短暂熏蒸，之后再撒上封诊道的黑磁粉，轻刷掉多余粉末，就有指印显露出来。

"画下来。"李凌云夹着铜钱，六娘迅速在封诊册"指印"页上绘下形状。

等四枚全部提取完，李凌云对谢阮道："劳烦你把老马和邵仁带进来，若我的估计没错，这道秘门，只有少数人可以打开。"

谢阮点头而去，不久便带二人回转，一问之下，果然如李凌云所猜，这门只有两个人可以打开，除了邵仁，便是他的儿子邵俊德。

"……真的只有你们二人吗？"邵仁的回答让李凌云惊讶不已。

"还有别人？"邵仁皱眉，"今年闹粮荒，家中指望用这些冰去换粮食，为了保险起见，每个月都会修改开门转数，的确只有我们父子知晓。"

"不对，还有一个女人。"李凌云把封诊册翻开，掉转朝向邵仁，他指着六娘画下的指印，"铜钱经多次使用，表面光滑，所以我在上面提取了数枚指印。我封诊道研究指印数百年，早就发现，人从出生直至死亡，其指印纹理终生不变，唯一变的只是大小。指印随着年龄不同，存在一定的规律可循。于是，我封诊道总结出了一套以指印推测年龄的方法。"

"如人尚未到十八岁，指头轮廓较小，纹线稠密，指印边沿光滑完整，纹线较为清晰、均匀，皱纹少而短小，形态多呈长圆形。四十一岁之后，指头肌肤弹性逐渐减弱，纹线变浅、变粗，间断点增多，指印纹线间隙变宽，脱皮增多，皱纹也增多，指节褶纹遂向两侧延伸，而且分支增加。你看这些指印，全都是这个时期的，虽然有些陈旧，但还是能看出来，应当是你的。"

李凌云翻到下一页："另一个人的指印就比较清晰，只是年岁小了些，在十九岁到四十岁之间，此时指头丰满有弹性，中间纹理部位相对突起，纹线不太稠密，且由光滑逐步变为粗糙。留下这个指印的，应该是你的儿子，邵俊德。"

李凌云又翻一页，对比之下，这页的指印看起来明显纤细得多。"指印较窄，纹线清晰，以拇指和食指居多。通过指印的形状可以判断出，指印的主人，最多三十岁。拇指、食指的指印清晰，是因为使用频繁，此人可能常做针线活，推测是名女子。"

"我方才在二重门外的羊皮上找到了精水痕迹，"李凌云发问，"邵仁，你可知，谁会在那个地方行鱼水之欢？或者说，第一重门的钥匙，会在谁的手里？"

邵仁低头不言，他身边的车夫老马看看他，不自在地拽了拽身上的封诊衣。

"如果你也不知道是谁，那么不如想一想，除了你们父子，是否有女人可以打开这扇门？"

邵仁依旧低头不语，李嗣真看着他，眯起双眼，耳朵轻微地动了动。

谢阮不满道："邵仁，你是案主，这个案子是你找上我们狩案司的，为何不言不语？"

邵仁憋了半天，瓮声瓮气地答道："第一重门的钥匙，也仅在我们父子二人手中。而且家中这个年岁的擅长女红的女子不少，小老儿也想不通，究竟是谁！"

"罢了，谢将军。"李嗣真在一旁劝道，"只怕他也是被人蒙在鼓里。"

邵仁朝李嗣真投去感激的目光，后者点了点头："少安毋躁，若要人不知，除非己莫为，但凡做过的事情，总会留下一些痕迹，很难轻易掩饰。我们会把那个女人找出来的。"

"……是……是是……"邵仁连连应答，脸上却又有些神思飘忽。

谢阮见他如此，和李凌云咬起耳朵："那个李嗣真，还真不拿自己当外人。"

"可李寺丞也没说错，邵仁就算心中有数，也未必有实证可以证明。封诊断案，还是以证据为主。"

李凌云将铜钱递给邵仁："把门打开！"

邵仁烫手一样盯着看了半天，才依次插入蛤蟆脚下开口，抱着柱子左旋三圈，右旋四圈，再左旋六圈，随后握住那蛤蟆往下用力一按，只听咔嚓一声，柱子被按了下去。

李凌云见他操作，脑海中似乎浮现了一些旧日画面，谢阮看他眼神迷茫，撞了一下他的肩："怎么了？"

"这种左右旋转才能开启的机关密道……我过去似乎曾看过。"李凌云伸手出去，虚虚握住，左右转动，口中喃喃，"左七右四左六……"

说完，他收回手，摇头道："我只记得数字，想不起来是在什么地方了。"

此刻，只听一阵连续不断的机关声在通道内响起，众人眼前那道无懈可击的石门逐渐朝两边打开。冰窖为了照明，和外面一样，也在墙上装满了铜镜，利用机关设计，在门扉打开的同时，四面墙上的火把均点亮，所以当门开启时，里面已是灯火通明。

邵仁并没把门开到底，只容得一人通过。

与此同时，凛冽的寒气扑面而来，众人适应了好一会儿，才由李凌云带头走到窖前。

这冰窖呈东西走向，内里极为宽敞，每隔一段距离就有一个四四方方、堆到天顶的冰柱，细瞧可以看出，这些冰柱是由一块块规整的冰块堆积而成的。

有几根冰柱已经缺失，据邵仁说，是被运往东都售卖了。正因为此，给冰窖腾出了更多的空间。

在其中一块空旷之地，摆了一张用冰块堆积成的长方形冰床，阔大的冰床上，躺着一名衣着完整的年轻男子，男子相貌俊美，安静地躺在上面，像是睡着了一样。

在冰床四角，各有一座狗头人身的赤裸陶像，它们手中握着兵器，表情各异。

男子头西脚东，在他对面，有一堆积起来的冰柱，与窖内其他用于售卖的相比，要矮得多，和成年男子差不多高。

在那冰柱上，凿出了一个人形凹陷，冰块上还环绕着两指宽的铁锁链，链上悬挂一枚黄铜锁。

一名赤裸女子被冻在冰块中，浑身发紫，她的眼睛直勾勾地盯着男子，似乎死不瞑目。在她身前，还摆放着一个有翼女童塑像，塑像向前伸着小手，仿佛想抓住女子一般……

李凌云突然停步，引起身后人的不满。徐天嚷嚷起来："怎么了？怎么了？"挤到他的身后，越过李凌云的肩头，他也看见了里面的景象，旋即倒抽一口凉气，转头问谢阮："你说此案必定落在你们狩案司手里，是不是早就知道里边的情形了？"

"是邵仁说他在冰窖内看到了古怪塑像。"谢阮推开徐天，来到李凌云身边。

李凌云见她过来，侧身让出位置，叮嘱道："别进去，地上有足印。"

谢阮低头一瞧，发现地上是一层细小如雪的冰粒，上面的确有很多清晰足迹，于是她站在门口向里望去，在亲眼看见那些狗头人身的塑像后，她面色发青，牙齿咬得咯吱直响，随后她硬邦邦地甩下一句话："我要发消息回西京，去去就来。"转身快步离开了山洞。

伊河岸边，负责看守山洞的仆佣们，因被大理寺卒子驱赶，都在一旁的小树林中休息。

此时见有人从封诊屏后出来，他们一个个伸长脖子，好奇地向她看去。

谢阮迅速写了一封信，以蜡筒封好，叫了可信之人过来："送去狩案司，交给那里的官奴，就说谢将军说的，即刻发往长安。"

那人领命而去，却不知在小树林中，有一双眼正停留在她的身上。

"你们何苦为武媚娘着急呢？"那个相貌普通、做仆佣打扮的人嘴里叼着一根草，微笑着自语，"对她来说，这不过是一些必经之事。"

长安城内，着一身赤黄衣衫、蛾眉高耸的天后武媚娘，站在大明宫高台上，手扶汉白玉栏杆，远眺仿佛棋盘一般的大唐西京，自言自语道："东都那边的消息，应该快要到了吧！"

一道清澈的男声答道："若是一切按老师预计，的确快了。"

"哦？"武媚娘朝声音方向看去，说话的男子就站在赤红巨柱的阴影里。他身形高大健壮，约莫二十岁出头，相貌平平无奇，只是一双眼睛格外明亮，目光热情而无畏地投注在眼前尊贵的女子脸上。

武媚娘审视着他："你老师都安排好了？他如今是否已在洛阳？"

"是，天后应当很熟悉老师的性子，他向来容不得事情有差池，这一次，必是要亲自坐镇东都的。"

"嗯……"她转身背靠栏杆，眉眼中有些疏懒之意，"只是李凌云和你老师相熟，他那狐狸尾巴，在李大郎面前，当真能藏得起来吗？"

"封诊道天干家族固然厉害，但他们也被历代朝廷豢养得太久了，"男子目露锐光，"人养的狗，怎么会比山间野狼凶狠呢？"

"此言甚是！"武媚娘微微一笑，缓缓朝男子走去，"不过，倘若天干家族是狗，那也是忠犬，这不就是狗的本性吗？就算被主人打死，也绝不会反抗……"

来到男子身前，武媚娘微微弯下腰，她今日的衣装格外华丽，胸前的襦裙压得很低，露出一片白皙的肌肤。

她饶有兴致地盯着他的双眼，仿佛想在里面读出男子的情绪："可是，像你们这样的野狼，甚至无须动手殴打你们，只要背过身去，哪怕露出一丁点的破绽，你们就会张开血盆大口，一口咬上来——"

武媚娘的笑容满含成熟女性的妩媚风情，对面男子的目光，不由自主地落在她猩红的嘴唇上。

天后抬起手，捏住男子的下巴："你来说说，作为狗的主人，我要怎么相信野狼呢？"

"您自己不也是野狼吗？"男子大胆地伸手，扣住了大唐皇后的脉门。

武媚娘皱起眉头，用眼神无声地询问着男子。

"您真的不知吗？"男子用她能够听清的声音回道，"武家是商人出身，依照这个世间的法则，士农工商，商人本该排在最末的位置。"

"我的母亲出身弘农杨氏，是前隋炀帝的表亲，高贵无比，而我身上流着她的血……"她稍微用力，把手从男子手中抽出来，侧头越过巨柱，看了看站在数丈之外的上官婉儿。

少女正乖巧地背对着她，显然，她没发现男子的冒犯之举。

"给我一个满意的回答，否则我现在就杀了你。"她冷酷无情地说着，目光冰冷地打量青年，最后落在他腰间的蹀躞带上，在那里悬挂着一枚厚重令牌，它的模样让她感到既熟悉又陌生。

如果李凌云在这里，定会大吃一惊，因为它的造型类似封诊令，只是中间的灰色石头上不是篆字，而是一个古怪的符号，这个符号是用某种黑色的宝石镶嵌而成的，就像一个横向特别短的"工"字。令牌下挂一束银色流苏，仔细看的话，会发现这流苏由无数根细得不可思议的金属链条组成。这些链条就像蛇骨一样，随令牌轻微摇摆，反射着流水般的光芒。

面对死亡威胁，男子竟笑了起来，不知为何，他的笑有种皮笑肉不笑的味道，显得面部非常别扭。"天后，这个世上的孩童，除非没人知道其父亲是谁，否则是不会把这个孩子当作母家之后的。"

他很有耐性地讲着，仿佛和他对话的不是皇家至尊，而是心怀疑惑的寻常女子。"您的父亲常国公去世后，继承他国公之位的，是您同父异母的兄长。他体内没有弘农杨氏高贵的血脉，但他是个男人。在大唐，或说在这片土地上，自古以来女人的一切，都从她们的丈夫和子嗣而来，包括'天后'这个称号，倘若世上没有'天皇'，您又怎能坐上这个位置呢？"

"您与王皇后不同，也和萧淑妃不一样，您不是来自显赫家族，弘农杨氏如果真的在意，您的姐妹为何早早嫁人，您又为何会不堪武氏折辱，入宫一搏呢？"

"倘若当时杨氏愿为你们母女说话，武氏怎敢明目张胆地怠慢你们？"男子的目光变得柔和，落在武媚娘生出细纹的眼角，"天后，其实压根不用我来告诉您这些，您很清楚，对士族，对李家，乃至对大唐尔虞我诈的朝野，您和我们一样，就是一头时刻想咬上一口的野狼，而且在过去，您已经咬下了他们许多血肉。在狼群中，头狼可以是母狼，您需要的是和您一样的野狼，而不是唯唯诺诺，只会听命于人，被玩得团团转的狗。"

武媚娘思索着，走回栏杆处，看向绵延的秦岭。因为距离太远，从龙首原上看去，它仿佛一条青灰色的巨龙，安静地横卧在天地之间。

"说辞有些意思，是你老师教你的吗？"

"老师告诉我，不论如何，您必将改变这个天下。"

"他对我，倒是比我自己还有信心。"武媚娘转过脸，目光微敛，眉目安宁，自有一番静谧祥和的气度，"他知道你的性情如此冒进吗？方才你所说的，够你死上一百次了。"

"老师对我有信心。"男子指了指嘴，"对我的这里，尤其信得过。"

"哼——"她重新露出了笑容，"不要耽搁了经卷翻译，还有，龙门的情况如何？"

"那边的事不必担心，卢舍那的佛像，会是最大的佛像，而且……"男子的目光再度在她的脸上停留，"修缮完毕重新公之于众时，大唐的百姓，一定会觉得佛陀的容颜变得十分熟悉。"

"很好，继续吧！"她略点了点头，"我要去见天皇了，半刻之后，婉儿会带你从密道离宫。"

说着，武媚娘走到他面前，从他过分宽阔的鼻梁上揪下一小块'皮肉'，在手里捏了捏，皱眉道："你和你老师都很喜欢这一套。"

把那块肉色"皮肉"扔到他身上，她问道："你原本长得和现在像吗？"

"您允许我自夸的话，我的本相，应该要更俊美一些。"男子笑道。

"不要总是真人不露相，你那老师滑得像蛇一样，就喜欢装模作样，太过头了，便难免少了些真心。"

"您这样天下无双的女子，也会想要真心？"打见面以来，男子头一次敛起笑容。

"这个天下，谁会不想要一份真心呢？"武媚娘对他笑了笑，她的笑容中有三分惆怅、七分无奈，这让她整个人在一瞬之间，变得柔情似水。

然而，当她踏出脚步，与男子擦肩而过时，她又变成了一位被华服盔甲包裹的女将："不要被人发现你来过，否则等待你的，只会是死路一条。"

从她的凤眸中，男子看不出丝毫犹豫，和刚才的柔情女子判若两人。

"真心……"看着那道丰腴的赤黄背影，男人有些困惑地站在原地，直到上官婉儿向他走来……

紫宸殿的寝宫里，武媚娘并未找到自己的丈夫李治。

"天皇在大角观，说是去观星。"从宫人那里得到丈夫的去向之后，武媚娘便疾步赶往大明宫西。

李唐王朝敬道家李耳为祖，在西京长安的宫廷中，修筑了三清宫和大角观，东都宫内也建有玄元皇帝庙。

走在路上，武媚娘心中不免有些疑虑。随着身体日益变差，李治对湿寒之气越来越敏感，轻微的天气变化，都会引发病痛。对他的情况，夫妻二人心中都有数，她更清楚的是，在面对越走越近的死亡时，李治会感到畏惧。

察觉自己已力不从心，不管怎么规劝，李治的延命之心都变得更加坚定。虽然他不敢服食药劲激烈的丹药，但是打坐修行却没有片刻停下的意思，只是宫中道观空旷寒冷，李治一般会选在温暖的寝宫内修行。如今这样天皇前往冷寂的大角观，就显得有些古怪。

对身体尤其重视的李治，冒着头风发作的危险，去那里是为什么呢？

这样想着，武媚娘加快了脚步，上官婉儿终究没在她进观之前追上，只好和其他人一起守在外面。

皇家道观不是寻常宫室，除天子之外，尚有无上神明和祖先在看顾，需要时刻保持清静。除非是帝后贵人需要侍奉，否则哪怕是主持道观的道士，在贵人参拜、冥想时，也不得轻易冒头打岔。

一进门，武媚娘就见李治仰着头，呆呆地看着道观顶部。大角观的大角是一颗星星的名字，它是二十八宿之首角宿中最亮的星。大角星又名天栋，在占星时，被看作天王帝廷和天王座[①]。

顾名思义，大角观正是宫中为了观测这颗帝座星而修的，在道观顶上，有和明崇俨那座天师宫一样的旋顶设计，通过机关可开启屋顶，让修行者看到星空。

年少时，在众兄弟中排行第九的李治，就喜欢钻进大角观，仰望周天星宿，只是……此时还是白昼，李治不太可能看见帝座大角。

武媚娘来到他身前，柔声道："稚奴，你在看什么呢？"

李治听闻，眼睛缓缓动了动，他看起来颧骨高耸，眼下发黑，病容满面，不知为何，却越发显得头角峥嵘。

"大角啊！"他轻声回答，指了指上面。

"现在是白昼，看不见星辰。"武媚娘蹲下来，牵起李治枯瘦的手指，冰凉的感觉沁进她的皮肤。

"可我知道它在哪里，"李治冲她诡秘一笑，"我有两个嫡亲的哥哥，一个早早就是太子，一个是有名的贤王。还有一个拥有前隋皇家血统的三哥。媚娘，没有人看好我，没有一个人认为我会做皇帝，连舅舅都不曾这么想过。"

他又抬起头，目光投向飘荡着白云的天空："可我敢想。在我很小的时候，父亲为了让祖父不住在潮湿的地方，修筑了这座宫殿，当时还叫永安宫。本来这里是给李氏皇族祈福用的，可刚修好，祖父就没了，父亲觉得太不吉利，便不再修筑，这里也几乎被废弃，除了偶尔有宫人打扫，甚至都没有道士过来看顾。"

武媚娘安静地听着，最近李治变得特别喜欢回顾过去，而且一旦被打断，就会变得暴跳如雷。

---

① 《史记·天官书》云："大角者，天王帝廷。"《晋书·天文志》说："大角者，天王座也，又为天栋。"

医官认为，或许是李治吃的丹药和补体的膳食相冲，才导致如此。然而，武媚娘却明白，李治不停地回顾，是因为日益逼近的死亡让大唐皇帝变得格外恋旧，而旁人的打断，则令他感到了自己的无力，所以怒火中烧。

李治继续琐碎地说着："我那时就喜欢来这里，尤其在晚上，偷偷跑来拧开机关，看着橘色的大角星，它的颜色就像没彻底熟透的火晶柿子一样。我看着它，看着它……"

他张开手指，朝天空抓去。"我对它说：'你是我的，你一定会变成我的——'"

"稚奴，你已经是皇帝了，而且是天皇。"武媚娘的脸贴着他枯瘦的手背，"你是大唐的帝王，是天意所授的圣天子。"

"是啊……我是，我一定是。"李治的目光回到妻子脸上，他终于笑起来，病容让这个笑容显得有些难看，"如今想来，也真是难以置信。大哥被废了，为了保住大哥的命，和他争斗的二哥被父亲放弃，三哥的高贵血统，却成了他做太子的最大障碍，最终太子之位成了我的。这就是天意，天意归于我，是我而不是别人，只是我得到这个位置，似乎对李氏而言，并不那么好啊……我的几个哥哥，还有姐妹，不都陆续死于叛逆吗？"

他用手抚摸女人的额角，在那里找到一根微微泛白的头发。"媚娘，大角是东方苍龙的象征，是帝王之星，你说……下一个坐在上面的人，到底会是谁呢？"

"为什么想这些？大唐还有太子，是你和我的儿子。"武媚娘嗔怪道。

李治不吭声地看着她，似乎想判断她的话到底是真心还是假意，沉默许久后，他长叹一声，反握住了她的手。

"朝廷迁往东都吧！具体时日，就由媚娘你来安排。"他说到这里，咬了咬牙，似乎下定了决心，"封禅嵩山的事，一并交由你处置。"

"不论是回东都，还是封禅，稚奴之前……不是一直在犹豫吗？"一向智珠在握的武媚娘，这回真的感到了不解。

"作为交换，你就把大角星留给我们的孩子吧！"他对她说，"你不喜欢长安，你不喜欢我的父皇，也不喜欢感业寺，这些我都知道。封禅嵩山，向上苍祷祝，将我和你对大唐所做的一切贡献，全部公之于众，让疆土之上的百姓都来传颂你我的功绩，这些都是应当的，是你应该得到的，就让天下质疑你手中权柄的人都看到这些。"

"只是……"他眨眨眼，一颗泪水落下来，滴在她的手背上，"媚娘，世人都说和父亲比起来，我是个守成之君。偶尔我也会想，这些年来，我到底是在为了谁，守着这个大唐呢？"

"稚奴，你这说的什么话？"武媚娘皱起眉头。

"让我说吧！说出来会舒服一些。"他动了动嘴角，这回却没能笑出来。

她听见他问："我到底是为了李氏，还是为了媚娘你呢？"

仿佛被火灼了一下，武媚娘猛地甩开了李治的手。但很快，她重新握住了他的手，柔软温暖的手指和他冰冷干瘦的手指紧紧地交握在一起，比刚才要更加牢固。

"你要记得，稚奴，是你还是我，没有任何区别。"她这样说完，便不再出声，紧紧地将嘴唇抿成一线。

他注视着眼前的女人，心中对她将要做什么，已经有了某种明悟。

"不要杀他们，不论他们做了什么。"他哀求道，"就当给自己留条退路。"

武媚娘没有再说一句话，只是微不可见地对李治点了点头。

一只猎隼从灰袍沙弥手中飞了出去，它扑棱着翅膀，很快穿越阙门，成了伊水天空上方一个芝麻大的黑点。

岸边大大小小的石窟旁，一名相貌慈和的青年僧人站在正在施工的平台上，仰头注视着眼前的巨大佛像。

这个平台完全是在石质山崖上挖出来的，靡费的人工不可计数。

佛陀坐在正中的莲花台上，身旁是他的两个弟子和慈眉善目的菩萨，在左右两边山崖处，凶神恶煞的天王脚踏鬼魅，守护着佛陀。在佛陀的身边，纵横交错的毛竹竿上，用竹片铺成工作平台，袒露臂膀的工匠们，赤着脚掌，拿着铁凿，叮叮当当地精雕着佛像的衣襟与身上的吉祥纹饰。

佛陀的头部微微低垂，好像正在俯视着僧人，而已被雕琢修改过的嘴唇，带着一种似笑非笑的弧度，令他感到无比熟悉。

"这是在以佛陀取得那个女人的支持吗？德感尊师啊……佛门这样做，是正确的，还是佞幸之举？在我崇惠的余生里，能否得到这个答案呢？"

"师父，隼儿已经放出去了，师祖应该很快就会收到了吧！"小沙弥提着僧袍，努力攀上平台。

"应该会吧！"崇惠点了点头，笑容勉强。

"咦，他们开始重凿卢舍那大佛的佛颜了？"小沙弥来到崇惠身边，看看佛像，又看看他，"之前明明停了好久来着，怎么突然又开始了？还有，为什么要重凿呢？"

崇惠摸了摸小沙弥光溜溜的脑瓜，慈祥地道："这座造像，或许很快就派得上用场了。"

"是东都的贵人们着急要来做法事吗？也对，这里是皇家寺院，是天皇天后命令开凿的，到时候一改只许贵族参拜的规矩，开始对百姓开放，不知香火会有多旺盛，大概会超过其他所有的石窟寺吧！"

看着小沙弥一本正经揣测的样子，崇惠好笑地点点头，在他眼眸深处，却有着深深的担忧。

他并不明白，德感法师作为大唐顶级的僧官，为什么会要求负责佛窟督造的自己装作没有发现工匠在修改佛面，而且这佛面竟与大明宫里那位尊贵女子，存在相似之处。

从五台山给他发回的信中，书写的几乎都是遵照的辞藻，即便他心中充满疑惑，也只能化作一句对老师的问候。

崇惠心中轻叹，德感作为他的恩师，是大唐德行距离佛陀最近的人，一直有着自己无法理解的智慧，会选择这样做，应该有他的缘由吧！

于是，他和自己的弟子聊起天来："智云，你很期待大佛调改以后的盛况吗？"

"那当然，这可是龙门最大的佛像——"小沙弥张开双手，朝着大佛比画了一下，"谁不会来看呢？师父，整个东都都会出动的。他们会得到卢舍那大佛的庇护，把佛光传播到大唐的每一个角落，那样我们佛门一定会兴盛无比。"

"但愿如你所愿吧……其实，你的师祖玄奘法师，曾在天皇天后的第三子，即如今的太子李显降生时，让佛门盛极一时。"

"咦？"小沙弥迷惑地抓抓光头，"我怎么没有听过？师兄们不是都说，那些牛鼻子道士一直压咱们一头吗？"

"你们这些孩子，到底平日都在修什么啊？"崇惠哭笑不得，"怎么比较心如此之重？"

"不怪师兄他们，师父您知道的，牛鼻子道士平时对百姓和和气气，看见咱们，就一个个鼻孔长在头顶上，目中无人。他们还故意在师兄化缘的时候，嘲笑佛门只会伸手要钱，比不上他们……他们自己会炼什么丹药来卖，真是一股铜臭味。"

小沙弥说着，抓住崇惠宽大的僧袍，赖皮道："师父快往下说，师祖那时是什么模样？"

"那是显庆元年十一月，天后生太子时。你师祖早就上表，说天后所怀的是个男胎，和佛陀有缘，希望将来可以入我佛门。我大唐李氏皇族，以道家李耳为祖，怎么可能轻易应允，让一个皇子成为佛门中人呢？然而，当天后出现难产征兆时，他们终于想起了你师祖玄奘法师的话……"

智云眼睛睁得大大的，追问："然后怎样？"

"然后啊，天皇马上把你师祖请进宫中，天后为求儿子平安无恙，当场皈依三宝，请求佛菩萨庇佑。你师祖在一旁诵经加持，没过多久，太子便诞生了。在出生后，他立即就有了'佛光王'的法号。刚满月时，他更是剃去头发，落掉人间一切烦恼。而你师祖一直以皇子之师的身份，将这个孩子带在身边养育。佛门香火，因此也空前旺盛起来。"

智云年纪小，听得眉开眼笑，然而他突然意识到，这些都已是过去，于是他不解地问："后来呢？后来发生了什么？如今佛光王都成太子了，为何我们现在还被牛鼻子们欺压？"

"这个……师父也不太清楚。"崇惠再度看向那座大佛，"反正佛寺和佛像一直在修葺，却始终无法重见当时的荣光。或许就像你说的，大佛调改后，会带来一些新的变化……"

说着，崇惠陷入了思绪。

"对了，师父，"智云迅速地拉回了他的注意，"那边今日出现了很多人。"智云手指着河对岸，能看到岸边石壁旁竖起了巨大的白色屏风，旁边有许多走来走去的黑衣人，都做官差打扮。

"发生什么事了吗？"小沙弥好奇地张望着。

"出家人不要被俗世中的扰攘惊动，要静心。"崇惠用手敲敲他的脑门。小沙弥意犹未尽地收回目光，嘟囔着："到底怎么了？总感觉是出了什么事……"

"或许吧，别多管闲事。"崇惠说着，却不由自主地朝那边看去，一道红色高挑的身影走进了屏风后，倏忽不见了。

他眯起了眼："有些眼熟……是在哪里见过吗？"

谢阮回到冰窖第二重门处，李凌云正在测量门口冰晶上的足迹，六娘在他身边捧着封诊册，仔细绘制足迹形状，灰色的古怪的硬条笔在她灵活的操控下，竟可以呈现不同浓淡的色泽。

"知道是谁的足迹了？"谢阮瞥一眼旁边的老马和邵仁，二人有些惴惴不安。

"已问过话，绘下足迹之前就对比过了。"

"有谁来过？"谢阮问。

"案主邵仁，车夫老马，及两名死者。"李凌云让六娘把绘好的足迹图给谢阮看，自己提起了一个灯笼，"我们往里走，你们尽量踏在我踏过的地方，绕开足迹。邵仁和老马，你们二人与办案无关，恐破坏痕迹，留在外面。"

众人小心翼翼地跟着李凌云，他走得非常缓慢，几乎每一步都弯腰用灯笼照下地面，走了一丈不到，李凌云皱着眉头，蹲在地上："冰窖极冷，日久天长搬运冰块时，外间的风难免会窜入。又因此地在伊水旁，风中水汽充沛，水雾遇冷便在地面结了一层薄霜，人只要踩上去，就很容易留下足迹。"

"但是，"他抬起头，目光犀利地看向站在门口张望的邵仁和老马，"车夫老马的足迹，还有一串陌生的足迹，把其他人的足迹毁坏得很严重，已没有提痕的可能了。"

李凌云站起身来："案发后，曾有三人进入这里，那个陌生足迹是谁留下的？"

老马看看邵仁，见后者满脸局促不安，咬牙答道："是……是崔药师。"

谢阮问："崔药师？你为何要找一个配药的人来这里？"

"不是配药的……不对，他是配药的，但不光会配药。他是个大夫，姓崔，名药师，是远近闻名的神医，东都人都慕名前去，请他看诊。"

"原来是大夫……那为何请一个大夫来？怎么，他还能活白骨，让你家小郎复活不成？"

憋了半天的邵仁终于开口："那……那是因为，当时小老儿以为，我儿子还没有死。"

"没死？"谢阮手指冰床，"这怎么看都是死去已久！"

邵仁耐着性子解释："发现时，我们只肯定翠娘一定是死了，可我儿子穿着衣裳，虽身体冰冷，但神情安详，看起来只像是在睡觉一样。那毕竟是我的儿子，我想着或许有那么一丝可能，他还活着呢？老马和我也不敢动他，老马建议，赶紧去把崔药师找来，崔药师喜欢四处采药，正好住在附近，医术也精湛。谁知崔药师过来一诊脉，就摇头说，我儿子已死了有一段时候，没救了。"

说到这儿，邵仁面色发青，双眼直愣愣地看着冰床，喃喃道："当年东都附近狐妖案，我就在那儿收皮子……平白死了好些人，里头还有给我供皮子的猎户娘子，我怕沾上狐妖，在家里请了好些神明……我早年低买高卖囤粮食，害得好些人灾年成了饿殍，我生怕妖鬼报应在自家头上，日子过得战战兢兢……可不承想，到头来还是逃不了。我娘子姐姐卢氏，她的儿子贾成，与他身边那个小严子，前不久居然给人活活烧死，这才过了几天，竟然又到了我儿和丫头翠娘身上……造孽，造孽呀……"

谢阮见邵仁神思恍惚，过去揪着他的衣领用力晃了晃，他这才醒过神来，谢阮厉声训斥道："造孽什么的不要再说，既请了官府的人，如何还能信鬼神之说？再有下次，小心挨板子。"

邵仁被谢阮吓了一下，浑身筛糠一样打哆嗦，眼神却清明了许多。见他没事了，谢阮才走回李凌云身边，谁知路过李嗣真时，后者突然拉住了她的刀鞘。

谢阮朝他看去，发现李嗣真用口型无声地对她说："老马有蹊跷。"

谢阮眯起眼，不快道："做什么？有话就说，莫非你也要装神弄鬼？"

李嗣真摇摇头，指了指耳朵，继续用口型说："再多听一阵，才知如何。"

谢阮想起此前，李嗣真曾在贾府用耳朵听到线索，心知这人的确有些本事，恐怕是有些怀疑尚需确定，遂对他点点头，权当领会了他的意思。

插曲过后，谢阮问李凌云："你怎么看？要不要找大夫来问话？"

"目前不必，"李凌云道，"按老马所说，那个崔药师只是走进来，查探了死者邵俊德的脉息，确定人死后就离开了，那么只需查看尸首，如果他的确没有做其他的事，可以之后再找来对对口供。"

他话音刚落，待在门口的小老头愁眉纠结地道："崔药师的确只做了这些。我家是做生意的，被贼偷乃至仓库被劫的事情，都曾发生过。所以小老儿清楚，但凡官府查案前，最好不要有人乱动，否则损毁痕迹，很难找到作案的人。除了崔药师，我保证再没有别人进来过。"

"既如此，便继续吧！"李凌云再度朝冰床走去，一路小心查看，并未发现足印之外的痕迹。

众人也来到近前，只见那邵俊德头对着门，躺在冰床上，衣衫完整，呈和衣睡姿，他双目微开，面带微笑，青紫的嘴唇略略掀起。

谢阮见状念叨："难怪邵仁觉得儿子活着，死人竟笑眯眯的？"

"目前难说是什么缘故，"李凌云俯下身，将灯笼靠近邵俊德的头颅，看了看他的脖颈和手腕，"裸露出的肌肤均未发现伤痕，凶手不曾将其捆绑或掐打过……然后……"

他把灯笼交给谢阮："帮我照着他的嘴。"

谢阮依言而行。李凌云用两只手小心地按住邵俊德的嘴唇，上下扒开一些。灯光中，他牙齿间闪烁着一道温润的白光。

"他嘴里含的是什么东西？"徐天稳不住了，伸头探脑地凑过去，李嗣真也靠近了些。

李凌云试着把邵俊德的牙齿掰开，却无法做到，于是他摇了摇头。

"尸首僵硬，若再用力，怕会掰掉他的下颌，只能等尸体软化些再取。"

徐天弯腰凑到尸首跟前，眼尖地发现，从牙缝中可以看到，邵俊德口内含有一颗洁白的珠状物。

"珠子？为何有颗珠子？"徐天惊叫。与此同时，李嗣真将头偏向了门口，在那里，车夫老马和邵仁焦急地朝冰窖里张望，并没在意李嗣真的举动，只有谢阮把这个微小的动作收入眼中。

"或许是死后放入的，也可能是自己含进口中的，等尸体软化后，取出珠子，才能搞清来龙去脉。"

李凌云手指冰床的四角："徐少卿，这造像，你觉得和那火山地狱案的相比如何？"

"这不就是火山地狱案中的狗头人身塑像吗？非佛非道，而且高矮大小都差不多……"徐天靠近其中一个，突然一惊，"不是狗，这是狐狸。"

"狐狸？"谢阮两步走到跟前，"还真没说错，这塑像口鼻尖细，耳朵很大，身上的毛发多一些，尤其这根尾巴，毛绒蓬松，硕大无比，绝不是狗可以长出来的，是狐狸无疑。"

"谢三娘也这么想？不过，某还是觉得，这些塑像和之前的有关联。"徐天双手抱胸，手指塑像，"某虽不懂技艺，但也陪内人去过不少寺院、道观祈福，不同寺观，不同工匠，做出来的造像大异其趣，这两案出现的造像，细看不同，可粗看风格却是一致的。"

"我与徐少卿看法一致，不过塑像要刻意模仿，并非做不到，只是靡费功夫，对制作人的能力要求极高。"李凌云拿起一个塑像，翻过来看看，发现为中空，他又用手抚摸塑像细节，"和之前的一样，制作简单，手法粗糙，但线条极为写实。每个匠人制作塑像的线条，犹如字迹，各有特点。这些小塑像和当初的大神明像一样，牵涉到人的部分，结构都与真人无异，这种代表性的制作方法，外人是模仿不来的。"

"所以，李大郎你觉得，塑像是同一人所制的？"徐天问。

"嗯，有极大可能。"

徐天顿时兴奋："那岂不是说，找到这个匠人，就能追查到这邪教主使？"

"那倒未必，"谢阮在一旁冷笑，"说不定就是个寻常匠人，收钱办事，这样的人未必愿意背这么大的案子。火山地狱案闹得沸沸扬扬，说不定这人早接到消息，脚底抹油，溜了呢？"

徐天闻言怒道："查都还没查，何以长他人志气，灭自己威风？"

谢阮却不怕他，越发笑容满面："怎么，我觉着徐少卿没常识，说不得吗？"

眼看两人气氛紧张，谁知李凌云道："匠人未必会跑。"

"你说什么？李大郎，你到底是哪一派的？"谢阮不满地嚷嚷起来，却听李凌云又道："因为他未必就能被查到。"

徐天万分不快，沉声道："……李大郎，你这话我可就听不懂了，你说说，为何会查不到？就算他现在跑了，那都畿道飞鸽传书，四面看守，他也不一定就好跑脱啊！还是……你觉得大理寺无用……"

"我不是那个意思，"李凌云摆摆手，耐着性子解释，"这个人就不是个寻常的匠人。我此前说过，他把人的内脏做得非常逼真，没见过人体脏器是做不出来的，什么样的匠人，会看过开膛的尸体？而且，这种尸体一定是被细致剖开的，绝非意外死亡，否则五脏六腑不一定完整。还有，你们仔细看这些造像，陶土并不细腻，表面有各种粗糙杂点，很多线条并不平整，这样的东西肯定无法售出。因此我觉得，这人并不精通制陶，只是为了制作造像，临时抱佛脚，粗学了一些制陶技艺罢了。"

谢阮了悟："难怪你说匠人未必会逃，他或许平日根本就不以此为生，故而在匠人堆中，找不到这个人。"

徐天也恍然道："既然从匠人的角度找不到他，从其他地方也无迹可寻，所以你才会认为，未必查得到他。"

"不错，这就是我的想法，不过……"李凌云踱到冰床尾部，蹲下端详有翼女童塑像，"这尊塑像和火山地狱案那个就很相似了，均是身穿麻衣，麻绳绕身三圈。既然两案至少有一个相似之处，大理寺或许可以从这尊塑像入手。总之，这个人还是得找出来，不论如何，他与这两桩案子间必定关联甚深。"

"明白，地狱案的塑像，我已让人绘图散发了出去，今日回去补上这几个，再暗中找东都百姓识别……倘若有消息，一定会立即传来。"

"暗中……"李凌云挑眉，"为何不公开张贴？"

"也是不得不如此，民间愚夫愚妇甚多，如果公开张贴，便要说清前因后果。之前火山地狱案告破，东都百姓都放了心。这种时候倘若再起波澜，被妖言惑众的人煽动，某未必控制得了街巷议论，弄得人人恐慌，只怕麻烦就大了。"

李凌云点头表示理解："尽量多找一些人，说不定就能问出情况。"

"你以为容易？"谢阮摇摇头，"会信这些的人向来守口如瓶，就像那个小严子，贾成看管他不可谓不严，他一样在礼佛时被歪门邪道所诱……咦，对了！就这么办！"她一拍手，用力推了一下徐天："徐少卿，既然小严子是礼佛时被邪教迷惑的，也就是说，无论哪个庙宇，只要是礼佛之人，就有可能成为邪教的目标，你们可以找此类人多问问。"

"也对，有的放矢，总比大海捞针强，某记下了。"徐天对谢阮一拱手，算是领了她的建议。谢阮并不啰唆，和李凌云一起去查验冰柱中的赤裸婢女。

那冰柱是由窖中冰块堆叠垒起的，掏空的凹陷，约莫一人深。冰柱从上到下由极长的铁链缠绕数圈，冰柱棱角上被凿出很多锯齿，铁链卡入锯齿中，缠绕得非常牢固，婢女在其中伸手向外，根本无法逃脱。

在靠近婢女手部之处，李凌云发现了一道锁，却未在附近找到钥匙。李凌云查看了一下地面，嘴里说道："如此长的铁链，搬运来此，竟未留下太多痕迹！"

很快，他发现了一处被清理出的角落："这一片无霜，地面有环形摩擦印痕移向冰柱……铁链原本放在此处，随后被缓慢拉去了冰柱那边。"

"看来这些铁链是冰窖原有之物。"谢阮四顾一番，果然在角落找到了一辆三轮推车，她和李凌云走过去查看，在推车上发现了系铁链的木耳。

"木耳上有铁链摩擦留下的凹痕。"

"凶手倒会就地取材。"谢阮接过话头，"车上装载冰块后容易垮塌，所以要用铁链把冰块捆绑起来。"

徐天见谢阮站在婢女跟前，摸摸胡须，小声道："这……谢将军，你在这儿是不是不太合适？"

"你说什么？"谢阮一脸莫名。

"她没穿衣裳，"徐天指了指婢女，"你不觉得尴尬吗？"

"我心无杂念，为何尴尬？"谢阮好笑道，"不穿衣裳的又不是我，徐少卿倒是个老实人，我以为你大理寺的人见惯了大场面，这又有什么稀罕的？一具艳尸而已，我不是性情娇弱的小娘子，收起你的担忧吧！"

徐天被怼了几句，也懒得再说。在他俩说话的当口，李凌云已查看了冰柱旁叠得整整齐齐的衣物以及绣鞋。

只见他轻轻抖开衣物，取内衣一看，便知和婢女身形相仿。他又拿着外衣走回门边，让邵仁辨认，后者看那衣裳道："死在里头的正是我儿子的贴身婢女姚翠娘，这衣裳是她穿过的，我认得。"

车夫老马也道："我亦记得。"

得了验证，李凌云便带着衣物回到冰柱前。他让六娘拿出一卷一指宽的绸缎，打开之后，便看见白色绸缎上用朱砂漆绘着尺寸，谢阮道："你们封诊道到底有多少种尺？"

"此乃软尺，和裁缝用的相似，适合测形状奇怪不便测量之处；黄铜卷尺可硬可软，适合测量无法攀登的直高之处；卡状封诊尺最硬，却不能做得太长……"

说着他双手持封诊软尺，拉紧左右端，在凹槽处上下比画。

他让六娘按照头、身、腿、脚的顺序记下尺寸，对众人解释："此凹槽呈人形，大小几乎和她的身形一模一样，挖掘时很是用心。你们四处看一看，可有雕刻工具？"

三人当即四散去找，无功而返后，李凌云摇头道："现场没有发现雕刻工具，可能事先就做好了准备。"

说着，他让六娘取出黄铜尖夹，在冰块的凿痕内撑开，又用封诊软尺测了夹尖的距离，并做记录。

"冰块雕刻处有上窄下宽之凿痕，测量口宽，可看出用来凿冰的是一把短把锄。这种锄头，多用来打理小块土地，并非农耕使用，倒是花园里锄草时用得较多。你们逆光看一下。"

众人屈膝弯腰，仰头向上看，果然有所发现。

"发现了吗？冰面凹凸不平，可看出有多次挖凿的痕迹。"

谢阮试着推测："冰块并不坚固，且具有脆性，动手的若是男子，应该不用凿这么多下。"

李凌云道："不错，从痕迹深度也能看出，每次下锄的力气都不大。我赞同谢三娘的推断，此凹陷是女子所挖。又因冰窖太冷，如此大的凹陷，不可能一次挖掘成功，所以，此女子曾多次前来。"

谢阮抚弄下巴："铁链上锁，钥匙却不在……"

"可……她要怎么打开两道机关门？"徐天提出了疑惑。

众人正纠结于此，却听李嗣真问道："这一男一女，为何死后都面带笑容？"

谢阮看看床上的邵俊德，又看看冰中的姚翠娘，两人脸上果真都露着诡异的笑容。她有些不寒而栗，朝李凌云那边靠靠。"人都死了，为何会笑，难不成是他俩在死前，遇到了开心的事？怕不是有些邪门吧……"

"你怕什么？"李凌云朝谢阮看了一眼。

谢阮强辩："我不怕，就是突然觉得有点冷……"

李凌云也不戳穿，只是简单解释："冻死之人，面上多会露出笑容。"

谢阮狐疑："你能肯定，他俩是冻死的？"

"目前我只是猜测，需封诊以后才能肯定。至于为何冻死者会面带笑容，届时再告诉你们。"

"冰窖内已无其他痕迹。"李凌云对众人道，"此间寒冷，尸首需搬至温暖之处解冻，方可剖尸验看。只是……还要说服死者家人。"

"此事交给我。"徐天阔步走去门口，与那邵仁说了几句。小老头满脸愁容地朝这边看了看，便对徐天点了头。

徐天转回来，小声嘀咕道："这邵老舅，还不想剖尸，那要如何破案？还需用大理寺去压他，真是令人不爽。"

到了外头，李凌云吩咐阿奴、六娘收拾现场，众人本欲上马，他却瞥见邵仁灰头土脸地跟了出来，独自站在洞口，一脸难过模样，于是便朝他走了过去。

李嗣真见李凌云有所行动，心念微转，快步跟在他的后头。

"既然人都死了，终归要有个结果！"

邵仁听见声音，抬头看见李凌云，费好大力气才从脸上挤出一点笑，却比哭更难看。

"你这样看起来，面部五官颇不协调，"李凌云指着邵仁的脸，"眉头皱着，眼尾耷拉，这是哭相，只是你唇角勾起，却又是笑容，两者同时出现，你不觉得，自己脸上的筋肉会抽搐疼痛吗？"

邵仁终于装不下去，抬手擦拭着眼角，抽泣道："小老儿做了一辈子生意，起初也不过是家徒四壁的穷汉，靠着心狠，荒年里低买高卖，换了发家的老本，全靠这些，如今才有了这般家业。却不晓得，竟然要用我那孩儿的命来换——我那孩儿和他表兄贾成不同，他平日耗子都不敢踩死一只，哪里想得到，竟死于非命啊——"

说着邵仁呜呜大哭起来，李嗣真不见李凌云有劝解之意，此时也不便走，就在一旁悄然看着。

等邵仁哭了一会儿，李凌云才平静无波地道："人活着便会遭遇无常。去年，我还在西京长安住着，府中有个送肉的汉子，家中做贩羊生意。上元节时，他送羊肉到家中，因时候晚了些，我便让他住下不要走。反正上元节长安三日无宵禁，不妨看过灯再回去。然而他始终不肯留下，吃过饭便离开了。"

邵仁擦擦脸上泪痕，小心翼翼地问道："他……后来怎么了？"

"回去路上，他落在雨水冲出的土坑里，摔死了。"李凌云眨了下眼，"那汉子从小便是个善人，从不做亏心事。你儿子的死与你过去做的事并无关系，反倒是和他自己做的事，兴许有关。"

"……这……这要从何说起？"邵仁揪着自己的胡子，痛苦道，"我儿邵俊德都死了，为何你还要这样说？"

"你心知肚明，若你儿子独自死在冰窖里也就罢了，可偏偏不是，非但不是，他的贴身婢女还裸死于其中，哪怕你从不曾参与断案，难道你察觉不到，他的死多半和男女之情有关吗？"

邵仁愣愣地看向李凌云，突然停止了动作，呆若木鸡。

"我阿耶曾说过，父母爱子女，为之计深远，孩子要是受了伤，恨不得疼在自己身上，孩子若犯了错，恨不得是自己的责任。只是，你这样不对，如今你报了官，可你要明白，官府若要查清此案，必然要用剖尸手段。如今你已失去了儿子，所求的，不就是一个真相吗？"

"……是……的确如此……"邵仁讷讷地说着，眼中又涌出泪水。

"剖尸可以尽快找出真相，让你知道究竟发生了什么……"说到这里，李凌云迟疑片刻，才继续道："若你愿意告诉我们，到底是谁有那冰窖的钥匙，到时将你儿子的尸首归还时，我会为他遮去身体上的伤痕。"

"可……可以如此吗？"邵仁的眼睛亮了亮。

"封诊道自然有一些手段，能修饰死者尸身，让人看不出曾被剖过。"

"好，小老儿知道了……"邵仁深吸一口气，凝视李凌云那过分俊俏的脸，"其实，小老儿也不知到底是谁弄到了钥匙，如果我那儿子尚未蠢得出奇，把开启方法告诉姚翠娘的话……我想，说不定是我那儿媳苏氏。"

"苏氏？她多年来一直做女红？"李凌云略微不解，因在其家中，绣活均是找外面的绣娘，在他心中，邵家应该不会抠门到让儿媳做这种烦琐家务。

"寻常富贵人家的女子虽自小学习刺绣，却不是必须精通，最多在嫁人时给自己绣件嫁衣，或给夫君绣几身衣裳而已。大富人家，更是意思意思罢了，说不定一件嫁衣，只有一颗鸳鸯头是新娘所做。只是……小老儿这个儿媳不一般，苏家是官宦之家，家教甚严，自然不会让嫡女丢人，故而她从小学习刺绣，加上她对我儿一见钟情，立志非君不嫁，所以对妇德、妇功之类十分介意。她刺绣技艺精熟，手指指印，与小郎你方才所说的差不多。"

"原来如此……"李凌云颔首。

"还有，苏氏虽痴迷我儿，可毕竟是官家女子，其心志坚韧，且聪明灵巧，绝不是什么缺心眼的主儿。我儿当初娶她，是因为苏家请了媒，主动上门提亲。说来，也是我迷了心窍，苏家在东都内外都有关系，我经营的多数生意，苏家都有法子伸手钳制。商人低贱，我不想给自己惹上这种麻烦，所以我明知儿子另有所爱，却……却还是劝他娶了苏氏。”

“门当户对的婚事极为常见，有什么迷了心窍的？”在一旁多时的李嗣真道，“你儿子所爱的，怕不是那个贴身婢女吧！”

“是，正是姚翠娘。”邵仁点头，“我那儿子，从小生得极为好看，虽然……虽然比不上这位李郎君，但他只差那么一点点。”

李凌云闻言，看向李嗣真的眼神全是疑问，后者瞧瞧他堪称美丽的脸，好笑地赞同：“是，是差那么一点。”

“孩子长得好看，便让家中大人头疼。”邵仁目光蒙眬，仿佛整个人回到了过去，“我儿很小的时候，因长得好，他阿娘每日都担心他被拐子拐走，等长大了一些，不论男女，都对他的容貌有了觊觎之心。我早年发迹时，做过倒卖的无耻事，不怕告诉你们，那些饿殍常入我梦中，让我不得好眠。自从生下我儿，我便立誓，要教他做个善良之人，或许是矫枉过正，这孩子虽然善良，可性情却过于优柔了。我和他母亲都很担心，有人利用他的性情，用男女之事引诱他……”

说到这里，邵仁不好意思地搓手：“尤其是我娘子小卢氏，也就是贾一娘子的庶妹……是不是太枝节了一些？还用往下说吗？”

“我记得你提过此事。破案的讯息很难确定究竟在何处，能多详细便多详细。”

得到李凌云的肯定，邵仁继续道：“她们都是家中妾室所生，并非嫡女，庶女嫁给富商也不少见，只是我娘子嫁过来是正妻，卢氏到了贾家却是先做的妾，所以卢氏在贾府可谓不择手段。”

“当然，我这位姨子原本很嫉妒我娘子正室的地位，直到后来，她挤对死了贾一的正妻，让自己儿子接管了贾家的生意，做了洛阳附近第一大木材商，她这才算是扬眉吐气。我娘子看不惯姐姐成天耀武扬威，觉得她总有一天会遭报应，我娘子曾说，哪怕我儿以后没有大才能，也不能让他走歪路。于是，我们夫妻俩一合计，干脆买了个婢子回家，贴身侍奉我儿。一来，如果有不三不四的女子勾搭我儿，有人从旁警告；二来，我儿要是思了春，身边就有一个模样姣好的女子可以侍奉，如此一来，他就不会想着外出寻欢，招惹灾祸。”

李凌云听得直皱眉，并没出声，李嗣真却点头道：“也是老成之法，这样做的富贵人家不少，正所谓食色，性也，有暖玉温香在一旁伺候，他自小习惯了女色，倒比防来防去好。若总是不许，心头反倒老是惦记。"

"谁说不是？"邵仁见有人赞同，连忙道，"我们夫妻就这么想的，为了锻炼我儿的经商手段，便把家中最稳定的生意交给我儿来做。于是，我们买了个小婢女，便是姚翠娘，她比我儿小三岁，当时两个人一个十三岁，另一个只有十岁，她贴身照顾我儿，还负责冰窖。"

"冰窖？"李凌云奇怪地问，"冰窖不是只有你们父子知道如何开启？"

"的确如此，"邵仁点头，"可是郎君有所不知。此冰窖是在山中挖出的石窖。大门机关虽严丝合缝，但每次开启仍会漏气，所以当关门离开时，均需用糯米汁混合石粉，把门隙黏合，这样才能确保不漏。这要求细心，轻慢不得。"

李嗣真了然道："所以，姚翠娘就负责帮你儿子封门是吗？"

"不错，"邵仁道，"这石门在设计时，本就严丝合缝，所谓缝隙其实也没多少，只需一人即可完成。又因女子本就心细，所以每次都是那姚翠娘陪同在我儿身边。"

"后来呢？你儿子邵俊德，当真喜欢上了这个姚翠娘？"李凌云不动声色地问。

"是，我们夫妻从牙郎手中买奴婢时，只选相貌姣好的女孩，挑了大半年，方才得了这么一个性情温和、美貌多情的小娘子。我儿也是个罕有的美少年，朝夕相对，自然日久生情。冰窖需要定期查看，每隔十天半个月，就要去一回。每次，都是家中的车夫带我儿和翠娘一起去。这也就等于给他们创造了单独相处的空间。那年我儿十五岁，有一次来冰窖封门，在那歇脚的石凳上，他就与姚翠娘睡在了一起……"

"少年情人，男欢女爱，恐怕很容易沉迷吧！"李嗣真悠悠地道。

"唉，便是如此，他们二人倒也没大胆到敢于隐瞒，所以我们很快就知道了。"想起儿子，邵仁有些懊恼，"没过两年，我儿到了谈婚论嫁的年岁，苏家上门提亲，我娘子本来就厌烦她姐那显摆样，见官家求亲，便一口应承了苏家。他们两人感情再好，也到了不得不做选择的时候。我问我儿，是将翠娘放出府去做个良人，还她自由，还是给她说一门好亲事，嫁在府里。毕竟我们家产业多，往后做个操持一方的管家娘子也不难。"

李凌云追问："邵俊德怎么选？"

邵仁深深叹了一口气："他两个都不选，那孩子哭着说，不管娶了谁，他喜欢的都是翠娘，要翠娘留在府里。翠娘也不肯离开，更不肯嫁人，说什么生是我儿的人，死是我儿的鬼，无论如何都要留在我儿身边。我和娘子无可奈何，只好让府里的人都管着嘴，不许和新嫁娘嚼舌根，只说她是普通操持衣装的婢女而已。"

"……唉，有情人终难成眷属啊……"李嗣真不由得感慨万分。

"其实我和我儿都在想，这世上哪儿有不许丈夫纳妾的正房娘子？于是我把翠娘调去别处，盘算他们分开几年，等儿媳怀了孩子，便顺理成章地放良，抬她做妾。可人算不如天算，我那儿媳对我儿痴心多年，一到了府中，别说是翠娘这等容貌的，连姿色平平的屋里人都被她赶了出去，全换了她从家里带来的丑女侍奉。

"不只是如此，儿媳跟前跟后，时时刻刻都要待在我儿眼前。我儿有一回急得同我说，想要和离，说他自己就像是被擒的猎物，娘子是猎人，时刻对其磨刀霍霍，他娘亲劝了许久才罢休。说来也怪，他们夫妻二人虽然同房，苏氏却一直没有生养，成婚前两年，她尚不觉得有问题，去冰窖也都跟着，但过后她仍未有身孕，我们便请了崔药师来看。崔药师说苏氏有宫寒血冷之症，要注意保暖，不可吃冰的东西，也不要去冷的地方。就这样，我儿总算能喘口气，不再隔三岔五就闹着与苏氏和离了。"

李嗣真看了一眼李凌云，知道他不便提问，便主动道："所谓喘口气，就是和那翠娘去冰窖胡混吧！"

"唉……他们两相情愿，我这个做阿耶的也不好太管着，横竖他们搞不出什么事来，不让儿媳知道就好……"邵仁说完，对二人深深一揖，"小老儿方才左思右想，儿媳曾来过冰窖，为不引起苏氏怀疑，我儿日常装作对她十分信任，第一重门的钥匙，向来是放在她知道的地方，只要她想，一定能复刻一份。"

李凌云闻言，眯眼道："你是怀疑，你儿媳苏氏发现了你儿子与姚翠娘私通，故而杀人泄愤？"

"只是怀疑……虽说二道门开启的方法，只有我和我儿知道，但苏氏和我儿昼夜相处，谁知会不会旁敲侧击问出来？况且人在睡梦中，有时候也会说梦话的……"

"梦话，贾成也说梦话，且在梦话中透露了自己曾经做下滔天大案，你这揣测，也非全然胡说。"

李凌云的话似乎鼓励了邵仁，他连忙道："车夫老马，是个聪明人，向来知道什么可说，什么不能讲。可姚翠娘和我儿有情，家中仆人也都看在眼里，难说没有人和苏氏讲过。她对我儿痴情如此，知道实情，说不定就动了邪念。"

李凌云亮如星子的眼眸在邵仁身上凝视片刻，淡淡地道："依你所言，其实姚翠娘也有作案嫌疑。"

"啊？"邵仁一蒙，张开嘴巴，久久才猛地摇头，"不会不会，翠娘这个女子，一心扑在我儿身上，怎可能做这种事？"

"世上男子对女子的处子之身，向来多有执念。就算姚翠娘想要再嫁，新婚之夜，夫君一旦和她同床共枕，马上知道她和过去的郎君发生过什么，所以，她不愿嫁人，就是不想冒险。她留在你家，或许就是想给你儿子邵俊德做妾，你们也答应过她。只是苏氏过门后，把此事搅黄，她不知何年何月才能实现，时日长了，难免心怀怨恨……"

"没有没有，"邵仁把圆溜溜的脑瓜摇得像拨浪鼓一样，"不可能的，翠娘要是怨恨，怎么可能还和我儿厮混。她分明爱他爱得不得了，向来我儿说东，她不敢往西。"

"当然，邵老舅你怀疑苏氏，不无道理，那就等剖尸检验之后，看看会有什么答案。"

李凌云对邵仁微微点头，转身而去。李嗣真安抚道："放心，狩案司手中没有冤案，那李大郎最看重真相，他只是说个可能罢了。"

说罢，李嗣真便去追李凌云，刚走了两步，他就猛地回过头，盯着那片下人休憩的小树林。

许久之后，李嗣真犹豫地回头撵上李凌云，却忍不住把心中所想说了出来："……奇怪……那人还跟着吗？"

"什么人？"谢阮已在马上，抓着马鞍，斜着身子送了耳朵过来。

"没什么人。"李嗣真翻身上马，笑道，"方才的事，我同你们说一说，邵仁方才怀疑，是他儿媳苏氏下的狠手呢……"

说着，李嗣真的眼睛却又瞥向身后，把一缕狐疑神色压在了眼底——

龙门到东都不过三十里，倘若纵马狂奔，路上用不到一个时辰，只是封诊车过于沉重，在此暗格内还装载着冰块及两具尸首，整整耗费两个时辰，李凌云一行人才至东都门外。

李嗣真在路上，已将邵仁对苏氏的揣测全部告知了谢阮和徐天，此刻见李凌云回头张望封诊车，徐天笑问："李大郎，去何处剖尸？"

"不是大理寺吗？"李凌云奇怪地打量他一眼，"官办的案子，自然是去官府的地方。"

徐天面色一暗，喉头滚了滚，最后只道："那行，就去大理寺。"

谢阮晃晃马鞭，笑道："徐少卿好没道理，给我们大郎下套子，只是你却未料到，我们大郎平日多与官府接触，查案规矩他也懂得不少，你想趁机训话却不容易。"

谁知她话音未落，李凌云在一旁扯着嘴角，生硬地笑了笑说："我不曾见过大理寺剖尸之地，好奇。"

"哈哈哈！"徐天大笑，拿马鞭指着谢阮，"我料不准李大郎，汝又如何？"

谢阮不服："我料错一次罢了，你可是次次都错。"

"笑话，我可是大理寺少卿，莫非你以为，在你们狩案司出现之前，是神仙在断案不成？那可都是我带人破的。"

"好汉不提当年勇，敢问是谁写奏章去东都搬救兵的？"

"呵，孔圣人没说错，唯女子与小人难养也……"

"孔圣人可没说谁难养，只有'近之则不逊，远之则怨'的那种才不好养，再说了，哪里只有女子，小人不也难伺候？某现在可觉得徐少卿你不识抬举得很！"

见两人吵得脸红脖子粗，李嗣真摇头浅笑，李凌云则领着封诊车，不声不响地先行一步，他们两位瞥见，一面继续争执，一面打马追了上去。

隔日，街鼓已歇，夜色渐落。

东都大理寺深处，有一处用石头堆砌的方正房间。用花岗岩雕琢的门框上，并未安装门扉，与门正对的墙上，有一条扁长窗口，此时，正从窗口处传来呜呜的风声。

门口安放了两尊半人高的雕塑，却非大理寺常见的獬豸，而是一对人面羊蹄、长着大耳朵的镇墓兽。镇墓兽为黑陶所制，并未上釉，虽是人脸，但长着朝天狮子鼻，嘴巴咧到耳根，呈坐姿，头、肩上都长着尖锐扭曲的长鹿角，眼睛如铜铃一般，似乎会把走进门的鬼魅咬住，一口吞进肚子。

按说活人之所不立此像，但殓房本就是死人待的地方，是以弄来两尊，算是警告怨灵，不得在此作祟。

负责殓房值守的卒子黄大眼，手中提着刀子，和同样站在门口的赵仵作互递了个眼神，随后他吧唧吧唧嘴，克制住心头猫抓一般的好奇心，尽量不让自己的眼睛朝殓房里面斜。

"赵仵作，哎，赵仵作……"黄大眼低声呼唤着。

"叫我作甚？"后者长脸挂霜，表情如丧考妣，显然对黄大眼很是不满。

"你不进去瞅瞅？听说……那位可是屡破大案，封诊道的魁首，剖尸的活计厉害得不得了，不妨，你和其他几位仵作一样，跟他学学？"黄大眼说着来了劲，连身体都朝那边挪了过去。

赵仵作朝地上吐口唾沫："啐！狗大眼，难道你忘了唐司直是因为什么被派遣出京的吗？亏他对你极好，你可真是条狗，谁给吃的就朝谁摇尾巴！"

"唐司直自己带人在城门口拦人，与我何干？再说了，我那天去了，还吃了徐少卿的排头，不然能被发配来看守殓房？"黄大眼面色微红，讪讪地摸摸鼻子，"是他打着徐少卿的旗号，让咱们一起去捉拿这位李大郎的，说是他冒名顶替咱们大理寺，在地方上剖尸查案，要逮了来立功。结果非但招惹了里边那位女将军，还被东都地底的阎君老爷抓个正着。徐少卿知道他拿自己当借口，也厌烦得不行，要认真说起来，是他拖累了咱们。"

赵仵作嫌弃道："哼！唐司直对手下人一贯照顾，当时就是错收了消息，如今也不过暂且离京公干，你这般姿态，还是想想等他回来以后，你要怎么办才好吧！"

"回得来再说呗！"黄大眼不以为然地咕哝，"他要回来，恐怕得天后失势吧……"

"少说屁话，那李大郎我看也就是个寻常人，没有三头六臂的神通，先前徐少卿让人在东都百姓中清查，发现压根没什么旧案如此邪门，更无人知道他说的那种教派。他把那火山地狱案和今日这一桩合并，说什么背后有人操控凶手，我倒要看看，这案子他要从哪头破起。"

二人在那边嘀咕不停，殓房之内，李嗣真站在微斜的剖尸台旁，双目注视着打磨得光亮的洁白台体，耳尖微动着，将一切听得一清二楚。

黄大眼和赵件作终于不再讲话，李嗣真这才将注意力移到剖尸台上。李凌云早早套上了油绢衣，正在抬着那邵俊德的胳膊，试图弯曲手肘。

谢阮踱至李嗣真身边，貌似不经意地问："你方才又在听什么？"

"没听什么，"李嗣真下意识地说完，就见谢阮露出不信任的眼神，便改口道，"方才我们进来时，我发现那两个人看李大郎的眼神不对，又听他们嘀咕，就仔细听了一下。"

谢阮朝门外一瞥，回头道："他们说李大郎？"

"他们说有个唐司直是他俩的上司，由于李大郎，离开了东都，还把他俩打发到这儿守门。"

"唐司直……哪一个唐司直？啊！想起来了，"谢阮好笑道，"这事我记得，东都大理寺有个叫唐千尺的，追查五行连环杀人案时，因我们抢在大理寺之前剖尸，他觉得逮到了机会，就冒了徐天的名，想把李大郎弄进牢里。"

李嗣真好奇起来："后来呢？"

"李大郎是天后要用的人，你说呢？让他在外面查案子，不许回东都呗……"谢阮嗤笑，别有深意地上下扫两眼李嗣真，"你可别打李大郎的歪主意，他现在就是个被贡起来的食铁兽，天后稀罕得很。"

"食铁兽？"他回忆了一下，用手比画，"是那种黑白两色的熊吗？白的身子，黑的四肢，耳朵和眼圈也是黑色，圆滚滚的。"

"是，据说秦岭之中也有食铁兽，可这东西圈起来极难养活。它们以新鲜竹笋为主食，冬季还要吃肉、喝羊奶，就算好不容易养活了，生养后代也极为不易，总之是稀罕物。"

"李大郎这么稀罕？"

"自然稀罕，"谢阮嗤笑，"不然一个经验丰富的老刑名，会因他连东都城都进不来？"说着她盯着李嗣真，放低声量道："李大郎的阿耶李绍，算是因天后而死。天后的脾性朝野无人不知，这笔账迟早要算。"

说着，她抬手拉拉李嗣真发皱的领口："我不管你到底是谁的人，为何非要进狩案司，都得把这事记着，老子死了，儿子可不能再出事，否则……"谢阮拍了一下李嗣真的肩，没有将话说完，便转身去了李凌云身旁。

"你做什么呢？"谢阮问低头摆弄尸首的李凌云。李嗣真在她身后，看着二人，神情略有了悟之意。

"查看尸首僵硬是否有所缓和。"李凌云将手指插进其大腿下，微微向上抬起，见大腿斜拉，点头道："可以了，盆骨能动，点火升温有用。"

徐天在一旁用手朝自己扇了扇风："人死之后，尸首会很快变硬，寻常百姓在料理丧事时，会提前准备好寿衣。这边断气，那边就要清洗死者躯体，尽快穿上寿衣，如果晚了，再想更换衣衫，那就要费大劲了。不过此时天气已足够炎热，为何还要点火升温？"

李凌云见六娘手持封诊录，他把封诊用具一一拿出，依次摆在旁边的黑色封诊几上："人死后，尸首会在两刻到一个时辰内硬化，四到六个时辰则完全僵硬，十五个时辰后开始缓解，倘若在春季这种不冷不热的时节，经三十五个时辰，方恢复原样，如在土中、水里或低温干燥的情形下，则会有所延缓。这两人都死在极为寒冷的冰窖中，需要升温加快软化，倘若光凭室外气温，我们还要等上十个时辰。"

"原来如此。"徐天颔首。六娘从他身边经过，翻开封诊录："邵俊德，男，二十八岁，已验明正身。尸首自案发之处，经封诊车冰冻运载，送至大理寺第一殓房，接收尸首文书已做记载。"

"可以开始了。"李凌云抬起双手，让六娘帮他覆上封诊口鼻罩。见此动作，谢阮刚要开口索要，六娘很贴心地又拿出一些，分发给众人。当封诊口鼻罩递到谢阮手中时，她发现她的这个，拴的竟是根红绳。

"有何特别？"谢阮边说边戴上，鼻尖接触的瞬间，她顿时闻到了一股沁人心脾的茉莉花香。她看向李凌云，后者正眼盯着玉石台上的死者，口中道："你好似说过喜欢茉莉，薄荷虽能辟味，但嗅到偏爱的味道，或许要好受点。"

"你特意为我制的？"谢阮拨弄了一下口鼻罩边缘，脸上有些微热。

"想到了，就试一试效果，"李凌云头也不抬，"反正你也只是观看验尸，无须像我这样分辨气味，不妨尽量舒适一些。"

说完，李凌云便对六娘点头："开始记吧！据车夫老马供述，邵俊德和他前往冰窖时，就已是这身打扮，经我仔细查看，死者邵俊德衣着整齐，无反抗迹象。"

说罢，他伸手在邵俊德的衣物内外仔细摸了一遍："嗯？身上没有发现财物。"

"不奇怪，我出门也几乎不带钱财。"谢阮道，"邵家在附近是知名富商。主子出门，身边必然有为他拿钱的下人，倘若钱财不够，也可以凭脸面赊账。"

"原来是这样。"李凌云点点头，对阿奴比画了个手势，昆仑奴过来配合他翻动尸首，脱去其身上衣物。

李凌云按从外到内的顺序把衣物脱下来，每一寸都仔细查看，然后折叠起来放进较大的封诊袋中。

"衣物不只整齐，还一尘不染……他曾在第一道门的坐榻上与婢女交欢，在那之前，他已把衣物给脱了下来，否则衣服上不可能没有羊毛。"

徐天不以为然："他和姚翠娘偷情，自然要小心谨慎，否则回家被苏氏发现，麻烦可就大了。先把衣裳脱了并不奇怪。"

李凌云抬眼道："倘若衣物上没有一点痕迹，外面那个男人是不是他，也就很难确定了。"

正说着，李凌云已脱到了里衣，在看到那白色的贴身裤裤后，他扬起了眉："裆部有黄色斑块。"说着，他解开裤裤，拿起嗅闻。

"嗯，是精水干涸后留下的斑迹。"他说着，意外瞥见谢阮红通通的耳朵。他想了想，对谢阮道："要是觉得尴尬，三娘出去也行。"

"人死了就是一摊肉，有什么尴尬的。"谢阮道，"怎么突然这样说？"

"我看你面色发红。"李凌云老实回答。

"火盆太热罢了……"谢阮用脚踢了一下旁边的铜盆，"为何不撤掉？"

"尸首还有点僵，"李凌云把话题拉回案子上，"从精水干涸痕迹逆推时间，和羊皮上的几乎无异，显然，邵俊德就是羊皮上那对男女中的男子，那么与他发生关系的是谁呢？"

徐天道："他父亲邵仁都招了，不就是那个姚翠娘吗？不然他眼巴巴跑来这冰窖做什么？"

"大有可能，尚需实证。"李凌云淡淡地说，"如果是血，尚可尝试以血认亲，可精水不行。我经手过一桩案子，有一胡姓村落，几乎全族居住在此。某日书生胡玉被其堂兄胡三文绑到县衙，胡三文告他当日中午，奸淫了为他送饭的堂嫂陈氏。当时我在那个县办别的案子，县令和我阿耶有旧情，便让我帮忙看一看。检查陈氏裈裤时，果然发现精水痕迹，时间也与陈氏的控诉对得上。我命六娘检验陈氏下体，在那段时间她确有行房迹象，并且行为极其粗鲁，甚至致陈氏下体轻微撕裂，我还在陈氏身上找到了强迫伤痕。徐少卿，如果是你，此案要怎么判？"

徐天思忖道："陈氏所言既有实证……那书生应该犯罪无疑。只是李大郎，如果案情这般简单，你就不会在这儿说了。"

"没错，"李凌云点头道，"从实证上看，你应该找不到蹊跷之处！精水的斑痕，是无法确定究竟属于谁的。"

"的确如此。"徐天好奇起来，"这案子最终真相如何？书生胡玉到底做没做？"

"问题就在胡玉的裈裤上，"李凌云道，"陈氏下体撕裂，如果书生是奸淫堂嫂之人，那么他裈裤的精斑上，必会留下血痕，然而实际验看，发现裤上仅有精斑，并无血痕。"

"但是，这还不足以证明，书生不是强暴之人。男子晨间常见勃起，梦遗也很寻常，或许强暴之时，并未穿裤，强暴之后，仔细擦拭，那就不会留下血痕。陈氏给堂弟送饭的时间很短，据其丈夫胡三文所言，只比平日多了一刻不到，但也足够行房，不过这么短的时间，要行房，又要穿脱裤子，很难一点血迹都不沾染。与此同时，我发现其堂兄胡三文家中贫寒，原因是他沾染了赌瘾。而胡玉是家中独子，家底颇为丰厚，只因一场意外，其父母双亡。又因其父与胡三文的父亲系亲兄弟，为了起居方便，这才决定每月给他们一些钱财，请堂嫂为自己打理衣食。于是，胡三文夫妻颇有动机，借此让胡玉入狱，顺势可作为受害人，在族规协调之下，侵占其父母留下的家产。"

"可是，你要怎么证明，胡玉不是那个强暴者？"

"很简单，陈氏毕竟已为人妻，如果是他们夫妻想要嫁祸，也不可能找别的男人做戏，所以我检查了胡三文的裈裤，在他的裤子上发现了淡淡血痕。所以，他才是那个强暴陈氏的人。"

"……当真好险，要不是大郎注意到不寻常，那胡玉不就连人带家产都完蛋了？"谢阮听得一身冷汗。

"并非我的功劳，而是他运气足够好。胡三文为了装得真实，在妻子送饭之时潜入胡玉家院子，在院中装作强暴妻子陈氏。胡玉在读书，两耳不闻窗外事，对此一无所知，然后陈氏就哭天喊地地冲出去，控诉胡玉强暴了她。这个过程太快，胡三文来不及更换裈裤，所以才留下了罪证。倘若胡三文设计得再精巧一些，等陈氏回家后，再上门讨还公道，并将裈裤清洗，我就算有天大的本事，也无法为他脱罪了。"

李凌云摇摇头："精斑不可认定身份，只能确定对方是男子，天下男子何其多，所以此番还要等验过姚翠娘的尸首，才知他俩是否行房过。"

"明白了。"徐天赞同道，"大郎还请继续。"

李凌云拿起鞋子，小心地用黄铜尖夹取下上面的毛发，拢共有三十多根，放进一个小铜盘中。

他沉吟道："邵俊德的鞋上有大量羊毛，说明他在一重门的羊毛毯上蹭过鞋子，从此细节可以看出，他是自己主动进入冰窖的，倘若有人逼迫，便会漏掉蹭鞋的动作。"

说完，李凌云低头仔细查看尸表，阿奴帮忙将死者后背翻了过来："尸表肌肤并无伤口……身下瘀红，是人死后，血液停流，瘀积在血脉低处所致。"

他解开邵俊德的头发，将手指插入发中，寸寸按压死者头颅："颅骨无软肿之处，看来也没有被任何钝器击打过。"

"浑身上下都没有伤，那他是怎么死的？"谢阮费解不已。

李凌云看着仰面朝天的死者，瞧见他口中那颗还未取出的珠子，觉得他脸上的笑容格外刺眼："兴许，他真是被活活冻死的。"

"冻死？谁会被冻死还一动不动？"

"得继续剖尸才知道……嗯，这瘀红似乎有些异常之处……"李凌云弯下腰，一边侧头看着那些斑痕，一边朝阿奴打了一串手势。

阿奴心领神会，从封诊箱中取出一本巴掌大的册子交给他。谢阮凑上去一看，上面写着"尸首血瘀痕迹色样"，打开之后，内页用颜色浸染着由青到紫不同的颜色，有些还画着纹路，旁边用小字记录着，尸首在什么状态下，产生了这个颜色的瘀痕。

李凌云翻了一会儿，卷起册子去比对瘀痕颜色，谢阮一看颜色相仿，就叫道："是这个了！"

李凌云拿起册子念道："鲜红瘀痕，常见于极寒环境中，被冻死的尸首身上，呈鲜红色。"随后用手指碰触尸首后背，轻微按压，不久后他抬起头来。"邵俊德的瘀痕是鲜红色，且全部集中在背部，也就是说，他死后，处于平躺状态，且没有被人移动过。在他背后，有紫红色肿胀，并伴有水疱，这是不同程度的冻伤痕迹。"

等众人观察之后，李凌云让阿奴把尸首放平，他的手指移向邵俊德的下身："你们再看这里，他的阳物以及阴囊都已明显收缩，这是男子突然受凉时，身体的自然动作。从这些方面看来，他被放在冰床上时，应该还活着。"

谢阮暴躁地挠挠头："那他为何不反抗呢？"

"不必着急。"李凌云拿起长柄封诊刀，沿耳朵最高的地方，环切一圈，将邵俊德的头皮缓缓扒开，露出白森森的头骨。

室内终于传来了干呕声。谢阮见李嗣真脖子一伸一伸的，忍得很是辛苦。虽然自己脸色也不好，谢阮却冲他笑道："李寺丞别勉强，受不了出去就是，剖尸可不是一般人经受得起的。"

话音未落，只听她身后传来咯吱咯吱的动静，两人一起看去，发现李凌云手持一把极小的锯子，神情冷漠地锯着死人脑壳。

谢阮神色微变，转头问李嗣真："李寺丞，想不想出去透口气？"

李嗣真哪儿还有说话的力气，只拼命点头。二人跑出门去，只剩下一个徐天瞧着。

李凌云锯开头骨，小心摘下脑仁。"脑膜鲜红，脑仁膨凸，"说完捡起头骨观看，"使得颅骨骨缝开了一些……这也是死于寒冷的体征。"

说罢他拿回封诊刀，由尸首锁骨朝身体中间以树杈状切开，按顺序剥开皮肉，锯断胸肋，再用黄铜支架撑开，摘下肺叶，掏出心脏……

此时李嗣真和谢阮刚折回，看见尸首黄色的脂肪和鲜红血肉，李嗣真露在外面的脸色都有些灰白，又剧烈反胃起来，李凌云道："要是还想听，就背过身吧！"

李嗣真连忙照做。李凌云把心脏放在黄铜盘中，切开左右心包，并将流出的血液凝块收集在水晶小瓶中，只见左心包的血液呈鲜红色，右心包的血液呈暗红色，有着明显差异。

徐天惊讶道："为何血水颜色不同？"

李凌云道："心包血水是一进一出，在死前吸入寒冷空气，便会致血液颜色发生变化。"

他分别摘下邵俊德的胃囊和肠，又和肺部一起称重记录，随后道："人死于极寒时，五脏中细微血脉会受冻破裂，肠胃可见褐色弥漫的血点，腹腔内壁也会充血、出血……其肺可见水肿。"

李凌云在肺上切了一刀，轻微挤压，鲜红色的血水和气泡溢了出来，他一直切到气道，从里面挤出一些淡粉色泡沫。"这些都证明了，邵俊德是被活活冻死的。"

他又自言自语："到底是如何做到让一个人活活冻死，却衣衫完整呢？"

谢阮问："衣衫完整又怎么了？"

"衣衫完整，证明他被冻死时，已失去意识。"李凌云看着胸腹大开的尸首，皱眉道，"天气寒冷时，人保暖不足，身体散去的热远比产的热要多，在超过极限后，人的五脏六腑、肌肤骨骼都无法正常运转，遂死亡，这就是冻死。"

"冻死过程，可分为四期，"李凌云竖起手指，随着讲述一根根放下，"心绪高涨期，心绪低落期，心绪压郁期，心绪失却期。"

"是什么意思？"

"心绪高涨期，是说人在受寒初期，为了制止体热散去，出现快速呼吸、打寒战等动作，此时身体反应还会导致皮肤生起鸡皮疙瘩。这与欣喜时产生的兴奋心绪大致相同，遂有此名。之后体温失控，皮肤里的血脉扩张，使身体内部温暖的血液充盈皮肤，导致身体内部体温降得快，皮肤表面体温降得慢，体温虽然在下降，可内外热度不同，人却会觉得燥热，导致冻死前出现脱衣现象，心绪随之低落。再往后，其脏器无法运转，呼吸终止，进入心绪压郁期，在躯体完全麻痹后，人体便因脏器衰竭而死，也就是最终的心绪失却期。"

"这么说，如果邵俊德是清醒着被冻死的，他会自己脱掉衣服？"

"对，我们封诊道记录着不少因雪灾冻死的案例，逝者都将衣物脱至一旁，可邵俊德没有。说明其当时应处在昏迷状态。而且他脸上的笑容，也是一个证明。

"他面露微笑是因为，从心绪高涨期直至心绪失却期，人都在朦胧的温暖中感受死亡，所以冻死姿势多比较自然，表情安详，并随面部皮肉放松，脸上呈现诡异笑容。又因冻死的人面无血色，看起来恐怖异常，所以百姓将这种笑脸叫作冰鬼脸，认为这些人是被冻死鬼索魂，拿去替死了。"

"他会不会中了迷药？"

"大有可能。"李凌云抬手拿过装胃囊的铜盘。剖开后，发现其中只有一些黏液。他让六娘取来封诊鼠，把黏液喂到它嘴里，还没来得及放回笼子，小鼠就已昏迷倒地。

"……什么迷药，药力竟这样大！"徐天喊着，突然发现现场鸦雀无声。

谢阮胸口大大起伏，好一会儿才小声道："不会吧……难道又出现了？"

"什么不会？"徐天迷惑地问。

"三娘说的，是陆合道人连环杀人案中，曾用过的那种迷药。"李凌云为他解惑，"当时那种迷药被混在食物、酒水中，无法得知成分，但药力特别大，和邵俊德胃中的有同样药效。"

"这样的迷药很少见？"徐天说出口，才觉得这个问题有点蠢，面露懊悔，而李凌云却很认真地点头："少见，好像传闻中的麻沸散。"

"麻沸散？"徐天重复了一遍，"华佗所用的麻沸散？已经不存于世了吧？"

"应当是……至少封诊道多年以来，还不曾见过。"李凌云捏住邵俊德的下颌，用手指探入其中，这回轻易地撬开了他的嘴，从中掏出一颗洁白如玉的珠子。

他取出一包用封诊袋封好的竹签，又扯下一点棉花，卷在竹签头部，在珠子上仔细擦拭。

随后，他将棉棒插进一个装水的小瓶中，待竹签吸了水，他让六娘把棉棒上的水挤入一只封诊鼠口中。

毫无悬念，小鼠马上就昏厥了过去。

"迷药在珠子上……"李凌云小心地将珠子放在鼻端，一股熟悉的甜味冲入鼻腔。

他愣了愣，谢阮看出他有些不对，问道："怎么了？有味道？"

李凌云回过神来："是蜜蜡的味道……应该是不想被人发现石珠曾在迷药中长期浸泡过，故而用蜜蜡味进行掩盖。"

"如此说来，邵俊德是先和一名女子在冰窖外云雨，接着被人在口中塞了这颗珠子，待被迷晕后，有人将其放在冰床上，任由他被冻死。"

"珠子很大，必须张大嘴才可以含入口中，若是强行塞入，很容易造成嘴唇或牙龈出血，其口中没有这些迹象，表明邵俊德很信任对方，心甘情愿将珠子含入嘴里，那么这个人，极可能是与他发生性事的那名女子。"

"姚翠娘……"李嗣真尽量把眼神固定在李凌云脸上，"按邵仁的说法，杀人者不是苏氏就是姚翠娘。然而苏氏是强行嫁入邵家的，邵俊德所爱并不是她，若是苏氏，只怕很难让他心甘情愿地这么做。"

"理是这么个理，"李凌云道，"不过还是那句话，剖过姚翠娘的尸首，找到实证，才可下确切结论。"

说完，他对阿奴打个手势，昆仑奴迅速整理尸首，六娘也拿来针线，将尸体飞快地缝合起来。

等到一切妥当，阿奴又将那边赤身的姚翠娘抱了过来。

李凌云正要动手验看，李嗣真却突然阻拦道："大郎等一等。"

"何事？"李凌云动了动眉毛，停下手中动作。

"昨日在冰窖时，有两件事，我有些耿耿于怀，"李嗣真见李凌云点头许可，才往下说，"其一，我们在冰窖内搜证，邵仁和老马在冰窖门口焦急等待，然而，当时心中真正焦急的，只有一人。"

谢阮回忆起昨天的情形，恍然道："噢，我想起来了，你在冰窖时，一直朝着门口侧耳倾听，莫非你听出了什么？"

"不错，我听见两个人的呼吸声，一个急促不已，一个却平静如常。呼吸急促的是案主邵仁，他身边的车夫老马，因心中泰然自若，所以呼吸很平和。"

谢阮道："死的又不是他的亲人，他焦急什么？"

"按老马所说，他发现异常后，遂驾车奔回东都，告知邵仁他儿子不见了——整个过程，老马的表现是惊慌失措。他摆明清楚，邵俊德来此私会姚翠娘，一旦出事，他脱不了干系，故而紧张。如果他说的是真的，那么为何在邵俊德死后，他反而会若无其事呢？"

李嗣真用手指了指自己的耳朵："人的表情可以装出来，声音却很难伪装。老马说话时，虽装作惊慌焦虑，实际上他的呼吸、语气、语音与真正焦躁的邵仁相比，均有细微不同。换一个人，兴许就被他蒙过去了，我却不然，因为我这太常寺丞，就是靠着这双耳朵才当上的。"

徐天道："这个老马，是要仔细查一查。我这就命人盯着他，李寺丞，你说的第二件事，又是什么？"

"其二，便是李大郎和邵仁对话时，我注意到的一件事。"李嗣真指向同样面带笑容的姚翠娘，"邵仁认为，苏氏是凶手，同时完全否认了姚翠娘杀死儿子的可能，他的语气，过于笃定了。"

谢阮大惑不解："这算什么问题？"

"邵仁说姚翠娘是他们买来伺候儿子的，二人青梅竹马，渐生情愫，遂在冰窖中云雨。后来苏氏嫁入家中，他本来想把姚翠娘打发出去或者嫁人，但邵俊德和姚翠娘都不愿意，遂将她留下，只是调离了邵俊德身边。"

"不错……这有什么问题？"

"若只如此，不足以让邵仁确信，姚翠娘绝不会加害邵俊德。姚翠娘和邵俊德谈情说爱，郎君却另娶他人，苏氏进门根本不给她做妾的机会，这种情形之下，是姚翠娘对邵俊德心生怨恨比较可信，还是他俩仍然情深义重可信呢？那邵仁怀疑深爱邵俊德的苏氏，却不去质疑被儿子辜负的姚翠娘，你们不觉得古怪？"

谢阮听到这里，也颇有感触："确实奇怪，苏氏对邵俊德一见钟情，乃至官家小姐要嫁作商人妇，换成是我，就算发现郎君和别的女子厮混在一起，只怕就算打骂，乃至和离，也未必就舍得对他下毒手……"

"对，所以姚翠娘一定还做过什么，才使得邵仁笃定，姚翠娘对儿子死心塌地。"

"……那她到底做了什么？"李凌云看着姚翠娘脸上的诡异笑容，抬手拿起了封诊刀，"李寺丞，我会带着这个问题，仔细查证的。"

"多谢大郎信任。"

"我并未信任你，"李凌云抬起眼看看他，"你听到的，只是据你经验感受，如今你的判断，也只是推测，拿到实证后，才能证明。"

李嗣真并未反驳，简单地答复："我明白。"

"那么……"李凌云对六娘示意，"开始起验姚翠娘之尸。"

六娘飞快地在封诊录上书写，李凌云抬起女尸双手，反复查看道："双手虎口处有水疱，疱内黏液尚存，并未被吸收，说明水疱是在她死前刚刚形成的。因虎口水疱的形成多为手持工具反复劳作所致，据分析，其当时可能手持锄头在凿冰。"

"既是劳作，为何要画上如此浓的妆容？"谢阮在一旁瞥了瞥姚翠娘的脸，"妆容如此完整……可冰窖中并未发现胭脂水粉……"

"交欢时，两人必然亲密接触，方才在邵俊德身上，并未发现胭脂水粉痕迹，倘若她是那个女子，发生性事时，必然没有上妆。要么……她根本就不是那个女子，要么……就是事后补的妆。至于这些用来妆点的东西，或许在她的衣服里。"李凌云让六娘打开封诊袋，从中取出姚翠娘的衣物，上手一摸，果然发现异常。接着，他从叠着的衣物中取出了胭脂盒、螺形眉粉、口脂及白色敷粉。

谢阮拿在手里端详："均是上等品。口脂是西市宋大娘家的紧俏货，眉粉是东都一个女道士自己制的，叫'大梦方醒螺子黛'，据闻一年只制一两百个，有价无市，别说一般下人，当家主母都不一定用得上，那邵俊德当真喜欢这个姚翠娘，否则她怎么会有这些？"她把物件还给李凌云，叹息道："她恐怕是知道自己要死。"

李凌云一愣："怎么说？"

"在宫里看得多了，很多宫女或是嫔妃，最后一个心愿，都是化好妆容，漂漂亮亮地去死。"

"如此说来，她大有可能是自己寻死。"李凌云俯下身，仔细观察姚翠娘的脸，"我们发现她时，她站在冰窟中，脸上妆容虽看似完整，但我注意到，由眼角至颧骨，有条宽窄相等的泪痕，此痕将脸上的胭脂水粉冲淡了一些。眼泪呈流淌状，说明其哭泣时尚有体温，若是脱光衣服，站在冰窟中，是很难流下眼泪的。"

"这是为何？"谢阮不解，"不过是冷一些罢了。"

"若我将你放进雪堆中，你的身体为了产生热量，会浑身起鸡皮疙瘩，本能地打战。此时，就算在你眼前发生再悲伤之事，也很难落泪。因为你的身躯在抵御寒冷，所谓一心不能二用，这时无论何种情感都很难去表达。"

谢阮假想了一下："我明白了，可姚翠娘又在哭什么呢？"

"我也不知，"李凌云继续朝她头部以下看去，"六娘记下，在她的双乳上，发现了红紫色的齿印。"

谢阮道："……在这种位置，必是亲密之人留下的。会不会是邵俊德的齿印？"

"或许。"李凌云让阿奴拿来一支红烛，点燃后缓缓滴落在齿印上，"这是掺入朱砂的蜜蜡烛，因蜜蜡融化时温热，不会太烫，可以用来获取人体上的痕迹。"

"取来何用？"

"人头骨、面骨、颌骨的形状不同，因此牙齿所长出的方向和部位也均不相同，牙齿在各人口中，亦会形成不同的形状。检查齿痕时，据牙齿排列形状及齿痕的大小、宽窄，可判断出某个人的独特特征。"

"这样也行？你们封诊道还真是把什么事都做到了极致！"

见李凌云不搭话，谢阮又催问："李大郎，某很感兴趣，能不能详细说说？"

李凌云指着女尸嘴中的两排牙齿解释："经我封诊道数百年的研究，这世上，没有哪两个人的齿痕是完全一样的。这与每颗牙的大小、间隔、排列有关。我封诊道记录，因每个人的身份地位、生活环境、饮食习惯、咀嚼方式不同，牙齿的生长发育情况也不尽相同。如富家子弟，他们平时以精粮为主食，咀嚼难度小，食物对牙齿几乎没有磨损，他们的牙齿看起来便相对整齐一些。以杂粮为主食的普通百姓，牙齿的损坏程度相对要高得多。人自幼年到成年，会经过几次换牙，牙齿长成后，除非是遭受外力掉落，否则牙齿排列几乎终生不变。如此一来，成年人的齿痕便和指印一样，是唯一的。我们只要使用得当的方法，将齿痕取下，再与之相比，若是重叠，便可认定身份。以特制蜜蜡烛取痕，便是我封诊道经多年尝试后得出的最稳妥的方法。"

虽听得似懂非懂，但李凌云用指印类比，谢阮也就大概明白。片刻后，那附着在齿痕上的蜜蜡微微变色。李凌云用指尖碰了碰，徐天发现那蜜蜡颇为柔韧，不像普通蜡片那样一触即碎。

"必是加了什么秘物调制……"徐天正自言自语，李凌云已来到邵俊德的尸体前，用一团同样柔韧的蜜蜡，在他的上下牙齿上取下齿痕。

只见他一只手一个牙模，相比后，说道："邵俊德下颌有五个齿痕与女尸乳上痕迹接近，也就是说，邵俊德咬过姚翠娘的乳房，可以看出，咬痕呈紫色，肌肤下的纤细血脉已破裂，说明邵俊德用力较大。"

"果然是她……"谢阮淡淡说了一句，却听李凌云对六娘道："换你来。"

谢阮见六娘把封诊册交给李凌云，奇道："咦？为何换六娘？"

"接下来的检验，男子有些不便。"

谢阮反应不及，看六娘裹了棉棒，在姚翠娘的双腿之间摸索，方才明白了他的意思。

"确实是……有些不便。"谢阮摸摸鼻子，见六娘持棉棒的手在那隐蔽的地方搅动了几下，取出时，雪白的棉棒已微微变黄。

"体内有一些黏稠液体，呈黄色……是男性精水的可能性很大。"李凌云示意阿奴拿来小炉，倒入清水煮沸，接着将棉棒放进铜锅里，没过多久，黄色液体渐渐变为白色，并发出异味。

"确定是精水，观其色泽，和羊毛垫上的相仿。直至现在，所得实证均可证明，和邵俊德颠鸾倒凤的，是姚翠娘无疑了。"

"邵俊德看起来斯斯文文的，为何会咬她？莫非他讨厌她不成？男子对喜欢的女子，不应该是珍之重之吗？"谢阮此言一出，除李凌云外的两个男人，不约而同地干咳起来。

"你们咳什么？"谢阮看向徐天，"徐少卿，莫非你清楚缘故？"

"这个嘛……"徐天面色微赧，"谢三娘，你应当没有男人吧！"

"……"谢阮看着他，眼睛渐渐竖起，"徐少卿，你什么意思？"

"我哪儿敢有什么意思，"徐天叹了口气，"没经男女之事，所以才会有这样的幻想，其实男女之间，就算感情甚佳，也并非只有温情而已。正因深入了解，袒裸相对时，反而容易在对方面前暴露出自己的本性。其中有些人，表现是很粗鲁的，这未必是对心爱的女子发怒……呃……怎么跟你解释呢？"

谢阮若有所思时，李凌云在一旁道："我们封诊道对此类举动有诸多记录。你看，姚翠娘双侧乳房皆有牙印，意味着在性事中，邵俊德有攻击之意。往往有此动作，是因男子极为压抑，遂在二人交欢之时，存泄愤行为。也就是说，邵俊德要么对姚翠娘存在一定的怨气，要么就把姚翠娘当作情绪发泄的对象。总之，两情相悦，很少会出现这种程度的攻击行为。而且方才我注意到，姚翠娘身上还有多处陈旧咬痕。说明，邵俊德曾不止一次在性事中出现此种行为。"

李嗣真叹道："邵俊德心怀愤懑……或许与他的妻子苏氏有关。苏氏是官家小姐，难免会让邵俊德这个商户男儿有些弱势，妇强夫弱，心中郁积也很正常。这情形在长安的豪门中也不少见。"他说完，殓房中一时间竟鸦雀无声。能看出，除了李凌云，每个人都因此产生了小心思。

谢阮瞧着姚翠娘那依旧美貌逼人的脸，心中莫名感到了哀伤。

"她会不会是总被邵俊德虐待，想要杀死对方呢？可是……她对邵俊德十分用情，否则为何蹉跎岁月到了这样的年纪？"谢阮嘴中喃喃，眼瞧着红颜美人在李凌云的封诊刀下，露出嶙峋白骨，化为陌生血肉。

李凌云小心剖开胃囊，一枚光亮闪烁的东西随之滑落在盘中，发出当啷一声。

"钥匙？"李凌云用布小心擦干它，"为什么会有钥匙？"

李凌云飞快地比画了一下，昆仑奴会意，将胃囊中的液体给封诊鼠喂下，小鼠并未昏厥，他皱眉道："姚翠娘没有服下迷药……"

正说着，阿奴又扛来一堆锁链，谢阮眼尖地看见了锁链上的铜锁："这不是……捆冰的锁链吗？"

"是！是我让阿奴把冰凿碎拿回来的。"李凌云将钥匙插入锁孔，只听咔嚓一声，铜锁应声而开。

"钥匙在她腹中……"李凌云迅速推测，"她可以在进入冰坑后，自己拉紧锁链并上锁，这些捆绑的锁链能确保她在冻昏时，不会从凹陷中掉下来。她腹中脏器及尸首斑痕呈鲜红色，并集中于腿足等下肢部位，说明，她是站着被冻死的。"

李凌云面露不解："人清醒着被冻死极为痛苦，需要很大的忍耐力。另外，她把钥匙吞入腹中，说明她有赴死的决心，可是……她为何要自杀？"

"为了报复邵俊德这个负心汉？"谢阮也迷惑起来，"邵俊德成婚十余年，从正妻苏氏嫁过来，姚翠娘便知已无法做妾，倘若因此事意图报复，为何又要等这么多年？"

"此种情况，倒和火山地狱案极为相似，都是仆杀主，仇恨渊源不浅，延续十数年，没有复仇的必要……"徐天说完，见李凌云在姚翠娘腹中摸来摸去。"不是已经将肠脏都取出了吗？你又在做什么？"

"我想看看她的胞宫……也就是怀胎的地方。"李凌云切下一块囊状物，放在铜盘中，"苏氏多年未孕，邵俊德与姚翠娘也没生养……除非邵俊德天生不育，否则两个女人都没受孕，是极不正常的。"

说着，李凌云剖开胞宫，手指轻探其中，很快他感到指尖传来了凹凸不平之感，遂将其翻过来。"胞宫中有陈旧疤痕，这是受孕后流产所致，从疤痕大小分析，流产发生在其受孕三个月后。"

"流产？"在一旁强忍血腥味的李嗣真顿时回道，"对了！这可能就是邵仁不怀疑姚翠娘是凶手的原因。"

谢阮也随之醒悟："姚翠娘曾为邵俊德怀过孩子……最后打了胎？"

"是自然小产还是打落胎，还得再看……"李凌云让六娘拿来灯具，调整灯前铜盘，把灯光射进尸首腹中，在那里，他看到了许多小小的肉凸。

"腹部胞宫位置出现大量针眼愈合伤，是堕胎术。"李凌云抬头道，"《汉书》有载，赵飞燕姐妹曾逼迫宫人堕胎，堕胎可用药，常见有藏红花、麝香、五行草等，青楼中也用药，都是虎狼之药，口服水银、马钱子乃至少量砒霜，令人五脏失和，毒物运转至胎儿体内，遂造成胎儿死亡，但与此同时，也造成母体损伤，容易一尸两命。穷苦人家可能连这样的药物也是用不起的，遂又出现用外力堕胎之法，花样百出，有人捶打肚子，故意往硬物上撞，孕期用力抬重物，等等，这些法子都很危险，弄不好也是要命的，而且效果……"

"这个我知道，"李嗣真接过话头，"南齐宰相徐孝嗣，就是因堕胎失败才出生的，他的祖父徐湛之、父亲徐聿之在刘劭事件中被杀，孝嗣成了遗腹子，罪不及胎儿，朝廷当时没有要杀他的意思，他母亲为了改嫁，千方百计想堕胎，可始终不果，在他诞生后，取小字，叫作遗奴。"

"不错，这样的方法效用有限，民间医人遂研制出其他堕胎法，西晋的《脉经》里，就提到针灸可以堕胎，加上按摩，效用可观。南北朝时，宋后废帝刘昱路遇一怀孕妇人，他诊断妇人怀的是女儿，文伯却认为是一男一女，用针灸为妇人堕胎，结果文伯说对了，妇人怀的是两个孩子。看来，有人对姚翠娘用了同样手段，堕掉了她怀了三个月的孩子。"

"这也太残忍了，那妇人和他有何冤仇？难怪会被废掉。"谢阮愤怒地道，"这堕胎之技，死胎儿，伤母体，为何医人还要加以研究？"

"万事一体两面，"徐天面露无奈，"李大郎年少，又不通人情世故，只怕对这些倒不如某清楚。谢三娘可知，三法司日常接触的刑案里，其中有一类便是奸案吗？奸案又细分为强奸、迷奸、诱奸、合奸等，大部分受害女子为恶徒所欺，并非心甘情愿，不说远了，就说贞观年间，百姓行走山中，时常遇到劫掠的匪徒，你可知道这些家伙毁了多少女子的贞洁？"

谢阮了悟："……我明白了，你的意思是，会有女子被迫怀上孩子。"

"是的，"徐天沉重地点一下头，"这些孩子并不是那些女子想要的，大唐风气再如何开明，又有哪个女子愿意带着恶人的孩子生存？这些孩子不该来到世上。我初年在地方经手过一个案子，有名女童，案发时年仅十二三岁，因被家中长辈侵犯，遂有了身孕。她告知父母后，家中报到族中，将这个长辈驱逐出去，怕影响她的将来，便只能以别的案由，逼其招供后将之下牢。可即便如此，倘若那女童将孩子诞下，后果不堪设想，不得已，某找了个大夫为她落了胎，此事就此揭过，如今女童嫁人，早已是几个孩子的母亲了。"

"……做人难，做女子更难……"谢阮快快不乐，见李凌云拿起针线，她有些奇怪，"为何不让六娘来？"

"女子爱洁，缝得细心一些更好。六娘的手艺，并不比我精致。"李凌云手下飞针走线，不多会儿便把姚翠娘的尸首缝补完毕，谢阮对比了一下，果然比邵俊德的尸首要缝得细致。

李凌云回身将姚翠娘叠好的衣服拿了出来，这回他一件件仔细查看，又在衣服里发现两个空锦袋，他拿起其中一个，闻到一股甜香。"此袋是装那颗珠子的，另一个放的则是胭脂水粉。"

他将装珠的锦袋拿去泡水，喂给封诊鼠，小鼠旋即昏迷。推测证实后，他将珠子拿起，对光查看："珠子先浸迷药，再浸蜜蜡，形成薄膜，加之珠子呈奶白色，只要细致浸泡，从外表是看不出有迷药的。不仅如此，由于蜜蜡气味甜腻，还极易令人产生食欲。"

"需再确定一下，是不是她亲自动的手。"李凌云缠了两根棉棒，在姚翠娘两手及指甲缝隙处反复擦拭，随后棉棒浸入水中，再喂给小鼠，这回小鼠支撑了一段时间，但最终还是昏厥在地。

徐天道："邵俊德对她极其信任，既然是心爱女子的举动，他自然毫无防备……最后致使他被活活冻死在冰床之上。"

"确是如此。"李凌云赞同道，"邵俊德衣着完整，鞋子、衣服带子，都系得十分体面。商户公子，无须自己打理衣装，他自己穿衣，都不太可能如此规整。衣服应该是被姚翠娘整理过。"

谢阮抚着下巴："姚翠娘自小陪邵俊德来冰窖，两人彼此相惜，只要她想，得知打开两道石门的办法绝非难事。"

徐天表示赞同："不错，而且冰窖因平日无人前来，姚翠娘完全可以放心大胆地布置，并顺势带走工具。"

李凌云接道："邵俊德夫妻关系不和谐，迟早要找她云雨，她根本不担心没机会。等二人在冰窖中颠鸾倒凤后，便趁邵俊德意乱情迷，将带有迷药的珠子塞进他口中，致其昏迷，接着将他的衣物整理好，放置于冰床，摆好塑像，任其冻死。

"然后，她就开始自戕，把衣服脱光，进入提前凿好的冰窟，随后将松埼的铁链拉紧上锁，再把钥匙吞进肚子，最终二人都冻死在里面了。由此可见，姚翠娘是下了必死的决心，但邵俊德似乎无意寻死，否则姚翠娘不会等情热时才给对方下药。所以，姚翠娘的目的，是先杀死邵俊德，再自杀。"

"她杀人也就罢了，还把自己搭进去，到底图的是什么？"谢阮思忖片刻，又道，"我记得李寺丞说，那车夫对此事淡定自若，或有嫌疑，而且，他们每次前来，都有车夫相随，说不定在他身上能找到突破口。"

"还有邵仁，他故意隐瞒了姚翠娘受孕之事，也有古怪，看来，得把他俩一起找来审个明白。"

徐天将看守黄大眼叫了进来，让他抓紧去拿人。黄大眼虽暗地里不痛快，但接了命令，也是半点都不敢怠慢，没多久两人便被带进了大理寺。

二人哪里来过这种地方，俱是两股战战、畏首畏尾，徐天尚嫌不够威慑，只见他黑着面孔，胡须翘起，从鼻孔重重冷哼一声，问道："邵仁！那姚翠娘和你儿是否曾育有一子，怀孕三个月时打掉了？你从实招来，否则棍棒伺候！"

邵仁闻言一屁股坐在地上，颤声道："你……你们怎么知道？"

见邵仁并未否认，谢阮嫌恶不已："这就是你笃定姚翠娘不会害你儿子的缘故？"

"……是……是……"邵仁哆哆嗦嗦，"翠娘自小和我儿相恋，又有了他的骨血，那时我儿已确定要娶苏氏，绝不可能在正房进门之前就生孩子，否则……否则苏家定要讨个说法，我便找崔药师给她落了胎。"

"没想到吧，你那儿子正是姚翠娘给弄死的。"谢阮笑得畅快，眼中尽是嘲讽，"也就是你们这样的男人，以为女子任凭你们搓圆捏扁！你那命根子，就断送在你们买来的女人身上。"

说着她起身逼近邵仁，盯着小老头的圆眼睛，恶狠狠地道："说，还瞒着我们什么？"

再次遭受打击，邵仁头脑有些混乱，他好似根本没听见谢阮的逼问，自言自语道："怎么会这样……翠娘会杀了我儿？她莫不是记恨，那孩子掉了之后，自己再怀不上娃了……"

"你说什么？"谢阮一把揪住邵仁，"说清楚，她怎么了？"

一旁的车夫老马道："姚翠娘落胎后，便不能再孕了。"

谢阮转头，狐疑的目光扫过老马："你一个下人，怎知晓得这般清楚？"

"崔药师是我去请的，给姚翠娘落胎的事，也经我的安排，我家娘子还伺候她坐了小月子，至于她不能再孕，是崔药师诊出来的。他说姚翠娘落胎时月份大了些，伤了胞宫，往后很难怀上孩子。"

谢阮扔开邵仁，回头问："你们怎么看？"

李嗣真揣测："难不成那姚翠娘因此生不能为母，遂恨意萌生，谋划复仇？"

"要复仇早动手了，何必等这么多年。"徐天否定。

"其实……"车夫老马突然道，"出事那日，我曾进过一次冰窖。"

谢阮凝视老马片刻，冷冷一笑，忽地拔刀指着他，冷声道："你之前为何不说？此时说来，究竟有何目的？"

老马双膝一软跪在地上，高举双手，面色发青地喊："着实冤枉，实在是人都死了，我生怕说去过冰窖，自己脱不了干系，故而憋在心头。现在招供，也是方才各位说凶手是那姚翠娘，这才……"

李凌云见老马失魂落魄，遂将谢阮手中的刀子按了下去："不必多言，你尽管说来，那天到底发生了什么？"

"是，是，我都招，我全部招，绝不隐瞒。"老马看看雪亮的刀子，抬手擦了把冷汗，"案发那日，我在车上待得有些久……因平日小郎用不了这么长时间，我有些担忧。少夫人虽不怎么去冰窖，可盯小郎还是盯得很紧的，只要离家久了便要过来查看，之前有一次差点被发现，被我给拦了下来，也是因为那次，小郎后来和姚翠娘在一起时，便格外警惕……"

谢阮不耐烦地呵斥："说重点！"

"是，是……我担心就去看看，发现第一道石门关着……听见里面小郎说：'只要能和你在一起，我什么都愿意。'姚翠娘道：'我愿意为你去死，你愿意吗？'小郎或许吓着了，半天不说话，后来才道：'我不是不愿和你一起死，只是我死了，我爹怎么办？我这一大家子怎么办？家里就我一个独苗。'姚翠娘沉默片刻道：'我知道了。'听到这里，接下来便传来女子的呻吟声，我只当他们二人因某事争执，这才耽搁了，听闻进入正题，我便赶紧离开了，之后或许是心神放松，我很快睡了过去。"

老马滔滔不绝，可李嗣真看向他的表情却有些怪异，谢阮见李嗣真这番表情，便做口型问道："有问题？"

李嗣真点点头，谢阮吩咐旁边的卒子："看住他们。"随后来到李凌云身边："大郎，借一步说话。"

李凌云还没张口答应，便被她给硬拽了出去，李嗣真此刻也拉上徐天，四人进入偏房内，李凌云问："三娘要说什么？"

谢阮指一下李嗣真："李寺丞觉察出那车夫不对。"

"是，"李嗣真道，"按老马所言，他定在说谎。"

"他所述与案情一致，因何判断他在说谎？"

"我在宫中弹奏曲乐，若想弦乐产生最佳音质，弹奏者均要将乐器侧向主上，故而我清楚，曲乐传奏是直来直去的。我们的说话声亦是如此。"说着，李嗣真走到桌边，拿起水壶倒了一点水，用手指蘸着水在桌上画出山洞的模样，"案发的冰窖为了隔热，留有弯头，声音在空中传送时，必然受到岩壁的削弱，加之石门厚重，除非有人对着门口说话，否则不可能传出来。老马说，他听到了女子的呻吟声，然而室内石榻距门口有一段距离，我都不可能听清楚，别说是他，所以，他绝对在撒谎。"

徐天摸摸胡子。"可是他为何要说谎呢？"

谢阮思索道："老马编造这些话，显然要说明一个情形，就是姚翠娘想死，而邵俊德不想死，所以姚翠娘杀了邵俊德。可就算他什么都不说，李大郎也能得到这样的结论。"

"他到底有什么意图，故意说些废话，难道，他知道姚翠娘杀邵俊德的缘由，故意引诱我们往下问？"徐天浓眉微抬。

谢阮皱眉猜测："你的意思是说，他清楚真正的动机？"

见徐天点头，谢阮道："既如此，不妨听听这个老马到底打算告诉我们什么。"

她把李凌云拽到一旁，在他耳边小声道："我知道大郎你也瞧不惯李嗣真，只是如今看来，他这双耳朵确实有用。那车夫必定有鬼，你我察觉不出，要不……干脆让他试试？"

"听话听音，他确有独到之处……就照你说的办。"

谢阮抬起手，指尖向上，拇指不动，其余四指弯曲了两下。

李凌云一愣。"你怎么知道这是'可以'的意思？"

"你跟阿奴比画过那么多次，我多少学了点，"谢阮诡秘一笑，"别往心里去，往后你要是有什么万一，总得有人差遣阿奴。"

"……也是。"

谢阮得了首肯，找李嗣真嘀咕一番，随后老马被单独安排在了一间房中，李嗣真对他说道："你家主人失魂落魄，你却淡定自若，方才你的讲述条理清晰，我看你知道的，只怕不止这些。"

老马闻言讪笑："不怕各位官人耻笑，当初姚翠娘堕胎就是我经手的，小郎私会姚翠娘，也都是我驾车送的人，今日有此结果，也在我老马预料之中。"

"你还知道什么，尽管说来吧！"

见徐天眉眼还算温和，老马忙道："姚翠娘杀小郎这事，其实早有苗头。他俩私通时，彼此年岁都不大，怀了孩子后，小郎怕被训斥，遂一再拖延，错过了用药的最佳时机。我家主人发现时，坐胎已经有三个多月，且胎像平稳，崔药师说，如果此时用药，需极大剂量，容易一尸两命，于是主人和小郎商议，决定用针灸之法来堕胎。"

说到这里，老马似乎有些不忍回忆，停了一会儿才继续道："姚翠娘是小郎的身边人，在府中堕胎难掩耳目，所以找个理由，说让她去乡下庄子里对账，实则安排她到一个隐秘之所，当时她身边只有我。为堕得干净利落，崔药师还是用了一些药为她灌服，而后才用针灸。堕胎后她昏迷了许久，呼吸也很微弱，崔药师和我都以为她会死，谁知她还是活了过来。活过来之后，她第一句话，便是问小郎有没有来……"

"那邵俊德来了吗？"谢阮问。

"没有，"老马摇摇头，"别说打胎那会儿了，一直到她康复如初，小郎都没来一次……后来她才知道，他那时候正和苏氏议亲，三媒六证一轮又一轮，主人说家里走不开。"

"……难怪姚翠娘死前落泪，她真心对这个男人，邵俊德对她却未必深情。"谢阮不满地说完，让人将老马带了出去。她转身问李嗣真："可听出什么？"

"这次没有说谎，老马的呼吸及说话节奏都很正常，符合唏嘘感慨的表现。若他认为邵俊德之死合乎报应，那他在冰窖时未表现出焦虑，也说得过去。"

谢阮追问："他谎称自己听到了二人说话，这又如何解释？"

"也不奇怪，他经手姚翠娘堕胎一事，又知道邵家对姚翠娘纯粹是利用。方才李大郎剖尸时也发现，邵俊德是在姚翠娘身上排遣欲望，发泄郁愤。老马也是下仆，也许对姚翠娘心怀同情，添油加醋说了那些，或许就是想让我们确信，邵俊德罪有应得。"

"姚翠娘身份低微，她永不可能成为正妻，和邵俊德在一起是高攀，不太会因情怨杀人，更可能是由于无法生养。可姚翠娘要为此复仇，堕胎康复时便可动手，为何要等到现在……"谢阮不由自主地看向李凌云，"大郎，你什么想法？"

"无论是何缘由，姚翠娘杀人再自杀这点毋庸置疑。在冰窖发现的神秘造像是狐头人身，虽看起来似和前案的不同，但从制作痕迹上还是能分辨，是出自同一工匠之手。加之两案均是下人杀主，我倾向把两案并案处置。"

徐天、李嗣真连连点头，谢阮道："这一点我也赞同，只是大理寺好像并未查出造像来由。"

徐天面色一黑："东都之中确无发现，正在周边查看……"

"凤九郎那边也在追查，"谢阮睨他一眼，"兴许在大理寺够不着的地方。"

徐天听得火大，但最终还是忍下，李嗣真摇头晃脑岔开话题："两案中，一个端坐在地上活活被烧死，另一个把自己捆在冰中生生冻死，他们哪儿来如此之大的决心？"

徐天道："一定有什么缘故，让他们无比坚定地求死……好比在战场上的猛士，冲锋陷阵时，可能几天几夜不睡觉，一旦停止打仗，又几天几夜休息不过来。这是因为在冲锋时，士兵们有让自己兴奋的目标。"

李嗣真思索道："战士冲杀不倦，目标或是金钱，或是美色，抑或……"

"自古以来，为信仰而死之人不在少数，陆合道人连环案中那个狂奔数十里不疲倦的苦行僧，就是例子。"谢阮皱眉连连，"小严子、姚翠娘之所以这样，或许是因为这个神秘教派，让他们产生了坚定信仰……只是，到底是什么教派，我们一无所知。"

徐天提起钵盂大的拳头，紧紧握住："不论是什么，怂恿杀人的邪教绝不能留！我立即上书传往长安，此种邪教，必须铲除。"

李嗣真又沉吟道："此案暂且终结，可某总觉得，有什么事在暗中运作……"

"兴许有一个办法，可以帮助查找教派由来。"李凌云将众人带回殓房，此时尸首已经收殓，殓房中干干净净，唯独空气中似乎还留有一丝血腥味。

他戴上油绢手套，拿出两包灰黑细粉，分别倒在小盘上，接着他又用极小的勺分别舀出一点细粉，在水晶薄片上铺平，最后再压上一块薄片，形成夹片。

他让阿奴取了一个大些的幽微镜，将夹片放在镜下托台上，点亮镜前的黄铜盘灯，灯光很快集中照射在了水晶薄片上。

"这是封诊天干派新做的幽微镜，比过去看得更加细微……水晶也不知是大秦还是哪里送来的，总之极纯，几乎没有杂质。"

李凌云让众人依次看过，询问道："你们发现了什么？"

谢阮道："有些闪闪发光的东西。"

"何种粉末？有何意义？而且两份看起来几乎完全一样。"徐天大惑不解。

"我从两案中的塑像底部各敲下一块磨碎，发现这种闪光的东西是铁粉。徐少卿也说，两份看起来几乎完全一样，可见这种造像不但是同一人所造，他还取了同一地方的陶泥。"

"铁粉？"徐天若有所思，"就是说，追查东都附近，什么地方出产含铁粉的陶泥，就有可能找到那个制陶人。"

"对，而且还能顺藤摸瓜，找到这个神秘的邪教所在。"谢阮顿时兴奋起来，"凤九手下有找矿的能人，我们借来便是。"她又捅捅李凌云的腰："你之前让凤九给你追查的东西，也该找他问问了。"

"若真是某种信仰，那绝非一个人的事，必定涉及人群。大理寺要继续翻找类似案件，一定要弄清，是否有人刻意引导，毕竟那陆合道人就曾受人蛊惑……"言至此，李凌云又道，"我想见见那个医生。"

谢阮挑眉："哪个？"

"崔药师，"这个名字，李凌云说得有些拗口，他解释道，"他为姚翠娘堕胎，又被老马叫来查看邵俊德的生死，找他过来，一是验证老马的口供，二是我总觉得这个大夫不一般。"

"……也是，要是寻常大夫，面对冰窖中那古怪恐怖的情形，估计早就吓得没魂了。我记得大郎在验看足印时，发现那陌生鞋印并不凌乱，说明他一点也不惊慌。他明知邵仁会去报官，为何不留在冰窖内等待官府问询？难道不怕自己惹上是非？还是说，他相信老马会为他说明一切……"

李凌云道："不管是因为什么，见上一面就明白了。"

"天色已晚，我把邵仁和老马放回去，明日让他们二人带我们去寻那医生。

等对过口供，此案便可告一段落……"徐天说完，健步而去。

李嗣真自然随他而行，只是路过李凌云时，他似乎想说点什么，最终却并未开口。

四人分道扬镳，李凌云与谢阮一同回到狩案司。谢阮道："明子璋不在，李嗣真也能派上用场，大郎你觉得呢？"

李凌云的手在袖子内握着什么，安静地答道："他的确帮了些忙。"

谢阮观察他的表情，踌躇道："这便好……我怕你总是挂念那家伙，他的事……咱们迟早会查个水落石出。"

"天后不许我问，就先放在一旁，明日找那医生之前，我们先去和凤九会面，早些歇息吧！"

等谢阮走了一会儿，李凌云才翻转手腕，他握着的，竟然是那颗白玉珠……

"诱人杀戮……还有蜜蜡，"李凌云说着，注视着那颗柔润的珠子，话音停顿片刻，"莫非……这回又是你？"

武三思家的竹林别院里。

每人一张竹席、一个竹几，面前放着冰冷乳酪和酒浆，都是刚从井中捞起来的，堂上有一个巨大的水晶鱼缸，缸里游动着金色的黄河鲤。

熊熊燃烧的烤炉旁，胖厨子大汗淋漓，剖着小婢捞起的黄河鲤。随后，他又加了盐和磨碎的胡椒，以韭叶内外擦拭，然后用竹棍穿好，放在炉上烤成金黄色。

"弩箭本就少见，根本查不到。下人杀主还带着奇怪信仰的案子，也不曾发生过。"明明不是自己家，凤九仍大模大样地盘腿坐在主座上，一点点地挑着鱼刺。

"但终究还是找到了一样东西，你瞧瞧。"凤九使个眼色，小狼上前，拿出紫缎小包搁在李凌云身前的竹几上。

竹几是用竹林中砍来的竹子现编的，边角上还带着竹叶，散发着独特的清香。这些竹几未经熟制，用几天就会萎缩，显然是武三思用来讨好凤九的。李凌云对此全不在乎，他的心神都在两桩案子的相关线索上。

见他准备戴上封诊手套，凤九笑着摇头："寻常民间之物，和凶案无关，而且是旧货，不知多少人经过手，不必戴了。"

李凌云依言直接解开包带，就着开口看了一眼，递给身边的谢阮。

"……猫头人身？"谢阮说着，把那东西从口袋中取出，正是一个赤裸的猫头人身塑像。它手里拿着的兵器虽已折断，仍能看出是把直刀。塑像陈旧不堪，上面甚至有一层油光，似被人拿在手里把玩多年。

"看起来有些年头了。"谢阮问，"何处得来的？可知是什么时候的东西？"

"据说是永徽年间的。"凤九丢下鱼骨懒懒地道，"我拿着你给的画像四处去问，无人知晓，后来在鬼河市中意外找到一个给人跳大神的巫婆，她说曾有个朋友去某家行窃，顺手牵羊得了此物。因此物是在下人房中发现的，看起来并不贵重，那人觉得此物雕琢得着实有趣，便时常拿在手中把玩，渐渐有了包浆。那人死后，此物便落在了巫婆手中。"

谢阮将塑像递给李凌云："大郎怎么看？"

"陶制之物无法算准年份。就算制造时间相同，放着当摆设，与拿在手里把玩，最终呈现出的陶器情形也不尽相同……"李凌云摇头道，"塑像面部柔和，线条圆润，并无毛刺气泡，此物应是老陶工所制，我们案中的那些，却不像熟手所为。"

"虽不是一人所做，但看得出是一脉相承，倒也说明这邪教果真存在，"谢阮把塑像放回袋中，"粗算起来，怕不是从贞观年间就有苗头。"

她又看向凤九："当下没案子不等同过去没有，九郎有办法查吗？"

凤九正朝小狼嘴里塞烤鱼，放下筷子无奈地道："你一句话，我的人就要跑断腿，真会给人添麻烦。"

"成天在武承愿这里待着，好酒好菜伺候，又不是让你亲自做事，还能累着你不成。"谢阮朝凤九摊开手心，"除此之外，我们还要个人。"

"越发得寸进尺，"凤九拍案，佯装动怒，"还要人，你干脆把我的势力全拿去好了，我倒落得清闲。"

谢阮贼兮兮地一笑："我也想要，可你给吗？"

凤九见她油盐不进，叹道："说吧，要什么人？拿去杀人越货的没有，有也不给。"

"何权，上回帮我们查水源的那位，听说他对探矿极有一手，东都附近大大小小的矿洞，就没他不知道的。"谢阮吃了一口乳酪，嫌弃道："怎么不加冰？不够凉爽。"

武三思在旁边慢条斯理地吃烤鱼，搞得倒像个陪客，闻言苦笑："可别提了，邵老舅的儿子死在冰窖里，他过来报案那日，我苦胆都吐出来了，想到自己吃的冰是从死人窖里取的……最近都见不得冰，只好用井水稍微凉凉，三娘姑且将就。"

"那邵老舅岂非亏了好大一笔，没人再敢吃他家的冰了吧！"谢阮有些同情。

"钱财怎比得上独子要紧，人生大惨之一便是老年丧子，邵老舅现在有些疯疯癫癫……估计邵家要败了。"武三思也唏嘘了一声，"不过听说你们还给这个案子起了名字，叫什么寒冰地狱案？"

"不错，"谢阮点头，"眼下发作的案子，一火，一冰，我和大郎想，其中或许有些关联。民间不是把之前的案子叫火山地狱案吗？那是纵火之人必有的报应。于是我们便去查，有没有寒冰地狱……"

"结果如何？"武三思听得目不转睛。

谢阮刨了两口乳酪，把碗甩在竹几上："狩案司不是有两个官奴吗？其中那个娘子颇信这些神神道道的东西，她告诉我们，在民间传闻的地狱十八层中，当真就有寒冰地狱。凡谋害亲夫、与人通奸或是恶意堕胎的恶妇，死后打进寒冰地狱。处罚方式，便是令其脱光衣服，裸身爬冰山。还有那些赌博成性、不敬不孝父母、不仁不义之人，也是下这个地狱。本案中，姚翠娘堕过胎，和邵俊德的关系名不正言不顺，说通奸也算得上，所以她最后赤裸裸地冻死在冰块里。这两个案子，或许都和地狱报应、赎罪之类的有关。"

"竟如此契合，还会有人继续作案吗？"武三思听得来了兴致。

李凌云道："此前陆合道人连环案中，犯罪者是两个人，一个怂恿，另一个执行，犯连环案是为了满足其杀人修行之欲。而在这两个案子中，犯罪者却和受害人一起死在当场，很难说会不会继续发生案情。只是若幕后那个神秘教派一直在怂恿的话，我们认为，或许还会有人做出谋害之事。"

"原来如此。"武三思朝谢阮那边倾了倾身，"不知我可帮得上什么忙？"

"你是天后的爱侄，可不敢劳动你。"谢阮笑看凤九郎："怎么样，何权，你给还是不给？"

"你能容得下我不给吗？"凤九郎眼睛竖了起来，冷笑道，"行了，他在外面探矿，我这就把他调回来，听你们使唤，可好？"

"好得很，"李凌云点头道，"有劳了。"

这话听着干巴巴的，凤九郎看看他，摇头道："要不是知道你就这性子，单凭这句话，真想找人拿麻袋套了头揍你一顿。"

谢阮笑得像个鸭子，前仰后合："不好这样做，就算被麻袋套了头，李大郎也能从麻袋上给你推出个四五六，抓住那群揍人的家伙。"

李凌云思忖道："还真可以，麻袋是何人所纺，出自哪个商铺，曾装过什么东西，是新还是旧，都是线索，多半能查出动手者是谁。"

本来在笑的人见他如此认真，也都没了趣味，凤九郎抬手作势赶人："送客送客，等此前的案子有了结果再说。"

李凌云起身欲走，却又想起什么，回头问："九郎为何为人主持和离？听说你在长安时，也没去太平公主的婚典，莫非你希望她和离吗？"

四下里顿时静寂无声，武三思脸都白了，谢阮也皱紧了眉头，一旁伺候的仆婢更是大气不敢出。

凤九脸上仍在笑，眯着的凤眼中闪烁着利芒一般的光："你是真不知道，还是假不知道？"

"我若知道，为何问你？"李凌云反问。

凤九停住片刻，旋即仰天狂笑："好好好，我是想看她和离。"他用手指擦拭了一下眼角笑出的泪，"李大郎，皇家的女郎，婚姻从来都是被安排的，并无自主。太平和她夫君看似相配，未必就能过得和和美美，我不想看这些，所以才跑到了东都，闲来无事，就给人家主持和离，想的就是万一有朝一日，太平要和夫君离异，我可以代为操办。这样说，你满意了吗？"

"原来如此，倒也不是不可理解。那我们便走了……"

在凤九的注视下，李凌云和谢阮起身告辞而去，刚走出后堂，二人身后就又一次传来了凤九连续不断的狂笑声。

烈日当空，午后的阳光晒得泥地像白花花的镜面，蝉鸣不断，别有一番空寂的味道。

两人两马走在泥土小道上，李凌云胯下的马已不是当初的丑马，它年岁太大，自西京归来后，他就舍不得再骑，便留它在李宅颐养天年。现在这匹马长得与丑马相似，一看就是打一个娘胎中蹦出来的，正所谓龙生龙，凤生凤，老鼠生儿打地洞，此马脚力仍很不济。

只是这个时候，不论人还是马都打不起精神，谢阮的骏马也踩着碎步，和花马并肩慢悠悠地溜达着。

"当真不用人跟着？"

"方才去邵府找老马，他不是说崔药师不懂武功？有你谢三娘就足够了。"

"封诊箱也不带？"

"只是问问话，况且带着封诊令呢！"李凌云拍拍腰间，当当作响。

谢阮看着李凌云腰上的封诊祖令，轻叹一声："李公的案子，弩箭查不到，你也想不起那六芒星弩箭在哪里见过，岂非没法往下查了？"

提起李绍的案子，李凌云脸上仍没有太多表情："想不起来，就不会是近期见过的。若是在我幼年时，那就可能在阿耶留下的记述里。此事原本就已拖了很久，也不急于一时，等我闲下来再慢慢翻找。"

谢阮盯着他看了一会儿，又叹一声："有句话我憋了许久，终归还是想说。自明子璋不在你身边后，总觉得大郎又走了回头路。"

"什么意思？"李凌云歪着头问。

谢阮咧咧嘴，似在思索，过了一会儿才道："陆合道人连环案查到后面时，大郎脸上表情挺多的，会笑，会生气，如今大多时候，却又面无表情了。"

李凌云想了想，答道："陆合道人那时，是因为后期发生的事情太多，太急，又牵扯到对子婴、明子璋的生死威胁，所以脸上表情才多了些。"

谢阮挑眉："当真？"

"当真。"李凌云看向前方，面前出现一条岔路，一直延伸进密林里，"明子璋的事我虽想不通，但就凭他让'明珏'留下的那番话，他迟早会出现的。至于表情，我只是比别人迟钝一些，你不必担心。"

"也对，之前你还为了小严子和李嗣真吵起来，"谢阮点点头，"看来面无表情，却非无情。"

"我阿弟凌雨也这么说。"

"总之，你不会因明子璋的事介怀就好，我可不会安抚人。"说话间，二人打马转进岔路，此道走的人少，草丛极高，迎面而来一只蜂子，差点撞在谢阮脸上。

她挥开蜂子，不耐烦地问："这个崔药师不是十里八乡有名的神医吗？怎会住在如此偏僻之地？"

"方才老马不是说了？崔药师热衷钻研草药、病理，收治了许多出不起钱的病人。他本来在县里开医馆，后来病人多了，时常有人因病痛在夜里号叫，周边邻居受不了，他就干脆住到了这片林子里。"

两人沿途走了一会儿，李凌云朝前张望："喏，崔药师的医馆就在前面了。"

前方密林幽暗，的确能看到一点白墙和檐头飞角，隐约有一栋宅子在那里。

靠近屋子，道路越发狭窄，二人只能下来牵马前行。到了宅前，李凌云不解地仰头望去："这院墙是不是太高了些？"

谢阮看着面前的门楣，微惊道："李大郎，你说得客气了，这院墙几乎两层楼高，要不是修在林子里，必是违制僭越之举。"

"不过……"她审视着黑门白墙，"隔墙就能看到里面的屋檐，这么看来，宅子并不是很大，兴许也没有多大的院落，至多不过三进，或是用来阻挡虎豹豺狼的。"

"也对，毕竟人烟不旺……"李凌云说着，低头看看泥路，"路面上有许多牛、马、骡的蹄印，说明前来寻医的人不在少数。"

"他是十里八乡的名医。正所谓富在深山有远亲，这位未必有钱财，可那一身治病的本事，也算是一种财富了。"说着，谢阮上去敲门，没承想，敲了半天也不见有人开门，反倒从里面传来一些呻吟声。

"听起来挺痛苦，莫不是病人？"

"车夫老马说，这位遇到病重之人，会将其留在家中治病，而且不因此增加诊金，所以向来名声极好。或许是因病人呼痛声太大，故而没听见敲门声。"

"我去后门看看。"谢阮当机立断，沿高墙而去，留下李凌云牵着缰绳原地等待。

谢阮来到院墙一侧的后门前，用手一推，里面瞬时传来一阵哗啦的铁链声："铁将军把门……"遂推开一些，贴着缝隙往里瞧。

只见后院极小，放置层叠的簸箩，里面晒着各种草药，粗看和其他医馆没太大区别，就在此时，右侧的耳房中突然传来一些动物的叫声。

谢阮皱眉细听，有狗的汪汪声、山羊的咩咩声、猫的喵喵声，其中还夹杂着鸡、鸭、鹅等家禽的叫唤声。

"从这里叫门能听见吗？"谢阮正踌躇，她身后却传来了轻微的脚步声。

谢阮面上若无其事，双手却未闲着。她左手微扬，中指弯曲，细袖胡服内传来轻微的咔嚓声，手弩已然上弦，右手则悬在直刀把柄上，在短距离内，谢阮只需一眨眼的工夫便能拔刀斩人。

身后那人越走越近，谢阮几乎已能听到他粗重的呼吸声，她眉头微跳，心道："近一点……再近一点，近到一刀毙命的地步最好……"

盘算着对方终于靠近到手弩最佳射力范围，谢阮猛地回头，臂上机簧已然放出一箭，旋即右手提着刀柄向上猛抽，借直刀出鞘的力度，虎口向下握住刀柄，反手便朝来人斩去。

谁知来人也是个高手，身子微偏躲过弩箭，抽出腰间佩刀，咣地和她的直刀凌空对上。在铿锵的刀鸣和短兵相接迸出的火花中，来人猛地大吼一声："谢三娘——"

只见来者一头冷汗，正是身材壮硕的徐天，在他身后远点的地方，是被吓得失魂落魄的李嗣真，那支明晃晃的弩箭，就钉在他身边的树干上。

见谢阮没继续动手的意思，徐天松了口气："……亏我还算机敏。你这功夫谁教的？全是杀招啊！"

"哼，说得好听，不过是个灵活的胖子。"谢阮收刀入鞘，眉眼冷冽，"宫中藏龙卧虎，我那几位师父都是暗中保护天皇天后的人，你以为是花拳绣腿？往后别冷不丁从我身后靠近，就你那点本事，未必每次都能保住自己的头。"

徐天闻言无语，只好转移话题："不问问我们来做什么？"

"我管你们？"谢阮嗤之以鼻，"横竖就是去狩案司找我们，当跟屁虫罢了。"

"你……"徐天手指谢阮，想到狄仁杰的托付，硬生生握拳道，"李大郎在哪里？"

"在前门牵马等着，"谢阮道，"后门没指望敲开，我们回吧！"说罢，也不管两人是否赞同，甩开大步朝前门而去。

…………

枯燥蝉鸣声中，一滴剔透汗珠经李凌云饱满的额，顺着他笔挺的鼻梁蜿蜒而下。他抬手擦掉汗水，百无聊赖地四处看看，发现了一棵被砍掉一半的小树。

来到树前，李凌云伸手抚了一下树皮，上面有许多受损后痊愈留下的凸纹，显然，这棵树是用来拴马的。他打算把两匹马拴在这里，然后四处看一看。

然而，就在他系缰绳的那一刻，身后突然响起急促奔来的脚步声。李凌云撒手转身，手刚触到腰间的封诊令，一道带着臭味的黑影就把他扑倒在地。

虽然倒在地上，但他并未停下动作，只见封诊令如繁花一般绽开，他的手指瞬间夹住微微弹出的无柄封诊刀。正待他要进行下一步时，就听有一个女音颤抖地在耳旁连喊："郎君……郎君，我找到你了……"

李凌云挑眉思索片刻，松开了封诊刀，指尖在封诊令上轻敲两下，令牌刹那变回了原状。

被来人紧紧拥抱，李凌云感觉胸前一阵柔软，酸臭的味道也在他身边弥漫开来。李凌云憋了口气，闭上眼，有些费力地推她的肩："这位娘子，你是何人？可否起来说话？"

话音未落，李凌云便听见一阵爆笑声。他侧头看去，发现谢阮笑得前仰后合，她身边的徐天也忍俊不禁，李嗣真则一脸"到底要不要跟着一起笑"的纠结。

谢阮叉腰，笑得上气不接下气："原来大郎也能走桃花运。"

"能不能让我起来说话？"李凌云的语气仍然平静，但声音微微有些颤抖。李嗣真最先察觉，连忙道："谢将军，还是早些拉开的好，那是个女子，我和徐少卿不便动手。"

谢阮意识到李凌云有些不快，连忙止住笑，一只手捏着鼻子，另一只手把那女子从地上拎了起来。

那女子不肯放过李凌云，两只黑黝黝的手抓住他的胳膊。见他皱眉，谢阮收了笑容，目光微冷地弯曲手指，精准地敲在女子肘间麻筋上。

女子"啊呀"一声放开手，李凌云连忙起身退开。那女子又朝他扑来，口喊"郎君"，谢阮不客气地把她推了出去，她直接扑倒在地上，兴许是摔得疼了，呜呜咽咽地哭了起来。

看着女子破烂的衣物，满脸遮去面目的脏污，以及从油腻头发里钻进钻出的肥胖虱子，徐天顿时有些反胃："这是打哪儿来的疯婆子？"

"你问我，我问谁？你们方才突袭我时没发现她？"谢阮见李凌云跑到自己身后，回头去看那女人，她用袖子擦着脸上的眼泪，露出了真容，没想到，竟然是个长相标致的青年女子，只有二十余岁。

"她在前门，我们在后门，如何发现？再说她身上并无煞气，习武之人也很难有所警觉。"徐天审视着女子，奇怪道，"长得好端端的，怎么就疯了呢？"

"郎君，郎君……"女子嗷嗷叫着，四处张望，似乎在寻找李凌云。谢阮向左踏一步，把他护在自己身后。

"咦，我的郎君呢？郎君何在……"女子缓缓从地上爬起来，似乎脑子清楚了一点，并不朝众人逼来，反而扑向大门，咚咚咚地用力砸起门来，同时嘶喊道："还我，把郎君还给我——"

"这女人似乎和那个崔药师有纠葛。"李嗣真摸着胡须揣测。

"瞎子都看得出来，"谢阮一脸看戏神情，"不知她这样大喊大叫，那崔药师能不能听见。"

话音未落，就听门内门闩碰撞，嘎吱一声，有人打开了大门。开门的是个灰衣男子，约莫四十岁，身形瘦削矫健，相貌不差，有些道骨仙风的味道，表情却极为死板木然。

"哟——此人眼熟。"谢阮眯眼审视来人，李嗣真好奇道："怎么？谢将军认识？"

"不认识，第一次见，"谢阮捏捏下巴，突然回头看一眼李凌云，挑眉道："难怪了，这面无表情的样子，有几分像李大郎。"

李嗣真随她回头看了一眼，顿时明白谢阮说眼熟的意思。开门那人和李凌云虽差了年岁，可表情欠缺的样子，倒是迷之相似。

在众人旁观的当口，女子已扑向来人："郎君，你还我郎君——"说着便撕扯他的衣物，那人面色不变，问道："给你银钱好吗？"

女子听见"银钱"两个字，停了下来，愣愣地看着那人，突然破涕为笑，猛点头道："银钱好，银钱好，有了银钱，我家郎君便不会死了。"

说着朝那人伸出手，那人从怀里掏出一贯通宝塞给女人，通宝沉得很，女子只能双手捧着，她痴痴呆呆地看着手里的银钱，喃喃道："有救了，郎君有救了。"说着转身沿路慢慢离开。

见那人朝里走，徐天伸手拦住，沉声道："你是崔药师？"

那人面无表情地点头道："我是，见各位无人面带病容，看来不是前来治病的，找在下所为何事？"

徐天反问："邵俊德你可认识？他父亲人称邵老舅，做售冰的生意。"

崔药师思索片刻道："不要挡在门口，有话进来说。"徐天见他没有拒绝盘问，也不再阻拦。

众人陆续跟着他进了门，崔药师将门插上，回身道："诸位应当是官府中人。瞧各位穿着打扮，并非寻常县衙的人，应是京中大理寺来客。里边都是病人，恐各位进去沾染了病气，想知道什么，就在这里问吧！"

习惯了李凌云日常冷淡的模样，此时崔药师这不恭敬的态度，几人倒也没什么不满。谢阮负手看看院落，果然和预料的一样很小，一瞥便尽收眼底："为何方才敲门不开？莫非藏在里头做什么见不得人的事？"

崔药师穿的是一身灰色道服，看起来颇为陈旧，上面沾染着许多药草汁及血痕，但他自己好像毫不在意，双手拢在袖中气定神闲道："早年在县城开设医馆，周边邻居觉得我收治病人会传染病气，日常过来打砸辱骂，所以我搬迁来了这里。因为过去的事，不知会不会有人来找碴，某只接熟人介绍的病案。而熟人上门，必知道某的敲门暗号，两短三长，不知道这个暗号的，某便不会来开门。"

"你这人好没道理，"谢阮冷笑道，"那疯婆子敲门也是胡乱敲的，你却要开门？"

"找碴的人一会儿就走了，那疯婆子却不然，她要是来了劲，能敲上一整天。"崔药师朝内堂抬脸，"里边的病人需要静养，如何受得起她折腾？所以每次她来，我就亲自出来处置。"

"倒也说得过去……"徐天正打算开口问邵俊德的事，谁知传来了两短三长的敲门声。

崔药师眉毛一挑，徐天见状道："既有人求医，你开门便是。"

崔药师遂打开大门，只见来了四个人，两个人抬着民间式样的竹制肩舆，上面坐着个男子，此人头上盖着一层薄布遮蔽阳光，露出的手枯瘦蜡黄，旁边一个满脸焦急的年轻男子上前给崔药师行了个礼。

"崔药师，这人怕是中了蛊，光吃东西却日渐消瘦，腹部也膨大起来，这两日有些意识不清，他族里的人害怕染上蛊虫，遂让我送他过来。"

男子说着，从肩舆下面解开一个黑布罩着的笼子，撩开给他看。众人跟着看去，发现那笼里是几只黑猫，猫身上还带着伤痕，一见光就毛发竖起，发出呜呜的咆哮声。

"拿进去，你知道放在哪里。"崔药师冲他点一下头，那男子便招呼道："赶紧抬到第三进——"说完感激地对崔药师拱手道："多谢多谢，这人已找了许多大夫，都无济于事，这十里八乡谁不知道，只有您有治蛊症的手段，只是他家没有银钱……"

"不是带了猫来吗？"崔药师面无表情道，"周奇，既然是蛊症，我也未必能药到病除，可有知会过他家里人？"

"自然是知会了，若是没救，也没什么好埋怨的。"名叫周奇的男子面露唏嘘，"他家中也没钱财，只是但愿……"那男子意识到旁边有人，瞥了几人一眼。

因李凌云几人此番来只是找崔药师问话，加上寒冰地狱案已审结，所以都穿的是常服，看起来并没有什么威慑力。

周奇匆忙看看，也没太上心，继续道："若是治不好，烦请您好生安葬。"

崔药师也不说话，只是点头，虽面无表情，倒似有些不耐烦的意思。周奇有些尴尬地问："……是否需要我回避一二？"

李嗣真笑着走过去："这位周郎君，看来你很了解崔药师治病救人的故事，不如你我去那边聊。"

周奇见李嗣真手指院子最远的角落，当即知道的确需要回避，连忙随他去了那边。徐天见没人碍着，便继续问："崔药师，蛊症你也能治，说是妙手回春也不为过。只是你如此避世，病重之人还得让别人抬到你这里，怎么那邵家轻易就能差遣你，对你呼之即来，挥之即去？"

"邵家有钱，你们也看到了，我这里收治的病人大多没有什么钱财。"崔药师木然地答道，"医馆要开支银钱，百姓掏不出，自然要想别的办法。一些大户人家，愿耗费巨额找我治病，跑一趟有什么大不了。不怕告诉你们，邵俊德这趟只是查个鼻息，探听死活，就有一百贯入账，他家下人都找我看诊，你们算算这是多大一笔钱财？别说我，换谁也愿呼之即来，不是吗？"

"这人面目僵硬，说话竟然如此犀利。"李凌云心想，瞥见徐天面色尴尬，便上前一步，示意徐天让自己来。

"你同那个车夫老马关系似乎极好？和他有私交吗？"

见李凌云发问，崔药师却不着急回答，上上下下把他看了一遍，这才点头道："是，我和他关系不错，邵家每次求医都是他车接车送。"说完他反问李凌云："你是大夫？"

李凌云正要否定，崔药师自己却摇起头来："不对，你不是……"他盯着李凌云的手指，僵硬的脸上总算有了些微表情。

他费解地端详着李凌云："你年纪轻轻，身上为何有如此重的死气？便是做了一辈子的老大夫，身上背的性命也不如你多……"

"他本来就是为死人诊断的。"谢阮闻言忍不住插嘴。

"仵作？"崔药师的目光落在李凌云的手指上，又移回他脸上，面露好奇，"仵作为何擅长持刀？"

"他是……"谢阮还没把"封诊道"三个字说出口，崔药师便抬手拦住她，眯眼道："你是传说中会剖检尸首的封诊道的人？"

谢阮十分惊讶："你竟然知道！"

"不奇怪，封诊道本就是医道转变而来的，只是我从未亲眼见过……"崔药师瞅着李凌云，双眼放光，"难得，难得，既然如此，我可以告诉你，老马同我关系不错，是因为他和附近猎户关系颇好，日常送活的野兽给我。"

他手指肚子："野兽腹中常有不同的蛊虫——"

"明白了，"李凌云道，"你治疗蛊症，便要研究蛊虫。"

"是，是！"崔药师连说两个"是"字，"和你们封诊道一样，此事百姓未必明白，只能多麻烦老马。他是邵府的人，收购一些稀奇兽类，也可以说是主家喜欢的，不会有人怀疑，我就少了许多口舌是非。"

李凌云问："你也为姚翠娘堕了胎？"

"是，很久以前的事了，"崔药师回忆道，"那时我技艺不够精湛，为她落胎时除了用银针，还用了药，她别的都好，只对其中一味龙葵格外敏感，刚用上胎就掉了，人也昏厥过去，心跳微弱。我用了孙思邈孙先生书上所写的一套救心针法，又将邵府的人带来的百年老参片放在她嘴里，才让她活转过来。"

"龙葵可以去痛，你可是为了减轻她的痛苦？"

崔药师点头道："胞宫孕育婴孩，何等脆弱？内里都是血脉，银针扎入，如何不痛？所以要落胎就趁早。她孩子都三个多月大了，只能用龙葵镇痛，可她偏偏耐受不了药性，要是死了，算她倒霉。"

李嗣真此时已折返回来，听着崔药师和李凌云的对话，他脸上露出耐人寻味的神情。

"那姚翠娘之后的调养，也是你做的？"

"不错，邵家并不愿此事广为人知，为她调养的还能有谁？她毕竟年轻，身体颇为强健，恢复起来也快得很，只是胞宫被毁，再也无法怀孕生子了。"

"以你所见，那姚翠娘在调养期间，对邵俊德可有怨恨之意？"

崔药师想了想："我记得当时是老马娘子照料的姚翠娘，因病人心情关系着康复效果，我还特意问过。老马娘子说，姚翠娘得知自己不能生养，倒也伤心，但提及邵俊德，她更担忧他会因此被父亲责骂。"

"你当时进入冰窖，应该也看到了姚翠娘的尸首，她死得这般蹊跷，你为何不等官府的人到就离开了？"

"关我何事？"崔药师泰然自若，"我当然看出姚翠娘已死，可邵老舅叫我去，要验的是邵俊德，他死了，我的事就做完了。我非凶手，屋里还有这么多病人，大不了你们过来找我问话，我自会知无不言。没做亏心事，不怕鬼敲门，我有什么不能走的？"

"说得还挺有道理，一套一套的……"谢阮插话道，"姚翠娘落胎之后，你如此关心她的康复情况，怎么现在见她死了，都懒得问一问？"

"她是病人的时候，作为大夫，我自然关心。可现在她不是我的病人，我也就不关心了，难道不是理所当然？"

谢阮被噎了一下，摸着鼻头道："有道理，有道理……"说着下意识地看看身边人，只见徐天和她一样皱着眉，李凌云似乎若无其事，李嗣真则盯着崔药师，神情里好像有些东西。

谢阮眼珠微转，拍着李凌云的肩，笑道："快些问话，大夫可是兢兢业业的人，着急给人治病呢！"

李凌云看她一眼，继续问："方才那个疯女人是谁？"

"不认识。"崔药师淡然答道。

徐天惊道："不认识？那为何给她那么多钱？那可是整整一贯，兑过来也有一两银子，足够贫家过上半年了。"

"不过是看她可怜……据说是丈夫人没了以后就疯了，族中不喜欢她，也不给她吃喝，不照料她。她总来砸门，所以我就给她一些钱，她带回去给族里，那些人能为她收拾干净，过一段时间的好日子。"

"你怎知那些人会把钱用在她身上？"谢阮十分好奇。

"我叮嘱过，况且，我的钱可不是那么好拿的，"崔药师的语调没有起伏，"除非有朝一日，十里八乡的富贵人家没有腌臜事，不需要我动手，比如贴身丫头怀孕什么的。否则，他们就只能听我的。"

"原来如此。"徐天了然道，"李大郎，还有别的事情要问吗？"

"没有了。"李凌云对崔药师点点头，后者对他拱手道："既如此，我便去为那病人诊治。"

崔药师说罢，便朝内堂走去，快进门时，他突然回头看向李凌云，似想说点什么，但最终并未开口，大步走了进去。

他刚进去，那两个送病人的人就走了出来，随之而行的还有一个十一二岁的药童，他手中提着小铁桶，桶中漆黑的药水还在沸腾。

那两个人走到院里，药童叫住他们，让他们解开衣物，用那药水冒出的药气内外熏蒸，又拿勺舀出一些药水，倒在二人手上，让他们用此药物洗手洗脸，全套弄完后，把药水在那肩舆上内外浇透，这才算完事。

待那两个人抬着肩舆离开后，药童过来行礼："各位要走吗？我得关门了……"

见药童赶客，众人鱼贯而出，医馆的门扉也很快紧紧闭上。

"他们方才在做什么？"谢阮一面从小树上解缰绳，一面问道。

"驱蛊。"李凌云接过她递来的缰绳，牵出小花马。他翻身上马，四人策马走在窄窄的土路上，"蛊虫细不可见，遂要用驱蛊的药水熏蒸擦洗，避免接触中蛊病人时染上蛊症。那个崔药师，的确有些本事。"

"我方才就想问了，"谢阮面露好奇，"崔药师一直说蛊症，却不说蛊毒，平日你可不是这样讲的，为何你不觉奇怪？"

"虽也有巫咒之说，但以医者眼光看蛊，通常认为其属于病症。蛊症和瘟疫倒有些接近，只是中蛊后，有些蛊会长成虫子，能被肉眼所见，疫毒却是始终看不到的，只在患者身上表现呕吐、下痢、口鼻出血、猛咳不止的症状。"

"所以，不仅蛊师能解蛊术，崔药师这样的大夫也会医治？"

"没错。百姓若是中蛊，会先寻下蛊之人。寻不到时，便会找医家求治，那个崔药师应该就是擅治蛊病，所以才会如此出名。细细想来，他会从城里搬出，部分缘故或许就是他收治蛊病患者。"

李凌云回头看看漆黑大门，皱眉道："他方才虽然说得头头是道，可我还是觉得有问题。"

话音未落，徐天和李嗣真二人已打马到了跟前，徐天饶有兴致地问道："有什么问题？"

"那个疯女子……此处地处偏僻，最近的村落约莫也在十里之外。我们来时一路并无路标，全靠老马绘制的路线图，否则绝对会走岔路。可那疯女却精准无误地找到医馆，你们不觉得古怪吗？"

"的确怪异，"徐天摸着胡须，"而且按那崔药师自己所说，会敲门的都是熟人领来的病患，也就是说，不曾来过的人并不容易摸到，也算佐证你的猜想。只是疯子向来四处游荡，或许是偶然逛荡到这里的呢？"

"未必，从那疯女的话里，能听出她是在寻找丈夫，可崔药师给她钱财之后，她随即改口说，拿了钱便可以救自家郎君了，也就是说，崔药师分明知道用钱可以打发疯女，他对疯女的情况绝对知情。"

李凌云推测到这里，语气越发肯定："还有一点我格外介意，那崔药师与我们说起姚翠娘之事，可谓滔滔不绝，可他对疯女却遮遮掩掩，莫非……"

"他的确在隐瞒。"李嗣真点点头，"方才他说话时，提到那疯女子，语气微微急促，音调也提升了些许，即便不看他面上表情，仅从声音也能感知到，他对此事很不耐烦，希望尽快略过不提。"

"李寺丞的耳朵还是很可信的，"谢阮龇牙道，"越是不想提的，越是有问题，大郎啊，那疯女或许别有一番故事。"

"嗯。"李凌云下意识地望向徐天。

"不必讲，我这就让人去查，"徐天麻溜地应承下来，拍一把李嗣真，"这种事情自然是找熟悉乡土的人去做，方才李寺丞和那个叫周奇的略有接触，觉得此人如何？"

李嗣真捋须道："和他说了几句话，得知他是个货郎，因城中同行竞争大，遂独辟蹊径，专将东都城内的新鲜便宜物件运往周边村镇，附近的人都与他熟悉，大小事情也经常托他从中牵线，是个百事通。"

徐天闻言乐道："得。咱们便从这个周奇下手，查查那疯女子的来历。"

东都杜宅内，夏日蝉鸣在这里绝了迹，四处浓荫密布，流水淙淙，充满清凉气氛。

院中竹亭里，李凌云与杜衡对面而坐，就着晶莹剔透的皮冻，饮着琥珀色的清凉果汁。

"你们狩案司，如今成了东都百姓热议的对象。街头巷尾无不谈论你们破案迅速，手段奇绝。寒冰地狱案闹得沸沸扬扬，听闻城中大户人家近日都不买冰了，哪怕贩子说破嘴皮子也没用，老觉得吃到嘴里的冰上卧过死人。"

杜衡摇晃着碗，碗中琥珀色的果汁里颗颗碎冰碰撞着，发出悦耳的声音。

"咱们封诊道却没有这样的忧虑，冰都是自己用硝石做的，干干净净。"说着，他仰头喝下一口，又夹了一块皮冻塞进嘴里，享受地眯眼道，"大郎是觉得老夫在家无聊，所以找我聊吗？可是我也不得闲啊，此番回归东都，借口是帮你，实则过去这些年来，道中的家底多在东都。当初随你前往西京时，各家基本留在原地，你应该也看出来了，朝廷始终是要迁回洛阳的，所以我才回来归拢归拢，做好准备。"

对杜衡这番"老夫尚能饭"式的刻意彰显，李凌云迟钝得无知无觉，看着几上那六芒星弩箭道："杜公当真想不起这弩箭的来头？"

"……想听大郎聊几句与案情无关的事，真是难比登天。"杜衡放下碗，正色道，"当真想不起。你阿耶的案子一发就到了我手里，我对这弩箭比对我夫人脸上的皱纹还熟，只是六芒星状的箭头，我确实没见过，试着找过相似的，也俱是没有。"

"杜公觉得，此物会是手制的吗？"

"做工粗糙，六棱也并不一致，以至于六芒歪斜……"杜衡拿起弩箭看看，递还给李凌云，"要找出处，老夫可没辙，不过大郎为何不把此物交给凤九郎？"

"说来怪异，我总觉得此箭异常眼熟，却无论如何都想不起在哪里见过。"

"哦？那大郎可有问过家里人？"

"不曾，"李凌云摇摇头，"为何要问他们？"

"你若想不起，多半不是近期发生的事。大郎一直是你阿耶独自调教的，和外人往来不多，如果觉得熟悉，说不定在家中哪里见过。"杜衡不紧不慢地嚼着皮冻，"你那个阿耶，对这些少见玩意最为好奇，兴许在他的什么记录里有，你不妨翻找一下他的遗物或是问问家里人。"

"杜公说的是，我回头便问。"

杜衡瞥着他，似笑非笑："说吧，我知道，你来不只是为报个进展，只怕还有别的缘故。"

面对和父亲亦敌亦友多年的杜衡，李凌云也不客气："杜公也知，寒冰地狱案这个案名，乃是由大理寺正式公开的，你可有看出什么？"

"小家伙倒考校起老人家了，"杜衡笑道，"火山地狱案、寒冰地狱案，名字之间互有关联，案名是大理寺所出，我晓得里头必有相关，你觉得是系列案吧？"

"都是以仆弑主，凶手也和受害人一起赴死，现场皆有神秘塑像，甚至案源能追溯至数十年前，由此分析，自然不会是独案。不过我今日不是要让杜公确定此乃系列案的，我在寒冰地狱案中，发现了一种极强的迷药。"

"迷药？"杜衡顿时来了精神，炯炯有神地盯住李凌云，急切道，"何种迷药，呈现何等药性？"

"杜公且看。"李凌云从怀中摸出两张纸，上面摘抄的是寒冰地狱案封诊册内与迷药相关的内容。

杜衡拿起细细看了一遍，沉吟道："……无色无味，只是浸透玉石珠子，含化蜂蜡后，便能迅速迷倒一个成年男子，且在极寒的环境中都不曾醒来……"

"药效极猛，然而我却从未见过。"李凌云道，"我们封诊道也有迷药，主要用于给活人验伤。有时人被刀斧砍伤后，需要对其伤口取模。若伤者疼痛挣扎，就很难取样，用上迷药，便可在被砍伤的骨头上取痕，而不惊醒伤者。只是，它应该还达不到微量就能深度迷晕人的效果……"

杜衡张了张嘴，似乎想说什么，最后却只是连连摇头："不可能。"

"什么不可能？"

"不可能是麻沸散。"杜衡神色严肃。

"麻沸散……华佗的麻沸散？"李凌云皱眉道，"《后汉书·华佗传》有载：'若疾发结于内，针药所不能及者，乃令先以酒服麻沸散，既醉无所觉，因刳破腹背，抽割积聚。'但此散的药方，不是早就失传了吗？"

"是失传了，所以老夫才说不可能，可这迷药药效如此立竿见影，除了麻沸散，还真想不到别的……"杜衡有些纠结，手掌在盘坐的膝头上摩挲了好几下，这才下定决心一般抬起眼来。

"其实……此散封诊道曾经复原过，而且成功了。"

"什么？"李凌云霍然起身，差点掀翻木几。

"大郎你急什么，坐下说话。"杜衡连忙按住木几，等满脸惊异的李凌云重新跪坐在席上后，他才娓娓道来。

"华佗是我封诊道前辈，他之所以研制出麻沸散，就是因为腹中病结肿块，用药无效时，就必须割破肚腹取出，若是脑内有病，还要劈开脑壳，拿掉病邪之物，病情才能控制。

"倘若没有麻沸散，病人则会剧痛难忍。而服散之后，能瞬间令人麻醉，不知人事，任人劈破身体，缝补皮肉，不觉痛痒，华佗也因此成名。只是后来为曹操诊疗头风症时，厌恶华佗的小人暗中说了些坏话，于是华佗便遭了牢狱。华佗在狱中写下一部《青囊经》，因狱卒张明三在其关押期间对其关照有加，于是便将它传给他，驾鹤西去。经中就载有麻沸散的方子，谁知后来张明三妻子胆小，恐他学会医术，像华佗一样死于非命，便烧掉此经，虽被及时发现，可仍毁去了半本，麻沸散方也从此彻底失传。"

李凌云大惑不解："既已彻底失传，我们又如何能够复原？"

"用药必有方，自神农尝百草起，各种药物的效果与药方便已存在。到战国争霸之时，医家方子大多不是独门创新，而是将前人的各种验方改进融合而来，"杜衡喝一口梨汁润润喉咙，"既然华佗是封诊道先贤，那么他的方子，必然也来自我道原有的记录。于是我们查阅封诊技库，发现战国时，神医扁鹊用毒酒麻醉，给两个人做了换心术，这毒酒的验方，倒是留存了下来。"

"从战国到三国，一个是毒酒，一个是用酒送服……也就是说，扁鹊的方子，极有可能就是麻沸散的原型。"李凌云省悟过来。

"不错，我封诊道有制药大家，以三国时期的诸多草药记述，结合扁鹊毒酒方，多番尝试后，复原了麻沸散方，非但如此，还在其基础上加以精制，最后成为无味、入腹即倒的强效药，也不必用酒水送服，此方应该在晋末时候就已完成了。"

李凌云面露迷惑："可是如今我们封诊道用的迷药，药效远远不如……"

"这……这是因为……"杜衡有些局促，双手握了又松，松了又握，运了好一会儿气，才道，"唉，如今你也是首领了，这些事你迟早要知道的。"

他无奈地看着李凌云："封诊道原有天干、地支两大系。天干十家，甲、乙、丙、丁、戊、己、庚、辛、壬、癸；地支十二家，子、丑、寅、卯、辰、巳、午、未、申、酉、戌、亥。天干十家为主干，地支十二家为旁支。俞跗祖师时期，医道尚未分家，然而自封诊道建立以来，各弟子衍生的家族越来越多，医术、封诊技始终是主攻方向，可其中有些家族偏对道术感兴趣，或喜欢一些偏门，譬如钻研制毒、机关技等等，于是渐分主次，遂有天干、地支之分，天干以医术为本，而地支则以道技立身。"

说到这里，杜衡叹了口气："自此之后，地支家族渐渐和天干家族分化开来，各自特色鲜明，却也互不服气，后来因意见相左，遂在数百年前彻底一分为二。而其中研制出麻沸散的那家，正是地支之一。李大郎，你也明白，各家各族虽会拿出自己的封诊技进行交流，但精通部分是其根本，许多技能不可外传，天干家族从那之后，就再也做不出能与麻沸散媲美的迷药了。"

"……如此说来，这世上一定还有人可以制出此类迷药。"李凌云略加思索，"话虽如此，但还是无法判断出寒冰地狱案中的迷药到底是什么来路。"

"别说地支家族早就不知去向的东西，咱们天干家族所制的东西，有时也会流到民间，确实不好确定那凶手用的迷药来头。"杜衡又道，"你阿耶本不希望你继承首领之位，所以并没有让你研读这些过往，如大郎有兴趣，我可以将这些整理出来，送到你府上。"

"那就劳烦杜公得闲整理，此外我尚有一事相求。"李凌云拱手，"近日我遇到一个疯女子，她一直在寻找自己的丈夫，不时会在一家医馆门外砸门，要求还她郎君。医馆主人出来送她一些银钱，她便会离开。虽然那医馆主人说不认识这个疯女，我却觉得她和这家医馆颇有纠葛。过去听阿耶提过，杜公好像对疯症颇有心得，不知你对此有何看法。"

杜衡当即分析道："人若要发疯，大多是受到极大刺激。当受到刺激时，最关键的人和情景，会残留在疯癫之人的脑海中。过去我曾钻研过一段时间，经猛烈刺激后，人会呈现出两种情状：其一便是哭泣，将心中负面情绪宣泄掉，这种情况下，人虽会沮丧一段时间，但总体说来尚能慢慢康复；其二就是当即疯癫，倘若人无法承受强大刺激，便不能继续有寻常的认知，故而出现癫狂、呆傻等不可逆转的症状。这个疯女，如果过去是个正常人，那么她会发疯的原因，恐怕和你想的一样，与这家医馆有关。"

李凌云仍有些不解："此种疾患源自其心，我对人心所思一贯愚钝，还请杜公举例细说。"

"好。那就说个案子。"杜衡手捋胡须，"说起来，已是许久之前的事了。有一女子，其夫在外经商，某日携货经过某县，当地有匪害，其夫被匪徒所杀，同行者发现了他的血迹和遗物，遂送归，交给女子。女子得知丈夫死去，心中无比悲痛，但因家中还有孩子需要养活，便在邻人撺掇下迅速再嫁，以解生活困厄。谁知，她嫁人一年有余，其夫竟突然归来，说是被匪徒劫掠，抓去山寨为奴，后来找到机会逃回家来。女子无法接受，当即就疯了，哪怕前夫站在面前，也只说他已经死了，根本认不出面前的人。她这是受到'前夫还活着'的剧烈打击，无法自处，不肯承认她的前夫还活着的事实。"

杜衡继续解释："受到刺激之人，在看到一些正常的场景时，未必能有正常的感受，他们不能正常言说自己的所知所见，在外人看来，无疑又疯又傻。这种人，往往还会出现幻听幻视，而这些画面，时常会在他们脑海中不停重复，最终导致疯癫不断加重。"

"依杜公所言，令那疯女遭受刺激的画面，或许就和这个医馆有关？"

"大有可能，"杜衡在肯定他想法的同时，又补充了一点，"不过只是猜测，尚需实证。倘若可以的话，不妨把那疯女带来，用我们封诊道的安魂香试着安抚一下。"

"安魂香，不是用来安抚新弟子的吗？"李凌云奇怪道，"因我们所剖尸首大多腐败不堪，又或者遭遇分尸、残虐，形状恐怖，新加入弟子看到这种场面，容易紧张失眠，遂用安魂香助眠。只是，此物还对疯癫症有效？"

"疯癫症，你也可以理解为对外界的事无法正确反应，通常来说，病患如能情绪平和冷静，便能够略微恢复一点神志。你要是想知道她患病的缘故，不妨尝试一下，或许在她平静的时候，能够探听到更多东西。安魂香我研制了药效更强的新品，这就让人取来给你。"

说罢，杜衡当即叫人拿来一束用绿布裹好的安魂香，交给李凌云。

"如此甚好，我回去试试看，"李凌云收起绿布，起身欲走，却又回头叮咛，"天干地支的那些过往，也麻烦杜公了。"

"放心，虽有些麻烦琐碎，但等我弄完，就一起送去你家。"杜衡夹起晶亮皮冻晃了晃，"这个也给你弄点过去！"

从杜衡家中离开，李凌云直奔狩案司。

虽说解决了两桩地狱案，在东都算是名声大噪，可狩案司仍盘在小得可怜的院落里，倒不是徐天抠门，而是因为谢阮。

按她的说法："徐胖子让迁去大理寺的据点，是黄鼠狼给鸡拜年——没安好心，狩案司是天后一手操办起来的，若是接了大理寺的媚眼，那浑身长嘴也说不清了。"

李凌云赶到时，徐天正在吃加了韭花酱的槐叶冷淘，一看见他，脸上的不耐烦就一扫而空。

"李大郎来得好，谢三娘说等你来了再说案子的事。周奇找着了，也问过了，不愧是百事通，那妇人的事他果然知道。"徐天说着，稀里呼噜地吃了一大口翠绿凉面条，面露爽意。

李凌云伸手接过谢阮递来的面碗，用竹筷搅了搅作料，嗅到一股开胃的醋味："疯女子究竟什么情形？"

"疯女姓王，疯之前，是附近郭庄出了名的美人，"徐天挥了一下筷子，打走一只小虫，"她郎君是她表兄，一个俊俏能干的后生，两人青梅竹马，长大后就顺理成章地亲上加亲了。谁知后来她郎君得了绝症，许多骨头上长了瘤，大家都说是蛊，又找不到下蛊之人，他们四处求医，搞得家徒四壁，她郎君也消瘦无比，在家中疯狂咯血。到这一步，人也就是等死了，听说那崔药师愿收不可救药的病人，想着死马当活马医，便送他去医馆治疗。"

"等等，"谢阮抬手擦去嘴旁冷淘汤水，鼓着嘴含糊说道，"既是不可救药，为何崔药师还愿治？这不自相矛盾吗？"

"你就不能吞了再说话，小孩一样含着饭作甚？"徐天论年纪，几乎可以做谢阮的父亲，对她那种吃相实在看不过去。

见李嗣真在旁忍笑，谢阮怒道："你管我那么多？赶紧说。"

"行行行，"徐天吞下口中冷淘，"崔药师之所以出名，不只是因为他医技好，还是因为他对诊病格外疯魔。尤其疑难杂症，一旦遇见，不管那病人是死是活，有钱没钱，他都接下诊治，倘若遇到怪病，还会出钱买病人。"

"买？治病不是给大夫钱？怎么大夫还要买病人？"谢阮一根面条吊在嘴边，奇怪地问。

徐天对她那没形没状的样子瞧不下去，转去看李凌云："他钟爱研究病症，所以才有这怪异举动。周奇说他之所以热衷介绍病人，就是因为崔药师会买这种绝症病人的命，给病人家属一笔钱，还会额外给他佣金，像他这样的捎客还不少。他知道给顾庄做捎客的是一个叫路毛的人，我们就跟过去查了，果不其然，这路毛本来讳莫如深，等确定我们是大理寺的人就吓破了胆，说王氏的丈夫把命卖给了崔药师。"

"还有这样的事情。"谢阮诧异，"具体是怎么卖？徐少卿你可有问清楚？"

"问了问了，"徐天放下吃空的碗，掏出手绢擦嘴，"他说此事是王氏的丈夫主动提出的，这人觉得自己命不久矣，打算用这个方式，给王氏留一笔钱，王氏会同意，也是他劝说的。王氏和丈夫感情很深，所以他只好骗她，说自己病情严重，恐怕是好不了了，如今倒也有一线希望，只是崔药师要把他移去别处治疗，倘若康复自然好，若是救不过来，也算将这条烂命做了功德，将来崔药师兴许能因此救更多的人，如此说来说去，那王氏也就允了。"

"既然如此，王氏又为何会疯？"

"那路毛也不清楚，他说，将王氏丈夫送去崔药师的医馆之后，王氏去过一趟，回来便跟家人说丈夫不见了，要去找他。然而那崔药师所谓换个地方，不就是人已经死了嘛！因此家人并不准她去找。大家嘴上不说心里都明白，他收这种不可救药的病人，人迟早都要死，在医馆里死人，有些触霉头，眼看这些人快不行了，就会提前挪去别处。因崔药师会给病人家中一笔费用，死后也承诺好好安葬，一般来讲，这些病人家属只会做个灵位供奉，不会追究病人最后怎么样了。"

说到这里，徐天叹道："有李大郎他们的封诊道做比较，说来崔药师这种举动也谈不上有多出奇，他着实有钱，在附近买了好几个连成片的山头，据说上面有很多无名坟茔，大家也就知道人死了的确是埋了，久而久之，没人再去管那些病人的究竟。只是王氏不死心，趁家里人没注意，她就跑了出去，结果这一去去了两天，再回来时人就已经疯了。"

"杜公同我说，王氏这样的情况，多半是看到了极为刺激的情形所致……"李凌云吃了口面，"依我看，当时到底发生了什么，还得从王氏这里问出端倪。"

"一个疯子，说话颠三倒四，李大郎，你从哪里问起？"徐天哈哈一笑，灌了一大口水，还涮了涮嘴，"莫非你打算装人家的夫君去套话不成？"

李凌云却听不懂他这玩笑："点上封诊道的安魂香，等她平静下来就可以问了。至于从哪里问起，从徐少卿所说来看，王氏发疯和她夫君必定有关，就问她夫君的事，慢慢引导，应该能有所得。"

徐天被他认真得无语，李嗣真插嘴道："那就依大郎所言去做。我看那王氏现在就是家中的摇钱树，只要钱用完了，就会放她出来找碴，这般贪婪的家人，给点钱，一定会把人给送来。"

谢阮在一旁冷笑："干吗给钱？这种连疯子吊命钱都要的人，怎可能胆大包天，徐少卿只管叫两个卒子过去，保准他们点头如捣蒜。"

"好！我这就叫人过去。"徐天说着起身就走，李嗣真一抹嘴巴跟了上去，这一去，便是两个时辰。

再见面时，王氏仍是痴痴傻傻，但已换上了干净整齐的襦裙，梳起的头发上也没有虱子，显然，这是崔药师给的那一贯钱的效果。

"有钱能使鬼推磨啊！给了钱可就立竿见影……啧啧啧。"谢阮绕着王氏看了一圈，手指她道，"我说，当真是个美人，可惜了可惜了。"

王氏一看李凌云，眼就放光，然而今天她却没有扑过去，双手抓着裙子，小声道："郎君……"

"这可不是你的郎君，这是官家人。"李嗣真在一旁拉拉王氏的衣袖，劝道，"你郎君可没有做官，记得吗？"

"嗯……记得的。"王氏失落地说着，眼睛还是盯着李凌云。

"李寺丞好耐性。"谢阮不咸不淡地评价。

"也不是好耐性，她这一路看见个男人就想扑过去叫郎君，只是不知为何，她特别害怕官家人，所以只要说是做官的，她就会老实许多。"

听见李嗣真这话，李凌云朝他多看一眼，问道："她情况还算好吗？"

"倒也还好，没有当街发疯。"徐天说着，让人拿来绳椅给王氏坐下。

"既然如此，那就开始吧！先点安魂香。"李凌云拿起桌上早准备好的线香点燃，谢阮好奇道："此物对正常人可有用处？"

"一样的，静心凝神而已。"李凌云把线香插进香台，放到王氏的椅子前面，不一会儿屋内就充满幽幽的香味，众人的心绪也跟着宁静平和起来。

王氏本来被迫坐着，有些烦躁不安，没过多久也安静下来，乖巧地用双手扶着膝头。李凌云见到了时候，便开始提问。

"王氏，你在寻你夫君吗？"

"是……在寻夫君。"王氏慢慢点头道。

"你郎君为何不在？"

"我郎君……郎君他在崔大夫那里治病。"

"既是治病，又为何要寻他？"

"想……想郎君了。"王氏面露哀容，"治不好……他说，治不好，不要想他。"

"那你知道去哪里找他？"

"嗯。"王氏点点头。

李凌云和谢阮互看一眼："什么地方？"

"山洞，山……山洞里，很大，很深。"王氏说着，用手比画起来，"药味，臭……臭味……"

"山洞？"谢阮小声道，"莫不是那崔药师把治不好的病人都拖去了山洞，任凭等死？"

"死？什么死？什么——七哥不会死，没有死，他没有——"王氏突然大叫起来，徐天拍腿道："糟了，谢三娘，你没事为何说那个字。"

见王氏呜呜大哭，李嗣真连忙温和地道："王氏，王氏，你听我说，你夫君没有死，你听我的话，你知道的，我是官府的人，不会骗你。"

在他的安抚之下，王氏缓缓安静下来，众人皆松了口气，谢阮有些不是滋味："李寺丞好手段。"

李嗣真苦笑道："某种声音和节奏能令鸟兽安静下来，我想也能用在人身上。方才我说话的节奏，就是按写给我儿子的催眠乐来的，没想到还真有点用处。"

"多谢。"李凌云冲他点点头，又继续问王氏："王氏，你可去了那山洞？"

"去了。"她说着，脸上的神情有些扭曲。

"你去的时候，看到了什么？"

"看……看到山洞。"

"除了山洞呢？"

"大夫……大夫……药罐，血……血……全是血……"王氏浑身颤抖，突然缩成一团，声嘶力竭道，"头……头——郎君的头——"

"头？什么意思？你往下说。"谢阮追问道。

那王氏却无论如何不肯再开口，抽筋一般抖个不停。李凌云见状，只能拿来封诊道的迷药，在她鼻前点燃，熏蒸了好一会儿，她才身体一软，瘫在绳椅上。

李凌云道："她现在这样，不宜马上送回去。"

"先安置到下人房中，待她醒来再做打算。"谢阮说完，叫来官奴，把王氏就着绳椅抬了出去。

徐天抓一把杂乱胡须："那崔药师必定有鬼。"

"王氏所说山洞，里面就藏着致使她发疯的元凶，"谢阮眯眼道，"只是到底发生了什么事呢？"

"她一直在说血，让我想起一件事，"李凌云回忆起来，"你们可有注意过，那崔药师所穿的衣物上，有许多溅射的血点？"

"他那衣裳够脏的，再说了，给病人治疗，沾上血有什么奇怪的？"徐天摇摇头。

"那点状血痕，更像是血飞溅时沾上的。"李凌云含了一口水，走到墙边，喷向墙壁，墙上顿时出现一片点状水渍。

"类似这种飞溅的形状，通常只有血液在快速流动的状态下，经挤压喷出方能形成。"

"我也办案，这种形状我见过。如病人身上有血肿，划开放血的一瞬间，溅射上去也不奇怪啊！再说了，绝症导致口中喷血也是有的。"

"血痕从他上身一直到下身，集中在身体正面，多呈点状或弥散雾状，绝不是口中喷溅或血肿破裂所能形成的。我注意到，他的衣物经过反复清洗，依旧能看出各种陈旧的血痕叠加，也就是说，类似的血水喷溅，过去发生过不止一次。"

"崔药师不是说，会让那个车夫老马给他购买野兽，研究如何治蛊？"谢阮抱着手臂，猜测道，"会不会是他杀死野兽时溅上的，所以次数较多？"

"我封诊道有记录，血液喷溅的形状与血脉粗细及流动速度存有较大关联，依我对那血痕大小的回忆，倘若那些血来自动物，那么它们的血脉要和人差不多粗细。"李凌云回头，双眼晶亮，表情中有一丝丝难以察觉的兴奋。

"你确定？"谢阮狐疑地瞧着他，"一个医者，自然是以治病救人为己任，况且崔药师还相当有名，若是他杀人的话，岂非自己和自己作对？左手救人，右手杀人，他练的是什么左右互搏的神功？经他过手治疗的人何其多，当真要杀人，在药剂里面动手脚不容易吗？何苦搞出如此大阵仗？这说不过去吧！"

李凌云倒也不着急辩解，只是说："待我再想一想……确定此种血迹是否同我猜想的一样。"

说着，他也不管谢阮有何反应，缓慢闭上了双眼，双手自然垂落在腿侧，呼吸也变得绵长缓慢……

合上双眼的刹那，李凌云的思绪把他带到了一座金碧辉煌的宫殿前，暖白光芒在他足下亮起，并朝前方伸展。

随光芒往前走，他抬头看了一眼，宫殿牌匾上写着"凌云"二字，便踏进了殿门。

殿中整齐摆放着一大堆罐子，形状各异的罐子在发光，渐次明灭，前方有一木牌，牌上是"封诊守则"四个字。

左配殿上挂着"医技"的牌匾，右配殿牌匾则有"封诊技"字样。李凌云来到右配殿外，殿中排列着满满的博古架，架上放着形状各异的饰品。

和外面的罐子一样，它们也在不断发光。李凌云抬手，抚摸殿门。

只是一瞬，他就被那殿门吸了进去，在眼前展现出父亲李绍和幼时的自己在书房中的场景。

父亲轻声引导："世人认为，天纵奇才方能过目不忘，然而我封诊道曾广搜记录，其中便有为人提升记忆之法。"

"凌云，你与其他孩子不同，别人能轻易感知喜怒哀乐，能轻易读懂他人表情，你却无法理解。要像常人那样生存，你必须记住更多东西，为父希望你学会这个法子，只要你头脑不受损，就能把所有学过的东西存在脑海之中。"

李绍抬手抚摸他的头顶："此法我命名为修造法，将头脑幻想为一座建筑，可以是楼阁宫室，每学一类，便增加一个房间或殿堂，把记忆当作物件，分门别类放置于其中，只要你记得进入路径，便能够自由取用，永世不忘。"

李凌云天真地看向父亲："阿耶，我做得到吗？"

"自然可以，来，闭上眼，调整你呼吸的节奏。用剖尸时你看过的那层胸腹隔膜来带动，呼——吸——呼——吸——"

随耳边李绍声音淡去，李凌云身边的场景从书房转回殿堂，他缓步向前，越过一排排博古架，第六排博古架上镌刻着"血迹"字样，他走近，在架上找到一头琥珀鹿。

李凌云将鹿握在掌心，他瞬间来到了李家的地下室内。

墙上挂着白布，布上有一大块鲜红的喷溅血迹，对面的剖尸石台上，躺着抽搐的无头野猪。

十岁左右的他站在台边，李凌云上前和过去的自己合而为一，随后看向手持怪异斧头的父亲李绍。

李绍穿着封诊衣，浑身染血，手中斧头极宽，锋刃较薄，上面布满百炼精钢的云状纹路。

"野猪脖颈太粗，体重与成年人差不多，可产生的血迹喷溅却与人血有所不同。"李绍说着，换上一张全新的白布。

走到地下室角落，他转动墙角轮轴，几根铁链从顶上哗啦落下。李绍抓住链条，捆在野猪身上，操作轮轴将之悬起，移到右边。他又捆住一头四蹄攒起的梅花鹿，用轮轴移至石台上，脖颈用铁箍控制，仰头朝向白布。

大概是察觉了自己的命运，鹿悲惨地呦呦叫起来。

李绍用封诊卷尺绕过自己的脖颈，又在鹿的脖颈上测出接近的颈围，以炭笔在上面做好标记。

轻摸鹿头，李绍道："对不起，很快便结束了……"

随后他高举斧头，猛劈下去。

鹿头滚落在地，血水咝咝从鹿颈喷出。白布喷溅上的血色，仿佛一朵花缓缓绽放。

"很好，鹿颈喷出的血渍近似于人的。"李绍放下斧头，擦拭脸上血水。

他看着仍在缓缓蹬蹄的鹿，问："阿耶，为何要用野兽来做血渍？为何不直接用……"

"不能用人，"李绍握着手巾的手指抖了一下，"阿耶当年是在斩首现场设置白布来观看的。但不是随时都有死刑犯可瞧，将来你要验证血迹，弄一头鹿就行了，你要记住，专研封诊技，原则便是不可杀人。"

"噢……我记住了。"他对父亲点点头。

"千万别忘了。"

…………

李凌云的手指离开琥珀鹿，转身走出右配殿，越过那堆罐子向宫室内深入，在他前方还有无数殿堂。

他缓缓走去，突然站住，看向一扇紧关的殿门。

门上呈现古怪乱迹，遍布在类似华容道的木制机关方块上，李凌云从中感受到召唤之意，逐渐靠近……他抚上方块，开始调整走向，就在他看出乱迹大概是一个多芒星形状时，有人猛拍了一下他的肩头，身边的一切悉数崩塌——

"喂，李大郎，睡着了吗？"狩案司前厅，谢阮扒着李凌云的肩上看下看，当她缓缓靠近他的脸时，他忽地睁开了双眼。

二人此刻近在咫尺，鼻息相闻，在他注视下，英气勃勃的女子脸上缓缓地飞起红霞。

一旁的徐天和李嗣真见此情形，连忙干咳起来。

"我……我以为你睡过去了。"谢阮听见咳嗽声连忙放手，好不容易从李凌云俊俏的脸蛋上挪开眼，她后退一步，将手迅速地背在身后，又觉得不太合适，便抬起手揉揉鼻子，"大郎，你刚才……到底在做什么？"

"取回过去的回忆，和我阿耶在一起的那些。"李凌云平淡地回答。

"取回忆？怎么取？"谢阮好奇。

李凌云并不答话，而是回头看墙："我有办法证明，崔药师身上溅上的血是人的。"

"什么？你有办法？"谢阮忘了方才的尴尬，兴奋地抓住李凌云的胳膊。

"嗯，首先，我得弄到一头鹿，和成年男子差不多重的鹿……"

第二日，东都宜人坊李宅地下室内，李凌云、谢阮、徐天和李嗣真均在屋内，四人围着被捆绑在石台上的鹿，耳朵里充满鹿鸣声。

"你最好拿到确切实证，"谢阮皱眉看着那头皮毛光滑的鹿，"要得太急，来不及去找猎人买，这头鹿是皇家御院里养的。"

"放心，定有答案。"李凌云提起地上的斧头递给徐天，后者一脸没想到。

"拿着，头得一斧劈掉，徐少卿力气大，由你来砍稳妥一些。"

徐天只好接过斧头，李凌云拨弄墙上机关，鹿头前方徐徐落下一块白布。

"动手吧！"

徐天朝掌心吐了两口唾沫，提起斧头大喊一声，便朝鹿颈上做好标记的地方劈下……

片刻后，四人站在染血的白布前。

谢阮道："和崔药师身上的痕迹相似，但是用这玩意就能抓他了？"

"我看不行，至少得找到他杀人的实证。"徐天摇摇头。

"可医生手中有人死亡太寻常了……"李嗣真龇牙花子，"退一步说，就算找到那个山洞，发现里面有死人，又怎么证明人不是自己病死的？"

谢阮信心满满："只要找得到死人，封诊道自有无数办法验证人是怎么死掉的。依某看，现在最大的麻烦在于，就算崔药师杀了病人，可这么多年来，一个到官府报案的都没有。"

徐天叹道："不错，崔药师给了人钱财，便可看作一桩交易，拿了买命钱，家里人对结果自然不闻不问。说透点，我们手上根本就没有案卷。"

"根据大唐律，没人写诉状，自然就不存在案子，也没办法去查崔药师……硬来很危险，这种人闻名乡里，你敢无缘无故查他，随时会搞出一群百姓和你喊打喊杀。"

"把自己弄得像个圣人，掩盖杀戮本相吗……"李嗣真看向一直默不吭声的李凌云，"李大郎，我们要不要从王氏的亲属那边下手？"

"恐怕不行，"李凌云缓缓摇头，"王氏是疯子，没人会为疯子写诉状。至于那些亲人，正如徐少卿所说，拿了崔药师的钱，和崔药师同罪，他们不会站出来。"

"……官府提出搜查也行，但要有能够服众的理由。"李凌云似乎想到了什么，他快步走到桌旁，拿起封诊道的笔，写下"仵作"两个大字。

"仵作？有你李大郎，我们还用请仵作？"谢阮不解。

"在民间，并非只有搞出凶案，才需要仵作。"李凌云解释道，"我在乡间查案，有时发现死者并不是被人所杀，而是自杀，或是意外死亡，此时官府仍然要请当地的仵作查看，你可知这是为什么？"

"谢三娘长年居于京城，哪里知道这些，我来说吧！"徐天哈哈一笑，"在官府的文书中，有资格证明人已经死了，写下死亡原因的，仍是当地的仵作。"

谢阮问道："也就是说，仵作要写文书，是吗？"

徐天点头："不错，有人在家中病亡，也要当地的仵作走一趟，大体检验尸体，写下文书证明此人并非被害。"

"某地不论死了多少人，都需要经当地仵作认可，这些文书会上交官府。我大唐人户管理很是严格，官府会定期整理，逐级汇报，核对大唐人口增减和流动情形。如此一来，就算这些人送到崔药师那里治病，甚至由他安葬，这证明人病死的文书，无论如何也是省不掉的。"

说到这里，李凌云回头打量血布，淡淡地道："仅从崔药师的那身衣裳看，他不止一次干过这种事，多年以来，他到底经手过多少人，倘若彻查，或许能够找到痕迹。"

李嗣真闻言，大呼绝妙："不错，若他真的杀人，病患亡故的时间便会远远短于正常病故的时间，也就是说，这些年乡土的死亡记载，必呈增加趋势。"

谢阮狞笑握拳："如此一来，只要对比文书，或许就有办法查出猫腻。那些人死于非命，开出文书的仵作多少对此知情，都在公门之内，到时审这个人，只需大理寺一句话罢了。"

"你一个女郎，为何说话如此放狠？"徐天头痛道，"若他只收治别处的病人，或者说，查了文书也没有痕迹呢？"

"从他和我的对话之中不难看出，崔药师极为聪明，他不喜欢与陌生人打交道，对自己也颇有信心，身上的血痕都不介意被我们看到，可见刚愎自用，"李凌云道，"我想他不会舍近求远，如果有仵作愿与他配合，他可能只会在本地范围内作案。"

徐天一锤定音，道："既如此，就先从县上文书查起。"

大理寺的命令，在都畿道内向来通行无阻。不到一天工夫，崔药师所在畿县二十年来的死亡文书，就快马装箱送至东都。

看到厚厚一摞文书，哪怕是暴跳着让徐天不要抢功的谢阮，也顿时偃旗息鼓，觍着脸让徐天派人一起整理。

这一整理，果真看出了问题……

"好家伙……"谢阮咋舌，把手中宣纸甩得哗哗响，"以那家伙在林中开医馆的时间为限，方圆百里之内病死者，数量逐年攀升，去年全年之和比起他开医馆之前，足足多了一倍。这家伙怕不是杀疯了吧！"

李嗣真整理了一沓文书递给李凌云："大郎你看，其中有近百张病亡文书，签的都是同一个人的名字。"

李凌云接过文书翻翻："钱三浪？看来他就是与崔药师合伙的仵作了。"

谢阮提起放在桌上的直刀，朝外走去："走，咱们这就去县上，会一会这个钱三浪。"

都畿道寿安县县衙内，似火骄阳照得衙门院子白光耀眼，热风吹在仵作钱三浪脸上，热汗啪嗒啪嗒地掉在地面上。

然而他此时却根本感觉不到热，看着手中这一大沓死亡文书，钱三浪觉得自己好像掉进了冰窟窿，浑身泛着刺骨的冷。

"这是我的签名，可这……这不是我啊……"

钱三浪话刚出口，就见对面那个男装女将，朝他不怀好意地露出雪白獠牙。

"一会儿是，一会儿不是，说不清楚就地法办！"谢阮朝那仵作笑笑，钱三浪哆嗦了好几下，叩首道："不是小的，绝不是小的。仵作本就不是谁都愿意干的，我们大多受了刑，为了抵消刑罚才开始做这个，也不算正经的公门人，大多都是配合衙门做事，如何能知法犯法？这里头好些名字我听都没听过，当真不是我。"

"那签名从哪里来的？"

"小的也不知道，看起来像我写的，可我绝不曾写过。"说着钱三浪对天发起毒誓来。

见他如此，谢阮也有些怀疑，问李凌云："你怎么看？"

李凌云想想道："你说是别人写的，但文书难道不是你上交给官府的吗？"

"咦，"钱三浪直起腰来，"还真不是我。民间死人，需要仵作查看，才可下葬，然而偌大一个县，若都要我上交文书才能安葬死者，怕不是尸首都放臭了。所以若有人死了，只要仵作出了文书，就可先行下葬，之后由死者家人交报官府销户即可。通常这一步也不会出什么问题，如人死得蹊跷，我会直接上报，如人死得毫无疑问，那家人也没必要在这文书上作假啊！"

谢阢不依不饶："竟是这样的过程，可若是家人意图隐瞒异常死亡情况，故意造假呢？"

钱三浪抹了把脸上的汗，哭笑不得："也不是没这样的，可我们出门就是死人的事，日常谁学我们写字？就算造假也难成功。况且文书收归衙门时，都会比对日常字迹，哪儿有那么好仿冒的？"

"拿来我仔细看看。"李凌云说了，钱三浪连忙起身递过文书。李凌云对着光一张张细看之后，点头道："果然有人假冒。"

他对众人展示那几张文书："你们看，每次签名字迹都有细微差别，和钱三浪自己所写的也有微妙不同，这种差别，一般人很难看出。"

"模仿笔迹，可分摹写和仿写，两者区别就在于是否完全依葫芦画瓢。

"摹写，俗称套摹，指以被摹写人的字迹为底，在伪造的文书上，沿底样字迹的笔画走向，逐笔、逐字进行描写。若细分，又可分为蒙描、透光填描、压痕填描、复写填描等。

"仿写，就是以被仿写人的字迹为样本，通过对被仿字迹的观察、识记，根据自己理解或记忆的字迹特征进行描绘。仿写又以是否脱稿，分为观摩仿写和回忆仿写。仿写人一面观察原书字迹，一面将自己理解的被仿字迹加以书写，称为观摩仿写；若仿写人仿写时不观察被仿字迹，只凭记忆或练习的方式进行仿写，称为回忆仿写。

"不同的仿写方式，会因书写条件及个人理解的方法不同，出现字痕差异。比如说，摹写高手能做到以假乱真，仿写高手可做到青出于蓝胜于蓝，尤其将此法用于字画。当年褚遂良就因仿写出意境颇高的《兰亭序》，被太宗予以重用。"

"所以，这些字迹是哪一种？"

"可以判断，为回忆仿写，效果极好。"

"效果确实好，"钱三浪用力点头，"我自己看了都发蒙，以为写过，要不是我习惯了记人名，只怕都以为我自己去验过尸哩！"

"钱三浪，你是做仵作之后才学的写字吧！"李凌云问。

"是哩！是哩！要不是为了写文书，我还不会学写字！"钱三浪见嫌疑被排除，心情好了很多，说话也顺畅起来。

"难怪你字迹丑，但这个模仿你的人能仿得以假乱真，这说明，模仿者有极高的书写能力，怕是个读书人。"李凌云把文书交给徐天："徐少卿，把那疯女子王氏丈夫的文书找给我。"

徐天拿去翻翻，找出来交给李凌云，后者看一眼，道："从那王氏的话语里，我有一个感觉，关于此案，她没有接触除医生以外的第三人。医生必然要知书达理，否则如何给人开方子？恐怕就是那崔药师干的。"

"崔药师？"钱三浪苦兮兮分道，"他冒做这事干啥？"

"你们县上有药铺吧，药铺日常收着各个大夫的药单，崔药师的药单常见吗？"李凌云问他。

"常见，崔药师很有名，因为搬出城了，所以很多人会拿着他开的方子抓药。"钱三浪福至心灵地试着问，"您是要他的药单来对比？"

"不错。"

"我去我去，我这就去相熟的药房要单子——"钱三浪急急忙忙跑出门。谢阮看着他的背影，问李凌云："你就不怕这人是装的，一溜烟跑了？"

"字不是他写的，何必跑？"李凌云淡淡道，"等他取回来了跟你说。"

众人没等多久，钱三浪果然拿着崔药师开的药方，大汗淋漓地跑了进来。李凌云把药方和文书上的笔迹做比较，两者一对，他便道："捉到他了。"

徐天瞥着那两张单子，奇道："你怎么看出来的？钱三浪笔迹丑歪，而崔药师可是写一手好字啊！"

"同一人笔迹，除了好看与否，还存在其他共性，"李凌云拿出封诊尺，一个个测量字间空隙，"首先，字间行间排列有序，存有一定规则变化，字与字间的空隙，是人本能决定的，字迹虽可模仿，但空隙宽窄仍会显出个人习惯。"

"其次，文书上的字迹，出现了很多常用字，这些字与崔药师的字迹形态大体统一，常用字书写次数过多，很难刻意去改变，还有……

"对比真假两份字迹，可发现假字迹运笔流畅，笔画平滑，没有大量明显的弯曲抖动痕迹，前后笔画以及相邻单字间，也有一定的流畅连写关系。这一点，钱三浪绝对做不到。"

"是哩，我娃都生了才学的写字，每次写我都手抖。"钱三浪在一旁狂点头。

"最后，书写时，必有轻重缓急，墨迹亦出现相应浓淡变化。能看出许多文书均一气呵成，没有出现停笔及另起笔的现象，笔迹中也未发现添加、修描、改写的痕迹。

"单看验尸单上的字，确实很像是钱三浪所写，可是以他的书写水准，根本不可能一口气写下来，就算照着模板抄写，也要费很大的劲。字迹晾干后或许看不出，但只要打湿，就可以看出来了。"

说到这里，李凌云让钱三浪打了一盆水过来，他将钱三浪的原始文书放在水中，众人果然发现那字迹有的浓，有的淡。

而把仿写的文书放入水中后，发现字迹浓淡均匀，再将崔药师的药方放入水中，字迹也是如此。

"崔药师擅长书写，他写字时手很稳，没有抖动，墨汁也磨得很匀。"

李凌云将原写、仿写的文书与崔药师的药方都放进盆中，说道："你们再看墨迹在水中的扩出速度。墨汁在水中浸泡，会缓慢释出，然后出现字迹渐渐变淡的情况，这叫水中的墨迹扩出。不同浓度的墨汁，扩出速度不一。相同浓度、相同墨铺出品的墨，墨迹扩出速度几乎一样。而且，每个人磨墨都有习惯，轻易不会更改。"

众人看了一会儿，发现假文书和药方上，墨迹扩出的速度完全一样，和真文书有所不同。

谢阮叹道："那仿写之人是崔药师无疑了。可几十个病人又去了哪里？他们的家人，当真如此心狠？他们就不担心自己的家人死于非命？"

"不管怎样，都找来问话不就明白了？"徐天冷笑着叫来随行的大理寺卒子，又唤来当地县尉，他们呼啦啦地去了乡野之中，过得小半天，便带来百十来号人。

徐天此时已然养好了精神，见人到了，起身恶狠狠道："如今物证都在，且让某看这群刁民做何应对。"

这种审讯，李凌云并没兴趣参与，谢阮倒是兴致勃勃地去了，怕那群人说谎，还拽上了李嗣真。

三人回来时拿了一大堆供词。谢阮将供词交给李凌云，咕咚咕咚喝了好些水，才道："人太多，险些没让人写断手。本来个个犟嘴，说什么自家人早就埋了，还有在地上躺着耍横，要我们去开棺验尸的。结果钱三浪出来说他们假冒文书，一下就都招了，都说家里人病重无药可医才做了交易，崔药师把人从医馆送到了别处，具体送到哪里并不清楚。"

说完，谢阮眼巴巴地看着李凌云："李大郎，怎么办？虽然都招了，徐少卿也说可以搜索，但如今这个样子，要从哪里找起？"

"我想一想……"李凌云闭上眼回忆片刻，忽道，"有了！"

"快说快说！"谢阮催促道。

"那日我们在崔药师医馆看到他时，其鞋尖上有青草汁，且很新鲜，说明他去过草木茂盛的地方，而且行走了很长时间，兴许能以此作为搜索目标。"

"等等，这怎么搜？不过是鞋上的草汁而已……"李嗣真在一旁丈二和尚摸不着头脑。

谢阮回头，龇牙皱着鼻子笑道："笨，又不是让你去找，他们封诊道啊，养狗！"

浓绿山林里，两条黄色的细犬闪电一般穿行其间，在它们后方，跟着一串身穿大理寺服饰的卒子，队伍末尾缀着李凌云等人，崔药师面无表情地光脚走在他们中间，双手被简易小号木枷锁起。

他脚上的鞋此时提在李嗣真手中，每隔一会儿，细犬就在前方发出叫声，人们便朝着那个方向走去。

见狗再次回来嗅闻李嗣真手中的鞋子，徐天朝崔药师冷笑："崔大夫，你是不是以为你不说，我们就拿你没有办法？"

崔药师淡淡地看着两条毛发如缎的猎犬，说了声："好狗。"

"能找到你杀人的洞窟，当然是好狗。"谢阮笑盈盈地看着两条狗沿着山坡再度奔上去，"你说，封诊道的狗什么时候能寻到你的老窝？"

"用不了多久，狗鼻子好使，"崔药师抬手指了一下自己的鼻孔，"狗鼻腔较长，鼻内湿润，皱褶很多，对气味的分辨也厉害，这样的细犬更是灵敏。我未刻意掩盖行迹，鞋上的味道很重，它们已经离得很近了。"

"你这人有毛病？"谢阮目光冷洌，"这些年来你杀了上百人，难道没有一点畏惧？"

"我为何要畏惧？"崔药师麻木地看向她，"他们迟早会死，人固有一死，原本他们的死就像一根羽毛一样，毫无分量，你们审问过他们的家人，这些人大多被拖累得穷困无比。我给他们钱，都是病人本人同意的，我只为研制药剂救人，有什么错？"

"这就是我们找上门时，你泰然自若的原因？"谢阮嗤笑，"一个救人的医生却去杀人，难道不是本末倒置？"

"真有本事，便捏住我所有罪证，我可从未承认杀过人，若只是伪造文书，可定不了我的死罪。"说完，崔药师便不再吭声。

谢阮怒火中烧，拔刀道："今日哪怕活剐了你，我也不会让你再去害人——"听见狗在半山腰汪汪大叫，李凌云过来按住谢阮要劈下去的手："别急，狗有发现。"

谢阮恼怒地把崔药师丢给卒子，健步随李凌云上山。众人在半山腰上看了半天，却没瞧见山洞的影子，此时两条狗突然从山壁里露出头来，徐天定睛一看，好笑地过去扯下一大堆藤萝，这才露出山洞入口。

"王氏所说的山洞，莫不就是此处？"李嗣真说完，众人互看一眼，朝着洞中走去。

刚进洞没走多远，便见紧闭的石门。李凌云看看旁边，发现洞壁上留有一些孔洞，过去摸了一下，从洞中摸出些木屑："这是木门被拆卸后留下的痕迹，想来石门是后换的。"

"哼，多半是那王氏闯进来后，崔药师怕再被人瞧见，才装了石门。"谢阮用力拍拍，石门纹丝不动，"这如何打开？"

"四面并无钥匙孔及安装机关的迹象……"李凌云环顾一圈，"只能从里面打开，这是一种人力防盗法，必须时刻保证其中有人看顾。"

"里面有人？"李嗣真上前，耳朵贴在岩壁上。

谢阮凑过去问："这样也能听见动静？"

"声音若是在石头中，传声反倒是最快的，水中次之，空中最慢。古人征战时，会用牛皮充气为枕，耳朵贴在上面睡觉，可听到数十里外的马蹄声，如果耳朵够尖，听上百里远也不是问题。"李嗣真说完，聚精会神地听了片刻，起身道："里面有人的脚步声，还有动物的蹄声。"

"要运送病人到这里，人力很难做到，除非他和大郎一样，养了个力大无穷的昆仑奴。"徐天猜测道，"只是养的是马是驴还是骡，李寺丞你也能听出来？"

李嗣真肯定道："马、驴、骡各自体重不同，蹄音略有细微变化，从牲畜的蹄音听来，更有可能是马。"

"你这耳朵也算一奇，只是门到底要怎么开？崔药师定是设计了开门暗号，就他方才那模样，哪怕打死他，也绝不会告诉我们。"

李凌云朝扛着封诊箱的阿奴招招手，阿奴来到他面前，李凌云一敲封诊箱，从箱壁上凸起一块。他打开隔板，从中掏出一只封诊鼠，又打开另一箱格，从里面拿出一个小瓷瓶，旋即走回洞口处。

"你拿老鼠干吗？"谢阮话音未落，就见李凌云捏开封诊鼠嘴，将瓶中黄色液体灌进小鼠口中。

小鼠痛苦地挣扎不停，吱吱乱叫，肚皮却随之鼓了起来。

谢阮目瞪口呆，见李凌云把黄色液体浇在小鼠身上，把瓶子扔去洞外，在怀中掏出火筒，她连忙抢上前去，按住李凌云的手："李大郎，你做什么？"

"给小鼠喂的是加了硫黄松香的熟桐油。"李凌云凝视着舞动粉色爪子的小鼠，面无表情，"点燃它，放进门去，桐油点火不好扑灭，里面的人定会打开石门。"

"我知道，只是李大郎……这小鼠何其无辜？你……你用的，是那贾成的残虐法子。"

"以封诊鼠试毒，你不也见过吗？"李凌云直勾勾地看着谢阮，"那时你为何不觉得是残虐之举？"

"那是为了破案，有必要才做，莫非没别的办法可以开门吗？再说……"谢阮有些恼火地摩挲起刀柄，"再说这是阴损办法，怎么可以由你来用？"

"这话我就不爱听了，莫非若不是李大郎，某来做就可以？"徐天眯眼说起风凉话，"这荒山野岭的，这石门虽结构简单，从外间突破却很困难。倘若里面那人察觉不对毁坏证据，你谢三娘如何负责？"

说到这里，徐天调侃："莫非在你心里，李大郎就跟刚生下来的羊羔一样纯洁无瑕？不过杀一只耗子，又不是杀人，何必如此在意？"

听见"杀人"二字，李凌云和谢阮一起转头看徐天，后者抱臂道："别瞅我，想办法开门才是。"

李凌云想了想，低头看着手中湿漉油腻的封诊鼠，又望向谢阮："事急从权，也是无可奈何。这些封诊小鼠，平日不像它们的田鼠同伴，要为口粮四处冒险，日日养尊处优，本就是为了此种时候才养着，虽手段残忍一些，但还请你见谅。"

"……你拿定了主意，还用得着听我的吗？"谢阮别过头，转身走到洞口处，面向外间。

见李凌云在小鼠尾巴上系上沾满桐油的棉布，徐天上前一把夺走小鼠和火筒。"算了，还是我来。反正我讨厌耗子，就当送它早死早投胎。"

他来到石门外，找到缝隙把小鼠放进去半截，点燃了小鼠的尾巴。

吃痛的小鼠嗖地钻进狭窄缝隙，李嗣真的耳朵又贴上洞壁，没过多久，他抬头道："里面已有骚动，想是纵火成功了。"

谢阮此时也顾不得计较，回身拔刀道："不知是怎样的人在里头，李寺丞，把卒子叫进来，李大郎躲到我后头，不到制服凶嫌不得出来。"

一群卒子严阵以待，谢阮和徐天一左一右持刀在手，候在门边，李凌云和李嗣真躲在最后。

果然听见脚步声传来，石门隆隆开启，从里面冲出来一个火人。谢阮大叫："都闪开。"伸腿绊倒那人，旋即提着刀鞘拍打他身上的火焰。

那人身上火势不大，倒是被谢阮结结实实打了好几下，手中被烧焦的封诊鼠也掉落在地，显然是他去抓老鼠，才引燃了身上的衣裳。

他将被烧烂的手挡在脸前，在地上呜呜哭叫："烫，烫，有火，痛痛——老鼠，憨大抓了老鼠，火没烧起来，阿兄不要……不要打我——"

李嗣真怪道："怎么这人声似成人，说话语调节奏却像孩童？"

"谁是你阿兄？"谢阮伸手拽开那人的手，露出脸孔，只见他长着一张方脸，塌鼻梁，胡子拉碴，双眼间距极开，脸上尽是眼泪鼻涕。

李凌云瞥了一眼，便识别出这人有病。"此人患有愚症。"

谢阮踩着那人胸口，见他哇哇大哭，回头问："愚症？是傻子？"

"也算，但有些区别。你看他双眼分得很开，可见是先天愚症，并非后来生病或遇到事故脑子坏了。愚症患者身体可正常长大，但心智宛若孩童。我看，是那崔药师养在这里，为他看守山洞的。"

"说，崔药师让你在这里做什么？"谢阮冷冰冰地问，换来的只有一阵大过一阵的号哭。谢阮向来缺乏耐心，便把他从地上揪起来。

李嗣真上前拦道："谢将军莫着急，方才李大郎说他心智如孩童，我有个女儿，不如让我来试试看。"

李嗣真也不知从哪里摸出一包蜜饯，塞一颗在那大哭的憨大嘴里，憨大觉得嘴里甜，顿时不哭了，找李嗣真要更多蜜饯。

"答一个问题便给你吃一颗，好不好？"李嗣真哄着憨大，那憨大点点头，接下来便是一番有问有答。憨大说话如同幼儿，不过在李嗣真的诱导之下，众人还是摸清了来龙去脉。

原来崔药师买下山林之后，便发现了这个洞穴，遂把那些病患逐一移来此处，一面研究他们身上的病症，一面配新方子试药。

由于病患大多病入膏肓，他自己一个人无法将病患移来，就去市场上买了个奴婢。崔药师所做的是见不得人的事，便买下了憨大。他是个先天的愚人，让他做什么就做什么，只要有口饭吃，就乖乖干活，崔药师就让他负责运送病患，以及看守此处。

李嗣真还问出，上次王氏闯来之后，崔药师的确把这里的木门改成了石门，他只能自己制作石门，让憨大帮忙安装。石门的机关也是找石匠现学现卖，门扉做得缝隙极多，机关也很粗劣。

憨大孩子心性，崔药师又对其极为严厉，憨大对其言听计从，若敢违反，崔药师就不给饭吃。此时李嗣真送他蜜饯吃，他哪儿还记得崔药师，问什么说什么。

"阿兄带很多东西来，猫猫、狗狗、牛、马……人，还有很多人，他们都不跟憨大玩，"李凌云给憨大包扎着伤口，听他这样说着，"阿兄说不用理他们，反正马上就要死掉的。然后他们就死了，阿兄会让憨大拿斧头砍他们，然后拿不要的东西给憨大，手啊脚啊的，让我埋在山顶上。"

李凌云把憨大的手拿起来，观察指甲缝隙，看见赤褐色的脏污。"指甲里有血。"

"憨大，你在哪里砍人，带我们去看，好不好？"李嗣真蹲下温和地说话。

"好！我还要吃甜的！"憨大眼睛闪闪发光地跳起来。李凌云早已拿出封诊衣给大家穿上，让卒子守在门口，众人随他进入洞穴。

只见洞中开着天窗，覆着磨薄的水晶片，阳光通过窗口照射进来，驱走了黑暗。洞内的一切都与医馆的布置类似，写处方的桌子和文房四宝摆放整齐，地上散落着烧焦的纸张，应该是那封诊鼠的杰作。

房间看起来还算正常，然而这种平凡宁静的景象中，暗藏着静谧的恐怖。

"好臭……"谢阮抬手掩住口鼻，"什么味道……像腐尸，又有些不同。"

李凌云紧跟憨大的脚步，闪身进入旁边的洞口。进洞后，有一段全然无光的狭道，谢阮掏出火折子照亮，众人快步跟去。李凌云一马当先，钻进一个更大的山洞，谢阮挤到他身边，咳嗽道："这里更臭了，简直呛人。"

话音未落，她手中的火折子就照出一颗狰狞的龇牙狗头，那狗头放在一个一人高的木桶上，和她脸对脸。谢阮吃这一吓，回身把李凌云抱了个紧，李凌云在她耳边道："死了，是狗。"谢阮这才吞吞唾沫，松开了他。

李凌云拿走她手中的火折子，点亮屋内墙上的火把，只见那狗头双目混浊，放在满桶的石灰粉上，无神地注视众人。除此之外，还有各种奇形怪状的野兽充满整个房间。

各种野兽，并非全部，而是一部分。有的是狗身上被缝了一个猫头，有的是老鹰身子缝上了老鼠头，有的是豺狼身但四肢全来自别的兽类，还有开膛后肚子里伸出山猫脑袋的麋鹿，无牙的虎头，豹的尾巴连在牛的耳朵上等。

"这他娘的是什么？"徐天看着屋内的情形，骂起脏话来。

李嗣真转头去看傻笑的憨大，尽量让自己的语气显得温和："你阿兄在哪里用斧头砍人？"

"这边，这边——"憨大快步走向一处入口，众人忙跟了上去。

这次的山洞狭长得多，火光中，洞壁上显露出许多带翅膀的人物绘图，洞边每隔一段便有一副人骨，人骨身后还插着毛茸茸的鸟翅。

"雕翅……"谢阮一眼便认出那鸟翅的来头，"是金雕，吐蕃人曾经送来宫中，我见过这种东西，他从哪里弄来的？"

"到大唐的胡人可不少，有吐蕃的雕尸也不稀奇。"

正说着，一副巨雕骨架便拦在众人眼前，奇怪的是，本应是爪子的地方却并非雕爪，而是换成了两根大腿骨。

"……是人骨，这两条腿和之前的人骨都是真的……"李凌云用火把照亮，观察了一下盆骨，"是男人的，骨质有些疏松，此人死去之前，必定久病缠身。"

他又抚了一下骨头上的裂痕。"楔形劈痕，内狭外阔，是斧。和憨大说的一样，也与我们估计的凶器相同。"

此时憨大在前头喊起来，众人连忙跟上，掀开一道灰布幔帐，映入眼帘的竟是一处和李家地下室极为相似的山洞，洞中灯火通明，沿着洞壁点着无数油灯，只是没有用来聚光的镜面。屋内散发着野兽排泄物的骚臭，以及新鲜的血腥气。

洞内沿墙安置了许多铁笼，笼中放着猫、狗等家畜以及豹、狐、貉等野兽。室内正中有个微微倾斜的木台，台上躺了个死人，其身体极度瘦削苍白，长满烂疮，头颅被砍下放在一旁，地上喷溅了大量血迹，已经凝固。他的一条腿从腿根处被剁开半截，耷拉在木台旁边，从地上放着的斧头看来，应该正在被分尸。

猫笼上垫着木板，板上有许多身首分离的猫，笼中还关着几只。猫一看见火光，便号叫着扑到笼旁，伸出爪子朝外抓挠，与此同时，口中还不停喷着唾沫。

"可抓到实证了。"徐天往外走去，"我去把那崔药师带来，看他还敢再狡赖。"

谢阮看那憨大喜滋滋地抚弄残缺尸首，不寒而栗，道："憨大虽傻，但只怕不能留了。"

"至少找地方看管起来，"李嗣真叹道，"哪怕他自己不会作恶，但让他做什么就做什么，又有一把子力气，难免会被他人利用。"说着他强忍着恶心，过去把憨大从尸首旁边引开。

谢阮拍拍李凌云："李大郎，可否给憨大安排去处？"

"夜里从乱坟岗偷尸，需要下力的人。"李凌云的话令二人侧目。此时徐天已把崔药师带来，一脚将其踹倒在地："你还有什么话好讲？"

崔药师坐在地上，淡淡道："没什么好说的，杀人偿命，按律判罪便是了。只是可惜，这些人本都是自愿卖命给我的，我做这些，也是为了大唐百姓。你可知道，中蛊之人已多达数十人，若不研究出对策来，等到猫蛊成风，大唐必定会有更多的百姓死去，到时候你们能否负得起责？"

"猫蛊？"李凌云注意到崔药师提及的这个词，他看向猫笼中咆哮的猫，缓步走过去，朝其中嘶叫着的猫伸出手。

"别碰——"眼看李凌云就要碰到猫爪，崔药师大喊一声，"那是蛊猫，被其抓咬会发狂，不但恐水畏光，而且会产生幻觉，最后无药可医而死。"

"蛊猫？"李凌云回头看向崔药师，"这究竟是什么东西？为何你杀人被当场捉拿，都没有这般激动？"

李凌云正问着话，徐天却一掌将崔药师重重扇倒在地："胡说八道什么？什么蛊什么猫，压根没有的东西。"

崔药师爬起身来，吐出一口鲜血，血水混着两颗白森森的牙齿落在地上。

"哼……哼哈哈哈哈……"崔药师满嘴是血，狂笑道，"也罢，也罢，我浸淫医道数年，就是为找出人命本源，从而寻到天道。既然天不容我，你们这些官员也不把大唐百姓的生死放在眼里，那我死了倒也干净。"

说着崔药师面露诡秘笑意，李凌云叫道："不好。"上前卡住了对方喉咙。即便如此，他还是慢了一步，耳边传来咕咚一声，崔药师面色发黑，唇角滴出黑血，瞬间就断了气。

"……死了。"李凌云拿起崔药师的手，看见他手指上沾着白色粉末，又在他衣襟上看见同样的东西，于是伸手到他怀中，从衣领夹层中翻出一个拇指大的纸包，纸包已被抠破，露出里面的粉末。

李凌云小心地嗅了一下，摇头道："用西南见血封喉木的树皮炼的毒药，药如其名。"他看向徐天："徐少卿那一巴掌打掉了他的牙，有了伤口，毒随血脉而入。"

"……我哪儿知道他会藏着这个。"徐天见状有些丧气，跺脚道，"晦气！都到了这一步，这家伙竟死了。"

说罢徐天不肯再留，叫来卒子收拾尸首，又让李嗣真去套那憨大的话，好到山顶发掘残尸。

李凌云让人把其他兽类收缴，唯独不让人碰猫笼，谢阮奇怪道："你这是何意？莫非你真的相信那崔药师的说法？"

"未知真假，只是既然他那么说了，小心一些也不为过。"李凌云发现那些猫看见灯光，就缩在墙角发抖，便想起死掉的崔药师说的"恐水畏光"四个字来。

"如果崔药师所说为真，有许多人中了这种蛊，那么此间定有他研究蛊猫的手记。"

"……屋内没看到记录，或许在之前那个房间。"谢阮建议道，"去看看？"
李凌云和谢阮随后退回第一个山洞，就着天光翻阅架上的书籍。

崔药师的手记并不难找，只是特别多，尤其是记录了不同蛊症和解蛊的药方。谢阮把手记搬到桌上，翻阅了几本，感慨道："若非他所记录的药方都是以活人验证的，这崔药师倒真像个正经医生。"

"他本就觉得自己是个正经大夫，"李凌云默然翻阅手记，"如把自己当作凶手，又怎么会巨细无遗地记录？据此记录，其中许多人并不是他杀的，而是在治疗中自然死去的……他对用药和病理感兴趣，才会切割尸首，只是他不懂剖尸之法，太过粗鲁罢了。"

"咦，这不是王氏的丈夫？"谢阮在其中一本上看见了熟悉的名字，照章念道，"其患此怪病后，骨骼生瘤，切去又生，且比过去更为严重……最后其颈骨、头骨之上亦生赘瘤，痛苦不堪，遂在得其首肯之后，将其麻醉，以斧劈砍其头，观察瘤体新鲜情状，压迫何处血脉……"

谢阮念到这里，掩卷叹道："王氏或许是跟着崔药师来到此处，正好看到崔药师在砍她丈夫的头颅，瞬间受刺激，从此疯癫。只是按崔药师所记，其丈夫也是不堪病痛，自己找他寻死的。如崔药师活着，此案只怕麻烦得紧，受人之托杀人，各种伦理纠结复杂，恐怕足够让三法司头疼许久了。"

李凌云却不在意，他快速翻阅着其他手记，皱眉道："奇怪，这几本里记录着三十余人的病状及病因分解记录……而且这些人的症状都极相似。"

"什么症状？"谢阮凑过去想看，李凌云冷不丁地抬头，正好与她对视。"他们都是被猫抓咬后，先期低热、食欲不振、恶心、头痛、倦怠、周身不适，酷似风寒症；继而恐惧不安，对声、光、风、痛等都极为敏感，有喉咙挛缩之感，并不断抓挠伤口，病人自述伤口有麻、痒、痛及蚁爬之感；二到四日后，患者极度恐惧、恐水、怕风、喉头痉挛、呼吸受阻、排泄困难及多汗、口中流涎；再有一至三日，痉挛渐止，患者会安静，但肢体瘫软，眼、颜面及口会歪斜，下颌下坠，口不能闭，面部麻木，无法做出表情；最后一日之内，无药可医，彻底死掉。"

谢阮闻言惊骇莫名："这么恐怖？那传播疾病的蛊猫当真存在？我们是否不该让那崔药师死掉？"

"说这话也晚了，"李凌云埋头在手记堆中找了许久，终于翻出一本上面写着"猫蛊"字样的手记，欣喜道，"他或记录下解救之法！"

"那可太好了！"谢阮连忙道，"快看看有什么方子——"

李凌云连忙翻开手记，谁知第一页上只写了"近年东都蛊猫为祸"这几个字，剩下便只有一片空白。

他对满眼期待的谢阮缓缓摇头，谢阮一把夺去手记，翻来翻去，仍是一个多余的字也没有找到。

"这下子……咱们的麻烦可大了。"

李凌云注视着飘逸墨字后大篇幅的空白，陷入了久久的沉默之中……

第四回

猫魅噬人 鬼蛊索命

大唐封诊录·地狱变

如今猫鬼蛊再现人间，这必然预示着，
控制猫鬼的这帮人要再次出来作恶。

西京长安，武媚娘手持奏疏，背对着深蓝丝绒似的星夜，凤眸微垂："猫蛊？李大郎这个小家伙，怎会把这事翻出来？"

"天后，此事要不要继续追查？不然让三娘想想办法，找些别的事给李凌云做。"

"那两桩地狱案已然结束，接下来他要做的，便是追查古怪塑像的由来。"武媚娘合上奏疏，手指在白玉栏杆上有节奏地敲动。

时值夜半时分，敲击声虽不大，却随风飘出老远，充满空灵之意。

"婉儿，在你看来，地狱案中的这个崔药师牵连到猫蛊，是必然，还是偶然？"

"天后莫非怀疑，有人从中捣鬼？"

"有些好奇罢了，我只是觉得，一切过于巧合。"武则天停下手中动作，抬头看向天空中熠熠生辉的繁星，其中象征帝座的大角星，隐隐有些暗淡之意。

"据药师案细节来看，那大夫在当地行医十余年，其研究蛊猫，前后也有好些年，而且他刚开始接触蛊猫时，天后还被李公瞒着，不知道他生了这么个破案天才！"

"也对，谁会提前十余年埋下引子，把当时还是幼童的李大郎算进去？看来，是我多虑了。"武媚娘回头，妖娆一笑。哪怕是日夜伺候在侧，上官婉儿也被那绝世牡丹般的笑容所迷，目中有了惊艳之意。

武媚娘来到上官婉儿身边，把奏疏递给她，后者不敢轻慢，双手接过，随武媚娘徐徐走进殿内。

武媚娘抚摸殿中华丽的装饰，轻声道："事情过去太多年了，母亲去世前，偶尔还会念叨几句，如今她人不在了，便无人再来提醒我这些旧事。"

说着，她在一个乌木雕刻的黑猫坐像面前停了下来。那猫安静凝视着前方，双眼由黄金镶嵌，瞳孔是由黑水晶雕琢而成的。猫坐像惟妙惟肖，胸前挂着一个金制长命锁，上面用小篆刻着一个米粒大小的"静"字。

在黑猫坐像前方，点着一炷上好的檀香，香烟袅袅将其裹住。

她伸手搅动长命锁，铃铛发出悦耳的叮当声。"婉儿，你可知，为何我让人做只猫放在这里？"

少女伶俐地答道："当年那两个蛇蝎心肠的女子，被陛下打入冷宫后，昼夜哭泣诅咒您。后来您好心不让她们继续受苦，才赐死了她们，谁知她们临死之时，说要化身为猫来复仇，打那之后就有您怕猫的传闻，所以您才故意让人雕刻了这么一个木猫坐像，让人知道您并不怕猫。"

"都这么说，可实情却非如此，"武媚娘抚摸着坐像，"我的确怕猫。"

不去看瞪大双眼的美貌少女，武媚娘眸中流露伤感之意："是我先怕了猫，那两个女人才以为死后化身为猫，能令我畏惧。"

"然而她们不知，我不是畏惧猫，而是看见猫时，总会想起一些不好的回忆……一些，令我痛苦的过去。"

她抬眼看向少女，说道："我怕的，是痛苦本身。只是人世间一切的痛苦，终究都会有一个尽头……"

说到这里，武媚娘倦怠地按住太阳穴："这几年蛊猫出现得密集了些，东都不容有失，让李大郎去查吧！姑且看看，按他的心意，到底能刨出什么，兴许，这痛苦也到该直面的时候了……"

"是！"上官婉儿乖巧地走到几案前，提起朱笔，揣摩着武媚娘的语气，在奏疏上书写起来。

与此同时，头痛难忍的李治在寝宫的大床上辗转反侧，昏昏沉沉中，他轻轻喊道："疼……好疼……"

"朕好疼啊……"

"不行，朕还得撑住……还……尚且不到时候……"

…………

东都宜人坊，李宅。

卧房内，李凌云仅穿里衣，紧闭双眼盘膝榻上。他面前放着一个铜制香炉，炉中插着一根快要燃尽的线香。

"果然无效。"他缓缓睁开双眼，"杜公说加强的药方，竟对我毫无用处，甚至不觉有丝毫静心凝神之感？"

说着，一点香火燃烧到尽头，线香折断在炉中，烟气也渐渐消散无形。

他想了想，拿出明珪赠他的香囊，取出那枚阿芙蓉丸，拿到眼前端详片刻，小心放进香炉，此时，他的手缓缓摸向枕侧，拿出火筒，用拇指掀掉筒盖，吹出火焰，移向了放在香灰上的阿芙蓉丸……

…………

"没用？你没去问杜公？"

大理寺存放案卷的屋内，谢阮帅气地倚在桌旁，转头看着身边翻查文书的大理寺众人。她今日一身大理寺人员装扮，腰挂金嵌银月光石腰牌。

这是大理寺特有的身份牌子，银制大三角内包一个金制小三角，金三角可在银三角中旋转，中间有一块三角月光石，石分蓝灰白三色，等级依次增加，既是獬豸独角的演化，又象征三法司互为制衡，保障公平公正。

李凌云头也不抬地翻阅手中案卷："问杜公做什么？东西是有效果的，只是于我无用，你看王氏那般疯癫都能镇定下来。当时你也在，难道没有感觉？"

"也对，我确实觉得心情好了许多……是你说想静心回忆六芒星弩箭的事的。"谢阮见李凌云一目十行地看完一本案卷，手中又换了新的，微不可见地皱皱眉，"这些俱是往前推了七八年的案子，找不出和那邪教有关的，难道连蛊猫的也找不出吗？"

李凌云不说话，只是摇头。

"地狱案没进展，蛊猫也没头绪……天后允许你在大理寺翻个底朝天，要这么下去，啥也没找着，往后如何交代？"谢阮用手肘撞一下李凌云，"还有，你阿耶喉咙上那支六芒星弩箭到底打哪儿来的？"

李凌云翻阅的动作渐慢。"那个倒有些进展。"

"当真？"谢阮瞪大双眼，"什么进展？"

"我用了些特别的法子……"李凌云想起昨天冥思时，他回到宫殿，拼完了那个已经完成了一半的图形，骇然发现，那开启门扉的木块，最终拼出的，正是弩箭尖端那不规整的六芒星形状。在他完成后，那座殿堂的门便霍然开启，出现在里面的，是两个金光闪烁的大字……

李凌云停下思绪，解释道："……有些事情我要找人问一问，待确定之后，便讲给你听。"

他的说法显然不能让谢阮满意，但谢阮也知道这人性格死硬，一旦拿定主意，便轻易不会更改，于是皱皱鼻子，从桌上拿了一本案卷，和他共同翻找。

忙到掌灯时分，谢阮捶着肩，靠在椅子上呻吟："这都往前找了十余年，只怕是找不到同样的案子了。"

"再往前找五年的吧……"李凌云话音未落，几个大理寺的文书不由得叫苦连天。

他们已不眠不休在这里翻了好几天，为首一个叫闻人珝的文书，正是当初没有狩案司那会儿，和他们因查案卷相熟的。

此时他被人推出来，赔笑拱手道："谢将军劝劝人，兄弟们都多久没回家了，这屋里的味，闻着跟馊了一样，办案而已，不好把大家弄得人不人鬼不鬼的，也不是我们不愿找，只是哪怕能圈个三年两年的范围再来翻，也好过这样大海捞针吧！"

谢阮压低嗓在李凌云耳边道："人家说的也有道理，你李大郎精力过人，人家还得过日子不是？不然再想想别的办法，大理寺和咱们不是一条路，不好把人家用得太过头。"

李凌云微不可见地点了一下头。谢阮忙招呼道："停下停下，不必查了，此间我们整理，大家先回家，歇上两日再说。对了，你们自己约去上好的酒肆吃上一席，再叫上几个胡姬跳胡旋，尽管选好酒，账记在狩案司名下。"

众文书闻言大喜，与那闻人珝相偕离开。李凌云把一摞案卷抱回柜中。"账上有钱吗？"

"为天后办事，金银要多少有多少，只是请人饮酒作乐这么一点小钱，不必担心账的事。"谢阮一屁股坐在桌上，看着李凌云收拾案卷，"对了，你说要静心，就是为了想出那六芒星弩箭的来头，如今安魂香无效，你却有了线索，你说你到底是怎么想——"

谢阮说到这里，目露狐疑，话语也放得缓慢下来："出来的……"

李凌云仍跟陀螺一样转来转去，谢阮端详他片刻，跳下桌子，一把钳住他的胳膊："跟我说实话，你是不是用了什么不该用的东西，譬如阿芙蓉丸之类。"

"我饿了。"

"不回答我，莫非我说准了？"谢阮眯起眼，心中越发怀疑。

"除了阿芙蓉丸，又不是没有别的东西可用。"李凌云摇头道，"凤九不是让我们过去一趟吗？说是懂探矿的何权回东都了。"

谢阮想起凤九，霍然放手："也对，凤九曾带来过那些天竺人，他们也会炼制类似的丸子，想来那玩意也可一用，就怕会让你梦魇发作。"

李凌云把最后一沓案卷放回柜内，边朝门外走边问："凤九那边可有吃的？"

"他自己就是个老饕，怎能少你一口？"谢阮吹了灯跟上，"只是你想吃什么？馄饨？人肉馅的？"

"还是杂碎汤好了，不要狗肉，羊肉就好……我们封诊道养的狗很乖巧，吃不下口。"

"也好也好，狗肉太燥，吃了怕流鼻血，还是羊肉温补……"

二人缓缓走出大理寺，见李嗣真和徐天刚好从外面回来，避无可避，打了个招呼。李嗣真听说搜索旧案没进展，和徐天对视一眼，颇为无奈地道："我同徐少卿这几日在畿县盘问，亦是一无所获，看来只能等你们说的那位何权了。"

他说完又笑道："如今大理寺、狩案司倒有些亲热了，每日做了什么，彼此都有商有量。"

李凌云今日出人意料地穿了一身烟青色纱质道服，头戴银制简朴小冠，长发梳得整整齐齐。

他人长得好看，此时这身打扮尤其显得飘然欲仙。只见他双手袖在宽袍里道："李寺丞并非嘴上说说，着实是有本事的，再说，东都别继续出事才是放在第一位的。"

"原来李大郎是这样看某的，某倒是不胜荣幸。"李嗣真打个哈哈，等李凌云和谢阮上马离开，才看着二人背影长叹。

"李寺丞为何叹息？"徐天在一旁问。

"大郎这人，得其信任极难，却也极为容易。"

徐天和他一同朝大理寺内去："啊？这话怎讲？"

"李大郎心中塞满了案子，不是这一桩，就是下一桩，没真本事，只怕这辈子都别想他看你一眼。他心中是非好歹自有一套原则，与普通人以大唐律为纲颇有不同，我之前说奴婢的事，就曾惹他厌烦，后来他看我对办案有用，态度才好了许多。"

"那倒是，这个李大郎，其实也是个挺简单的人。"

"只是这样一来，倒让我有些犹豫。"李嗣真摸着胡须，若有所思。

"何来犹豫？"

"唉，朝中情况徐少卿是知道的，其中牵扯的何止是权欲，更有亲情、怨恨，偏偏李大郎对这些无知无觉，一心断案，焉知自己这样日日劳苦，会不会成了他人砧板上的黄河鲤呢？"

"话虽如此，可就算你我知道朝中情形复杂，难道就能安然置身事外了吗？"

徐天此言一出，李嗣真顿时语塞，他哈哈笑起来，把头摇得像拨浪鼓："糟了，糟了，着相了，被徐少卿抓着了痛脚。"

"哈哈，李寺丞和某客气什么，咱们和那李大郎、谢三娘，都是绳子上的蚂蚱，唯一的问题是……"徐天看向前方漆黑的大理寺廊道，"我们只怕根本看不出，绳子到底握在谁的手里。"

"是啊，正是如此，某才犹豫，到底要不要把我的发现告诉李大郎，"李嗣真望向徐天，严肃道，"这几日，因我们都在大理寺内外奔忙，我确定了一件事。"

徐天反应极快："什么事？"

李嗣真左右看了看，附在徐天耳边说道："我曾与徐少卿说过，我能听出脚步声，却总是对不上面目，怀疑他是贾府聘用的江湖中人。"

徐天瞥他一眼，好笑道："就这？你还要说得这么小心？"

"问题是，他不是，这几日，他一直在我们左右，刺探消息。"

"这几日？你说什么笑话呢？这几日你我身边，明明全是大理寺的人……"说到这里，徐天似乎意识到了什么，眼睛瞬间瞪圆。

只见李嗣真深吸了一口气，用口型对徐天无声说道："此人，现在，就在大理寺的院子里。"

看清李嗣真的口型之后，徐天不由得汗毛倒竖，他拔刀箭步冲出门去，明亮的月光下，却只看到一个越墙而出的身影。

看门的卒子被徐天的脚步声惊动，大喊着冲进院内，却只看见主官徐少卿提着爱刀，粗重地喘着气，一脸见了鬼似的神情……

…………

鬼河市华丽宛若宫殿的衙署内，凤九一面和谢阮碰杯，一面瞧着李凌云把磨碎的塑像粉末交给何权验看。"李大郎今日穿得如此好看，倒像是去勾引小娘子一样。"

见谢阮盯着李凌云，面色有些难看，凤九微笑道："怎么？被我说中了不成？"

谢阮哼了一声："他今日来晚了些，说是去了趟药园，和一个姓张的小娘子见了面。"

"咦？"凤九想了想，恍然道，"李大郎也确实到了婚龄，莫不是去相看的？"

谢阮将白玉犀牛杯往几案上一放，阴阳怪气道："是啊！他说是什么封诊道内张家的人，鬼晓得是什么张家，你见过小娘子和未来夫婿在放腐尸的院子里头见第一面吗？"

凤九想想那场景，失笑道："他们封诊道在宜人坊药园子里做的事，我也是听过的。长安洛阳两京寸土寸金，偏他们拿了土地却不修房子，尽用来存死人。"

笑完他又道："不过我倒记得，天后同我提过，李公的夫人胡氏也是封诊道中人，他们封诊道婚配，都不接纳外人吗？"

"倒也并非如此，"谢阮又给自己倒了杯酒，吃了两块果子，"据说是他们这行外人难以理解，倒也不是全然不和外人通婚。"

凤九饶有兴致地盯着谢阮："那，今日李大郎相看结果如何？"

谢阮听他这么问，心情就好了起来，朝李凌云那边做个怪相："这人是没救了，据说他姨母胡氏一大早就起来，亲自给他装扮了这么一身，结果我问他，那小娘子可美貌动人？你猜他如何回答？"

"该不会是说什么红粉骷髅，俱是皮相之类的话吧！"

"虽不中，亦不远——"谢阮拿筷子敲得酒杯当当作响，"李大郎说：'相貌是记住了，反正只要记得面部骨头怎么长的就成，至于好看不好看，不太清楚，只晓得小娘子要是明日淹死在水道里，肿成个球，也画得出脸来。'你说说，就这人还能谈婚论嫁？真是笑话。"

"李大郎入魔太深啊！虽说长得好相貌，但要有娘子，还得耗费一番功夫。"

凤九听谢阮这样说，也有些忍俊不禁。

李凌云对此一无所知，问向正在用封诊镜观察造像粉末的何权："可有办法查出来泥土来路？"

"这泥土被烧过，泛着微紫，颗粒中闪闪发亮的部分，是不知名的金属，其中夹杂黑点，看似含有少许铁质，只是烧陶取土，未必亲自发掘矿藏。大郎莫心急，我需离开东都，找烧窑的老陶工询问一二，方能查出陶土是何种类，再依此寻觅相关矿藏所在……"

李凌云有些焦躁："这岂非要用极长的时间？而且那些陶工大理寺已然问过一轮，他们并未提供出什么线索。"

"询问陶工的事，还得九郎这边来办，大理寺是问不出好歹的。"何权脸上显出几分得意，"京洛两都，城内不得掘土烧砖造瓦，以免破坏城中景象，烧窑烟雾缭绕，也不便安置在城内。所以烧窑都集中在城南郊外极远处，为互相照料，各窑都相距不远，若要做出特色，重点就在这陶土的搭配上。"

"陶土还要搭配？"李凌云有些惊讶。

"那是当然。行有行规，陶工以配土为最大秘密，就算知晓别家陶土如何搭配，也绝不能轻易告诉别人，他们怕一旦开了先河，形成恶性竞争，自家配方迟早也会被泄露出来。所以哪怕官府来问，明知背后牵连案子，只要不是和自己相关的，他们就会装聋作哑。"何权诡笑，"这一套只能对付地上人，对地下人是没用的。大理寺要讲规矩，我们可未必。"

"你们会怎样和他们'不讲规矩'？"

话刚出口，李凌云就感到肩上被重重拍了一下，转头见凤九饶有兴致地看着他："好奇心太重，便是有九条命的猫也能害死，大郎没听过吗？"

说罢凤九对何权吩咐："老何才回来，本该让你回家歇两日，只是这桩事情追得紧，小郎君着急，不得不辛苦你。"

"一点小事，只是磨点时间，"何权叉手道，"恐郎君久等。"

"无妨。"李凌云伸手抓住凤九："蛊猫之事，可有线索？"

"没有。"凤九果断地答道，"别说东都，西京我都让人查了。近二十年内，除了崔药师记录的病症，无人见过蛊猫，更不知此乃何物，倒是纯粹牵扯猫的有一些。"

"近似的病症呢？"李凌云仍不死心。

凤九扔开他的手："也没有，你拿我当什么？我是菩萨，你拜一拜就能显灵不成？刚借了我的人，蛊猫之事，你还是自己想办法吧。"

李凌云见凤九不肯帮忙，便去谢阮身边吃起馄饨来，边吃边小声道："明子璋说过，凤九总有些事瞒着别人。"

"怎么，觉得他瞒你？"

"他瞒着我一些事，又告诉了我一些。"李凌云伸出手指数道，"其一，大理寺也不过是倒着查了十年的案子，他为何说出二十年这个数？是否表示，往前推二十年，是有蛊猫案子发生的？"

"有道理啊！"谢阮眯眼看着回到席上饮酒的凤九郎，似乎想从他脸上看出更多。

"其二，这几年内长安洛阳、京畿道和都畿道之中，只有崔药师记录蛊猫存在，这似乎是在暗中提醒我，为何除了他，其他大夫毫无发现？莫非寒冰地狱案、蛊猫与崔药师之间，也有着某种说不清道不明的关系……要么是这些病人暗中被引到了崔药师那里，要么就是有人暗中设计，只在崔药师掌管的范围内制造病患。"

"等等，这话听得人起鸡皮疙瘩，"谢阮搓了搓肩，"你的意思是，有人故意制造蛊猫，害人患病，让崔药师来负责诊疗和研究蛊猫？"

"只是我的猜想，不能排除是凑巧，"李凌云自己否定，"蛊猫本就罕有，出现一只以后，便如瘟疫一样传给附近的猫。"

"如此笃定，难道你试过了？"

"不错，"李凌云点头，"山洞里那些猫，我让人小心移回了宜人坊，养在不见光的房间里。我放了一只健康的猫和病猫相处，和人一样，被病猫袭击之后，这只猫很快出现畏光恐水的病况，前几日，蛊猫都死了，这猫虽奄奄一息，但还活着，只是人一靠近，就毛发倒竖准备攻击，显然，它也染了蛊毒，成了蛊猫。"

"所以，你猜想，是不是在医馆附近有一只蛊猫，逐渐把蛊毒扩散开来？"

"是，"李凌云肯定道，"只是二十年内都不曾有过，那么最初的蛊猫因何出现，也值得探究。我们封诊道研讨多年，认为蛊毒出现的缘故分两种：一种是自然中毒渐渐形成，接着意外染在人、野兽或牲畜身上，逐渐传播开来；另一种是人为培育，然后放蛊害人。蛊猫到底是哪一种，尚未可知。"

谢阮看着李凌云又伸出一根手指。"莫非还有其三？"

"其三，就是凤九跟我说的，'别说东都，西京我都让人查了。近二十年内，除了崔药师记录的病症，无人见过蛊猫，更不知此乃何物，倒是纯粹牵扯猫的有一些'。"李凌云问谢阮，"你听到这里，有何感觉？"

谢阮转着眼珠子："他在给我们指路，二十年之前，两京之中，兴许有些事和猫相关，而且颇为蹊跷……只是不能确定就是蛊猫作祟。"

"我和你有同样的想法，凤九多半知道什么，就是不肯明说，他好像不太想帮我们查蛊猫之事，但又希望我们自己去查。"说到这儿，李凌云觉得自己饿极了，端起已有些凉了的馄饨送进嘴里。

"他为何不说呢？"看着稀里呼噜吃馄饨的李凌云，又看看若无其事的凤九，谢阮歪头思考起来。

最后一只蛊猫，在三天后的深夜死去。

李宅地下，李凌云打开笼子，戴上牛皮手套，从中取出蛊猫僵硬的尸体，放在封诊桌上。随后，他小心翼翼地将白布塞进猫口，沾出一些黏液，放进油绢袋里。

"阿兄为何这么做？猫已经死了，收集它的唾液有什么意义？"李凌雨背着双手，站在一旁好奇地问。

李凌云伸手抚一下猫凌乱的毛发，露出结痂的伤口："这只猫是被蛊猫咬伤后转化而成的，我怀疑，蛊猫唾液带有蛊毒，可通过伤口传蛊毒给健康的猫。只是不知道这些唾液干燥之后接触伤口，会不会同样传播。"

李凌雨疑惑："阿兄能说得明白一点吗？"

"我想知道，最初的那只蛊猫是怎么来的，这种令人恐水畏光，最后在惊恐中死去的蛊毒，是否可以在离开兽体后存活。"

"也就是说，倘若离开兽体后能存活，那蛊猫就可能不是人放出去的，而是偶然接触到这种蛊才染上的？"

"是的，反之，若离开兽体的蛊不能活，那么一定有人在养蛊，并长时间制造蛊猫。"

李凌云拿出一只封诊鼠，看着它待在自己手中憨态可掬的模样，迟疑了片刻，最终还是将它放进蛊猫的口中，用尖锐的牙齿剐伤了小鼠的皮肤。

接着他把小鼠单独放在一个铜丝笼里，随后拿起蛊猫，离开这个房间，走向地下通道。

李凌雨与他同行，两人来到通道尽头，这里安置着一座硕大的砖炉。李凌云打开炉门，炽热的橙色火焰卷舔而出，他拽出烧得滚烫的金属托盘，把蛊猫扔在上面，推进炉中。

虽说动作很快，但空气中还是弥漫起一股毛发的焦臭味，李凌雨看着火炉，叹道："也不知这座炉子曾经送走多少不知名的死者。"

说罢，他又问："阿兄让我过来，是为了说这些？"

"我是想让你看这个。"李凌云脱下手套扔在一旁，从怀中取出折好的纸，打开给弟弟看。

李凌雨瞧见纸上画着的箭头，露出不解的神情。

"总觉得在哪里看过这个东西，只是想不起来。"李凌云道，"所以我用了阿耶教的法子，试着静思，在过往记忆里多次挖掘。"

"然而我还是不清楚，最多只能忆起，此物和你有关。"李凌云期待地看向李凌雨，在那个回忆的殿堂里，他仍然没有找到和六芒星有关的记忆，里面只有两个字，便是"凌雨"。

"原来如此，我以为是什么不得了的疑惑，阿兄还让我离开房间，专门过来一趟……"李凌雨失笑地指着箭镞，"当年阿耶教阿兄射箭时，用的不就是这个箭头？听说这是阿娘第一次制的箭头，阿娘极不擅长制作。阿耶有次调侃她，她不服气，便要阿耶教她，结果她就做出这样的东西，让阿耶好生嘲笑了一番。"

"这是阿娘做的？"李凌云惊讶道。

"不错，阿兄，你跟我来。"李凌雨转身就走，李凌云连忙跟上。到了房间，李凌云上前用火筒点燃油灯，李凌雨手指桌下的竹篓道："阿兄还记得我画过的射箭图吗？取出来看看？"

李凌云依言照办，从里面找出那张图，打开铺在桌上后，他马上就注意到了关键——在画上，他手中那支箭的箭头，正是古怪的六芒星形状。

"当真是它，"李凌云喃喃道，"果真是阿娘……"

"就是阿娘手制的……怎么，箭头有问题？"李凌雨察言观色，小心地问。

"不是，这东西是阿耶的遗物之一，我想，它或许预示着某些隐秘……二郎歇着吧，我还得去一趟狩案司，和谢三娘有些话要说。"

李凌云把纸叠起来揣进怀里向外走去，在他身后，李凌雨看向桌上燃烧的油灯，欲言又止，最终并没有叫住兄长。

罢了，反正油燃尽了，灯自己就会灭掉。

狩案司漆黑的衙署内，谢阮房里突然亮起。

披着薄薄的披风，谢阮光脚蹲在绳椅上，头发凌乱，双眼无神地凝视眼前跳动的灯火："你半夜把我弄起来，倘若没重要的事要聊，我便拔刀削你。"

李凌云拿着绳椅过来，在她对面坐下，用手拨开她闭上的眼皮："醒醒神，弩箭是我阿娘手制的。"

"什么弩箭？"谢阮挥手打掉李凌云的手，随后醒过来，"六芒星弩箭？你阿娘？"

"是，我家二郎记得。"李凌云沉沉点头。

"怎么可能？"谢阮光脚踩在地上，激动地走了几个来回，回头瞥向李凌云，"杀了你阿耶还不够，还要用这根弩箭警告你你阿耶是自寻死路？"

"这个说不通，"李凌云否定道，"连我都想不起来这弩箭是我阿娘制的，反对天后的人，怎么可能精准地知道它的意义？"

"有道理……"谢阮吧唧吧唧嘴，坐了下来，"那你说，他们这样做图什么？"

"真的存在'他们'吗？"李凌云反问。

"你是想说，谋害你阿耶的人，是假的？不存在这样的人？就像杀死了小严子和贾成的，其实是小严子自己？"

"阿耶也没有寻死的理由，如果他真的想自杀，又何必接下明崇俨案？厌世之人是会有异常表现的，但杜公回忆，我阿耶除了去祠堂勤了一些，并没其他异状。我以为，或许真有人杀了他，但不是与天后作对的人。"

"……我看你是想多了，"谢阮察觉自己露出了里衣，连忙裹紧披风，大半夜孤男寡女共处一室，总算激起她一些独属于女儿家的尴尬，"或许那弩箭和手弩，都是你阿耶的东西，当时他试图用这个来反击杀手，却没想到暴雨墨石箭太阴毒，让他失去反击之力，杀手就顺手捡起弩箭，对他动了手。"

"也不是说不过去……"

"是吧！我看就是如此，你别多想了。"谢阮用力拍了他一下。

"还是觉得古怪，"李凌云难得露出有些无助的神情，"我想去看看阿耶的尸首，有些猜想，只怕杜公的封诊录上也没记录，要亲眼所见才能察觉。"

谢阮无言地望着李凌云，许久之后才道："什么时候想去，叫上我便是。"

李凌云又问："这几日查出的那些与猫有关的往事，你可把消息送至长安？"

"已经送去了，只是你确定，那些事和蛊猫存在关联？"

"和猫有关的事虽不多见，但至少蛊猫有了些线索，"李凌云从怀中掏出一个本子，沾了点唾沫，翻阅道，"我们起初清查的是出现恐水畏光行为的蛊猫，遂无法找到任何同类情形。但在凤九郎的暗示下，查看二十年前与猫有关的案情后，却陆续有所发现。"

"我知道，最初和猫有关的，不就是前隋皇宫的猫鬼作祟吗？"谢阮叹了口气，"隋开皇十八年年初，独孤皇后和杨素之妻郑氏全身莫名刺痛，突然病倒在床。这位独孤皇后和隋文帝杨坚感情深厚，隋文帝见其病倒，便忙叫御医视病，御医一看病情就说：'此并不是病，而是猫鬼之故。'隋文帝一听'猫鬼'这个词，就想到了独孤皇后同父异母的弟弟独孤陀，传闻独孤陀的外祖母家世养猫鬼，独孤陀的一个母舅，就是由于蓄养猫鬼不慎，反为猫鬼所害，这件事隋文帝很早就听说过，可当时的他，只认为是胡说八道而已。

"不过自从独孤皇后中猫鬼之疾后，隋文帝便疑心此人，命令左仆射高颎、纳言苏威、大理丞杨远共同治案。后来抓了独孤陀家的婢女，一个名叫徐阿尼的人，她招供说自己是受独孤陀之命，放猫鬼去害人的，被害人家的财物会转移到独孤陀家中，后来独孤陀命徐阿尼把独孤皇后的财富转移到家里，所以独孤皇后才生怪病。徐阿尼将猫鬼召唤回来后，独孤皇后自然病情痊愈，独孤陀因此坐罪，虽得不死，但也被贬为庶人。

"此事之后，隋文帝杨坚震怒，同年五月下诏：'蓄猫鬼、蛊惑、魇媚等左道之家，流放至边疆。'于是都内许多蓄养猫鬼的家族从此销声匿迹，而猫鬼的别名，就叫作猫鬼蛊，又名猫蛊。"

李凌云道："说蛊猫，没几个人想得起来，但猫鬼却是被记在前朝历史上的异事。所以我才说，凤九郎是故意提点我们，希望我们继续往下查。"

谢阮疑惑："但猫鬼蛊就一定是蛊猫中的那种蛊吗？之前大理寺明明让人根据病情清查过，除了在崔药师的案例中，别处无人患这样的病。"

"前朝此蛊牵扯到一国皇后，闹得很大。有人对猫鬼蛊感兴趣，遂在怪谈中留下痕迹。据传这猫鬼蛊的来由，是认为猫老了之后会生出灵性，将其杀死后，转化其灵性为猫鬼，可以拿去害人。方式是在半夜子时，通过一番仪式和咒语，制成猫鬼蛊，然后蓄养祭祀，养到可以操纵，就将其放出去害人。被害之人四肢会像被针刺一样疼痛，继而症状蔓延到身躯，最后到达心脏。当心脏出现针刺感时，被害人就会吐血，日渐瘠弱最终血尽而亡，而被害人的财产，也会神奇地转移到蓄养之人家里。"

李凌云正色道："我通读了崔药师的记录，蛊猫的病症与之极为相似，最后也会吐血而死。他和我一样，还使用猫的唾沫及血液，试图让其他猫染病，以研究此蛊的传播方式，没想到都成功了。我们当时在山洞中发现的蛊猫，已是他传染过许多代之后的结果，这也是他治病不收钱，专收猫、狗等牲畜和野兽的原因之一。"

"但独孤皇后和郑氏病情好转了啊！"谢阮问道，"你明明说，蛊猫所传之蛊极为可怕，那崔药师也这么说，中了的人根本没法存活。那她们俩是怎么活下来的？"

"会令人浑身刺痛的未必是猫鬼蛊，也可能是其他疾患。独孤陀是外戚，却被流亡在外的长兄独孤罗夺走了爵位，妻杨氏又管得紧，连买酒钱都没有，所以我怀疑他的确用了这个法子，却没打算害自己的亲人。

"独孤皇后的症状可能是别的疾病，譬如我们封诊道就有记录，有的人身患多尿症，尿水嗅之有苹婆果味，这种人也会浑身刺痛，但并不致死。只是病情类似，遂被那御医关联起来，正好那人的确蓄养猫鬼蛊，就遭到了法办。至于那个婢女，大概是被吓着了，或者是那个得到了爵位的独孤罗打算趁机除掉对自己不满的弟弟，故意让她做了假证。"

"行，这一桩姑且如此，可是……王废人跟萧废人那件事，你居然也让我报知天后，说是和猫鬼蛊有关，你是不是疯了？以你的身份，此事也可以大模大样提出来吗？"想起自己用鹰隼传往大明宫的密信，谢阮的表情难看极了。

"为何不能？"李凌云背诵道，"《唐律疏议·贼盗》：诸造畜蛊毒，及教令者，绞。疏议曰：造谓自造，畜谓传畜，可以毒害于人，故注云'谓造合成蛊，堪以害人者。若自造，若传畜猫鬼之类，及教令人，并合绞罪。'王废人为皇后时，曾因对天后行巫蛊之术，惹得陛下大怒，而萧废人和王废人一起被杖毙时，曾说要化身为猫，向天后复仇。那几年，两京与大唐各道蛊祸横行，出了好多案子，中蛊的人家无不绝户，为了不让猫鬼蛊蔓延，官府封了好些人家的门，然后烧毁其屋，两相联系，那王废人当时所用的巫蛊，大有可能就是猫鬼蛊，不是吗？"

"……话虽如此，可如今谁还敢提起这事，尸骨都烂掉了的人，你干吗非得报给天后。再说了，当时为阻止猫鬼蛊蔓延，相关证据早都销毁干净了，哪怕天后让你查，又从何处入手？徐天也说了，陛下有旨，因猫鬼蛊邪恶，免得别人学去害人，连案卷都焚掉了。"

"让你报给天后，就是试试看她那边是否有别的办法。凤九希望我们查下去，想必他知道存在法子，只是不能直接告诉我们，最有可能的就是，此事的关键不在他那里，而在天后。"

李凌云的推测当然有道理，可一想到当年武媚娘和王皇后、萧淑妃之间的血腥较量，谢阮就没法衷心赞成他搅浑水。

她焦躁无比地站起来，揪着李凌云的领子，一脚把他踹出门去。

"三娘为何赶我……"李凌云刚爬起来，谢阮就咣当一下关上了门，差点夹着他高高的鼻子。

谢阮在门内恶狠狠道："半夜三更，你男我女，共处一室，瓜田李下，就不怕人说闲话？信送了，要说的也说完了，给某赶紧滚——"

李凌云摸摸鼻子，转身正对上小花马的长脸。马看见主人，欢快地打了个响鼻，李凌云不解地道："突然这么凶，是冒犯她了？可进屋时，也没说有什么不妥呀！"

说着他骑上马，听着身后落闩的声音，悠悠溜达进东都的夜色里……

洛阳积善坊，两名街使提着灯笼，在坊间道路上巡视，查看是否有胆大犯夜之人。

京中治安不错，因此坊墙不高，两名街使冷不丁地听见一些古怪声响。其中一名街使停下脚步，向另一人询问道："你听见了吗？这是什么怪声？"

就在他问话时，那如泣如诉声还在夜空中飘荡，后者凝神听了一会儿，迟疑道："好像是狐狸叫。"

"这人居之所，哪里来的狐狸？"

他摇头道："你来得晚，不知此间有一座老宅，原主好像是触犯了什么律令，家里人死的死，流放的流放，此宅也收归官有，空置了数十年，变成狐狸窝又有什么好奇怪的。"

正说着，狐狸的叫声越来越大，就像女子在咿咿呀呀地哭泣，听起来好不瘆人。走在前面的街使浑身打了个冷战，道："要不别往前走了，听着怪吓人的。"

另一人朝前张望了一下，并未在道路上发现有人，便点头道："也好，差不多到头了，我们回去吧，下一轮再来瞅瞅。"

说完二人转身而去，在他们离开片刻后，一道矫健身影越过坊墙，落进积善坊那座荒宅。

这一晚月色皎洁，那道身影并没如何费力，就摸进了荒宅深处。令人惊讶的是，这座据说已几十年没人居住的宅子，竟有一间房中点了灯火。

来人摸到房门口，嘬起嘴唇发出啾啾声，那声音和街使之前所听到的狐狸叫声一模一样。

屋里传来脚步声，有人打开房门。在明亮月光照耀下，来人面目一览无余。那是一个长相清秀俊雅，眉眼细细的少年，若李凌云在此，定会大吃一惊，因为这个开门的人，就是被他亲手杀死的徒弟——子婴。

子婴身穿银色星辰道袍，并未刻意掩饰脖子上的伤痕。那一道细细的伤疤，就像在脖颈上贴了根白线，从那根细线的角度可以看出，这道伤口横贯脖颈，几乎要了他的性命。

来人注视着子婴的脖子，道："每次看见你这道伤口，都会吃惊，也不知你当初是怎么活下来的。"

子婴抬手摸摸脖子，露出灿烂笑容："多亏我老师下手利落，伤口整齐，也是师尊的药有止血奇效，救治及时，否则我也不能站在这里和你说话。"

子婴的声音粗哑得像夹了沙子，和他少年飞扬的面目形成极大反差，显然是那道致命伤影响了他的发声。

他将此人让进房里，房中还有两人。一人坐在桌后，另一人则恭敬地站在一旁，低头听他说着什么。

桌后那人接近四十岁模样，浓眉大眼，眉眼柔和安宁，气质温润质朴。眼角细细皱纹更显平易近人，让人一见就心生亲近。

此人，正是销声匿迹已久的明珪。

明珪微笑点头道："阿生来了，今日李大郎如何？"

"今日李大郎在家中待了许久，不知为何直到夜里才拿了牌子去狩案司，他是去找谢三娘的。"

"可听到他找谢三娘是为了什么？"

"都听见了，"阿生似乎心有余悸，"幸亏师尊有远见，知道他们迟早会回东都，趁着他们在西京的那几年，悄然安置了喇叭管，否则我必不敢上房偷听。"

"不过是棋先一着，"明珪不以为然，"谢三娘武功了得，有再好的藏身本事，跟在附近也易被她察觉，小心为上。"

子婴在一旁听得直笑："师尊这么说也是心有戚戚！他在大理寺险些被李嗣真戳破行迹，所以让阿生师兄小心些。"

阿生闻言大惊："那李嗣真屁功夫都不会，竟如此厉害？"

"耳朵厉害，非常人能及，是我大意了。"明珪苦笑起来，像个无奈文人，"出来追我的是徐天，虽不等看到他的身影便避开了，但他身躯肥厚，脚步沉重，大理寺内没有几个比得上他的，遂听得出是他。可见李嗣真已告诉他有人跟随，之后我不便再去，只能让阿东去了。"

说着他手指站在自己旁边的那人，此人便是阿东，他抬起头来微微一笑，子婴一阵恍惚，笑道："两位师兄和师尊身量相当，五官也颇相似，若走在路上，只看身影怕是会喊错人呢！"

阿东和阿生俱不言语，只是看着明珪，后者叹道："子婴说话口无遮拦，是被我宠坏了，你们不要介意。"

二人闻言连忙叉手行礼，阿东惶恐道："师尊何出此言，师尊是有经天纬地大能之人，我二人能为您调教差遣，已是历世修来的福德，若有朝一日代您受过，更是我等心中所愿。"

子婴见状，不好意思地挠挠头："啊呀，我就是随便说了一句，当不得真的。"

"别管那些，"明珪温和地安抚两个弟子，"你们做了多少，我是知道的，特意挑选你们二人，危急时刻做我的替身，着实辛苦你们了。"

说罢，他继续问阿生："李大郎有何打算？"

"已查到猫鬼蛊，谢三娘报去西京了，只是听他们说，好像还牵扯到王废人、萧废人当年的事，谢三娘担心因此引起天后不快。"

"天后不会不快。"明珪浅浅一笑。

子婴道："凤九借给老师的人已在调查陶土来由，追到烧窑之所不过是迟早之事。一个猫鬼蛊，哪儿值得消耗我老师的精力？"

"怎么，你不满？"明珪勾着唇角，饶有兴致地望着自己的爱徒。

"有些想不明白罢了。"子婴眨眨眼。

"我的弟子之中，就数你胆大，"明珪戳一下他的脑门，"你两个师兄哪个敢这样同我说话？"

"师尊难道不心疼我老师吗？他木木呆呆，只会把光阴耗在案子上，也不见他娶个小娘子，今日相看那个，多半也是成不了的。"

"你老师本就不擅长这些，他喜欢查案，那让他查就是。"明珪眼神微闪，"光是案子，将来也必会让他应接不暇。"

阿生在一旁嘀咕："我看那李凌云也没甚大本事，那猫鬼蛊查不下去，要找天后套法子。却不知师尊为何对其另眼相看，还成天去附近盯他。"

明珪瞥他一眼，并未回答，转而对阿东道："你这几日把那头的动静多看着些，确定他们无所察觉，这边有我，照章行事，不必担忧。"

阿东退出屋，正待离开，又听明珪吩咐："把门关好，不要让人把我的话听了去。"他以为明珪有话要和阿生说，心中虽想着荒宅里哪儿有外人，还是乖乖拉上了门扉。

子婴到门边侧耳倾听片刻，确定已听不见阿东的脚步声，这才将门落了闩，笑嘻嘻地踱回到阿生身边。

阿生见此情状，面露兴奋："师尊可有什么要紧事差遣？"

子婴连连点头："不错，师尊确实有要紧事要说……"嘴里说着话，手在腰间一抹，指间多了一抹寒光。

子婴扶着阿生的肩，抬手在他颈上抹了一把。阿生只觉脖子上一凉，摸得满手鲜血，顿觉得不好，就听子婴在他耳边笑道："师尊的要紧事，就是请你去死。"

说罢，子婴拉起道袍的宽袖，塞进阿生手中，此时阿生的脖颈已开始喷出血来，他也不管那是子婴的衣袖，连忙堵住脖颈伤口，对明珪道："师……师尊救我……"

"你当师尊会给你用止血药吗？"子婴笑看着衣袖上逐渐扩大的血痕，"你啊，最坏事的就是这张嘴，什么话都敢当面说，你是不知道李凌云是我老师？还是不知道他和师尊是好友？"

阿生已被利刃切断了颈部血脉，没多久便身体一软倒在地上，没了气息。子婴嫌弃地用脚尖踢踢他苍白的脸，脱下浸透了血的外袍，扔在他脸上。

"要是师尊平日就好好教诲，阿生师兄也就不会祸从口出了。"子婴手腕一抖，指尖的冷芒就不见了。他熟门熟路地从桌上拿了一块酥糕塞进嘴里，就着满屋血腥大嚼起来。

明珪看他狼吞虎咽，轻笑道："不是说这两个替身弟子中，你更喜欢阿生吗？为何突然杀他？"

"是，"子婴又吃了一块酥糕，"阿东师兄沉默寡言，总觉得心事重重。阿生师兄心里面藏不住事，也心疼我，据说他家中有个弟弟，幼年得瘟疫死了，若是活着便和我一般年纪，所以他移情于我，自然我也更喜欢他。"

子婴抬起头，盯着明珪浅琥珀色的眼睛，露出狐狸样的笑容："就是因为更喜欢他，所以才要抢在师尊之前下手。"

明珪挑眉："哦？愿闻其详。"

"我老师是师尊认同之人，岂是他可以议论的？您让我关门，不就是要杀他吗？"子婴垂下眼，嘟囔道，"实话实说，落在师尊手中，哪儿会像我这般干净利落？"

"说得对。"明珪起身，缓步走向里屋。子婴跟他进去，见桌上摆放着一系列银色工具，其中有刀斧、棍棒、锯刨等物件，仔细一看与寻常之物又有不同，这些工具形状更加精巧细致，把柄上有古怪繁奥的纹路。

明珪抚着其中一把长柄怪刀，此刀把柄长约两指，宽半指，只在前端开锋，浑身漆黑，锋芒上却呈现扭曲的七彩纹样，一看就是历经千百遍打磨的精钢所制。诡异的是，它看起来除了材质和颜色，其余地方和李凌云惯用的封诊刀颇为相似。

他拿起这把刀看看，旋即举起刀刃，精准地停留在距子婴脖颈不到一丝之处。

"本是给他准备的，"见子婴一动不动，面目无辜，明珪叹口气，无趣地把刀子扔回桌上，"不要每次都抢在我前面动手，你这孩子就是太聪明了，这样容易短命。"

"老师真能查出地狱案的因果吗？可那些人摆明会蛰伏一段时日，若在朝廷东来之前还解决不了，天后会不会怪罪老师？"

"他们等不了的。"明珏不以为然，"陛下要封禅嵩山，他们不会乐见，这就必然动上一动。"

长安城中，夏季的意味开始变得明显，花朵只有藏在树荫下才能怒放，太阳的热芒已让宫人换上了轻薄衣裳。

正因如此，那名和上官婉儿并肩而行，却用黑色斗篷盖住头脸的老人，就显得格外引人注目。只是即便如此，也没任何人敢上前询问他为何做此打扮，也没人敢看他的面目，就算迎面撞见，宫女和太监们也都慌忙走避。

这样的事在大明宫中并不少见，毕竟很多时候，天皇天后会隐蔽地召见某些人。

大唐帝国最尊贵的两个人，不希望被人知道他们见过谁时，在这座华丽无比的宫殿中，这些蒙面客就不能被记住。

"事情就是这样，朝廷迁往东都之前，势必先破地狱案……还有，确定猫鬼蛊无法再度蔓延，除此以外，天后还有些别的事，需与您交谈。"

"应该的，本就是灾年，平安是福……"老人抬起头来，露出一部分面目，他，就是大唐有名的诤臣狄仁杰。

"狄公手里拿的什么？"上官婉儿看向他手中用黑布严严实实罩着的笼子，好奇地问。

"玩物。"狄仁杰微笑，"给天后的。"

二人并肩走进紫宸殿侧门，上官婉儿笑道："都说玩物丧志，据说太宗皇帝过去曾养过鹞，魏徵见他时，他害怕魏徵说他，便将它藏在袖子里。哪知魏徵早就发现了，本来几句话就说完的事，硬是拖拖拉拉说了许久，结果那只鹞被生生闷死了，后来太宗皇帝便不再玩鹞……"

"内舍人[①]饱读诗书，对太宗皇帝的事也信手拈来啊！"狄仁杰轻声赞叹。

美如天仙的少女悠悠地看向重重宫阙："天皇最介意的是太宗，天后也是，如不了解太宗，恐怕不知什么时候就说错了话，触怒了两位至尊。"

---

① 内官名称。

狄仁杰面皮微抖，心知上官婉儿是什么意思。李治一直试图超越父亲李世民的丰功伟绩，而对武则天来说，曾经做过太宗才人的事，也是无可回避的过去。

在这双夫妻眼中，太宗李世民是特别的。他不再说话，而上官婉儿似乎也失去了谈兴，二人沉默地来到内殿，上官婉儿叫人过来关上门，自己守在了门外。

狄仁杰脱下斗篷揽在臂间，缓步入殿，以龙脑、冰片为主料的熏香中夹杂松木气味，闻起来颇为提神醒脑。

武媚娘端坐在几案后批阅奏章，听见脚步声，头也不抬地道："狄公，坐。"

狄仁杰依言坐下，又听武媚娘问："狄公觉得太子如何？"他刚落下的屁股，便又抬了起来。

他叹了口气，把手中的笼子放到一旁，肃立道："太子轻浮，偏爱太子妃韦氏，恐有外戚之祸。"

武媚娘抬眼看他，放下朱笔，活动着手腕，缓步走到狄仁杰面前。

"狄公议论东宫，可谓大逆不道，你是以大唐官员的身份说这些，还是以某之友人的身份说的呢？"

"无论哪一种，这都是私下的话，无法公之于众，不如当说则说。"狄仁杰注视着眼前风韵美妙的女子，目光并未躲闪。

"不愧是你，"武媚娘回到几案后坐下，托着腮，一脸有趣地凝视狄仁杰，"当年韦弘机修缮洛阳宫，嘴上和陛下说省钱，结果不仅修了旧宫殿，又建了好几座新宫，上阳宫沿洛水，一路修了长达一里的长廊。因得利者是陛下，就算韦弘机在其中贪墨钱财，刘仁轨都只当没看见。当时狄公作为侍御史参了他，这才把他拿下。王立本得陛下宠爱为所欲为，扳倒他的也是狄公，可见你总是这般实话实说。"

"天后要废太子吗？"狄仁杰冷不丁地问。

"有三个阻碍，"武媚娘伸出雪白手指，"刘仁轨、薛元超，还有裴行俭。"

她收起一根手指："先是刘仁轨，其人出将入相十余年，门生故吏遍布朝野，以他的名望，只要振臂一呼，自然翻波起浪。"

"刘仁轨今年已经八十二岁了，"狄仁杰话语沉稳，"一个八十二岁的老人，不能再上马为将，作为宰执，他也无法亲自动手，可以说只剩下一张嘴，虽起风浪，却未有颠覆之力。"

"那么还有第二个，"武媚娘又收起一根手指，"薛元超是太子之师，在他看来，太子绝不能出事。你我都清楚，他看中的是太子眼前第一人的位置，等太子登基，他自然与众不同。"

"不足为虑，他和太子无法分开，"狄仁杰淡淡道，"太子脾性不似您长子李弘稳重，也不似您次子李贤聪慧。他没有能力，却喜玩耍，去洛阳时，若留下太子监国，薛元超绝不敢跟着朝廷。他只能留在长安看护太子，而您到时有的是办法创造机会，让太子说错话，办错事。"

"唉，什么都被狄公看透喽！"武媚娘趴在几案上，像疲惫了，又像是娇憨少女，"那我问你，手握重兵的裴行俭，我要拿他怎么办？"

狄仁杰听到"裴行俭"这三个字，精神一振，眸中放出精光："很难，很麻烦。"

"当然难，当然麻烦。"武媚娘闭上眼，仿佛要睡过去，但声音却极度冰寒，"当王废人还是王皇后时，陛下不止一次试图废后改立。当时我已生下弘儿、贤儿这两个儿子，但只要提出废后，舅父长孙无忌就一定阻挠。"

"哼，哪怕王皇后闹出杀死我女儿的丑闻，乃至用巫蛊咒我，都无法动摇她的地位，唯独李绩一句话起了作用，"她喃喃地念道，"'此陛下家事'……就这么一句，稚奴就不再在乎长孙无忌和其他所有人，直接颁下旨意，从那天开始，我成了大唐的皇后，陛下也在登基六年之后，真正成为这个大唐至高无上、一言九鼎的君主。"

"可是，那是因为一句话吗？不是的，是因为李绩在军中至高无上的地位，他只要伸出一根手指，就能撼动大唐的军队，毕竟哪个将军没跟着他出生入死过？"

武媚娘猛地睁开双眼，眸中充满杀意："如今的裴行俭，就是当年的李绩，凭三定突厥之功，稳居我大唐武臣第一，官拜右卫大将军，身兼礼部尚书之职。若不是裴炎见不得他为相，加上我推波助澜逼他阻挠裴行俭，如今他更气焰滔天。然而就算如此，裴炎为阻他也已名誉受损，强解裴行俭的兵权更不可行，只怕会激起叛乱，朝廷迁往东都也不会损害他的名誉。狄公，这个最大阻碍，你可有办法为某解决？"

"裴行俭不是凯旋之后就在家闭门养病了吗？"狄仁杰皱眉道。

武媚娘冷笑："李绩对陛下说那句话之前，也是在家养病，你觉得，此番是真是假？"

　　她饶有兴致地盯着狄仁杰，有些着迷地看着他开始下垂的腮帮："狄公是个聪明人，你当年为误砍昭陵树木的臣子求情时，玩命给陛下戴高帽子，说陛下是明君，定能够忍住怒火秉公执法，最后救下那两人的性命。打那一日开始，我就知道，狄公你，也是个为了达到目的不择手段之人。"

　　"臣不害人。"狄仁杰低头看向自己双手掌心的沟壑，"除此之外，百无禁忌。"

　　"裴行俭是一代名臣，我也不想害他。太子是我十月怀胎所生，妇人生子之痛，狄公是知道的，难道我就舍得？只是狄公，大唐需要的，不是这样的太子。"

　　"……"狄仁杰抬起头，凝视武媚娘没染上太多岁月痕迹的脸，"东去之时，不带裴行俭，也不带大部兵马。"

　　"哟——"武媚娘眯眼，"没有兵马，裴行俭自然做不到一呼百应，远在长安，无论东都朝中发生什么事，他都来不及应对，而且他手握兵权，没有天子之令，他在西京也不能轻举妄动，否则，就是掀起兵变。"

　　"他也是聪明人，不管是不是病了，没有天皇天后的安排，他都绝不敢动，也不敢听太子的。"

　　"如此一来，老虎就困在笼里，爪牙无处可用。"武媚娘大喜，看向狄仁杰的目光充满欣赏，"狄公当真是栋梁之材。"

　　"不论如何，您也不要和太子闹得太僵，"狄仁杰轻声劝告，"十月怀胎，谈何容易。有的事……可一而不可再，于天后而言，并无好处……"

　　"他们都是经由这个肚腹来到人间的，"武媚娘抚着腹部，"都是我的骨血。"

　　"还有，"狄仁杰不无忧虑地道，"如不带大军，便只有两卫跟随，今年粮荒情形严重，只怕路上不太平。"

　　"我自然会想办法。"武媚娘移开话题，"婉儿说过了吗？猫鬼蛊的事，狄公可愿跑一趟？"

　　狄仁杰微笑道："上官才人说过了，既是天后的心愿，老臣走一趟东都，又有什么不可呢？"

　　"狄公就不怕被说成是阿武的人吗？"

　　"天后是大唐的天后，也是陛下的妻子，臣希望陛下到达东都时，一切都已尘埃落定。只是，臣有一个问题，还望天后不要瞒臣。"

狄仁杰正色道："李大郎查案自是没的说，只是地狱案、蛊猫案，两案之中，哪一个是出乎天后预料的呢？"

"怎么？狄公觉得，这些案子我能知道来龙去脉不成？"武媚娘促狭地问。

狄仁杰摇摇头："并非如此，天后日理万机，如何有空管这些？只是明崇俨案让臣不得不怀疑，李大郎参与的案子，哪怕天后不知细节，也明白它的方向。若非如此，便无法解释，天后为何要建立这个狩案司。李绍是什么人，天后和臣心里都清楚，李公在时，您不曾想过这一步，如今这么走，必有其因。"

"明白了，虽然不能与你细说，不过狩案司解决的案子，必定都有利于大唐社稷，某这么说，狄公信吗？"

"……好，甚好。李大郎也不懂那些复杂事，臣希望他把恶人揪出来便是。"

狄仁杰看看身边的笼子："此物，就赠给天后吧！臣这就去东都一趟，亲自见一见李大郎。"

说完狄仁杰便向外走去，在他身后，武媚娘端详笼子，疑道："这是什么？"

"打开看看，"狄仁杰道，"这世间之物，假的，怎能比真的更有说服力呢？"

武媚娘打开笼子，发现里面有一只小黑猫，它似乎刚刚从昏迷中醒来，正惊慌地用浅绿色的眼睛望着她。

她打开笼子，把小猫从里面拎出来抱在怀里，爱抚道："聘猫是要送礼的，皇家也不例外。狄公，你想要什么？"

狄仁杰的声音从殿门方向远远传来："不论是当年的明崇俨案，还是如今的各种案子，给您出这些点子的人，都是心思绝世缜密之人，不仅擅长设置陷阱，对您的心思也揣摩到了极致。臣希望您对此人一定多加提防，切不可全心信任。"

"不可信任？"武媚娘手指挠着小猫的下巴，听见它发出咕噜噜的温顺呼声，"那也一样不能相信你。狄公，我唤你入宫之前，必定没人跟你提起过猫鬼蛊，而你，又为何知道该送我一只猫呢？"

大理寺地底深处，寒风习习的第三处殓房内。

面对剖尸木台上被黑色油绢密封的尸首，李凌云心情有些微妙波动。谢阮看出他的迟疑，小声劝道："要不，咱们别看了吧！不行就让司徒老丈来……"

司徒老头在李凌云的另一边，猛点头道："我来，你小子告诉我要查什么，老夫保证给你记录得滴水不漏。"

"不行，要证实我心中所想，必须我亲自来。"

说着，李凌云深吸一口气，对司徒老头点了点头。老头面露无奈，抬手揭开封条，便摇头转身离开。李凌云剥开袋子，露出里面的尸首。

"阿耶……"面对已冻得坚硬的尸体，李凌云不由自主地喊出了这两个字。

谢阮有些鼻酸，不忍地转头。李凌云沉默片刻，把袋子彻底剥开，李绍的尸体仰面朝天赤裸地躺在木台上。因已冷冻数年，尸身变得干硬，皮肤宛若皮革，面部紧绷贴在颅骨上。就算如此，李凌云还是想起他在世时的样子。

李凌云注视了一段时间，才轻轻说："冻得太久，已没有取到其他实证的可能，当时杜公亲自检验尸体，应该很细致了。"说着，他拿出一张手巾，盖在父亲的私处，避免被谢阮看见。

谢阮忍不住拽住李凌云的手腕："大郎，算了吧！不如……还是不要打扰你阿耶。"

"不行，阿耶说过，我们封诊道千百年来所追寻的，不过是真相二字。他在时这般教我，他不在了，我仍要这么做。"李凌云缓缓围绕木台行走，同时仔细观察尸体，当他看到李绍的左手时，脚步停了下来。

谢阮见状忙问："有发现？"

"手指，"李凌云指尸首，"左手拇指微微弯曲。"

"这有什么奇怪？"

"弩，需要手指弯曲，扣动扳机。"

"可弩在射击时，扣动扳机的都是食指，并不是拇指。"

"如果射击方向是朝着自己呢？"李凌云虚虚地做出正常射弩的姿势，再反转过来，他和谢阮都发现姿势别扭。

"不行，平端射箭时，方向不能朝下，容易掉下来。"谢阮多次调整姿势，她发现若将箭头对准自己，果然只能用拇指扣动扳机。

"食指太长，用弩对着自己的时候，必然别扭到无法用力，所以只能用大拇指……可是，这不就表示，你阿耶是……"谢阮说到这里，惊讶地看向李凌云。

李凌云点头道："没错，六芒星弩箭，是他自己射进喉咙的。"

"什么？"谢阮先是一惊，而后斥道，"李公深得天后信任，他干吗杀死自己？不对……他是先中了暴雨墨石箭致死后，才有那六芒星弩箭射入咽喉的。杜公的封诊技虽不如你，但他绝不可能犯这种低级错误。"

"杜公并没有错，但是我阿耶可以在死去很久后，把那支箭射进自己的脖子……"李凌云沉声道，"你随我验尸多次，知道尸首身下会留下瘀斑，对吧！"

"不错……那又如何？"

"现在，我有个假设，"李凌云看着父亲灰黄的脸，"暴雨墨石箭会令人缓慢失血而死，我阿耶在中箭后，并没有失去行动之力，他仍有余力将手弩握在左手中，拇指插入弩机，箭头朝向自己。此时，他可以靠着木柱坐下，也有时间写下'反武'二字，不久之后，他便死去了。在人死后，手指会缓缓收缩僵硬，挛缩到一定程度后，便可激发手弩，弩箭在射出后，击穿了我阿耶的喉咙。"

不管听得目瞪口呆的谢阮，李凌云继续推演："手弩激发后，有一个向后的冲力，在此力之下，手弩就会落在一旁，人也会顺势倒地。这时，若那暴雨墨石箭内有某种阻碍凝血的药物，便会使体内血瘀随意流动，等我阿耶的尸体被发现时，血瘀痕迹已和他卧倒在地时并无区别，只要计算得当，他倒下的方向，都可以精确操控。"

谢阮合上大张的嘴，回过神来："可暴雨墨石箭上未必有那种药……"

"不，很可能有，毕竟暴雨墨石箭的目标是让人失血，在其中配上阻碍凝血的药是理所当然的，回头我用小鼠试试看。"

"若是这样的话，难道暴雨墨石箭也是你阿耶自己射出的？那他又为何要自杀？射出暴雨墨石箭的弩机又在哪里？在你家中搜索时，杜公为何没有任何发现？"

谢阮连珠炮一样说完，只听李凌云幽幽答道："不论如何，我阿耶自杀的可能性都极大，至于你说的那些，回头重新查实祠堂后，或许能得到答案。"

说罢，李凌云将父亲的尸首重新送回冰洞之内，在谢阮千叮咛万嘱咐，不可将此猜测告知第三人知晓后，二人这才牵着各自的马，准备离开。

来到院中，李凌云问："长安没来消息？天后可有追索猫鬼蛊的法子？"

谢阮拍拍马臀："消息倒有，就是没明说，只说派人过来一趟，也没说来的是什么人。你放心，我会催着些，毕竟朝廷东来，着急的大有人在，不会耽搁太久。"

李凌云点头，正要上马，却见看门的卒子满脸喜色地跑进来，叉手行礼道："狩案司的二位，你们有贵客到了，就在外头，快些出来迎接——"

他与谢阮互看一眼，后者奇道："西京来人架子也忒大，还得我们出去迎接？"

说罢，二人一起走向门外，谢阮边走边道："来得这么快，不是昨日才传书吗？"

"累死千里马，颠垮老夫的骨头，自然就跑得快了！"来人身穿青色官服，微笑着转过身来。看见那张脸的刹那，谢阮便明白了那卒子为何让二人出来迎接。

来人正是名震大唐，出身大理寺的狄公——狄仁杰。

见到狄仁杰，谢阮不由得大吃一惊，心道怎么来的会是这位。武媚娘对狄仁杰向来欣赏，谢阮也不敢怠慢，忙拽着李凌云上前，恭敬地行礼："狄公不是在地方忙碌吗？因何亲自到此？可是有事要同大理寺商议？"

"非也，"狄仁杰和煦地笑着摇摇头，"老夫是为了狩案司来的。"

"什么？从西京过来的人，当真是您？"谢阮又吃了一惊。李凌云直不愣登地问道："敢问，是狄仁杰狄公吗？"

"正是老夫。"狄仁杰抚着胡须，目不转睛地看着他。

"听闻狄公当年在大理寺时，一年清理了上万起积案，名震三法司，此事可真？"李凌云的问题刚出口，谢阮就拽他衣袖，埋怨道："干吗问这个，你同狄公很熟吗？第一次见就这样说话？"

"因为我好奇许久了。"李凌云解释道，"按狄公在大理寺工作的速度，他一年要完成上万起积案，我算过，他平均一日要解决五十起案子，我无论怎么算也无法想象，要怎么做才能如此迅速……"

"哈哈哈哈——"耳边传来狄仁杰的笑声，二人抬头看去，只见老人笑不可仰地揪着胡须，"我还在想，这传闻到底何时会有人跟老夫求证。没想到是李大郎你啊！可算是了结老夫多年的心愿了。"

谢阮干笑拱手："狄公此言何意？"

"这个说法流传于外，难道没人会觉得奇怪吗？"狄仁杰指指李凌云，"李大郎说得好啊！老夫在大理寺待的时间也不长，怎么就能把那么多案子都结了呢？当年阎立本阎公任黜陟使，在河南道监察地方官，老夫执法甚严，被当地官员给告了。多亏阎公明察秋毫，不但没有惩处老夫，还把老夫推荐给朝廷，老夫在并州做了都督府法曹参军，最终成了大理寺丞。谁知到了京中，阎公之侄阎庄死于非命，老夫却碍于某些缘故无法追查……"

"大理寺丞也不能追查？"李凌云若有所思，"这会是怎样的缘故？"

谢阮不满地打断："过去这么多年的事了，狄公不是要说是怎么结案的吗？快说快说。"

"谢将军这性子可真急，好好好，说给你知——"狄仁杰无奈继续道，"因对恩公之侄的案子发力不得，老夫一身力气，就用来处理积案了。其实说来也不稀奇，大唐各地方的刑案，通常先交给地方查办，再各自呈交给三法司审理。我朝刑罚，分笞、杖、徒、流、死五个等级，而大理寺通常负责审理京师内的徒案、金吾卫所查案件，还有地方移送的死刑案。说白了，审案的事情早就做过一轮，许多地方送来的案子，只是要复核一遍，看看里面是否存在冤假错案便可。即便如此，很多人也喜欢拖拖拉拉，久而久之，案件越积越多，而犯人也只能滞留在各地牢中受苦，这种就叫作滞狱。"

这一番话语，总算让李凌云听出了门道："所以……狄公当时经手的，大多是这样的滞狱之案？"

"不错，"狄仁杰缓缓点头，"地方呈送的案子，都是死案，通常罪证确凿，情况简单明了，只等大理寺确定无误，便可执行处死。也并非没冤案错漏，只是不多见。至于京中的徒案和金吾卫查办之案，因近在咫尺，天子脚下，敢在里面动手脚的并不多，核对复查，其实也用不了多少时日。大理寺又不是只有老夫一人，察觉问题，可以差遣他人查对，所以才能做到如此迅速结案。那传言嘛，数量上并无夸张，只是案子却不是桩桩件件都有疑难，还是多亏了大唐各地司法官员明察秋毫，老夫所做，算不得什么。"

"并非如此，"谢阮尊敬地道，"狄公可知，大理寺压着案子，那些犯人过的是什么日子？很多人留在牢中患了病，痛苦不堪却毫无办法。狄公如此迅速地审结案件，虽会使这些人加速死去，却也是一种仁德！"

"过奖，过奖！"狄仁杰笑道，"不若进去说话？"

谢阮这才想起来三人还在大理寺门口，瞥见旁边官署有人探头窥视，她连忙招呼着将狄仁杰迎了进去。

客堂早就打扫得窗明几净，知道老上司回来，整个大理寺的人就动了起来，压根用不着谁来吩咐。

在狄仁杰面前，谢阮可不敢摆谱，规规矩矩地送上一杯泛着泡沫的香茶："狄公此次前来，可是因为天后？"

狄仁杰接过茶水，品了一口："你们不是在等猫鬼蛊的消息？"

李凌云直言不讳："我们能查到的案子都成了空，唯独宫中王废人案，或许天后手中还留有此案细节？"

"早没什么细节了。"放下手中薄如蛋皮的巩县白瓷茶碗，狄仁杰叹道，"你们必然也查过了，猫鬼蛊最初发端已不可考。其恶名震惊天下，就是从隋文帝时开始的。猫鬼蛊在民间只有传闻，却无实际案卷，因事涉宫中，一切细节都被掩去。王废人案到底是不是和猫鬼蛊有关，如今还未能肯定，但老夫知道，自古以来巫蛊之术就是朝廷大忌，怎可能记录细节，难道让人再学去用吗？"

李凌云有些失落。"善恶相争，总有规矩要守，我阿耶也说，封诊道的许多秘技，只在道内传授，便能破除怪案，明断生死，倘若流传到民间，有人用来作恶，便会给审案、查案的人带来绝大阻碍。"

"是啊！三法司许多查案的法子，不能告诉外人，一旦说透，将来可能审犯人时就无用了……"

听到狄仁杰的话，谢阮不乐意了："怎么，天后让狄公特意跑这么一趟，就为了告诉我们无迹可寻？我看不是吧……"

"还是女子心思细腻，"狄仁杰呵呵乐道，"不错，线索仍有，只是这个线索，天后和我都不知道它在哪里。"

"什么？不知道在哪儿？那从何查起？"谢阮两个眼睛瞪得如铃铛一样，狄仁杰道："不要着急，既然让我来说，李大郎就一定有法子找得到。"

"什么意思？"谢阮听得如坠云里雾中，回头去看李凌云，后者冲她摇头，表示自己也不清楚。

"封诊阁，听说过吗？"狄仁杰端起那杯冷茶，慢慢地啜着。

"……封诊阁？"李凌云不解。

"你要找的东西全名应当唤作《封诊悬案录》。你们封诊道自黄帝时发端，古老得很。"狄仁杰把茶碗给谢阮，示意她再来一碗。

在谢阮冲茶时，他继续道："你阿耶难道没跟你说？封诊道历代与朝廷往来，通常结案后，案卷都交由宫中处置，唯独一种情形，案卷会被抄录保留——便是封诊道当下无法破获的案子。此种案件，牵涉者会被改头换面，案件内容却会巨细靡遗地记录下来，放进封诊阁内保存。"

狄仁杰顺手指点谢阮冲茶的高度和方向："你阿耶记了许多过手的案子，此事也得到了天后的首肯，所以你要的细节，只会存放在你们封诊道的绝密之所。"

"可是……我不曾听说过封诊阁，又到哪里去找《封诊悬案录》呢？"李凌云想了想，还是提出了这个听来愚蠢的问题。

"李大郎如此聪明，自然想得到，是怎样隐秘的地方，才能被天后信任，用来存放关于宫中疑案的细节呢？这个问题，老夫可没法子回答，要不是天后想起这一茬，老夫也没办法料到。一切答案不必向外寻找，尽在你封诊道之内！"说着，狄仁杰抬手戳了戳李凌云的胸口。

"……我回家找一找，想想办法。"李凌云叹道，"若我想不起，恐怕要问家人或者杜公。"

"好了，消息带到，我也该走了——"狄仁杰话音未落，就听见一道惊喜的声音炸雷般响起："狄公——狄公怎么来了——别着急走啊！"

三人回头一看，却是刚回来的徐天和李嗣真。因这几日没什么进展，徐天便和李嗣真一起外出处理新送来的案子。二人回来才听说狄仁杰来了，连忙过来拜见。

李凌云急着回家寻封诊阁，和徐天见了个礼，人就飘了出去。谢阮向来不喜徐天，也找个理由回了狩案司。

李嗣真擅长观人脸色，知道徐天是对老上司念念不忘，打了几句哈哈就自己退了。

等人都走了，徐天才抓着狄仁杰到了自己的房中，从京中酒楼叫来好酒好菜，随后悄然闭上了房门。

门一关，徐天顿时收起喜色，跺脚道："狄公糊涂！您当在路上万般小心，就没人会察觉您的行藏吗？"

"怎么？有谁给你报信了吗？"狄仁杰不以为意地拿起酒壶，给自己倒了杯酒。

徐天撩袍子坐到他身边，拼命压下火气："何须他人报信？狄公从大明宫出来，难道还能不回府邸？"

"怎么，老夫府中也藏了他们的人？"狄仁杰笑着满饮一杯，赞道，"好酒，今日老夫要多喝几杯！"

"狄公自皇陵伐木之事后，就深得陛下信任，有人盯着您不是理所当然？"徐天见他接二连三痛饮，伸手夺下了他的酒杯，"啊呀！别喝了，狄公此番到东都，那边必将您当作阿武的人，疑心您从中生事。"

狄仁杰挑起花白眉头，又伸手拿了个杯子开始倒酒。

"您怎么就不以为意呢？您自己、您的家人，都在人家的眼皮子下面，危机四伏，哪里还有心情饮酒？您这可是背叛了他们……"

徐天正说得欢，没想到狄仁杰一杯酒塞到他嘴里，好险没呛进鼻子，只好停下了话头。

"怕什么？"狄仁杰道，"背叛？背叛谁？能对老夫用上这两个字的，只有这个大唐。"

说着，狄仁杰从徐天手中拿回杯子，仰头干了一杯，重重地放在桌上。

"老夫和他们，从来不是一路，徐少卿可不要弄错了。"

"……我这不是为您忧心吗？"徐天似乎被狄仁杰的气势所震慑，不情不愿地强迫自己安定下来。

"陛下病得太久，迟早都要选边站。"狄仁杰吃了块猪头肉，细细咀嚼滋味，"御药房每日所用的药渣，我都想办法看过了，如无意外，陛下……只怕过不了正月。"

"什么？"徐天手一抖，手中的波斯蓝琉璃杯落在地上，碎成几块。

"你以为，这场仗，哪边能赢？"狄仁杰抬眼盯着徐天僵硬的脸，"太子顽劣，你觉得，陛下寿元将尽时，他所信任的，会是谁？"

徐天颓然坐下，满是胡须的面颊微微抽搐。

"一定要选武媚娘吗？她是个女人……"

"难道你不是女人生的？"狄仁杰一句问话，仿佛重锤敲在徐天心底，"历朝历代，难道太后监国少见了？要说后宫参与国事，隋文帝和独孤皇后才是最早对天下称'二圣'的，当初陛下身体不佳，便是以此作为天后批复奏章的理由，说服了所有臣子。你想一想，若陛下不在了，就太子那行径，他岳家韦氏历来气焰嚣张，权柄握在他的手里，你难道就会安心？"

"……然而父死子继，是为天下正道。"

"商周之时，商王武丁之妻妇好领军讨伐，曾多次受命代商王出战。统兵攻破羌，大胜土方、夷。妇好经常受命主持祭天、祭先祖、祭神泉等各类祭典，又任占卜之官。"

狄仁杰一挥衣袖："为天下之主的是男人还是女人……真的那么重要吗？"

徐天惊恐莫名，差点掀翻几案："狄公！您这是大逆不道——"

"大逆不道，逆的是谁？"狄仁杰的双眼如深海一般沉静地看着徐天，"如果天意要让武媚娘成为那个预言中的女主，你以为，就你和我，真能逆得动这个天吗？"

徐天望着狄仁杰，因为这句质问，屋内陷入了漫长的、仿佛没有止境的沉默之中……

夜色降临，寂静的东城内，大理寺门外传来一阵喧闹声。

在几个大理寺劲卒的护送之下，身着绿袍的狄仁杰跨上骏马，前往自己在东都的屋舍。由于武媚娘和李治长居东都，朝廷官员大多在两京置办了房产，不得不随着朝廷的搬迁，像候鸟一样迁徙。

狄仁杰向来是个重情之人，此时在他身边护送的卒子中，就有他在大理寺时的老下属，他上马时已经看到了对方脸上的兴奋神情。他很清楚，这些人想和他聊一聊过去，但此时的他，却没有闲聊的心情。

小小的马队行进在东都的大路上，有腰间悬挂大理寺三角牌的骑卒护卫，金吾卫并不会过来打扰。狄仁杰在马蹄声中，陷入了自己的思绪。

在脑海中，他复盘了一遍与李凌云第一次会面的情景，他确定自己做到了一切应做的事，忍不住发出几不可闻的叹息。

武媚娘身边的人中，谢三娘的武学成就极高，但她也是最粗枝大叶的一个。和上官婉儿那细腻到极致的风格不同，作为武人，这个女子不可避免地染上了一些武者的刚直，这让她格外被武媚娘喜爱，却也使她更易于被人欺瞒。

谢阮和李凌云应当都没有发现，让他们头痛无比，需要掘地三尺才能找到的东西，原来根本不需要如此费神。

狄仁杰回忆着几天前离开长安时收到的那卷抄册,武媚娘让人送来时,抄册还墨汁淋漓,上面就有李凌云需要的猫鬼蛊的消息。来人传的口谕是:"看完,记下,然后烧掉。李大郎有过目不忘的本事,狄公只需把上面的内容告诉李大郎,这桩案子,他不看这本案卷也能继续查下去。天后会给予他一切破案所需。"

可谁都没有料到,他却让李凌云通过别的途径去了解这桩案子。马队停在狄府门外,他下了马,在老下属有些失落的目光中进了门。

狄仁杰接过家人送上来的灯笼,独自走进内院,进门的刹那,他终于松弛下来,自言自语道:"李公,当年你对我有所托付,如今大郎那孩子无法逃脱乱局,我便如你所言,把一切都交给他。至于他和这个大唐会前往何方,老夫会一路看着的……"

"大唐,将来必定会成为更好的大唐。"

狄仁杰闻声悚然,看向内院郁郁葱葱的竹林,月光穿过竹子投下的斑驳影子里,站着一个身着鸦青道袍的老者。

老者道骨仙风,可谓鹤发童颜,手持一把黄色水晶柄的白色拂尘,高深莫测地冲他浅笑着。

"用一个女主天下的预言,撬动整个李氏皇族,你们到底想做什么?"狄仁杰眯起双眼,冷漠地问。

"我们要做什么,你不是很清楚吗?"老者的笑声就像夜枭,令人心颤,"你不是也打算接受了吗?狄仁杰,你心里明白,武媚娘就是天选……"

"住口,"狄仁杰大声呵斥,"什么天选?你们究竟对多少孩子说过他们有天子之命这样的胡话?"

"有什么关系呢?"老者嘎嘎笑起来,"反正也不会有人当真,就算是武媚娘,自幼就知道自己有帝王之命,不也是从感业寺回宫后,才开始觉得自己与众不同吗?"

"我们不过是在人心中播下种子,就算不能开花结果,又有什么危害呢?"老者停留在阴影中,话语却直扎狄仁杰的心口,"难道你没有因此获利吗?狄怀英啊,你应该去感谢躺在地下的袁天罡,如果没有他,你以为自己能够站在大唐至尊面前吗?你别忘了,是武媚娘真正把朝廷用人之道,自世家恩荫转为从平民中取贤,你的出身可是无法和世家子匹敌的。如果不是我们,那些血脉贵重的家伙仍把持着一切。一个获利之人，竟来质疑我们，可笑，可笑！"

狄仁杰沉默下来，不再言语。老者很快收敛起笑意，身影渐渐隐进竹林，他的声音也变得平和："一切都会变得更好的，怀英，你明白，人不该生来就有贵贱之分，世间多少苦痛，都是因此而来，无数悲剧，因此造成。"

"武媚娘就会不同吗？"狄仁杰反问。

"你说呢？她啊，她毕竟是个女人……"老者的声音渐渐变小，竹林随风摇曳，风声几乎盖过了他的声音，"女主天下，必生其变……"

狄仁杰站在月光下，缓缓地闭上了双眼。

"袁天罡……还有李淳风，你们究竟计算了多久？"

这一次，没有人回答他的话，只余下无尽的竹叶沙沙声。

"封诊阁？"杜家厅堂里，杜衡一脸惊讶地捧着一大碗槐叶冷淘，嘴边没有嚼进去的绿色面条在胡须旁晃了晃，终于掉在地上。

"怎么，你阿耶从没跟你说过？"或是发现自己失态，杜衡连忙放下碗，从小婢那儿接了毛巾擦嘴。

"此阁到底是什么？"李凌云疑惑地搅动自己碗里的冷淘，觉得面有点坨。

"就是历代封诊道首领安置东西的地方，而且不止一处……比如我阿耶就说过，某一代的首领曾前往东海，抓住了一条活的人鱼，养在池塘中。不久之后人鱼就死了，他遂将尸首制成干尸，藏在其中一个封诊阁中。"

"不止一处？那我怎么知道我阿耶把东西放在哪一个封诊阁内？"

见李凌云大皱其眉，杜衡笑着解释："每一代首领，都有一个自己的封诊阁，毕竟能够成为首领的人，都喜欢收集各种奇闻异录、古怪事物，自然要找地方放起来。每个封诊阁中，不光会不断补充首领所继承的封诊技，也会放他们认为重要的东西，你将其理解为历代帝王的皇家书库就好了。这是因为封诊道依托朝廷，必须进行预防。过去也不是没有朝廷屠杀封诊道的事，我们之所以不曾覆灭，一方面是因为掌握绝世医术和封诊技，另一方面就是因为做了此种万全准备。"

"原来如此……那我阿耶的封诊阁会在哪里？"

"这我就不知道了，封诊阁属于秘藏，按说会交给下一个继任者，且代代流传，后来人必定能够在前代的封诊阁中，找到过去每一代封诊道首领的封诊阁所在，就像一个皇帝，可以从他父亲的陵寝里，发现所有过去帝王陵寝所在的线索。我不是正经的首领，所以怎么找到和开启封诊阁，我就全然不知了。"

杜衡说着又抱起了碗："我以为你阿耶多少告诉过你，没想到他这么狠，一个字都没吐露。"

"不应如此，当时继承封诊祖令的分明是杜公，难道阿耶不怕从此历代封诊阁失传？"李凌云摇头，戳着彻底坨了的槐叶冷淘。

"也对，可是当时他除了叮嘱我别让你牵扯到皇家的事里，就只给了我封诊祖令。"

说完这句，杜衡和李凌云一同意识到了什么，抬头对视，异口同声："封诊祖令！"

"一定就在里面——"杜衡手指李凌云腰间令牌，李凌云忙不迭地把它拿出来，手指连弹，打开了祖令。

可他们把祖令几乎倒了过来，也未在其中找到线索。

"会不会在里面刻字了？"李凌云从怀中抽出火筒，准备照亮，杜衡连忙阻拦："屁话，这又不是寻常封诊令，你阿耶疯了才敢在上面刻字，你当他是去看风景名胜，拿石头在上面胡画的小孩？"

"……到底在哪里？"李凌云烦恼地看着祖令，"说来，这祖令到底有何不同？"

"用的石料和上面的刻字不同……"杜衡嚼着冷淘随口答道，下一刻，他发现李凌云直勾勾地盯着他的腰间。

顺着他的目光看去，杜衡发现他正盯着的，是自己一直悬挂在身侧的封诊乙字家主令牌。

杜衡问道："你要作甚？"

"不一样……"李凌云走到他身边，拿起乙字令，和封诊祖令一并托在手中，很明显，甲乙两块令牌里，甲字祖令要更高一截。

"咦？"杜衡抬手，用和李凌云不一样的手势敲开乙字令的机关，乙字令徐徐展开，二人比较之下，终于明白了两块令牌的不同之处。

"石头，刻字用的石头厚度不同。"李凌云让杜衡收起乙字令，开始端详祖令那块石头。

"石上有极细的纹路，"李凌云抚摸着令牌嵌石的表面，"肉眼看不出来，我怀疑是在幽微镜下，用极细的针具雕刻的……"

杜衡大叫："把我的幽微镜拿过来——"

下人端来幽微镜，点亮铜镜灯之后，一束光打在令牌嵌石表面上。通过幽微镜，李凌云果然看见了细细的针雕痕迹，但古怪的是，所有的痕迹都只是一个个小点，似乎除了增加这块石头的触感，并无其他意义。

"只是一堆小点而已？嗯？"杜衡凑过来看了看，奇怪地问，"大郎，你发现了没有？有一些点是微斜的。"

"什么？"李凌云过去一看，果然如此。他连忙卸掉幽微镜下的托架，用手握着祖令，缓缓使它斜放。

宛若奇迹一般，本来只有一堆小点的石头上，斜到某个角度时，出现了一排古拙的封诊字符。

"密符……左三右七左八右二左五右四，这是开启之法！"李凌云扔开幽微镜，看了看杜衡，后者点了点头。李凌云用两根手指按在"甲"字印刻上，朝左缓缓转动。

一圈、两圈、三圈，转动到第三圈时，李凌云分明感到手指下传来轻微卡住的感觉："这块石头，不光会弹起，其中竟另有一个机关。"

他再无疑虑，迅速旋转到足够的圈数，只听咔嗒一声，那块石头朝上凸起，李凌云把空令牌向下一拍，石头应声落入掌心，随之落下的还有一片极薄的宣纸。

他拿起那张纸，看到上面熟悉的字迹，眼中充满了迷惑……

李宅地下，李凌雨的卧房内，李凌云和弟弟相向而坐，前者把手中的薄纸推到孪生弟弟眼前，质疑道："我从不曾怀疑过你，可是二郎，你和阿耶之间，到底还有多少我不知道的事？"

李凌雨凝视字条，有些出神地听着兄长的问话。

"阿耶不想让我掺和皇家之事，可他却和你仔细说过天后和太子间的隐秘。他不希望我继承祖令，成为封诊道的首领，我不是不明白，只是杜公也说，逃不过去的时候，只能托付给我。但为何你从不跟我提封诊阁？"

李凌云拍桌道："他分明告诉了你封诊阁在哪里，至少你知道如何寻找，可我不明白，他为何不直接说给我听？一定要你从中转告？"

李凌雨终于不再沉默，他看向兄长："阿兄，阿耶和杜公定下让你入狱的计策时，我是知道的。"

"你知道？你就这般任凭我蹲在牢中？倘若你对我说了阿耶的安排，难道我不会照做？我从不曾违背过他的吩咐，杜公怀疑我，你身为我的至亲，莫非也怀疑我？"

"我无法离开此处。"李凌雨那张和李凌云一模一样的脸上，露出痛楚表情，"阿兄！我是个病人。"

李凌雨站起身来，在屋内快步转了两圈，随后他回头，无奈地看向李凌云："杜公不信你听到阿耶死了的消息，可以克制住自己不回东都，姨母也不信，莫非阿兄认为，我可以说服他们？"

"……并不，"李凌云想了想，摇头道，"但我想知道，你究竟有没有试图劝过。"

"明知无用，又为何要说？"李凌雨苦笑，"阿兄清楚，我是这个家中最无用的人。"

"我并不是在说你无用。"

"但你现时却在让我承认自己无用。"李凌雨叹息着，两人一时无话可说。过了好一会儿，李凌云才道："罢了，我只是不喜欢什么都被蒙在鼓里，倘若阿耶还有什么同你说了，我却不知道的，你就直接告诉我便是。"

"如果将你蒙在鼓里，是阿耶的意思呢？"李凌雨声音微寒，"阿兄也说了，你会听阿耶的安排。"

李凌云闻言，缓缓眯起眼来："你在算计我，二郎，如我听阿耶的话，便不能逼你告诉我，若我继续问你，便证明了当初你不告诉我的决定是对的，总而言之，你这是铁了心要瞒我？"

"是。"李凌雨沉重地点了点头，"阿兄，你不是寻常人，一下子知道太多，于你并无好处。"

"……这是你的意思，还是阿耶的？"

"是阿耶原话。"李凌雨道，"关于这一点，我绝不会骗你。阿兄，自阿娘离世之后，阿耶做的一切都是为你我将来打算，许多他不便告知你的事情，就会让我记着，只是时机未到，还不能同你说。"

"罢了，横竖我不懂。"李凌云正坐道，"如今我要进阿耶的封诊阁，方能取到《封诊悬案录》，继续把猫鬼蛊一事追查下去，此事你可否告知？"

"阿耶说，若你问起，便是机缘到了，我自然知无不言。"

听见弟弟的话，李凌云总算好受了一些："那封诊阁在何处，怎么进去？"

"封诊阁所在我并不知晓，但我知道从哪里能得到封诊阁的线索。"李凌雨严肃地道，"就在家中祠堂。"

李凌云闻言，惊讶道："祠堂？"

李凌云的小姨胡氏，同他一起来到俞跗祖师雕像前，二人一同把手中点燃的三炷香插进香炉。冷落已久的殿堂中，终于再度飘起令人心宁的檀香味。

胡氏表情复杂地打量满是灰尘的祖师像："打从你阿耶离开后，这祠堂我还是头一回进来。此像都长满了蜘蛛网，但愿祖师不会怪罪。"

"事出有因，况且外间还有祭祀小像，日日香火不断，祖师怎会计较？"

胡氏扑哧一笑，叹道："大郎是长大了，以前的你会说'人间哪里来的鬼神，多半是姨母你念佛念得昏头了'。如今却晓得安抚姨母……岁月如梭，你阿耶也去了好几年，若是他知道你如今的模样，应该能放心一些。"

想起李凌雨之前所说，他忍不住问："在阿耶和姨母心中，我就这般不可靠吗？"

胡氏微微一愣，抚抚李凌云的头，浅笑道："并非大郎不可靠，而是大郎太有本事，我们都怕大郎有朝一日会去做大事，而对我们不管不顾了。"

"姨母的话，我听不懂……"李凌云满眼迷茫。

"不懂才好。"胡氏转身朝门外走去，"此处是伤心地，我不久留了，等你找到了封诊阁的线索，了结了你阿耶的案子，我想把这祠堂拆了重修一遍。"

李凌云等胡氏离开，才翻身爬上贡桌，来到俞跗像前，脑海中回荡着李凌雨的话。

"进封诊阁的线索，就在俞跗雕像内，阿耶说你查看祖师雕像时，就明白要怎么进入了。"

"要怎么一看到就明白……"李凌云上下打量着俞跗雕像，没过多久，他在雕像斜下方的衣摆处发现了奇怪之处——在衣摆处，衣褶似乎被人为打乱了，无法正常接续。

跳下桌子，李凌云戴上油绢手套，轻轻按压雕像衣褶处，感觉木头上有轻微凹陷。李凌云脑中闪过灵光，略用力地在混乱的衣褶附近按压起来。

突然，他的手指陷下，一块木方被按进了雕像之内。此时，出现在李凌云面前的，便是一个华容道式的拼木游戏。

李凌云知道，必须将那些衣褶顺到恰当的位置，雕像上的机关才会真正地开启。他开始移动木块，在他的操作下，雕像的衣褶逐渐恢复了柔顺。

最后一块衣褶木块拼完，雕像内部传来机关运转的扎扎声，原本的空洞处弹出一块木头，整个雕像彻底恢复完整。

随后，在俞跗腰间，一块小小的木块落了下来，正好落进李凌云掌心。他低头看去，骇然发现那块木头看起来正是一个并不对称，甚至有些奇形怪状的六芒星形，在星形旁边凸起几个封诊密符。

李凌云的脑海中隆隆作响，他感到自己的头皮阵阵发麻，浑身紧绷，手脚冰冷起来。

过了好一会儿，他伸手从怀中掏出一个白布包裹，从中拿出那支手制弩箭。

将弩箭尖端对准自己，李凌云确定了他的猜想——俞跗祖师像上出现的孔洞，和这支弩箭箭头的形状一模一样。

他深吸了口气，手持弩箭，缓缓插进孔洞，当插到底时，他听见咔嚓一声，知道里面的机关完全适应这弩箭的形状。

李凌云屏息凝神："左七，右五，左三，右一……"

旋转到位后，李凌云将弩箭试着往里面捅了一下，并未寸进，于是他尝试把箭镞朝外拔，就在那一瞬间，俞跗像上打开了一个小洞，里面传来弩机发出的弦响。

李凌云瞬间躲避，却并无弩箭射出。就在此时，俞跗雕像上扎扎作响，打开了一个入口，里面藏着一方漆黑的匣子。

"阿耶……你……你果然是自杀的。"

李凌云闭上眼，难以置信地说着，话语中，有着他自己也没察觉的失望。

狩案司衙署中，谢阮看着李凌云写下的一行诗句："月下燕北飞，衔草日下泥。这是什么意思？"

"我也不知，"李凌云翻动手上的一块乌木片，"上面刻着的封诊密符，翻译过来就是这两句诗，而根据凌雨所言，在俞跗祖师像中找到的这块木片，必能指引我找到我阿耶的那个封诊阁。"

"会在洛阳城的北面吗？还是西京呢……说起来，李公追随天皇天后，两京都待过很长时间，光是搞清楚在哪一座城都颇为费力。"谢阮建议道，"你我都看不懂这两句诗，不如找凤九问问？"

"只能如此，我观这两句诗中嵌入了日月二字，兴许和星辰有关。"李凌云道，"利用天上的星辰标注地理位置，在风水学说中也常见，可我们封诊道只学定穴，却很少会寻龙之技，或许凤九那里有精通之人。"

谢阮点点头，语气沉重地道："这么说来……李公当真是……"

"我阿耶是自杀的，暴雨墨石箭就安装在祖师像内，试图打开祖师像，就会触动弩箭，根据射出的方向看，完全可以射中我阿耶。"李凌云格外冷静地描述，"暴雨墨石箭的细针，我也给封诊鼠试过了，用针扎过的小鼠，皮肤出血不止，可见的确涂有阻止凝血的药剂……也就是说，我之前的猜测是对的。"

"李公到底为何要自杀呢……"谢阮喃喃说道。突然，她抬起头来，用力掐住了李凌云的肩膀："李凌云，此事除我之外，你还告诉别人了吗？"

"还不曾和你之外的人说起……哎，三娘，你轻一些！"

谢阮连忙放开手："我不是故意的，只是你绝不可以再告诉第三个人。"

"为何？"李凌云不解地揉着肩。

"因为天后！在她看来，李公是为了她才付出了性命。若被她知道，忠心耿耿的李公竟是自杀的，你觉得天后会有何想法？"看着李凌云茫然无知的双眼，谢阮按下性子，将原因娓娓道来。

"明崇俨案会发生，正是因为太子、天后间的龙争虎斗，此案的结果，直接关联到他们的将来。你阿耶作为天后的人去查此案，案子未破，竟自寻死路，往浅了说，这是对天后不忠，陷主上于危境之中，往深了说，他刻意制造自己被人所杀的假象，是欺君罔上之罪。"

谢阮的双眼死死盯住李凌云的漆黑瞳孔，面色微白："天后对自己信任倚重的人，向来格外照料，哪怕可能对自身造成负面影响，也会一查到底。然而越是如此，她对背叛越是丝毫不容，在天后眼中，你是忠臣之后，所以对你百般宽容，一旦李公不再是忠臣，你就会一起受累，甚至可能毁了整个封诊道的未来……某之所言，你定要牢记，你可以继续查问李公自杀的缘由，然而他是自杀的这件事，出之你口，入之我耳，再不能被其他人知道。"

"我记得了。"

见李凌云保证，谢阮这才大大松了口气，脸上多了几分血色。她抓抓头发，试图调节气氛："你对狄公如何看待？"

"心思敏捷，条理惊人，就算每日只是查对批复案卷，也足足有五六十份，一般人做不了，狄公在刑名方面，绝非常人可比。"

"我倒有些别的看法，"谢阮苦笑道，"有时我有些怕他。"

"为何？他做过什么可怕之事吗？"

"完全没有，"谢阮摇头，"他做的一切都发乎情，止乎礼，绝不触犯任何大唐律，不会让人对他产生反感。他还会为了正确的事，直接和天皇天后叫板。在百姓眼中也好，在众臣看来也罢，狄公都可谓臣子的模范。"

"那你在怕什么？"

谢阮捏捏下巴："太精准了，他做事的尺度拿捏得过于准确，多一分就有危险，少一分便有不足。虽说自古以来，不乏有人追求中庸之道，想要掌握平衡，然而在官场中，这是很难做到的。我和婉儿都看不懂他的打算，而且，我总觉得，他是故意在你面前提到阎庄的。"

"阎庄？对狄公有恩的那位阎立本之侄？"

谢阮皱起鼻梁，露出犬齿，这让此时的她像头极度警觉的狼："他能在一年之内处置一万多桩案子，却没法查出阎庄之死的蹊跷。李大郎，说实话，你难道不会感到好奇吗？"

"我确实有些好奇，可是又有什么关系？"

"天后和天皇的长子，也就是孝敬皇帝李弘……阎庄活着时，是他的太子家令。"谢阮冷笑道，"上元二年，太子李弘随行洛阳，随后猝死于合璧宫绮云殿，年仅二十三岁。之后没多久，阎庄便坐罪而死。"

李凌云很快把这两件事联系到了一起："阎庄的死，和孝敬皇帝之死有关？"

"狄公就是希望你这么想，"谢阮叹道，"孝敬皇帝自小有肺痨之症，气弱体虚，早有各方名医诊疗，然而孙思邈孙神仙看了，也说没办法，注定早夭。天皇天后悉心照料，最后他还是早早去了，这些和那阎庄所犯罪过并无关系。"

"外间有传闻，说是天后杀了孝敬皇帝，可你想一想，一个母亲有何理由，要杀害注定会早死的儿子？狄公自己都不想参与的事情，却想撩拨起你的好奇心，是何居心？"

"还有一点，"谢阮伸手敲一下李凌云的额头，"呆瓜，你就不奇怪，狄公为何会知道封诊阁吗？这分明是你们封诊道的隐秘，外人不该清楚吧！"

"可是，或许是天后所言？"李凌云摸摸额心，"我阿耶不是和天后关系很好吗？"

"哼，你阿耶和天后的确关系不凡，但我得告诉你，狄公本次代天后来东都找你前，可从未在任何场合明确表示过，会站在天后这边。"谢阮又揪了一下他的耳朵，"再说，天后为何要把你家的隐秘告诉狄公？"

"有些道理……"李凌云似乎回过味来，"我知道了，不会去查阎庄，你别老弄我，挺疼的。"

"好玩嘛！谁让你呆？"谢阮大模大样地走向门外，"走吧，我们去找凤九。"

天空洒下的灿烂阳光里，男装女子的耳朵红得厉害。这似乎影响了谢阮的心境，她并未察觉屋后的隐蔽处，一坨用来喂马的干草中，正不断发出轻微的呼吸声。

不久之后，那座曾发出狐狸叫的荒宅里，明珪收到了李凌云的最新消息。

"狄仁杰亲自来了？"明珪的手指有节奏地叩击桌面。在他对面，阿东恭敬地道："应该已经走了，他只在洛阳城留了一夜。"

"他就是个救火的，朝廷出了麻烦，向来是狄公顶上，他万事缠身，在任何地方都不便久留。只是没想到他和武媚娘关系如此紧密，都愿为她跑一趟洛阳了。"

明珪抚着嘴唇，一面思索："不过天皇寿数将尽，狄仁杰这老滑头，就算为了自己，也得选择不立危墙之下……"

"最奇怪的是，那狄仁杰怎会知道封诊阁的存在。"子婴侍立一旁，也不知他是何时来的，一身红白打扮，和凤九郎身边那些兽面人一模一样。

明珪没回答，反问道："你这是什么装扮？"

"我有些思念老师，"子婴抬手摸摸脖子上的伤，露出天真无辜的笑容，"方才阿东师兄说，他要去凤九郎那里。"

"去归去，只是李嗣真如果也在，下次盯人就要换人了。"明珪温和地叮咛。

"师尊不去？师祖那封诊阁里有什么东西，你不好奇？"子婴玩弄着豺面，有些心不在焉。

"里面的东西某看不上，"明珪笑道，"在正式和你老师见面之前，要是被他看破行藏，你就别回来了，当即自尽才是。"

"我心里有数，师尊别担心。"子婴出了门喊，"我如今用刀可比老师更快呢！"

"这孩子……"明珪摇摇头，看向阿东："方才开始你就面色踌躇，怎么，有话要说？"

"这几日没看见阿生，不知是否出了意外……"

"他说话口无遮拦，我把他派到京外办点事，权当处罚了。"明珪笑道。

"原来如此，"阿东松了口气，"但如此一来，师尊身边听用的人岂不少了一个？"

"无妨，原本人就多了些。"明珪劝慰道，"不必担忧，阿生那性子，在我身边反而容易惹是生非。"

"师尊说的是，只是真不用人盯着李嗣真？"阿东做事心细，难以轻易放心。

"我本以为李嗣真是天后的人，但他察觉不对，却并未发消息给武媚娘，加之狄仁杰此时的态度，他倒像是狄公送到天后跟前的，既如此，他迟早会和李大郎说起我的事，倒的确要做些准备。"明珪招呼阿东来到自己跟前，"你且听我说……"

…………

过了一阵，荒宅内室的门扉被推开，阿东走出来带上门。屋内，明珪拿起桌上的一封信笺浏览，扑哧一笑："小宝这孩子，总有许多奇思妙想……"

明珪起身朝卧房走去，边走边叹："不过他说得对，我不在跟前，武媚娘眼看便要成为寡妇，倒不如多做一重准备。"

他缓缓踱至卧房，只见桌上放着一个巨大的鸟笼，还有一片宽大木片，上面布满年轮，一看就是把上了年头的树木劈开截成的。木片上用诡异的漆黑长钉钉着一张人皮，若阿东在此，必然能从人皮上的黑色小痣认出身份——正是消失了的阿生。

明珪拿出一张纸，铺在人皮旁，写下一个"准"字，随后从鸟笼中捉出一只白隼，将卷好的纸塞进它爪上的漆黑铸管中。

在把白隼放飞后，明珪回到桌边坐下，手指轻抚着仍有些湿润的人皮边缘，目光则落在黑钉上那些隆起的古拙符文上，唇角露出笑意。

"李大郎，我可真想你……"

李凌云和谢阮走进道术坊内的一座酒楼。

凤九郎这几日似乎有些忙碌，二人在武三思的别院没寻到他的踪影，谢阮不得不去了朱雀大街的某个十字路口，在道边柳树上画了些鬼画符。没过多久，就有兽面人出面联络。二人这才知道，凤九郎正在此处检算各道筹措的粮草。

一进酒楼，他们就看到一群高句丽商人擦着满头大汗，臭烘烘地朝后堂跑去。谢阮一瞧见凤九，便不赞同地道："辽东穷得一条裤子换着穿，女娃娃的屁股都露在外面，你还从他们手里抠粮？"

"不然呢？朝廷东来之后，大家吃什么？"凤九郎端着犀角杯，朝自己嘴中倒入西市腔。

谢阮好武，自然也好酒，见他痛饮，不免喉咙有些痒痒，但想起他曾在李凌云酒中下迷幻药，便不太敢喝由他做东的酒水，只是吞吞唾沫："大唐各道节度使不送粮来？"

"宫中够吃，其他人呢？"凤九郎道，"你别担心，我没真的敲诈粮米，只是让他们去抓田鼠。高句丽苦寒贫瘠，田鼠向来美味，让他们供一些过来就是了。"

"幸亏是田鼠，倘若你要牛羊猪肉，只怕他们会把人杀了做成熏腊给你送过来，反正漆黑一片，脑袋手脚砍了，你也分不出是什么。"

"你今日专门是来调侃我的？"凤九郎呵呵一笑，风姿极美，眼神更是勾魂，便是见过无数美男子的谢阮，此时也不敢多看，告饶道："某哪里敢，是来求九郎的。"

说着她把李凌云推上前。李凌云不会看脸色，老老实实地把封诊密符译出的诗句交给他，又简略说了事情首尾。凤九看了诗句道："其中有日月，当与星辰有关。"

　　"我们也这么想。"谢阮道，"我记得天后说你少年时，经常跑到太史局观察星图，可有什么想法？"

　　"月下燕北飞，衔草日下泥……"凤九郎细品了一下诗句，踱了几步，笑道，"有了，你们可曾听过四象之说？"

　　谢阮道："四象？不就是东方青龙，西方白虎，南方朱雀，北方玄武？当然听过，这些东西在宫中常有造像，道家和佛门中也常见……"

　　凤九郎缓缓道："根据四象，太史局司天将黄道二十八宿分为四组，每组七宿。东方青龙：角、亢、氐、房、心、尾、箕；北方玄武：斗、牛、女、虚、危、室、壁；西方白虎：奎、娄、胃、昴、毕、觜、参；南方朱雀：井、鬼、柳、星、张、翼、轸。"

　　"这我听说过，只是与李公留下的封诊阁线索有何关系？"

　　"这就要说到二十八宿与十二地支的对应了。你也知道，地支乃是各种野兽，所以二十八宿也各自有相应的兽形：东方称青龙，分别为角木蛟、亢金龙、氐土貉、房日兔、心月狐、尾火虎、箕水豹；北方称玄武，分别为斗木獬、牛金牛、女土蝠、虚日鼠、危月燕、室火猪、壁水貐；西方称白虎，分别为奎木狼、娄金狗、胃土雉、昴日鸡、毕月乌、觜火猴、参水猿；最后的南方称朱雀，有井木犴、鬼金羊、柳土獐、星日马、张月鹿、翼火蛇、轸水蚓。"

　　凤九郎又提点："发现了吗？其中北方危宿，又叫作危月燕……"

　　谢阮恍然大悟："月下燕北飞——啊！我明白了，天上危宿所对应的方位，应当就是李公这一代封诊阁所在。可是这样一来，后面那句'衔草日下泥'又如何解释？"

　　"星宿又叫作星官，既有正官，就会有辅佐出现。也就是贴近这些星官，与它们关系密切的一些星官，如坟墓、离宫、附耳、伐、钺、积尸、右辖、左辖、长沙等，称为辅官或辅座。其中危宿之内，有好几个辅官，后面这句便是用来进一步定位封诊阁对应在哪一个辅官之内的。"

　　"对啊！'衔草日下泥'不就是个墓地的'墓'字？"她反应过来，兴奋地看李凌云，"如此一来岂不是马上就能找到？"

"想得美，"凤九郎哈哈大笑，"天上的星辰远在高空，你如何知道，那'坟墓'星对应到地面上是哪一片地方？"

谢阮闻言，顿时哑口无言，她身边的李凌云却自信道："既然我阿耶用星图为方向指引，想必地面之上必有和星图呼应的准星。"

"聪明，果然聪明。"凤九郎含笑注视李凌云，"不愧是李公的儿子，我凤九的子侄——"

"啧，就喜欢显摆。"谢阮小声嘀咕。又听凤九郎说道："前朝宇文恺，受命修筑隋东京城，也就是洛阳城时，因新城南跨洛河，面朝伊阙，需在洛河上建一座桥沟通南北。宇文恺谙熟风水天象，遂以洛水和天上的银河呼应，将洛阳皇宫比照天帝的居所，取名紫微宫，如此一来，在洛河上架的这座桥就取名天津桥。因为天津意即银河渡口。此桥通往的定鼎门大街，便叫作天街。也就是说，得到宇文恺当时修筑东都时的比例图，便可据此测出'坟墓'星的所在，相信此处就是封诊阁之地了。"

"'坟墓'也未免太不吉利了，"谢阮挠头道，"为何偏选这里？"

李凌云道："封诊阁换一个首领就要新建一座，当作封诊道魁首的一座衣冠冢也说得过去。"

说罢，他问凤九郎："我知道宇文恺有弟子在为大唐工部出力，九郎能把人找来吗？"

"何止是弟子，他家后人也在。"凤九叫来几个兽面人，吩咐道："拿我的如意，去将宇文大匠请来。"

宇文大匠居所应当不远，众人没去多久，一群兽面人便簇拥着一个年轻男子归来。

由于人数众多，当一个豺面青年夹在其中，和其他人一起走进后堂时，并没引起李凌云的注意。

他的全部注意力都放在那个年轻男子身上。他面容憨厚，身上穿着葛布短衣，腰间还系着一条牛皮围裙，身上沾满木屑，很明显，他是在做活时被硬带过来的。

"宇文十三，过来见李大郎。"凤九郎拿出他招牌的狐狸笑，朝男子招招手，又对李凌云道："十三上个月才替掉他年迈的伯爷，如今是工部营造建筑技法最佳的大匠。"

那男子对凤九郎言听计从，极为听话地和李凌云见了个礼，又听凤九郎大略说了一下，要寻觅"坟墓"星所在的事。

"这家伙身上什么都没带，能找到吗？"谢阮狐疑地打量，谁知宇文十三憨厚一笑，粗声道："小事尔，请九郎命人取东都城坊图一份。"

不用凤九吩咐，早有眼尖的兽面人取了帛绘地图过来。宇文十三掏出怀中一个小小的墨斗，在地图上以天津桥为根，弹了几根线。

也不知他如何施为，线条交叉在永丰、陶化、正俗和宣教四坊东南方向，在伊水正水和伊水东水的交汇处。

"在嘉庆坊中。"宇文十三在右斜下点了个墨黑的点，"必在此处地下。"

"宫中有新的离宫要修筑，我这就走了，还要为宫室造样。"说罢宇文十三便昂首阔步而去。谢阮好笑地对凤九郎道："他竟不怕你。"

"说得好似李大郎和你就怕我一样。"凤九郎直摇头，"有真本事的人，大多无畏强权。"

他身边的李凌云却疑惑道："地下？"

说完却又自问自答道："既然是墓，也不奇怪。"

"奇怪不奇怪，赶紧先去看看。"谢阮对凤九道："九郎让人往宫中送个信！调一队人过去，那封诊阁可不能被外人知道怎么进。"

见凤九欣然应允，谢阮便拽着李凌云离开酒楼，路过那个豺面青年时，李凌云微微皱了皱眉，这引起了谢阮的注意。

"认识？"她回头瞥了那人一眼。

"不认识，只是觉得身形像一个人。"

"谁？"

"子婴。"

"我看你到底是把明子璋留给你的阿芙蓉丸用了吧！子婴都死了多久了？"谢阮将李凌云推上小花马，"他可是你亲手杀的，也是你自己说的，被切断脖颈血脉的人，数息之间就会死去。子婴那时的情形我们都看到了，他不可能活下来。别再说胡话，听到了吗？否则我少不得叫杜公看看，你是不是半夜胡乱用了幻药。"

"听到了……"李凌云正色道，"只是有点像而已。"

"快走快走，免得撞鬼。"谢阮上马拍了一下花马的屁股，二人驭马离去。

此时的酒肆之上，猎猎卷动的幡旗下，子婴看着二人的背影，发出了磋磨砂石似的低笑声。

嘉庆坊中，望着面前银光闪烁的一池碧波，谢阮顿时傻了眼。

"是这里没错啊！"对着手中的坊市图，谢阮疑惑道，"凤九郎说这是最新的地图，他手中两京坊市，每旬都会重新绘制一次，可是这里除了草地便是池塘，怎么看也没有楼阁。"

"池塘中有个亭，应该是从那里进去。"

"池塘上有亭，却没通往该亭的桥，果然有古怪。"谢阮叫来护卫的金甲卫，过了一会儿，他们从附近找来一艘小船。

"所幸是在东都，此间又在伊水正水、东水交汇处，否则附近很难找到船只。"

李凌云沉吟道："或许这就是把封诊阁设置在这里的理由……"

二人上船划了一阵，来到小亭中。亭子极为纤巧，空间大约只够两人坐下对弈。亭中空无一物，没有桌椅。李凌云仔细看了看亭中地面，又看看亭柱，在其中一根柱子上发现了端倪。

"有机关……这里的木纹是混乱的。"木柱是原色制成，木纹混乱的地方略错开一些，并不明显。李凌云效仿之前在俞跗塑像上的方法，轻轻按下，果然得到一副华容道拼图。

拼好之后，木柱打开一个暗格，其中也有一写有封诊密符的木片。

李凌云抽出随身携带的铅条笔，拿出一个小本，翻写下来："以柱为正，左向起始，外六，内三，外九，内五。"

"地面的石头分内外两圈，中间为较大的圆形整块，应该是以柱子方向为准，依次踩踏的意思。"李凌云把纸笔和木片塞进怀中，让自己面对柱子，开始按照密符所写，依次踩踏不同的石块。

在他踩上"内五"之后，二人均觉脚下一震，李凌云身体倾倒，谢阮连忙拽住他的胳膊，二人拉扯着转了一圈，谢阮胳膊扣在李凌云的腰上，把他拽到亭边。

震动不断，两圈石头中间的圆形石板向下沉去，露出黑黢黢的洞口及石阶，与此同时，从洞口处燃起一线微绿火光，宛若飞星一般笔直向下蹿去，点燃了墙壁上的油灯。

"磷火……所幸不多，否则必然会使你我中毒。"李凌云说完，才意识到自己还被谢阮搂着腰。二人面面相觑，谢阮道："你腰挺细……"察觉自己失言，她连忙放开了手。

李凌云不在意，对谢阮道："既然能点燃，下面必不是全然密闭的，定有可以地方通风，直接下去应当无碍。"

说完，他一马当先地顺着洞口的阶梯走进洞中，谢阮忙朝岸边呼唤，命金甲卫不许任何人靠近，接着自己也跳进洞口跟了上去。

石台阶旋转而下，二人走了许久，经过长长的石甬道，眼前豁然开阔，他们来到了一道石门外。石门处有一根柱子，上面有俞跗祖师的塑像。塑像正笑眯眯地看着二人，手持托盘，盘中有几把封诊刀。

李凌云再看下方柱子，雕刻的骇然是一具尸首，尸首上还有许多窄洞，遍布身躯手足之上。

"这是什么意思？根据不同疾病，将刀插到对应的地方？"谢阮皱眉问道，"可要治的是什么病？"

"这是用来迷惑人的，俞跗祖师第一次用封诊技判断死因，便是用的开颅术。"李凌云拿起一把封诊刀，直接插进了尸首头颅上的窄洞一拧，石门发出咔嚓声，随后悄无声息地在二人面前缓缓打开。

二人对视一眼，朝前方走去，李凌云手持火筒，发现墙边有灯，便点亮了它，和在门口时一样，一线微绿火光飞舞而出，嗖地向上蹿去，点亮了面前这方天地。

柔和黄光倾泻而下，谢阮张开嘴，抬头看向挂在头顶上的巨大黄铜镜灯。这组灯有数百盏之多，不知是如何设计的，竟让所有灯同时点燃，将这里照得通明。

这里就像是一座阁楼的正中天井，围绕天井有四层高的空间，每层分为六个方向，每个方向上的房间并无门扉，只在门楣上用封诊密符雕刻了不同的符文，能看到里面堆积着许多物件。

谢阮伸头看向一层中间，她张大嘴巴，指着一颗比她脑袋还大的狗头金："全是宝石……比宫中的还要大，你阿耶在藏宝？怕你们封诊道缺钱？"

李凌云瞥了一眼，发现里面满是各色宝石，甚至还有未经打磨的比人还高的水晶柱，他解释说："并非如此，是当矿样收集的，也有小的。"

他拿起一枚孔雀石，看看硬纸标签："还写了从何处得来，应该只是用于研习收藏罢了。"

他让谢阮看下一个房间："是了，此间便用来存放各种木头，树皮树干连带切下，还放了叶片。"

"原来如此……"谢阮一个个房间走过，见其中一间放满了以玉石做眼、制成标本的珍禽异兽，她赞叹道，"封诊道似乎不过就是研究死因，实则什么都有涉及，了不起。"

"我道先贤的封诊阁中，每一座都塞满这些，只要打开其中一座，便可保我道传承不断……"李凌云感慨完，对谢阮道："此番是为寻找《封诊悬案录》，不如你我分层寻觅。"

"甚好！找到了说一声。"

二人分别上了不同楼层，一番搜寻，李凌云看到药草、皮革之类的物件，突然他听见谢阮在头上喊："是这里了！大郎快上来。"

闻声，他直奔第四层，只见此层几个房间中，都安置了类似药柜的木柜。

谢阮兴奋地手指柜子。"上面写有案情提要，只要找到和猫或蛊有关的就是了。"

李凌云一个个看去，突然，角落里的木柜吸引了他的目光。在木柜上所贴的那张陈旧不堪的纸上，以李绍的笔迹写着三个漆黑大字——猫妖案。

除此以外，字条上再无其他内容。

"三娘过来——"

见柜上三个字，谢阮双眼圆睁："猫妖？会是它？我看那边还有案子，也和猫有关。"

"待会儿一起拿走……"他看着那个柜格，"可我有直觉，这一桩，必是我们要找的猫鬼蛊案。"

说完，李凌云伸出手，小心地拉开那个木柜……

黄昏，洛阳大街上人少了许多，但仍有百姓趁着街鼓未敲，匆忙赶路。

"有人奔马——"不知谁发出惊叫，随后传来男子怒气冲冲的呼号："让开——要命的躲到一边去——"

徐天和李嗣真骑着马，飞奔在直通城南的大街上，他们正赶去狩案司，好看看那猫鬼蛊案的细节。

此刻徐天心情相当恶劣，自打发现有多起蛊猫伤人致死的案子记录，他便一直怀疑，这种蛊是被人故意放出来的。

就在三日前，李凌云还对他证实，将沾染蛊猫唾液的手巾晒干，再擦拭封诊鼠的伤口，并不能令小鼠染上蛊毒。由此表明，最初那只蛊猫，是经人豢养，再放到畿县中的。李凌云还告诉他，这种蛊很可能就是在隋朝发作的猫鬼蛊。徐天当时只觉得，自己的脑壳就像街角狗肉铺的汤锅，沸腾着乱成一团。

于是，他等不到街鼓敲完，便冒着纵马伤人的风险，一路奔向狩案司——毕竟他知道，若此蛊蔓延，那就不是丢官的事，只怕脑袋都得搬家。

匆忙赶到，徐天等不及马停稳，便飞身冲了进去。李嗣真可没这么好的马术，等他把缰绳递给官奴时，徐天早没了影子。

李嗣真前往正堂，大老远就见徐天背对着他不动，正觉古怪，他进门一看眼前，也愣在当场。

正堂之内拼了两张长桌，桌上安置着一个宅院沙盘，该宅院间架结构，厢房堂屋一如现实屋宅，只是尺寸细小。屋内摆设精致小巧，瓦片窗棂纤毫毕现，连厨房的半圆形宽菜刀以及书房的文房四宝都齐全。

李嗣真下意识地看向李凌云："这是……"

"猫鬼蛊相关案子的宅院小样。"李凌云将一本泛黄的案卷放在旁边，"我们叫作封诊盘。民间也制沙盘，通常用于战时将领推演军事，我们封诊道会复原案发时的场景，用于弟子教学，以实发的案子来使弟子直观感受封诊。与猫鬼蛊相关的场所，都被官家彻底焚毁，这座是我阿耶特意制造，用来记录这桩疑案的。"

李凌云小心揭开其中一块房顶。此屋造型奇特，墙面以砖块交叉构成许多小方孔，其中躺着一个泥雕小人，小人袒胸露腹，胸腹被剖开，内脏拖拽四散，房间内有许多细微血迹，很显然，这就是李凌云所说的"直观感受"。

谢阮低头端详："我见过烧陶制品，不过一般在丧事店中是用来陪葬的。陶制房屋不过是略具形状，绝无这等精细……这些材质都和真实的一样？"

"不错，除了人偶为泥塑的，其他材质都务必求真，菜刀由真铁打造，甚至磨出刀口。"李凌云见谢阮去拿菜刀，却并未拿得起，又解释说，"为保证记录的情状不被损坏，这些东西都用特制的胶粘在屋内了。"

谢阮有些可惜地放手："你们封诊道如此忙碌，还有空制这玩意？"

"封诊道天干十家，地支十二家，都有自己的看家功夫。"李凌云把屋顶盖回去，"干支十家分别是：精通封诊盘复案①的王家；专门制作和改进封诊器具的张家；专研毒物、迷幻药的公羊家；通识手掌印、指印的丁家；对各种人的足迹、牲畜蹄印、禽类爪印、小型兽类和昆虫爬痕等了若指掌的周家；对工具痕迹尤其有兴趣的胡家；研制各种兵器造型、来源、制作工艺的杜家；精通风土民情、吃穿住行、习俗的何家；研究各类职业，如刺客、手艺人等的段家；其中格外擅长医道的，就是我们李家。"

"那地支呢？"谢阮兴致勃勃地问。

"地支擅长的是道术、机关术、言语询问之类的偏门手段。天干、地支分开已久，如今我也不清楚地支不同家族具体擅长何技，只是作为封诊首领家族，肩负传承，所以天干十家的大部分研究所得，都汇聚到首领家族，整理成册，下发给弟子研习，当初地支应当也不例外。由于李、杜两家擅长医术和兵器，所以我们两家的技术也会供给朝廷，历朝历代，李、杜两家多出封诊道首领，也与首领要和官府打交道有关。"

"李大郎，别说你们那些事了，"徐天焦急地手指沙盘，"你急匆匆让人到大理寺传讯，不是说此案非同小可吗？到底是怎么个非同小可法？"

"本案不只和猫鬼蛊有关，我怀疑，它也和地狱案有关联。"

"什么？"徐天和李嗣真同时惊叫，二人互看一眼，徐天肃容道："大郎的意思是，猫鬼蛊和地狱案都牵连那幕后邪教？"

"不错，你们来看这《封诊悬案录》的记录……"

李凌云正要展开册子，李嗣真突然按住他的胳膊，手指压在唇上，做出"嘘"的手势，随后以口型示意："有人偷听。"

徐天反应极快，同样用口型问："哪里？"李嗣真指指房顶，徐天反身出屋，足下发力一跃而上，手捉着檐角借力，将身体荡上屋顶。三人只听头顶瓦片巨震，一会儿徐天怒火冲天地跳下来："好手段，老夫已是第二次放脱此人了，怕不是个属耗子的，溜得忒快了些。"

---

① 重建现场。

"你可看到那人长相？"谢阮问。

"不曾看到！"

"徐少卿都让他跑掉两次了，竟连个照面都没有！"

"谢三娘你——"徐天正待发飙，李嗣真打断他："此人必是冲着案子来的，自第一桩地狱案起，此人就游荡在我们周围了。"

李凌云不解："这么久了，为何李寺丞此时才说起？"

"对啊！"谢阮也醒过神，"之前怎么不讲？"

"之前是……唉……"李嗣真长叹，"李大郎，我也打开天窗说亮话，当初某被天后安排进狩案司，二位可不见得乐于接纳啊！"

听见这话，谢阮面色一红，李凌云倒无所谓地点点头，肯定了李嗣真的说法。谢阮见他面不改色，小声嘀咕："你脸皮倒厚，听不出好歹来。"

李嗣真继续道："要是我一早说了实话，你们未必听我的，当时我对二位也不了解，故而心存疑虑，将此事按下。而且，我还曾怀疑是案主让人盯着我们，若当时因为小事一惊一乍，只怕后来要让二位信任我，就更困难了！"

"……也对。"谢阮摸摸鼻子，"要是查出只是案主派的人，大概我们会更排斥李寺丞。"

"我就知道，"李嗣真双手一摊，"不过怪不得你们，你们对我不知根底，我只好等了又等，确定此人在寒冰地狱案后仍跟着我们，我便告诉了徐少卿，只可惜没当场抓获。"

徐天点头："跑得太快，这家伙机敏得很。"

"现在呢？李寺丞觉得等到时机了？"谢阮哼笑。

"是啊……不怕告诉二位，我进狩案司，实际上是得到狄公的推荐。我虽只是耳力灵敏，但也并非不会看人。二位为天后所差遣，办案向来公正严明，并非凭一己好恶，想来也不会因为说出情形的人是我，就另眼相看。加上崔药师一案，我和大郎一同突破山洞，也算彼此有些情谊了，所以，我现在将一切和盘托出。"

说到这里，李嗣真拱手道："此人上次在大理寺被发现，一溜烟就没影了，今日又是如此。我数次听其脚步声，察觉此人下盘极稳，必是个练家子。他屡次偷听，恐怕会滋扰查案，还请二位一同想办法把他给抓起来。"

"纯靠武力捉拿此人有难度，"徐天抱胸粗声道，"以我功底两次失手，必须设下陷阱，方能攻其不备。”

“不妥，”谢阮反对，“若在外出之时，难以设陷，只能在狩案司或大理寺这样的固定之所，可是既是固定所在，有一点动静都会格外引人注目，此人能跟进大理寺，必能察觉有埋伏。到时候只怕空做一场安排，还是逮不住人。”

谢阮此话一说，李嗣真和徐天都傻了眼，一直没吭声的李凌云却开口道：“我有办法。”

“什么办法？”

李凌云手指桌上细致精巧的封诊盘，道：“办法，就在这里。”

大明宫中，摆满各色牡丹的华丽阁楼上。夏日微风吹拂着淡色烟雾般的帷幕，幕中大红毯上，武媚娘身着红白二色罗裙，披了霞色帔子，斜斜靠住凉玉椅子。

在她对面，着一身鹅黄的上官婉儿小声念着密信。

武媚娘抚着她怀中的小黑猫，笑道：“李大郎这小家伙，总有许多奇思妙想。断案就断案，怎么还修起屋舍来了？”

放下密信，上官婉儿捉着衣袖，缓缓磨墨：“这回他就一个要求，天后可要照准？”

武媚娘挠着小黑猫的下巴，感觉小猫发出呼噜声，她低头看着黑猫脖颈上的“静”字金牌，叹道：“冤孽终是要解的。既然要修，就让他全都修了吧！什么只复原和案子最相关的几处屋舍，消耗不大云云，搞得我像缺这点银钱似的。”

“可不是？”婉儿扑哧一笑，“要我说，这个李大郎也着实有趣，但凡他自己写来的书信，都像是写给长辈看的，总有些为您打算的意思。”

“哼！谁知是不是谢三娘那没良心的小东西为他捉刀？”武媚娘捏着小黑猫的后颈皮，拎起来看了看。那小黑猫也不挣扎，愣愣地看着她，一副乖巧模样。

“打小就是这样的性子，乖乖巧巧，又不怎么说话，也不知心里头想什么。”她把小猫搂在丰满的怀里，指腹摩挲着温暖的皮毛，“告诉他，朝廷马上要迁徙，再给他几日工夫，人手不够就找凤九郎，凤九郎那儿有的是修建鬼河市的工匠，总之，在我和天皇动身之前，若还没结案，就让他封诊道自己掏银子来填账。"

"天后说的也是长辈之言呢！"婉儿笑得差点把字写偏。

武媚娘支起身子，伸个懒腰："算来我也是这孩子的正经长辈了，李公的案子还没查出结果？怎么没听他说？"

"三娘传书中说已结案了，李大郎和杜公所见略同，李公正是被那些反对天后的人所杀。说是最近李家要改建祠堂，等妖猫案和地狱案了结，便给李公治丧。兴许是李大郎觉得没什么新东西，故而没有上报。"

"没良心的小东西，我与李公何等关系？哪怕没有新发现，也应当说一声……"武媚娘吩咐，"你叫三娘在东都宫库中搜罗些东西送过去，据胡氏、李大郎的年岁，送些合适的布匹绸缎，李公不在，封诊道给李家的供养未必足够。"

"天后对李公果然不同，只是三娘提过，李大郎还有个孪生弟弟叫李凌雨，那制衣的布料得送双份呢！他好像不修封诊技。"

"两个儿子？李公啊李公，你还真是不想我知道家中情形……"武媚娘叹罢，问道："这李凌雨可有读书，有否出身？"

上官婉儿可惜道："李凌雨有怪病，不能见太阳，说是一旦阳光照射就会危及生命。"

"这病可够古怪，不能见光，岂不是活像个鬼魅？"武媚娘道，"再恩赐李家一些金银，那李大郎小小年纪，一人要养一大家子呢！"

洛阳南郊，距城墙颇近的一片树林里，工匠忙碌地修葺着屋舍，不时有车运来砖瓦木料，工地上无比喧闹，人人忙得满头大汗。

看着大群工匠来回奔忙，谢阮对几个豺面人道："多亏九郎让你们带人帮忙，否则就这么几日，恐怕无法完工。"

其中一名豺面人笑道："主人吩咐自然要尽量做到，封诊道这复原技艺极为独到，竟可做到分毫不差，要不是有指引，我们绝做不了这么快。"

他转身吩咐几个同袍："各自散开，瞥见有人偷懒便打一顿！"

几个豺面人闻声而散，李凌云久久盯着其中一人，引起了谢阮注意："我怎么记得，你之前在道术坊的酒楼就盯过他？"

"还是觉得身形眼熟……"李凌云道，"像子婴。"

谢阮张望片刻，摇头道："子婴死了好久了，就算他活着，身高也不一样。"

"子婴那时如不死，也有可能长高。"

"他已经死透了，走吧，你们封诊道的人说，复原关键还需你一起弄，快走快走——"不肯让他继续纠缠，谢阮把李凌云拖上了工地。他们经过那名豸面人后，那人回头望向李凌云，发出沙哑的笑声。

随后他走向屋舍围墙外。一群人正用夯土木槌捶打地面，有人在夯好的地面上撒了层石灰，又在上面垫上一层土。铺完一块，这群匠人就移向下一块，并互相提醒，不要踩到刚才铺土的位置。

豸面人看了一会儿，双手抱臂，疑惑地歪了歪自己的豸狼面具，舌头从他嘴里吐出来，看起来滑稽极了。

"李凌云复原案件屋舍时，在墙外做了古怪布置？"

废宅里，明珪在书桌后抬起脸孔，他脸上仍有笑意，眼中目光却冷如寒冰。

"是。"子婴催动机关，豸面从他脸上滑落。接住机关面具放在桌上，他倒了一大杯水，咕咚咕咚灌进嘴里，才继续道，"混了石灰，会不会是为复原时避免蚊蝇滋扰？"

"何不扎艾蒿熏之？"明珪摇头，"我看不是驱除蚊蝇，或许是要隔绝地上的虫豸。"

"蚂蚁，还是蜈蚣？"子婴猜测，"可重建当年死人的房屋，不会有人入住，提前驱虫意义何在？"

"的确奇怪，"明珪思索片刻，"你好好想想，工匠所做步骤，是否有别的怪异之处？"

"这个吗……"子婴仔细回忆，"其余倒没什么特别，唯独石灰，如要除虫，难道不应当用生石灰粉？那石灰看着却大多有结块。"

"结块？"

子婴肯定："是，有些结块，还需要用手捏开。"

"石灰粉除虫效果更佳，石灰结块，必然掺了什么湿的东西，或是容易吸水之物，"明珪狐疑地眯起眼，"只是……到底是什么呢？"

子婴叹道："要是阿东师兄未被发现就好了，可以继续前往狩案司偷听，或许能知道老师的企图……"

"等一等，我倒是想起来了，"明珪提笔蘸墨，在纸上写下"李嗣真"这三个字，"这个李嗣真发现阿东之后，徐天便追了出来，虽没抓获阿东，但屡次有人偷听，他们绝不会毫无应对。加上当时李大郎在场，他也知道，有人一直在跟着李嗣真……"

"所以？"子婴一头雾水，"师尊的意思是？"

明珪哼笑："我之前听说他们运送砖石木料，就知道李凌云是要重建案发宅院。当时我有些疑惑，封诊道天干制作封诊盘，技法极为高妙，这种东西我见过，若用熬出的树脂当材料，甚至能做出波光粼粼、游鱼栩栩如生的奇效，封诊盘的匠艺，也被用于还原战场，一草一木都能描绘，何况只是一座宅子？"

子婴总算听出门道："师尊是说……老师全无必要修建宅院才能破案。那他如此费力却是为何？我分明听在场工匠说，是凤九命他们从鬼河市前来协助的，这也是天后的意思。"

"你师父不开口，天后岂知有人能重建案发之所？"明珪淡淡道，"他修宅院，就是为了捉拿跟踪者，就算有其他目的，这一个，也是最紧要的……"

数日后，东都郊外，李凌云等人连同大理寺劲卒，一同站在新落成的宅院门前，看着凤九指挥匠人，将涂金的黑匾挂在门前。

"……什么玩意？"徐天大皱其眉，"用来破案的宅子，有何必要挂上匾额？老夫来看看上面写的什么……静安苑？"

徐天狐疑道："李大郎，此宅当年就叫这名？"

李凌云同样疑惑："并非如此，据案情记载，此宅主人姓郭，当初的匾额上只有'郭府'而已。"

"是天后的意思，"凤九双手插在紫色道袍的宽袖里，飘飘忽忽地朝众人走来，"天后说此宅将来有用，遂赐名静安苑。你们查案，这个宅邸叫什么名字都一样查，不必在意。"他压低嗓音，"不管怎么说，出钱的都是天后，这点小事就别计较了。"

"不是计较，"李凌云认真道，"而是这个静安苑的'静'字，我觉得和此案有关联。”

凤九面露狐狸笑：“哦？那大郎觉得有什么关联？”

“此案中死者是郭府主人，名叫郭孝慎。他的夫人因目击了惨状，肝胆俱裂而死。而这位夫人，和案卷中常见记录为某氏不同，被称为青争夫人。自古而今，能有夫人之称的，常为帝王后宫，抑或有诰命在身的女子。如今天后叫此间静安苑，青争相加，正好是一个‘静’字。”

“对啊！”徐天摸摸乱草般的胡须，“莫非天后认识此女？”

“有些渊源。”凤九爽快地肯定。

“难怪，”李凌云垂下眼帘，“当初我说只重建几个屋子，天后让完全重建，因为这牌匾，倒是解惑了。”

他看向凤九：“我还有一事，想要问问九郎。”

“但说无妨。”凤九从袖中拽出白玉如意，轻轻敲起后背来。

“徐少卿、李寺丞，各位可以顺道听一遍案发时的记叙，”李凌云侃侃而谈，“当年案发时，传闻青争夫人在家中豢养黑猫，还有一间石屋专门用于养猫，其中设有祭坛。而死者郭孝慎因厌烦，曾烧过此屋，只是救护及时，没有烧毁屋舍。之后青争夫人又命人修缮，并重新放置了祭坛。

“这间屋，也是郭孝慎送命之所。据我阿耶留下的《封诊悬案录》所载，案发时是深夜，郭孝慎全身赤裸，被人放置在祭坛上，胸腹被剖开，一众黑猫正啃食他的尸首。在他身边侍奉的饲猫小婢，饮下剧毒，跪倒趴伏在地而死。青争夫人的尸首在门外，身穿内裳，府内为她打灯笼的仆人说，清晨她照例起来看猫，见丈夫惨状当场吓死。也是这个仆人，惊慌失措跑去报官，一路大声号叫，说猫妖吃人，在当地就有了猫鬼为害的传闻。

“那时正值当地瘟疫爆发，许多百姓便将此案和瘟疫关联起来，认为青争夫人饲养猫鬼蛊，遭蛊反噬，要了自己丈夫的命，猫鬼蛊化为猫妖为害人间。民间传闻中，猫鬼蛊戕害的是富裕之人。郭孝慎家中做文房四宝生意，也算豪富，他家附近有人从商，却逐年贫困，当地富商无不认为，青争夫人用猫鬼蛊攫人财富，这些富人开始四处求神，寻觅解蛊之法。眼看情形失控，周边县也出现了类似之事，县令不得不遍寻破案高手，务求尽快破案。谁知，他正好求到了我们封诊道的王家。”

听到这里，谢阮忍不住插嘴：“这个王家，就是你说的擅长制作封诊盘的王家？”

李凌云点头：“正是，机缘巧合，由于传闻都说猫妖害人，再没人敢靠近案发现场，尸体仍在宅内，整个宅子都被封了起来。王家人到了现场，忙着封诊，奈何瘟疫越来越严重，封诊道在乎弟子安危，遂迅速记下情况，便退出此地。”

“那……后来怎么样了？”李嗣真问。

“后来人们发现，越靠近郭府，染上瘟疫之人就越多，大家也越发认为，瘟疫是猫鬼蛊化为猫妖作祟引起的，当地便将郭府和附近发生瘟疫的住家一把火烧毁，什么都没留下。”

李凌云叹道：“所幸王家有独门绝活，去过郭府的弟子，重建了陶泥沙盘，沙盘也被保留下来。由于当地县衙没有继续清查，此案遂成悬案。”

“当地县衙已相信是猫妖传播瘟疫，烧毁房屋也是对百姓表态，此时怎可能继续查？”谢阮摇头道，“按大唐律，畜蛊害死这么多人，那青争夫人犯下的是十恶不赦之罪，他们就更不可能去查猫妖案的真相了。”

“然而，那瘟疫可能只是偶然，未必就和此案有关！”李嗣真道。

“我想，应该也有人是这么想的，九郎，你说呢？”李凌云突然话锋一转，凤九郎挑眉看来，露出极好看的笑容，口中却道：“大郎说话让人听不懂。”

“这桩案子被我阿耶记录在册，可封诊道手中悬案无数，此案为何能进了我阿耶的眼？”李凌云并不打算放过凤九，“我阿耶特意誊抄整理成《封诊悬案录》，其中必有缘故。九郎可否明示，当年我阿耶是否受天后之命，查过此案？”

“大郎多虑了，”凤九用如意轻拍手心，正色道，“你看看这是哪年发生的事。当时天后刚从感业寺回宫，尚在王废人身边侍奉，你觉得她能使动你阿耶吗？”

“……似乎有理。”李凌云颔首，“但我始终认为，这个青争夫人，和天后之间存在某种关联。”

凤九哈哈一笑。“破了案子，你想知道的都告诉你。”他提醒道，“只是，你还是将气力都用在这案子上吧！此案和地狱案，大郎是怎么联系到一起的？”

“那个婢女，据验尸首所算时辰，她和郭孝慎几乎同时死去，且自服剧毒，和地狱案中下人杀主的情节颇有异曲同工之处。只是房中并未发现古怪造像，尚需仔细验证。”

李凌云对凤九叉手恭敬一礼：“九郎记着，破了案子就告诉我真相。”

“记得了记得了，你们这些小孩子，平日对你们好都没用，只会为自己讨债。"凤九嘟囔着，看李凌云等四人走进院门，他瞥了一眼门口的牌匾，目光落在那个"静"字之上。凝视许久，凤九郎才带着自己的人，离开了这座特制府邸。

虽然心中早有准备，但众人进入府邸，仍为眼前所见感到无比震惊，尤其是看见封诊盘放在一具古怪的木质机器上，被力大如牛的昆仑奴扶着，一步步倒腾两个木足，来到他们身边之后。

谢阮心道："莫不是木牛流马？"她已习惯了封诊道时不时拿出些古怪玩意，好奇地摸了一把。

除了李凌云，其余三人一面环顾府邸院落，一面和那封诊盘对照，也不知封诊道王家和鬼河市的匠人如何配合，连院中一花一草都和沙盘上一样，一株不多，一株不少。

只见静安苑坐南朝北，双开大门，进门是个回字形走廊，靠西边是一间花厅，为宴饮招待之用，靠东面有一排小房，一间是放轿子的轿厅，另两间是几个下人的居所。正南面则是会客的前堂，屋内一水白瓷，其中还挂有山水花鸟画作，布置得相当雅致。

众人向前走，穿过前堂是小花园，依旧是回字形走廊，花园西侧是书房，东侧是接待亲友的客房。花园正南是主人卧室，也就是平时郭孝慎、青争夫人的居所。

站在花园里，谢阮叹道："郭家有钱，且装潢不俗，是有家学渊源的人家。"

李凌云接过话头："据《封诊悬案录》所载，郭孝慎的父亲是当地富商，也是个读书人，因家贫弃学从商，贩卖笔墨纸砚。大唐流行诗书，又有科举取士的途径，自然有许多读书人，干这一行之后，他便逐渐发家致富。然而商户微贱，正因如此，郭孝慎的父亲喜欢与读书人打交道，而郭孝慎打小受此洗礼，立誓要考取功名，这些都是郭府邻居讲述的。据说在郭孝慎娶妻后，他父亲便大手笔地给了他这套宅子，愿他先成家后立业，助他考取功名。"

谢阮环视宅邸，感慨道："买下宅院时，他父亲只怕想不到，他后来会惨死于其中，更因为猫妖传播瘟疫，连尸首坟头都没留下吧！"

"郭孝慎死后，其父被百姓责问，加上丧子之痛，后来举家搬迁了。"李凌云来到花园西南角，推开一扇木门，众人由此木门进入后院，发现后院不大，建有厨房、水井、茅房等。

后院东南角有一朝西建筑，约一间双人卧室大小。李凌云手指门扉："这里便是青争夫人的猫舍，是后来加盖的，双开木门，未悬挂任何标志，从外面粗看去，就是一间普通房屋。"

推门而入后，众人发现这猫舍墙上没有窗，只有少量砖砌的十字花模样的小孔。正对门的是座祭台，祭台由砖石垒起，上面挖了九个比碗口大一号的凹陷，呈莲花模样，九个莲花状凹陷排成了一个圆圈，在圆圈中间是一个更大的凹陷，其中雕刻着一簇火焰。

"……等一下，"谢阮来到祭台之前，倒抽了一口气，"一、二、三、四……共九朵莲花。"

她抬头看向众人："火山地狱案中，也是九莲抱着一簇火焰，莫非当真有关？"

"但那些莲花朝向火焰，这些莲花却不然，只是平平向上啊！"徐天道，"我觉得未必相关，或许只是巧合。"

"哪儿有处处巧合的道理？"谢阮不服，"那婢女在主人被剖腹后服毒而死，和两桩地狱案何其相似？处处巧合，便绝非偶然，这个道理都不知道，还好意思说自己是老刑名？"

"二位不必吵，查完结案，自有分说，"李嗣真连忙打哈哈，"不如继续往下看？"

谢阮看着那些莲花坑，好奇道："为何挖坑？要在此处放东西吗？"

"猫，"李凌云道，"里面放的是猫。"

"猫？"另三人异口同声。

"那个报官的奴仆，后来也染上瘟疫死掉了，但死之前已留下他的叙说。青争夫人嫁到郭府时，陪嫁中就有一只黑猫。后来在这猫舍之内一共豢养着九只猫，一只就是陪嫁的老黑猫，脖颈上据说还挂着青争夫人的生辰八字。青争夫人体弱，而猫有九条命，她把自己的八字放在老黑猫身上，命格就会变得强壮。至于另外八只，都是老黑猫到郭家之后产的崽。九只猫每次吃完饭，都会蜷在莲花坑中休息。其中有一个莲花坑，据说是老黑猫专属的位置。"

谢阮伸手丈量了一下坑洞："不说还不觉得，此洞正好适合猫蜷在里面。"

李凌云瞧着祭台下面摆放的两个黄色蒲团，指向右边，众人发现一根倾斜的木头，木头抛光刷油，斜面平整，依次挖出九个坑洞，洞中摆放白瓷钵盂。

"这是猫吃食的地方。食物为鸡、鸭、鸽子等家禽的肉及内脏，饲喂完毕，仆婢就会过来打扫，清洗饭碗，倒入清水。"

"猫倒比一般百姓吃得还好。"谢阮摇摇头，"青争夫人养的是不是蛊猫不知道，至少看得出，她养得极其用心。"

"的确如此，"李凌云又指左边，在那空旷平整的地面上，立着许多高矮不一的木柱，约有人腿粗细，上面密密地缠绕着稻草绳，最高的，可至屋顶边缘，每根木柱上方都钉着一块木板。

李凌云打了个手势，阿奴随即将封诊盘固定在屋中。

待阿奴出门后，谢阮跑到木柱旁的沙池边，左看右看。"为何用砖头砌这样一个沙池？"说着她蹲下捏捏沙子，惊道，"此非河沙，而是干燥后蓬松的白海沙，宫中也有此沙，用来铺设造景或种植一些根系需要透气的外邦花草。"

"海沙不少见，运往内陆却很靡费工本，青争夫人蓄的这池沙不便宜，她到底要用这个来做什么？"谢阮话音未落，阿奴与六娘已折回，他们手中提着笼子，笼内是正在喵喵大叫的猫。

"关门，放猫。"李凌云一声令下，阿奴将房门紧闭，放出笼中的猫，只见那些猫在屋内嗅来嗅去，并不怕人。

"因老鼠喜欢啃噬尸首，所以我封诊道也掌握一些灭鼠之法，其中最立竿见影的便是豢猫灭鼠。这些是我封诊道豢养的封诊猫，其性情与青争夫人长期豢养的黑猫近似，较为温和。"李凌云又做个手势，阿奴取出一个油绢袋，从里面掏了些血糊糊的碎鸽子肉，放进猫碗。那些猫，一部分过来进食，另一部分则对木柱颇感兴趣，在上面磨起爪子，还有几只直接攀爬到末端的木板上，悠闲地梳理起毛发来。

此时有一只黑白花猫，进食到一半，转头跑到谢阮跟前，爪子挖开沙子，蹲下舒爽地拉了一坨奇臭无比的屎，旋即自己刨沙埋上。

谢阮见状忙丢掉手中沙，苦笑道："这下我知道沙子是用来做什么的了，青争夫人好大的手笔，这猫过的当真是神仙日子，宫中养猫也不见得这般细致。只是，你在这儿放猫作甚？"

"一会儿有用。"李凌云让六娘在新的封诊册上记下喂猫时辰，随后打开木质机器，从里面拿出几套衣裳。

其中一套白色内裳被他递给了李嗣真，后者朝他眨巴眨巴眼睛，明显不解其意。

"因当年封诊场所已然灭失，我们不如就地重演一遍案发情境。"李凌云又拿出两套衣裳，一套是粉青相间的婢女衣物，另一套是灰黑色的仆人衣物。

谢阮见他将仆人衣物交给徐天，却未把婢女的衣裳递过来，奇道："你拿着女人衣裳做什么？"

"据记载，死亡的小婢身高五尺六寸六分左右，而死者郭孝慎身高五尺八寸三分。我们四人中，以身高比值计算，我扮婢女，李寺丞扮死者比较妥当。"

"那我演谁？"谢阮道，"别说我没个角色。"

"你的身形也与小婢相差无几，那就做我的副手，也扮小婢，协助我断案。"李凌云抓抓脑袋，又抖出一套内裳。谢阮喜滋滋地拿着去别屋换了。

回来一看，此时的徐天像个肥头大耳、整天偷主家吃食的仆从，李嗣真披头散发，像鬼，而穿着婢女衣裳的李凌云，则伸手提了提往下掉的齐胸襦裙，见她看过来，解释道："当晚郭孝慎被害时散着头发……这裙子怎么老往下掉？"

谢阮见状大笑："还不是因为你没胸？"

她的笑声差点惊着蜷在莲花形凹陷中休憩的几只猫，李凌云早习惯她这脾性，先拽着"郭孝慎"，展示他身上的内裳："发现了吗？他穿的内裳只有最里一层。"

"对哦！"谢阮低头看看自己身上，"我的是两层。"

"这层里衣通常是睡觉时贴身穿着的。郭孝慎的尸体被发现时，虽敞开胸腹，但从其身上穿的衣物看，并没用力抓扯的迹象，可见他就是穿着这身衣服来到猫舍的。遇害之前，没有和人打斗，如此看来，郭孝慎当时要么是中途醒来，要么是正欲睡觉。"

此时阿奴送来封诊箱，李凌云从箱中取出黄铜卷尺，在祭坛上丈量一番，然后用石灰柱画出人形，让李嗣真脱下鞋袜躺上去。

李凌云道："郭孝慎当时就死在这里。"说着，他绕着李嗣真走了一圈，蹲下用手拍拍他的脚底板："郭孝慎的尸首并未穿鞋，脚掌也未沾染尘泥。"

谢阮惊道："你会不会记错？果真没穿鞋子，脚底还干干净净的？"

"那本《封诊悬案录》我可以倒着背，要听吗？"李凌云一说，谢阮连忙摇头："不听，知道你记性好得很，继续。"

"郭孝慎死时，在猫舍祭台上留下大片血泊，血从人身体中大量流出，就会形成这样的片状血泊，三刻到一个半时辰内血泊开始干燥；一个时辰后，干燥由边缘向中间扩散；四到六个时辰，血泊大部分干燥，仅中间有浓缩黏稠的血迹；六到八个时辰，除中间较小的部分没有凝固外，其余部分完全干燥变硬；十八个时辰后，血泊形成裂纹，边缘与血液附着之物分离翘起。

"发现他尸首时，祭台上的血迹已完全干燥，由此可判断，血液从流出到开始封诊，过去近八个时辰，而我封诊道弟子的封诊时间是未时（13时至15时），也就是说，死者被剖腹是在丑时（1时至3时）过半。据仆婢描述，郭孝慎每晚都要看书到子时(23时至次日1时)，洗漱后睡下也要接近丑时，这与推算相符。被害当晚，府中仆婢并未发现异动，只是其中一个，在子时过半出来上茅房时，经过郭孝慎书房，发现灯还亮着，此时青争夫人以及伺候她的下人都早早地睡下了。"

"郭孝慎为何睡在书房？"谢阮觉得奇怪，"青争夫人和他有矛盾吗？"

"是，"李凌云肯定道，"郭府的仆人说，青争夫人的母亲来自显赫世家，郭孝慎娶青争夫人时，并未得到嫁妆，反倒给她娘家许多聘礼。郭家娶妻本意就是助郭孝慎官途顺畅，而青争夫人从小体弱多病，姿色平平，郭孝慎对她本就没有什么感情。后来他进京赶考未能中举，回来酒后对青争夫人拳脚相加，还纵火烧了一次猫舍，猫从花格缝隙中惊跑，直到王家弟子封诊时，仍能在砖上找到猫逃走时蹭下的黑毛。"

"是否有矛盾姑且不说，那郭孝慎未穿鞋，脚底还干净无比，难道他从书房到猫舍，是犹如鬼魅一般飘过来的不成？"

躺在地上的李嗣真一边说，一边忍不住抓了抓脚趾，觉得脚底发凉。

"这就要麻烦李寺丞证明一下我的猜测了。"李凌云伸手拉起李嗣真，让他趿拉着鞋来到书房。

李凌云把鞋放在案卷记录的位置，接着对李嗣真道："李寺丞尽量放松身体，其余我来做。"

李嗣真依言躺在床上，李凌云上手将其背起，一步步把他背到猫舍祭坛上小心放下。

李凌云微微喘息："我的身长体重与那婢女近似。加之婢女整日做些粗活，其力气或许比我还要胜上许多，以此看来，婢女把郭孝慎背到猫舍中，是很有可能的。"

望着躺在祭坛上的李嗣真，李凌云继续道："第二天一早，郭孝慎的尸体就被官府发现，我封诊道弟子于当日下午就被请去。因猫舍内摆设少，且处在背阴处，尸体腐坏得并不明显。观察郭孝慎颜面，发现其面色苍白，嘴唇青紫，符合失血过多、血脉无法运送元气至身体各处造成的死亡情形。

"与此同时，祭台上血迹集中，多为流淌状，没有喷溅状血痕，说明其身体的关键血脉并未破裂，而除祭台之外，其他地方没发现血迹，所以剖尸是在祭台上进行的。"

李凌云伸手解开李嗣真内裳的系带，左右打开，露出腹部，用冰冷的手指沿着胸腹一线滑过。李嗣真又惊又痒，却不敢动，表情极为扭曲。

"弟子们看过现场血迹，认为从出血量看，足可致人死亡。但奇怪的是，郭孝慎双脚并拢，双臂舒展，双手手指没有灰尘，说明被人剖腹时，他无任何痛感，因此不曾挣扎。由此分析，存在两种可能：一种可能是，郭孝慎在书房已经被杀，尸体尚未僵硬便被抬到了猫舍，腹部被剖开。另一种可能是，郭孝慎被迷晕后，在猫舍里被活剖。"

"活剖？这么残忍？是怎样的深仇大恨啊！"

不管徐天的感叹，李凌云冷冷地扫视着李嗣真的身躯，继续道："书房你们方才看到了，进门是书桌、软榻，书桌屏风后是休息的床榻，房中没有任何打斗痕迹，那里不是杀人现场。郭孝慎全身除了腹部被剖开，并未发现多余伤口。而且，其腹部是被非常锐利的刀一刀剖开的，刀口边缘有大量血迹，可见被切腹时，他的血脉还在流动，换言之，他可能还活着。"

"未必吧！"李嗣真起了一身鸡皮疙瘩，"如果人刚死，刀口一样会有血迹啊！"

"没错，不过其中最大的差异，便是血脉是否还在运转。死人如果马上被剖开，固然会流血，但其流出的血量和活人不一样。活人被剖腹，血脉尚在运转，一旦出现伤口，血液就会随伤口流出，直至其死去，因此活人剖腹的出血量特别大。若是死人，因其血脉运转已停，流出的仅是血脉中残留的少量血液。

"另外，因腹部没有关键血脉，出血缓慢，所以活人被剖腹后，不会立即死去，会在一百多息之后进入濒死状态，如没血液补入，人会很快死亡。虽说一百多息的时间并非很长，但人只要活着，出血的身躯便会自我修复，在血脉中产生凝血。若此人死前无重大疾患，能在伤口处发现凝血、结痂，抑或在血脉中存有凝血产生的堵塞，以上都可以用来帮助判断此人是不是被活剖的。"

"原来如此。"李嗣真苦笑，"看来'我'死之前，可是遭罪不小。"

说着，他一骨碌爬起来，奇怪道："不对啊！剖腹会痛一百来息，必是剧痛，不可能腹部被切开，依旧没有一点反应。李大郎你说的那种迷药如此强大，倒是让我想起了……"

"老夫也想起了那个东西，"徐天抱着臂膀，"寒冰地狱案中，含着珠子的倒霉鬼，不也是这么无知无觉被活活冻死的？"

谢阮眉头一紧："此案和地狱案果真有些关系。"

"还不能完全肯定，"李凌云道，"我们再去一下书房。"

三人颇有不解，等到了房中，看见小几上的卤驴肉和酒壶，更是一脸莫名。李凌云让李嗣真在床上坐下，吩咐道："烦请李寺丞大口吃肉，就着酒壶喝酒，尽管吃快喝多一些。"

李嗣真只好照做，飞快地吃了几块肉，提着酒壶咕咚咕咚灌了几大口，李凌云连忙叫停，上前查看他的衣袖，发现其衣袖和右手上都有油渍："封诊弟子当初记录，他胃囊内有少量肉糜，肉质很粗，颜色较深，是卤过的驴肉。其胃中肉糜清晰可见，可见咀嚼不是很细，闻之有浓厚酒味，应该是在大口吃肉，大口喝酒。也就是说，这些驴肉刚吃进去，他就被迷倒了。"

谢阮问："他吃这么急做什么？"

"下人说郭孝慎喜欢小酌，而看书时从不喝酒。他死时衣衫单薄，在双手及衣服袖口有油渍，说明其吃肉喝酒时已是这身打扮。"

李凌云手指床尾，在那里有一套折叠整齐的蓝色袍服："外袍整齐，袖口、领角都叠得恰到好处。郭孝慎养尊处优，绝非出自他手，当夜为他叠衣的，应该是一名女子。"

徐天顺手拿起一块驴肉塞进嘴里："脱衣就是为了就寝，为何还要喝酒吃肉？难道说，他本身有这种习惯？或者，家中突然来了客人？"

"明面上说，在郭孝慎书房侍奉的是个老仆，从小在他身边，但此人上了年岁，并不侍奉后半夜，所以书房内的情况，他并不清楚。不过可以肯定，当晚没有客人。郭孝慎家中的女子有三人：青争夫人、平日为她饲猫的小婢、侍奉青争夫人的贴身婢女。当晚，青争夫人与婢女已睡去，那么半夜去郭孝慎书房的，只可能是那个小婢。"

说到这里，李凌云又补充说："案发后，自书房内提取了四种鞋印：一是郭孝慎自己的，二是小婢的，三是老管家的，四是贴身婢女的。书房地面是刷漆木板，因并非时常清洗，踩踏的人较多，所以从鞋印上看不出任何异常。"

"如果只是喝酒吃肉，为何要脱鞋？"谢阮问，"在书房吃东西，不怕招蚂蚁？"

"郭孝慎读书时不会饮酒，不是那种在书房肆意吃喝的人……一定发生了什么事，让他需要吃东西，而且吃得狼吞虎咽，丝毫不在意弄脏衣物……"

"他会不会是……"李嗣真表情尴尬，"是和那女子行房之后，身体疲惫，感到饥渴，所以才会这样喝酒吃肉。"

三人朝他看来，李嗣真窘道："此乃夫妻日常之道……喀，某有些经验。"

"喀，是啊是啊！那什么之后，男人呢，是很疲累的。"徐天忙道。

"原来如此。"李凌云点点头，"倒也合理，而且男女交欢，自然没有穿鞋的道理。那饲猫小婢与郭孝慎有染，两人在书房内云雨，完事后小婢给他弄了卤肉和酒，在郭孝慎坐在床上喝酒吃肉时，她给郭孝慎叠好了衣裳。而且在床头放置衣服的地方，也确实提取到了小婢的足印。虽然是书房，但卧榻前隔着屏风，若非格外亲密，小婢不应该来此处。"

"又合上了！"谢阮猛地一拍巴掌，"各位可还记得那寒冰地狱案？这岂不又是一对偷情主仆？"她猛拍李凌云，看着不断下滑又被他拉起的齐胸襦裙，朝他胸前摸去："你这与主子偷情的小婢，是否因此怨恨主人？"

"别闹……"李凌云推掉谢阮袭胸的"狼爪"，"还不能确定到底是不是她和郭孝慎私通。"

"为何？"谢阮皱眉。

"负责查案的封诊道弟子刚出师，经验不足，只记下裆部有屎尿溢出，这是人死后身体松弛，导致大小便流出的自然情形。寒冰地狱案中，因尸体冻僵，大小便流出有限，所以能够发现精水痕迹。而在这起案子中，郭孝慎下身衣物已经完全弄污，裆部是否有精水，根本看不出来。"

谢阮有些泄气："那从他身上还能封诊出什么？"

"查郭孝慎尸体上有多枚抓痕，为月牙状，可判断为食指、中指、无名指这三指所抓。因人二十岁前后，手指便不再生长，遂可作为一种判断年龄的依据。

十四岁左右的女子，食指、中指、无名指的并起宽度为一寸一分半；二八佳人，一寸三分；十八岁上下，为一寸七分左右；二十五岁前后，约莫为一寸八分。出事时，小婢正好双十年华，测量得抓痕宽约一寸七分，基本可以确定是女子所抓，抓痕由背部延伸到胸腔，只有男女相对而坐时，才可以做到。抓痕起始点，在郭孝慎的脊骨附近……"

李凌云说着，来到李嗣真面前，双手穿过他腋下，用力把他抱了一下，双手自然上抬，放置在李嗣真身后脊椎位置："可见，只有郭孝慎赤裸上身，与其亲密相拥，才可能留下这种抓痕。

谢阮嗤之以鼻："不是和我想的一样？这小婢就是凶手！"

"婢女是从哪里弄到的强力迷药呢？"徐天双眼迷茫，"她杀人后又自杀，到底是为什么？当真只是因为和家主有奸情？那青争夫人并不为郭孝慎所喜，就算这个婢子试图放良，做个妾室，也不是不可能的，怎会如此残忍地杀死郭孝慎？"

李凌云手指自己："或许，还得在那小婢身上仔细查一查才知道。"他那身女装打扮，又惹得谢阮扑哧一笑。

回到猫舍再面对祭台时，已有好几只猫在里面睡觉。李嗣真格外自觉地赶走猫，默默地爬上去，躺回原先的位置。

李凌云手指李嗣真下方位置："郭孝慎被人所杀后，虽有大量血液流出，但在身体低下处的纤细血脉内，仍存有无法流出的血液。这些血水坠下充盈，会在身体低下位置造成暗红色或是暗紫色的片状瘀斑。"

"这种尸首瘀斑某之前见过。"谢阮又想起了寒冰地狱案，"如果出现在你指的部位，是不是可以证明，郭孝慎死后，尸首并未被挪动过？"

"不错。"李凌云点头道，"血泊周围，发现大量带血猫爪印，爪印附近有散落脏器，郭孝慎被杀后，有猫啃食过他的尸体。"

"猫的爪印能看出什么？你们封诊道连这个都要记录？"徐天努了一下嘴，觉得只是一件小事。

"之前说过，封诊道天干有一家，专研各种牲畜、动物蹄印，这些记录均被收到封诊道藏库中，再由每一代的首领整理出来，写成册子，由浅至深，供给不同修习阶段的弟子使用。因要查探蛊猫案，我已翻阅过道藏，发现通过猫爪印，可以读出很多信息。"

李凌云让阿奴取来《封诊悬案录》，从里面拿出一张纸，上面印着好几种猫的足迹，他将这张纸递给徐天，解释道："猫的足迹和人的不同，猫前脚有五个趾，后脚有四个趾。每只脚掌下还生有肉垫，每个脚趾有趾垫。其尖爪在行走时会隐藏起来，只有在摄取食物、捕捉猎物、攀登高处时才会伸出。而猫趾下的肉垫能起到极好的缓冲作用，使猫在行进中可以悄然无声，便于袭击和捕猎。不同品种的猫，其肉垫的形状亦不尽相同，常见的有三角、扁圆、半弧、桃状、凸状等种类。从猫爪印上，甚至可以识别出是哪只猫所留。"

徐天端看着五个肉垫足印，心服口服道："那不就和人的足迹一样？"

"是的，人的足迹可以反映人的情绪，同样，猫爪印亦能反映猫的情绪。如人在踌躇或焦躁的情绪中，会表现出脚步紊乱，出现来回重复、原地打圈的足印。"

"你们来看这些血猫爪印……"李凌云将《封诊悬案录》翻到记录猫爪印的那几页，然而众人并未从上面看出什么。

他只好手指足印前面的细小痕迹，说道："这是当时原样描摹的猫爪印，不单单有脚上肉垫的形状，还都有爪子露出，这分明是要准备猎食。"

"你们再看这里。"李凌云又让阿奴把封诊盘推过来，指着祭台下的泥土地，三人凑过去一看，发现了许多猫爪痕。

"这也证明，猫在上祭台前，就已做好了猎食的准备。从猫爪印的数量、大小来分析，一共有九只猫，地面、墙上用于透气的十字花孔内，全都是黑色的猫毛，没有一点杂色，说明这是九只纯黑猫。"

"这些猫在凶手剖尸时，应该没有守在旁边，否则必会打扰凶手做事，我曾怀疑它们是被关在某处的。但其中有疑点，那就是……为何这些猫都这么饥渴？"

对李凌云的问题，谢阮并不觉得难以回答："猫属阴，会捕鼠，性情自然凶悍一些，遇到人血凶性发作不奇怪吧！"

"不，很奇怪。"李凌云让阿奴拿了个小罐过来，朝李嗣真身上倒去。后者闻到一股血腥的味道，顿时面色煞白道："人血？"

"放心，血是活人的。"李凌云若无其事地解释，"找了一些弟子，各自放了一点血，不必担心，适当放血反而能促进人的骨髓生发，促进气血运转，只要营养跟上，就没有大碍。"

"……就不能先说一声吗？"李嗣真抱怨归抱怨，却也不敢乱动，只见旁边玩耍的猫似乎闻到了血腥气，纷纷好奇地走了过来。

有几只大胆的猫跳上祭坛，先是小心嗅闻，随后舔舐了两口，之后便了无兴趣地走开，其中一只还转身用爪子扒拉了两下。

"它这是在埋屎！"刚看过猫在沙坑里排泄，谢阮当即意识到那只猫在做什么。

"所以说，各位都看到了，青争夫人养的黑猫，基本上大门不出，二门不迈，吃完就睡，睡完就吃，而且饭食比一般仆婢的都好。像封诊猫这样被人工饲养习惯了，喜吃熟食的猫，是不会对血腥味感兴趣的，可是郭孝慎的内脏却遭猫撕咬得非常可怖。官府赶到后，一时之间甚至赶都赶不走，说明这些猫不光饥饿，其情绪也是长期被压抑的，这种压抑的来源，很可能是这些猫长时间被困在某个无法自由活动的区域，比如说，猫笼。"

谢阮若有所思道："所以说，凶手在剖尸前，这九只猫，已经在猫笼中被关了很久？"

"对，应该如此……可是，封诊弟子并未在郭府及附近发现类似的猫笼。"李凌云迟疑片刻，又道："还有一个问题。"

他让阿奴抓起一只猫，用猫爪蘸墨汁，取了一枚足印，让谢阮对比观看。

"两相对比，发现不同了吗？"

"这只猫的足印要光滑一些，封诊录上的要斑驳得多。"

"问题就在这里，"李凌云手指两枚足印，依次对比道，"家养的猫，活动范围是有限的，青争夫人事无巨细，把猫舍布置得井井有条，这些被豢养的猫，很少出屋，这会使得猫脚上的肉垫几乎没有磨损，因此踩出的爪印也比较光滑清晰。但现场九只猫的血脚印，肉垫部位宽大，且足印中间十分毛糙，可以看出是肉垫脱皮所致。这是因为猫长期行走、攀爬，使得脚掌磨损，形成老茧，或因长期饥一顿饱一顿，从而营养不良引发脱皮。"

躺着的李嗣真被一只好奇的猫舔着脸，猫舌粗糙，又疼又痒，他忍无可忍地坐起来赶走猫咪，问道："大郎的意思是，它们并非家猫，而是野猫？"

"因野猫喜欢生食，从尸体被撕扯的情况看，确实符合野猫习性。另外，它们的脚掌特征差异很大，可见这几只野猫没有血缘关系，而青争夫人的猫都是一只老猫所生。所以我觉得，倒像是有人从哪里故意凑了九只猫。"

"啊——我想起来了！"谢阮兴奋道，"不是说郭孝慎曾把猫舍点燃，猫都曾跑出去过，会不会是那时候换的猫啊？"

"有可能。着火之后，猫跑了出去，青争夫人就病了，从那天起，小婢每日就在外面寻猫。据说，案发前两日，小婢把猫都找了回来，青争夫人去看过一次，贴身婢女也说，回来的猫好像因为受到惊吓，变得极为凶悍，青争夫人也不敢靠近。"

徐天当即猜测："会不会是那个小婢担心找不到猫被怪罪，便抓了九只差不多的猫来凑数？"

"不会！野猫警觉性很高，而且野猫都胡乱交配，纯色野猫异常难找。大唐也没有人在市场出售野猫，只会售卖毛色美丽的家猫，我知道的就有尾巴一点黑的'雪地拖银枪'，还有四脚白其他处黑的'踏雪乌骓'。这些猫价格不菲，区区一个小婢，是绝对买不起的。"

"或许是她出钱找人抓的？"李嗣真穿着血糊糊的衣服坐在祭坛边，"有的是穷汉愿意做事。"

"这不是有钱没钱的事，"李凌云解释道，"我们封诊道做过测试，同样的东西放在远处，猫能嗅到，狗却未必。猫的嗅觉比狗还要灵，尤其纯黑色的野猫，善于隐藏，除非会功夫，否则一般人很难抓得住。可会功夫的人，又怎么肯做这种无聊、无钱之事？方才封诊前，我还问过凤九，黑猫有灵性，阴气重，多为信巫之人饲养，哪怕在他的鬼河市也没人卖黑猫，更别说寻常人家。"

"这么说来，是有人故意给那小婢提供了九只野猫。"谢阮鼻孔喷气，"猫笼不翼而飞，莫非现场还有别人？"

"或许真的有别人，"李凌云缓缓开口，"你们难道没有发现，我一直在说郭孝慎死于极锐利的刀，可并未提到，那是怎样的一把刀！"

徐天一听，太阳穴突突直跳："……难道，那把刀并没有留下来？"

"郭府内以及周边，都没有找到杀人凶器。"李凌云肯定了他的说法。

谢阮喃喃地说："加上那效力强到可怕的迷药，这简直太诡异了，必定是有什么人在暗中操纵。你们封诊道最擅长寻踪觅影，就连这样都没留下记录吗？"

"真没有。"李凌云的回答无比老实。谢阮差点一口老血喷出来，强压着问："那小婢身上可有线索？"

话音刚落，就见三个人齐齐朝她看来，李嗣真不无同情地道："谢三娘，该你了。"

谢阮还没反应过来，李凌云就手指祭坛下的黄色蒲团道："那婢女被发现时，跪拜在蒲团上，七窍流血，从面相特征看，是中剧毒而死。"

徐天好笑道："你这小婢，还不快点跪下？"谢阮这才醒悟过来，自己扮演的可不就是个婢女？

"往后再和你们计较。"谢阮只好跪下，做出头顶蒲团、尊臀朝天的丢脸动作。李凌云还过来调整了一下，谢阮咬牙切齿道："说七窍流血，某倒是想到了之前狐妖案的斑蝥蛊毒，不知是不是同一类毒。"

"当年我封诊道弟子并未剖尸，只对婢女的尸体表面进行了封诊，具体毒素为何，无法验明。不过能让人七窍流血，必是内脏多处快速受损，单一剧毒无法达到这种效果，因此，婢女所中的定是性烈的混合剧毒。三娘说得没错，确实只有蛊毒符合条件，但是何种蛊毒，无法知晓。当初办理狐妖案时，我是翻看阿耶的封诊手记才知道斑蝥蛊毒的，普通封诊道弟子，就算剖尸，也一样验不出具体是何种蛊毒。"

"这小婢倒是能忍，七窍流血，难道不痛吗？"谢阮抬起头来，"就算死得再快，蛊毒发作，也不会好受。"

"不错，因蛊毒是混合毒，只要服下，就必死无疑，几乎没有解药。另外，在服用蛊毒后，身体会产生剧烈的疼痛感，普通人服下，会本能做出挣扎，可这个小婢，竟还能摆出虔诚跪拜的姿势，如此毅力，并非一般人能做到。"

"小严子，还有那姚翠娘，莫不都是如此？"徐天大惊失色，"难道此种案子，当真已延续了二十年以上？"

"不只是这点相似，"李凌云又给徐天的心上扔了一块大石，"小婢与郭孝慎有私，可能也非一日两日了，否则不会在他房中完事后，还为他置办酒菜、叠衣收拾，配合如此默契。青争夫人体弱多病，自从郭孝慎烧了猫舍后，两人便不再同房。郭孝慎的父亲是有名的商贾，他本人又勤勉好学，打算考取功名，只怕也不会去青楼之地。

"然而男人身边终归要有个女人，那老仆也说，饲猫小婢年少，猫又喜欢在夜晚撒欢，所以深夜要起来给猫加餐收拾。院中，深夜醒着的就两个人，那老仆便让小婢夜里警醒一些，若郭孝慎有什么需求，多加照料，如此一来二去，两人勾搭到一起，也是正常的。"

李嗣真想摸胡须，突然发现满手是血，只好摊手道："小婢和郭孝慎有染，只要保持这种关系，她在郭府的日子就不会太差。深得主家信赖，手中还有不少钱物，她真的有必要杀主吗？"

"看似毫无理由，可那小婢身上、手上、鞋上，都沾染了大量的血迹，这足以证明，剖尸是她所为。她的指间有黑色猫毛，推测她剖尸结束后，打开了装猫的猫笼，让饥饿的猫去啃食郭孝慎的尸首。"

李凌云说得证据确凿，谢阮却更觉迷惑："她利用两人的感情，在郭孝慎的酒中下药，然后把尸体剖开喂猫，接着自己服毒自杀，这般举动，和她在郭府得到的待遇绝不相同，她这么做的目的是什么？她想得到的又是什么？"

"最近刚发生的两起地狱案，均是下人杀死主子后，再用常人难以忍受的方式结束生命，并且还把案发场所布置得极为诡异。看来，类似的案子二十年前就已发生了，大理寺和凤九郎，于官于私都应该有所耳闻，可实际查验，却没有任何相关线索。"

李嗣真说着说着，就看向了徐天，后者脸色难看地道："兴许有案子发生，没引起重视，如本案一样，连尸体都没仔细剖检，就因瘟疫草草给处理掉了。"

"一起两起容易，二十年来，又怎可能只有一两起？"谢阮对徐天的说法嗤之以鼻，"其实说来倒也简单，案子被人给故意掩盖掉了。从这三起案子看，死的都是富商，并非什么权贵，只要把现场怪异之处掩去，把案子压下来，还是不难的。"

李凌云点头道："大唐官员普遍还是十分认真的，就本案来说，他们都知道邀请我们封诊道的人，足可见得，这个县令颇为负责。如此把尸体草草地处理掉，应当是迫于瘟疫，绝非普遍情形。所以，我赞同三娘的说法。"

说到这里，众人背后均是寒气大冒，徐天揪着胡须："案子到底会被什么人给掩盖去呢？"

李嗣真也面露惧色："九只纯色野猫、剧烈迷药、杀人蛊毒，其中任意一种，都是小婢这种低贱奴仆不可能得到的。此外，装猫的猫笼、剖尸用的刀具，现场也没有找到，是什么人在第一时间把这些东西给拿走了呢？"

谢阮顺势推测："既然被拿走，说明这些东西上必定有什么线索，可以追踪到背后的人。若三案可以并查，在幕后引导仆人杀死主人的，除了那邪教不会有其他人。"

李凌云沉吟道："不管是谁，他们都是站在幕后，能完全掌控案子始末的一群人！"

"一群人！"伴着徐天的惊呼，猫舍里陷入了死一般的寂静，众人都为自己面对的敌人感到惊心动魄。是怎样的一群人，能在长达几十年的漫长时间里，为了不知名的目的，不断操控着令人骇怖的杀人事件，他们在大唐肆意杀戮，却从未有人察觉，这多么令人胆寒？又是何等奇诡？

突然，一只猫走了过来，用力蹭了蹭李嗣真的腿。

"奇怪。"他低头看着那只肥胖的橘色虎斑猫，打破了沉默，"你们不觉得奇怪吗？中间几十年都没有再出现过这种案子，说明这些人很擅长掩盖，那为何最近这种案子却频频发生？"

"确实不合情理……"徐天咂嘴，品着李嗣真提出的问题。

李凌云却干脆地道："先解决眼下这桩案子，确定能够完全并案，再行讨论便是。"

说着，他走向门口，手指此处："青争夫人的尸体，是于清晨寅卯交界之时，在猫舍门口被发现的。据那老仆说，猫总是喜欢在夜间活动，清晨时，则习惯睡在莲花形凹陷中，所以自猫走失以后，青争夫人每天这个时候，都会坚持来看看，希望豢养的黑猫可以回来。虽说小婢后来找回了猫，但猫性情大变，青争夫人不敢靠近，只有清晨之时，这些猫都尚在睡梦中，才会前来看上一眼，结果意外也就在此时发生了。"

谢阮回忆道："我记得大郎你说，她是被吓死的？"

"不错，这也是我不让人扮演她的缘故。"李凌云弯腰绘出一个人形，人形越过门槛，头在门内，脚在门外，"封诊弟子记录，青争夫人的身上没有任何外伤。门槛高出地面，若在正常情况下，尚未发硬的尸体会因门槛的阻挡而弯折。然而她的尸体，却是直挺挺地压在门槛上的，头朝下，脚抬起，已然处在完全僵硬的状态中。"他看向众人，"各位都见过我剖尸，对尸首的状态多少有些了解。通常情况下，人在死去后，尸体不会立刻发硬，会存在一个过渡期，但凡事都有例外。我封诊道中，就有尸体瞬间僵硬的记载。倘若人处在极度恐惧或激昂的情绪中，身体会瞬间紧缩，心跳猛然加剧，导致血脉破碎，尸身痉挛僵直，暴毙。"

李凌云说到这儿，皱眉道："封诊复盘至此，倘若把本案当作拼图，这是此案的最后一块，只是这一块中，并无关键信息。"

"也就是说，这桩猫妖案的封诊，就这么完了？"徐天不满地抓了把胡须，"李大郎，你给个准信，到底能不能并案？"

"经这番封诊，可以确定，凶手就是这个小婢，她应该是受了某种蛊惑，才会将郭孝慎的尸体剖开喂猫，并以祈祷之姿，忍耐极度痛苦，服蛊毒而死。这与冰火两桩地狱案的凶手如出一辙。凭我判断，有极大概率可以并案。"

"身为仆婢，平日被人呼来唤去，要蛊惑他们，自然不会太难，只是为何利用这些低贱之人？他们到底有什么目的……"

徐天思考片刻，却仍无答案，于是丧气起来："究竟要到什么时候才能找到答案？"

"作恶无非为了爱恨情仇，再不然便是'钱''权'二字，"谢阮冷哼一声，"不论如何，他们的行事作风，如今我们已经清楚。哪怕朝廷东来之时，仍无法抓到幕后真凶，他们想要继续施为，也没有那么容易。"

"天网恢恢，疏而不漏，有所动作，必露马脚，"李凌云道，"况且凤九那边还没答复。顺着造像所用陶土查下去，或能追得这伙人的行踪。"

"我差点忘了这个，"谢阮兴奋起来，和众人朝外走，边走边道，"方才怎么就忘了找凤九探问，看来得去他那儿走一趟。"

正此时，外间却突然扰攘起来，听得有人喊："捉拿贼人——"谢阮和徐天拔刀就冲了出去。

二人来到前院，见有大理寺的卒子往外冲，还有人在墙头嚷嚷："往东跑了！"又有人拽着墙头那人的双脚道："别从这里走，李先生说别弄乱了足印。"

徐天跟着冲出门去，口中大喊："谢三娘留下，恐有人调虎离山。"

谢阮闻言兜头便回，警觉地护在李凌云身侧。李嗣真四处张望，三人到了门外，他这才逮着一个卒子问话。

那卒子道："李先生吩咐下来，让大家看好大门，又着人在高处，披着粘满瓦片的黑油布藏起，说是发现有人进来就把人捉住。谁知一开始没发现异常，丁五就去林子里方便了一趟，返回之后在院里探头探脑起来。王头儿起了疑，上去套问了两句，开始这个丁五不吭声，被逼急了终于开了口，声音听着压根不是丁五。王头儿去抓他，他翻过院墙就跑了——"

"必是易容术，"李嗣真道，"前几次我也听出了同一人的脚步声，可却没发现生面孔。"

"徐少卿去抓人，我们先看看足印。"李凌云说罢，带头朝那人翻出墙的方向走去。

到了地方，地面上果然已经有了几个黑压压的足印。李嗣真低头仔细一瞧，"咦"了一声："是蚂蚁？"

原来那黑压压的足迹，是蚂蚁沿着足印边缘"染"出来的。李嗣真见状，忍不住问道："虽然知晓大郎你设计来捉拿此人，可没想到，你竟然能让蚂蚁显露足印，这是何道理？难道你们封诊道连虫蚁都能掌控？"

"说来简单，院墙外的地面，被特殊处置过。"李凌云道，"因修建房子需要打地基，于是在铺设院外地面时，我先让工人在地上撒了一层混有蜂蜜的石灰，接着再垫上土。此时，若有人走过，地面就会形成凹陷，并伴有细微裂缝。这时把收集来的大量蚂蚁放在地面上，蚂蚁就能通过缝隙，钻入土中，搬运带有蜂蜜的石灰粉，一旦形成一个缺口，大量蚂蚁便会试图打开更大的口。"

见李嗣真仍面露不解，李凌云进一步解释："我们人行走时，全靠双脚支撑身躯，所以脚落于地面上时，会把泥土压得很实，这片泥土，便是足印的中间部位。来人多次偷听我们谈话，定知道我会查案，他必然会在鞋子上做手脚，想直接找到他的足印，几乎不可能。而人是有重量的，直接踩在土上虽看不到明显足迹，但足印边缘会在土上形成轻微断裂。这种断裂肉眼难以识别，却很容易被喜欢甜腻味道的蚂蚁发现。当蚂蚁沿着足印边缘打开一个豁口，把石灰粉运出时，我们就可以发现成串的足印。"

"妙哉，妙哉！"李嗣真惊叹，"你们封诊道还真是什么奇特法子都能想到。"他看着越聚越多的蚂蚁，又问："这便是你让所有卒子看住大门的缘故？"

"没错！我的计划是就算抓不住人，也要让他留下完整足印。"李凌云叫阿奴搬来封诊箱，耐心地观察起蚂蚁的聚集情况。对于那些扎堆在一起的蚁群，他还会用铜尺拨弄一番，待一枚枚"黑蚁足迹"完全显现后，他先是用封诊尺细致测量足迹尺寸，接着又让六娘将成串足印绘制在封诊册上。

做完这些，李凌云道："地面有一双边缘裂开较大的足印，这是地面泥土受到巨大的撞击所致。换言之，这双足印是人从高空跳下后遗留的。"

　　"这能证明什么？"谢阮挑眉不解。

　　"修筑时，我命人加高了院墙，高达一丈两尺有余，"李凌云回头看了一眼，"三娘跳下来，脚步能不能这么稳？"

　　谢阮粗粗估算，摇头道："怕是不能……"

　　"此人下盘极稳，证明李寺丞听得没错。"

　　李凌云拿过册子计算一番后，对谢阮道："据此人足迹长短、步子大小，逆推其身长，为六尺一寸七分，应当是个男性，体态中等，身姿矫健。"

　　"这个身长，还会易容……"谢阮凑到李凌云面前，瞅着他直挤眼睛。

　　"你是不是想说明子璋也是这个身长？"李凌云低声说完，见谢阮用力点头，遂又道："我也知道，但习武之人这个体长并不少见。"

　　说罢他便回到院内，去看那人的翻墙痕迹。在墙壁上，他发现了一枚扭曲的足尖印痕："痕迹后半拖尾，显然这人只是用脚尖踢了墙面一下，就攀上了院墙，看来此人功夫十分了得，绝对是个高手。"

　　"到底是什么人在监视？莫不是幕后操控之人？"李嗣真狐疑道，"此人竟有如此大的能耐，神不知鬼不觉地来，又屡屡逃走，两个高手在场，竟好几次都不曾发现，他究竟是何许人也？"

　　"是什么人，等我抓到就知道了！"徐天面色阴沉地走进院落。

　　谢阮一看他这模样，就知道没逮住人，有心打趣，却知此时必定会惹得他暴跳如雷，只好摸摸鼻子，平淡地道："没捉住？"

　　"跑得极快，此人只怕专门练过轻身功夫。"徐天恼怒道，"老夫就不信能让他逃一辈子。"

　　谢阮无奈道："如今只能一等再等，也不知凤九派出的何权什么时候才有回音。"

　　"谢三娘，"徐天朝谢阮拱手，"那凤九只有你使唤得动，还请你给他捎句话，自今日起，大理寺和他那边，不拘规模，只要发现异常便都收拢上来，有多少要多少……既然三桩案子都是以奴杀主，不管他们有什么目的，这十几年来必然都是以仆婢为拉拢对象，某就不信他们露不出尻尾来！"

　　"好！"谢阮当即应允，"就这么着，我去催凤九，大家分头忙碌便是。"

正当此时，半天没有说话的李嗣真，突然叫住众人。

"诸位且慢，我突然想到一个问题，本案中足足有九只野猫，按大郎的说法，小婢杀人时，野猫正处在极为饥饿的状态。猫舍空间有限，郭孝慎被剖腹后，屋内势必充满血腥，此时被关在笼里的野猫，肯定会嗷嗷号叫，可是为何郭府之中，并无任何人听到动静？直到天快亮，青争夫人去看猫时，才察觉丈夫惨状，进而被吓死！"

"当年，我封诊道弟子对郭府上下进行了排查，青争夫人虽与郭孝慎不合，但对待仆人却从无苛责，所以仆人对于青争夫人一向感恩。倘若仆人听见动静，青争夫人不可能在毫无准备的状态下受惊而死。由此分析，当天那些猫，确实没有发出动静。"李凌云思索片刻，骤然抬头道，"猫与狗不同，猫性倔强，不堪训练，不会像狗那样听从人的吩咐，要想不让猫叫唤，只有一种方法，就是在猫很小的时候，割断它们喉中声带，让它们无法发声。"

"谁会提前做这种事……"谢阮百思不得其解，"那可是野猫。"

"所以，未必是野猫，"李凌云迅速推断，"猫的叫声，对其生存极为重要，它们可以用叫声来保护自己的领地，发出预警等，若丧失这种功能，那么猫必须让自己变得更加凶猛、更加厉害才可以生存。若利用这种残忍的方式豢猫，把猫训练成杀人利器，都未尝不可。"

"大郎想说，这些猫看似是野猫，实则被人特意驯养过？"李凌云大胆的想法，让徐天觉得有些不可思议。

"未必不可，只是我不明白，要怎么才能操控这些猫。"

"那还真的不难，"李嗣真道，"我在宫中曾经见过，有胡人进贡给大唐猎豹，这些猎豹观之和大猫差不多，可以用来狩猎。训练猎豹之时，胡人就会用到一种豹笛，此笛极为短小，吹之无声……"

"我见过类似的东西。"谢阮打断李嗣真的话，看向李凌云："你平日用来召唤阿奴的那个玩意，我也听不见它的声音。"

"阿奴？你的昆仑奴能听见那种声响？"李嗣真惊讶道，"那可真是了不起。人耳能听到的声音，本当不如动物才对啊！那胡人同我说，猎豹的耳朵比人的好用得多，猫也一样，所以才能抓住老鼠。"

"不错，我剖过猫尸，猫耳上有三十多块肌肉，人只有六块，是人的五倍有余。猫在寻找东西时，可以转动耳朵收取声音，比人灵敏得多。"

李凌云捏捏下巴："既然有豹笛，那么猫笛也就有存在的可能。如此一来，那些幕后之人，其实根本不需要进入现场，完全可以操控黑猫钻进猫舍，然后叼走作案工具。"

"也就是说，无须提前将黑猫放入笼中，全然可以等小婢把郭孝慎剖开后，幕后那帮人再操控黑猫钻入、啃食尸体，这种场景很容易让人觉得，郭孝慎是祭品，跑来啃食尸体的黑猫，实际上是接受了小婢的祭拜。那么这些猫，在小婢心中，绝不是一般的猫，极有可能，就是民间传说的猫鬼。"

"等一等。"谢阮听着听着，发现一个疑点，"那如何解释小婢手上的猫毛？"

"她手上有刀，或许是猫去叼她手上的刀子时留下的。"

谢阮点点头："倘若我亲眼看见猫能有如此举动，恐怕我也会认为猫通了灵性。如果这时有人在背后蛊惑我，让我完成某种仪式，而后服毒而死，我都不敢保证自己不会依言而行，更别说那些仆人。"

"如此看来，历朝历代的猫鬼蛊果真存在，而这猫鬼竟能被人控制。如今猫鬼蛊再现人间，这必然预示着，控制猫鬼的这帮人要再次出来作恶。"徐天抹一把脑门上亮晶晶的汗，"多亏大郎当时没有轻易放过，否则哪里知道会有这么多事。"

李嗣真缓缓继续往下推："会不会……地狱案的幕后教派实际上就是操控猫鬼的那些人？既然能控猫，未必不能控狗、控狐，案发现场的那些狗头、狐头人身雕塑，或许正是因此而来。"

"有道理，前隋也好，大唐也好，猫鬼蛊都泛滥过，可谓大名鼎鼎，但也容易引起注意，说不定他们就是担心会暴露，才利用邪教作为掩饰的。"

说到这里，徐天等人一同看向李凌云，他轻轻点头，道："我封诊道地支派虽早已遗落，但一部分地支派所研仍有人承袭，其中以种种方式制造奇观，冠之玄论，让百姓认为是神鬼迹象，其实是很多见的。掌控了神秘莫测的鬼神之力，很容易便能够控制他人迷信自己，这便距离邪教不远了。"

"必须扫掉幕后邪教，不可让他们继续危害我大唐。"徐天神情紧张无比，咬牙道，"倘若他们多年以来都以此法谋害人命，那么冰火地狱案之后，他们迟早还会再有动作——"

第五回

除魔灭邪　惑影将现

大唐封诊录·地狱变

这四桩案子相互关联，唯一的区别是这个刘大攀不知为何没有自杀，看来，找到此人，一切就会真相大白。

天气越来越热，在去狩案司的路上，李凌云顺手摘了几根柳条，他到时，谢阮已出去了好一阵子，据说是去寻凤九。

　　他刚把柳条插在堂屋的花瓶里，就见谢阮一头汗地冲进来，就着水壶咕咚咕咚猛灌一气，用窄袖擦了一下红唇："你放心吧，凤九这回没有推托，已着人去查对仆婢传播信仰之事，而且关于陶泥的线索也传回消息，再过两日何权就能回京了。"

　　说到这里，谢阮突然一愣："等等，李大郎，你为何在此？不是说好回去歇着等消息的吗？"

　　"额外有些事要问你，"李凌云道，"所以特意过来一趟。"

　　"噢，你说！"谢阮拖了个绳椅坐下，舒展身体，闭上眼睛，"到底什么事？"

　　"之前为查猫蛊之事，我从阿耶那边翻了些有关猫爪印的案子来看，其中一桩案子，我觉得颇有些疑惑。"

　　"疑惑？"

　　"不错，载有猫爪印的案子，积年以来也有不少，唯独这一桩，其中年月日不详，人物也不详，特别用数字标出案名，还是用朱砂所写，所以我有些兴致，想让你帮我瞧一瞧。"

　　"我还能帮你瞧案子？"谢阮睁开一只眼，哂笑道，"我要是会查案，当初何必去臭烘烘的牢里捞你？"

　　"此案发生在宫中，我不知道宫室情形，所以才问你。"

　　"噢，原来如此，你说。"谢阮又闭上眼，一副准备听故事的养神姿态。

　　"在天皇天后移居大明宫之前，后宫嫔妃中，昭仪所住的殿堂会如何配置，或者说，倘若昭仪生子，孩子的居所如何布置？"

"昭仪？移居大明宫之前？那便是在太极宫了，当时宫中后寝的主殿是两仪殿，周边有万春殿、千秋殿、甘露殿、神龙殿、安仁殿等殿。昭仪、昭容、昭媛、修仪、修容、修媛、充仪、充容、充媛为九嫔，秩正二品，便是有一座主殿分配也是常见，品秩再低，就可能两人共享一座殿堂……至于昭仪生子，自然有乳娘照顾，等其成年之后才会出宫开府。"

"婴儿年幼，乳娘和其母到底要如何照顾？"

"婴儿一两个时辰就要吃一回奶，吃了就拉屎撒尿呗，不过按你所言，这龙子的母亲是昭仪的话，不必总是由她亲自照料。天子的女人，最要紧的就是把自己保养好，婴儿大多由乳母照看，亲娘只要放下担忧，就不用太费心。"

"那，婴儿会和母亲睡在一起吗？"

"怎么会？婴儿随时饿了都会醒来啼哭，自然会单独有一间卧房。通常不会太大，防风保暖，其中有卧床、坐床和摇篮。木制摇篮有底座，只要使微力就能推动，婴儿躺在其中便能左右摇晃，仿若在母亲怀中的样子，很是安心。卧床和坐床是给奶娘嬷嬷和宫女睡觉以及平日喂奶用的，大约也就这些物件，其余便是琐碎玩具若干。等到龙子长大，便会撤换此屋家具饰品，长到一定岁数，又会安排专门的书房供龙子读书学习之用。"

"原来如此。"李凌云说完，就不再吭声。

谢阮好奇，睁开眼一看，发现他在桌前拿着个沙盘，正弄了个小屋，在里面放置坐床、卧床等物。她看了一阵，笑道："不是如此。"

她伸手接过精工细制的物件在屋内摆起来，一面摆弄一面道："宫中各物朝向都有讲究，床头不可朝西向，会有不吉，容易致婴儿夜惊，不安啼哭。"

谢阮摆好之后，李凌云从旁边拿过两个火盆放在坐床旁："嗯，冬季便是这样。"

"宫中会养猫吗？有孩子的地方也会有猫？"

"当然有猫，宫中那么大，四处都是老鼠，有的宫人还被老鼠咬伤过脚趾和耳朵。宫里的猫多训练过，除非是嫔妃自己养来玩的，否则不许上床，通常宫中的猫都有自己的窝，它们会睡在里面，不会乱跑。"

"原来如此。"李凌云点点头，表示了解。谢阮好奇道："究竟是怎样的案子，既发生在太极宫，可是太宗朝？"

"我亦不知，"李凌云说，"你想听吗？"

"那是当然。"谢阮手放在桌上，托腮看着李凌云，眼睛闪闪发亮。

"那我还有一些问题，"他手指那屋子，"此间都有谁可以进入？外人如要来探望孩子，可有什么程序？"

"此殿中人如无特别要求，自然随时可来，不过大家都知道孩子小，需要避嫌，外人多了容易沾染病气，所以通常也就是乳母、大宫女，以及负责扫撒这一块的宦者会经常出入……当然，孩子的母亲也包括在内。至于外人，根据宫中礼仪，要来探望龙子，自然要提前知会，不过倘若来的是陛下、皇后这样的贵人，那就是想来就来，不过通常都会着宦官略早过来招呼一声。"

"看来可以出入的人不少。"李凌云端详屋内，喃喃道，"你把摇篮安置在进门靠里的地方，案发之时，外面天冷，屋内安置有火盆，来人到此时，孩子的母亲刚好有事去了别处，所以来人是自己一个人进去看的孩子，其出来之后不久，这孩子的母亲回来，就发现孩子已经死了……"

"什么，奶娘嬷嬷呢？怎么可能没有人在？"谢阮在一旁插嘴。

"不知道，反正不在，"李凌云又问，"宫中可会用水擦地？"

"当然，"谢阮像看怪物一样看他，"莫非你家中不擦？"

"冬季也一样？多久一次？龙子所住房间呢？"

"冬季倒不会太频密，入内之后到了起居坐卧之所，鞋脏的话必然要换掉的。"

"如此说来，婴儿卧房只有一个人的足印，也太刻意了一些……难怪此案最后阿耶评说'无法判断'。"

"你到底在查什么？"

李凌云对她的话充耳不闻，自顾自地道："除了这足印，还有一串极为完整的猫爪印。这只猫的足印清晰光润，一看就是家养的猫。猫爪印很连贯，被害的是包裹在襁褓中的婴儿，如果来人动手，惊醒的婴孩势必会发出啼哭声，那么猫受到惊吓，便会加快脚步，表现在足印上，必定会很凌乱，怎么看都不可能走得如此从容。"

说到这里，他用手敲敲那个摇篮："倘若真是那人作案，那么整个作案过程中并未发出任何声音，是绝对不可能的。阿耶说，来人有嫌疑，却无法判断是不是她，倒也有缘由。"

正此时，突然从旁边伸过来一双手，捉住李凌云的耳朵，硬生生地把他的脸拽向她。李凌云一看，谢阮已经怒容满面，她恶狠狠地质问："给我说清楚，到底是什么样的案子？"

"宫中有个婴孩，为昭仪所生，母亲不在身边时，有人前来探望，等到母亲回来时，乳娘以为孩子在睡觉，可母亲逗弄婴儿，却发现婴儿已经死了，就这么一个案子。屋内发现了猫的足印，我觉得那人并没有惊动屋里的猫，兴许，那孩子并非来人所杀。"

李凌云交代完毕，却见谢阮眼神愣怔，于是把她的手捽下来，道："这案子既未说明嫌疑人身份，也未说明昭仪姓名，只说并非发生在大明宫和东都，我便只能问你。"

说完这话，他见谢阮仍在发呆，也不管她，继续根据线索推起案子来："据此情形，我怀疑在来人进屋之前，婴儿已经死亡……不过此案阿耶并未封诊，死因已不得而知了。但你看屋内陈设，本就是内室，入门后有屏风严密阻挡。婴儿生下尚未满月，还在襁褓之中，襁褓一般都要用绳子拴起来，因为婴孩在母亲腹中时，就是蜷缩状的，如此包裹在襁褓之中，犹如在母亲的胞宫内，婴儿有安全感，会睡得更香甜。可襁褓若包得紧了，也会阻碍婴儿吐息，一旦有毒气进入体内，就很难排出，屋内有火盆，又不通风，如果煤火冒出毒气，便很容易造成婴儿死亡。不过……究竟是有人故意造成婴儿死亡，还是运气不佳，却也很难确定。"

"你是说，那婴孩是吸入毒气而死？"谢阮的声音传来，好像她终于醒过了神。

"不错，正好赶上那人来探望而已……由于地面并无其他人的足印，总觉得是故意设计好的，让那人来探看时留下证据，正好陷其于无法解释的境地。"

"你不是说婴儿死因不得而知吗？李公也没有封诊尸首。"

"的确没有，但是本案有一点旁证，或许能推出婴孩的死因。"

"旁证？什么旁证？"

"猫。"李凌云从怀中掏出案卷，卷宗上用红色标着一个"九"字，他打开卷宗，翻到猫爪印的一页，"从猫爪印可以看出，它离开了这间屋子。按理说，屋内比较暖和，很适合睡觉，它为何要去寒冷的外面？"

谢阮声音微冷地答道："或许是去吃食呢？"

"不像，"李凌云手指上面一行字，"爪印之所以能看得如此清晰，是因为猫爪印上黏附有黑色的木炭灰，为何会有木炭灰？可能是因为猫去抓过木炭。很多人知道，狗的嗅觉相当灵敏，其实猫的嗅觉更灵。小猫生下之后，有很长一段时间都闭着眼，它们全然靠嗅觉找寻母猫的乳头。哪怕是把猫喜欢吃的东西埋进土里，它们也能轻而易举地找到。猫可以闻到人鼻子无法捕捉到的气味。此猫为何去抓滚烫的木炭？可能就是因为木炭燃烧散发的毒气，让猫产生了不适。这便更加坐实了，婴孩的死亡极有可能不是来人所为，而是有人发现婴孩已死，为了嫁祸给来探望的人，用婴孩的尸体导演了一场好戏。"

谢阮冷不丁地问："此案是李公亲自封诊的？"

"应当吧！"李凌云拿起红名封诊册晃了晃，"字迹是阿耶的无疑，只是什么都没有写清楚。封诊首领肩负宫中查案的职责，为何他只是写了一句'无法判断'，就把案子给结了？这并不是我阿耶的风格，到底……真相是什么呢？"

"别问了，李公不结案，自然有他的缘故。"谢阮劈手拿过封诊册，径直走出堂屋。李凌云毫无防备，连忙转身去追。他并不修炼武功，哪里会有谢阮的动作迅速？他紧随其后，却见谢阮去了厨房，他心中一动，快步追去，正好看见谢阮将封诊册一把塞进炉膛里。

"你做什么？"李凌云正要冲过去，谢阮却用拇指一顶，弹出刀柄，咚地敲在他的腹部。高手出招，撞得李凌云腹中翻江倒海。

此时正值厨下烧水之时，火焰烈烈，顿时将那本封诊册彻底卷了进去，吞噬成一堆飞灰。

谢阮见封诊册烧毁，转身便朝外走，李凌云一把拽住她手腕，大力捏住，恼火道："为何烧我阿耶的封诊册？"

谢阮面沉如水，却不看他："为了不让你查下去。"

"为何不能查？此案当真有蹊跷？"

"有的事情你既然不知道，便永远不知道更好，须知这个世上，有的案子破了倒不如不破。"

"这是什么话？谢三娘，认识这么久，你难道不知道我们封诊道的宗旨所在？"李凌云怒火中烧，"你今日必须给我一个说法。"

"好，我给你说法。"谢阮转头怒视李凌云，"查下去你会死，这个说法够不够？"

说罢谢阮的胳膊由肩开始抖动，瞬间延伸到手腕。李凌云根本不知她做了什么，紧握的手就被一股力震开了去，虎口处阵阵发麻。

"别告诉任何人此案的情形，否则哪怕是我，也保不住你的命。"谢阮大步朝门口走去，"你给我记清楚——"

说罢，她一闪身便出了门。李凌云赶过去推开大门一看，大街上空空落落，只剩道边杨柳依依随风飘舞，哪里还有谢阮高挑矫健的身影……

"李大郎到底是怎么发现那封诊册的——"

长安大明宫中，武媚娘拍案而起，桌上的奏折飞出去好几份，散落一地。

她柳眉倒竖，丰满的胸口因为怒火不断起伏，被怒火染红的面颊显得更加美艳逼人。

上官婉儿早就跪下了，头也不敢抬地道："是因为猫妖案，李大郎翻看李公的封诊手记寻找猫爪印特征时，偶然间发现了这起案子，因为案中也有猫爪印……他看过之后，因觉得李公当时封诊结果敷衍，便造了沙盘推测，他认为……当时安定公主之死，并非王废人所为，恐怕是在王废人去探望之前，公主便……便已因炭气中毒而死了。"

"李绍……"武媚娘轻声将这个名字念了一遍，"莫非你故意留下当年之事的证据，用来算计我不成？"

"恐怕不是，"上官婉儿柔声道，"三娘说李公在上面所写只有寥寥几句，连公主房中布置都没画，更未写案发时日，只绘了猫的爪印，这些是李大郎自己推出来的。三娘还说，册子已经烧毁，烧毁之前她速看过，并且都记了下来，复写了一张。"

说着她小碎步上前，呈上那张纸，武媚娘接过来看了一遍，眉眼中的戾气渐渐散去，久久方道："嗯，不错，当时李公的确只写了这些，一字不差，看来……他没做什么多余手脚。"

"李公的心，一直是向着天后您的。"上官婉儿劝道，"他若是有心算计，当年猫妖案发，您那会儿不过是个才人，也并不受宠，您请他前往并州查案，他全然可以不理不睬，可李公却不辞辛劳，特去并州亲自跑了一趟。至于后来您也说过，要不是他的药，您又怎么能顺利怀上身孕，从那孤冷凄清的感业寺回宫呢？"

"说的也是，他要算计我，怕是早就算计了，何必等到自己死后？"武媚娘轻叹，摇头道，"只是这个李大郎，就根据区区几句记录，竟把当年李公不敢说的，都说了出来。"

上官婉儿笑道："毕竟虎父无犬子嘛！我看他查案的本事比李公也不差，再说，他还年轻，性情执着罢了。"

"我只是怕，这头小老虎无知无畏，搞出什么别的纰漏来，"武媚娘挑眉，"谁晓得，他改日会不会咬我一口？"

上官婉儿窥视着武媚娘阴晴不定的模样，小声道："那……天后，我们下一步要怎么做？"

"什么都不做，"武媚娘冷笑一声，"我儿已死，葬下多年了，难不成他还有胆子开大唐公主的棺材？那王废人当初的皇后之位，也不全然是因为我儿的死丢的，再说那李大郎傻不愣登，不清楚到底是什么案子，回头让他尽快把地狱案背后的妖邪抓出来。你传信明子璋，别让李大郎闲着，这孩子一空下来，不是搞这便是搞那，一刻也坐不住。"

"天后还是爱用李大郎的。"上官婉儿低头蹲下，捡拾奏章。

"初生牛犊不怕虎，蠢得可以。"武媚娘淡淡说着，却听见门口小太监尖着嗓喊："千金公主觐见——"

几乎和喊话同一刻，一名打扮得大红大绿的宫装美妇便走进了殿门，在见到地上散落的奏章之后，来人脸上满载的笑意微微一凝，却又马上绽开了一朵更大的笑容。

"呀！我是不是来得不是时候？要不，我回避一下？待会儿再来？"

"姑母说哪儿的话呢？"武媚娘笑眼弯弯地道，"在我这里，可没有让大唐千金公主回避的道理。"

"我可爱听天后同我说这般亲近话了，只怕天皇听了也要吃我的老陈醋呢——"千金公主凑到她跟前，拿手绢轻轻拍了她一下，还抛了个媚眼，惹得武媚娘乐不可支，心中阴霾顿时消散。

"姑母是开心果子。"武媚娘捉着她的手拍了拍，问道："前几日让你入宫陪我，你说家中有事，怎么今日有空了？"

"家中没事了，自然有空——再说了，我但凡有些空闲，第一个要来叨扰的，就是天后嘛！"千金公主说话无比谄媚，但她作为太宗李世民的亲生女儿，眉眼之间自有一股英气，反而让人觉得，她说什么都显得十分真诚。

"姑母最会哄人高兴，只是你家中到底出了何事？"武媚娘在几案后坐下，千金公主顺势到坐床旁蹭了个边，笑道："一点小事，不好说，怕脏了天后的耳朵。"

"你越这样，我就越好奇。"武媚娘笑眼弯弯，"姑母还要我下制书才肯讲吗？"

"那倒用不着，"千金公主连忙摆摆手，鬼鬼祟祟地压低了嗓子，神情似笑非笑，"我那宅子里头，有个上了年岁的婢女，同你我一般年岁，生来有些貌丑，因此不曾嫁人。我看她绝了成家的念头，有些可怜兮兮的，做事也上心，便让她来掌管家中后院的钥匙。哪个晓得……"

"莫非她内外勾结，将你那公主府的东西偷去卖了？"

"若是如此，可不值得我这一提……"千金公主诡秘地道，"有人告知我这婢女时常偷摸带人进府，前日我借故离府，把他们逮了个正着。"

武则天的兴致被高高吊起："是何许人？"

千金公主鬼鬼祟祟地附在她耳边说："一个卖药的药郎。"

"药郎？"武则天侧眼看她，"莫非这婢子有恶症？恐你知道了赶她出去，遂瞒着你找人来治？"

"要说治病，倒是也算治了，"千金公主轻咳一声，"治的是女人想男人那个病。"

武媚娘当即明白了什么意思，白了千金公主一眼："你这长辈，好没正经。"一旁的上官婉儿红了脸，连忙找个理由躲了出去。

"我可比天皇年岁都小，一点不心虚，"千金公主见没旁人了，更是亲近地握住武媚娘柔软的手，哧哧笑道，"你别说，那婢子自得了这个药郎，成天红光满面。这女人啊……就得阴阳调和，所以嘛，我也就没把药郎发落了，倒是让他常来，常来。"

"你啊你啊！"武媚娘上下打量她一番，果见其气色好了许多，作为有丈夫的女人，如何不知这是男女之事和谐的表现，不由得劝告，"你两任驸马都是人杰，奈何走得早。只是哪怕孀居，你也是个公主身份，那药郎身份低微，如何配得上你这金枝玉叶？"

"我这不是命不好吗？"千金公主想起伤心事，用手绢擦擦眼角，"你看这么多年，我可有想过再嫁？就怕妨害了好男人。我看啊，就跟民间说的一样，贱命倒是好养活，这小子活蹦乱跳的，浑身肌肉，我看也就这样的人受得起我。"

"你瞧瞧，我这不是怕你被人骗吗？他被你抓了奸，说不定就是因为怕你才顺着你，你可得小心……"武媚娘想摸摸千金公主插得琳琅满目的头，到底没地方下手，只好拍拍她的肩。

千金公主闻言，破涕为笑："天后还真说准了，这小子怕得要命，他后来说，被捉着那会儿他差点没吓尿出来。可也就是这样，我才高看他一眼。"

武媚娘一听，觉得有趣，便问："哦？这怎么说？"

"这小子让我别怪那老婢，说是自己在这长安城中贩售草药，因学艺不精，食量又大，只好靠做力工赚些口粮钱。他虽不爱老婢，却当人家是自己的恩人，要跟我讨恩典，只处罚他一个人呢！"

"呵，低微贫贱之人，倒是有些仗义。"

"可不是吗？他就是个愣头青，我让他陪陪我，你猜他怎么说——"千金公主也不等武媚娘开口，就自问自答，学着那药郎的口吻，憨憨傻傻地道，"陪公主能有口肉吃吗？只要能吃饱，生意同谁做都一样。"

武媚娘听得一愣，旋即大笑，用力拍着千金公主的腿道："这是哪里来的活宝？他就不怕死吗？"

"可不是？"千金公主见武媚娘笑得眼泪都出来了，却收敛了笑意，微微惆怅地道，"高高在上的公主做久了，两任驸马与我都是相敬如宾，却少了这药郎的活泛气。"

"如今可不就有了吗？"武媚娘微羡地道，"你看你，气色好得很。"

"听说……陛下的身子……"千金公主瞥见武媚娘脸色不好，连忙打住话头。

武媚娘淡淡道："放心，我早已有数，无碍的。"

"你也莫怪我有些担忧，想当年那徐贤妃不过二十四岁，先皇去后，她便觉得了无生趣，绝了饮食，没几天就随先皇走了。"千金公主叹道，"女人除了自家男人，还是得有些别的牵挂。"

"有牵挂又如何？世间之事，都是男人说了算的，有多少是随女人的心意抉择的？先皇走了之后，但凡没有儿子的，不也都被打发到感业寺，到死都过着苦日子？"武媚娘口气尖锐，千金公主见势不妙，想起当初这位是被发配感业寺的一员，连忙闭紧了嘴。

"我看，这大唐还得变一变，总要让女人对自己的命运也有的拣选才行。"

武媚娘皱眉道，"此番嵩山封禅……嗯……看来还需更周详一些。"

武媚娘沉吟着，浑然不觉自己身边的千金公主，正为她话语中透出的意思感到如坐针毡。

大唐东都。

抬头看一眼还在天上挂着的日头，李凌云一猫腰，便顺着宅子旁打开的通道口钻了进去。

他经过焚尸炉，很快到了李凌雨的卧房门外，朝里看去，只见桌上已点了灯，李凌雨一会儿端详着桌上的一轴画纸，一会儿又看看笔架，似乎正琢磨着要用哪一支笔来画图。空气中，有着淡淡的脂粉味。

似乎察觉有人看自己，李凌雨抬起头，正对上兄长的双眼。

"姨母刚走？二郎可有空闲？"李凌云眨眨眼，"我有话问你。"

"兄长为何如此客气？"李凌雨迷惑地说完，微微眯起眼睛，审视着李凌云，"你是不是捅了什么娄子？"

"其实，我也不知自己是不是做错了事……"李凌云进屋坐下，把因猫爪印牵扯出的那起案子以及谢阮烧了封诊册的事讲了一遍。

"原本我气得很，"李凌云回忆着谢阮铁青的脸，"但是看谢三娘的模样，应该不是开玩笑。这桩案子涉及宫中，她应当是真的清楚其中关节，不愿我涉足太深。只是，阿耶叮嘱过无数次，封诊道的道规更是如此，所谓查案，查的就是真相，查的就是到底发生了什么，难道明知有问题，也可以这样轻轻放过？我虽不认为自己错了，但谢三娘那般火大，又令我莫名介意……"

李凌雨听完，笑道："兄长的迷惑，想来每一代封诊天干派首领都不陌生。"

"怎么讲？"

"阿耶也好，过去的首领也罢，所涉案件，多有宫廷秘密。有些事情说出来恐怕朝野变色，倘若一桩案子的真相会导致天下大乱，民不聊生，阿兄觉得当查还是不当查，当讲还是不当讲？"

"查自然是要查的，但是讲……"李凌云头疼地给自己倒了杯茶，喝了一口，嫌弃道，"这茶水怎么都凉透了。"

"我就喜欢凉茶，"李凌雨道，"别管这个了。就说查案，许多真相不辩不明，只是你还不知道该不该查，便已经在查了，悉数记录也是当然。阿兄原本不擅长人情世故，像杜公和阿耶那样预判如何处置案情，你是做不到的……"

"我的确不行，"李凌云摇摇头，"你阿兄我毕生所学，不过就是查案子，而且只会查案子而已。"

"那么查不查，你来决定，讲不讲，全然可以交给其他人判断。"李凌雨终于给出方略。

李凌云迷惑道："此言何意？"

"人生在世，尽力而为。"李凌雨拿起一支笔，细细整理笔尖，"你我自然明白，用最好的笔和用下等的笔，绘画习字，结果是有差异的。但不是人人都用得上极品紫毫。天下读书人，也不过是用自己买得起的笔罢了。人做事也是如此，只要竭尽全力做到自己能做的即可，自己不能掌控的，便由得它去。"

"二郎的意思是，我想查便查，只是如果硬是不许，也就算了。查出来的结果上报了，要不要公开，也不是我的事。"

"就是如此，阿兄不要做自己不擅长的事情，只要专精自己擅长的即可。"李凌雨走到李凌云身边，伸手捏着他的肩，"看你担心得浑身都僵硬了。"

"你是没见谢三娘那副模样，仿佛不烧了封诊册，便要杀我一般。"李凌云任凭弟弟捏着酸涩的肩头，却又想起那案子，"本案封诊册为阿耶所写，你说案中那个昭仪和婴儿，会不会就是天皇后宫里……"

"何止如此……"李凌雨闻言失笑，"天后武媚娘，曾经做过很长一段时间的武昭仪，她还有一个早夭的女儿，只是你从未入心罢了。"

见李凌云霍然回头，一脸惊讶地看向他，李凌雨叹了口气，道："阿耶有许多事告诉了我，只是你也明白，倘若你不问，便只得暂且不让你知晓。怕的就是你会像刚才那般，不知道什么该做，什么不该做，失了章法。如今你自己发现了，便说给你听就是。"

李凌云追问道："所以，武昭仪的孩子究竟是……"

"死的是一个小公主，此案因涉及宫中，虽记在封诊册上，但阿耶隐去了当事者的姓名。不过小公主尚未满月，便突然没了。"李凌雨回忆道，"还有，当时去探望的便是王皇后，也就是武昭仪的死敌，后来的王废人。彼时王皇后无子失宠，皇后族裔算得上长孙无忌一党，而武昭仪有子，天皇欲立武昭仪为后，在朝野后宫并非秘密。小公主一死，天皇因此勃然大怒，对王皇后也越发冷淡了。"

"原来那个去探望的人，是王皇后。"李凌云喃喃道，"难道当时无人质疑武昭仪吗？"

"表面上自然不会，虽然天皇那时尚在和长孙无忌争夺权柄，然而正所谓天子一怒，血流漂杵，除了王皇后口不择言，说是武昭仪掐死了自己的女儿陷害于她，其他人谁敢触这等霉头？"

"王皇后此言差矣，小公主只怕是中了炭烟的毒而死。"李凌云大摇其头。

"不错，阿耶当时封诊，亦表示小公主并非被人掐死，于是这也成了王皇后的罪证——现场只有她一人去过，只留下一人足印，除了她，还有何人？"

"可真的不是她。"李凌云皱眉分析，"她贵为皇后，无论如何，为小公主添炭取暖的都不会是她，那小公主要么死于意外，要么……"

"要么是武媚娘故意制造炭毒，杀害自己的女儿，是吗？"李凌雨用笔蘸墨，在纸上写下一个墨迹淋漓的"真"字，"你看，这就是谢三娘不许阿兄你继续往下查的缘故了。小公主如今追封安定思公主，难道还会有人允许你开公主的棺？"

"我倒是没这个打算，"李凌云嘟囔道，"中了炭烟毒的人，皮肤粉红，五脏六腑鲜红，血水鲜艳，安葬之后尸首腐朽，至多剩下白骨，如何判断得出死因？再说了……"

"再说了，当时到底是一个偶然发生的悲剧，还是有人处心积虑设计了小公主的死，实证不足，无法确定，是吗？"

李凌云点点头，算是肯定了这个说法。

"所以，你做种种猜测，也并不能坐实杀死自己女儿的是天后，谁又知道，是不是因为宫人害怕小公主寒冷，襁褓裹得太紧，炭盆里的木炭添得太多？会不会真的一切恰好发生，王皇后的运气就那么差，正好遇上，抑或……"

"抑或武媚娘发现孩子死了，做了一番布置，用来陷害王皇后。"李凌云摇晃着脑袋，"果然，查案就算了，其余的事我当真做不来。"

看李凌云大概明白了情况，李凌雨微微一笑："可见谢三娘是为了兄长打算，她真把你当朋友，所以才会那样如临大敌。"

"我晓得了，"李凌云抬头望向弟弟，"如此说来，是不是对阿耶的事，我有什么疑惑，都可以问你？"

"知无不言。"李凌雨似笑非笑地摊手，做出全盘接纳的模样。

"封诊道地支派研制出麻沸散的事，你可知道？"李凌云问完，便将地狱案和猫妖案里发现神秘麻药的事，同李凌雨细细讲来。

"此事阿耶倒没提起，"李凌雨挑眉道，"不过兄长，你说杜公要求你不要说出去，他想办法找人私下查探，是吗？"

"不错，杜公说原因有二：其一是，麻沸散的配方，我天干派早已遗失，无从证实这麻药就是麻沸散；其二是，倘若真是麻沸散，到底是地支派中有人作恶，还是地支派只销售此物，被他人拿去作恶，尚难辨别。然而地支派和我天干派同属封诊道，还是等查清楚再说也不迟，目前只以'某种效用极强的迷药'记录在案而已。"

李凌雨颔首道："此乃杜公老成之举，毕竟此事牵涉良多，小心处置为好。"说到这里，他又问李凌云："阿兄最近还做噩梦吗？"

"仍有一些……"说起那个梦魇，李凌云感到有些烦躁，"我已知道梦中的女子是阿娘，只是姨母始终不肯告诉我，当初阿娘究竟发生了什么，我又为何会做那样的噩梦。"

自从中了凤九的迷幻药后，他总会时不时梦见母亲在喧哗的人群中，躺在血泊里。母亲绝非像他记忆中父亲所说，是病死的。可无论他怎么旁敲侧击，胡氏对此始终不肯正面回答，每次提及，姨母便会痛苦发怒，令他不敢继续追问。

"其实，我们的阿娘是被人杀死的。"李凌雨平淡的声音，在李凌云的心湖中投入一块巨石，汹涌的浪头顿时冲天而起。

李凌雨的目光中仿佛蕴含着无尽悲伤，他继续缓缓说道："而阿兄你和我，就在那里，眼睁睁地看着这一切。"

"把消息交给'那边'，其余一切，俱按计划行事，"废宅中，明珪一面吩咐阿东，一面体贴地为他整理了一下衣衫，"放心，他们应当很害怕被坏事，这样一来，除掉狩案司的想法，就会变得急不可耐。"

"是，师尊。"阿东简洁地答应了一声，便很快离开了房间。

站在一旁的子婴狐疑地瞥着明珪："师尊为何策动'那边'针对狩案司？就不怕伤及老师？"

"他们的摊子铺得太大了，如今朝廷在长安，尚未搬迁过来，那边也如火如荼，如何顾得上？就是江南，也一样有人为了私欲，挖着他们的墙脚。他们哪儿弄得明白这狩案司里最麻烦的人是谁，还不是看东都这一片的人如何报？"

"我明白了，东都的人要怎么说，给他们怎样的消息，都掌握在师尊手中。"子婴抚着胸口，似乎松了口气，却又一下醒悟过来，问道："狩案司现在拢共也就三人，不说我老师，谢三娘是天后的人，动不得，莫非师尊让阿东师兄送去的是……"

"怎么？狄仁杰安插的人，就除不得吗？"明珪笑眯眯地问道。

"弟子怎会是这个意思，"子婴惶恐道，"只是狄仁杰虽然推荐了李嗣真不假，但把他送进去的，仍是天后。"

"若我说，便是因为天后，我才更要除掉他呢？"明珪手提执壶，给自己斟了一杯葡萄酒，却不喝下，只是拿着夜光杯，赏玩猩红如血的酒水。

子婴虽傲，在明珪面前却摆不起谱，老老实实道："弟子不解，还请师尊明示。"

"明崇俨案一结，太子李贤被废，我便因故离开了东都。然而这也是为了她武媚娘。我走之后，李大郎因对我起了疑心，被她捉去长安，之后便久居封诊秘所。这世上没有人比她更明白，我对李大郎是何态度，可狄仁杰一推李嗣真，她就将他塞进狩案司，何也？不过是我将在外，她怕我不受她的军令罢了。所以安排个钉子扎在我眼前，让我记得，她才是那个说一不二、可以为所欲为之人。"

"……天后她，莫非对师尊也有所猜忌？可师尊你明明是她的人，她用你做了多少关键之事。"

"子婴我徒，你莫非以为，应当用人不疑，疑人不用吗？"明珪好笑道，"武媚娘这样口含天宪的人，哪里有她用之不疑的人？"

"那如果天后忌惮师尊，你却对李嗣真下手，天后岂不是会大为光火？"

"小孩子就是小孩子。"明珪信步来到坐床边，其上安置着一方棋枰，上面摆放黑白两路棋子。明珪按下一颗白子，陆续捡起被堵死的一脉黑棋，缓声道：

"都是棋子，即便相互吃掉一些，整个棋局，仍控制在操棋人手里。最重要的不在主君是否猜疑你，而在于，你到底是不是那颗不可失守的棋。"

"师尊是说，李嗣真对天后而言，并不是重要的棋子？"

"她想看的，不就是我能不能让李嗣真消失？"明珏眼底一片无情，声音却温和得令人毛骨悚然，"倘若如此挑衅，我都可以置之不理，那才是对她真的起了背叛之心。但凡养的狗还把她当主人，都会互相争宠，不是吗？"

深夜，洛阳郊外小城千金堡里。

一座外表普通的宅院中，所有人都已睡下，唯独内院主卧中亮着灯火。

与宅子平凡的外在极不相称，主卧中的摆设华丽非凡，坐床镶金嵌玉，旁边的摆设更是无比豪华，不但有各种贡品器物，更有前代乃至更早的各色古董。桌面除了散乱的酒肉，还有一只相当扎眼的酒器，泛着莹莹青绿，竟是商周时期的铜爵。

在坐床边上安置了一尊来自天竺的犍陀罗风格造像，佛像双目微垂，凝视着玉石嵌金插屏，自屏风后方，陆续传来诡异的笑声。

"嘻嘻嘻嘻……下地狱吧，下地狱……你下地狱，我可不会……"

"我才不是你可以呼来唤去的狗……"

此时倘若有人来到屏风后，必定会被眼前的情形惊骇欲死，就在硕大的雕花床之上，一个赤裸男子被铁链吊起。

硕大的铁钩穿过他胸前肋骨，左右拉开，将他架到了半空，屋内地面血水横流。这些血不是来自他被钩开的伤口，而是源自他身下堆积如山的鲜红肉片。

就在此时，站在男子身前的黑影仍在不断增加肉山的高度。他手持利刃，一片一片地在男子几成白骨的身体上切割着，每切下一片肉，黑影口中就冒出诡异的笑声。

"去死吧，去死——不对，你已经死了，死了……咦，怎么就死了呢？"

黑影突然停下动作，一片碎肉从他垂下的手指中滑落，啪地落在一个猫头人身的塑像头顶……

"这么多苍蝇？"站在卧房外等待时，徐天不时伸手挥舞着，他身边的李嗣真也不堪其扰，正在此时，李凌云、谢阮带着阿奴、六娘来到了两人跟前。

"再紧急，也不必找个连案子都搞不清的人传话吧！"谢阮双手叉腰，挑眉埋怨。

"刚报的案，因大理寺此前查过一轮类似案情，报得太急，只有口讯，并无案卷。据说是此间主人死了，一个下仆失踪，屋内还有古怪塑像。我和李寺丞便先赶来，同时让人知会狩案司——"

"原来如此。"谢阮接过李凌云递来的油绢封诊衣和手套，分发给众人。李凌云边走边问："此案案情究竟如何？"

徐天连忙把提前了解的情形说来："这宋家是当地富户，当家的宋青峰，行三，年少贫穷，后经商发迹，本地人都叫他宋三。此间除了报官的那几个仆人，尚未有人进去过。"

"富户？"谢阮停在卧房门口，打量了一下里面，众人见她如此，也停下了脚步。

"这宋府不大，相比那青争夫人家，少了一个后院……"谢阮回忆道，"方才我进来时，发现是一个回形走廊，中间是院子，院子中栽有诸多珍贵花草，中间是一条鹅卵石路。进门右手边，是一偏厅，左面是下人居所，有好几间屋，可见下人不少。正堂之中装潢不菲，用具皆是上等好物。回形走廊两端，均可以通往后方，后边又是一个回形走廊设计，中间有池塘花园，其中假山奇石亦是贵价货色。左右两边可通往客房，还有厨下等处，再往里面走，便是主家卧房。"

"有什么奇怪的吗？"李凌云也忍不住伸手打掉眼前乱飞的苍蝇。

"一路走来，连带这间卧房内，出现了许多前朝、前前朝乃至魏晋、三国、春秋战国时的古董，我还注意到，前面偏厅放着一座青铜鸮尊，那可不是寻常人能搞到手的玩意。此屋坐床和前朝御用的坐床类似，你说这个宋三，会是做什么生意的？"

"莫不是古董商人？"李嗣真从嘴巴缝里挤出声音，生怕张嘴吞个苍蝇。

"古董商人大张旗鼓的不少，何必把这宅子伪装得普普通通？"谢阮哼笑道，

"我怀疑，这就是个拜了曹操当祖宗的摸金校尉！"

李凌云点点头，抬脚走了进去。越靠近死者，那臭味就越令人窒息，众人无不用手捂住那加了薄荷脑的封诊口鼻罩。待略微适应气味后，李凌云让六娘取来铜锅，用沸水将现场熏蒸一次，直到地面略微湿润后，他又将黑色粉末均匀地撒在地面之上。等到水汽散去，用扇面微微一扇，在风力的作用下，多余黑粉被吹向一边，地面遂出现了多枚脚印。在六娘将脚印图案绘制在封诊册上的同时，李凌云取出封诊尺，开始逐一测量脚印尺寸。一切做罢，众人这才小心地绕过屏风，来到里间。

在众人眼前，宋三爬满蝇蛆的尸身被铁链高高吊起，两根肋骨被钩住的地方皮肉拉开，露出黑色豁口。地上血迹早已干涸，身下肉片堆中滚动着密密麻麻的蝇蛆，肉堆四角各放着一个猫头人身的诡异塑像。尸身下半身已露出森然白骨，此时，蛆虫正顺着白骨朝有腐肉的地方爬动。

"刀口十分锋利……"李凌云上前，从伤口处轻轻摘下蠕动的蛆虫，仔细观察伤处，"伤口血脉有结痂，可以看出，宋三被割肉时还活着。"

"活着凌迟？"谢阮不由自主地看向下方涌动的肉堆，下意识地干呕了一声。

"手段越发凶残，这幕后黑手再不扫灭，必出惊天大案。"徐天面色发青，看着李凌云用尖头夹夹起一条蛆虫，将那小东西浸在小瓶中，刚才还在挣扎的蛆虫瞬间平静下来。

"是对虫有害的草毒。"李凌云把蛆虫展开，用封诊铜尺测过体长，随后道，"如今是夏季，人死后大约两刻，苍蝇就会赶到，并在尸体上产卵，若在眼角、鼻孔等处发现大量蝇卵，可推断死亡时间为六到八个时辰之间。"他看向那只蛆虫："宋三尸体上的，已经很长了。要想从它身上找到线索，就要了解它的生长规律，通常，蝇蛆有三个蜕皮期：一蜕幼虫体长约半颗稻米长，身体透明，用封诊镜观看，会发现它仅有后气门。蜕皮后变为二蜕，有一颗稻米长，身体为乳白色，前气门、后气门各分两裂。再次蜕皮即为三蜕，两至三颗稻米长，身体为乳黄色，后气门三裂，三蜕蝇蛆呈长圆锥形，前端尖细，后端呈切截状，无眼亦无足。之后便潜入尸体周围土中成蛹。所以，我可以据蛆的长度和蜕皮次数，大体推断死者是何时死去的。"

徐天眯起眼睛。"这蛆虫呈乳白色，似乎是二蜕蝇蛆。"

"不错。"李凌云点头道，"从血迹干涸状态也可以推测出大略遇害时间——

宋三应该死于两日前的凌晨时分。"

徐天皱眉道："那他是死于何种缘故？"

"虽然钩子钩穿肋骨，但此伤并不致命。"李凌云绕着尸体走了一圈，"人腿上颇有关键血脉，尤其是大腿根部——"说着，他用手在尸体腿上比画了一下，"若此处血脉受损，便会使人迅速失血而死。"

"他两条腿的肉都被片光了，必定是死于你所说的迅速失血。"徐天叹道，"我已查问过府中其他人，他们竟没有听到任何喊叫声！"

"刮骨凌迟，必定疼痛难忍，这也间接证明了那迷药的药性究竟有多烈！"李凌云说完，命阿奴将宋三尸首摘下，搬至院中。此时门外早已用封诊屏围出一片空地，李凌云用水清洗掉蝇蛆，随即剖开胸腹，取出了宋三的胃囊。

"尸首新鲜，胃囊鼓胀……应该是刚吃下东西不久便遇害。"李凌云伸指挖出食糜，在鼻尖嗅了嗅："他胃内有酒和肉。"

谢阮闻言，忙道："我记得卧房内的几案上就摆着酒肉。"

李凌云转身进了主卧。果然和谢阮说的一样，桌上确有未吃完的肉食。"种类与食糜相似。"说罢，他拽掉封诊口鼻罩，对着酒壶哈出热气，待表面结出水雾，他又用毛刷蘸取黑粉在酒壶上均匀涂抹，毛刷扫过，多枚指纹显现了出来。

此时，六娘也从尸首上取下了宋三的指印拓本，比对之后，李凌云道："吃食之时，除了宋三，此间还有一人。此人为男子，指纹清晰，磨损程度大，是一双比较粗糙的手。深夜时，除了宋三亲密之人，谁会和他在卧房之中畅饮？"

徐天听言，立即走出，一会儿快步回来，道："我方才问过了，宋三和府中下人并不亲近，唯独贴身随从刘大攀例外，然而这个刘大攀，也正是宅中唯一失踪的下人。"

"看来凶手就是这个刘大攀了。"

"未必，还是谨慎一些，"李凌云问，"那刘大攀居于何地？"

徐天将他领到下人居所，知情仆婢指着其中一间，道："刘大攀甚得主人宠信，独居此屋。"

"又是独居？"李凌云走进屋内，按照刚才的方法，用毛刷在屋内封诊了一番，"家具上的指印与酒壶上的其中几枚指印一致，刘大攀确实碰过酒壶。"

确定之后，李凌云又折了回来，他从酒壶中倒出一点酒，喂给六娘递来的封诊鼠。谁知那小鼠吃了酒，仍然在笼中活蹦乱跳好不自在。

众人顿时大惑不解，李嗣真道："酒中无毒？这是为何？莫非还有别人对宋三下手不成？"

李凌云却不言语，吩咐六娘："把宋三胃囊中的东西拿来。"

六娘依言将装有食糜的铜盒端了过来，李凌云用勺从中取出一些，挤出汁，喂给小鼠。这回小鼠应声而倒，谢阮挑眉道："看来宋三还是中了那强力迷药。"

"壶中无，胃中有，何解？"李嗣真摸摸垂在外面的美髯，不得要领。

"壶或有古怪，"李凌云拿起酒壶，揭开盖子，用食指和拇指掐住陶瓷壶壁，又将之递给谢阮，"壶壁太厚，恐是机关壶。"

"我看看……"谢阮轻轻握着酒壶端详，没过多久，就在竹枝形状的壶柄上找到了异状，"机关在这竹枝附着的蝉上。"

谢阮拇指覆在蝉头上，轻轻一按，蝉头落下，露出一方小孔。

"此壶制作精巧，前朝宫中有类似之壶，可将毒液灌进小孔，落入壶下夹层，蝉头抬起时，酒水从上方壶体倒出，蝉头按下，出来的就是夹层中的毒液。"

谢阮说着，让李凌云拿来一只新的小鼠，小心地按住蝉头，倒出一滴酒水，那小鼠果然沾酒就倒。

李凌云拿起封诊刀，轻轻剖开小鼠腹部，只见小鼠毫无反应，体内的脏腑还在微微蠕动。

"好厉害的迷药。"众人齐声惊呼。李凌云飞针走线，缝起小鼠的肚腹，抬头道："下仆残杀主人，所用迷药效力惊人，加之兽头人身半裸雕塑——此案亦是地狱案！"

此时，李嗣真提出了一个显而易见的疑问："此间种种，看来十分符合地狱案的要素，可宋三的亲随刘大攀，为何在杀人之后就消失了呢？他到底死没死？"

李凌云并不回答，而是转身折返卧房里间，细细搜寻起来。没过多久，他便发现，在宋三尸体脚前不远处有一蒲团，此蒲团被腐化的人肉遮盖了一些。李凌云小心拨开腐肉，发现蒲团旁有个赭色陶瓶。在确定瓶身无法提痕后，他从瓶中倒出无色液体，随后他将液体喂给封诊鼠，小鼠挣扎片刻，便七窍流血而死。

"是烈毒，但出血并不是很迅速，说明是一种蛊毒，"李凌云嗅了一下药液，"有草药味，不像斑蝥蛊毒无色无味。也就是说，这种毒，是经蛊制之后，又加入了草药毒，服下必死无疑，无任何解药可以解。"

他又翻看一下陶瓶："形状普通，瓶底无落款，无法追查，和猫妖案中小婢所用的有些类似。"

李嗣真道："这四桩案子相互关联，唯一的区别是这个刘大攀不知为何没有自杀，看来，找到此人，一切就会真相大白。"

徐天双目一瞪："此事我来安排。"

朝廷东来已是板上钉钉，在此之前，彻底查清地狱案，成了大理寺与凤九当下最为紧急之事。

此时早已不管各自什么来头，所有参与案件之人，齐齐会聚大理寺，将所知情况报给徐天、凤九知晓。

"刘大攀逃了两日，脚程够快的话，可能已经跑出都畿道了。"偏厅中，徐天从架上抽出案卷，在桌上摊开，"不过那个刘大攀曾犯过事，经查，他是个发丘中郎将，被逮之后贬为奴籍，是宋三想法子把他给买下的。"

凤九宛若谪仙一般坐在绳床上，接过话头："宋、刘两家是邻居，他们两人是玩伴，所以宋三才出钱赎买了刘大攀。只是宋三此人底细并不干净，如谢三娘所料，他是个盗墓贼。其父便是以盗墓、倒卖古董为生。宋三也会分金定穴，二人少年时发现一个被盗过的墓穴，他们在盗墓贼尸首上得了半块玉佩，宋三家富，故而将玉佩送给了刘大攀。刘家贫苦，刘大攀将之卖给了古玩商，谁知这个古玩商沾上了大理寺的案子，刘大攀盗墓之事便发作了。"

徐天点头道："不错，那时有一伙掘墓人，因担心大墓有危险机关，不肯冒险，遂四处绑架百姓，逼着他们探墓。由于常常有人失踪，这伙人便被大理寺给盯上了，虽说小喽啰是被抓了不少，可他们的头目一直逍遥法外。这伙人时常将盗来的明器卖给古玩商，大理寺从古玩商家中搜取赃物时，发现了那半块玉佩，玉佩上雕着墓主身份。墓主是前隋大员，因其后辈还在大唐朝廷为官，案发后，这位上官要求必须严惩，于是就顺线捉了那刘大攀。刘大攀一口咬死，说是误入墓穴意外捡来的玉佩。由于没有别的证据，也只好以此结案，但死罪可免，活罪难逃，发现盗墓没有上报还拿着玉佩去卖，他被贬为奴籍，连其父母都受到了牵连。"

李凌云疑惑道："既是如此，你们为何会知道他是与宋三一同盗墓的？"

徐天道："很简单，盗墓是个危险活计，地下遍布机关，甚至还有毒物，因此大多搭档而行。刘大攀认罪后，宋三赶紧拿钱赎他出去，二人又是玩伴，傻子也知道是怎么回事。只是宋三盗墓从不留痕迹，他只说自己是家传的古玩商，大理寺也拿他没有法子。"

"原来宋三和刘大攀的主仆关系是这么来的。"谢阮叹道，"过去曾经平等，如今一主一仆，只怕刘大攀心中早有怨恨。"

"不错，"凤九点点头，"大理寺查不到的，对我却非难事。所谓鼠有鼠道，摸金一路在我鬼河市生意不小，他们说宋三和刘大攀名为主仆，在道上实为搭档，那宋三定穴很有一套，手中有的是宝贝。"

"如此说来，那刘大攀跟着宋三，说不定学到了不少本事，"李凌云猜测，"他很有可能躲进了墓穴之中。"

李嗣真对此极为赞同："死人的地盘，地方官府自然不会追查！"

"既然如此，徐少卿可否将大理寺这些年的盗墓案找出，看看以宋府为圆心，周围有哪些墓葬。"

"这个简单，"徐天一口应承下来，但他又道，"可那宋三所盗坟茔，未必都能被后人发现，如此一来，恐有疏漏。"

凤九举起手中白玉如意，笑道："这个我来，摸金道上有不成文的规矩，被盗空的墓是要报给道首的，否则会让同行白费功夫，虽隐去盗者姓名，但到底有多少墓，在什么方位，却都是明明白白的。"

凤九言罢，一明一暗，两群人开始齐齐搜索刘大攀的下落，无论黑白两道，都是一句话：活要见人，死要见尸！

与此同时，李凌云也没闲着，那擅长探矿的何权带着一大包陶泥回到了东都。

李凌云收到几十个封诊袋，里面均是陶泥样本。晒得黢黑的何权把东西交给他，不由得叹道："东都附近含铁的陶泥不少，颇有一些相似，我是看不出，有经验的老陶工也说不好分辨，除掉明显不符的，还剩这些。"

李凌云对此不以为意，他让何权找来两名陶工，就地在院中起了个简易陶炉，他将各种陶土取一半入炉烘烤，待烧成之后，逐一敲碎碾磨。

"宋三一案中的造像用的也是同一种陶土，"李凌云在幽微镜下一面替换着被磨出的粉末，一面说道，"有了——应该是这一份！"

说着他取了其中一份，溶在水中，又用造像粉末溶了另外一份。在阳光下搅动之后，两碗水的色泽几乎完全一样，再滴入石濡汁液，两碗水的色泽变为微红，取白布沾之，对比也全然一致。

"果然是了！"李凌云拿起装着这份陶泥的封诊袋，对着上面的布帛标签，念道："浮云山？"

何权闻言，惊道："那里距离洛阳很远，是周遭距离最远的一处陶土产地了。"

"为避嫌而已，若是选在东都附近山头动土，难免会引起官府注意。况且，这种造像，下人都可以获取，产量必定不小，泥土沉重，不便运输，烧制的窑洞应该建在陶泥产地附近。另外，这些造像需要用极高温度在短时间内烧成，如此一来，就要用到大量木材，所以窑洞必然建在树木繁茂的地方。"

"既是如此，某心中便有数了，"何权叉手一礼，"只是不知大郎接下来如何安排。"

"此时无事，不如我同你一起去瞧瞧……"李凌云话音未落，就见谢阮等人一脸兴奋地闯入正堂，喊道："刘大攀找着了！"

谢阮边走边道："凤九郎那边出动了好些寻踪追迹的高手，加上你们封诊道弟子一同核对足印，发现这个刘大攀应该藏在一座老坟头中。"

李凌云连忙迎上："他现在何处？离开都畿道了吗？"

"那倒是没有……"谢阮看见李凌云，冷不丁地想起之前烧封诊册的事，迟疑片刻，就被徐天接了话头："那家伙藏在浮云山上。"

"又是浮云山？"李凌云和何权异口同声。

"二位……这个'又'字，"李嗣真从后面探出头来，"可有什么说法？"

在清晨晴空之下，一座苍翠山峰拔地而起，山谷处涌动着淡淡雾气，仿佛在山脉关键处笼上了一层轻纱。

众人仰头看，李嗣真小声赞叹道："难怪此山名曰'浮云'。"

李凌云却不为所动："背靠山脉，前望长河，聚天地灵气，有孕育吉穴之相。"说罢回头问何权："陶土便是来自此山？"

"不错，我拿去询问老陶工，都说陶泥纯粹，并未混合杂土，最终找到这座山。泥在此山山腰北面坡，为天青泥，陶之变暗肝色。"

何权说着拿出一张简易地图，李凌云则拿出官制地图，上面已用红笔圈定一块地方。他根据何权的地图，又在上面标出陶泥矿位，对比道："泥土沉重，烧制容易引人注意，这些人很有可能在刘大攀藏身的坟墓中烧陶。"

谢阮道："凤九叫来帮忙的那一伙人，说自己不是摸金校尉，而是哪门子的搬山道人，总而言之，他们偷摸去看过了，说是一座大墓，取土来看，恐是北魏时的墓葬，葬者必是王侯。若真是如此大墓，搞个烧窑之地不是问题。"

"这还不简单？上去看看便知。"徐天一个呼哨，叫来随行的大理寺卒子和一众金甲卫，过了一会儿，这群人便散了出去。

徐天带着众人继续攀爬："自你们封诊道的人在这山中查出刘大攀的足印后，凤九的人便进了山中，再加上咱们的人，这家伙跑不了。"

他话音未落，前面树顶上就有个身着绿衣的人，蜘蛛一般拽着绳索倒立垂落下来，那人拱手道："我乃搬山道人，诸位且随我来——"

李嗣真看看前头，小声道："他们和刘大攀是同行，还帮着官府抓人？"

"刘大攀杀了自己的搭子，这种坏规矩的家伙，自然人人得而诛之。"谢阮爬上高石，觉得路不好走，回身想拉李凌云一把，又有些犹豫，最后把身边的一丛灌木压下去，让李凌云抓着往上爬，终究没有多说一句。

众人来到大墓前，那人小声道："刘大攀心知案发，自躲藏到这里起，不敢下山，不过他时常会在山中转悠。他已经出去，此时里面没人，各位可以放心进去。我们得回避了。"

"去吧！"徐天拍拍腰间直刀，"那刘大攀还奈何不得我们。"

来人躬身一礼，抬手朝空中一招，头顶的树上就落下一根绳索，他拽着一飘一荡地不见了。"好诡异的功夫。"谢阮感叹一声，却也知道这些江湖门路，别人必不会透露，她不再深究，随众人一同走进大墓。

依山而建的大墓早没了隆起的坟头，只有黑洞洞的墓道口。李凌云点亮火筒，从身上抽出个铜杆，一节一节拉开，有一臂长，又从油绢布袋中掏出湿漉漉的黑色油布裹在上面，点亮后便是一个小火把。

"这是……"李嗣真第一次见，新鲜得不行。谢阮道："他们封诊道用石濡炼制的燃料，还有大的，晚上立起来点亮，像个太阳。"

李凌云打量起墓穴，边走边道："此墓有斜坡墓道、前甬道、后甬道……往下走应当就是墓室，为典型的北魏时期墓葬形制。墓道朝南，宽约一丈……"

他抬手摸摸墓道墙壁上的白垩，凝视一个红色的笔触："墓道上原本绘制了壁画，此墓必葬王侯。"

众人向里来到墓穴中，因被盗年久，墓门早已不复存在，里间的棺椁也不知是遗失还是被人盗卖，其中空空的。不过，众人果然发现一座小窑，窑洞上方有一烟囱与墓顶相接。

"竟然在那边开洞导烟，"徐天冷笑道，"怕不是个盗洞。"

李凌云来到窑前，戴上封诊手套，从地上拾起碎片看了看，又伸手到窑洞中，陆续掏出好几个兽头人身的造像。其中有猫，有狐，有狼。

李凌云捏一把窑灰，打开手就快速散落："灰烬干燥不潮，此窑近期必然被用过。"

"和地狱案一样的造像，看来那刘大攀逃来此处绝非偶然，"谢阮拿起一个造像瞧了一下，在窑旁还发现了好几个未烧的陶坯，"他来这里，恐怕是舍不得去死，又不知所措，想找那邪教的人参谋参谋。"

"所以说，他完全有时间离开，却徘徊不去，是为了在此等人——"李凌云刚说到这儿，就见李嗣真耳朵微动，看向洞口处："噤声，有人来了。"

李凌云将火把灭掉，和徐天等人靠在墙边。李嗣真掏出两根铜管，末端连在一个莲蓬头般的物件上，莲蓬口还蒙着一层羊皮。他将羊皮一端贴在墓室墙上，两根铜管则被他塞入耳中，他听了片刻，小声道："来人落足有力，男性，跨步间隔长，身形粗壮，应该是刘大攀。"

话音未落，那人的脚步声已近在耳边，一片漆黑中，徐天和谢阮同时扑了上去。只听一阵扰攘打斗之后，墓室内只剩气喘吁吁的声音，谢阮厉声道："捉住了！"

李凌云点亮火筒，只见徐天膝压着一个灰头土脸的男子，此人双手被反剪在身后，挣扎不得。谢阮上前揪起他的头发，从怀里掏出大理寺此前绘制的画像，对比后，她喊道："就是刘大攀！"

仿佛被针戳漏了的猪尿脬，男子不再挣扎，丧气地垂下了脑袋。

墓穴中，重新点亮的火把下，刘大攀花着脸，盘腿坐在地上，交代着自己犯案的理由。

"打我犯事被贬为奴籍后，宋三就把我收到府中，对内以兄弟相处，对外以主仆相称。慢慢盗的墓多了，手艺也变得精熟，钱也越赚越多，可我这兄弟就没想过给我脱籍的事。我心里清楚，他宋三有本家传的风水绝学，他家阿耶是不许传给别人的，他传给我，自然不允许我告诉别人。我是仆，他是主，我说出去，他就能打杀了我，最多交点金子就能买罪。一开始，我也没觉得不服，毕竟他每次也同我分账，可是奴婢毕竟是奴婢，走到哪里，都是宋三坐着，我站着，宋三吃着，我看着。这都是规矩。再说了，我性子直，他似乎真的把我当成了仆人，训起我来不留情面，久而久之，就有了芥蒂。"

"就算如此，也不至于要用这样残虐的法子杀人。"谢阮冷冰冰道，"这又不算什么深仇大恨，当初售卖玉佩的人也是你自己。"

"话虽如此，但这些年，我可是见识到了宋三的圆滑，谁知当年那半块玉佩，是不是他宋三设下的计？"刘大攀双眼发红，野兽般低声咆哮，"他若是为了拖我下水，让我一心一意和他盗墓呢？打我信了教后，教头同我说，盗墓之人将来必下地狱，遭凌迟之苦。他就是想拉着我，死后都不得安宁——"

刘大攀喃喃道："我得按教头说的，在阳间就让他下地狱，如此一来，他就替了我的罪责，我死后，便可以托生成人，得到翻身的机会。"

"大郎，依你看，这是不是那邪教的路？"徐天给李凌云使了个眼色，后者点点头道："刘大攀，你为何事情只做一半，没有服毒自杀呢？"

"因为……我杀红了眼，突然意识到宋三对我的确不错，再说，我如此杀人，难道不比盗墓更罪责深重？想到这里，我就怕了，所以逃走了……我得再见见教头，问问清楚。"

"那教头和你约在此处？"

"是，他说要是不想死了，便在三日之内，到这里找他。"

"你可记得他的相貌？"

"记得！"刘大攀点了点头。

"既然如此，带他回大理寺画像便是。"李凌云等人带着刘大攀朝墓穴外走去，边走边问："那教派叫什么名字？你是如何信上的？"

"这教叫作转轮神教，我原本信佛，某日在佛寺参拜之时，有人过来同我搭话，说什么自己做了坏事，像他这样的人，佛陀不会救，得进幽都，入鬼门……来人循循善诱，等加入该教，自有人让你写出心中的芥蒂，然后教头会亲自用清水给你洗身，叫作洗罪，接着再帮你出谋划策，教你如何逃脱罪责，这期间要供奉香火，不过数目不多。"兴许是觉得已没了指望，刘大攀倒是和盘托出，"转轮神教的大教头乃是冥君转世，执掌冥界幽府，专管地狱罪责和转生之事。因犯罪之人在地狱受苦，日夜号哭，冥君不忍，所以转世来度化罪人，在堕入地狱前，给我们一次自救的机会。"

"自救，就是杀人，跟他一起死？那些雕像又是怎么回事？"

"死去之后，灵魂到达幽冥，便要遭审判，此时有兽力士的守护，便不会被小鬼拉去地狱受苦。"

李凌云等人钻出墓穴，他正在继续问话，忽见李嗣真大喊道："跟着我们的那人冲过来了——"

李嗣真的能耐众人心中有数，谢阮、徐天抽出腰刀，徐天一个呼哨，回头道："谢三娘护着他们，附近林中撒出去的卒子和金甲卫正朝此处靠拢。"

说着他吐了口唾沫："一群废物，居然能被那人跟到此处。"

说话间，林子里飞出一个黑衣人影，只见他手一扬，几点寒芒就冲徐天面门而来，徐天用直刀劈开，发现是几枚梅花镖，冷笑道："雕虫小技。"

袭击失败，来人转身就跑。徐天见其身形，面色微变，一面蹿出去一面喊："三娘跟来，贼汉轻功甚佳，你我须得一同捉拿。"

谢阮瞥见几个大理寺卒子过来，便扔开李凌云等人，健步蹿进林子去。李嗣真惊魂未定地道："必定就是跟着我们的那人，只是看不清容貌。"

李凌云皱眉道："他以前从不露面，为何此番突然出现？"

"是……是教头，他的身形我认得！"刘大攀两股战战，一屁股跌倒在地，"他是来杀我灭口的！"

说着他突然抱住李嗣真的腿，喊道："我都交代，他们的教殿就在山中，他说尽管站在山顶上喊一句话，他就过来墓穴见我。"

"什么话？"李凌云追问。

"葬者，乘生气也。夫阴阳之气，噫而为风，升而为云，降而为雨，行乎地中而为生气。"

李嗣真听得莫名其妙："这是什么意思？"

"此乃风水术语，是一吉穴之说，"李凌云从怀中摸出罗盘，眺望四周山势，不断转动身体，"方才我就觉得，此山脉络极为吉祥，看来这个转轮神教的教殿也不是乱选的……占山之法，以势为难，而形次之，方又次之。千尺为势，百尺为形。夫势与形顺者，吉，势与形逆者，凶。吉穴穴眼当在雾气最深处，教殿也最有可能在这里——"

此时李凌云身边已围了一群大理寺卒子和金甲卫，他在地图上画下位置，叫来眼熟的人，吩咐道："快过去搜查。"

那带头卒子头疼道："徐少卿只让我们来此处……"

"如今破案近在咫尺，难道你们就要放过吗？再说，那家伙很可能会逃去此处，你们提前进入，自然可以守株待兔。"李凌云这里实在也没有什么危机，于是两三句便把那卒头劝了下来，卒头很快带着三分之二的人走了。

谁知那群人刚离开，剩下的几个大理寺卒子便陡生警觉，朝林中呵斥起来："什么人在那里！滚出来——"

"大理寺好大的官威啊！"来人从林中缓步走出。只见他浓眉大眼，笑容宽厚质朴，身着一身剪裁合体的黑色翻领袍，大理寺独有的三角牌和银鱼袋悬在他腰间。

"明少卿——"

"怎么是你？你回来了？"卒子们一看见这张熟悉的脸，顿时松快下来，有几个更是收刀上前行礼。

李嗣真一听，便知这是那位突然消失的武后心腹，正待打招呼，却见身边的李凌云不声不响，大大皱起眉头，他一时间也不知该如何是好。

明珏健步来到李凌云面前，轻笑道："大郎，我回来了。"声音和煦，就仿佛他从未离开过一般。

李凌云却不说话，抬手在他脸上搓揉抚摸一番，方沉声道："没有易容，真的是你，既然走了，你还回来作甚？"

见在场众人看过来的目光怪异，明珏苦笑道："天后有事让我做，我才走的。怎么？还不能回来了吗？"

"为何冒名顶替明崇俨之子？"

见李凌云一点面子都不给，明珪轻叹一声，小声道："我与明崇俨是同宗，天后有命，他儿子担不起如此要案，我便帮了个忙。明珪这个名字是我的，子璋也的确是我的字，要论起来，他儿子反而是冒的我的名。"

见李凌云不说话，明珪软声道："我之所以离京，就是因为绥州一代，有人号称自己能拯救众生，信众极多，已成隐秘邪教，天后命我查访……我才回东都，就听说了地狱案的事，案中有九朵莲花、兽头人身塑像，与我所查正好相符，我就匆忙赶回，还有……"

李凌云听出明珪在忙的事和地狱案有关，心中郁结稍去，问道："还有什么？"

明珪神色微肃。"那些人在绥州可是养了许多高手，能在东都附近传教为害的，只怕不是好对付的人，我当然要过来确定你和谢三娘安然无恙。"

说着明珪问李凌云："大郎，可否借一步说话？"

当着李嗣真的面，有些话李凌云确实不好相问，遂点了头，与他一起走开了。到了僻静处，李凌云当头发问："既是天后有命，为何一声不吭就走？"

"自然是情况紧急，来不及了。"明珪无奈道，"绥州贫苦，又遇荒年，这两年你在长安怎会不知呢？民心动荡之际，有的人却在背后利用这个邪教作祟，只是他们在绥州从不作恶，仅收取供奉，我们也一直找不到理由下手。近些时日，他们越发坐大，四处散播教义，天后便命我多方查证，找些错处出来。"

说到这儿，明珪又连连苦笑，伸手拍拍李凌云肩头："多亏大郎调查这地狱案，否则我还在绥州'吃土'呢！"

"……走时一句话也不留，你这可是为友之道？"李凌云直直盯着明珪，看得他告饶道："我错了，我错了还不成吗？往后去哪里一定告诉你。"

他正笑着赔罪，谁知李凌云冷冷地问："挑动子婴杀心，制造六合连续作案的人，是不是你？"

明珪的笑意冻结在脸上，李凌云咄咄逼人地继续质问："赵道生只是一个东宫马奴，他怎么可能知道那么严密的作案法子？替换死者胃囊中的食糜，改掉他死亡的时辰，让我封诊道做出错误判断的人，是不是你？你到底有没有怂恿赵道生，杀明崇俨，使太子坐罪？"

明珪低下头，重新缓缓抬起时，他唇边带着神秘莫测的笑意。

"大郎真是个聪明人，其实我也以为，诸多案件中，有人在暗中操控，不过，你为何认为，做这些事的人会是我呢？"

"还不是因为你突然失踪……"说到这里，李凌云意识到自己的猜测全建立在明珪畏罪逃遁的基础上，此时看着站在自己面前的明珪，他明白，猜测最关键的一环被推倒了。

"我相信大郎，陆合道人一案，必定有人背后作怪。不过那个人，并不是我。"明珪诚恳说道，"天后手中掌握着许多能人，我不过是其中之一罢了，根本算不得什么。我只会修术，还有一些察言观色的法子，所以，我知道大郎气我，也在担忧我，是吗？"

"担忧你怂恿人犯案罢了！倘若真的是你，便不能让你继续危害大唐——"李凌云突然想起明珪留下的那句话，此时心结略解，便顺口问，"你让那'明珪'同我说，你知道我的秘密，指的是什么？"

"那个啊……"明珪微微一笑，正待回答，却听李嗣真所在方向一阵打斗声响起，二人讶然对视一眼，连忙往那边奔去。

情况比他们预料的更糟。

二人归来时，一个卒子正拽着刘大攀的领口，努力把他拖离风暴中心。在他们前方，一群人把李嗣真围在中间，他身后站着个黑衣蒙面客，手中横刀架在他脖子上。

李嗣真面无人色，他身边已有四个大理寺的卒子倒地不起，其中虽没有金甲卫，但他们也不好过，有几人身上的甲胄都变了形，还有人的甲缝中扎着弩箭。

明珪抽刀抢步上前，怒道："怎么回事？"

领头卒子额上着了一刀，皮肉翻卷，他摸了一手血，恶狠狠道："方才李寺丞说那贼人回来了，话音未落，此人便从林中奔袭而来，李寺丞见他要杀人证，推了刘大攀一把，李寺丞却被此贼拿住。"

明珪闻言大怒，正待挥刀冲杀，那贼人见状嘶喊道："莫过来，否则我当下就要了他的性命。"

明珪刀指那人："好大的胆子，山上遍布守备，兼有江湖高手，莫非你以为自己出得了这座山？"

那贼人狞笑起来，看看被自己挟持的李嗣真："我就不信你们不在乎他的性命。"

说完他狂喊道："都让开，不许跟来，待我安全了就放过他。"说着便架着李嗣真朝外走去。

见明珪不忿，李凌云抓住他的胳膊，低声道："李寺丞的性命要紧。"明珪无奈，只得点头，却又道："贼人奸猾，未必就会放过李寺丞。"

他们这边说完，听那贼人警觉地冲二人喊："你们清出道路，将山中所有人都唤到这里，不许有人拦路，否则他今日必死无疑。"

"可恶，竟如此精明。"明珪无奈，只得让那带头卒子打呼哨召唤。不久之后，徐天和谢阮黑着脸孔，和其他人一起赶到。

徐天虽惊讶明珪在此现身，但一见贼人挟持了李嗣真，哪里还顾得上问这个。他破口大骂道："兀那狗货，不知练的什么轻身功夫，甩掉我等竟是为了回身杀人。"

说罢又问刘大攀所在，得知其还活着，徐天的面色略好一些，可看见李嗣真满头虚汗，随时要昏迷的模样，便气不打一处来。

贼人见他这般，喊道："那两位高手不许靠近，都退回墓道里去，走到我看不见的地方。"

徐天怒火中烧，直想冲上去，被谢阮劝了两句，拽着进了墓穴。贼人见众人乖乖听话，气焰越发嚣张，命令明珪："你去清出一条道来，倘若留着什么埋伏，我便杀了这个狗官来陪葬。"

明珪闻言，不怒反笑："好大的胆子，不如投了你阿耶，举发那幕后黑手，乖儿，阿耶留你性命戴罪立功。"

"你们这些狗官只会哄人，我转轮神教岂会在乎世俗回报，快去，否则杀了他！"

见那家伙将刀口插进了李嗣真的肉里，明珪不敢不从，快步走进林中。

李凌云见李嗣真几乎昏厥，忙上前道："他快昏死过去了，恐无法随你下山，若是他中途存有意外，你要潜逃就不可能了，想要安全逃脱，不如用我换他。"

那人看看李嗣真，此时他脚底虚浮，全身朝下滑落，那人费了些力才架住他。明珪此时回转，正好听见那人对李凌云道："你看来不会武功，但要换他，须得脱掉内外衣裳，否则我不信你身上不藏暗器。"

"好，脱便脱！"李凌云回头脱衣，明珪小声问了因果，压低嗓音道："大郎换不了李寺丞。"

李凌云动作不停："为何这么说？"

"那人能在群攻中捉住李寺丞，怎可能杀不了一个刘大攀？退一步说，杀不了也就罢了，为何他皮都没破一块？说明那厮武功极高，就是冲着李寺丞来的。"

李凌云闻言皱眉道："李寺丞听过他的脚步声，说他懂易容术……莫非……"

"没错。"明珪道，"他就是要杀李寺丞灭口，只要李寺丞死了，就没人能听出他的脚步声，此时他再易容，只怕就没人能找到他了。"

"我们应当怎么办？"

"出其不意。"明珪低头瞥一眼李凌云腰间的封诊令，后者收到暗示，一面脱衣，一面握紧封诊令。

"快些——你们别凑在一起。"贼人呼喝起来，明珪踱步走开，李凌云手握蹀躞带，口中道："这个……不好解。"

话音未落，他手指连弹封诊令，一抹银光直扑贼人咽喉。那人大惊，躲过飞来的封诊刀，他发狠地将直刀朝李嗣真咽喉抹去，谁知此时明珪神不知鬼不觉地贴身上来，卡住他手腕脉门。

眼看手中直刀垂坠下去，那贼人震惊地望向明珪，与此同时，他心窝里已长出了一把镶金嵌玉的乌匕。

"你……你……"贼人下意识地捂着心口，明珪伸手捂住他的嘴，在其耳边道："既然和我们玩花样，那就请你去死吧——"

话音未落，只见那贼人肌肤迅速发黑，眼耳口鼻中冒出黑血，此时他身上又多了两把直刀，原来是谢阮和徐天瞥见破绽，恐明珪不敌，双双赶过来补刀。

那人肩、腿几乎被砍得与身体分离，仰面倒地而死。明珪蹲身，将那贼人口鼻罩揭下，又命人把刘大攀带来，那刘大攀一见贼人面相，当即惊号指证："是他，他就是教头——是他告诉我，杀了宋三才能自我拯救。"

李凌云套上封诊手套，在其身上搜索起来，除了匕首、瓷瓶，他又搜出了一块令牌，上面写着"转轮神教"，其背刻月相、莲花、火焰，数量、排布与火山地狱案中的如出一辙。

李凌云命卒子在山中捉来一只野鸟。接着他打开瓷瓶，将其中液体灌入，野鸟当即睡死过去。李凌云道："看来，此事果真是这转轮神教所为。"

明珪叹道："没想到，他们在绥州不做恶事，却跑来东都杀人，或许是绥州距长安较近，不欲引人注目的缘故，怕只怕大唐各处还有更多此教中人隐匿。"说罢，他又将这些年追踪转轮神教的种种向其他人复述了一遍。

"不知到底是什么人在背后掩盖案情。"谢阮有些恼火，一旁缓过劲来的李嗣真盯着死尸，喃喃道："就是他，身高一样，方才脚步声也全然相同。"

李凌云和谢阮对看一眼，谢阮小声咕哝："横竖不是明子璋就好……"

明珪听了半句，有些迷惑，谢阮抓着他，笑道："你回来就好，不然我和李大郎有了矛盾，连中间说和之人都没有。"

李凌云不懂寒暄，抽出封诊尺丈量了一下此人鞋底尺寸，接着又伸手去摸其下身骨骼："足长与之前测量相符，下盘极稳，是习武高人。"

徐天看着附近同袍的尸首，面色难看地道："当然是个高手，否则他也不可能凭一己之力，杀掉我们大理寺四个人。"

谢阮回头问："现在应当如何？"

"去找那教殿所在。"李凌云抬头，颇为自信地道，"风水上称这地方为金星穴，最适合建立阴宅，那转轮神教崇拜幽冥，既在此处设殿，必会聚气土中，藏于地下。"

贼人已死，李凌云取出罗盘，一番掐算之后，带着众人来到一座破坟前。

"……这就是那邪教的教殿？"谢阮面对一片高高的茅草，颇为无语。

"穴场展阔，蒿草丛生，其间隐观古墓，寅山申向，弃案取朝。……这坟不是自然倒塌的，而是人为迁走的，喜穴尚存，所以那教殿的确就在下面。"

李凌云围着坟头看了一圈，发现某个方向的茅草朝向不同："奇门……这转轮神教中，竟有人当真懂些东西。"

"我却看不出好歹……"谢阮这话刚出口，就见李凌云走向茅草对面，他在地上找到了一块倒伏的石碑。李凌云用脚踢了一下，发现不动，便蹲下试着推了推。

这一推不得了，轰然巨响随之而起，众人身边的茅草也开始缓缓移动，片刻之后，一个黑漆漆的入口出现在众人眼前。

入口刚开，一道绿芒随之射入，地道中便有了光亮。谢阮看见熟悉的磷火，下意识喊出声来，她又朝李凌云看了一眼。后者见状，皱了皱眉，不过片刻后，他还是招呼众人一同走了下去。

在此之前徐天做足了防备，不过好在此处未发现任何机关暗道。进入一层，可见一硕大圆形洞窟，窟内有木柱支撑，除了墙上的壁画，其他地方空空荡荡。

众人手持火把，仔细查看壁画内容，发现是一众人等被用各种方式杀害，其中就有火烧、冻死、凌迟等等……他们的鬼魂在鬼卒的监督下，五花大绑地从阳间被带回幽冥，随后他们还要经过奈何桥，进入地府，又经判官审判，分别被带去各地狱之中。判官身边还雕刻着一行字——大阴法曹，拘审现世之人。

在壁画末端，有一个石雕门洞，门洞为桃树虬结而成，开满桃花，门边又阴刻猩红大字："入我幽都门，转轮得重生"。

众人面面相觑，谢阮带头继续往下走，经石阶，又来到一座圆形洞窟内。只是这座洞窟面积要小一些，洞窟中充满令人胆寒的场景，诸多鬼怪正把一个个鬼魂压在地上，用钳拔掉他们的舌头，有的鬼魂连带肠肚都被扯出老长，无比血腥。

和上一个洞窟一样，这里也有一个门洞往下通行，于是众人接着往下走，他们发现每一层都比上一层更小，每层中的灵魂都在遭受不同的刑罚。

来到最后一层，谢阮环视一周道："这些壁画所绘内容不就是佛家的十八层地狱吗？看来，就是这邪教怂恿仆婢模仿十八层地狱的虐杀手段作案的。"

徐天看着对面那个洞口，奇怪道："十八层地狱已到底，那下面又是何处？"

"据刘大攀交代，倘若按教中要求，杀死主人，教头便会写下一份关于他毕生经历的记录，报给幽冥。这样才能让主人下地狱，换由他继承主人的福报，来世成为富贵之人。刘大攀还说，杀人仪式完成后，需要经教头确定，方可在记录上贴上神物，焚烧送至幽冥。他既没死，就必须找教头破解，否则他下辈子会投入畜生道。"

明珪走向洞口："这些东西既然在教头手里，必定就收纳在下面这层了。"

众人依言往下，这层却不似之前各层那般空旷，中间有一座硕大造像，仔细瞧来才发现，这就是火山地狱案中，足踏小鬼神像的放大版。此外，在它附近还有数不尽的兽头人身造像。

前方祭坛上摆满一卷卷的布帛卷轴，空中悬挂着血色帷幔，上用金线绣了大字："世间黑暗，人人有罪，经幽都，下地狱，来世方为真人世，有享快乐，无限光明"。

李凌云翻阅卷轴，其中大多空白，有几卷存有墨迹，打开观瞧，一旁的谢阮倒抽了一口凉气："是地狱三案……"

她伸手拿过一卷。"这是寒冰地狱案那姚翠娘的记录。"谢阮飞快地翻看，摇头叹道，"姚翠娘因孩子流产，认为是自己的报应，这教头同她说，打胎后，婴孩父母定会堕入冰山地狱，下半辈子为奴为婢。姚翠娘得知后十分恐慌，教头便哄骗她，说转轮神教有一颗还魂珠，人死后，口含宝珠，可让灵魂再返回肉体。姚翠娘听信后，将珠子塞进情人邵俊德口中，并按照教头要求，将其放在冰床之上，随后，教头便带着邵俊德的魂魄进入阴间，告知幽冥月光王。姚翠娘在阳间受冰山地狱之苦，杀子之债由姚翠娘负责偿还。因邵俊德口含还魂珠，在教头买通月光王后，他就可以复活……"

"磔刑地狱的记录，与刘大攀招供一致……"李凌云拿起另一卷打开，一目十行地看下去，"火山地狱案，是小严子对今生绝望，又极为恐惧自己死后下火山地狱，在教头怂恿之下，以来世换命为目的，让始作俑者代自己受过，从而犯下的奇案。小严子之所以笃信这转轮神教，是因为教头不但教他月相九莲火焰净体曼荼罗大阵，还赠了一座五方幽君造像给他。按转轮神教记载，五方幽君为幽都月光王治下，镇守大唐各道，专门救济像小严子这样的罪人。"

"所以，这玩意就是他们说的月光王吗？"徐天看着那座面容温和、脚踩血腥肚腹的造像，顿时感到一阵毛骨悚然，"他们怎会相信如此荒谬的言论？"

始终沉默的明珪长叹一声："这帮人用十八层地狱酷刑威胁信众，告诉他们必须赎罪，死后才能不坠入地狱。月相图表示月光王能操控命运的变化，从光到暗，从暗到光，随心转换，好命和贱命也在月光王的操控之中。这些兽头人身的力士，是魂魄被审判之前的守护者，信众一般都会将其放在床下，不信此教的人看不见，信仰之人却守口如瓶，倘若泄露一点，则会被教中重罚，所以在民间很难查到。"

他又指着那神像道："传闻月光王是从恶神腹中诞生的，可为黑暗人间带来光明，这种大眼女童，便是月光王的光明使者。转轮神教相信，这些女童是各种鸮所化，夜晚也能看得分明。"

"难怪有翅膀。"谢阮算是解了迷惑，"可女童为何身穿麻衣？"

"他们认为，麻衣为教服，是纯粹的象征。而女童以羊毛搓线绕腰三圈，也是来自某遥远胡国的信仰，象征着善思、善语和善行。"

"这些王八蛋，分明作恶不断，哪里善了？"谢阮挥拳怒道，"等回东都，我便火速报给西京，处置了这些混账——"

尾 声

大唐永淳二年的夏日，终于正式到来，刚进四月，东都的牡丹就开始开放，然而留在洛阳城中的官员均无暇欣赏，因为朝廷各部机构，都已经热热闹闹地运作了起来。

就在今日，朝廷的队伍就要正式开拔，朝向东都而来。此番不知为何，并未携带大军守备，天皇天后的旅程显得有些令人担忧。身在东都的人们，也自然而然地感受到了紧张的气氛。

大理寺也不例外，徐天整理官袍都有些手忙脚乱，何氏在一旁看不过眼，走来给他系上蹀躞带。

"朝廷东来，这回你可要把握机会修补关系，别再不当回事了，小心下次又让你留守。"何氏取了盘中的匕首等物挂在丈夫腰间，细细说道，"我看那狩案司的人很是不错，你就和人家好好相处不成吗？"

"你一个妇道人家，懂什么？"徐天有些憋火地随口一句，不想何氏哼笑道："怎的？天后不也是妇道人家，男人女人都是人，要不是你们老爷们拦着，女人还能治天下呢——"

徐天语塞片刻，想了想，欲言又止，最后叹息一声，什么也没说。

等徐天走出内堂，伍拾玖早在这里等了许久，见状起身撵上了徐天的脚步。他现在已不在思顺坊武侯铺，自那火山地狱案后，徐天就相中了他，将他调进了大理寺。

伍拾玖跟着徐天跨出门，冷不丁地听见前方传来徐少卿的说话声："兴许，她才是对的……"机敏的伍拾玖，当然不会多口多舌，一阵微风顺着他耳边吹了过去，也把这句话吹散于无形之中——

清风在洛阳城上空盘旋，撩起浓绿的柳荫，旋即钻进了狩案司小院里。往常大开的堂屋，今日莫名地门扉紧闭，路过的官奴朝那边瞥了一眼，不敢过去打扰，端着水盆去了厨下忙碌。

屋内，茶香悠悠，明珪和李凌云席地而坐，明珪将手中滚烫的泉水注入茶碗，冲出一层洁白如雪的细沫。

"转轮神教杂糅佛、道及胡人各教习俗而成，幕后主使恐非寻常，朝廷此番清查，希望能彻底铲除这个邪教祸胎。"

明珪说罢，环视一圈，才问："三娘呢？"

"昨日便回宫拾掇去了。朝廷东来，宫中两三年未住人，有许多需要整修的地方，说是凤九也要出力。"李凌云端起一杯茶，注视着其中泡沫，"明子璋，你对天后的事，究竟知道几分？"

"知道许多，我毕竟是天后的人，也就不瞒你了，"明珪放下铸铁水壶，看向李凌云，"只是大郎提问的话，我也不知你到底想听哪一桩。"

"你知道安定思公主吗？"李凌云抬起眼来。

"知道。当初宫中朝野都说她是死于王皇后之手，陛下还斩钉截铁地说过'后杀吾女！'。"明珪挑眉，"天皇天后当时极为悲伤，所以这位小公主的葬仪级别极高，可与长公主相比。"

"她或许不是王皇后所杀……"李凌云有些踌躇地停下，许久才继续道，"根据我阿耶的记录，封诊结果如此，我阿耶当时草草结案。还有，我刚做出推断，案卷就被谢三娘烧了。"

"这么看来，说不定当初小公主的死，真的有些问题。"明珪呷了口咸茶，又听见李凌云的声音传来。

"倘若如此，那孝敬皇帝李弘，也就是天后的长子，真是病死的吗？"

"啊……"明珪缓缓抬起眼眸，看向皱眉思索的李凌云，"怎么，大郎这是有所怀疑吗？"

他说着，唇边露出一抹极为温和又极为叵测的笑意……

狩案司正堂后的草堆轻轻地动了动，一个人影利落地翻了出来。

用泥土盖住嵌入砖中的铜管，揪下头顶乱草，子婴轻轻地摇了摇头："阿东师兄死得好可怜啊——明明是师尊让他去杀李嗣真的，结果死的却是他。看来，我以后得多加小心才是……"

说罢，子婴跃上高墙，转眼便没了身影。

与此同时，谢阮站在洛阳宫高高的楼阁上，朝狩案司方向眺望。

"李大郎这家伙，可真是不省心。"她双手合十，闭眼祈祷起来，"愿神佛庇佑，他不要再继续追究那些有的没的了……还有天皇天后，一路顺遂，一路顺遂……"

热风卷起她琐碎的祈语，一路飞向西京。此时，长安城中庞大而华丽的队伍正鱼贯而出，迁向东都，留下的官员和皇亲国戚都来相送。

千金公主站在皇亲国戚之中，穿着极为艳丽的衣裙，低声自言自语："不让南衙十六卫护送，竟听那魏真宰的，用什么绿林江湖人开道……但愿此番可以一路顺风，千万别出事啊……"

等到御驾远离，她才转身上了自家的豪车，尚未站稳，就被一只大手拽进了热烘烘的怀抱里。

"怎么？是不是被这盛大的仪仗惊着了？"公主笑道，"你这小子可真有意思，朝廷的事还非得来看热闹，难道是想见天后？这场合你可见不着，还是等咱们回了东都吧！你要是让我开心了……用不了多久，说不定我可以为你引见引见……"

她的话并未继续说下去，便突然没有了声息，车已经行了起来，摇摇晃晃地朝城中驶去……

…………

銮驾在十里亭停了下来，太子李显留京监国，自然只能送到此处。

"长安便交给你了……"李治看着聆听了一路教诲、仍面带兴奋的太子李显，突然觉得很没意思，便让人招呼群臣来到跟前。

在太子少傅刘仁轨、中书令薛元超、侍中裴炎围成一圈后，李治勉强打起精神叮咛："尔等要好好辅佐东宫，不可轻忽，更不可以纵容太子，否则朕必不饶——"

众臣子大呼"不敢",此声响传至一旁闭目养神的武媚娘耳中,引得她唇角微动。

等臣子散去,上官婉儿上了銮驾,附在武媚娘耳边说了几句,她嫣然一笑,吩咐道:"严查到底,一个也别放过。"

见上官婉儿领命而去,形容枯槁的李治问道:"何事?"

"转轮神教,东都那边已经彻查了。此邪教专门找上豪富之家的奴婢,怂恿他们杀害主人。那些富商顿失支柱,便只能贱卖家产商铺。此时该教中人便压价购买,已然蔓延数十年,成了气候,必须连根拔起,否则必成一患。"

"原来如此,原来如此……应该的……"李治说着,"可是媚娘,如此小事,怎么值得你这般上心?"

"并非小事,"武媚娘摇头道,"那转轮神教遍布大唐,只怕家底雄厚,足够动摇根基。他们找了个叫白铁余的,经营多年,准备作乱,在绥州自称什么月光王。他说他是来打破黑暗乱世的,号光明圣皇帝。不过已经在清缴之中了,此番清查下来,一切相关资产都会收入国库,犯上作乱的人全部杀掉,稚奴不必担忧。"

"还有……"她悠悠地道,"稚奴可还记得,我家中本有个小妹吗?"

"记得。"李治有些疲惫地道,"你家一共三个姐妹,最小的这个,因家中贫苦,早早嫁了人……她的聘礼,还给你抵了许多宫中的花用,就是命不好,死得早……"

武媚娘伺候着李治在銮驾中躺了下来,轻声道:"是啊!我欠着阿静的情,阿静养了许多猫,她丈夫觉得她体弱不能生养。我呢,当时只是个才人,我这妹婿的科举官道,我也帮不上忙。于是他一怒之下,便放火烧了她的猫舍。此时,恰好有人在附近放蛊制造瘟疫,便赖在她身上了。那帮人还怂恿下人杀死了她丈夫,吓死了阿静。之后,郭家的财产被人低价买了去,阿静和她的家也被一把火烧了。当年的我十分无能,不能查出究竟,谁想如今清查这转轮神教,却把阿静的案子翻了出来,经狩案司追查,方才得知其中因果,如此一来,我自然要追究到底……"

说到这里,武媚娘察觉李治似乎已经睡了,她注视着丈夫的病容,随后抬起头,看向銮驾之外。与此同时,她脸上哀戚的神色渐渐淡去,最终敛为一片淡漠。

"时辰不早，起驾——"

在武媚娘的命令下，多达万人的皇家队伍开始缓缓挪动，宦者声声高喊，声音此起彼伏："二圣起驾——二圣起驾——"

皇家卫队之外，许多面目凶恶、一看就不像好人的猛汉骑着快马，在周边游移呵斥，接下来，从西京至东都的路上，便只能靠着他们来庇护这大唐的朝廷了……

此时，东都城中，一道摇摇晃晃的身影，歪歪斜斜地朝着狩案司的小院走去，坊间百姓看见此人，不由得纷纷闪避。

来人头发凌乱，双眼赤红，口中流淌着带血丝的涎水。他举着双手，挡住头顶的阳光，就好像那阳光会灼伤他一样，他口中含含糊糊地喃喃自语着。

"蛊祸……蛊……蛊祸……"

他来到门前，费力地转动眼珠，看向牌匾上的"狩案司"这三个大字，发出阵阵可怖笑声。

"蛊祸将至——"

来人声嘶力竭地吼叫起来，鲜血随着他的呼喊喷溅在木门上，滚滚落下。

"蛊祸将至啊——"

他连续不断地大喊着，整个人扑在门上，张开嘴，就着自己的鲜血，大口啃咬起坚硬的木头，宛若野兽一般——

夏，四月，己未，车驾还东都。

绥州步落稽白铁余，埋铜佛于地中，久之，草生其上，给其乡人曰："吾于此数见佛光。"择日集众掘地，果得之，因曰："得见圣佛者，百疾皆愈。"远近赴之。

铁余以杂色囊盛之数十重，得厚施，乃去一囊。

数年间，归信者众，遂谋作乱。

据城平县，自称光明圣皇帝，置百官，进攻绥德、大斌二县，杀官吏，焚民居。遣右武卫将军程务挺与夏州都督王方翼讨之，甲申，攻拔其城，擒铁余，余党悉平。①

·《大唐封诊录》卷三全文完·

---

①大唐永淳二年夏季，四月，己未日，高宗返回东都洛阳。

之后，绥州步落稽白铁余，将铜佛埋在地下，等时间长了上面长了草，他哄骗同乡人说："我在这里几次看见佛光。"便拣日子聚集众人挖地，果然得到巨大铜佛，他于是说："得见圣佛的人，百病都会好。"于是远近各处的人都闻讯而来。白铁余用几十层不同颜色的口袋将铜佛盛起来，得巨万施舍，才会去掉一层口袋。数年之间，归附于他的信徒很多，于是阴谋作乱。他占据城平县，自称光明圣皇帝，设置各种官职，进攻绥德、大斌二县，杀死官吏，焚烧民房。朝廷派遣右武卫将军程务挺与夏州都督王方翼讨伐他们。甲申日，攻下他们占领的城邑，擒获白铁余，余党全部平定。

图书在版编目（CIP）数据

大唐封诊录 . 地狱变 / 九滴水著 . -- 长沙 : 湖南文艺出版社 , 2025.6. --ISBN 978-7-5726-2410-0

Ⅰ. I247.5

中国国家版本馆 CIP 数据核字第 20251B91J4 号

上架建议：畅销·悬疑小说

DATANG FENGZHEN LU. DIYU BIAN

大唐封诊录 . 地狱变

著　　者：九滴水
出 版 人：陈新文
责任编辑：张 璐
监　　制：毛闽峰
策划编辑：陈 鹏
特约编辑：赵志华
营销编辑：刘 珣 大 焦
封面设计：所以设计馆
版式设计：梁秋晨
出　　版：湖南文艺出版社
　　　　　（长沙市雨花区东二环一段 508 号　邮编：410014）
网　　址：www.hnwy.net
印　　刷：北京天宇万达印刷有限公司
经　　销：新华书店
开　　本：680 mm × 955 mm　1/16
字　　数：409 千字
印　　张：24
版　　次：2025 年 6 月第 1 版
印　　次：2025 年 6 月第 1 次印刷
书　　号：ISBN 978-7-5726-2410-0
定　　价：52.80 元

若有质量问题，请致电质量监督电话：010-59096394
团购电话：010-59320018